»It's a poor sort of memory that only works backwards«, the Queen remarked.
Lewis Carroll

Ich wünschte, dass sich die Schlechten nicht zu schlecht, die Guten ihrerseits nicht zu gut vorkämen.
Robert Walser

1

Sander erwartete mich eingangs der ersten Ruine. Hinter den riesigen Fensterbögen im Erdgeschoss war das übliche Kraut hochgeschossen, das sich über kurz oder lang aller verlassenen Gebäude bemächtigt und dabei auch vor einem ehemaligen Regierungssitz nicht haltmacht. Sander stand im Torbogen und lächelte mir freundlich entgegen. Wir hatten uns zwölf oder dreizehn Jahre nicht gesehen, und ich war überrascht, wie wenig er gealtert schien. Er war jetzt siebenundvierzig und trug einen hellen Trenchcoat, den er geschlossen und dessen Kragen er hochgeschlagen hatte, obwohl wir erst Mitte September hatten. Ich sollte bald merken, wogegen er sich schützte. Manchmal war man hier plötzlich heftigen Windstößen ausgesetzt, die ein paar Schritte weiter wieder von einer fast reglosen Luft abgelöst wurden.

Sander gab mir die Hand und zog mich ins Haus, genauer: zwischen die Mauern, die stehen geblieben waren. Wir brauchten fast eine Viertelstunde, um am anderen Ende der Ruine anzukommen. In manchen Räumen war ein Teil des Mobiliars zurückgelassen worden: Stühle, Sessel, Schreibtische, die nun teilweise völlig verwittert und verschimmelt waren. Andere Stücke hatten die neuen Bewohner an sich genommen und aufgearbeitet, erzählte Sander.

»Bei uns ist praktisch jedes Handwerk vertreten«, sagte er, »sonst könnten wir gar nicht existieren. Das Gerümpel, das hier noch herumsteht, wird bald entsorgt werden.«

Katzen huschten durch die Zimmer, in denen früher die Bittsteller darauf gewartet hatten, vorgelassen zu werden. Die Katzen wurden von den jetzigen Bewohnern gut behandelt, erzählte Sander, weil man sie gegen die Ratten brauchte. Sie waren fast so etwas wie die geheimen Göttinnen des Geländes.

An einer der Wände hing noch immer das offizielle Bild des Generals. Jedes Mal, wenn er daran vorbeikam, wollte Sander es abnehmen und auf den Müll werfen, winkte dann aber ab und ging weiter. Das Foto war stark nachgedunkelt und ganz leicht gewellt, aber es zeigte den General, wie ihn die ganze Welt gekannt hatte: im Halbprofil, das kurze Haar streng gescheitelt und mit einem Blick, der zugleich Entschlossenheit und Güte ausdrücken sollte. Sein Leibfotograf war bei der Flucht der Regierung nicht mehr mitgekommen, sondern gefasst worden. Man hatte ihn jedoch nicht an die Wand gestellt, sondern sich sein Können und seine Dienste für die neuen offiziellen Legenden gesichert.

Am anderen Ende der Ruine weitete sich der Blick auf die zahllosen flachen Bauten, in denen die einzelnen Ämter und Kommissariate untergebracht gewesen waren. Nur die zwei Hochhäuser, in denen ein Großteil des Wissens der Machthaber in Akten und elektronischen Speichermedien lagerte, hatten die Fliehenden kurz vor ihrem Verschwinden noch sprengen lassen. Deshalb erhoben sich nun links von uns zwei riesige Trümmerhaufen, die man inzwischen mit Erde aufgeschüttet und teilweise begrünt hatte.

Zwischen den einzelnen Gebäudekomplexen gab es noch immer Schutt und Lücken. Ein Jahr nach der Flucht der alten Regierung hatte man begonnen, das entleerte Machtzentrum in mehreren Schritten zu sprengen, dann aber damit aufgehört, als klar wurde, dass der geplante Gewerbepark eine Fehlinvestition sein würde. Seitdem wurde über die künftige Nutzung des ehemaligen Zentrums der Macht diskutiert; Gutachten wurden erstellt und Kommissionen eingesetzt; Historiker, Denkmalspfleger und Professoren für Ethik wurden befragt, und in der Zwischenzeit rottete die abgebrochene und verfaulte Geschichte weiter vor sich hin.

Die ersten wilden Siedler waren schon gekommen, als diese endlose Debatte noch geführt worden war, und hatten sich nach und nach der Flachbauten angenommen. Die Stromleitungen waren repariert und die wichtigsten Verbindungen zur Außenwelt aufgebaut worden. In der Folge hatten sich Handwerker, zwei kleine IT-Firmen, eine Historikerin von der Freien Universität, eine anarchistische Gruppe, deren Leitbild Kropotkins Prinzip der gegenseitigen Hilfe war, und viele andere hier niedergelassen. Vor einem Jahr war Sander geholt worden, damit er eine zentrale Bibliothek aufbaute.

»Seitdem bin ich nicht mehr draußen gewesen«, sagte er. »Wir sagen *draußen*, wenn wir meinen, dass jemand durch den Torbogen der ersten Ruine geht, in dem ich auf dich gewartet habe.«

»Aber du musst doch Lebensmittel einkaufen?«

»Das machen einmal in der Woche die Anarchisten für mich«, erzählte Sander. »Sie machen auch für die meisten anderen Besorgungen und Erledigungen, schwirren aus in die Welt. Dafür werden sie von uns allen versorgt.«

»Also praktizierter Kropotkin.«

»Kann man so sagen. Erstaunlich, wenn man bedenkt, dass hier vorher der Staatsterror geherrscht hat. Das Haus dort drüben« – er zeigte auf einen langgestreckten Bau auf der linken Seite unseres Weges –, »in dem jetzt eine Gärtnerei untergebracht ist, war früher das Verhörzentrum für Staatsfeinde. Im Gegensatz zu anderen Regimes haben diese Verbrecher ihre Vernichtungsmaschinen ja nicht ausgelagert, sondern wollten sie so nah wie möglich bei sich haben.«

Ein kleiner Mann in den frühen Achtzigern kam aus dem Gebäude, in einem blaugrauen Kittel und mit einer uralten Ballonmütze auf dem Kopf.

»Das ist der Gärtner«, sagte ich spontan. »Der Obergärtner.«

»Ganz recht«, bestätigte Sander. »Allerdings erst seit gut einem Jahr. Sein Name ist Ritz. Das sagt dir etwas?«

»Nur als Name eines Hotels in Paris und eines anderen in Wolfsburg«, sagte ich.

»Ritz hat früher viele Jahrzehnte als Berater gearbeitet. Ich weiß nicht warum, aber alle großen Firmen und viele Verbände und Politiker haben sich seiner Dienste versichert. Er ist dabei sehr reich geworden; er ist gewiss der Reichste hier auf dem Gelände.«

»Ihr habt also auch Reiche und weniger Reiche hier?«

»Selbstverständlich. Den egalitären Kram wollen nicht einmal die Anarchisten. Die wollen nur ohne Reglementierung von außen leben können und ihr Auskommen haben, und das haben sie bei uns. Ritz ist zwei Jahre vor mir hierher gekommen. Dann tauchte irgendwann das Thema der Begrünung des Geländes auf, angefangen mit den beiden Hochhaustrümmern. Da fungierte Ritz noch als Berater. Aber er ist Systematiker, weißt du, er hat sich gründlich eingearbeitet in die Gartenbaukunst und Landschaftsarchitektur, und dabei hat er spät im Leben seine eigentliche Bestimmung entdeckt. Wir hoffen, er bleibt uns noch lange erhalten. Am anderen Ende des Geländes hat er schon einen englischen Park angelegt und zwischen manchen der Flachbauten japanische Gärten. Seine größte Aufgabe besteht jetzt darin, die erste Ruine zu begrünen. Du hast ja gesehen, dass da noch das Chaos herrscht. Wir wollen aber in den Fluchten und Räumen kleine Gärten verschiedenen Stils anlegen, und die vordere Fassade soll eines Tages ganz hinter Grün verschwinden.«

Ritz war uns langsam entgegengekommen, mit einem Bleistift und einem kleinen Notizbuch im Brusttaschenformat in der Hand, eingebunden in schwarzes Leder. Im ersten Moment war ich etwas irritiert, als er im schleppenden rheinischen Tonfall zu sprechen begann, nachdem Sander mich vorgestellt hatte, und ich bekam einen ersten Anfall von Heimweh nach der Stadt, die ich gerade verlassen hatte.

»Es ist ein großer Irrtum«, sagte er, während wir weitergingen in Richtung von Sanders noch provisorischer Bibliothek, die in der Villa untergebracht war, welche dem General als Wohnhaus gedient hatte, »es ist ein großer Irrtum, die Trümmerlandschaft und die Ruine einerseits und die Harmonie und die Schönheit andererseits in einen Gegensatz zu stellen. Bedenken Sie, wie dieses Gelände in den Zeiten des Terrors ausgesehen hat: ein auch architektonisch geschlossenes System, das rein der Machterhaltung diente und der Abwehr von allem, was die Macht hätte gefährden können. Ein System ohne Lücke, könnte man sagen, auf Ewigkeit angelegt, und uns erschien es ja auch ewig. Dabei hat es sich nur neun Jahre gehalten. Der Terror geht auf lange Dauer immer an sich selbst zugrunde. Er erstickt gewissermaßen, gerade weil er keine Lücke hat und nicht Atem holen kann. Nun, da das Gelände noch immer halb verfallen, also offen ist« – in diesem Augenblick erfasste uns aus einem Seitenweg einer der plötzlichen Windstöße, von denen ich schon gesprochen habe, und Ritz erhob die Stimme –, »entfaltet es seine Möglichkeiten. Erst der Verfall macht es wirklich reich und treibt die Blüte hervor. Allein rein gärtnerisch gesehen, werde ich noch mindestens fünf Jahre beschäftigt sein.«

Ein größerer Lieferwagen zuckelte an uns vorbei, dem äußeren Anschein nach mindestens vierzig Jahre alt. Im Fahrerhaus saßen zwei jüngere Männer, und der Beifahrer winkte uns kurz zu.

»Das sind zwei der Anarchisten«, erklärte Sander, »sie haben eingekauft und beginnen jetzt mit der Auslieferung.«

Der Weg machte eine Biegung. Hinter einem weiteren Komplex von Flachbauten wurde das ehemalige Wohnhaus des Generals sichtbar, und dahinter sah man den Anfang des Parks. Ein paar Minuten später hatten wir die Bibliothek erreicht, und unsere Wege trennten sich, denn Ritz wollte in seinem Park nach dem Rechten sehen, wo eine andere Gruppe von Anarchisten mit Aufräumarbeiten beschäftigt war.

Sander und ich stiegen die Treppe in den ersten Stock hinauf und sahen von der rückwärtigen Fensterfront nach draußen. Unter uns lag ein erhöhtes Stück Land, ein fast runder Hügel, bepflanzt mit einer Gruppe verschiedener Laubbäume. Da wir uns im Flachland befanden, fragte ich Sander nach der Herkunft des Hügels.

»Er bedeckt den alten Bunker«, sagte er. »Der Bunker schloss natürlich unmittelbar an das Privathaus des Generals an, wegen der kurzen Wege. Ritz hat ihn mit dem Hügel überkront, und er hat diese Form des Hügels gewählt, um an ein Hünengrab zu erinnern. Der General ist zwar verschollen, aber die Grabform ist wie ein Bann gedacht: als läge er tatsächlich dort unten.«

Ein heftiges Klopfen war an der Haustür zu hören, und Sander lief nach unten, um zu öffnen. Ich folgte ihm. Die beiden Anarchisten standen vor der Tür und zeigten stumm auf mehrere Stapel Kartons. Sander rieb sich die Hände, drehte sich zu mir um und sagte: »Bücher, kartonweise Bücher. An die Arbeit!«

Ich hatte mir Unordnung in der Bibliothek vorgestellt, wenn nicht Chaos. Tatsächlich waren in manchen Ecken noch nicht eingearbeitete Bücher gestapelt, doch in den Regalen, die bis unter die Decke reichten, allein von hohen Fenstern unterbrochen, herrschte Ordnung. Alles war beschriftet und in Sachgebiete eingeteilt. Manche Räume sahen schon endgültig eingeräumt aus. Von Sander erfuhr ich, dass die Bibliothek in einem halben Jahr eröffnet werden sollte, während ich davon ausgegangen war, dass alles noch in den Anfängen stand.

Sander kannte ich aus meiner kurzen Studentenzeit. Er hatte sein eigenes Studium schon abgeschlossen und arbeitete an der Universitätsbibliothek. Er war zwölf Jahre älter als ich, und ich lernte ihn an einem Nachmittag im Sommer 2012 kennen, als er erschöpft auf dem Rasen vor dem Institut für Germanistik lagerte. Gerade war die Polizei, die das Institut geräumt hatte, wieder abgezogen. Die Augen der Älteren, ja vor allem der Ältesten, leuchteten in diesen Tagen. Die Kämpfe waren wieder aufgeflackert! *Lotta continua! Unter dem Pflaster liegt der Strand! L'imagination au pouvoir!* Für mich alles Sprüche aus einer Zeit, in der ich noch nicht einmal geplant war. Geplant war ich überhaupt nicht, aber dazu später.

Es war ein sonniger Nachmittag im späten Juni, fünfundzwanzig Grad vielleicht. Ich hatte die Kämpfe aufmerksam, aber auch vorsichtig vom Rande aus verfolgt. Nach dem Abzug der Polizei lagerten überall auf dem Rasen kleine Gruppen und diskutierten, aber da ich erst seit zweieinhalb Monaten an der Universität war, fühlte ich mich nicht befugt, mich einzumischen. Ich war achtzehn Jahre alt und verstand sehr wenig von dem, was seit Wochen hier vor sich ging. Sander war der Einzige, der ganz für sich allein auf einer Decke saß, unter einer Linde, den Kopf auf den angezogenen Knien, vielleicht dösend. Ich konnte also in Ruhe den Titel des Buches entziffern, das neben ihm lag. Ein dicker Wälzer, und der Titel klang nach einem Kriminalroman: *Der Tod des Jorge von Burgos* von Adam Melk. Das sagte mir nichts. In diesem Moment hob Sander den Kopf und sah zu mir hoch, etwas überrascht zuerst, dann aber lächelte er und sagte: »Setz dich doch. Kennst du das Buch?«

»Nein, nie gehört. Aber ich bin nicht sehr belesen.«

Das war nicht ganz richtig. Es war sogar gelogen. In meinen späten Schuljahren war ich beinahe der Einzige in der Klasse, der noch Bücher las, ohne Anleitung, völlig wildwüchsig, aber nächtelang und mit roten Ohren. Das war sogar der Grund, warum ich etwas so Altmodisches wie Germanistik und Philosophie studieren wollte. Davon mochte ich aber jetzt nichts erzählen.

»Ich lese es«, sagte Sander, »um etwas über das Jahr meiner Geburt zu erfahren. Da war es nämlich ein Bestseller. Und in den Jahren danach auch. Setz dich doch endlich.«

Das tat ich, und als die Dämmerung kam und es sich abgekühlt hatte, zogen wir in eine Kneipe um, aus der wir erst gegen Mitternacht wieder herauskamen.

Als vier Jahre danach der Putsch kam, dauerte es nicht lange, bis Sander gefeuert wurde. Er arbeitete dann in einem kleinen Verlag am äußersten westlichen Ende der Stadt, und als das Regime – gestürzt wurde? an sich selbst zugrunde ging? – und man ihn an die Universität zurückrufen wollte, lehnte er ab und blieb dort, bis er vor einem Jahr gebeten wurde, auf dem Trümmergelände die zentrale Bibliothek aufzubauen. Vor zwei Wochen hatte Sander mich endlich ausfindig gemacht und gefragt, ob ich ihm nicht helfen wolle, und obwohl ich mich im alten Westen sehr wohlfühlte, versprach ich, ihn wenigstens zu besuchen und es mir dann zu überlegen.

Von Überlegen war jetzt aber nicht mehr die Rede.

»Über deine Aufgaben sprechen wir später«, sagte er, »erst einmal packen wir aus!«

Die Bücher, die wir nach und nach aus den insgesamt zwölf großen Kartons holten, waren Beutestücke aus einer Bibliotheksauflösung. Ein Gelehrter war mit fast zweiundachtzig Jahren gestorben, ein emeritierter Philosophieprofessor, und über seine Bibliothek hatte er keine testamentarischen Verfügungen getroffen. Seine Kinder und Enkel (seine Frau war schon seit fünfzehn Jahren tot) nahmen sich vielleicht das eine oder andere Stück daraus, hielten das meiste aber für uninteressant, verpackten es in insgesamt einhundertvierundzwanzig gleich große Kartons, wie es gerade hineinpasste, also durchaus alles durcheinander, und luden dann zur Versteigerung ein. Die Anarchisten, die Sander geschickt hatte, waren nur mit so viel Geld ausgestattet worden, dass es für zwölf Kartons gereicht hatte. Die Bietenden durften den Inhalt der Kartons keineswegs vorher ansehen: man ersteigerte blind und kaufte die Katze im Sack. Diese Beute begutachteten wir jetzt also Stück für Stück.

Würde ich sie hier allerdings Stück für Stück aufzählen, würde das hundert Seiten oder mehr füllen. Sehr viele waren dabei, von denen ich noch nie etwas gehört hatte, aber einige, die mir beim Auspacken am meisten Eindruck gemacht haben, will ich doch nennen.

Das Erste, was ich bestaunte, war die *Anleitung zur Registraturwissenschaft und von Registratoribus nebst einer Erläuterung einiger hierin befindlicher Stellen von Philipp Wilhelm Ludwig Fladt, Churpfälzischen Kirchen- und Ober-Apellations-Gerichts-Rath wie auch Mitglied der Churbayerisch- und Pfälzischen Academie der Wissenschaften,* erschienen in *Franckfurt und Leipzig, in der Eßlingerischen Buchhandlung, 1765.* Das ist gewissermaßen der Kurztitel, der vollständige würde zu viel Platz in Anspruch nehmen. Allerdings handelte es sich hier um einen unveränderten fotomechanischen Nachdruck der Ausgabe 1765, erschienen 1975 in Pullach. Dieser Nachdruck war erstklassig erhalten, nachgerade unberührt. Der Gelehrte hatte sich offenkundig nie näher damit beschäftigt, und es konnte gut sein, dass er das Buch eines Tages geschenkt bekommen hatte, von einem Kollegen etwa, der zum Essen eingeladen worden war und nicht die übliche Flasche Wein mitbringen wollte, *grand cru* hin oder her. Das hier war ja auch irgendwie *grand cru* und deshalb noch nicht geöffnet worden.

Ganz unten im zweiten Karton lag ein englischer Kriminalroman in deutscher Übersetzung, eine Taschenbuchausgabe, reichlich zerlesen und beinahe zerfleddert, mehr als jedes andere Buch in diesem Karton. Sein Titel lautete *Der Mord von Bleston,* und sein Autor war ein gewisser J. C. Hamilton. Die Übersetzung stammte aus dem Jahr 1960 – ich rechnete schnell nach: da musste dieser verstorbene Professor gerade zwölf Jahre alt gewesen sein –, und der Name des Übersetzers entlockte mir ein kurzes Lachen, denn der Mann hieß tatsächlich Michael Rüpel.

Das Prunkstück des dritten Kartons war ein mir wohlbekanntes Buch, ein Bestseller aus meiner Schulzeit, den ich auch selbst sehr gern gelesen hatte, Margarete Mühlenbecks *Das Haus an der Elbe,* hier in einer prachtvoll gebundenen Sonderausgabe mit Fadenheftung und Lesebändchen. Rainer Harms, ein Schulfreund aus der Parallelklasse und außer mir einer der wenigen manischen Leser in dieser Zeit, hatte damals im Internet zwei Interviews mit der Autorin gefunden, und diese Videos sahen wir uns immer wieder an. Wir waren ganz gewiss verliebt in sie. Wir waren fünfzehn.

In den beiden nächsten Kartons hatte man Werkausgaben beieinandergelassen, nichts Prunkvolles diesmal, hier und da gab es blasse Anstreichungen. Wir hatten drei Franzosen erwischt: Marcel Bergotte, Edmond Teste, Antoine Roquentin, dazu einen Italiener, Zeno Cosini. Von ihnen allen hatte ich noch nie gehört, aber Sander wusste natürlich Bescheid. Es waren keine kritischen Gesamtausgaben, nicht einmal *Sämtliche Werke,* sondern bei jedem eine Auswahl, die anlässlich eines runden Geburts- oder Todestages erschienen war.

Der sechste Karton war im Gegensatz zu den beiden vorhergehenden ein großer Mischmasch, und am besten gefiel uns beiden hier der kleine Band *Barthes Foucault Toyota: Nach dem Strukturalismus* von Karl Furrer, erschienen 1988 in der Wissenschaftlichen Buchgesellschaft in Darmstadt.

Im siebten hatten die Erben offenbar einen Teil der portugiesischen Abteilung unversehrt und beisammengelassen, denn dort fanden sich, natürlich in deutscher Übersetzung, die Werke von Alberto Caeiro, Ricardo Reis, Àlvaro de Campos und Bernardo Soares.

Der achte Karton enthielt nun wahre Schätze. Unter anderem entdeckten wir von Silas Haslam *A General History of Labyrinths* und in einer sehr alten Ausgabe Johann Valentinus Andreäs *Lesebare und lesenswerthe Bemerkungen über das Land Ukkbar in Klein-Asien,* dann *Der heimliche Heiland* von Nils Runeberg, die von Emil Schering besorgte deutsche Übersetzung von *Kristus och Judas* aus dem Jahr 1912, von Herbert Quain das Romanfragment *April March* und schließlich Pierre Menards Sonette für die Baronesse de Bacourt aus dem Jahr 1934.

Im neunten Karton steckten beinahe alle Bücher noch in der Verschweißung, aber oben drauf hatten die emsigen Erben noch die Taschenbuchausgabe eines Romans gepresst, an den ich mich aus meinen Schülerlesenächten noch gut erinnern konnte. Auch der tote Professor hatte ihn wohl mit Vergnügen und vielleicht auch wiederholt gelesen, denn das Büchlein war ähnlich zerrupft wie der Kriminalroman aus dem zweiten Karton und zudem an den leider zu schmal geratenen Rändern mit unzähligen Bleistiftanmerkungen in einer an Robert Walser gemahnenden Mikroschrift versehen. Johann Andermatt war es, sein herrliches Buch *Kinder Kinder,* eine grandiose kinderhassende

Groteske oder groteske kinderhassende Grandiosität. Ich erinnerte mich, dass ich mich damals, als ich es las, in meinem sechzehnjährigen Entschluss bestärkt fühlte, nie Kinder in die Welt zu setzen, wozu ich bis dato allerdings auch noch nicht eine einzige Gelegenheit gehabt hatte.

Im zehnten Karton fanden wir, und lächelten uns natürlich sofort an – dieses sanfte, fast verliebte Weißtdunochlächeln –, im zehnten Karton also fanden wir das Buch, über das wir uns kennengelernt hatten, Adam Melks *Der Tod des Jorge von Burgos* in einer sogenannten Erfolgsausgabe. Dazu eine bibliophile Edition des kleinen Essays *Kafka als Hausgenosse* von Franz Odradek, ein Faksimile der Erstausgabe von 1928, erschienen 1993 bei Bittner & Klein.

Im elften steckte neben drei oder vier Kochbüchern – von denen schienen die Erben also schon genug zu haben – viel Philosophie, primär, sekundär und tertiär. Manches kannte ich, da ich ja vier Semester Philosophie studiert hatte, vieles kannte ich nicht. Als wir die Bücher in Stapeln geschichtet hatten, wollte ich schon den zwölften Karton öffnen, als Sander eins der Bücher hochhielt und sagte: »Das ist er übrigens.«

»Das ist wer?«

»Der Erblasser«, sagte Sander.

Es handelte sich um ein klassisches suhrkamp taschenbuch wissenschaft aus dem Jahr 2008, goldgelbe Schrift auf schwarzem Grund, etwa hundertsechzig Seiten mit dem Titel *Ironie. Eine philosophische Summe.* Sein Verfasser war ein gewisser Ulrich Goergen, damals noch ausgewiesen als Ordinarius für Philosophie an der Goethe-Universität in Frankfurt am Main, und im Buch lag vorn noch ein Kärtchen mit dem handschriftlichen Vermerk: »Lieber Herr Goergen, hier schon einmal ein Vorausexemplar der Taschenbuchausgabe. Ihr Raimund Fellinger.«

Mit dem letzten Karton hatten die Anarchisten auf den ersten Blick eine Niete gezogen, weil er nichts anderes zu enthalten schien als einen Stapel alter Zeitungen. Ganz unten fanden wir dann aber doch noch drei Stücke. Erstens einen Sonderdruck von Walter Benjamins Aufsatz *Ich packe meine Bibliothek aus*, erschienen 2012 bei Ulrich Keicher in Warmbronn und versehen mit einem Nachwort von Lukas Domnik. Zweitens einen abgegriffenen Reiseführer von Polyglott für Bad Münstereifel und Umgebung, etwa dreißig Jahre alt. Auf dem Boden des Kartons lag schließlich ein Achthundertseitenklotz aus der Gattung Polit-Thriller mit dem Titel *Das Sonja-Komplott*. Es handelte sich um die sechzehnte Auflage der Taschenbuchausgabe, erschienen 2005. Die gebundene Ausgabe war zuerst 1999 erschienen. Der Verfasser war ein gewisser Gregor Korff.

»Das würde ich mir gern erst einmal für die einsamen Abende ausleihen, bevor wir es einarbeiten«, sagte ich zu Sander.

»Kein Problem«, sagte der. »Das wird ohnehin nicht das Prunkstück unserer Bibliothek.«

2

Als damals der Putsch kam, im Frühjahr 2016, hatte ich mich in meinem Studium schon reichlich verlaufen und wusste nicht mehr, wie ich aus dem Labyrinth herausfinden sollte. Mein größtes Problem bestand darin, dass ich mich für beinahe alles interessierte, was auf dem Weg lag, und deshalb nicht den geraden Weg beschreiten konnte, den das Studium verlangte, sondern ständig abzweigte. Insbesondere die Philosophen führten mich immer noch einen entlegenen Pfad weiter, auch fort von ihrer eigenen Disziplin, und dann war ich manchmal plötzlich bei den Ethnologen, den Linguisten, den Soziologen, den Kommunikationswissenschaftlern, den Kulturwissenschaftlern, den Cineasten und den Psychoanalytikern, bei den Kunstgeschichtlern, Semiotikern und Medizinhistorikern gelandet und hatte jedes Mal Schwierigkeiten, zurückzufinden. Mit den Freunden, mit den Frauen ging es mir ebenso: immer noch ein Abzweig, noch ein Seitenpfad. Während der vier

Jahre meines Studiums war Sander die einzige Konstante in meinem Leben, doch als man ihn dann entlassen hatte und er in seinen Kleinverlag verschwunden war, schlief unser Kontakt ein.

Auch deshalb, weil ich die Hauptstadt verließ und in den alten Westen zurückging. Die Hauptstadt war ohnehin in den vorangegangenen Jahrzehnten schon in einem architektonischen Stil herausgeputzt und aufgebläht worden, der mir nicht gefiel. Die neuen Machthaber aber gaben sich nicht mit der vorhandenen Herrschaftsarchitektur rund um den Reichstag zufrieden, sondern ließen alles abreißen, erweiterten das Gelände noch durch die Zerstörung angrenzender Viertel und bauten neu in einer Stilmischung aus italienischem Futurismus und Neuer Sachlichkeit. Das betraf nicht nur das Regierungsviertel, sondern darüber hinaus viele öffentliche Gebäude, und das Tempo, das dabei angeschlagen wurde, auch aufgrund der sich ständig weiter entwickelnden technischen Möglichkeiten und des enthusiastischen persönlichen Einsatzes des internationalen Stararchitekten, der den Wettbewerb gewonnen hatte, hielt die Welt in Atem: Das neue Regierungszentrum war nach zehn Monaten fix und fertig, und das war auch der Zeitpunkt, als ich in den alten Westen zurückging. Das neue Regime war mir architektonisch einfach zu nah auf die Pelle gerückt. Ich war nie ein Widerstandskämpfer, aber wenigstens wollte ich mich so weit entziehen, wie es mir möglich war.

Zwei Monate lebte ich bei meiner Mutter in Frankfurt, dann trat ich in Aachen in das Handelshaus *Del'Haye & Münzenberg* ein. Ein Bekannter meiner Mutter hatte das vermittelt, und so begann ich mit zweiundzwanzig Jahren eine klassische kaufmännische Ausbildung und ließ alle geisteswissenschaftlichen Wirren hinter mir. *Del'Haye & Münzenberg* war eine Groß- und Einzelhandlung für Genussmittel am Rande des Aachener Zentrums, die seit über zweihundert Jahren existierte. Einen Del'Haye gab es in der Firma schon lange nicht mehr, die Familie Münzenberg war aber noch immer Eigentümer des Geschäfts, das überaus erfolgreich war und dessen Geschäftspraktiken sich durchaus auf dem neuesten Stand befanden, in dem mich aber, sobald ich es morgens betrat, aus allen Ecken die Tradition eines Familienunternehmens anwehte.

Die Münzenbergs importierten, verschickten und verkauften Kaffee, Tee, Kakao, Zigarren, Weine, Spirituosen, Schokoladen, Gewürze, Konfitüren und Honig, natürlich nur in allerbester Qualität. Die Geschäftsräume waren zwar mehrfach erweitert worden, immer aber im Stil des ursprünglichen Geschäfts, Ladentheken und Regale aus massivem dunklen Holz, und wenn man eines der Büros betrat, war man versucht, unwillkürlich von einem Kontor zu sprechen, obwohl dieses Wort schon damals aus der deutschen Sprache fast verschwunden war. Selbst das Lager, in dem nach den modernsten logistischen Methoden verfahren wurde, atmete den Geruch des Alten und Gediegenen.

Bei den etwas hilflosen Bemühungen des Regimes, neue Symbole zu etablieren, oder aber alte Symbole neu zu etablieren, machten die Münzenbergs von Beginn an nicht mit. Man sah also nirgends den stilisierten Doppelblitz, der die Kraft, die Entschlossenheit, die Modernität und vielleicht auch den Vernichtungswillen der neuen Herren symbolisieren sollte und der selbstverständlich an jedem öffentlichen Gebäude, auf jeder Uniform, auf jedem offiziellen Briefkopf und sogar weit verbreitet in der Mode zu finden war. Nicht einmal das obligatorische Foto des Generals hing in der Firma, wie das Regime überhaupt hier am westlichen Rand des Landes einen schwereren Stand hatte als in großen Teilen der Mitte und des Ostens. Der alte Münzenberg, der bei meinem Eintritt in die Firma noch lebte, sagte bei Gelegenheit: »Wenn man uns hier Schwierigkeiten macht, können wir sehr schnell umziehen. Zur belgischen Grenze sind es zwanzig Minuten, und man wird uns dort sicher willkommen heißen, denn von Genussmitteln verstehen die Belgier etwas. Dann ist eben Schluss mit der Aachener Münzenberg-Tradition.« Man machte aber keine Schwierigkeiten, denn einige der Emporkömmlinge und Funktionsträger des neuen Regimes gehörten jetzt, da sie es sich leisten konnten, zu den eifrigsten Kunden der Münzenbergs.

In dieser traditionsreichen Firma durchlief ich während meiner zweieinhalb Ausbildungsjahre alle Abteilungen, vom Lager über die Buchhaltung, die Bestellung, den Versand bis zum Verkauf und schließlich dem Einkauf. Im Einkauf wurde ich danach auch eingesetzt, reiste oft nach Belgien, Frankreich und Italien, nach Brüssel und Montélimar, ins Piemont und in die Emilia Romagna. Natürlich war ich auch innerdeutsch unterwegs, und so könnte man sagen, dass ich die Jahre der Diktatur sowohl in der inneren wie in der temporären äußeren Emigration überwinterte.

Direkt nach ihrem Ende stieg ich in den Schwarzmarkt ein, wobei ich zugleich in der Firma weiterarbeitete. Immerhin waren die Beziehungen, die ich dort aufgebaut hatte, meine Basis. Ich bin davon überzeugt, dass einer der Juniorchefs, Anton Münzenberg, der Enkel des alten Münzenberg, der 2018 gestorben war, ziemlich genau wusste, dass ich neben dem Geschäft noch meine eigenen Geschäfte betrieb. Darauf angesprochen hat er mich nie. Anton war vier Jahre jünger als ich, und wir verstanden uns vom ersten Moment an gut. Er hatte eine Geliebte in Lüttich, von der seine Familie nichts wissen durfte, da es sich nach ihren Regeln um eine Mesalliance gehandelt hätte, und begleitete mich oft auf meinen Ausflügen nach Belgien. Ich hielt dicht, und ich denke, er hat mir das vergolten, indem er über meine Nebengeschäfte ebenfalls eisern schwieg.

Auf dem Schwarzmarkt war ich vor allem im Kaffee und in den Tabakwaren tätig und verdiente in den ersten zwei Jahren gutes Geld. Die Übergangsregierung bekam aber gerade hier im Westen die Versorgungslage schneller in den Griff, als man erwarten konnte, und die Geschäfte ließen stark nach. Man konnte sich noch hier und da etwas hinzuverdienen, aber Reichtümer waren auf diesem Sektor der Wirtschaft nicht mehr zu machen. Im Übrigen musste ich trotz allem immer damit rechnen, in der Firma aufzufliegen, und die Scham hätte ich vielleicht nicht überlebt. Die Münzenbergs haben mich immer beinahe wie ein Mitglied der Familie behandelt. Familie im traditionellen Sinn hatte ich nie gehabt. Ich war das einzige Kind meiner Mutter, und meinen Vater habe ich nie gekannt. Auch meine Mutter hat ihn eigentlich nicht gekannt. »Dein Vater war ein Durchreisender, Ulrich«, sagte sie, »und das wusste ich schon in der betreffenden Nacht. Ich weiß nicht einmal seinen Familiennamen.«

Also ließ ich den Schwarzmarkt sein und arbeitete noch knapp drei Jahre weiter als seriöser Kaufmann bei *Del'Haye & Münzenberg*. Dann kam Sanders Anruf. Ich wusste sofort, wer da am anderen Ende der Leitung war, und wir sprachen miteinander, als hätten wir uns gerade vorgestern zum letzten Mal gesehen. Ich sagte nicht sofort ja, ich hatte keinen Grund, den alten Westen zu verlassen. Ich wohnte in einer sehr schönen Wohnung direkt am Markt. Das Haus gehörte den Münzenbergs, und meine Miete hatte eher symbolischen Charakter. Ich war nah an den Grenzen, Westeuropa in Sichtweite. Ich hatte außer Anton Münzenberg noch weitere Freunde, ich hatte ein paar Liebschaften. Ich hatte einen sehr sicheren Arbeitsplatz in der Firma, und meine Tätigkeit machte mir Freude. Ich liebte die Gerüche und das dämmrige Licht in den alten Räumen.

»Sieh es dir wenigstens mal an«, sagte Sander am Telefon, »eine so prächtige Ruinenlandschaft wie hier hast du noch nie gesehen.«

Dokument 1

Gespräch mit Anton Münzenberg, Mitinhaber der Fa. Del'Haye & Münzenberg, Aachen, im Zuge inoffizieller Ermittlungen

Münzenberg empfängt die beiden Ermittler der Gruppe »Wirtschaftskriminalität in der Übergangszeit«, Teichert und Preen, in seinem Büro: holzgetäfelte Wände, ein Schreibtisch von

Anfang des 20. Jahrhunderts, eine Sitzgruppe mit drei Ledersesseln. Er bietet Zigarren an, die Herren lehnen jedoch ab. Kaffee steht bereit. Entgegen der Aussage des Ermittlers Teichert (siehe unten) wurde das Gespräch doch heimlich aufgezeichnet und anschließend transkribiert und fand sich unter der Inventarnummer S/14/3/48 im Aachener Stadtarchiv.

Teichert Das ist keine offizielle Ermittlung. Wir haben lediglich ein paar Fragen. Es wird nichts notiert, nichts aufgenommen.

Münzenberg Ganz wie Sie wollen. Ich habe nichts zu verbergen. Bin gern auch zu offiziellen Auskünften bereit. Es geht um Herrn Anders, wie ich höre.

Teichert Richtig. Der Ihre Firma verlassen hat.

Münzenberg Auf eigenen Wunsch, ja. Er ist in die Hauptstadt gegangen, um dort beim Aufbau einer Bibliothek zu helfen.

Preen Ein etwas überraschender Berufswechsel, finden Sie nicht auch? Vom Kaufmann zum Bibliothekar?

Münzenberg Auf den ersten Blick sicher. Aber Ulrich – wir waren befreundet, wissen Sie –, Ulrich hatte vorher Geisteswissenschaften studiert, bevor er bei uns seine kaufmännische Ausbildung gemacht hat. Germanistik und angrenzende Fächer, so genau weiß ich das gar nicht. Er war auch sehr belesen, jedenfalls, wenn ich mich selbst als Maßstab nehme.

Teichert Aber er war auch ein guter Kaufmann?

Münzenberg Ein sehr tüchtiger, ja.

Teichert Zuständig in der Firma wofür?

Münzenberg (leicht ungehalten) Aber das wissen Sie doch schon alles. Er war im Einkauf tätig. Eigentlich war er der Chefeinkäufer, auch wenn ich offiziell die Abteilung leitete. Aber Ulrich hatte ein sehr gutes Gespür, und ich habe ihm weitgehend freie Hand gelassen.

Teichert Könnte er das vielleicht ausgenutzt haben?

Münzenberg Wofür?

Preen (nachdrücklich) Nebengeschäfte, Herr Münzenberg. Sie können sich doch wohl vorstellen, was wir meinen.

Münzenberg Davon ist mir nichts bekannt. Ich kann mir auch nicht vorstellen, was Sie meinen. Die Abläufe in unserer Firma sind so, dass niemand in die eigene Tasche wirtschaften kann.

Preen Wer kontrolliert?

Münzenberg Die Buchhaltung. Der Abteilungsleiter, in dem Fall also ich. Wir hatten zweimal eine Wirtschaftsprüfungsfirma im Haus, während Ulrich hier arbeitete. Schließlich kontrolliert der Chef, das war damals, als Ulrich kam, noch mein Großvater, dann ab 2018 mein Vater. Wir sind ja ein Familienunternehmen, immer noch.

Teichert Das ist erstaunlich, ja. Und anerkennenswert. Um auf Herrn Anders zurückzukommen: Wir sprachen vom Schwarzmarkt.

Münzenberg Bisher noch nicht. Sie sprechen jetzt zum ersten Mal davon.

Teichert Gut, zugegeben. Wir nennen das Kind jetzt erst beim Namen.

Münzenberg Dazu kann ich Ihnen wirklich nichts sagen.

Preen Nie Unregelmäßigkeiten?

Münzenberg Nie. Es gab nie Fehlbestände, und die Bücher waren immer in Ordnung. Tut mir leid. Oder vielmehr, tut mir nicht leid, denn so etwas hätte ich Ulrich auch nie zugetraut.

Teichert Sie beide waren freundschaftlich verbunden, haben Sie vorhin selbst gesagt.

Münzenberg Richtig. Aber das gehört sicher nicht in den Rahmen Ihrer Ermittlungen. Die Sie ja offiziell auch gar nicht führen.

Preen Sie haben Herrn Anders auf seinen Reisen manchmal begleitet?

Münzenberg Nur auf denen nach Belgien. Aus privaten Gründen, die Sie nichts angehen. Woher wissen Sie das eigentlich? Dürfen Sie das wissen?

Preen Wir wissen es auch nicht. Unsere Vorgänger im Amt haben es gewusst. Es gibt Unterlagen. Aus der Juntazeit.

Münzenberg Die nach meiner Kenntnis längst vernichtet sein müssten.

Teichert (verlegen) Es ist sehr schwer, Daten zu löschen, wenn sie erst einmal da sind. Wir wissen ja auch, dass wir sie eigentlich nicht verwenden dürfen. Wir haben uns nur noch einmal ein genaueres Bild machen wollen. Wir haben zu danken.

Münzenberg Gern geschehen.

3

Eine so prächtige Ruinenlandschaft hatte ich in der Tat noch nie gesehen. Ich hatte bisher überhaupt keine Ruinenlandschaften gesehen, weil der Westen von den Kämpfen praktisch nicht berührt gewesen war. Die Chargen des Juntaregimes in der Aachener Region, darunter auch manche Stammkunden der Firma *Del'Haye & Münzenberg*, waren beim Näherkommen der *Internationalen Befriedungstruppe* schnell und diskret untergetaucht, vermutlich jenseits der Grenze und eher in Flandern als in der Wallonie. Abgesehen von ein paar Scharmützeln in der Gegend um Brand und Kornelimünster, bei denen es nur Gefangene gegeben hatte, schien die Armee in diesem Gebiet nicht sehr kampflustig zu sein. In der Stadt selbst gab es ein paar zivile Heckenschützen, meist jugendliche Anhänger des Regimes, die schnell gefasst wurden. Ein paar Einschusslöcher in einigen Häusern der Kleinkölnstraße, das war der ganze Schaden, den die Stadt genommen hatte. Auch von den temporären Stromsperren, die es in den ersten Monaten weiter landeinwärts und vor allem in der Hauptstadt gegeben hatte, waren wir hier verschont geblieben.

Dagegen nun dieses immer noch wüste Terrain! Bei manchen Gebäuden war kaum zu entscheiden, ob sie sich schon im Wiederaufbau befanden oder ob sie im Gegenteil morgen vielleicht ganz abgerissen werden sollten. Zwischen den Ruinen herrschte reger Verkehr; fast entstand für mich der Eindruck, als spiele sich auf diesem Gelände das Leben vorwiegend draußen ab. Zugleich wurden die meisten der Ruinen schon genutzt. Als in der beginnenden Dämmerung die ersten Lichter eingeschaltet wurden, sah ich das Leben in den Büros, den Betrieben und Wohnungen, und plötzlich wusste ich, dass ich hier bleiben würde. Sander hatte mich erst halb überzeugen können, aber dieses Reich der Lichter in der nun schnell fallenden Dämmerung, die Selbstverständlichkeit in den Bewegungen der Menschen, die ich hinter den Fenstern sah, verführten mich ganz, und ich wünschte mir nichts mehr, als in Zukunft zu ihnen zu gehören und wie Sander *wir* zu sagen, wenn ich von diesem Gelände sprach.

Sander führte mich in meine Wohnung. Während er in der Bibliothek wohnte, wurde ich in einem schon ausgebauten ehemaligen Geräteschuppen zweihundert Meter weiter nördlich untergebracht. Ich bekam ein großes, spärlich möbliertes Zimmer zum Wohnen und Schlafen, ein kleines Bad und eine Küche. »Vielleicht gibt es mal etwas Größeres für dich«, sagte Sander, aber ich wehrte gleich ab. Mir reichte das völlig. Sander stand etwas unentschlossen in der Tür, und ich nickte ihm zu, als Zeichen, dass er gehen könne. Ich wollte jetzt allein sein. Ich zog die japanischen Rollos aus Reispapier zu, sechs Bahnen, die man gegeneinander verschieben konnte, und saß dann eine Weile in einem schwarz bezogenen Sessel. Dann schob ich eine der Rollobahnen leicht zur Seite und spähte nach draußen. Ich beobachtete, wie hier Lichter verloschen und anderswo welche angingen, ich sah Umrisse von Gestalten in der Dunkelheit, die in verschiedene Richtungen verschwanden. Wartet nur, dachte ich, bald bin ich auch bei euch.

An diesem Abend meines ersten Tages begann ich, den Wälzer von Gregor Korff zu lesen, *Das Sonja-Komplott*. Es handelte sich um eine Polit- und Geheimdienststory aus den Jahren vor meiner Geburt, als das neue Deutschland noch etwas unübersichtlich gewesen war. Im Klappentext hieß es, dass der Autor, ein »ehemaliger einflussreicher Berater in der Bonner Szene«, in dem Roman »zum Teil eigene Erfahrungen verarbeitet« habe. Das Ganze war flott geschrieben und erzählte im Kern davon, wie der Held und Ich-Erzähler Norbert Sethe, ein Mitarbeiter des Kanzleramts, sich in den achtziger Jahren in eine junge Frau namens Sonja verliebt, die in der Bundestagsverwaltung arbeitet. Für einen geübten Leser wird natürlich ziemlich schnell klar, dass es sich bei der Kleinen um eine Stasi-Agentin handelt. Ich blätterte schon einmal vor und sah, dass später noch andere Geheimdienste mitmischen würden, vom MI6 über die CIA bis zum Mossad, und dass alles da war, was dazugehört: Ministerstürze, fiese Morde und alle Arten von Verrat. Anders kriegt man auch keine achthundert Seiten zusammen. Auf der Umschlagrückseite waren lobende Pressestimmen und dazu ein anerkennendes Statement von John le Carré abgedruckt. Schmöker aus diesem Milieu habe ich immer gern gelesen. Unter anderen Umständen hätte ich mir sogar vorstellen können, selbst bei einem Dienst anzuheuern, aber ich habe es eben nur bis zum Schwarzmarkt gebracht.

Am nächsten Morgen gab Sander mir eine erste Einführung in die Systematik der Bibliothek, damit ich ihm künftig beim Katalogisieren helfen konnte. Bei aller Liebe zu Büchern war ich schließlich ein Quereinsteiger, ein abgebrochener Student, der später in einem ganz anderen Bereich, nämlich als Kaufmann, erfolgreich gewesen war. Bei Sander dagegen hätte ich mir nie etwas anderes vorstellen können, als dass er mit Büchern zu tun hatte, von früh an.

Nicht lange, nachdem wir uns kennengelernt hatten, hatte er mir die Geschichte erzählt. Eines Tages hatte er im Kindergarten einen harten Gummiball gefunden und ihn in die Hosentasche gesteckt. Bei den Spielen saß er oft am Rande. Die Erzieherin hatte ihn schon drei Mal gefragt, warum er so still sei und was ihn unglücklich mache, und jedes Mal antwortete Sander mit den Worten: »Ich bin gern still, und unglücklich bin ich gar nicht. Es ist alles in Ordnung.« Da war er vier Jahre alt, und als er diese Sätze zum dritten Mal gesagt hatte, lachte die Erzieherin und schien irgendwie erleichtert, weil sie ihn jetzt sich selbst überlassen konnte, ohne damit etwas Schlimmes zu tun. An diesem Tag stand Sander in einer Ecke und lächelte, bis er den Gummiball aus der Tasche zog und ihn einem Mädchen gezielt und aus nächster Nähe mit voller Wucht ins Gesicht warf. Riesengeschrei natürlich, das Auge des Mädchens schwoll schnell an, ein Arzt wurde gerufen, und die Erzieherin – ganz allein an diesem Tag, weil die Kollegin krank war – rief Sanders Mutter an mit der Bitte, sie möge ihren Sohn abholen. Dann wusste sie sich nicht anders zu helfen, als Sander, der ganz ruhig den Tumult beobachtete, den er ausgelöst hatte, in ihr winziges Büro einzusperren, bis die Mutter kam. Er weigerte sich, sich bei dem Mädchen zu entschuldigen. Die Erzieherin, die ihn sehr mochte, sah ihn verzweifelt an, als sie an der Tür stand, und er tröstete sie und sagte: »Machen Sie sich keine Sorgen. Es ist alles in Ordnung.« Sie schüttelte erstaunt den Kopf, tauchte wieder in den Kinderstrudel draußen ein und schloss von außen ab. Vielleicht dachte sie damals: *Ich mache alles falsch. Es ist alles ganz anders, als ich es gelernt habe.* Wir werden es nicht mehr wissen können. Heute ist sie eine alte Frau oder vielleicht schon tot. Sander erinnert sich, dass sie Ingrid hieß und dass auch er sie mochte.

In ihrem Büro stand ein Wasserkocher und ein Glas mit löslichem Kaffee, und in der Spüle lag eine schmutzige Tasse im schon halb kalten Spülwasser. Auf dem winzigen Schreibtisch entdeckte er ein graues Ablagefach, das bis auf zwei oder drei Blätter fast leer war, und daneben lag ein schon etwas abgegriffenes Taschenbuch.

»Ich erinnere mich«, sagte Sander, »dass ich etwas erstaunt war, weil ich Ingrid bisher nicht mit einem Buch gesehen hatte.«

Sander nahm das Buch und schlug es auf, und wenn er auch erstaunt war, dass Ingrid hier in ihrem Büro, verborgen vor den Augen der Kinder, ein Buch beherbergte, schien es ihn nicht zu erstaunen, dass er, als seine Augen sich auf die schwarze Textur auf weißem Grund richteten, diese Textur mühelos entziffern konnte. Und warum auch sollte er darüber erstaunt sein, hatte ihm doch noch nie jemand erzählt, dass Kinder im Alter von vier Jahren im Regelfall nicht lesen können? *Mrs. Dalloway sagte,* las er also, *sie wolle selber gehen und die Blumen kaufen.*

»Natürlich«, sagte Sander, als er mir diese Geschichte erzählte, »konnte ich damals weder erstaunt sein noch es ganz natürlich finden, dass eine Erzieherin Virginia Woolf las, weil ich nicht wusste, wer Virginia Woolf war und welche Art Leserinnen sie lasen. Vermutlich war es auch gar nicht so erstaunlich, dass sie Virginia Woolf las, denn damals galt Virginia Woolf irgendwie als eine literarische Speerspitze des Feminismus, und dass sie überhaupt solche Literatur las, die Erzieherin Ingrid, die jetzt da draußen vielleicht besorgt mit dem Arzt sprach, war vielleicht auch nicht so erstaunlich, denn ich wusste ja nicht, über welchen Weg oder welche Umwege sie Erzieherin geworden war und ob sie nicht früher etwas ganz anderes hatte werden wollen und das vielleicht noch immer werden wollte.«

Sanders Mutter kam also, um ihn abzuholen, und Ingrid schloss wieder die Tür auf, und die beiden Frauen sahen den kleinen Kai Sander dort in einer Ecke sitzen, was für sie beide kein ungewohnter Anblick war, jedoch mit einem Buch in der Hand, was sie in der Tat etwas ungewöhnlich und irgendwie auch amüsant fanden, sodass die besorgten Mienen, mit denen sie das Büro betraten, sich zu einem angedeuteten Lächeln veränderten, in dem erwachsene Überheblichkeit sich vielleicht mit der Erleichterung darüber mischte, dass der kleine Kai keinen weiteren Schaden angerichtet und inzwischen das Büro zu Kleinholz gemacht hatte. Das Lächeln war bei Ingrid entspannter als bei Sanders Mutter, die vermutlich noch über das Aggressionspotenzial ihres Sohnes nachgrübelte, und Ingrid war es auch, die etwas scherzhaft sagte: »Schau an, du hast ja mein Buch gefunden. Was steht denn da drin?«

Sander blätterte zum Anfang zurück und sagte: *Mrs. Dalloway sagte, sie wolle selber gehen und die Blumen kaufen,* und dann sah er, wie die Gesichter der beiden Frauen, seiner Mutter und seiner Kindergartenmutter also, sich zu ungläubigem Erschrecken veränderten.

»Ich habe sie später nie gefragt«, sagte Sander, »aber manchmal glaube ich, meine Mutter hat in jenem Moment gedacht, sie habe ein Monster geboren. Das Erschrecken jedenfalls, darauf schwöre ich, auch wenn ich erst vier Jahre alt war, das Erschrecken auf ihrem Gesicht war nicht freudig.«

Warum hatten seine Eltern es noch nicht gemerkt? Der Sandersche Haushalt war schließlich keiner ohne Bücher, auch wenn man nicht von einer Bibliothek sprechen konnte. Sein Vater arbeitete in der Geschäftsführung der Stahlwerke, und selbstverständlich hatte man Bücher in der Wohnung stehen, manche lagen sogar auf dem Tisch. In den stillen Nachmittagsstunden, wenn seine depressive Mutter im abgedunkelten Schlafzimmer lag, nahm der kleine Kai Sander das eine oder andere Buch an sich und blätterte darin, las hier ein paar Sätze und dort ein paar, bis er sich an seine erste vollständige Lektüre machte, Andersens *Schneekönigin.* Das war wenige Wochen vor dem Vorfall im Kindergarten, an einem sehr heißen Augusttag im gefilterten Licht der geschlossenen Jalousien. Das Märchen beeindruckte ihn außerordentlich – vielleicht nur, weil er zum ersten Mal in seinem Leben als Lesender selbst einen Text erschaffen hatte –, und er erzählte davon seiner Mutter. Ihn faszinierte die Geschichte von den Spiegelscherben, von denen eine dem kleinen Kay ins Auge flog, und natürlich zog ihn die Geschichte umso mehr an, als der Held der Geschichte fast so hieß wie er selber, nur eben mit einem y statt einem i am Ende. Er bewunderte die kleine Gerda, die sich allen Widerständen und den minimalen Erfolgsaussichten zum Trotz auf die Suche nach Kay macht. Er mochte vor allem die beiden Krähen, die Gerda schließlich ins Schloss bringen und die am Ende eine feste Anstellung als Hofkrähen erhalten. Mit dem kleinen Räubermädchen wäre er gern unterwegs gewesen, »und nur der Schluss des Märchens gefiel mir schon damals nicht so richtig«, erzählte mir Sander. »Ich ahnte irgendwie, dass er ziemlich kitschig war, und ich bedauerte die beiden, dass sie nun, als Erwachsene, wieder zu Hause waren und dort wohl auch für immer bleiben würden.«

Seine Mutter fragte sich damals nicht, woher er das Märchen kannte, sondern ging davon aus, er habe es im Kindergarten vorgelesen bekommen. Nun war es aber raus. Der Gummiball hatte es an den Tag gebracht. Seine Eltern waren in heller Aufregung und fuhren mit ihm zu einem Kinderpsychologen nach Hannover. Am Ende war dieses Kind noch hochbegabt, und sie hatten bisher nichts davon bemerkt.

»Ihr Junge ist völlig in Ordnung«, sagte der Psychologe, ein freundlicher älterer Herr mit dem Gesicht eines Gnoms, das zur Hälfte durch einen grauen Bart verdeckt war, »er kann nur einfach lesen. Andere Kinder in diesem Alter können Klavier spielen. Oder Schach.« Das beruhigte seine Eltern etwas, auch wenn es ihnen nicht wirklich half.

In der Schule konnte er eben einfach nur lesen, im Gegensatz zu manchen seiner Mitschüler, die es auch später nie richtig lernten. »Sonst ist er normal«, versicherte der Klassenlehrer seiner Mutter und wies beruhigend darauf hin, dass ihr kleiner Kai gern – und gut – Fußball spielte. Also schenkte man ihm Bücher, meldete ihn früh bei der Stadtbibliothek an, und sein Vater nahm ihn dann und wann ins Stadion mit.

Erst drei Jahre vor Sanders Abitur machte sein Deutschlehrer eine weitere Entdeckung. Man las eisern den festgelegten Kanon oder Teile daraus, in diesem Fall Anderschs *Sansibar*, »immer noch und warum denn auch nicht«, sagte Sander, als er mir seine Geschichte erzählte. »Ich mochte es gern. Unser Lehrer wollte noch einmal auf eine bestimmte Stelle zu sprechen kommen, wo Gregor Parallelen zieht zwischen seiner Situation und der des lesenden Klosterschülers, dieser Holzplastik von Barlach in der Kirche von Rerik, aber er hatte seinen Spickzettel nicht dabei und fand deshalb die Seite nicht. Es handelte sich um den Absatz, der mit den Sätzen beginnt: *Liest er denn nicht einen seiner heiligen Texte? Ist er denn nicht wie ein junger Mönch?* Das suchte er also ganz verzweifelt, und ich konnte ihm sagen, ohne diese Stelle aufgeschlagen vor mir zu haben, dass diese Sätze in unserer Taschenbuchausgabe auf Seite 43 standen, vorletzter Absatz. Er starrte mich einen Augenblick an und blätterte dann auf Seite 43, um sich zu überzeugen. Während des Unterrichts ging er nicht näher darauf ein, bat mich aber in der Pause zu sich und fragte mich, woher ich diese Stelle so genau im Kopf hatte, ob es vielleicht meine Lieblingsstelle sei? Ich antwortete, dass ich diese ganze Szene schon sehr mochte, aber dass ich von vielen Sätzen oder Absätzen, die ich einmal gelesen hatte, später wusste, wo genau sie standen, ohne sie vor mir zu haben. Ich fand nicht, dass das etwas Besonderes war. Schließlich weiß man auch, wenn man ein oder zwei Mal in einer fremden Stadt gewesen ist, wo der Markt oder das Museum oder ein bestimmtes Café oder ein Kino ist. Für meinen Deutschlehrer aber, ein netter Mann übrigens, war das eine Sensation. Er alarmierte erst einige Kollegen und dann meine Eltern. Ich wurde wieder untersucht und lernte, dass ich ein eidetisches Gedächtnis hatte, in sehr ausgeprägter Form, jedoch im Großen und Ganzen beschränkt auf Stellen in Büchern. So etwas verschwindet manchmal, wenn man älter wird, aber mir ist es geblieben.«

Jedoch betraf dieses Gedächtnis nicht allein Stellen in Büchern, sondern auch ihren Standort. Später, als er studierte, und noch später, als er schon Bibliothekar war, konnte er sich das Bild von Bibliotheken so genau einprägen, dass er annähernd von jedem Band wusste, in welchem Regal er stand. War also ein Band zum Beispiel falsch wieder eingestellt worden – und Bibliotheken seien ja nichts anderes als riesige Lager mit dem Ziel, das Buch zu schützen und es letztendlich unauffindbar zu machen, sagte Sander –, entdeckte er das sofort, wenn er durch den entsprechenden Gang kam, ja, auf der Suche nach verschollenen Büchern konnte man ihn so einsetzen, wie die Polizei ihre Spürhunde auf der Suche nach Drogen einsetzt.

»Das ist tatsächlich einige Male der Fall gewesen«, sagte Sander. »Man hat mich gerufen, wenn man ein Buch vermisste, und ich schnüffelte gleichsam durch die Gänge. Am schwierigsten gestaltete sich die Suche nach einem Band von Beckett, einer englisch-deutschen Ausgabe von *Worstward Ho / Aufs Schlimmste zu*, einem schmalen Bändchen im schlichten grauen Kleid, das nicht innerhalb der Abteilung verloren gegangen war, sondern das ich eines Tages eher zufällig bei den Mathematikern wieder aufspürte, in einer Reihe sehr ähnlich gestalteter Bände zur Differenzial- und Integralrechnung, von denen der Beckett auf den ersten Blick freilich kaum zu unterscheiden war. Ich glaube, es ist ein Fehler von mir gewesen, meinen Fund anzuzeigen, denn das war in meinem letzten Jahr an der Bibliothek, schon unter dem Regime des Generals, und ich weiß nicht, was man mit diesem wieder aufgespürten Beckett dann gemacht hat.«

»Mein größter Fehler in den Anfangsjahren aber«, fuhr Sander fort, »war der, dass ich die Bücher zu lesen begonnen habe, die ich einarbeiten sollte. Manche konnten mich nicht für sich interessieren, und ich führte sie zügig ihrem eigentlichen Bestimmungsort zu, aber in andere las ich mich hinein und verstand bald, das sie auf wieder andere verwiesen und diese auf noch andere, und dass ich nie lange genug leben würde, um sie alle zu lesen. Gewiss hatte ich diese Erfahrung schon in meinem Studium gemacht, aber in der Bibliothek wurde sie unendlich – wirklich unendlich! – potenziert. Damit sie nicht zu schmerzlich wurde, habe ich mich später gezwungen, mich auf die äußere Gestalt der Bücher und notwendigerweise natürlich aufs Bibliografische zu konzentrieren. Das soll nicht heißen, dass ich nicht auch jetzt noch lese, aber nur morgens nach dem Aufwachen und abends vor dem Einschlafen, als Privatmann gewissermaßen. Aber während der Arbeit nie.«

Dokument 2

Neuere Ergebnisse der Eidetik-Forschung. Interview mit Prof. Strothmann, Institut für Neurale Systeme und Codierung an der Privatuniversität Waldshut-Tiengen.

Das Gespräch findet in Strothmanns Büro im ersten Stock statt, mit herrlichem Blick auf den Schwarzwald. Der Interviewer Hanke, 26, ist gerade fertig mit dem Studium der Neurowissenschaften und neu eingestellt bei der Zeitschrift New Science. *Er weiß nicht so recht, wie er den berühmten Forscher zu fassen bekommen soll. Er hat sich keine Fragetechnik überlegt, sondern vertraut darauf, dass Strothmann ihm etwas erzählt. Außerdem hat er das Gefühl, mit seinem urbanen Outfit »overdressed« zu sein. Strothmann, 46, trägt Jeans, ein rotes Polohemd und Turnschuhe. Draußen sind 35 Grad, aber das Büro ist klimatisiert.*

Strothmann Das ist heute nicht mehr so ungewöhnlich. Für die Generation von diesem Sander allerdings schon noch.

Hanke Was meinen Sie jetzt genau?

Strothmann Worüber reden wir? Über eidetisches Gedächtnis, dachte ich. Das nimmt also zu, gerade in Ihrer Generation. Aber dieser Sander ist ja …

Hanke Jahrgang 1982.

Strothmann Eben. Das ist ja meine Generation, bei der ein EEV noch eher die Ausnahme ist und oft nach der Kindheit verschwindet.

Hanke EEV?

Strothmann Eidetisches Erinnerungsvermögen. Ich dachte, Sie kannten den Fachterminus. Wir sprechen eher davon als von eidetischem Gedächtnis, weil uns das Letztere etwas zu statisch ist. Zu reproduktiv. Erinnerungsvermögen ist dagegen dynamisch.

Hanke Verstehe. Und das nimmt generationsspezifisch zu?

Strothmann Auf jeden Fall. Spätestens die Generation ab 2010, 2015 ist in ihrer Wahrnehmung so von Bildern geprägt, natürlich auch von Diagrammen, Grafiken aller Art und so weiter, dass eidetisches Vermögen zwar nicht zur Regel wird, in der Häufigkeit aber deutlich zunimmt. Junge Hirne funktionieren oft anders als ältere. Ihres funktioniert vermutlich anders als meins.

Hanke Ich habe aber keinerlei eidetische Fähigkeiten.

Strothmann Gut. Es geht ja auch um Generationen, nicht um den Einzelfall. Und da verändert sich was. Wir hatten hier vor Kurzem zum Beispiel den Fall eines jungen Mannes, der mühelos das gesamte Periodensystem der chemischen Elemente hersagen konnte, mit Ordnungszahl, Symbol und Serie, allein vom Bild der Tabelle her, die er gesehen hatte.

Hanke Ein junger Chemiker?

Strothmann Eben nicht. Der gute Mann ist Grafikdesigner und hat von Chemie keine Ahnung. Er weiß überhaupt nicht, was die Zahlen und Symbole bedeuten. Er kann das Bild jederzeit abrufen, aber es nützt ihm überhaupt nichts. Die Schule hat er ja schon hinter sich und muss auf diesem Gebiet keine Prüfungen mehr machen.

Hanke Aber bei diesem Sander war das ja anders. Der hatte ja Interesse für Bücher.

Strothmann Eine andere Generation. Aber natürlich gibt es das auch bei unseren Jungeidetikern. Bekannt ist der Fall Kluhn.

Hanke Sagt mir jetzt im Moment nichts …

Strothmann Thomas Kluhn, ein Sechzehnjähriger, der vor zwei Jahren – also heute ist er achtzehn – die ganze *Marquise von O.* wortgetreu aufsagen konnte. *Marquise von O.*, das sagt Ihnen was?

Hanke Ein Theaterstück, glaube ich.

Strothmann Eine Novelle. Heinrich von Kleist.

Hanke Ja, ja, ich erinnere mich.

Strothmann Er hatte das nicht auswendig gelernt, verstehen Sie. Er musste auf eine Wand schauen, damit es funktionierte, dann sah er die Seiten der Reclamausgabe, die er gelesen hatte, vor sich, und blätterte gewissermaßen auch um. Dieser Junge will später allerdings auch »irgendetwas mit Literatur machen«, wie er sich ausdrückt. Wahrscheinlich will er selber schreiben. Es ist ja enorm, wie viele Menschen heute so schreiben, und dabei hat man schon vor knapp hundert Jahren gejammert und befürchtet, dass das Lesen und das Schreiben und damit die Bücher bald vom Erdboden verschwinden werden.

Hanke Und was unterscheidet diesen Kluhn jetzt von Sander?

Strothmann Sie haben erst einmal etwas gemeinsam, nämlich das Interesse. Aber dann unterscheidet sie etwas ganz erheblich. Bei Sander war es, wie bei den anderen Eidetikern seiner Generation, ein Talent, könnte man sagen, dass auch mit dem Ende der Kindheit nicht verloren ging. Die *Generation Kluhn*, ich nenne die jetzt mal so...doch, das gefällt mir gut, *Generation Kluhn.*

Prof. Strothmann lächelt in sich hinein und verstummt.

Hanke Ja? Sie wollten etwas sagen zu dem Unterschied... zur Generation Kluhn.

Strothmann Sicher, sicher. Der Unterschied besteht darin, dass eine aussagekräftige Zahl von Brainscreenings ergeben hat, dass in dieser Generation das Hirn sich nach und nach umstrukturiert hat. Also nicht bei jedem, aber doch bei einer relevanten Anzahl.

Hanke Aber das könnte doch auch das Resultat von Neuro-Enhancern sein. Ich meine also Hirndoping.

Strothmann Auf keinen Fall. Das Thema ist doch eigentlich durch. Wir wissen schon längst, dass Enhancer nur die Ausdauer und die Konzentration fördern – und manchmal auch die Aggressivität, nebenher bemerkt –, aber keine neue Fähigkeiten entwickeln.

Hanke Da gibt es aber auch andere Stimmen.

Strothmann Sie brauchen nur nachzuforschen, von wem diese Stimmen bezahlt werden. Wer Pillen verkaufen will, muss eben die sogenannte wissenschaftliche Werbetrommel rühren. Aber unser Institut ist von der Pharmaindustrie völlig unabhängig. Nein, nein, der Mensch ändert sich, indem er seinen physiologischen Apparat an veränderte Umstände anpasst und nicht, indem er etwas einschmeißt.

Hanke (erinnert sich an etwas, was er im Nebenfach gelernt hat) Sie sind ein Anhänger der Milieutheorie?

Strothmann Ich bin Anhänger von dem, was ich selbst herausgefunden habe oder was andere herausgefunden haben. Ich vertrete keine bestimmte Theorie und hänge auch keiner an. Aber ich habe den Mut, mich meines eigenen Verstandes zu bedienen.

Hanke Aha. Ja, sicher, das sollte wohl jeder tun.

Strothmann Und ein bisschen über den Tellerrand schauen. Haben Sie noch etwas anderes studiert als Neurowissenschaften?

Hanke Ein paar begleitende Seminare aus anderen Fächern. Was verlangt wurde. Es war ja alles im Umbruch. Ich habe noch unter dem … unter dem …

Strothmann Dem *ancien regime.*

Hanke Bitte?

Strothmann Dem alten Regime. Der Junta.

Hanke Ja, also da habe ich angefangen zu studieren, und als das zu Ende war, änderte sich die Studienordnung. Und auch die Inhalte, verstehen Sie. Auch bei den Neurowissenschaften. Ich sage nur Bildungskommissar Grosz.[1]

Strothmann Ich weiß.

Hanke Wie sind *Sie* denn damit zurechtgekommen? Oder war die Forschung nicht berührt?

Strothmann Ich war in der Schweiz. Auch die Stiftung, die diese Privatuni ermöglicht hat, sitzt in der Schweiz. Wir sind ja schließlich nah genug dran. Wenn es hart auf hart kommt, können wir ganz schnell in die Schweiz gehen. Egal, welcher Bildungskommissar oder Kulturminister oder Wissenschaftsbeauftragte uns ins Handwerk pfuschen will. Ich habe meinen ersten Wohnsitz übrigens in Basel. Welche Schwerpunkte hatten Sie im Studium?

Hanke Biologie, Medizin.

Strothmann Und sonst? Kognitive Linguistik?

Hanke Nur das Nötigste.

Strothmann Entwicklungsneuropsychologie? Kognitive und Visuelle Neuro?

Hanke Ein bisschen, ja. Hätte mehr sein können.

1 Siehe Seite 111ff.

Strothmann Jetzt sind wir ganz vom eigentlichen Interview abgekommen. *(Freundlich)* Darf ich Ihnen was sagen?

Hanke Sicher, gern.

Strothmann Der Journalismus ist nichts für Sie.

Hanke Vielleicht. Ich probiere das nur aus. Es war ein Angebot, und ich habe es angenommen.

Strothmann Klar.

Das Interview wird jetzt auf einer sozusagen »sachlichen« Ebene fortgesetzt, findet aber später in New Science *keinen Niederschlag, weil Hanke sich entschließt, nichts daraus zu machen. Stattdessen folgt er den Anregungen seines Interviewpartners und macht ein Aufbaustudium* Kognitive und Visuelle Neuropsychologie. *Drei Jahre später wird er Strothmanns Assistent.*

4

Die äußere Gestalt der Bücher und das Bibliografische, von dem Sander gesprochen hatte, beschäftigten uns auch jetzt. Die Schwierigkeit, eine Systematik zu entwickeln, lag darin, dass diese Bibliothek selten gezielt ankaufen konnte, schon gar nicht beim sich nach und nach wieder differenzierenden Verlagswesen und im Großhandel, wobei es so war, dass Sander sich für Neuerscheinungen auch kaum interessierte. Der Zuwachs der Bibliothek beruhte auf Zufällen, auf Schnäppchen, wie sie die Anarchisten in Sanders Auftrag bei der Bibliotheksauflösung des Professors Goergen gemacht hatten, auf Schenkungen und Flohmarktfunden, auf Fallimenten von Buchläden oder Verlagen. Zwar wurden wir auch von den Firmen unterstützt, die sich auf dem Gelände angesiedelt hatten, und konnten das eine oder andere gezielt ankaufen, etwa die *Gesammelten Schriften I und II* von Kurt Bracharz, die 2015 in einer sehr schönen Ausgabe bei *Libero* erschienen waren und ein Jahr später nach dem Putsch sofort verboten und, soweit man ihrer habhaft werden konnte, auch vernichtet wurden. Besonders die beiden Firmen der IT-Branche, die inzwischen hier ansässig waren, unterstützten uns. Die Branche gehörte nach dem Sturz des Regimes zu den eigentlichen Gewinnern, weil die Informationstechnologie im Lande in den neun Jahren der Junta trotz deren Modernitätsanspruchs hinter der weltweiten Entwicklung zurückgeblieben war. Die Zensur ließ keine wirkliche Entwicklung zu, auch wenn zugleich das Regime selbst sein internes, unabhängiges Netz auf dem neuesten Stand aufbaute. Deshalb hielten neue Formen der Kommunikation und der Vernetzung wie *j2woody, hurtz, clash, Dath 20.0* oder *Capt'n Hook* erst jetzt auf breiter Ebene Einzug bei uns.

In den Flachbauten, in denen sich die beiden Firmen angesiedelt hatten, brannte oft die halbe Nacht Licht. Einmal, als ich selbst nicht schlafen konnte, war ich um halb drei nachts übers Gelände gewandert – früher, dachte ich dabei, früher hätte man mich sofort erschossen, wenn ich um diese Zeit und unbefugt hier aufgetaucht wäre –, und in der halb geöffneten Eingangstür von *Alice in Wonderland* (so hatte sich die Firma ganz offiziell genannt) stand rauchend eine junge Frau, vielleicht Ende zwanzig. Sie gehörte vermutlich zum Kreativteam der Firma, aber eigentlich, so viel hatte ich schon mitbekommen, waren dort alle Kreative. Ich grüßte schüchtern mit einem Kopfnicken und einem kaum hörbaren *Hallo,* und sie fragte keineswegs schüchtern zurück: »Du kannst nicht schlafen, was?«

Ich nickte.

»Ich auch nicht«, sagte sie, »deshalb versuche ich, die Zeit zu nutzen und ein Problem zu lösen, an dem wir alle seit drei Tagen festhängen.«

»Aha. Und welches?«

»Hat keinen Sinn, das erklären zu wollen, dazu muss man vom Fach sein. Das ist jetzt wirklich nicht arrogant, aber es ist einfach so. Kommt ihr mit eurer Systematik vorwärts?«

Sie wusste also, wer ich war. Wir kannten uns ja keineswegs alle hier auf dem Gelände, und da ich noch relativ neu war, musste ich meistens erklären, was ich hier tat. Mir fiel auf, dass sie zwar ohne Stocken und fehlerfrei deutsch sprach, jedoch mit einem deutlich englischen Akzent.

»Mühsam«, antwortete ich auf ihre Frage. »Im Grunde kann jeder Neuzugang zum Problem werden und eine andere Systematik fordern. Aber die Bibliothek ist schließlich immer unendlich.« Diesen Satz hatte ich von Sander, und ich glaube, Sander hatte ihn von Borges. »Ich bin übrigens Ulrich Anders«, sagte ich.

»Ich weiß. Ich bin Eleanor Rigby.«

Ich starrte sie an, aber sie schien diese Reaktion gewohnt zu sein und legte nach. »Doch, ich heiße wirklich so. Ist schließlich auch ein ganz normaler Name, oder? And you won't believe it, ich komme tatsächlich aus Liverpool. Ich muss jetzt wieder rein, habe gerade eine Idee. War nett. Sieh zu, dass du ein bisschen Schlaf findest.«

Das versuchte ich. Ich hatte für meine Wohnung ein neues Bett besorgt, in dem ich besser schlief als auf der alten Matratze, die bei meiner Ankunft dort auf dem Boden gelegen hatte. Auch einen größeren Tisch hatte ich mir machen lassen, sonst alles so gelassen, wie ich es vorgefunden hatte. Im Bad verbrachte ich manche Abende, aber meine Küche nutzte ich zu kaum mehr als zum Kaffeekochen, da ich meistens in einem der beiden Restaurants auf dem Gelände essen ging.

Eins davon war die *Tomate,* lag nur fünfzig Schritte von der Bibliothek entfernt auf der anderen Straßenseite und wurde von einem Schweizer geführt. Ich erinnerte mich jetzt daran, dort mittags schon ein oder zwei Mal diese junge Frau gesehen zu haben, mit der ich eben gesprochen hatte, Eleanor Rigby. Das zweite lag ganz am anderen Ende des Geländes, in der letzten Ruine, bei deren Instandsetzung und Ausbau man schon viel weiter war als vorn. Das lag einfach an der Initiative der jeweiligen Besetzer, wenn ich dieses etwas antiquierte Wort benutzen darf. In diesem riesigen zweigeschossigen Komplex war die neu geschaffene

Zentrale Staatspolizei untergebracht gewesen. Als Erstes hatte sich nach dem Fall der Junta eine Bäckerei, beinahe eine kleine Brotfabrik, hier niedergelassen, dann waren eine Reihe anderer Handwerkszweige gefolgt, die natürlich ursprünglich durch Aufträge auf das Gelände gezogen worden waren, auch aber durch die Raumnot in der anfangs doch weitgehend zerstörten Hauptstadt, nämlich Schreiner, Dachdecker, Glaser, Maurer und andere aus der Bauwirtschaft, aber auch ein Uhrmacher, der eine winzige Werkstatt im Obergeschoss hatte. Das Restaurant, natürlich im Erdgeschoss, hatte sich erst vor Kurzem hier angesiedelt, wenige Wochen vor meiner Ankunft. Es trug den klingenden Namen *le plaisir du texte,* der in einem eleganten Neonschriftzug und durchgängiger Kleinschreibung über der Eingangstür strahlte, wurde aber nicht, wie man leicht annehmen konnte, von einem französischen Dreisternekoch mit intellektuellem Hintergrund geführt, sondern von einem deutschen Autodidakten, der im letzten Jahr der Juntaherrschaft hier auf dem Gelände in Haft gewesen war, gleichsam auf dem Vorhof der Folterkammern, und in den chaotischen letzten Tagen des Regimes befreit wurde.

Das alles wusste ich von Sander. Ich war ja erst zwei Wochen hier und suchte außerhalb der Bibliothek noch nach meinen Orten und meinem Rhythmus. Viel Zeit hatte ich dazu bisher nicht gehabt, denn in der Bibliothek selbst hatten wir in diesen beiden Wochen wie besessen gearbeitet, wobei auch ich natürlich in den Anfängerfehler verfiel, wenigstens in die Bücher hineinlesen zu wollen, die ich einzuarbeiten hatte, bis mir Sander auf die Finger klopfte. Von früh an saßen wir eingemauert zwischen diesen sich auftürmenden Bücherstapeln; selbst das Mittagessen ließen wir uns manchmal bringen, um weiterarbeiten zu können. Aber wenn ich dann am frühen Abend zwischen den Häusern und Ruinen entlangstrich, wenn ich hier und da hinter erleuchteten Fenstern noch Menschen sah, die an ihren Rechnern saßen, sich über Dokumente beugten, telefonierten oder im kleinen Kreis miteinander konferierten, fühlte ich mich plötzlich als Mitglied eines auserwählten Kreises, einer wie auch immer gearteten Avantgarde, und hatte das Gefühl, mit meiner Mitarbeit am Aufbau der Bibliothek Teil eines viel größeren Aufbaus zu sein, eines Aufbruchs beinahe, wenn ich auch nicht sagen konnte, wohin.

Zuweilen war mir allerdings bei dem Gedanken mulmig, dass wir mit der Bibliothek gleichsam im ehemaligen Zentrum des Bösen saßen, im Privathaus des Generals. Doch die Villa war auf dem ganzen Gelände das einzige Haus gewesen, das beinahe unversehrt geblieben war, und die wenigen Einschusslöcher im Mauerwerk waren längst getilgt. Gleich am ersten Tag hatte mir Sander in einem Ton, der keinen Zweifel duldete, erklärt, dass die Bibliothek natürlich ins schönste Haus gehöre, denn schließlich sei sie immer das Herz und das Gedächtnis der Welt.

»Vorher gab es übrigens auf dem ganzen Gelände hier keine Bibliothek«, sagte er. »In diesem Haus haben kaum Bücher gestanden, der General las nicht. Es gab in den beiden Hochhäusern, die sie gesprengt haben, eine Registratur für die Akten und die elektronischen Speichermedien, aber keine Bücher. In den Trümmern sind jedenfalls nicht die geringsten Hinweise darauf gefunden worden.«

Dokument 3

Eintrag ins Handelsregister B (nach den Bestimmungen vom 10. 10. 2025)

Firma *Alice in Wonderland*
Ort der Niederlassung *Berlin*
Gegenstand des Unternehmens *Programmentwicklung auf dem Gebiet der Informationstechnologie*
Geschäftsführer *John Tennant, Kaufmann, Berlin*
Rechtsform des Unternehmens *OHG nach dem Gesetz vom 14. 11. 2025*
Grundkapital *120 000 Neue €*

Gesellschafter *John Tennant, Kaufmann; Andreas Rinck, Informatiker; Fred Bock, Informatiker; Thomas Bürkle, IT-Systemkaufmann; Eleanor Rigby, Softwarearchitektin; alle Berlin.*

Tag der Eintragung 03. 03. 2026

5

Ein wohlhabender und gelehrter Mann im Süden der Stadt hatte uns seine Bibliothek angeboten, die etwa zehntausend Bände umfasste. Einen Preis hatte er nicht genannt, sondern uns stattdessen zu einem Besuch aufgefordert, damit wir den Bestand besichtigten und einschätzten. Er hatte sofort klargemacht, dass er die Bibliothek natürlich nicht zu ihrem wahren Wert abgeben werde, weil er wisse, dass wir den nicht würden zahlen können. Geld wolle er schon haben, aber beim genaueren Hinsehen, versuchte er uns deutlich zu machen, handele es sich fast um so etwas wie eine Schenkung.

»Ein Wohltäter«, sagte ich, als Sander mir davon erzählt hatte. »Weshalb gibt er seine Bücher ab?«

»Ein Übeltäter«, sagte Sander. »Deshalb. Ich gehe jede Wette ein, dass er das Land möglichst schnell verlassen will, bevor sie ihn doch noch zur Rechenschaft ziehen. Da kann er schlecht zehntausend Bücher mitnehmen.«

Ich verstand nicht, und Sander begann zu erzählen.

»Du musst bedenken, dass ich im Gegensatz zu dir immer in der Hauptstadt geblieben bin«, fing er an, »und auch wenn ich am Rande lebte und mich verkrochen hatte, habe ich doch sehr viel mitbekommen.«

Ich wollte ihn zuerst fragen, ob er eigentlich in irgendeiner Widerstandsgruppe gearbeitet hatte. Sander war nicht der Typ, der das später an die große Glocke gehängt hätte. Ich tat es dann doch nicht, um ihn nicht zu Bekenntnissen zu zwingen, die er von sich aus nicht ablegen wollte, und ließ ihn stattdessen die Geschichte des Mannes erzählen, dessen Bibliothek wir übernehmen sollten.

Dieser Oliver Kolberg, 1964 geboren, inzwischen also fünfundsechzig Jahre alt, hatte schon in den Jahren vor dem Putsch als einer der bedeutendsten deutschen Staatsrechtler und Verfassungsjuristen gegolten. Fast war es schon ein wenig zu spät, als sich die Humboldt-Universität endlich entschloss, ihn zu berufen; bis dahin hatte Kolberg in Heidelberg gelehrt. Er war als Gutachter in Verfassungsfragen unumgänglich, besonders wenn es darum ging, dass der Staat die Stellschrauben bei der Verwaltung und Reglementierung seiner Bürger noch um eine oder zwei Drehungen anziehen wollte. Was ihn aber vor allem von seinen Kollegen fundamental unterschied, war sein Stil. Kolberg schrieb, darin war man sich einig, das beste und prägnanteste Deutsch jener Jahre und wurde weit jenseits seines eigentlichen Fachs gelesen, beinahe wie ein Schriftsteller. Seine schmalen Bücher zum Stand der Dinge las man wie Romane, und eins oder zwei davon, mit einer etwas populäreren Thematik als der staatsrechtlichen, erreichten Auflagen, die für diese Art Literatur völlig ungewöhnlich waren. Niemand könne sich, hieß es in der Kritik eines seiner Essays, dem »unheimlichen Alarmzustand« entziehen, in den jeder versetzt werde, der Kolbergs Sätze lese, und nur ein einziger Kritiker erkannte hinter den bei aller Präzision »etwas geheimnisvoll leuchtenden Formeln« den »ungeheuren Machtwunsch, die Welt und die Dinge in ihr durch Begriffe in eine sprachliche Ordnung zu zwingen und sie aber gleichzeitig in der Schwebe zu halten und zum Tanzen zu bringen.«

»Genau das war es«, sagte Sander, »was er sein ganzes Leben lang getan hat. Deshalb kann man ihm heute auch nicht so richtig beikommen.«

Nun also die Hauptstadt, wo er in den Jahren vor dem Putsch in den wichtigsten Salons verkehrte, auf dem Gipfel seiner beruflichen wie gesellschaftlichen Reputation, zudem *a ladies' man*, wie die englische Sprache es so viel besser ausdrückt als die deutsche mit ihrem Verführer oder Aufreißer, weil in dem englischen Ausdruck mitschwingt, dass immer zwei dazugehören. Es hieß sogar, erzählte Sander, er habe dem letzten deutschen Kanzler, den er inoffiziell mit beraten hatte, die junge Frau ausgespannt, was ihm weiter nicht mehr schaden konnte, weil wenig später der Putsch kam, in dessen Verlauf der Kanzler bekanntlich erschossen wurde.

Wirklich fähige Leute dagegen erschießt man nicht, auch wenn sie vielleicht auf der anderen Seite stehen, sondern man vereinnahmt sie. Kolbergs zentrale Fähigkeit bestand kurz gesagt darin, dass er überaus überzeugend Schwarz in Weiß und Weiß in Schwarz verwandeln konnte, und nichts brauchten der General und seine Junta mehr. Wegen seiner Initialen bekam Kolberg im Untergrund bald den Spitznamen *Okay,* weil er alles, was nach 2016 folgte, in brillanten Argumentationen und Sätzen rechtfertigte, ohne sich dabei die Finger schmutzig zu machen. Man findet in seinen Schriften zum Beispiel keinen einzigen Satz, der die Folter oder auch nur die unbefristete Untersuchungshaft gerechtfertigt hätte, die das Regime bald einführte und mit der es seine Feinde im äußersten Fall lebenslang einsperren konnte, ohne ihnen den Prozess machen zu müssen. Dennoch war der durchgängige Tenor von Kolbergs Schriften, der General schütze das Land, das Wohlergehen seiner Bewohner und das Recht.

Ein politisches Amt oder eine offizielle politische Funktion übernahm er nie. Er war einfach weiterhin der brillante Lehrer für Staats- und Verfassungsrecht an der Humboldt-Universität, und er arbeitete offiziell nicht einmal an der Ausarbeitung der neuen Verfassung mit, die das Regime sich gab. Dafür hatte er seine Handlanger, junge Männer, die bei ihm promovierten oder die er anderweitig protegierte. Er war außerhalb seiner Lehrtätigkeit noch immer beliebter Gast in den Salons, die auch nach dem Putsch weiterhin florierten, und lebte sonst in seiner Villa tief im Süden der Stadt, in der angeblich und nie wirklich bestätigt manchmal zehn oder fünfzehn Frauen zugleich zu Besuch waren, in der es aber mit Sicherheit Tausende und Abertausende von Büchern gab, deren Zahl noch immer zunahm.

Dorthin sollte ich nun fahren, die Bibliothek einschätzen und mit Professor Kolberg verhandeln. Seinen Lehrstuhl hatte er nach dem Sturz nicht wiederbekommen, aber seine Bezüge erhielt er in kaum vermindertem Umfang bis zur endgültigen Klärung der Rechtslage (die Gutachten dazu schrieben allerdings andere). Er war ein knappes Jahr vor dem Sturz des Regimes, nach der Niederlage von Reichenfels, auf Distanz gegangen, nicht mit kritischen Äußerungen, sondern indem er unter dem Vorwand gesundheitlicher Probleme keine Arbeiten mehr übernahm. Das kostete ihn kurz vor dem Untergang sogar seinen Lehrstuhl, und er konnte später deshalb darauf hinweisen, er sei im Widerstand gewesen und in Ungnade gefallen. Da es nun aber nach fünf Jahren doch Bestrebungen gab, einen Prozess gegen ihn anzustrengen, wollte Kolberg sich nach Sanders Vermutungen aus dem Staub machen, um sein Alter nicht im ungünstigsten Fall hinter Gittern verbringen zu müssen.

»Und du hast noch nie von ihm gehört?«, fragte Sander mich, als er zu Ende erzählt hatte.

Ich schüttelte den Kopf. »Ich war all die Jahre tief im Westen, Kai«, sagte ich, »und ich war Kaufmann. Das hat mich alles nicht so interessiert.«

»Weil du Kaufmann warst, sollst du ja auch zu ihm fahren. Du verhandelst sicher besser. Und ich brächte es nicht über mich, ihm die Hand zu geben.«

»Aber mich schickst du hin, und auch wenn wir sicher nicht den angemessenen Preis zahlen werden, helfen wir ihm doch vielleicht, seiner Sühne zu entkommen.«

Sander nickte.

»Ja, das hast du schön gesagt, das mit der Sühne. Aber wenn ich die Wahl habe, zehntausend Bücher zu einem günstigen Preis zu bekommen oder jemanden seiner vielleicht verdienten Strafe zuzuführen, entscheide ich mich für die zehntausend Bücher. Kolberg stirbt sowieso irgendwann, vielleicht bald, vielleicht später, vielleicht unbehelligt oder vielleicht im Elend. Aber die Bücher haben eine Chance zu bleiben. Hier ist die Adresse. Und hier habe ich ein Interview, das *NERO* vor zwei Monaten mit Kolbergs schärfstem Kritiker geführt hat. Lies das mal, dann weißt du im Großen und Ganzen, mit wem du es zu tun bekommst.«

Dokument 4

Das System Kolberg. Gespräch mit dem Historiker Christoph Lindenbaum, Privatdozent (Dr. phil. habil.) an der Universität Bonn

Zwei Redakteure des Magazins NERO *sind gekommen, einer von der »Politik«, der andere von der »Kultur«. Das Gespräch findet in der Privatwohnung Lindenbaums in Oberwinter statt. Das Haus, ein Bungalow im Stil der sechziger Jahre des zwanzigsten Jahrhunderts, steht mit dem Rücken zum Rhein. Man hört die größeren Frachtkähne ebenso vorbeituckern wie die Ausflugsschiffe der Köln-Düsseldorfer Rheinschifffahrt, einer Gesellschaft, die alle politischen und gesellschaftlichen Umwälzungen bis heute souverän überstanden hat. In Lindenbaums Arbeitszimmer findet sich ein Foto Kolbergs an der Wand. Ein Zeitungsausriss, nicht gerahmt.*

NERO Ist das Faszination, oder haben Sie nach der bekannten Regel immer ein Bild Ihres Feindes vor sich?

Lindenbaum Von Faszination kann bei mir wohl keine Rede sein.

NERO Da lesen wir Sie aber anders. Ich zitiere mal: »Jeder Leser kennt den unheimlichen Alarmzustand, in den die Lektüre Kolbergs versetzt.«

Lindenbaum Das muss man ja nicht als Eloge lesen.

NERO Das tun wir auch nicht. Aber Faszination lesen wir da schon heraus.

Lindenbaum Dass ein Wissenschaftler von dem Gegenstand fasziniert ist, mit dem er sich viele Jahre beschäftigt, darf man wohl verlangen, oder? Obwohl es viel zu selten der Fall ist. Die meisten suchen sich ja früh ihr eigenes kleines Spezialgebiet und bebauen und bewässern es über die Jahre und Jahrzehnte.

NERO Trifft das nicht auch auf Sie und Kolberg zu?

Lindenbaum Nur äußerlich. Bei mir steht eine andere Antriebskraft dahinter.

NERO Die wäre?

Lindenbaum Sie haben sie vorhin schon benannt. Feindschaft.

NERO Die persönliche Gründe hat? Berufliche?

Lindenbaum Wenn Sie damit meinen, ob er mir in meiner Karriere Steine in den Weg gelegt hat, nein. Ich bin Historiker, Kolberg ist Staatsrechtler und Verfassungsjurist. Da sind wir uns nicht in die Quere gekommen. Und persönlich? Persönlich bin ich ihm nie begegnet. Darauf lege ich auch keinen Wert.

NERO Was hat dann die Feindschaft hervorgerufen?

Lindenbaum Das, was alle so bewundern, und ich vielleicht auch: sein Stil. Und die Funktion dieses Stils. Und die Funktion des Mannes im staatlichen Betrieb.

NERO Fangen wir doch mal damit an. Wie würden Sie das denn beschreiben?

Lindenbaum Solche Systeme wie die Junta haben ja gewöhnlich einen Chefideologen, der aus verschiedenen Versatzstücken die offizielle Lehre zusammenzimmert. Das sind meistens harmlose Spinner – na gut, harmlos ist nicht das richtige Wort. Also Spinner, die vielleicht zu viel Theorie in sich reingestopft haben und von irgendeiner fixen Idee besessen sind. Meistens haben sie nicht wirklich was zu sagen, aber dafür einen hübschen Posten. Kolberg hat da ganz anders funktioniert. Und da kommt sein Stil ins Spiel.

NERO Jetzt sind wir aber gespannt.

Lindenbaum Er ist unbestritten jemand, der sehr gut schreiben kann. Sein Stil ist ganz undeutsch, eher lateinisch, also klar, gestochen, knapp. Der Stil wird dann allgemein für den Inhalt genommen – eine Variante von *le style, c'est l'homme,* könnte man sagen –, und so erscheint er als die verkörperte Transparenz. Mit anderen Worten, man liest nicht mehr, was Kolberg sagt, sondern wie er es sagt.

NERO Und was sagt er, Ihrer Ansicht nach?

Lindenbaum Eben nichts Bestimmtes, das ist es ja. Wenn Sie die Texte inhaltlich abklopfen, werden Sie feststellen, dass sie unendlich und nach allen Richtungen auslegbar sind. Ein Paradies für Hermeneutiker. Er legt sich nie fest, tut das aber sehr entschieden. Entsprechend wird er von seinen Lesern je nach deren Wünschen ausgelegt. Das macht ihn zum einen für viele Interessen verwertbar und den Mann selbst als vermeintlichen Verbündeten wertvoll. So erklärt sich seine Karriere.

NERO Also der Opportunist par excellence.

Lindenbaum Vielleicht sogar unbewusst. Manche seiner Schriften sind natürlich offen opportunistisch, allen voran *Stunde der Entscheidung*, gleich nach dem Putsch. Ist ihm heute wahrscheinlich peinlich. Aber das war ja fast Tagespresse, da wollte sich jemand unter veränderten Umständen schnell neu positionieren und seine Pfründe sichern. Das haben andere auch getan.

NERO Sie aber nicht.

Lindenbaum Dazu hätte ich auch keine Chance gehabt, selbst wenn ich gewollt hätte. Ich hatte mich doch schon viel zu weit aus dem Fenster gelehnt. Es war klar, dass an der Universität kein Platz mehr für mich war.

NERO Was haben Sie gemacht?

Lindenbaum Sie können mir nicht erzählen, dass Sie das nicht wissen. Ihr Magazin ist für seine gründliche Recherche bekannt.

NERO Wir würden es aber noch einmal gern von Ihnen hören. Damit unsere Leser es dann auch wissen.

Lindenbaum Ich habe eine Stelle in der Verwaltung der Entsorgungsbetriebe Nord bekommen, mit Sitz in Hannover. Natürlich keine leitende Tätigkeit. Die Bezahlung war bescheiden, aber in Hannover kann man ja auch mit bescheidenen Mitteln ganz gut leben, wenn man es geschickt anfängt. Da habe ich die neun Jahre überwintert. Außerdem hatte ich das gute Gewissen, nichts Böses zu tun, keine Sachen sagen oder schreiben zu müssen, für die ich mich später schämen müsste, und sogar noch für Sauberkeit und Umweltschonung zu sorgen.

NERO Und wie sind Sie da rangekommen?

Lindenbaum Ehemaliger Schulfreund.

NERO Dann wissen unsere Leser das jetzt also auch. Innere Emigration also.

Lindenbaum Wenn Sie es so nennen wollen.

NERO Wollen wir. Zurück zu Kolberg. Sie haben gesagt, er war vielleicht ein unbewusster Opportunist.

Lindenbaum Na, also so ganz unbewusst auch nicht. Oder so: Sein Unbewusstes hat ihm schon zuverlässig gesagt, was jeweils das Beste für ihn war. Ich meine etwas anderes. Kolberg verkörpert mit äußerster Transparenz und Entschiedenheit das Prinzip des Unbestimmten und Nebulösen. Man könnte auch sagen: des Glitschigen, Unfassbaren. All diese Sätze, die so gestochen scharf daherkommen, ergeben am Ende ein Ganzes, das sich am ehesten einem Vexierbild vergleichen lässt. Und je nachdem, wie man's dreht, kann man es für die eigenen Interessen einsetzen. Kolberg war also für die Junta durchaus kompatibel, so wie er vorher für andere brauchbar war und sich vielleicht sogar für eine künftige Regierung wieder empfehlen könnte.

NERO Also doch der klassische Opportunist.

Lindenbaum Nein. Der klassische Blender, und selbst das nicht bewusst. Er will einfach nur brillant sein und sich an der eigenen Brillanz berauschen. Noch genauer: Er wird von der eigenen Brillanz einfach mitgerissen und weiß am Ende selbst nicht mehr genau, was er sagt. Geschwätzigkeit kann ja auch in sehr gutem Stil daherkommen. Das ist übrigens ein Typus des Intellektuellen, den es immer gegeben hat.

NERO Und wie würden Sie den moralisch bewerten?

Lindenbaum Moralisch kann man den gar nicht bewerten. Dieser Typus Intellektueller wird immer darauf hinweisen, dass man von einem kreativen Denken keine Eindeutigkeit verlangen kann – was ja auch stimmt –, und dass man ihn nicht verantwortlich machen kann für die praktischen Folgerungen, die andere daraus ziehen. Moral ist eine Kategorie, die hier nicht wirklich greift.

NERO Sie glauben also, er wird bald wieder eine wichtige Stimme sein und seinen Lehrstuhl zurückerhalten?

Lindenbaum Zum zweiten kann ich nichts sagen. Es ist ja jetzt doch von einem Prozess die Rede. Da kenne ich mich juristisch zu wenig aus.

NERO Und Sie selbst? Werden Sie mal einen Lehrstuhl bekommen?

Lindenbaum Kein Kommentar.

NERO Herr Dr. Lindenbaum, wir danken Ihnen für das Gespräch.

6

Am Morgen nach der schlafarmen Nacht, in der ich Eleanor kennen gelernt hatte, fuhr ich zu Professor Kolberg in den Süden. Es war das erste Mal seit meiner Ankunft, dass ich das Gelände verließ. Ich hatte in der Bibliothek mit Sander noch einmal alles durchgesprochen, dann machte ich mich auf den Weg nach vorn zum Ausgang. Es war kurz vor zehn. Als ich an *Alice in Wonderland* vorbeikam, stand Eleanor wieder in der Tür. Ich verkniff mir noch schnell den blöden Satz *So schnell sieht man sich wieder.*

»Wo geht's hin?«, fragte sie.

»Bücher besichtigen und verhandeln. Und selbst? Pause?«

»Lange Pause, ja. Das Problem ist gelöst. Ich kann jetzt endlich schlafen gehen.«

»Glückwunsch«, sagte ich. »Heute Nacht?«

»Heute Morgen um kurz vor sieben«, sagte Eleanor und lächelte schwach, »kam die Erleuchtung. Viel Glück bei deinen Verhandlungen.«

Eigentlich hatte Sander mir sein Auto geben wollen, aber am Tag davor stellte sich heraus, dass es partout nicht mehr anspringen wollte. Eine Autowerkstatt gab es noch nicht auf dem Gelände. Die Anarchisten brauchten an diesem Tag ihre Klapperkiste selbst, und sonst mochte Sander niemanden fragen, obwohl sich sicher jemand gefunden hätte, der uns seinen Wagen geliehen hätte.

Mir war es nur recht so, denn ich ließ mich lieber langsam in den Süden der Hauptstadt treiben und hielt dabei die Augen offen, anstatt selbst zu fahren. Als ich im September aus Aachen angereist war, war ich mit einem Stummen Taxi direkt zum Gelände gefahren. Heute sind die Stummen Taxis längst verschwunden, deshalb muss ich hier kurz erklären, worum es sich handelte. In den ersten Jahren nach dem Sturz des Generals gab es in den größeren Städten an Bahnhöfen, Flughäfen und stark frequentierten Plätzen Autos, die nicht als Taxis gekennzeichnet, an gewissen Zeichen aber leicht als solche erkennbar waren. Sie machten den zugelassenen Taxiunternehmen Konkurrenz und fuhren ihre Kunden zu einem Preis, der unter der Hälfte des üblichen Fahrpreises lag. Für die Vertreter der offiziellen Unternehmen und die sogenannten Ordnungskräfte war es sehr schwer, diesen illegalen Taxiring in den Griff zu bekommen, denn niemand konnte es einem Autofahrer verwehren, jemanden in seinem Privatwagen mitzunehmen: Ein Freund, ein guter Bekannter, mehr nicht. Fahrpreis? Wo denken Sie hin, ich werde doch von einem Freund kein Geld nehmen! Selbstverständlich hingen keine Taxameter in diesen Autos, und man vereinbarte den Fahrpreis vor der Fahrt. Der geübte Benutzer kannte die Tarife.

Dieser Ring war erstaunlich straff organisiert, und der Großteil der Einnahmen floss in die Zentrale irgendwo südlich von Hamburg. Die Benutzer der Stummen Taxis, also auch ich, wussten damals noch nichts über den Ring, und selbst die Fahrer waren in der Regel einfach nur Leute, die einen Job gesucht und hier gefunden hatten. Erst später fand man heraus, dass der Ring von Seilschaften aus dem

Umkreis der alten Junta betrieben wurde, wie manche Unternehmen in anderen Branchen auch. Die Gewinne wurden zum großen Teil in die Beschaffung von Waffen gesteckt, wie man später erfuhr, denn das gestürzte Regime hatte sich noch nicht geschlagen gegeben. Keiner wusste, ob der General noch lebte und wo er sich eventuell versteckt hielt.

Vielleicht haben die meisten schon vergessen, wie die Verhältnisse damals waren, und die Jüngeren haben es natürlich nie gewusst. In den Jahren nach dem Sturz des Generals gab es zwar eine Übergangsregierung, gebildet aus Unbelasteten und Angehörigen des Widerstands, die mit den Vertretern der *Internationalen Befriedungstruppe* zusammenarbeitete. Hinter der stand bekanntlich die *Internationale Kommission,* und die war für ein paar Jahre so etwas wie eine Nebenregierung des Landes, andere sagen, das eigentliche Machtzentrum. Es gab eine Menge herrschaftsfreier Räume, die die offiziellen Kräfte lange Zeit nicht unter Kontrolle bekamen. Wir auf dem alten Gelände gehörten in besonderer Weise dazu, aber im Grunde lebten achtzig Prozent der Bevölkerung in irgendeiner Weise in solchen herrschaftsfreien Räumen. Da niemand genau wusste, wer eigentlich das Land regierte, musste plötzlich jeder sein Leben selbst führen.

Ich lief lange, bis ich an eine Bushaltestelle kam. Die Busse in der Hauptstadt verkehrten schon seit zwei Jahren wieder regulär, während Teile der U-Bahn-Strecken noch lahmgelegt waren. Man vermutete immer noch versprengte Hilfstruppen und alte Getreue des Generals, die dort unten lebten und auf ihren Einsatz warteten. Die meisten hielten das allerdings für ein Ammenmärchen, aber die Furcht und das Gerücht waren ebenso das Kennzeichen jener Jahre wie die Hoffnung und das Glück in neuen Nischen.

Die Busse waren jetzt wieder gelb, nachdem sie in der Zeit der Junta graugrün gewesen waren. Graugrün war die alles beherrschende Farbe jener Jahre. Ich erklomm den 1119er und ging sofort aufs Oberdeck, das fast leer war, nur ganz hinten lümmelte sich ein sechzehn-, siebzehnjähriges

Liebespaar. Auch unten war der Betrieb mäßig. Ich sah aus dem Fenster und war überrascht, wie leer die Hauptstadt war. Dabei waren laut Zeitungsberichten seit dem Ende der Kämpfe schon Hunderttausende hierher zurückgekehrt. Mir wurde auch erst jetzt bewusst, wie zerstört manche Ecken noch waren und wie lange es dauern würde, bis alles wieder instandgesetzt war, im Gegensatz zum alten Westen. Öfter sah ich, wie Menschen auf der Straße miteinander verhandelten oder gemeinsam in Hauseingängen verschwanden. Die Gestik und die Bewegungsabläufe, in denen das geschah, riefen Erinnerungen in mir wach, und mir wurde klar, dass der Schwarzmarkt hier immer noch eine erhebliche Rolle spielte.

Dann tauchte der Bus in die wohlhabenden und nicht mehr so dicht besiedelten Viertel ein: Villenlandschaften, wo Häuser aus alten Zeiten zwischen Sträuchern und Bäumen hervorlugten, deren Oktoberblätter rotgelb leuchteten. Irgendwo in diesen Straßen, das wusste ich, wohnte auch Metzler, der Chef der Übergangsregierung, eher jedoch ihr Aushängeschild, denn die Politik machten andere. Metzler hatte das Land unmittelbar nach dem Putsch verlassen, was er aber zu jenem Zeitpunkt ohnehin getan hätte, weil er eine einjährige Gastprofessur in Cambridge übernommen hatte. Metzler war Historiker. Statt nach einem Jahr war er dann nach neun Jahren zurückgekehrt, zusammen mit den Engländern. Er war also ein unbescholtener Mann geblieben, und als die Übergangsregierung gebildet wurde, einigten sich alle Beteiligten sehr schnell auf ihn. Man hatte zunächst für diese Übergangsregierung einen Zeitraum von maximal zwei Jahren veranschlagt, jetzt war sie, mit ständigen munteren Ministerwechseln, schon gut vier Jahre im Amt.

Irgendwo in diesen Straßen wohnte aber auch Kolberg. Ich war nun insgesamt fast zwei Stunden unterwegs gewesen, bevor ich die Haltestelle erreichte, an der ich aus dem Bus ausstieg. Von hier waren es noch gut zehn Minuten zu Fuß bis zu seinem Haus. Zehn Minuten, in denen ich keinem Menschen begegnete, nur einmal hörte ich hinter einer Hecke eine Frau ihr Kind rufen, und kurz bevor ich mein Ziel erreicht hatte, trottete mir ein alter schwarzer Hund mit grauem Kinn entgegen, ohne menschliche Begleitung. Ich grüßte ihn, der Hund blieb stehen, und ich kraulte ihn hinter den Ohren. Als ich aufhörte, stupste er mich mit der Nase an die Wade.

»Ich muss jetzt leider weiter«, sagte ich. »Der advocatus diaboli wartet auf mich.« Der Hund trottete noch eine Weile hinter mir her; dann schien er die Grenze seines Reviers erreicht zu haben und blieb zurück.

Kolbergs Haus überraschte mich. Waren die anderen Häuser hier im Viertel die üblichen Villen aus mehreren Jahrzehnten des letzten Jahrhunderts, einige davon später mit verunglückten Anbauten versehen, die meisten aber geschmackvoll, wenn auch ausdruckslos, so wohnte Kolberg in einer nicht zu großen, luftig schwebenden hellen Villa, die ganz sicher von einem Architekten des Bauhauses entworfen worden war. Sie war einstöckig, wobei der Kubus des Obergeschosses ein kleines Stück über die Grenze des Erdgeschosses hinausragte. Überall ließen große Fensterfronten viel Licht ins Haus. Ich hatte das Haus hinter hohen Bäumen oder Mauern vermutet, wie es dem Bild von der grauen Eminenz entsprochen hätte, die kein offizielles Amt bekleidete, aber jederzeit Zugang zum Machthaber hatte. Man sah es aber schon von Weitem hinter einer niedrigen Hecke und einem Stück Vorgarten, eigentlich nur einem Rasenstück. Ich blieb einen Augenblick an der Eingangspforte stehen und freute mich an der Leichtigkeit und den gelungenen Proportionen des Gebäudes, bevor ich die Klinke hinunterdrückte. Dann stand ich vor der Haustür und klingelte.

Was hatte ich erwartet? Einen Gorilla in einer Phantasieuniform, der mir die Tür öffnete? Eine nackte Frau in Stöckelschuhen? Eine bellende Frage durch die Gegensprechanlage, wer dort sei? Ein Schnarren oder Surren aus dem Innern des Hauses, bei dem ich die Tür aufdrücken konnte? Eine Haushälterin mit strengem Gesicht, die mich fragte, ob ich angemeldet sei? Vielleicht irgendetwas davon, aber ich hatte mir während der Anfahrt auch ein anderes Haus ausgemalt, an dessen Tür ich warten würde. Zu diesem hier passte allerhöchstens die nackte Frau, deren hämmernden Schritt man auf dem Fliesenparkett schnell sich nähern hörte. Stattdessen hörte ich aber einen leicht schlurfenden Schritt, den ich sofort dem Hausherrn zuschrieb, der mir in der Tat die Tür öffnete und mich einzutreten bat.

Ich hatte ihn korrekt im Anzug erwartet und wurde schon wieder enttäuscht. Kolberg trug eine weite schwarze Hose und einen ebenfalls weiten grasgrünen Pullover darüber, war größer, als ich erwartet hatte, und sah mit leicht hängenden Schultern zu mir hinunter. Sein Kopf war sehr groß, und die scharfen, aber nicht besonders tiefen Falten im leicht gelblichen Gesicht, die Ringe unter den Augen, die dicken wulstigen Lippen, die hier und da gesprungen waren, waren wie von einem Bildhauer geformt. Er sah weder älter noch jünger aus als seine zweiundsechzig Jahre. Das muss man erst einmal hinkriegen, dachte ich.

Meine Überraschung über alles, was ich bisher gesehen hatte, schien er mir anzusehen.

»Ja«, sagte er, »den Wohnort des Teufels stellt man sich etwas anders vor. Ein düsterer Ort, und natürlich stinkt es nach Schwefel. Ich ziehe das hier vor.«

»Dass Sie der Teufel sind, habe ich nicht gesagt.«

»Aber vielleicht sein Rechtsbeistand. Advocatus diaboli. Kommen Sie, ich habe Tee machen lassen.«

Diese Sätze lösten zwei Überlegungen zugleich in mir aus. Bei dem Begriff *advocatus diaboli* zuckte ich ganz leicht zusammen und glaubte eine Sekunde lang tatsächlich, Kolberg habe meinen kleinen Dialog mit dem schwarzen Hund zwei Straßen von hier mitangehört. Das war schlechterdings unmöglich, und der Ausdruck selbst war im Zusammenhang mit ihm oft genug gebraucht worden, sodass diese Anspielung nahelag. Und dass er Tee hatte machen lassen, führte mich zu dem Schluss, dass von meinen Phantasien vor der Tür doch wenigstens einiges für die Haushälterin sprach.

Wir verließen die Diele, durchquerten einen großen hellen Raum, der bis zu den Decken mit Büchern gepflastert war, und kamen in einen kleineren, dessen Wände ebenfalls mit vollgestellten Regalen bestückt waren. Eine Terrassentür öffnete sich auf ein Stück Garten, eher einen kleinen Park, und dann sah ich, dass Kolbergs Grundstück direkt an den See angrenzte, dessen an diesem Tag schiefergraue Fläche hinter dem Rasengrün schimmerte.

Wir setzten uns an einen weißen Tisch, auf dem der Tee und etwas Gebäck schon bereit standen. Die schwarzen Stühle waren Freischwinger, und nach und nach wurde mir klar, dass Kolberg allen Ehrgeiz daran gesetzt hatte, seine Villa auch innen bis ins kleinste der äußeren Form angemessen auszustatten.

»Einiges von meiner Bibliothek haben Sie ja nun schon gesehen«, sagte er, »das meiste steht aber oben. Bevor wir uns nachher auf den Weg machen, sagen Sie mir doch bitte, was Sie sich ungefähr vorgestellt haben.«

Ich hätte darauf hinweisen können, dass ich ja erst einmal einen groben Überblick über den Bestand haben müsste. Sander hatte mir zwei Summen genannt, ein Anfangsangebot und danach einen Betrag, den wir auf keinen Fall überschreiten würden, den ich aber erst nach mehreren Zwischenschritten nennen würde. Ich eröffnete also mit dem Anfangsangebot und war einen Moment lang völlig aus dem Konzept, als Kolberg antwortete: »Das geht in Ordnung, ja.«

Beinahe hätte ich mich verplappert und gefragt: So viel Angst haben Sie? So schnell wollen Sie weg? Was geschieht denn mit dem Haus und allem, was darin ist?

Als hätte er meine unausgesprochene Frage gehört, sagte Kolberg: »Das Haus ist schon so gut wie verkauft, wissen Sie. Es handelt sich nur noch um ein paar kleine Formalitäten.«

Auch im nächsten Satz gab er wieder die Antwort auf eine Frage, die ich gar nicht gestellt hatte.

»Ich verlasse dieses Land, das mich nicht mehr haben will.«

Ich erschrak beinahe wegen des weinerlichen, selbstmitleidigen Tons, in dem dieser Satz gesagt wurde. Später konnte man das in seinen während dieser Zeit geführten Tagebüchern bestätigt finden, die eine einzige Orgie der Selbstrechtfertigung waren. *Ich habe damals mir und der Würde meiner Gedanken weniger vergeben, als Plato sich und seinen Gedanken durch seine sizilischen Reisen vergeben hat.* Würde meiner Gedanken, holla. Plato, natürlich, darunter mochte Kolberg sich nicht ansiedeln. Und dann dieses manierierte »sizilisch« statt »sizilianisch«. Oder: *Wer ist der wahre Verbrecher? Wer hat diese Figur des Generals an die Macht gebracht? Wie kam der Höllensturz in das ganz Unreine?* Höllensturz in das ganz Unreine, o je. Alles war Schicksal und höhere Macht, las man da zwischen den Zeilen, ich habe nichts getan, ich wollte die Reinheit, ich wasche meine Hände in Unschuld.

Wir stiegen ins Obergeschoss, das in drei Räume gegliedert war: Kolbergs Arbeitszimmer, ein Gästezimmer, Kolbergs Schlafzimmer, alles voller Bücher. Auch ein kleines Bad fand sich hier noch, das größere war unten. Kolberg versuchte, mir die Ordnung der Bibliothek zu erklären, während ich hier und da bei einzelnen Titeln verharrte. Plötzlich aber drängte es mich, diesen selbstmitleidigen und von sich selbst eingenommenen Mann so schnell wie möglich zu verlassen und nickte nur bei allem, ohne Fragen zu stellen. Dann bildete sich in meinem Kopf ein Satz, der unbedingt hinauswollte, und ich presste die Lippen zusammen, um ihn nicht auszusprechen. Jemand, hieß dieser Satz, der eine so großartige Bibliothek wie die Ihre im Stich lässt, muss ein sehr schlechter Mensch sein. Ich war selbst erstaunt über diese Worte, die ich da mit Mühe zurückhielt, denn wenn ich auch schon lange Leser war, hatte ich doch zur Welt der Bücher bis vor Kurzem kein so inniges und schon gar kein professionelles Verhältnis gehabt. Ich war nach wie vor Kaufmann und dachte manchmal etwas wehmütig an die schönen Aachener Jahre zurück. Es ärgerte mich auch ein wenig, dass Kolberg aufs erste Angebot sofort eingegangen war und mich mein kaufmännisches Verhandlungsgeschick nicht hatte anwenden lassen.

»Herr Professor«, sagte ich ganz förmlich, »wir müssten dann noch darüber reden, wie und wann die Bücher abgeholt werden.«

Kolberg nickte, brach seine Führung ab, und wir setzten uns unten noch einmal an den Tisch. Wir verabredeten einen Termin für dieses Unternehmen, für das wir gewiss einen größeren Transporter mieten mussten, weil das alte Gefährt der Anarchisten diese Last nicht würde tragen können.

Gerade, als ich gehen wollte, kam eine Frau in den Raum. Es war nicht die Haushälterin mit strengem Gesicht, über die ich vor der Haustür sinniert hatte, sondern eine junge Frau auf Stöckelschuhen, höchstens fünfundzwanzig, die zu Kolberg sagte: »Ich fahre jetzt los, Oliver. Bin in drei Stunden wieder da.«

Oliver, sie hatte Oliver gesagt, nicht etwa Oli und auch nicht Papa oder Paps oder dergleichen, sodass dieser Irrtum ausgeschlossen war. Und Kolberg sagte zu mir: »Darf ich Ihnen Marietta vorstellen. Marietta, das ist Herr Anders, der Interesse an unserer Bibliothek hat. Wir sind einig geworden.«

Natürlich war ich längst aufgesprungen und hatte der jungen Frau die Hand gegeben. Sie war klein und selbstverständlich nicht nackt, sondern trug einen hellen Rock und einen roten Pullover aus dünner Wolle, Kaschmir vielleicht, mit der Andeutung eines Dekolletés, darüber eine schwarze Wolljacke.

»Marietta fährt ins Zentrum, sie könnte Sie mitnehmen«, sagte Kolberg.

Ich wehrte sofort ab und sagte, ich wolle noch eine Weile am See entlanggehen. Allein, betonte ich, damit sich nicht plötzlich Kolberg anbot, mitzukommen. Ich bedankte mich für das Angebot und hoffte, die junge Frau würde uns nun verlassen, damit ich sie nicht weiter anstarren musste, denn das tat ich.

Sie ging dann auch, und Kolberg lächelte mir kaum merklich, aber in stillem Triumph zu. Er hatte meine Erregung mit Sicherheit registriert, und auch diese Marietta hatte sie gespürt. Draußen wurde jetzt ein kleiner englischer Sportwagen aus der Garage gefahren, flaschengrün. Ich stand noch immer, gab mir einen Ruck und reichte Kolberg die Hand. Er drückte sich aus dem Stuhl hoch, mit einem plötzlich sehr verfallenen Gesicht, und brachte mich zur Haustür.

»Ich melde mich«, sagte ich, »sobald der Termin der Abholung feststeht.«

»Beeilen Sie sich. In spätestens zwei Wochen möchte ich hier weg sein.«

Ich konnte die Angst in seiner Stimme hören.

Der See! Das Wasser war es, was mir in Aachen gefehlt hatte. Zwei Jahre hatte ich gebraucht, um das herauszufinden. Es gab keinen Fluss, keinen See, vom Meer natürlich gar nicht zu reden. Meine Meereslust hatte aber ohnehin im Laufe der Jahre nachgelassen. Diese ganze ausgestellte Unendlichkeit, diese ermüdende ewige Wiederkehr! Je älter ich wurde (darf man das sagen mit fünfunddreißig?), desto lieber ging ich am Ufer von Flüssen, noch eher am Ufer von Seen spazieren. Als ich deshalb beim Gang durch Kolbergs Haus entdeckte, dass sein Grundstück an den See grenzte, hatte ich sofort beschlossen, nach den Verhandlungen – die ja dann keine waren – dort noch entlangzugehen. Es war keine Ausrede gewesen, um einer gemeinsamen Sportwagenfahrt mit der aufregenden Frau zu entkommen.

Es war jetzt schon früher Nachmittag und hatte sich etwas aufgehellt. Auch der See zeigte nicht mehr die Schieferfarbe, die ich beim ersten Blick wahrgenommen hatte, sondern war heller geworden, durchsichtiger. Die blasse Sonne, die ab und zu durch die löchrigen Wolken drang, warf schimmernde Flecken aufs Wasser.

Ich war der Einzige, der in dieser Stunde hier entlangging. Die Menschen, die an den See angrenzend wohnten, nutzten ihn wohl überwiegend als Panoramablick. Sie wussten, dass sie den See hatten, sie mussten nicht hingehen. Würde ich hier wohnen, dachte ich, ich würde jeden Morgen früh ans Ufer gehen und dort eine halbe Stunde sitzen. Sitzen wie die Zen-Mönche, nur vielleicht nicht so unbequem. Ich hätte meinen festen Platz am See. Täglich würde ich eine vorbeiziehende Entenfamilie grüßen. Dann ginge ich ins Haus zurück, um zu frühstücken.

Plötzlich startete am anderen Ufer ein Motorboot, aufheulend, dass es bis zu mir zu hören war. Das Boot fuhr Zickzacklinien über den See und verschwand dann Richtung Süden. Ich versuchte, zu der Stille von eben zurückzukehren. Es gelang mir nicht, und ich machte mich auf den Weg zur Bushaltestelle, vorbei an den in der späten Nachmittagsruhe erstarrten Häusern. Ich dachte an Kolberg und die Mischung aus Faszination und Ekel, die ich in seiner Gegenwart empfunden hatte. Jetzt wollte ich so schnell wie möglich hier weg, musste aber beinahe zwanzig Minuten warten, bis ein Bus kam und mich Richtung Zentrum mitnahm.

Ich stieg früher aus, um noch einen Gang durch die Straßen zu machen, der mich, das spürte ich jetzt, von meinem Besuch bei Kolberg irgendwie erlösen sollte. Im Herzen der Stadt, dachte ich, sei vielleicht mehr Leben zu spüren, eine gewisse Freude des Anfangs, eine schwebende Heiterkeit. Aber ich war schon eine Viertelstunde unterwegs, auf Umwegen aufs alte Gelände zu, und hatte noch niemanden lachen gesehen. Auch hatte ich bei meinem Gang in kein Gesicht gesehen, das entspannt gewirkt hätte, heiter, freudig. Mir fiel auf, dass die meisten Menschen wie verstohlen unterwegs waren. Viele gingen mit gesenktem Kopf, andere sahen sich ständig um. Dabei lag der Fall des Regimes nun schon vier Jahre zurück. Nur auf einigen Plätzen oder an Straßenecken sah man Klumpen von Menschen, meist etwa Zwanzigjährige oder aber Endfünfziger, die beieinander standen und tranken und redeten. Einige dieser Gruppen waren Teil des Schwarzmarkts: Zögernde Neuankömmlinge wurden schnell in die nächste kleine Straße geführt, und ein paar Minuten später kam man gemeinsam wieder zurück und trennte sich schnell. Andere dagegen waren einfach nur Müßiggänger. Manche der jungen Leute waren gerade sechzehn oder achtzehn gewesen, als der General sich aus dem Staub machte. Aufgewachsen mit den Werten der Junta, befanden sie sich nun in einem Vakuum, in dem keiner so genau wusste, wer wo was zu sagen hatte. Die Älteren, die schon vorher ein wenig das Leben gelernt hatten, mochten dieses plötzliche Vakuum vielleicht schätzen, aber bei den Jungen rief es wohl eher ein Gefühl der Betäubung und des Schwindels hervor.

Jene Erlösung, die ich gesucht hatte, war hier offenbar nicht zu finden und Flanerie nicht möglich. Deshalb entschloss ich mich, meine Umwege abzubrechen und auf dem geradesten Wege zum alten Gelände zurückzugehen, eine halbe Stunde strammer Fußmarsch immerhin. Zum ersten Mal seit meiner Ankunft hatte ich das Gelände für einen halben Tag verlassen, und schon stellte sich Heimweh danach ein.

Kaum aber hatte ich mich für den geraden Weg entschieden, sah ich fünfzig Meter vor mir Kolbergs Geliebte eine Straße überqueren, mit schnellen Schritten, und dann durch ein großes Tor verschwinden. Eine Verwechslung war nicht möglich, ich hatte sie genau erkannt. Ich ging etwas schneller und sah auf dem Weg in einer Seitenstraße auch den grünen Sportwagen. Als ich das Tor erreichte, las ich auf einem kleinen Schild: *Arena. Club und Lounge.*

Ich erinnerte mich, von diesem Club schon gelesen zu haben. Er war noch in den letzten Jahren der Junta eröffnet worden, und ich meinte, etwas über seine »eigenwillige Gestaltung« gelesen zu haben, wusste aber nicht mehr, worauf sich das bezog. Ich wunderte mich etwas über die Tageszeit, zu der Marietta hineingegangen war, denn schließlich begann das Leben in den Clubs kaum vor Mitternacht, eigentlich noch später. Als ich über den Hof ging, hörte ich aber durch die Tür tatsächlich schon jetzt Musik, elektronische Rhythmen, nicht stampfend, sondern eher schwebend und sich beinahe verlierend, bis sie schließlich zu sich zurückfanden und neu ansetzten, jener Stil in seiner unverwechselbaren Klangfarbe und seinem sehr eigentümlichen Tempo, der vor ein paar Jahren unter dem Namen *Sushi Trance* aufgekommen war. Eine Weile blieb ich vor der Tür stehen, dann drückte ich auf die Klinke und trat ein.

Ich hatte eine Kasse erwartet, vielleicht auch einen Gorilla, der meine Legitimation, diesen Club überhaupt betreten zu dürfen, von meinem Gesicht und meiner Kleidung ablas. Stattdessen konnte ich einfach an der Bar vorbei zu dem riesigen Raum hindurchgehen, in dem sich alles abspielte und der in nachtblaues Halbdunkel getaucht war. Rund um eine sehr große, aber völlig leere Tanzfläche stiegen Sitzreihen auf wie in einer Arena. Hinter der obersten Reihe führten Türen in eine Art Logen, die wegen ihrer durchgängig gläsernen Architektur aussahen wie kleine Gewächshäuser. Die meisten Logen waren jedoch zu diesem Zeitpunkt leer, nur in einer sah ich zwei junge Männer, die offenbar ganz ruhig in eine ernsthafte Unterhaltung verwickelt waren. Die Ränge, wenn ich das so nennen darf, waren dagegen schon gut besetzt, und zwar überwiegend von jungen Männern und Frauen, die kaum miteinander sprachen, geschweige denn sich berührten, sondern in sich versunken und manchmal auch zusammengesunken einfach dasaßen und die Musik in sich eindringen ließen.

Es war, nachdem meine Augen sich auf das Licht eingestellt hatten, nicht schwer, Marietta ausfindig zu machen – wie hieß die eigentlich weiter? Kolberg vielleicht? –, und zwar aus einem einfachen Grund. Fast alle, die hier auf den Rängen saßen, trugen die graugrünen Uniformmäntel oder Uniformjacken aus der Zeit des Generals, viele umgearbeitet, manche geflickt, bei vielen waren die Schulterklappen entfernt, oft waren die Kragenspiegel zusätzlich verziert oder die Rangabzeichen an den Ärmeln eingefärbt worden. Ich wusste natürlich, dass das bloße Mode war und mit einem politischen Bekenntnis nichts zu tun hatte, außer vielleicht diesem: *Wir sind die Generation. Wir sind da aufgewachsen.* Schließlich erinnert sich fast jeder gern an seine Kindheit und Jugend, und auch wer eigentlich keinen Grund dazu hat, lügt sie sich zurecht.

Zwischen all diesen Zitaten aus einer gerade erst, wenn überhaupt, untergegangenen Zeit stach Mariettas roter Pullover sofort ins Auge; ihre Jacke hatte sie über den Arm gelegt. Sie saß auf halber Höhe, etwas zurückgelehnt, vielleicht die Augen geschlossen. Von der Eile auf der Straße, die ich vorhin gesehen hatte, war hier nichts zu spüren. Wenn sie jemanden von den anderen Besuchern kannte, war das jedenfalls nicht zu sehen, denn wie fast alle anderen hier schien sie in sich versunken. Ich nahm auf der gegenüberliegenden Seite auf ihrer Höhe Platz. Vor mir saß ein ganz junges Pärchen, Fünfzehnjährige vielleicht, die sich tatsächlich an der Hand hielten. Das Mädchen hatte eine viel zu weite Uniformjacke an, in die es zweimal hineingepasst hätte.

Ich merkte, dass ich mich hier wohlzufühlen begann. Die Musik gefiel mir, die stille Zurückgenommenheit der Anwesenden, manche von ihnen sehr schöne Menschen, gefiel mir, das weiche Halbdunkel, das nichts von einer Gruft hatte, gefiel mir. Fast war ich schon soweit, selbst die Augen zu schließen, als ich sah, wie Marietta zwei Männern in der Reihe über ihr ein Zeichen gab. Wegen des Lichts konnte ich nicht mit Sicherheit sagen, ob diese Männer etwas älter waren als der Durchschnitt hier, dreißig möglicherweise, aber es schien mir so. Auf jeden Fall waren sie groß und kräftig.

In regelmäßigen Abständen führten zwischen den Rängen Gänge nach oben zu den Logen (und natürlich nach unten zur nach wie vor völlig verwaisten Tanzfläche). Ich beobachtete jetzt, wie Marietta mit den beiden Männern zu einer der Logen ging und sie öffnete. Auch die Männer waren übrigens in solche Uniformversatzstücke gekleidet, bis hin zu den Militärstiefeln, die sie trugen. Die Logen waren alle mit einem grünlichen Neonlicht erleuchtet, man konnte dieses Licht offensichtlich nicht ausschalten oder verändern. Gern wäre ich näher herangegangen, wollte aber auf keinen Fall, dass Marietta mich entdeckte, und versuchte, von meinem Platz aus zu erkennen, was da vor sich ging.

Was erwartete ich? Dass sie begann, sich auszuziehen und dort mit den beiden Männern öffentlich kopulierte? Vermutlich; ich käme sonst, während ich dies schreibe, nicht als Erstes auf diese Idee. Stattdessen unterhielten sich die drei ganz ruhig, ohne Anzeichen eines Streits, wobei vor allem Marietta das Wort führte. Dann sah ich, wie sie einen Umschlag aus ihrer Handtasche zog und einem der beiden Männer gab. Ich hatte keinen Augenblick Zweifel daran, dass dieser Umschlag Geld enthielt, und in der Tat öffnete ihn der Mann und machte dann die typischen Bewegungen des Geldzählens, auch wenn ich selbstverständlich auf diese Entfernung keine Scheine erkennen konnte. Dann nickte er, steckte den Umschlag weg, öffnete die Logentür, und alle drei stiegen die Reihen nach unten. Die beiden Männer setzten sich wieder, während Marietta ganz nach unten und dann Richtung Ausgang ging. Ich wartete noch zehn Minuten, bevor auch ich aufstand. Das Pärchen vor mir war kurz vorher aufgestanden und nach unten auf die Tanzfläche gegangen, wiegte sich allein und wie verloren zu den schwebenden elektronischen Rhythmen, die etwas schneller geworden waren. Die Hände des Mädchens verschwanden völlig in den viel zu langen Ärmeln der Jacke. Warum rechnete ich damit, dass die Zuschauer auf den Rängen diese beiden blutjungen Menschen auslachen würden? Nichts dergleichen geschah; alle saßen nach wie vor in sich selbst versunken oder sahen den beiden Tanzenden zu.

Unten sah ich noch einmal die Reihen hoch, und plötzlich fielen mir beim Anblick der uniformierten jungen Menschen, die da so ruhig und ordentlich nebeneinandersaßen, die Bücher ein, die ebenso ruhig und ordentlich in den Regalen unserer wachsenden Bibliothek nebeneinanderstanden. Dann machte ich mich davon und verkniff es mir, die junge Frau hinter der Bar zu fragen, ob diese andere Frau, die eben den Club verlassen hatte – denn davon ging ich aus – öfter hierher komme? Ich nickte ihr einfach zu und ging nach draußen, wo das Dunkel des frühen Oktoberabends eingesetzt hatte. Ich sah noch einmal in die Seitenstraße. Der flaschengrüne Sportwagen stand nicht mehr dort.

Zu Hause – ja, ganz richtig, *zu Hause* auf dem alten Gelände! – besuchte ich Sander noch kurz in der Bibliothek und erstattete Bericht über mein Gespräch mit Kolberg. Von Marietta und meinem Besuch im Club erzählte ich vorerst nichts, nur davon, dass ich noch ein wenig durch die Stadt gestreift war.

»Ein Ausflug in die Welt«, sagte Sander. »Das machen alle zwischendurch ganz gern. Nur ich bleibe hier zwischen den Büchern. Aber jetzt muss ich was essen. Kommst du mit ins *plaisir du texte*?«

Wir machten uns auf den langen Weg zur letzten Ruine, zuerst durch den Park mit seinem Hünengrabhügel über dem ehemaligen Bunker, dann vorbei an den kleinen Betrieben rechts und links des Weges, vorbei an *Alice in Wonderland* und *NewLineSoftware*, an *Meinders Personalberatung* und *Textilmanufaktur Wallmann und Partner*, an der *Superdicken Wirtin* und an *Plan B*, an *FireSafe & WaterImp*, der vielleicht erfolgreichsten Firma auf dem gesamten Terrain, an der *Buchhandlung im Geheimdienstbunker* und am *Anarchistischen Quartier*, bis wir schließlich das andere Ende des Geländes und das ehemalige Staatspolizeigebäude erreicht hatten. Das *plaisir du texte* war ein fast quadratischer, großer heller Raum mit hellblau gedeckten Tischen. Es war wenig los an diesem Oktoberabend. Ein paar Gäste *von auswärts* (also nicht vom Gelände, sondern »aus der Stadt«) saßen hier, neugierig auf das relativ neue Lokal, von dessen Existenz viele noch gar nichts wussten. In zwei Stadtmagazinen und einer Zeitung sowie auf den einschlägigen Netzseiten waren erste Einschätzungen erschienen, beide positiv, aber ein wirklicher »Insidertipp« war *le plaisir du texte* noch nicht. Für die Bewohner des Geländes galt es als das teurere der beiden Restaurants und war deshalb den sogenannten besonderen Anlässen vorbehalten.

Unsere Brillen beschlugen, als wir aus der feuchten Kälte eintraten. Durch den Dunst winkte uns vom anderen Ende des Raums der Inhaber des Lokals zu, und Sander winkte zurück. Dann gingen die beiden aufeinander zu, trafen sich in der Mitte des Lokals und umarmten sich lange und innig. Später, als wir saßen und bestellt hatten, fragte ich Sander danach.

Dokument 5

Kurz gefasster Abenteuerroman: Lebenslauf von Tobias Dinkgräfe, 49, Inhaber von le plaisir du texte

Geboren 1980 in Mönchengladbach, beide Eltern Arbeiter in der Textilindustrie, sukzessiver Verlust des Arbeitsplatzes (erst die Mutter 1986, dann der Vater 1988), mehrere Wohnungswechsel, bis die ältere Schwester Helga heiratet und auszieht (1997). Grundschule bis 1990. Klassenlehrer Henkel bedrängt kurz vor Ende der Grundschulzeit die Eltern massiv, Tobias auf ein Gymnasium zu schicken. Ihm ist aufgefallen, dass der Junge bei allen Aufgaben von Anfang an viel Phantasie und eigene Lösungsansätze entwickelt. Dabei ziemlich still, zu keiner Zeit Meinungsführer oder Boss einer Clique. Kein wirklicher Eigenbrötler, im notwendigen Umfang umgänglich, sonst aber schon mit Hang zur Absonderung und zum Verkriechen. Ein einziger Freund, Johann; die beiden führen in der Klasse eine Nischenexistenz. Klassenlehrer Henkel, der unter der Prämisse ausgebildet ist, dass die Schüler nicht seine Feinde, sondern ihm anbefohlen sind, hat seit dem Berufseinstieg überwiegend und zunehmend die gegenteilige Erfahrung gemacht. Jedenfalls interpretiert er seine letzten fünfzehn Jahre so. Bei Tobias sieht er eine Ausnahme und erkennt eine Chance, zu seinen Anfangsidealen zurückzukehren und jemanden zu retten, denn im Himmel wird mehr Freude herrschen über einen einzigen Sünder, der umkehrt, als über neunundneunzig Gerechte. Mehr Freude über einen Einzigen, der den eigentlich versperrten Weg zur höheren Bildung findet, als über neunundneunzig Kinder aus bessergestellten Familien, die von den Eltern aufs Gymnasium getrieben werden wie die Schafe auf die Weide. Klassenlehrer Henkel macht sich über die angeblich verbesserte Durchlässigkeit des Bildungssystems keinerlei Illusionen. Deshalb setzt er alles in Bewegung, um diesen einen, den er gleichsam »erkannt« hat, zu fördern. Nachdem es ihm gelungen ist, die Eltern zu überzeugen, und nachdem Tobias tatsächlich aufs Gymnasium gekommen ist, verliert er sehr schnell das Interesse. Die gute Tat hat ihn erschöpft, und er braucht alle verbleibende Kraft für seine »normalen« Grundschüler.

Auf dem Gymnasium bleibt Tobias zunächst vier Jahre lang unauffällig. Das Leitbild des Gymnasiums ist das zeitgemäß Übliche: Die Schüler sollen zu »sozial handelnden, leistungsfähigen, empfindsamen und gesundheitsbewussten Menschen« erzogen werden und sich »aus der Abhängigkeit von ihren Erziehern lösen«. Außerdem Respekt, Hilfsbereitschaft, Toleranz, Gewaltfreiheit: das Übliche.

Tobias: Durchschnittliche Leistungen in fast allen Fächern, Deutsch und Geschichte etwas darüber, keine Verhaltensauffälligkeiten, wenig Freunde, aber allgemein akzeptiert. Entspricht vielleicht dem Leitgedanken der Empfindsamkeit. Einige Mitschüler aus den »besseren Kreisen« verhalten sich ihm gegenüber leicht paternalistisch, nehmen ihn nachmittagelang nach Hause mit, halten ihn auf Klassenfahrten frei.

1994 bis 1995 ist Tobias altersbedingt »schwierig«, gerät aber nie in die Nähe eines Schulverweises. Kein Drogenkonsum (der an dieser Schule auf sozial gehobenem Niveau abläuft und schon aus Kostengründen kaum für ihn in Frage kommt). Auch mit den Autoschiebereien, in die einige Schüler verwickelt sind (die soziale Position ihrer Väter bewahrt sie vor dem Schulverweis), hat er nichts zu tun. Einfluss der Eltern auf Tobias: anständig bleiben. Der Vater hat inzwischen eine Stelle als Auslieferungsfahrer, die Mutter verkauft in einem Modehaus (geringfügige Beschäftigung) und bleibt gewissermaßen im Fach. *Wer immer strebend sich bemüht.*

Ab 1996 übernimmt Dr. Krechting, Deutsch und Geschichte, gegenüber Tobias die Funktion, die Klassenlehrer Henkel auf der Grundschule ausübte. Der Pädagoge, der in Münster Philosophie, Geschichte und Germanistik studiert hat und neu an die Schule gekommen ist, fühlt sich hier zugleich über- wie unterfordert und stürzt sich auf das begabte Kind, den begabten Jugendlichen. Eigentlich möchte er nicht unterrichten, sondern ein Gespräch führen. Das ist aber nur mit einem kleinen Teil der Schüler möglich. Tobias fällt ihm sofort auf. Seine Beziehung zu ihm ist sympathetisch: Er hält ihn ebenfalls für zugleich unter- und überfordert (womit er recht hat). Dr. Krechting baut die siechende AG Philosophie neu auf und schart dort zehn bis zwölf Schülerinnen und Schüler um sich (die anderen haben keine Zeit). Dienstagnachmittag, 17 Uhr, Raum B 10, aus dem Fenster der Blick in die Krone einer Eiche. Krechting hat sich ein Nest gebaut. Die AG kompensiert die Tatsache, dass er es nicht geschafft hat, sich als Lehrender in der Universität festzubeißen. Hier hat er seinen Kreis. *Seit ein Gespräch wir sind und hören voneinander.*

AG Philosophie, 1996–1999 (Tobias' Abiturjahr): *Fragmente der Vorsokratiker.* Montaigne: *Essais (Auswahl).* Kant: *Was ist Aufklärung?.* Schopenhauer: *Aphorismen zur Lebensweisheit (Auswahl).* Heidegger: *Sein und Zeit, I/6: Die Sorge als Sein des Daseins.* Wittgenstein: *Philosophische Untersuchungen (Auswahl).* Foucault: *Die Ordnung des Diskurses.*

Dann ist für Tobias Schluss, zweifach: Er verlässt nach bestandenem Abitur die Schule und wird von Freundin To Anh verlassen, die er in der AG kennengelernt hat, in der Schule praktischerweise Anna genannt. Die Eltern sind 1980 als *boat people* nach Deutschland gekommen, direkt aus Saigon, To Anh war damals drei Monate alt. Sprachkurs in Bergisch-Gladbach (Ortsteil Moitzfeld). Seit 1984 führen sie erfolgreich ein Textilgeschäft in Mönchengladbach, gehobenes Segment. Ironie: Kurz nach Tobias' Abitur und nach der Trennung von Anna wechselt Tobias' Mutter von dem größeren Modehaus ins Ge-

schäft von Annas Eltern, nach wie vor geringfügig beschäftigt. (Anna ist schon in Berlin.)
Anders als Klassenlehrer Henkel sorgt sich Dr. Krechting auch noch um Tobias, nachdem dieser die Schule und seinen Zivildienst abgeleistet hat (Arbeiter-Samariter-Bund Mönchengladbach). Drängt ihn zum Studium in Münster, Geschichte und Philosophie, eine verkleinerte Kopie seiner eigenen Fächerwahl. Die Eltern haben Angst; was soll aus dem Jungen werden im Leben? Aber sie haben auch Zuversicht und sind stolz. Noch nie hat einer aus der Verwandtschaft Abitur gemacht.
Tobias bekommt BaföG und jobbt in der Gastronomie. Als Fürsorgerin tritt Frau Professor Andrea Alverding gleichsam die Nachfolge von Henkel und Krechting an. Tobias ist jemand, den man *bilden* möchte. Seine Herkunft, die der Möglichkeit zur Bildung funktional entgegensteht, verstärkt diesen Wunsch noch. Frau Alverding lehrt und forscht vornehmlich zur Geschichte der philosophischen Denk- und Sprechweisen und ist die dritte, die Tobias »erkennt«, auch hier, um Missverständnisse zu vermeiden, strikt im nicht-sexuellen Sinn (wohl aber: pädagogischer Eros).
Tobias kann seine Jobs in der Gastronomie bald zugunsten einer Tätigkeit als wissenschaftlicher Mitarbeiter aufgeben. Zu seinem Glück wird ihm noch nicht der Bologna-Prozess gemacht. Er lernt einen skeptischen Blick auf Wahrheitsansprüche, der ihn eine Weile sehr melancholisch stimmt, bis er bei Foucault unter anderem auch lernt, dass unsere theoretischen Einsichten unser Handeln weder bestimmen noch vor allem lähmen sollten.
2006 Promotion: *Ereignis und Singularität bei Foucault*, später unter dem Titel *Die Unordnung der Dinge* bei Suhrkamp. Seine Eltern sind stolz auf ihn, verstehen ihn aber nicht mehr. Das haben sie mit seinen Freundinnen gemeinsam.
2009 Juniorprofessur Freie Universität Berlin. So weit im Osten war Tobias noch nie. Nach Ablauf der sechs Jahre Aussicht auf eine ordentliche Professur für Geschichte der Denksysteme. Der Putsch im Mai 2016 berührt diese Perspektive zunächst nicht: Die Junta ist universitätspolitisch noch nicht »aufge-

stellt«. Kommissar Grosz[2] ist zunächst vorrangig mit den Schulen beschäftigt. Die Junta betont außerdem, dass sie »modern«, »aufgeschlossen« und »pluralistisch« orientiert ist. Im selben Jahr stirbt Tobias' Vater. Ende des Jahres: umfassendes »personelles Revirement« an den Universitäten (in der Hauptstadt unter anderem Bibliothekar Sander, mit dem Prof. Dinkgräfe sich angefreundet hat), das sehr gründlich ist und alle in die »Unruhen« von 2012/13 Verwickelten betrifft. Entlassungen, teilweise Verhaftungen. Prof. Tobias Dinkgräfe ist nicht betroffen, verlässt aber seinen gerade erst eroberten Lehrstuhl (im fernen Münster ist Frau Alverding entsetzt) und kehrt als Hilfskraft in die Gastronomie zurück. *Lebe im Verborgenen.*
Stationen: zunächst Berlin, *Alt-Wilmersdorfer Stuben*, danach Bochum, *Bermuda-Bar*, schließlich das Ausland: *Restaurant Schelling* in Amsterdam (2020). Von dort kehrt er drei Jahre später als Koch nach Deutschland zurück. Kriegsname: Gert van Heeren, wieder Arbeit in Berlin: *Lutter & Wegner* am Gendarmenmarkt. Dort täglich engster Kontakt zu hohen Funktionsträgern des Regimes.
Ein Jahr später scheitert jedoch das geplante Attentat. Tobias wird im berüchtigten Block B auf dem Regierungsgelände festgehalten, dem Verhörzentrum, das später zu Ritz' Gärtnerei werden wird. Die Junta bereitet für die internationale Öffentlichkeit einen »fairen Prozess« vor. Zu dem kommt es nicht mehr. Schon in den ersten Tagen der Kämpfe wird Tobias mit seinen fünfzehn Mithäftlingen befreit.
Er ist jetzt fünfundvierzig. Sein Lehrstuhl steht ihm offen: Er ist ein Held des Widerstands, ein Verfolgter des Regimes, die Freie Universität beeilt sich, ihn zu rufen. Er lehnt ab und kehrt erneut in die Gastronomie zurück. Im Herbst 2027 beerdigt er seine Mutter. Er macht Haftentschädigung geltend; im August 2029 kann er auf dem alten Gelände, fast in Sichtweite seines ehemaligen Kerkers, *le plaisir du texte* eröffnen.
Niemand soll ihn mehr bilden, und auch er möchte niemanden mehr bilden. Keine Theorie mehr, keine Proklamationen, kei-

2 siehe Seite 111ff.

ne Aktionen: nur diese flüchtigen Gerichte, deren Reste im Abfall landen. Ein Kochbuch wird er nicht schreiben. Meinungen hat er nicht. Widerstand, wenn's nottäte, würde er aber wieder leisten.
Er lebt allein, hört in seiner Wohnung Musik. Hat seine Bücher behalten, schaut auch mal rein, versucht sich zu erinnern, was ihm das bedeutet hat. Er besitzt einen Oldtimer aus dem Jahr 2011 (Peugeot 508), mit dem er dann und wann das Gelände verlässt. Was er gelernt zu haben glaubt für alle Zeiten: *Das Ganze ist das Unwahre.*

7

Zwei Wochen, nachdem mit einem Sondertransport Kolbergs enorme Bibliothek bei uns gelandet war – Sander und ich saßen jeden Tag zehn Stunden daran, um eine erste Ordnung hineinzubringen –, erreichte uns die Nachricht, dass ihr vormaliger Besitzer nicht mehr am Leben war. Ich hörte es im Funk, Sander hatte es aus einer Zeitung. Das Zeitungswesen, das man schon beinahe für tot erklärt hatte, blühte wieder auf. Zeitungen waren plötzlich unter jungen Leuten große Mode geworden. Wenn man im Café, im Park, in der Bahn oder im Bus saß, hatte man keine Stöpsel mehr im Ohr und wiegte sich in Trance, sondern las in einer Zeitung oder blätterte wenigstens in ihr. Mindestens vierzig neue Blätter waren nach dem Fall der Junta im ganzen Land entstanden, manche gegründet von gerade Zwanzigjährigen. In diesen Jahren flossen die Geldströme noch anarchischer als sonst, und wer eine gute Idee oder ein überzeugendes Auftreten hatte, konnte sehr schnell zum erfolgreichen Unternehmer werden. Kurz nach der Zeit, von der ich gerade berichte, siedelte sich auch auf unserem Gelände eine Tageszeitung an, die den Namen *Terrain Vague* trug.

Man hatte Kolbergs Leiche in der Uckermark gefunden,

nicht mehr weit von der polnischen Grenze. Ein Förster hatte den toten Körper in einem Waldstück im Unterholz entdeckt, eingewickelt in eine schwere Plane. Nach den Berichten konnte er nur sehr kurz hier gelegen haben, denn die Verwesung war kaum eingetreten. Kolberg war ein sauberer Genickschuss aufgesetzt worden, dann hatte man ihn in die Plane gewickelt und zwischen den Buchen des Lunower Hölzchens abgelegt. Da man ihn nicht vergraben und auch sonst keine Bemühungen unternommen hatte, ihn zu verstecken, sollte er offensichtlich gefunden werden.

Ich muss nicht weiter betonen, dass ich die Berichte in den nächsten Tagen sehr genau verfolgte, ja, dass ich drauf und dran war, an die Grenze zu fahren und den Ermittlern Hinweise zu geben. Es war Sander, der mir das gleichsam verbot – auch wenn er das nicht wirklich tun konnte, ich war ein freier Mann! –, mit der Begründung, Kolberg sei unweigerlich tot, aber seine Bücher könnten noch gerettet werden, und das sei unsere Arbeit.

Für mich war der Fall reichlich klar, denn ich hatte meiner Meinung nach die entscheidende Szene miterlebt, die zu diesem Mord geführt hatte. *Cherchez la femme!* hätte ich den Ermittlern gern zugerufen. Sie trägt gern rot und hat vor wenigen Wochen an einem Spätnachmittag im Club *Arena* die Mörder im Voraus bezahlt.

Vermutlich war man vor Kurzem zu viert aufgebrochen, nicht in Mariettas grünem Sportwagen, sondern in Kolbergs größerem Auto. Offiziell waren die beiden Männer, mit denen Marietta damals in der Loge verhandelt hatte, Kolbergs Fluchthelfer gewesen, die ihn über die grüne Grenze bringen sollten. Kurz vor der polnischen Grenze hatte man dann eine Pause gemacht, sich ein wenig im Lunower Hölzchen die Beine vertreten, und dann hatten die beiden Männer ihn gepackt und ihm den Genickschuss aufgesetzt. Vielleicht hatte Marietta selbst geschossen, während die anderen ihn festhielten. Danach war das Trio nach Polen verschwunden.

Zumindest im Ansatz wurde meine Theorie durch die Berichte der nächsten Tage bestätigt. Nachbarn hatten beobachtet, wie Kolberg mit seiner jungen Frau – sie war tatsächlich seine Frau! – am frühen Abend im Auto das Grundstück verließ, nachdem beide die Limousine des Gelehrten mit nicht wenig Reisegepäck beladen hatten. Von den beiden Männern, die ich in der *Arena* beobachtet hatte, war nicht die Rede, doch die waren mit Sicherheit irgendwo anders in der Hauptstadt zugestiegen. Allerdings verlor sich dann die Spur, kein Tankstopp etwa, der durch eine Kartenzahlung oder eine Zahlung per Paystick dokumentiert war. Das war leicht zu erklären. Unsere Hauptstadt liegt ja kurz vor Polen, und die Tankfüllung einer großen Limousine reicht weit über die Grenze hinaus. Um keine Spuren zu hinterlassen, hatte man unterwegs nirgendwo angehalten, was nicht zuletzt auch in Kolbergs Sinn war. Im Gegenteil, Marietta und ihre Helfer hatten vielleicht eine Finte anwenden müssen, um wenigstens den Halt in der Nähe des Lunower Hölzchens zu erzwingen. Marietta mochte Übelkeit simuliert haben, oder, was wahrscheinlicher war, die beiden Männer hatten den Zwischenstopp verlangt, um noch einmal das Gelände zu erkunden und ganz sichergehen zu können, bevor man über die Grenze fuhr. Schließlich waren Restflächen des Todesstreifens, den die Junta damals an der östlichen Grenze gegen die wildwüchsige Immigration hatte anlegen lassen, noch immer vermint.

Nach Frau Kolberg und der Limousine wurde jedenfalls gesucht – die offiziellen Verlautbarungen vermieden das Wort *gefahndet* –, vor allem im Grenzgebiet, aber meiner Ansicht nach suchte man auf der falschen Seite. Von den beiden Männern war in keinem der Berichte die Rede, einzig und allein ich – und Sander, dem ich inzwischen davon erzählt hatte – wusste von ihrer Existenz und ihrer Rolle. Ich hätte mich also unbedingt melden und *sachdienliche Hinweise* geben müssen, aber zum einen stellte ich überrascht fest, dass ich mein Geheimnis nur sehr ungern mit allen teilen mochte, und zum zweiten sagte Sander, als ich ihn darauf ansprach, lapidar: »Wir haben Besseres zu tun.«

Dokument 6

Gespräch mit Bruno Lipp, Leiter der Ermittlungen im »Fall Kolberg«

PANORAMA Kommissar Lipp, ist Marietta Kolberg die Mörderin ihres Mannes?

Lipp Das sind sehr kühne Schlüsse. Vorläufig steht nur fest, dass ihr Mann tot ist und sie selbst verschwunden.

PANORAMA Aber Sie fahnden nach ihr?

Lipp Keineswegs, wir suchen sie. Schließlich kann sie auch das Opfer einer Entführung sein.

PANORAMA Und von wem sollten die Entführer so etwas wie ein Lösegeld verlangen?

Lipp Ich sage nicht, dass es sich so verhält. Ich schließe es aber auch nicht aus.

PANORAMA Einen politischen Hintergrund auch nicht?

Lipp Ich schließe gar nichts aus.

PANORAMA Sie suchen unter anderem im Grenzgebiet zu Polen. Suchen Sie auch auf der anderen Seite der Grenze?

Lipp Es laufen Aktionen im Rahmen der internationalen Amtshilfe.

PANORAMA Könnte eine Frau allein ihrem Mann in aller Ruhe einen Genickschuss aufsetzen? Braucht sie da nicht Helfer?

Lipp Das fragt man sich, nicht wahr?

PANORAMA Und?

Lipp Kein Kommentar.

PANORAMA Können Sie –

Lipp Nein, kann ich nicht. Vorerst keine weiteren Auskünfte, tut mir leid.

8

Sander hatte recht: Wir hatten zu tun. Der Erwerb von Kolbergs Bibliothek brachte zwar nicht unser System durcheinander, aber eine Zeit lang hatten wir erhebliche Platzprobleme und brauchten im Übrigen viel Zeit. Zunächst einmal stapelten sich die Kartons mit zehntausend Büchern an den Wänden eines noch halb leeren Raums bis an die Decke. Schnell erkannten wir, dass wir das zu zweit schon rein körperlich nicht schaffen würden und suchten nach Hilfe. Schließlich fanden wir bei den Anarchisten einen neunzehnjährigen Knaben, der zwar nicht besonders kräftig war, aber sehr gewandt die Leitern hoch- und runterkletterte und unsere Arbeit so schnell begriff, dass er bald auch bei der Katalogisierung helfen konnte. Er trug den merkwürdigen Namen Frodo, den ich noch nie gehört hatte, und sein lockiges dunkelblondes Haar fiel ihm auf die Schultern. Seine Mutter war ein halbes Jahr vor dem Sturz der Junta bei einer Demonstration erschossen worden. Sein Vater gehörte zu den ersten, die sich hier auf dem Gelände angesiedelt hatten. Er war ein klassischer Uhrmacher, baute also nach Auftrag selbst Uhren und reparierte sie, allerdings ausschließlich mechanische. Er hatte eine Zusatzausbildung gemacht und restaurierte auch alte Uhren. Manchmal sah man Sammler zu ihm kommen oder einfach nur Leute, die eine alte Uhr geerbt hatten und diese schätzen lassen wollten. Seine Werkstatt lag ebenfalls im ehemaligen Haus der Zentralen Staatspolizei.

Frodo arbeitete sich also sehr schnell bei uns ein und war uns in diesen Herbst- und Wintermonaten wirklich eine Hilfe. Kolbergs Bibliothek umfasste beinahe alle Gebiete, die man sich denken kann. Sie enthielt gängige Titel wie absolut skurrile und obskure; es waren Bände in kyrillischer Schrift dabei, und wir mussten uns auf die Suche nach einem Experten machen; Jahrbücher der Wilhelm-Busch-Gesellschaft fanden wir und Prachtbände über Schmuck, Möbel oder Uhren; natürlich jede Menge juristischer und staatstheoretischer Schriften, aber auch die dreibändigen *Gesammelten Abhandlungen* von David Hilbert und die neunzehnbändige Ausgabe der *Schriften* von Sigmund Freud; schließlich auch ganz entlegenes Zeug mit Titeln wie *Ultima ratio regis* oder *Häresie der Formlosigkeit. Die römische Liturgie und ihr Feind*. Manche dieser Bücher, wie die letztgenannten, zeigten starke Gebrauchsspuren und waren wild mit Bleistift durchgearbeitet, andere dagegen waren praktisch unberührt.

Kolberg war ein manischer Sammler gewesen, so viel war uns bald klar. Ebenso schnell erkannten wir, dass wir nach diesem Neuzugang nicht mehr damit rechnen konnten, die Bibliothek wie geplant im nächsten März zu eröffnen, wenn wir nicht ein höheres Katalogisierungstempo erreichten. Die von uns genutzten digitalen Systeme stammten mehrheitlich noch aus der Zeit vor der Generalsherrschaft, wir brauchten aber die neuesten. Als ich das ansprach, lächelte Sander mich an und sagte: »Kümmere dich mal drum.«

Ich kümmerte mich drum. Sander wusste natürlich, warum er lächelte, und ich wusste es auch. Am nächsten Tag, vormittags um elf, ging ich zu *Alice in Wonderland*. Ein junger Mann – später erfuhr ich, dass er John hieß und ebenfalls aus Liverpool kam – schrie aufgeregt in ein Telefon und wiederholte immer wieder dasselbe. Es ging offensichtlich um irgendeine Lieferung, die nicht angekommen war. Anscheinend war die Verbindung miserabel, oder am anderen Ende der Leitung saß jemand, der schlecht hörte oder schwer kapierte. An einem Schreibtisch hockten zwei noch jüngere Männer sich gegenüber, in der linken Hand jeweils ihre Kaffeetasse und in der rechten ihren Watson, und tauschten sich aus. Ich war allerdings nicht sicher, ob es sich um ein neu zu entwickelndes Programm handelte oder ob die beiden einfach nur Spiele spielten. Bis auf den genervten Mann am Telefon sah hier alles mehr nach Pause und Entspannung aus, auch am anderen Ende des Raums, denn dort saß Eleanor Rigby, ebenfalls mit einer Tasse Kaffee, auf der Fensterbank und sah mich versonnen an, als ich auf sie zuging.

»Hallo«, sagte sie, »was führt dich hierher?«

»Wir haben ein Problem. Ein Datenproblem. Vielleicht könnt ihr helfen.«

»Soll ich euch nur kurz auf die Sprünge helfen, oder handelt es sich um einen Auftrag?«

»Sieht eher nach einem Auftrag aus.«

»Lass uns mal vor die Tür gehen«, sagte sie, »eine rauchen.«

Draußen lichtete sich gerade der dicke Novembernebel, der den ganzen Morgen lang die Welt versteckt hatte, und nach und nach drang die Sonne durch, zuerst weiß und danach in ein helles Gelb übergehend. Die Luft war feucht. Eleanor hatte beim Rausgehen einen schwarzen Schal vom Haken genommen, den sie jetzt so eng wie möglich um ihren Hals schlang. Sie trug graue Jeans mit weit geschnittenen Beinen und, so farbenfroh hatte ich sie noch nie gesehen, einen lavendelfarbenen Pullover mit einem weiten, fallenden Rollkragen. Ich nahm an, dass er aus Kaschmir war und hätte mich gern davon überzeugt.

»Also«, fragte sie, »was gibt es für Probleme?«

»Wir haben vor ein paar Wochen eine ganze Bibliothek reinbekommen, etwa zehntausend Bücher. Wir waren mit der Einarbeitung der anderen Bücher schon beinahe fertig, aber wenn wir jetzt die Bibliothek wirklich Mitte März eröffnen wollen, brauchen wir entweder vier zusätzliche Mitarbeiter oder ein System, mit dem wir vier Mal so schnell katalogisieren können wie bisher.«

»Ihr habt also kein Datenproblem, sondern braucht einfach ein neues Programm.«

»Wenn du so willst, ja.«

»Nicht, wenn ich so will, sondern das ist genau das Problem.«

»Sicher, sicher. Ich drücke mich nicht immer präzise genug aus«, sagte ich. »Tut mir leid.«

Es entstand eine komische Pause, die einen Moment zu lang war, nach meinem Geschmack. Dann fragte sie: »Mit welchem Programm arbeitet ihr denn jetzt?«

»Mit BCS 3/1«, sagte ich.

»Oh je«, rief Eleanor, »das ist ja von ... von...«

»Lange her, ja. Wir hatten bisher keine Zeit, uns etwas Neueres zu besorgen. Man könnte auch sagen, mein Chef ist da etwas schwerfällig. Und als jetzt das Problem auftauchte, dachte ich, bevor wir uns draußen irgendein neueres Programm holen, können wir uns auch von euch eins schreiben lassen.«

Eleanor hatte etwas Rauch verschluckt und hustete ein bisschen. Sie trat dann ihre Zigarette aus, und ich folgte ihrem Beispiel. Wieder diese komische Pause, und um sie zu beenden sagte ich:

»Ich meine, ich weiß natürlich nicht, ob ihr im Augenblick überhaupt Kapazitäten frei habt. Vielleicht seid ihr mit ganz anderen Sachen beschäftigt. Mit größeren.«

»Sind wir mit Sicherheit«, sagte sie, »aber das ist ja kein Hindernis. So ein Programm zu schreiben ist kein Aufwand. Wir sehen uns einfach an, was ihr genau braucht, und dann dauert das einen Tag. Höchstens zwei. Am besten komme ich gleich mal mit rüber.«

Rüber klang so, als müssten wir nur mal eben über die Straße; dabei hatten wir mehr als zehn Minuten Weg, selbst dann noch, wenn wir die üblichen Abkürzungen nahmen. Eleanor hatte sich ihre Jacke geholt und den anderen zugerufen: »Boys, ich gehe mal mit dem jungen Mann hier in die Bibliothek und ziehe einen Auftrag an Land. Bin bald zurück.«

Die Novembersonne, etwas fahl zwar und kaum wärmend, hatte jetzt endlich gesiegt, und wir machten uns auf den Weg. Es ist mir nie gelungen, den genau passenden Abstand zu halten, wenn ich mit einer Frau ging, die ich zwar schon begehrte, aber noch kaum kannte. Das hat im Laufe der Jahre zu den komischsten Situationen geführt, zu halben Zusammenstößen etwa, oder die Frau musste sich irgendwann umdrehen, um zu sehen, wo ich bleibe, oder sie musste mir im Gegenteil hinterherjagen. Diesmal hielt ich mich ganz gut, fast auf gleicher Höhe, und für die Strecke, die wir zurückzulegen hatten, reichte als Thema ihre Lebensgeschichte in der Kurzfassung gerade aus.

Sie war also tatsächlich in Liverpool geboren, vor sechsundzwanzig Jahren, wie sie ungefragt mitteilte, und seit gut fünf Jahren hier, weil sie mit ihrem Vater mitgegangen war. Ihr Vater war als Mitglied der *Internationalen Befriedungstruppe* ins Land gekommen und vor ein paar Monaten nach England zurückgekehrt.

»Zivil oder militärisch?«, fragte ich.

»Militärisch. Mein Vater ist Soldat, und sein Vater war auch Soldat.«

»Deine Mutter?«

»Ich weiß nicht, wer das ist.«

»Komisch, bei mir ist es der Vater, von dem ich das nicht weiß.«

»Ich weiß nicht, was daran komisch ist«, sagte Eleanor.

Major Rigby war also nach England zurückgegangen, nicht ohne zum Abschied gesagt zu haben, aus diesem Land hier, diesem *rotten country,* werde nie was Anständiges werden, aber Eleanor gefiel es eigentlich ganz gut, und deshalb blieb sie. Sie war schon auf der Schule ein Ass im Schreiben von Programmen gewesen und hatte außerhalb der Schulzeit nebenher für zwei kleine Läden gearbeitet, aber wirklich entfalten konnte sie sich erst hier.

»Weißt du«, sagte sie, als wir den überkronten Bunker hinter uns gelassen hatten, »ich hoffe, es macht dir nichts aus, aber ich bin ein Genie.«

»Aha«, sagte ich, weil ich nicht wusste, was ich sonst sagen sollte, aber dann fiel mir noch ein: »Ein Genie wollte ich schon immer mal kennenlernen. Sander ist auf seine Art auch eins, aber nicht so richtig.«

»Wer ist Sander?«

»Du kennst Sander nicht? Das ist gewissermaßen mein Chef.«

»Ach so, der. Ich hatte vergessen, wie er heißt. Den sieht man ja kaum.«

»Und du, bist du die Chefin bei euch?«

»Nein, das ist John. Das ist der, der ins Telefon geschrien hat, als du reinkamst. Er führt die Firma offiziell, ist übrigens auch mit seinem Vater hier rübergekommen. Sein Vater leitet das Außenbüro der *Internationalen Kommission*. Aber wir sind natürlich alle gleichberechtigt.«

»Wie viele seid ihr?«

»Wir sind fünf: John, dann Andreas und Fred, das sind die beiden, die du gesehen hast. Thommie hat mal wieder in der Stadt zu tun. Sein Name klingt englisch, aber er heißt eigentlich Thomas und kommt irgendwo aus Süddeutschland. Na, und dann bin ich eben da, macht zusammen fünf.«

»Oh je«, sagte ich, »vier Männer, eine Frau.«

»Kann schwierig werden, wird es aber nicht, weil ich eben das Genie bin. Die anderen sind nur sehr begabt, weißt du. Ach, ich kann das nicht so richtig erklären.«

Plötzlich wusste ich, an wen Eleanor mich schon beim ersten Mal, als ich sie traf, erinnert hatte. Vor einiger Zeit war ich beim Katalogisieren auf einen Fotoband gestoßen. Den Fotos war ein längerer Textteil vorangestellt, geschrieben von drei klugen Männern. Zu den Autoren gab es im Buch keine Angaben, aber vermutlich handelte es sich um Soziologen. Der Band war 1965 in der Europäischen Verlagsanstalt erschienen und hieß *Beat in Liverpool*. Ich hatte mich bei der Einarbeitung darin festgelesen und erfuhr nun, wie das alles damals war: der *Cavern Club* in der Matthew Street, in dem die Beatles gespielt und Brian Epstein getroffen hatten, die Lunchtime und Night Sessions der unzähligen lokalen Gruppen, und die Mädchen, die auf der Straße auf Einlass warteten. Für mich waren das alles natürlich Nachrichten aus der Mythologie, aber manchmal wünschte ich mir, damals und dort jung gewesen zu sein und nicht in den miefigen Nullerjahren, in denen ich aufgewachsen war. Die Fotos in dem Band waren schwarzweiß. Sie zeigten anfangs die Slums von Liverpool, die *back-to-*

back-houses, fußballspielende Kinder auf Hinterhöfen, Pubs mit Zeitung lesenden Arbeitern, den Banker mit Bowler auf dem Weg zur Arbeit, und schließlich die Szenen aus dem Club. Auf manchen Bildern sah man das Publikum während der Sessions, und auf einem davon entdeckte ich Eleanor. Das Mädchen, vielleicht sechzehn oder siebzehn, war ganz vorn in der Bildmitte zu sehen, nur bis knapp unterhalb der Brust. Es trug ein Sakko mit Schulterpolstern und sehr breiten Revers, darunter offenbar eine helle Bluse mit dunklem Kragen, das war nicht mehr genau zu erkennen: Die Fotos in dem Band waren alle sehr grobkörnig. Tiefschwarzes Haar, soweit man der Aufnahme trauen konnte, frisiert im Beatles-Stil der damaligen Zeit, die sogenannte Pilzkopffrisur, wie ich einmal irgendwo gelesen hatte, wobei die Ohren frei lagen. Vom Gesicht her hätte es sich um die kleine Schwester von Paul McCartney handeln können. Diese Eleanor, oder wen ich dafür hielt, stand offenbar ziemlich nah an der Bühne, hatte den Kopf in den Nacken gelegt, verdrehte die Augen nach oben und sang wohl mit, jedenfalls hatte sie die weiß leuchtende obere Zahnreihe entblößt. Vielleicht rief oder hauchte sie in diesem Moment auch nur den Namen eines der Musiker, die auf der Bühne standen.

An dieses Foto dachte ich jetzt wieder, und sobald wir in der Bibliothek waren, bat ich Frodo, mir das Buch zu holen. Er wusste sofort, um welches es sich handelte und wo es stand – manchmal schien es mir, als habe er ähnliche eidetische Fähigkeiten wie Sander – und brachte es uns. Ich musste einen Augenblick blättern, bevor ich das Foto fand, und sagte dann zu Eleanor:

»Sieh mal, das hat mich unheimlich an dich erinnert.«

Eleanor sah es sich an und nickte.

»Kein Wunder«, sagte sie. »Das ist meine Großmutter. *My Granny*. Das Foto stand bei uns zu Hause auf einer Kommode.«

»Deine Großmutter?«

»Die Mutter meines Vaters, ja. Sie ist vor ein paar Jahren gestorben. Sie hat damals stark in der *Cavern-Club*-Szene mitgemischt und war eine Zeit lang auch mit einem Musiker liiert, Mick Avory, bevor sie einen Soldaten geheiratet hat.«

»Und sie hieß auch Eleanor?«

»Nein, sie hieß Alice und war eine geborene O'Connor. Eigentlich kommen wir ja alle aus Irland.«

Sander war aus dem kleinen Verschlag aufgetaucht, den er sich als sein persönliches Büro eingerichtet hatte, und reichte Eleanor die Hand. Wir setzten uns.

»Das ist schön, dass Sie gekommen sind«, sagte er zu Eleanor. »Ich hoffe, dass Sie uns helfen können.«

»Das kann sie bestimmt«, sagte ich. »Sie ist nämlich ein Genie.«

Als ich das gesagt hatte, gab es die erste nachdrückliche Berührung zwischen ihr und mir. Unterm Tisch trat sie mir zielsicher und mit voller Wucht gegen das Schienbein, und ich verzog das Gesicht, stöhnte oder schrie aber nicht.

»Wir machen Ihnen einen Kaffee«, sagte Sander, »und dann können wir loslegen.«

Als ich Eleanor drei Stunden später zu *Alice in Wonderland* zurückbrachte, stand Ritz im grauen Kittel in einem der japanischen Gärten und harkte den Kies, in dessen Zentrum ein bemooster Stein lag. Er winkte uns zu und rief: »Hallo, Eleanor!« Eleanor winkte zurück und rief: »Hallo, Paul! Geht's voran?«

Wir waren näher gekommen, und Ritz konnte jetzt in normaler Lautstärke antworten: »Wie sollte es? In einem japanischen Garten muss es nicht vorangehen. Er hat immer schon Buddha-Natur. Und bei dir?«

»Buddha-Natur habe ich wohl keine«, sagte Eleanor. »Ich war in der Bibliothek und werde dem jungen Mann hier und seinem Chef ein neues Programm schreiben, damit sie ihre Bücher schneller ins Regal bekommen. Die nächsten beiden Tage bin ich beschäftigt, aber dann können wir ja mal wieder einen trinken gehen.«

Ich stand während dieses Gesprächs einfach nur daneben, wie beiseite gestellt und vergessen. Ich hatte keine

Ahnung davon gehabt, dass Ritz und Eleanor einen so vertrauten Umgang miteinander hatten, und ich ärgerte mich, dass Eleanor mich jetzt schon zum zweiten Mal an diesem Tag als *den jungen Mann hier* bezeichnet hatte. Immerhin war ich neun Jahre älter als sie, und außerdem kannte sie meinen Namen.

Wir gingen weiter. »Ich wusste gar nicht, dass du Ritz so gut kennst«, sagte ich.

»Ich bin schon ein bisschen länger hier auf dem Gelände als du, vergiss das nicht. Und was Paul macht, ist ganz wichtig für uns alle.« Sie blieb kurz stehen und sagte: »Nicht weinen. Woran ihr arbeitet, ist natürlich auch wichtig für uns alle.«

»Liest du eigentlich?«, fragte ich. »Wahrscheinlich kommst du gar nicht dazu.«

»Doch, doch. Ich lese, aber hauptsächlich Lyrik. Ich kann mindestens fünfzig Gedichte auswendig, weißt du. Das hilft mir sehr bei der Arbeit, auch wenn ich dir das jetzt nicht erklären kann.«

»Gedichte?«

»Ja. Ich komme aus England, falls du dich daran erinnerst. Wir kennen viel mehr Gedichte als ihr, jede Wette. Kostprobe?«

Ich nickte. Eleanor blieb vor dem Eingang von *Alice in Wonderland* stehen und deklamierte:

They fuck you up, your mum and dad.
They may not mean to, but they do.
They fill you with the faults they had
And add some extra, just for you.

»Oder das hier«, sagte sie:

'Twas brillig and the slithy toves
Did gyre and gimble in the wabe:
All mimsy were the borogoves,
And the mome raths outgrabe.

»Aber das kennst du wahrscheinlich alles nicht.«

»Das zweite kenne ich sehr wohl, und ich kann's dir sogar übersetzen«, sagte ich und begann:

Verdaustig war's und glasse Wieben
Rotterten gorkicht im Gemank.
Gar elump war der Pluckerwank,
und die gabben Schweisel frieben.

Schon sah ich ihre Überraschung, aber noch bevor sie etwas sagen konnte, machte ich schnell weiter. »Es gäbe auch noch einen anderen Übersetzungsvorschlag«, sagte ich, »und der geht so«:

's war feuchtlich und die glitschen Steine
Hingen schwebend in der Webe.
Erbärmlich warn die Bürgerbeine,
Und wer nicht gehen kann, der schwebe.

Als ich zu Ende deklamiert hatte, gab Eleanor mir jeweils einen Kuss auf die rechte wie die linke Wange und sagte: »Das war sehr schön. Ich muss jetzt an die Arbeit. Wenn ich damit fertig bin, komme ich euch besuchen.« Damit verschwand sie in *Alice*, und behutsam, damit die Spuren der beiden Küsse nicht allzu schnell verflogen, machte ich mich auf den Rückweg in die Bibliothek.

Dort hatten Sander und Frodo inzwischen auch die letzten Bücher auf die vorläufigen Stapel verteilt, und wir widmeten uns jetzt den Zeitschriften, die Kolberg entweder jahrgangsweise oder auch nur in einzelnen Exemplaren besessen hatte. Auch hier zeigte sich ähnlich wie bei den Büchern eine enorme Breite und vielleicht auch Sammelwut. Komplett über viele Jahrgänge fanden sich Periodika wie *Scheidewege, Deutsche Zeitschrift für Philosophie, Deutsche Zeitschrift für europäisches Denken, Bargfelder Bote, Deutsches Adelsblatt, Cicero,* natürlich die *Staatsrechtlichen Hefte,* die *Zeitschrift für Verfassungsfragen* und andere Zeitschriften zur Rechtspolitik, merkwürdigerweise (fand Sander) aber auch *Die Aktion,* eine Faksimileausgabe der *filmkritik* und ein österreichisches Vierteljahresperiodikum namens *Miromente* mit dem Untertitel *Zeitschrift für Gut und Bös*. Von manchen Zeitschriften hatte Kolberg nur ein oder zwei Ausgaben besessen, deren Schwerpunktthema ihn wohl besonders interessierte. Selbstverständlich gab es in nicht wenigen davon Beiträge von ihm selbst, in denen man seinen berühmten Stil goutieren und darauf hoffen konnte, in jenen »unheimlichen Alarmzustand« versetzt zu werden, von dem einer der Kommentatoren gesprochen hatte.

In alarmierendem Zustand waren aber vor allem nicht wenige dieser Zeitschriften selbst. Viele von ihnen mussten neu gebunden und manche darüber hinaus auch restauriert werden. Eine Buchbinderei hatte sich auf dem Gelände auch nach knapp fünf Jahren noch nicht angesiedelt, und so musste Sander, der nicht zum ersten Mal vor diesem Problem stand, eine kleine Buchbinderei außerhalb damit beauftragen. Sie lag in unmittelbarer Nachbarschaft des kleinen Verlages, in dem er sich während der Jahre der Junta versteckt hatte. Ich war sofort bereit, dorthin zu fahren, aber Sander war der Ansicht, auch Frodo habe einen Ausflug in die Welt verdient und schickte ihn los.

Abends umkreiste ich einmal *Alice in Wonderland*, wo natürlich noch Licht brannte und ich mir Eleanor bei der Arbeit an unserem Programm vorstellte, dann ging ich nach Hause, um weiter in Korffs *Sonja-Komplott* zu lesen.

Dokument 7

Major Clement Rigby, ehemals Chef der Sektion II der Internationalen Befriedungstruppe, zurück in seiner Doppelhaushälfte in Liverpool (Woolton)

?

Rigby Dazu stehe ich, ohne Einschränkung. Das mit dem *rotten country* ist nicht bös gemeint. Vielleicht ist es auch der falsche Ausdruck. Unglücksland, sollte ich besser sagen. Sie kriegen einfach nichts hin, die Deutschen.

?

Rigby Fallen dauernd von einem Extrem ins andere. Auch als Demokraten, meine ich. Superdemokraten. Dann wieder Supergefolgsleute. Überhaupt immer gute Gefolgsleute, egal von was.

?

Rigby Nein, böse Menschen habe ich eigentlich nicht kennengelernt, auch nicht, als wir ankamen. Die saßen alle schon in Haft oder waren tot oder über alle Berge. Böse Menschen kann man übrigens auf der ganzen Welt kennenlernen. Keine deutsche Spezialität.

?

Rigby In den ersten beiden Jahren drüben hatten wir zuweilen noch mit versprengten Gruppen zu tun. Ich weiß nicht, ob ich sie Partisanengruppen nennen soll, das scheint mir zu viel der Ehre. Meistens sehr junge Menschen, gerade zwanzig. Eine verlorene Generation. Die Deutschen haben jetzt eine *lost generation*, würde ich sagen.

?

Rigby Im Großen und Ganzen ist das ausgestanden, glaube ich. Obwohl ich durchaus für möglich halte, dass der General noch am Leben ist. Wer weiß, wo er herumirrt und mit wem. Aber ich halte das nicht mehr für gefährlich.

?

Rigby Uns hat seit 1940 keiner mehr angegriffen. Da müssen wir unsere soldatischen Kenntnisse und Fähigkeiten eben nach Europa exportieren. Anderswo in der Welt haben wir ja nicht mehr viel zu sagen.

?

Rigby Das ist einfach Familientradition. Mein Vater war Soldat, mein Großvater, mein Urgroßvater. Mein Großvater war auch in Deutschland, von 1945 bis 1949. Mein Urgroßvater war in Indien. Da ich keinen Sohn habe, wird die Tradition aber wohl mit mir enden.

?

Rigby Wegen Erreichung der Altersgrenze. Ich bin Jahrgang 1974, und wir gehen mit 55 Jahren in Pension.

?

Rigby Was man eben so tut. Im Garten arbeiten. Eher ein Gärtchen. Ich arbeite auch in einem Wohlfahrtsverband mit, ehrenamtlich. Dann die Anfield Road, alle Heimspiele. Endlich habe ich Zeit dafür. Übrigens schön, dass der Verein wieder in englischem Besitz ist. Außerdem schreibe ich meine Memoiren.

?

Rigby Selbstverständlich habe ich einen Vertrag. Ich habe einiges zu erzählen. Irak, Afghanistan, Griechenland, Italien, Flandern, Deutschland ... da kommt schon was zusammen.

?

Rigby Eleanor kann machen, was sie will. Sie ist sehr gescheit, glaube ich, und schon jetzt eine der Besten auf ihrem Gebiet. Ihr gefällt es in Berlin, und die Firma ist erfolgreich. Sie hat eine schöne Wohnung. Warum soll sie nicht da bleiben?

?

Rigby Nein, hier wäre sie doch sowieso nicht. Hier ist doch nicht viel los in der Branche. Sie wäre bei irgendeiner Firma in London. Oder meinetwegen in Milton Keynes.

?

Rigby Das stimmt. Ihre *Granny*, also meine *Mum*, war tatsächlich eine Zeit lang mit einem Musiker aus einer Liverpooler Gruppe zusammen, *The Clayton Squares,* die haben im *Cavern Clu*b gespielt. Sie hat gern davon erzählt, auch später noch. Meinen Vater hat es nicht gestört.

?

Rigby Ja, habe ich noch. Ziemlich zerkratzt, weil meine Mutter das endlos gespielt hat. Eine 45er, wenn Ihnen das noch was sagt, mit drei Titeln, live aus dem *Cavern Club.*

?

Rigby 1965.

?

Rigby Wenn Sie es unbedingt hören wollen. Aber ich warne sie, die Musik kommt eh schon dumpf, wegen der Kellerakustik, und dann das Kratzen ...

9

Als Frodo am nächsten Morgen in die Bibliothek kam, erzählte er als Erstes, er habe alles bei der Buchbinderei abgeliefert und man werde uns anrufen, wenn es fertig sei. Der Buchbinder ging von etwa zehn Tagen aus. Dann sagte Frodo: »Auf dem Rückweg habe ich den General gesehen.«

Sander sah ihn an und zog leicht die Brauen hoch. Der General war vor fünf Jahren verschwunden, geflüchtet von diesem Gelände hier, vermutlich sogar aus diesem Haus, das damals sein Wohnhaus gewesen und nun die Bibliothek war. Niemand wusste mit Bestimmtheit, ob er tot oder noch am Leben war; seine Leiche war nie gefunden worden. Die Fraktion derjenigen, die davon ausgingen, dass er nicht mehr lebte, sondern auf der Flucht, vielleicht sogar von den eigenen Leuten, erschossen und irgendwo verscharrt worden war, war etwas größer als die der Verschwörungstheoretiker, die glaubten, der General halte sich irgendwo im Land oder im Ausland versteckt und bereite seine Rückkehr vor. Die *Internationale Kommission* ebenso wie die Übergangsregierung taten das als haltlose Gerüchte ab und bestritten vehement alle Darstellungen, sie wüssten sogar, wo er sich aufhalte. Aber immer wieder gab es in den Zeitungen Berichte von Menschen, die den General gesehen zu haben meinten: im Bus, in der U-Bahn, im Stadion unter den Zuschauern eines Fußballspiels, auf einer Bank im Süden der Stadt, ja sogar beim Schlittschuhlaufen auf einem der Seen. Der General beim Schlittschuhlaufen, also wirklich! Auf solche Berichte spielte Sander an, als er Frodo fragte: »Und wo hast *du* ihn gesehen?«

Frodo, der die Ironie in Sanders Stimme sehr wohl hörte, ließ sich nicht beirren. Er habe den General vom Oberdeck des Busses aus gesehen. Der General habe an einer

Imbissbude direkt bei der Haltestelle gestanden und eine Currywurst gegessen, und da der Bus wegen des Ein- und Aussteigens gerade stand, sei er, Frodo, im Affentempo die Treppe runtergeflitzt und gerade noch auf die Straße gesprungen, bevor der Bus wieder anfuhr. Er habe so getan, als vertiefe er sich in die Auslagen eines Sportartikelgeschäfts am Eingang des Ladencenters, vor dem die Imbissbude stand, und habe gewartet, bis der General mit seiner Currywurst fertig war. Der General habe einen schweren, nicht sehr eleganten Wintermantel getragen, auf jeden Fall aber einen zivilen Mantel, kein umgearbeitetes Uniformstück, das könne er mit Sicherheit sagen. Er habe sich schließlich mit einer Papierserviette den Mund abgewischt und sich dann in Bewegung gesetzt, und er, Frodo, in angemessenem Abstand hinterher.

Er könne nicht sagen, ob der General etwas gemerkt habe. Dieser sei ein oder zwei Mal stehen geblieben und habe so getan, als suche er etwas in seinen Manteltaschen, und vielleicht habe er tatsächlich etwas gesucht, und beim zweiten Mal habe er sich kurz umgedreht. Er, Frodo, sei nur einer unter mehreren Passanten gewesen, aber der General habe aus seiner langjährigen Praxis sicher ein Gespür dafür, wann er verfolgt werde. Schließlich sei er aber in den U-Bahn-Schacht Augsburger Straße abgetaucht, einen immer noch nicht wieder aktiven Bahnhof also, und Frodo habe sich nicht getraut, ihn weiterzuverfolgen, weil das zu auffällig gewesen wäre und weil er auch nicht hätte wissen können, was ihn dort unten erwarten würde. Bekanntlich gälten die Bahnhöfe dieser Linie ja als Schlupfwinkel der Juntatreuen.

»Und wann war das genau?«, fragte Sander.

»Gestern Nachmittag, etwa halb sechs.«

»Also war es schon dunkel.«

»Ja.«

»Aber du hast den General mit Sicherheit erkannt.«

»Es gibt draußen und vor allem in jener Gegend eine hinreichende Straßenbeleuchtung.«

»Wie alt warst du, als das alte Regime stürzte?«

»Fünfzehn.«

»Aber den General könntest du ohne Schwierigkeiten identifizieren.«

Ich bewunderte Frodo wegen seiner Geduld gegenüber Sanders offensichtlichen Versuchen, seine gestrige Begegnung als Phantasmagorie abzutun. Er nickte nur und sagte dann: »Aber ganz bestimmt. In meiner Kindheit und Jugend war ich jeden Tag mit dem Bild des Generals konfrontiert, überall, bei den *Game Boys* zuerst und danach in der *Grauen Garde*. Sein Foto hing doch überall. Ich weiß«, winkte er ab, als Sander ihn unterbrechen wollte, »man kann einen Mann nicht unbedingt nach einem stilisierten Foto erkennen. Aber«, und jetzt lächelte er leicht triumphierend, »ich bin dem General auch persönlich begegnet. Das ist wahrscheinlich mehr, als ihr von euch sagen könnt. Das war etwa ein Jahr vor dem Ende. Er besuchte unsere Schar bei der *Grauen Garde*; eine seiner bekannten Propagandareisen, wenn man ihn vorher wochenlang nicht in der Öffentlichkeit gesehen hatte. Wir hatten uns aufgestellt, und er schritt unsere Reihen ab. Ich stand in der dritten Reihe ganz links außen, und er blieb vor mir stehen und sah mich lange an, sagte aber nichts. Vielleicht wusste er etwas über meine Eltern, obwohl die sich in all den Jahren ganz normal verhielten, ganz still also und vorsichtig. Der General stand ganz nah bei mir, uns trennte kein Meter. Ich spürte seinen etwas säuerlichen Atem in meinem Gesicht. Seine Augen flackerten, als er mich fixierte, fast wie bei einem, der einen nervösen Tic hat. Er blieb fast zwei Stunden bei unserer Schar. Er sagte nur wenig. Anders als bei seinen großen Reden hatte seine Stimme hier im kleineren Kreis einen sehr hohen Klang, und alles was er sagte, war immer von einem leisen Pfeifen begleitet. Er ließ sich alles zeigen, was wir machten, nickte, klopfte einigen von uns auf die Schultern. Ich hatte also genug Zeit, um zu sehen, wie er sich bewegte. Und der Mann, den ich gestern gesehen habe, bewegte sich genau so. Es war der General, das kann ich beschwören.«

»Der General«, sagte Sander in einem letzten, aber nicht mehr völlig überzeugten Versuch der Ironie, »lebt also im

U-Bahn-Schacht Augsburger Straße und geht ab und zu über Tage eine Currywurst essen.«

Frodo lächelte nur und sagte nichts, aber mir reichte Sanders Ignoranz.

»Es ist jetzt gut, Kai«, sagte ich. »Du weißt doch gar nicht, wie es draußen aussieht, du bist doch schon seit Jahren nicht mehr dort gewesen. Du kennst doch nur deine Bibliothek. Du willst es nicht wahrhaben, aber es weiß nun mal niemand, ob der General tot ist oder noch lebt, und die Wahrscheinlichkeit für beides ist gleich hoch. Und wenn Frodo dem General als Vierzehnjähriger persönlich begegnet ist, darf man ihm schon zutrauen, dass er ihn erkennt.«

Ich hätte noch weitergeredet und mich in meine Wut noch mehr hineingesteigert, aber Frodo hob sanft lächelnd beide Hände, was wohl heißen sollte: Lass gut sein. Man kann es ihm nicht verdenken.

»Möglich ist natürlich alles«, murmelte Sander schließlich und verzog sich dann für etliche Stunden in sein Büro. Frodo und ich arbeiteten weiter an der Ordnung der Kolberg'schen Bibliothek. Ich fragte Frodo, wie seine Eltern unter der Junta gelebt hatten.

»So unauffällig wie möglich«, sagte er. »Mein Vater hat sich als angestellter Uhrmacher bei *Chronos* versteckt, das kennst du sicher. Gibt es ja immer noch überall. Und meine Mutter hat wie bisher in der Armenspeisung gearbeitet.«

Die Versorgungsstellen für die zunehmende Zahl der Armen, die sogenannten Tafeln, waren nach dem Putsch verstaatlicht und unter eine einheitliche Leitung gestellt worden. Das Regime hatte von Anfang an den Ehrgeiz, dass niemand auf der Straße lebte oder gar verhungerte, und investierte dafür erhebliche Mittel. Nach manchen Theorien war das sogar einer der Widersprüche, an denen es zugrunde ging, weil diese Investitionen zwar eine begrenzte Zahl von Arbeitsplätzen schufen und außerdem die Gefahr sozialer Unruhen minimierten, im Grunde aber unproduktiv und kostenintensiv waren.

»Und warum ist deine Mutter dann bei einer Demonstration umgekommen?«

»Das war nicht irgendeine Demonstration, sondern die berühmte Demo kurz nach der Niederlage von Reichenfels«, sagte Frodo, »als die Widerstandsgruppen glaubten, jetzt sei es an der Zeit. Das war ja auch nicht falsch, aber viele hatten geglaubt, das Regime würde sofort kippen.«

Ich erinnerte mich an die Berichte über diese Demonstration, soweit sie damals nach Aachen durchdrangen. Es hatte mindestens zweihundert Tote gegeben, und die Taktik des Widerstands war schon wegen der ungleichen Verteilung der Waffen sehr naiv gewesen. Es war völlig klar, dass der Sturz der Junta ohne internationale Hilfe nie gelingen konnte, und die kam erst ein Jahr danach.

Dokument 8

Porträt eines Juntachefs (aus den Arbeitsmaterialien der Historikerin Ute Wellkamp, Notiz vom 14. 4. 2027)

Später kursierte die Theorie, der General sei von dem Putsch selbst überrascht gewesen. Gesichert ist, dass er nicht zu den treibenden Kräften gehörte, sondern von der eigentlich führenden Troika, General von Marchow, General Plessinger und Major Grosz, als Galionsfigur eingesetzt und zum Juntachef gemacht wurde. Generäle führen Staatsstreiche selbstverständlich generalstabsmäßig aus. Der Putsch verlief dementsprechend fast völlig unblutig. Liquidiert werden mussten lediglich Kanzler Wolf und sein persönlicher Referent Bruno Breitenbach, die als zu gefährlich angesehen wurden. Die Ermordung wurde später als Unfall dargestellt, als eine Panne in der Befehlskette. Die Ausführenden wurden ihrerseits bestraft (degradiert) und politisch und militärisch kaltgestellt. Die anderen Mitglieder der bisherigen Regierung und des anhängenden Apparats, soweit nicht verwendbar, durften ausreisen und ihr Privatvermögen mitführen.
Der Junta war klar, dass sie an der repräsentativen Spitze ein

freundliches Gesicht brauchte, eine eher joviale Erscheinung. Die Zeit für aggressiv-blutige Machtergreifungen war vorbei. Zwar wurden die hundertfünfzig gefährlichsten Staatsfeinde sofort festgenommen, aber dies geschah ebenfalls generalstabsmäßig (langfristige Vorbereitung durch *Street View*), leise, unauffällig und alter Tradition gemäß selbstverständlich bei Nacht und Nebel, genauer: in der Stunde zwischen vier und fünf. Die Einkassierten wurden über das Land verteilt festgesetzt, in verschiedenen Hochsicherheitstrakten, wobei die vorhandene Infrastruktur genutzt werden konnte. Das Verhörzentrum auf dem Regierungsgelände wurde erst drei Jahre später in Betrieb genommen.

Die Troika einigte sich auf General Rotkirch wegen folgender Vorzüge:

– Das »menschliche Gesicht«. Der General war schon vor dem Putsch ein beliebter offizieller Repräsentant der Armee aus Anlässen der Öffentlichkeitsarbeit (Tage der offenen Tür auf Bundesebene etc.). Sein Blick: freundlich, auch leicht suchend, nicht zu entschieden. Leichte Neigung zur Korpulenz, aber keine Fettleibigkeit, das Gesicht weich, aber noch nicht aufgeschwemmt, dadurch *Gemütlichkeit*. (Ein Militärhistoriker der älteren Generation nannte Rotkirch in Anspielung auf einen bayerischen Politiker des letzten Jahrhunderts *Strauß soft*.)
– Kein Netzwerk, keine Seilschaft. Rotkirch kam aus keiner Generalsfamilie, keiner Familie mit politischer Tradition. Geld war da, aber noch nicht »mit Tradition«, zwei Generationen Agrarfabrik und Massentierhaltung im westlichen Niedersachsen, nach einigen Skandalen jetzt mit ökologischem Etikett. Günter Rotkirch (Zweitgeborener) entfloh trotzdem so früh wie möglich dem Gestank. Seine spätere Neigung zum feinen Essen ist als Distanzierungsakt zu sehen. Zwischendurch immer wieder Heißhungeranfälle auf Herzhaftes. Als Soldat von Anfang an tüchtig, schneller Aufstieg, keine Neider, aber auch kein enger Kreis, der im Notfall hinter ihm stehen würde.
– Formbarkeit. Rotkirch war kein Mann mit eigenen Ideen. Kein politischer Kopf, keine ideologischen Präferenzen, nur

Hang zu geordneten Verhältnissen und zur Ruhe im Land. Für die persönlichen Meinungen und Überzeugungen der Bürger interessierte er sich nicht. Die Ideen der Troika (und der ihr zuarbeitenden Ideologen) konnte er überzeugend aufsagen und vertreten, ohne dabei exaltiert zu wirken. Er war kein Schreihals. Das empfanden nicht nur die eigenen Bürger als angenehm, sondern auch das Ausland.

- Verbindlichkeit im Umgang, hoher diplomatischer Wert in Bezug auf die auswärtigen Beziehungen.
- Mäßiger persönlicher Ehrgeiz. Günter Rotkirch wollte von Anfang an ein guter Soldat sein, was ihm auch gelang. Seine schnellen Beförderungen (2013 jüngster Brigadegeneral des Heeres mit 44 Jahren) nahm er gern hin, plante seine Karriere aber nicht persönlich: Er hielt seinen Aufstieg für einen Automatismus. Das Angebot der Troika an ihn, nach dem Putsch Staatschef zu werden, nahm er an. Möglicherweise hielt er das nicht für eine wirklich ernsthafte Beschäftigung, die tief in sein Leben eingreifen würde.

Verheiratet, zwei Töchter. Die Familie hielt er aus den repräsentativen Staatspflichten so weit wie möglich heraus. Die repressiven Akte der Staatsmacht waren seiner Ansicht nach notwendig, er zuckte dabei jedoch immer leicht zusammen. Gern wäre er milder gewesen. Aber der Souverän ist dazu da, sein Volk zu schützen (erklärte man ihm: Selbstverständlich hatte Kolberg bei ihm jederzeit Zutritt).
Als er das Regime in Gefahr sieht – dass er kein politischer Kopf ist, bedeutet nicht, dass er keine Instinkte hat –, bringt er zuerst seine Familie im Ausland unter, dies schon Anfang 2024 (die Instinkte sind also offenbar gut). Er selbst harrt selbstverständlich auf seinem Posten aus, da er Soldat ist. Darüber, was mit ihm bei den Kämpfen der letzten Tage geschehen ist, gibt es bekanntlich verschiedene Versionen. Die erste besagt, er sei von seinen eigenen Leuten erschossen und verscharrt worden. Die zweite: Er sei im Kampf mit dem Feind gefallen, die *Internationale Kommission* habe seinen Leichnam aber nicht präsentieren wollen, um keine Anlässe für die Bildung von Heldenmythen zu schaffen. Die dritte: Er sei schon längst

im Ausland gewesen und lebe bei seiner Familie (die Rede ist wahlweise von Kärnten oder Flandern). Die vierte geht davon aus, er sei noch am Leben und im Inland, vermutlich sogar in der Hauptstadt.

10

Sander kam erst am späten Nachmittag wieder aus seinem Verschlag hervor. Offenbar hatten ihn meine Sätze tief verletzt, besonders einer davon, wie er mir gestand. *Du kennst doch nur deine Bibliothek*. Ich begriff sofort, als er mir das sagte. Ein solcher Satz traf ihn mitten ins Herz, und ich fühlte mich tatsächlich wie jemand, der einen Mordversuch unternommen hatte.

Ich war nicht der erste in seinem Leben, der ihn mit diesem Satz attackiert hatte. Als ich ihn damals kennenlernte, an jenem Juninachmittag auf dem Campus, war er gerade von einer Frau verlassen worden, die ihm dasselbe vorwarf. Bis zu diesem Tag hatte ich das nicht gewusst. »Sie hätte es auch nicht so gesagt, dass sie mich verlassen hat«, erzählte er jetzt, »sie hat damals gesagt: ›Du betrügst mich mit deiner Bibliothek.‹ Wir waren immerhin zwei Jahre zusammen gewesen.« Schon in der Schulzeit hatte er nachmittags oft das Fußballspielen mit seinen Freunden ausfallen lassen, um sich im Dämmerlicht der Stadtbibliothek zu verbergen. Das führte durchaus zum Bruch der einen oder anderen Freundschaft, denn Sander war wirklich ein guter Spieler und gewissermaßen unverzichtbar. Er hatte fürs Spiel einen fast ebenso guten Blick wie für Stellen in Büchern. Er konnte, mit einem modischen Ausdruck von damals gesprochen, *ein Spiel lesen*. Aber seine Freunde mussten erleben, dass er lieber in der Bibliothek saß und sie im Stich ließ, und einige verziehen ihm das nicht.

»Ich habe einige Male versucht«, sagte er jetzt, »in der Welt zu leben, aber ich habe mich dabei jedes Mal gefühlt wie ein Mönch, den man plötzlich aus dem Kloster vertrieben hat. Ich finde mich nicht zurecht, Ulrich. Um ehrlich zu sein, mir hat es schon im Kindergarten nicht gefallen.«

Als er das sagte, machte er einen zugleich so verlassenen wie schelmischen Eindruck, dass ich nicht wusste, ob ich Mitleid mit ihm haben oder lachen sollte. Schließlich umarmte ich ihn und bat ihn für meinen bösen Satz um Verzeihung.

Dann rief Eleanor an und sagte, das Programm sei fertig. Sie wolle am nächsten Morgen kommen, so gegen zehn. Die Installation sei kinderleicht, aber sie müsse uns noch eine längere Einweisung in die Nutzung geben. Sie würde Thommie mitbringen, sagte sie, weil der geduldiger und pädagogisch geschickter sei als sie. Danach könnten wir loslegen und wären mit der Einarbeitung von Kolbergs Bibliothek bestimmt in einer Woche fertig.

Sander lächelte, als er das hörte.

»Das stellt sie sich vielleicht dann doch eine Kleinigkeit zu einfach vor«, sagte er. »Wahrscheinlich liest sie nicht.«

»Doch«, sagte ich, »sie liest. Gedichte. Und sie kann mindestens fünfzig davon auswendig.«

Eleanors Programm hieß WWLF, und die Abkürzung stand für *Will you walk a little faster?*. Als sie uns das erklärt hatte, zitierte sie noch einmal die Eingangszeilen von Carrolls Gedicht:

›Will you walk a little faster?‹ said a whiting to a snail,
There's a porpoise close behind us, and he's treading on my tail.
See how eagerly the lobsters and the turtles all advance!
They are waiting on the shingle – will you come and join the dance?

Dann begann Thommie mit der Einweisung. Ich kannte ihn noch nicht, da er bei meinem Besuch in der Firma vorgestern ja gerade »in der Stadt zu tun hatte«, und war jetzt etwas überrascht. Während alle anderen in der Firma in den Zwanzigern waren, schätzte ich Thommie auf Mitte vierzig und wunderte mich, dass nicht er als der offizielle Chef von *Alice in Wonderland* fungierte. Später erklärte mir Eleanor, dass John durch die Reputation des Namens seines Vaters gerade in den Anfängen der Firma das ideale Aushängeschild darstellte, und noch mehr. Man hatte anfangs einen Kredit aufnehmen müssen, der inzwischen durch die schnellen Erfolge der Firma vorzeitig getilgt worden war, und für den hatte George Tennant, Leiter des Außenbüros Deutschland der *Internationalen Kommission*, persönlich gebürgt.

Thommies Aufgabe bestand vor allem in der Schulung und Betreuung der Kunden. Wir begriffen schnell, warum. Er zeigte unendliche Geduld, während Eleanor neben ihm saß und angesichts vieler unserer Fragen die Augen verdrehte, sodass ich am Ende schließlich gar nichts mehr fragte, weil ich diese Blicke nicht länger ertrug. Auch Frodo fragte übrigens nichts, sondern nickte bloß bei allen Erklärungen und machte sich ab und zu eine Notiz. Nur Sander war unerschütterlich und ließ sich auch durch Eleanors Reaktionen nicht beirren. Er war gleichsam taub für die Frage *Will you walk a little faster?* und hielt sein Tempo. Thommie hatte keine Schwierigkeiten, sich dem anzupassen.

Am Ende bat er darum, einer von uns möge die einzelnen Schritte und Anwendungsmöglichkeiten, die er dargestellt hatte, noch einmal rekapitulieren. Bevor noch Sander oder ich das Wort ergreifen konnten – oder wollten –, fasste Frodo alles zusammen, wozu er nicht länger als fünf Minuten brauchte. Thommie nickte während seiner Ausführungen bestätigend, und ich registrierte die zuerst anerkennenden, dann bewundernden Blicke Eleanors für unseren jungen Mann (*den* hätte sie wirklich so nennen dürfen). Offensichtlich hatte Frodo für ihre Arbeit eine so schnelle Auffassungsgabe, dass selbst das Genie Eleanor erstaunt war, und Sander und ich waren es natürlich auch.

Gegen Mittag war die Einweisung beendet, und wir beschlossen, alle zusammen in der *Tomate* essen zu gehen. Auf der Glasscheibe der Eingangstür des Restaurants prangte leuchtend rot ein gemaltes Exemplar des namensgebenden Gemüses. Der Raum war lang und schmal geschnitten wie ein Handtuch. Wie in einem französischen Bistro standen die weiß gedeckten Tische in zwei langen, einander gegenüberliegenden Reihen links und rechts des Eingangs nebeneinander. Wir waren früh dran und hatten noch reichlich Auswahl. Bald danach füllte es sich schnell, denn die *Tomate* war gerade mittags wegen des schnellen Services und der niedrigen Preise sehr beliebt. Als Tagesgerichte standen heute *Pfannkuchen mit Waldpilzen gefüllt* und *Marinierte Hirschkeule nach Art des Hauses* auf der Tafel. Außerdem konnte man natürlich à la carte essen, aber wir alle fünf entschieden uns für eins der Tagesgerichte. Im Stillen hatte ich für mich eine Wette darauf abgeschlossen, dass Eleanor und Frodo sich für die Pfannkuchen entscheiden würden, Sander und Thommie aber für die Hirschkeule. Ich gewann die Wette und entschied mich auch für Pfannkuchen, um Eleanor und Frodo nicht allein zu lassen.

Während des Essens teilte sich das Gespräch in drei Fraktionen. Sander und Thommie fanden als Altersgenossen schnell ihre gemeinsamen Themen, und Eleanor und Frodo begannen eine angeregte Unterhaltung über neueste Spiele auf dem HypePad, sehr einander zugewandt. Ich saß beinahe stumm dazwischen und nickte nur dann und wann zustimmend, wenn Sander mich etwas fragte und mich so ins Gespräch zu ziehen versuchte. Er erzählte offenbar gerade davon, wie wir beide uns kennengelernt hatten, damals auf dem Campus.

Dann, während wir auf das Dessert warteten, wurde mir etwas schwindlig, und ich schloss die Augen und lehnte den Kopf an die Wand. Bilder aus meinen Aachener Jahren stiegen auf, Erinnerungen an die altertümliche Kontoratmosphäre bei *Del'Haye & Münzenberg*, an die Gerüche, wenn man morgens das Geschäft betrat, an meine einsamen oder (mit Anton) gemeinsamen Reisen nach Belgien und anderswo, an meine freundliche Wohnung direkt am

Markt, und plötzlich hatte ich eine so ungeheure Sehnsucht nach jenen Jahren und jener Landschaft, dass mir ein paar Tränen kamen. Das Ganze kann nicht länger als eine Minute gedauert haben, dann stieß mich Frodo, der rechts neben mir saß, sacht und besorgt an, und im selben Augenblick fragte mich Sander, ob mir nicht gut sei.

»Geht schon wieder«, sagte ich, und im nächsten Moment wurde das Dessert gebracht. Die Fraktionsgespräche brachen ab, und wir waren wieder ein Kreis von fünfen. Thommie fragte, ob wir ab und zu abends »in die Stadt« gingen. So drückte er sich tatsächlich aus, als lebten wir in einer Kleinstadt und nicht in der wie auch immer heruntergekommenen und zerrupften Hauptstadt.

»Ich gehe manchmal in Clubs«, sagte Frodo, und ich muss zugeben, dass mich das im ersten Moment sehr überraschte. Frodo war neunzehn, also gab es nichts Natürlicheres, als dass er sich ab und zu abends oder nachts dem Rudel der Gleichaltrigen anschloss und sich ins Getümmel stürzte. Auf der anderen Seite war er der Sohn eines anarchistischen Uhrmachers, und auch seine Mutter war eine Anarchistin gewesen, und ich hatte in meiner Zeit hier schon gelernt, dass die Anarchisten mehrheitlich sehr ernsthafte und keineswegs vergnügungssüchtige Leute waren.

»In welche denn?«, erkundigte sich Eleanor, und Frodo nannte lauter Namen, die ich zum ersten Mal hörte, das *Goetz* im Westen etwa oder *Airen* und *Popocatepetl* im Zentrum und noch andere, deren Namen ich schon wieder vergessen habe. Eleanor nickte, sagte aber nichts zu diesen Clubs, sondern nannte ihrerseits einen Club in der Konstanzer Straße, *Last Exit British Sector.*

»Aber da bin ich im Jahr höchstens drei Mal«, sagte sie. »Wenn ich mal wieder viel Englisch um mich herum hören will. An sich ist es ein bisschen langweilig dort, viel Publikum aus der *Internationalen Kommission* und aus der *Befriedungstruppe.*«

Sander lächelte die ganze Zeit still in sich hinein, sein Club war die Bibliothek. Dann erzählte ich von meinem spontanen Besuch in der *Arena,* die ganze Geschichte, angefangen mit meinen Verhandlungen bei Kolberg über die Rückfahrt und meine Verfolgung von Marietta, ihre Begegnung mit den beiden Männern in der Loge bis zu den Nachrichten, die wir inzwischen aus dem Grenzgebiet vor Polen bekommen hatten. Niemand von ihnen kannte den Club. Eleanor schlug vor, sich die *Arena* doch einmal gemeinsam anzusehen.

»Vielleicht schon heute Abend?«

Heute Abend, sagte Frodo, müsse er seinem Vater bei einigen Arbeiten helfen. Er ließ sich nicht weiter darüber hinaus, welcher Art diese Arbeiten waren.

Heute Abend, sagte Thommie, fahre er wie immer freitags in ein kleines Café an der Friedrichstraße, *Bei Leni,* denn da gab es kammermusikalischen Livejazz, und den mochte er.

Sander fühlte sich nicht angesprochen. Jetzt war ich an der Reihe, und erschrocken über die Chance, heute Abend allein mit Eleanor in die *Arena* zu gehen, sagte ich, ich müsse heute Abend, wie eigentlich jeden Abend, in dem Achthundertseitenklotz von Gregor Korff weiterlesen, damit wir den dann auch in die Bibliothek einstellen könnten. Dann erklärte ich, nach einem kurzen Seitenblick auf Sander, der mir aufmunternd zunickte, worum es sich handelte.

»Das ist aber spannend«, sagte Eleanor, »1990! Da war ich noch gar nicht geboren. Und dann Spionage und Verrat. So was liebe ich. Ich habe erst später erfahren, dass ein Freund meines Vaters, der uns oft besucht hat, beim MI6 war. Wie heißt das Buch noch mal?«

»Das Sonja-Komplott«, sagte ich. »Sonja ist die böse Frau in dem Roman. Es gibt wohl auch noch ein paar gute, aber so weit bin ich noch nicht.«

»Muss ich lesen. Gibt's das noch?«

»Höchstens antiquarisch. Und demnächst eben in der Bibliothek.«

»So lange möchte ich aber nicht warten.«

Darauf fand ich erst einmal keine Antwort. Merkwürdigerweise war es Thommie, der mir einen Blick zuwarf, der nur bedeuten konnte: *So blöd wie du kann man eigentlich gar nicht sein.* Vermutlich hätte er mir sogar gegen das Schienbein getreten, wenn es in seiner Reichweite gewesen wäre.

»Ich könnte es dir natürlich vorlesen«, sagte ich. »Ich bin noch nicht sehr weit, da kann ich ebenso gut noch mal von vorn anfangen.«

11

Dann sah ich draußen Sonja vor der großen Fensterfront der Bar stehen und die Karte studieren, auf der die üblichen Sachen angeboten wurden, las ich vor. *Sie trug den für sie typischen leichten schwarzen Wollmantel mit breitem Revers und hatte das Haar wie so oft aufgetürmt und mit einem breiten Kamm festgesteckt. Ich überlegte, was ich tun würde, wenn sie in die Bar kam, aber sie zuckte schließlich mit den Schultern und ging weiter. Ich ließ meinen Kaffee stehen, stürzte nach draußen und ging ihr in angemessenem Abstand nach. Der Boulevard de Bonne Nouvelle war um diese Zeit noch voll genug, sodass ich nicht auffiel. Kritisch wäre es nur geworden, wenn sie sich umgedreht hätte, aber sie ging mit den typischen schnellen, hämmernden Schritten weiter, den Kopf leicht gesenkt. Ihr Gang war unverwechselbar, jedenfalls für mich. Wir kamen am Grand Rex vorbei, wo gerade eine Vorstellung zu Ende gegangen war und die Kinobesucher auf die Straße strömten. Schon glaubte ich, sie aus den Augen verloren zu haben, entdeckte sie aber wieder, nachdem ich mich hastig durch die Menge hindurchgeschlängelt hatte. Einen Augenblick blieb sie stehen, um sich eine Zigarette anzuzünden, und nahm dann ihren Marsch wieder auf. Auch Sonjas Gang hatte nichts von Flanerie, sondern war offenbar zielgerichtet, und ebenso zielgerichtet bog sie an der nächsten Ecke nach rechts in die Rue Rougemont ein, blieb vor dem zweiten Haus stehen und tippte den Code ein. Ich war durch diese plötzliche Wendung überrascht und gewissermaßen aufgelaufen und stand jetzt nur noch ein paar Meter von ihr entfernt. Sie wandte sich mir zu, rief mit schriller, ein wenig quietschender Stimme: »Fous le camp! Du balai!« und verschwand im Haus, während sich mein Trugbild auflöste.*

Einen Moment stand ich fassungslos, bevor ich endgültig begriff, dass ich eine vollkommen Fremde verfolgt hatte. Dann trottete ich auf die Grands Boulevards zurück.

»*Ah, look at all the lonely people*«, sang Eleanor an dieser Stelle. »Sorry. Lies weiter.«

»Nein, heute nur bis zu dieser Stelle«, sagte ich. »Im Text ist hier auch ein Einschnitt.«

Ich hatte ihr Korffs Roman, in dessen Lektüre ich selbst ja noch nicht sehr weit gekommen war, noch einmal ganz von vorn vorgelesen. Es war erstaunlich, welche Details Eleanor auffielen, die mir beim ersten Lesen nicht weiter wichtig erschienen waren. Sie wies zum Beispiel darauf hin, wie oft dieser Korff betont, dass er »von früher« nichts mehr wissen will, dass er damit endgültig gebrochen hat, und wie oft er zugleich immer wieder auf das Früher zurückkommt.

»Er spricht zum Beispiel von alten Filmen, die zu seiner Zeit schon alt waren«, sagte sie.

»Kennst du die etwa?«

»Nein, aber man weiß ja, dass er von Filmen von früher spricht. Bei den Büchern auch. Diesen Queneau zum Beispiel, den er in dem Kapitel von gestern Abend erwähnt hat, den kenne ich zufällig. Ich bin mal in einem Antiquariat auf ein paar Bücher von ihm gestoßen – ja doch, ich gehe gern in Läden, wo es alte Sachen gibt! – und habe sie mitgenommen, zwanzig Bücher für einen Zehner.«

»In Liverpool?«

»Nein, hier natürlich. Ein Antiquariat in der Niedstraße. Im ersten Jahr, als ich hier war.«

»Das gibt es nicht mehr«, sagte ich, »das hat Sander vor einem Jahr komplett aufgekauft. Der Antiquar wollte nicht mehr. Ist in den Westen gegangen, glaube ich.«

»Na, den Queneau kriegt ihr jedenfalls nicht von mir. Ich habe das gern gelesen, das Zeugs, und behalte die

Bücher. Der ist hundert Jahre vor mir geboren, das muss man sich mal vorstellen.«

»Lewis Carroll ist noch viel früher geboren«, sagte ich. »Und *Alice in Wonderland* liebst du doch auch.«

Eleanor lag noch immer auf meiner Chaiselongue ausgestreckt, während ich an deren Kopfende im Sessel saß und auf sie hinuntersah. Sie trug weit geschnittene Jeans und einen haselnussbraunen Wollpullover. Von meinem Sessel aus sah ich ihr Gesicht gleichsam verkehrt herum und erkannte doch wieder das Foto darin, das ihre *Granny* im *Cavern Club* zeigte.

»Ich liebe alle alten Sachen«, sagte sie. »Das glaubt man nicht, wenn man mich sieht, aber es ist so. Du müsstest dir mal meine Wohnung ansehen. Das reinste Museum, glaub's mir.«

»Das mache ich ganz bestimmt mal«, sagte ich, stand auf und beugte mich über sie. Eleanor blieb ganz ruhig liegen und erwartete meinen Kuss, der zart ausfiel und ein wenig ängstlich. Als er zu Ende war, sagte sie: »Du warst heute Mittag so eifersüchtig, wegen dem kleinen Frodo.«

»Hast du das gemerkt?«

»Natürlich.«

»Das war blöd von mir. Und sicher völlig grundlos«, sagte ich mit hoffnungsvoller Stimme.

»Frodo ist schon ein süßer Junge«, sagte sie, »und klug dazu. Aber deshalb musst du doch nicht eifersüchtig sein. Gibt es noch etwas zu trinken?«

Ein paar Tage später erfuhr man, dass Marietta Kolberg festgenommen worden war, als sie die Grenze vom wiedervereinigten Jugoslawien nach Österreich passieren wollte. Frau Kolberg fuhr einen nagelneuen Murakami 8 VC und war in Begleitung eines jungen Mannes, dessen Name in den Berichten nicht genannt wurde und der sich der Festnahme durch Waffengebrauch hatte entziehen wollen, jedoch überrumpelt worden war. Ich dachte natürlich sofort an einen der beiden Männer, die ich in der *Arena* gesehen hatte. Frau Kolberg hatte wenig Gepäck bei sich, in ihrer Handtasche aber neben einer kleinen Handfeuerwaffe einen Umschlag mit 495 800 Dollar in bar.

Bis dahin hatte ich nicht gewusst, dass sie schon seit einiger Zeit mit einem internationalen Haftbefehl gesucht worden war, weil man hinter Kolbergs Ermordung mehr vermutete als eine private Geschichte. Nun saß Marietta in dem Städtchen Jesenice ein, wo die örtlichen Behörden abwarteten, was weiter passieren sollte. Man rechnete mit einem Auslieferungsantrag aus Deutschland; jedoch war unklar, wer ihn stellen sollte: die Übergangsregierung, die in wenigen Monaten durch eine frei zu wählende abgelöst werden sollte, oder die *Internationale Kommission*, die nach wie vor der eigentliche Souverän im Lande war und einen Sonderbeauftragten nach Jugoslawien entsandt hatte. Das war eine Frage, die der Staatsrechtler Kolberg zu seinen Lebzeiten gewiss mit Genuss analysiert und gelöst hätte.

In den folgenden Tagen war Marietta Kolberg in den Massenblättern durchgängig auf Seite eins zu finden. Die Nachrichten, die durchsickerten, ergaben zusammen mit den Vermutungen, was alles sein konnte *(Die schöne Marietta: Ist sie die Geliebte des Generals?)* und den Informationen, die zurückgehalten wurden, ein nicht ganz vollständiges Puzzle. Unstreitig war, dass die Abreise der Kolbergs in etwa so verlaufen war, wie ich sie mir ausgemalt hatte. Von den beiden Männern aus der *Arena* war zwar weiterhin offiziell nicht die Rede. Ein Foto des jungen Mannes, der sich bei der Festnahme zu wehren versucht hatte, war aber in mehreren Zeitungen zu sehen, und ich durfte mir wenigstens einbilden, in ihm einen der beiden zu identifizieren, auch wenn ich damals die Gesichter auf die große Distanz natürlich kaum hatte erkennen können. Marietta verweigere konsequent jede Aussage, hieß es in den Blättern, aber dass sie vor einigen Wochen die polnische Grenze passiert hatte und anschließend über die Slowakei und Ungarn nach Jugoslawien eingereist war, könne man ihr zweifelsfrei nachweisen. Allerdings waren keine Hotelübernachtungen oder Restaurantbesuche belegt. Marietta Kolberg und ihre Helfer konnten sich offensichtlich bei ihrer Fahrt auf ein Netzwerk von Freunden verlassen. Jedoch gab es ein Foto davon, wie Marietta in den neu gekauften Murakami einsteigt, aufgenommen von einem Amateur in Szombathely, der nach eigenen Worten einfach nur »die schöne Frau und das schöne Auto« hatte fotografieren wollen. Von dort war sie später über die Grenze nach Jugoslawien gefahren und hatte schließlich bei Jesenice den Grenzübertritt nach Österreich versucht.

Die Gründe für diese verschlungenen Bewegungen wurden zunächst nicht genannt. Dafür spekulierten die Zeitungen um so heftiger und befolgten gleichsam meinen Gedanken *cherchez la femme*. Sie kramten in ihren Archiven und Files und fanden einiges über Mariettas Geschichte heraus. Marietta war die Tochter des Bildungskommissars, Major Tibor Grosz (das Kabinett der Junta kannte keine Minister, sondern nur Kommissare), der die Eliteschulen zur Erziehung der Nachwuchskader aufgebaut hatte. Auch Marietta hatte seit ihrem dreizehnten Lebensjahr zwei dieser Schulen besucht, zuerst irgendwo in der Lüneburger Heide, dann im sächsischen Grimma. Selbstverständlich handelte es sich um Internate, und Major Grosz' Tochter war nur in den Ferien zu Hause bei ihren Eltern. Von der Existenz dieser Tochter hatte die Öffentlichkeit keine Ahnung. Während einer dieser Ferien hatte Kolberg sie kennengelernt und sie heimlich geheiratet, als sie gerade achtzehn war, drei Jahre vor dem Ende des Regimes. So heimlich, dass außer ihren Eltern, dem Standesbeamten und dem General niemand davon wusste.

Eine der Zeitungen hatte frühere Mitschüler und Mitschülerinnen aus dem zweiten Internat auftreiben können und mit ihnen gesprochen. »Marietta war eine Tausendprozentige«, sagte einer von ihnen, »wenn sie dabei war, mussten wir uns drei Mal überlegen, was wir sagten.« Eine andere: »Ich bin ganz sicher, dass das viele Geld nicht für sie ist, sondern dafür, dass die alte Clique wieder an die Macht kommt. Die haben doch überall ihre Verbindungen.«

Nach Mariettas Festnahme wurde auch die alte Frage, ob der General selbst noch lebte und wie stark gegebenenfalls seine Hilfstruppen waren, in den Medien wieder zum Thema. Dass Frau Kolberg nach Kärnten hatte einreisen wollen, interpretierten manche Zeitungen ganz im Sinne der ehemaligen Mitschülerin. Villach war das Zentrum des *Nationalen Aufbaus (NA)*, des österreichischen Ablegers der deutschen *Partei Nationale Moderne (PNM)*, die die Junta sich als Parteiorganisation gehalten hatte. Im Gegensatz zur *PNM* war der *NA* nach wie vor nicht verboten, und nicht wenige Sympathisanten und Kader des ehemaligen Regimes hatten in dieser Region einen Unterschlupf gefunden. Der Major Grosz allerdings war mit Sicherheit tot. Am Tag der endgültigen Erstürmung des Regierungsgeländes hatte man ihn und seine Frau in der Dienstwohnung gefunden, vergiftet auf einem Sofa einträchtig nebeneinandersitzend.

Eleanor schüttelte sich, als sie das hörte.

»Wenn ich das gewusst hätte!«

»Wenn du was gewusst hättest?«

»Dass sie sich in seiner Dienstwohnung vergiftet haben!«

»Was wäre dann?«

»Dann wäre ich nicht eingezogen.«

Und als ich sie verständnislos, vermutlich sogar reichlich dämlich ansah: »Ach, du warst ja noch nicht bei mir. Die Dienstwohnung von dem Grosz – das ist jetzt meine. Und das Sofa steht noch drin.« Und schüttelte sich wieder.

Zwar hatte sie von den Vorbewohnern gewusst, als sie damals eingezogen war. »Schließlich hat das ganze Gelände hier üble Vorbewohner gehabt«, sagte sie jetzt, »und wir sind doch gekommen, um die bösen Geister zu vertreiben. Für mich gab es keinen Grund, da nicht einzuziehen.« Es war eine gut geschnittene Wohnung mit drei großen Zimmern, einer Küche und zwei Bädern, und Eleanor hatte entzückt aufgeschrien, als sie sie zum ersten Mal sah. Nie hatte sie genug Platz gehabt in ihrem Leben, zu Hause bei ihrem Vater nicht und nicht in ihrem ersten eigenen *flat, two-roomed apartment on the second floor,* großer Riss in der Decke inklusive, und jetzt diese Wohnung!

Alle Bewohner des Geländes zahlten für ihre Unterkünfte je nach Größe und Ausstattung in einen gemeinsamen Fonds ein, verwaltet von einem Viererkomitee, dem unter anderem Ritz angehörte. Ritz hatte überhaupt wesentlich an der Abfassung der allgemeinen Regelungen mitgearbeitet. Wenn jemand zehn Jahre lang für seine Behausung in diesen Fonds einzahlte, ging sie in seinen Besitz über. Er (oder sie) war allerdings auch dann noch immer zu regelmäßigen Zahlungen verpflichtet, die die Teilhabe an der allgemeinen Infrastruktur abdecken sollte. Eleanor Rigby hatte von Anfang an keinen Zweifel daran gehabt, dass die Firma, in der sie arbeitete, sehr erfolgreich sein würde und dass sie bei ihren Fähigkeiten auf jeden Fall immer genug Geld verdienen würde, um sich eine gute Wohnung zu leisten. Deshalb hatte sie keinen Augenblick gezögert, als man ihr dieses Schmuckstück anbot – so nannte sie es tatsächlich, und da ich es noch nicht kannte, musste ich ihr glauben.

Wir saßen in der *Tomate* beim Mittagessen, als wir über den »Fall Kolberg« sprachen – so hieß das jetzt offiziell.

»Diese Marietta ist noch ein Jahr jünger als ich«, sagte Eleanor, »und schon eine international gesuchte Verbrecherin. Alle Achtung. Ob die auch mal in der Dienstwohnung gewesen ist?«

»Ein oder zwei Mal sicher«, sagte ich. »Aber sonst war sie ja im Internat, und wenn sie nach Hause kam, dann wohl in die Privatwohnung der Familie.«

Privat hatte die Familie Grosz in Potsdam gewohnt.

»Es ist auch noch nicht raus, ob sie eine Verbrecherin ist. Bisher gibt sie nur das zu, was man ihr nachweisen kann.«

»Schon. Aber der Fall ist doch ziemlich klar, oder?«

»Mag sein«, sagte ich, »aber ich frage mich, warum sie Kolberg umgelegt hat – oder hat umlegen lassen –, wenn beide das alte Regime wiederhaben wollten. Denn davon gehe ich aus.«

»Vielleicht war er ihr nicht fanatisch genug. Kann ich mir schon vorstellen. Wenn sie so eine Tausendprozentige war.«

»Kolberg war ein Sicherheitsrisiko, meinst du?«

Eleanor nickte. »Aber weißt du was, ich glaube, der Grund war ein ganz anderer.«

Sie hatte die Stimme gesenkt, und ich beugte mich vor, um sie besser zu verstehen. Eleanor nahm meine Hände und flüsterte mir zu:

»Ich glaube, sie hat es nicht länger ertragen, dass sie mit diesem alten Sack ins Bett musste. Denk doch mal, der war glatte vierzig Jahre älter als sie! Das ist doch widerlich.«

Sie ließ meine Hände wieder los, lehnte sich zurück und sagte: »Für euch Männer vielleicht nicht, aber für das Mädel schon. Also, da kann sie mir fast leid tun, auch wenn sie sonst vielleicht ein Monstrum ist. Ist sie eins?«

»Ich weiß es nicht«, sagte ich. »Ich habe sie nur zwei Minuten lang aus der Nähe gesehen, und alles, was sie da gesagt hat, war: *Ich fahre jetzt los, Oliver.* Und ich habe ihr die Hand gegeben.«

Eleanor lächelte und sagte: »Da hast du sicher schwer geatmet, was? Sieht sie wirklich so gut aus wie auf den Fotos? Du darfst ehrlich sein.«

»Sie sieht noch viel besser aus.«

»Ich dachte es mir. Musst du gleich wieder in die Bibliothek?«

»Ich kann mir meine Zeit frei einteilen.«

»Möchtest du die ehemalige Dienstwohnung von Major Grosz sehen?«

Sie wartete meine Antwort gar nicht erst ab, sondern winkte zum Zahlen.

Am Eingang empfing mich ein lachender Buddha. Er stand rechts von der kleinen Garderobe in der Diele, war vermutlich aus Messing und reichte mir bis zum Knie. Fett und gelassen lachte er jedem entgegen, der die Wohnung betrat.

»Den habe ich schon fast fünf Jahre«, sagte Eleanor. »Ich müsste ihn mal wieder putzen, er ist schon ganz stumpf und an vielen Stellen schwarz.«

Als wir weitergingen, sah ich, dass die Wohnung als Maisonette auf zwei Ebenen verteilt war. Das hatte Eleanor mir nicht erzählt. Unten lagen zwei große Wohnräume, die Küche und das kleinere Bad. Ich fragte Eleanor, welchen von den beiden Räumen sie als Arbeitszimmer nutze.

»Ich arbeite nie, wenn ich zu Hause bin«, antwortete sie. »Ich mache schnell einen Kaffee, ja? Schau dich ruhig um.«

Nach dem, was sie mir erzählt hatte, hatte ich Räume erwartet, die mit alten Sachen vollgestopft waren. Als ich mich jetzt umsah, während sie in der Küche über den Kaffeeautomaten fluchte, der offenbar widerspenstig war, begriff ich, dass ihre Worte »das reinste Museum« genau das Richtige trafen. Ihre Beutestücke waren zwar überwiegend das, was man als Krempel bezeichnen würde, Kram, aber sie standen keineswegs überall rum oder stapelten sich, sondern wurden präsentiert wie in einem Museum, eher noch einer Galerie. Ich entdeckte unter anderem eine Karl-Marx-Büste aus Gips, die auf einem hellen steinernen Sockel stand, den Eleanor irgendwo aufgetrieben hatte. Es gab ein Radio, das annähernd hundert Jahre alt sein mochte und bei dessen Anblick ich spontan an das Wort *Rundfunkempfänger* dachte. Ein ziemlich großes Modell eines Citroën Traction 11 CV war zu sehen und ein ebenso großes Modell einer Yamaha Virago. Im zweiten Raum lag eine große Schiffsschraube auf dem Boden, und an einer Wand lehnte ein Kontrabass.

Kleinere Sachen wurden in zwei Glasvitrinen gezeigt: irgendwelche alten Porzellanpuppen, die ihren Sammlerwert haben mochten, fünf Exemplare des Fanzines *Beatles Monthly*, eine alte Speisekarte aus einem Pariser Restaurant, Fotos von Filmstars, die schon gestorben waren, bevor Eleanor und ich geboren wurden. In diesem zweiten Raum stand auch ein kleiner Schreibtisch mit einer Schreibunterlage aus Kunststoff und einer Bürolampe aus Bakelit.

»Mein wertvollstes Stück«, sagte Eleanor stolz, als sie mit dem Kaffee kam. »Die Lampe, meine ich. Aus Frankreich, 1936.«

Sie stellte den Kaffee auf einem weiß lackierten Couchtisch ab, der nicht zur Sammlung gehörte und allein seines Gebrauchswerts wegen dort stand. Sie setzte sich in einen Sessel und wies mir einen Platz auf dem Sofa zu, und als ich es mir dort bequem gemacht hatte, sagte sie: »Das ist es.«

»Das ist was?«

»Das Sofa, auf dem Mariettas Eltern sich vergiftet haben.«

Ich sprang nicht auf, falls sie das erwartet hatte, aber ich gebe zu, dass ich mich plötzlich nicht besonders wohlfühlte. Der Gedanke, dass auf diesem Sofa das Elitemitglied einer politischen Verbrecherorganisation zusammen mit seiner bekannterweise ebenso fanatischen Frau tot gefunden worden war, war mir unbehaglich. Grosz war der Ideologe des Regimes, der wirklich an dieses ganze verquaste Zeug nicht nur geglaubt, sondern es selbst mit erfunden hatte: die soldatische Erziehung von klein auf, die Mixtur aus extrem modernistischen und reaktionären Elementen, die Technik- und Technologiegläubigkeit, das ideologische Gebräu aus vielen Jahrhunderten, von Sparta bis Mussolini, selbst die Symbole: angeblich ging die Entscheidung für den Doppelblitz als Emblem des Regimes auf ihn zurück.

Die Fotos, die ich von ihm kannte, und die wenigen Auftritte im Fernsehen, die ich von ihm gesehen hatte, zeigten einen Mann, der im Gegensatz zu seinem Namen ziemlich klein war und ein wenig wie eine Mischung aus Mephisto und Nosferatu aussah. Seine leicht asketischen Gesichtszüge, verstärkt durch die ansatzweise Kahlheit, waren durchaus beeindruckend, aber ihre Schönheit hatte seine Tochter wohl eher von der Mutter geerbt. Auf allen Fotos von ihm sah man ein angedeutetes Lächeln, das sich nicht wirklich entfalten mochte und das der ewig unruhig wachsame Blick aus graublauen Augen Lügen strafte. Der Major galt als die graue Eminenz und zugleich als der entschiedenste Fundamentalist in der Regierung, der überall, auch in den eigenen Reihen, ideologische Abweichungen witterte. Das war umso skurriler, als die Ideologie des Regimes selbst eine unreine Mischung war, aus der jeder sich das ihm Passende heraussuchen konnte. Es hieß, sein ständiger Polizistenblick sei der Grund gewesen, dass er – als Einziger im Kabinett – nie in einen Generalsrang aufgestiegen war und nicht einmal Oberst wurde. Es ging auch das Gerücht, dass die anderen Kabinettsmitglieder vor ihm Angst hatten, weil er ihnen allen intellektuell weit überlegen war.

Auch der Major selbst schien allerdings Angst zu haben, denn er hielt sich eine persönliche Leibgarde, zwei kräftige ehemalige Angestellte einer privaten Securityfirma, die wegen ihrer polnischen Herkunft intern schnell den Spitznamen *Lolek und Bolek* bekamen. Sie schienen übrigens die Einzigen zu sein, die vor Grosz keine Angst hatten, wenn man einem Interview mit ihnen nach dem Sturz der Junta glauben mochte. Auf die Frage, wie sie ihren Chef unter sich genannt hatten, antworteten sie: »Onkelchen Tibor.«

Der General selbst galt als praktischer Macht- und Genussmensch, der nicht besonders hell im Kopf war, dem Asketen und Fundamentalisten Grosz aber merkwürdigerweise blind vertraute. Vielleicht wurde Grosz auch deshalb nie in einen höheren Rang erhoben, damit diese persönliche Abhängigkeit nach außen nicht zu deutlich wurde. Dass dieser Mann Marietta an Kolberg verheiratet hatte, passte jedenfalls: Mephisto schenkt dem advocatus diaboli seine Tochter.

Diese Gedanken und Bilder schossen mir durch den Kopf, während ich auf dem Sofa des Teufels und seiner Frau saß und Eleanors Kaffee trank. Eleanor bemerkte mein Unbehagen und erzählte, wohl um mich abzulenken, dass sie achtzig Prozent ihres Museums, wie sie es nannte, im Keller lagere, weil sie sonst ihre Wohnung kaum noch betreten könne. Zuweilen tausche sie hier oben ihre Exponate aus, denn der Fundus im Keller sei ja beinahe unerschöpflich.

»Das müssen wir uns aber jetzt nicht auch noch ansehen«, sagte sie. »Ich zeige dir lieber mal die obere Etage.«

Oben begriff ich sofort, was ich in den unteren Räumen vermisst hatte. Als guter Bibliothekar hätte ich natürlich sofort darauf kommen müssen, aber schließlich war ich immer noch in der Ausbildung, wenn man so wollte. Unten hatte ich nicht ein einziges Buch gesehen, ausgenommen einen alten Ausstellungskatalog aus dem Jahr 2010 zum Themenfeld *Realismus: Das Abenteuer der Wirklichkeit*. Hier oben dagegen nahmen Bücherregale drei der vier Wände des Raumes ein, auf dem Tischchen neben Eleanors Bett lagen drei Bücher, und auch auf dem Fußboden waren hier und da kleine Bücherstapel geschichtet, daneben Zeitungen und Magazine. Ich erkannte jetzt die Zweiteilung der Wohnung. Während sich unten die Galerie befand, die jederzeit bereit war für Besucher, lebte sie selbst vor allem hier oben.

Sie war im Bad verschwunden, und ich erforschte diskret, gleichsam auf Zehenspitzen, die Regale. Selbstverständlich handelte es sich beim allergrößten Teil der Bücher um solche in englischer Sprache, der Rest war deutsch. Ich versuchte, ein Ordnungssystem zu erkennen, nach dem sie ins Regal gestellt worden waren, aber weder das Autorenalphabet noch Sachgebiete, weder die Herkunftsländer der Autoren noch das Erscheinungsjahr als Ordnungskriterium halfen mir weiter. Die Bücher von Queneau, von denen sie mir erzählt hatte, standen zum Beispiel zwischen einem Band mit dem Titel *The Kinks. The Sound And The Fury* und einem Roman *The Act of Roger Murgatroyd,* dessen Autor Gilbert Adair hieß. Dem schloss sich direkt ein Band mit Fotografien aus der viktorianischen Zeit an, und schließlich folgte *The Enigma of Intelligence: Alan Turing* von Andrew Hodges. Allein schon am Buchrücken konnte man erkennen, dass es heftig gelesen worden war.

Vielleicht hatte sie die Bücher einfach in der Reihenfolge ihres Kaufs eingestellt, aber ich wagte es nicht, mehrere davon herauszuziehen, um zu sehen, ob das Kaufdatum darin verzeichnet und ob daraus eventuell ein System abzuleiten war. Zum einen war ich der Ansicht, auch ein Bibliothekar sollte Grenzen einhalten, seine Leidenschaft zügeln und nicht einfach in fremden Buchbeständen herumwühlen. Ja, sogar gerade ein Bibliothekar, weil er besser als andere wissen müsste, dass es sich dabei um eine Verletzung der Intimsphäre handelt. Zum anderen rechnete ich ganz einfach damit, dass Eleanor jeden Augenblick aus dem Bad zurückkommen würde und wollte mich nicht dabei erwischen lassen, wie ich in ihren Sachen herumschnüffelte. Deshalb verbot ich es mir auch, die Bücher auf dem Tischchen neben ihrem Bett zu untersuchen und herauszufinden, womit sie sich gerade beschäftigte. Nur auf die drei gerahmten Fotos, die über dem Bett an der Wand hingen, warf ich einen längeren Blick. Das erste zeigte einen freundlich und irgendwie verloren dreinblickenden Mann in Uniform, von dem ich vermuten durfte, dass es sich um Major Rigby im Alter von etwa fünfundvierzig Jahren handelte. Auf einem zweiten war Eleanor selbst als Fünfzehn- oder Sechzehnjährige zu sehen, wie sie im Eingang eines Backsteinhauses stand, die rechte Schulter lässig gegen die Türfassung gelehnt. Ich nahm an, dass es sich um das Haus handelte, in dem die Rigbys in Liverpool gewohnt hatten oder noch wohnten. Eleanor trug Jeans und eine blassblaue Hemdbluse, darüber eine offene schwarze Kapuzenjacke. Das dritte Foto schließlich kannte ich schon: es war jenes Bild ihrer *Granny* im *Cavern Club*, das ich in dem Buch aus dem Jahr 1965 entdeckt hatte. Zwischen den beiden Fotos der sechzehnjährigen *Granny* und der sechzehnjährigen Eleanor mochten zwar fünfeinhalb Jahrzehnte liegen, aber die Ähnlichkeit der beiden war frappierend.

Was machte Eleanor so lange im Bad? Hatte ich nicht sogar vorhin, bevor ich in den Anblick der Buchreihen versunken war, über längere Zeit eine Dusche rauschen gehört? Hörte ich sie jetzt nicht leise vor sich hin summen, ja singen? Duschte sie etwa jeden Mittag nach dem Essen, bevor sie wieder zu *Alice in Wonderland* zurückging? Ich trat einen respektvollen Schritt von der Fotoecke zurück und warf, als täte ich etwas Verbotenes, einen scheuen Blick auf den kleinen Bücherstapel auf dem Nachttisch, um vielleicht wenigstens den Titel des obersten Buches zu entziffern. Auf dem lag aber ein kleiner Zettel, mit einer handschriftlichen Notiz Eleanors, so groß geschrieben, dass ich gar nicht anders konnte, als sie zu lesen. In Versalien stand dort zu lesen: WHITE PEACE! (18.11.2029)

Die Notiz war demnach am gestrigen Tag gemacht worden, vielleicht kurz vor dem Einschlafen. Was sie auch bedeuten mochte, ich kam nicht mehr dazu, darüber nachzudenken, denn ich hörte jetzt, wie sich der Schlüssel des Badezimmers im Schloss drehte. Schnell trat ich aus der Ecke am Bett zurück und drehte mich um, und dann sah ich Eleanor nackt, schneeweiß und lächelnd auf mich zukommen.

»Weißt du«, sagte sie eine Dreiviertelstunde später, »irgendwann letzte Woche habe ich begriffen, dass du zu denen gehörst, bei denen man ewig warten kann. Für die Ewigkeit habe ich aber keine Zeit.«

Sie hatte sich im Bett aufgesetzt und rauchte, während ich auf der Seite lag und zu ihr aufsah.

»Es scheint so«, sagte sie weiter, »dass ich meistens von solchen Typen angezogen werde. Ich meine das nicht böse. Wahrscheinlich mag ich die Schüchternen, die Zögerlichen, bei denen man trotzdem gleichzeitig sieht, wie ihnen die Gier sabbernd die Mundwinkel runterläuft. Das ist so ein schöner Kontrast.«

Ich setzte mich jetzt auch auf, lehnte den Kopf an die Wand und protestierte.

»Das hast du nicht bei mir gesehen. Bei mir nicht.«

»Im übertragenen Sinn, mein Kleiner. Im übertragenen Sinn.«

»Ich nenne das Begehren.«

»Nenn es, wie du willst. Es war jedenfalls an der Zeit. Für mich, meine ich. Ich hatte mir schon keine Hoffnungen mehr gemacht, aber als ich bei dem Mittagessen sah, wie eifersüchtig du auf den kleinen Frodo warst – das ist auch so einer –, da wusste ich, dass ich eine Chance hatte.«

»Ich finde übrigens«, sagte ich, »du solltest mich nicht *mein Kleiner* nennen und auch nicht immer *der junge Mann hier* sagen, wenn du vor anderen von mir sprichst. Erstens fühle ich mich dann immer, als wäre ich gar nicht dabei, und zweitens bin ich immerhin neun Jährchen älter als du. Dem Genie ist natürlich vieles erlaubt, aber ein bisschen Respekt darf ich wohl fordern.«

Eleanor beugte sich zu mir, gab mir einen Kuss auf die Wange und sagte: »Okay, alter Mann. Ich glaube, wir müssen nach der Sünde mal wieder aufstehen und weiter arbeiten. Oder?«

»Sicher. Und *White Peace*, was ist das? Scheint ja ziemlich wichtig zu sein, wenn du es schon in Großbuchstaben schreibst und es neben deinem Bett liegt.«

»Ist es auch. Nein, also eigentlich ist es nur ein Name.«

»Der Name für etwas, woran ihr arbeitet?«

Sie nickte. »Aber das ist top secret, mein Liebster. Nein, wirklich, kein Scherz, darüber darf ich nichts erzählen. Auch nicht darüber, wer der Auftraggeber ist. Da darfst du mich nie löchern, das musst du mir versprechen.«

Ich hatte nach ihrem ersten Satz wohl die Augen aufgerissen, ungläubig, wie es in solchen Fällen gern heißt, aber mein Unglauben galt nicht dem *Top Secret*, sondern dem *mein Liebster*. Und noch mehr erregte mich dann, wie sie gleichsam nebenher von einer gemeinsamen Zukunft sprach, indem sie mir das Versprechen abnahm, sie nicht weiter zu befragen.

Draußen, auf dem Stück Weg, das wir zu unserer Arbeit gemeinsam gehen konnten, nahm sie zuerst meine Hand, dann hängte sie sich ein. Vor der Gärtnerei begegneten wir Ritz, wie immer im Kittel und mit Ballonmütze. Er hielt eine Rose in der Hand und betrachtete sie, dann nickte er uns zu.

»Hallo, Paul«, sagte Eleanor. »Was hast du da?«

»Eine sehr robuste Rose«, sagte Ritz. »Blüht tatsächlich bis in den November, wie ihr seht. Sie heißt *Fairy Prince*.

Die hier nehme ich mit nach Hause. Und ihr, ihr kommt mit eurer Arbeit voran?«

Diesmal sprach Ritz uns also beide an, und ich stand nicht mehr dumm daneben wie noch vor einigen Wochen.

»Ja«, sagte ich, »wir kommen mit unserer Arbeit voran. Ich jedenfalls. Eleanor darf ja über ihre Arbeit nichts sagen.«

12

Wir kamen wirklich zügig voran in der Bibliothek. Das war auch nötig, denn es ging jetzt auf Ende November zu, und die offizielle Eröffnung der Bibliothek war auf Donnerstag, den 14. März 2030 angesetzt, ein Termin, den Sander unbedingt einhalten wollte und den wir auch einhalten mussten, denn zu Anfang des kommenden Jahres wollten wir die Einladungen verschicken, Einladungen an »Persönlichkeiten des kulturellen Lebens«, die zum Teil eine weitere Anreise hatten, zum Teil *in der Hauptstadt* wohnten.

Wie alle anderen hier sagte ich entweder *draußen,* wenn ich den Rest der Stadt meinte, oder aber *in der Hauptstadt,* eine Formel, von der keiner mehr wusste, wer sie als erster aufgebracht hatte. Erst jetzt fiel mir auf, was für ein ausgeprägtes Sonderbewusstsein wir alle hatten. Für uns war das exterritoriales Gelände, eine Insel mitten in Berlin, das wir fast nie beim Namen nannten, weil wir nicht das Gefühl hatten, zu seinen Bewohnern zu gehören. Exterritoriales Gelände war das hier während der Zeit der Junta natürlich auch gewesen, streng durch unzählige Verteidigungsanlagen und Zugangskontrollen abgeschirmt. Doch jetzt war dieses riesige Areal frei zugänglich, und selbstverständlich kamen täglich eine Menge Lieferanten oder Kunden oder Geschäftspartner zu den einzelnen Betrieben, die sich hier angesiedelt hatten, und die beiden Restaurants wurden nicht nur von Bewohnern des Geländes besucht: In dem

Fall hätten sie sich auch kaum halten können. Auch *le plaisir du texte* hatte durch ein paar neue Artikel und Hinweise in den Medien mehr Zulauf von draußen erhalten.

Doch kaum jemand von uns – *von uns*, so fühlten wir tatsächlich – verließ ohne berufliche Notwendigkeit öfter als einmal in der Woche das Terrain. Sander verließ es ohnehin nie. Er hielt sich wenigstens zehn Stunden am Tag in seiner Bibliothek auf. Seiner Bibliothek? Natürlich unserer, wenigstens Frodo und mich eingeschlossen, eigentlich aber sollte es ja ein Ort für alle werden. Dennoch sagten fast alle auf dem Gelände »Sanders Bibliothek«, um damit auszudrücken, dass sie ohne ihn nicht entstehen würde.

Man habe ihn beauftragt, eine Bibliothek aufzubauen, hatte Sander mir nach Aachen geschrieben, daran erinnerte ich mich jetzt. Ich hatte mich noch nie gefragt, wer eigentlich *man* gewesen war. Auch wusste ich nicht, woher die Mittel kamen, mit denen wir Nachlässe kauften, Antiquariate plünderten oder Flohmärkte abgrasten. Erst, als ich ihn fragte, erfuhr ich, dass alle hier angesiedelten Betriebe sich inzwischen finanziell am Aufbau der Bibliothek beteiligten. Und wer hatte ihn beauftragt? Beauftragt im eigentlichen Sinne hatte ihn keiner: Es hatte Anfragen gegeben von einigen der Ersten, die das Gelände besetzt hatten, so musste man es ja nennen. Man kannte sich aus den Zeiten der Junta, oder, wie Sander sie nannte, den graugrünen Jahren. Mehr erzählte er nicht. Aber ich verstand schon, um so mehr nach unserem gemeinsamen Abendessen im *plaisir du texte*, dass viele von denen, die hier gesiedelt hatten, in jenen Zeiten in der Opposition gewesen waren, sich im Widerstand betätigt hatten, der nicht sehr koordiniert gewesen war, dass sie ganz untergetaucht waren oder sich unauffällig am Rand versteckt hatten, wie Sander selbst oder Frodos Vater.

Und jetzt versteckte Sander sich in seiner Bibliothek und danach in seiner Wohnung. Völlig ungesellig war er allerdings nicht. Nicht nur, dass er mit mir und anderen essen ging. Man sah ihn auch manchmal im Gespräch mit Ritz oder im *Anarchistischen Quartier*, und als Anfang Dezember die neue Zeitung *Terrain Vague* ihren Firmensitz bezog, gleich vorn in der inzwischen instandgesetzten und begrünten ersten Ruine, war Sander eigentlich zwei Tage lang eher dort zu finden als in der Bibliothek. Ich hatte keine Ahnung, woher er die jungen Leute kannte, die das Projekt betrieben, zwei Männer und vier Frauen, alle unter dreißig, aber er kannte sie offensichtlich gut. So viel Gelöstheit, so viel lebhafte Gestik auch, hatte ich bei ihm selten erlebt; nie erschien er mir weiter von seinem bibliothekarischen Autismus entfernt.

Sander verließ das Gelände also nie, aber auch die anderen, die ich kennengelernt hatte, machten nur selten einen Ausflug in die Hauptstadt. Thommie fuhr, wie schon berichtet, jeden Freitagabend in die Friedrichstraße, um sanften Jazz zu hören. Frodo zog manchmal durch die Clubs, aber auch viel seltener, als man es in seinem Alter erwarten konnte. Stattdessen sah man ihn oft durch einen der Ritz'schen Gärten streifen, und meistens war er abends einfach zu Hause bei seinem Vater. John Tennant, Fred Bock und Andreas Rinck von *Alice in Wonderland* gingen nach Feierabend oft zusammen in die *Superdicke Wirtin* oder einfach in die *Wirtin,* wie das Lokal nur genannt wurde, und trafen dort auf ihre Konkurrentinnen und Kolleginnen von *NewLineSoftware*: Barbara Hollmann, Anja Heck, Petra Lasskow und Maria Hoppe. *NewLineSoftware* war eine reine Frauenfirma und sollte das auch bleiben. Einen explizit feministischen Hintergrund hatte das nicht. Die vier Frauen fanden es einfach angenehmer, ohne Männer zu arbeiten, denen sie, wie es Frau Lasskow in einem der ersten im *Terrain Vague* abgedruckten Interviews ausdrückte, nicht zutrauten, mit ihrem innovativen Tempo mitzuhalten. Eleanor hatte mir nicht ohne Stolz erzählt, dass es einen Versuch gegeben hatte, sie abzuwerben, aber sie bleibe lieber bei den *Jungs*, wie sie sich ausdrückte, und im Übrigen sei *Alice in Wonderland* doch eigentlich ihre Firma, denn ohne sie würde da gar nichts laufen.

Das abendliche Aufeinandertreffen der beiden Firmen in der *Wirtin* hatte schon manchmal etwas von einem Wettkampf, vor allem, nachdem die Wirtin einen uralten Flipper angeschafft hatte und die Teams gegeneinanderspielten. Die Konkurrenz blieb jedoch auf einer freundschaftlichen, fast flapsigen Ebene. Die Wirtin selbst war übrigens alles andere als dick, sondern groß und schlank und um die fünfzig. Sie trug oft schwarze Jeans und eine weinrote Jeansjacke, die unvorstellbar alt und unvorstellbar oft gewaschen sein musste. Ich hatte Sander einmal gefragt, woher der Name des Lokals kam, und Sander hatte mich mitleidig angesehen. Dann hatte er gesagt: »Entschuldigung, ich vergesse manchmal, dass du zwölf Jahre jünger bist als ich.« Ich erfuhr so, dass es am Savignyplatz jahrzehntelang eine Kneipe mit dem Namen *Dicke Wirtin* gegeben hatte, eine Kneipe mit sogenanntem Kultstatus, die erst zwei Jahre nach dem Putsch endgültig schloss, manche munkelten auch, geschlossen wurde, weil sie in all ihrer Gemütlichkeit ein sogenanntes Nest des Widerstands gewesen sein sollte. Ebba, die jetzt hier die Reprise betrieb, hatte in den letzten Jahren vor der Schließung dort gearbeitet. Ihr eigenes Lokal hielt jedenfalls die Mitarbeiter beider Firmen aus der Informationstechnologie abends auf dem Gelände, und viele andere dazu.

Wen gab es noch?

Es gab zum Beispiel die Mitarbeiter eines Architekturbüros mit dem hübschen Namen *Plan B*. Plan A hat wohl nicht funktioniert, dachte man unwillkürlich bei diesem Namen. Plan B funktionierte dagegen umso besser, denn selbstverständlich war es das Büro *Plan B*, das die baulichen Maßnahmen auf dem Gelände konzipierte und dann auch durchführte, in Zusammenarbeit mit den teils auf dem Gelände angesiedelten, teils von draußen kommenden Handwerkern. Zu tun gab es auf unserem Terrain noch für einige Zeit, denn schließlich wurde hier nicht mit den Mitteln und dem Tempo gebaut wie im ersten Jahr der Junta. Geführt wurde das Unternehmen von einem Ehepaar mit dem Namen Müller, Hans und Helga. Oder Helga und Hans, denn uns schien es, als sei sie die treibende Kraft des Unternehmens, während Hans oft eher etwas verträumt wirkte. Mittags sah man ihn manchmal mit einem Buch auf einer der Bänke vor seinem Büro sitzen, das der *Wirtin* direkt gegenüberlag, und wenn er vom Lesen aufsah, grüßte er die Vorübergehenden freundlich und zugleich etwas abwesend. Was er da las, war keine Fachliteratur. Sander hatte ihn einmal mit den Schriften des Franz von Assisi angetroffen, in einer Taschenbuchausgabe aus dem Jahr 1979 (wie Sanders Bibliothekarsblick sofort identifizierte), ein anderer hatte ihn gleichsam mit Pascal erwischt und wieder ein anderer mit Seneca. Hans Müller suchte offenkundig geistlich-philosophischen Halt, und nur schwer konnte man sich vorstellen, dass die überaus gelungenen Um- und Neubauten auf dem Gelände, die inzwischen auch in der Fachwelt und in der Architekturkritik Resonanz fanden, auf seinen Ideen und Entwürfen basierten. Es verhielt sich aber so. Die Müllers verbrachten die Abende meist in ihrer Wohnung über dem Büro und verließen das Gelände eigentlich nie. Von den drei Mitarbeitern sah man den jüngsten, Kolja – seinen Nachnamen habe ich nie erfahren –, am häufigsten durch den Torbogen gehen, in dem Sander mich damals bei meiner Ankunft erwartet hatte. Vermutlich machte er sich auf den Weg zur nächsten Bushaltestelle und tauchte in die Hauptstadt ein. Eleanor hatte ihn einmal in einer ihrer schlaflosen Nächte am nächsten Morgen um fünf zurückkehren sehen. Kolja mochte dreiundzwanzig sein. Eine Zeit lang redete ich mir ein, ihn damals bei meinem Besuch in der *Arena* gesehen zu haben, aber ich wusste bald, dass das reine Einbildung war, weil er eben vom Alter her dorthin gepasst hätte. Außer Marietta Kolberg und dem ganz jungen Pärchen auf der Tanzfläche hatte ich in der *Arena* niemanden genau gesehen.

Wer noch? Anna und Zelda, die die *Buchhandlung im Geheimdienstbunker* führten und seit einem guten Jahr hier waren. Zelda Gifford war Amerikanerin und vor vier Jahren mit ihrem Mann nach Deutschland gekommen, der als Wirtschaftsexperte bei der *Internationalen Kommission* arbeitete. Er war zunächst in Frankfurt am Main eingesetzt und nach zwei Jahren in die Hauptstadt beordert worden. Dem Land tat der Juntasturz auch deshalb gut, weil endlich wieder mehr Leute aus anderen Ländern zu uns kamen. Natürlich war das Land zu keiner Zeit abgeriegelt gewesen, das hätte allein schon dem wirtschaftlichen Ehrgeiz und dem modernistischen Selbstbild der Generäle widersprochen. Doch außer um Geschäfte zu machen, kam niemand freiwillig, abgesehen von ein paar Spinnern, die von der Ideologie des Doppelblitzes fasziniert waren.

Zelda hatte früher schon einen kleinen Buchladen in Boston geführt, den sie nach fünf Jahren verkaufte. Sie war etwa in meinem Alter und hatte sich vor einem Jahr von ihrem Mann getrennt. Sie trug meistens Kostüme und kleine Hüte, die extrem schräg auf ihrem Kopf saßen, manchmal auch Mützen im baskischen Stil, die noch einen Tick schräger saßen.

Sie lernte Anna in der Bücherstube *Schoeller Nachf.* kennen, die nach wie vor ein großes englischsprachiges Sortiment führte. Anna war zehn Jahre jünger als sie, arbeitete seit drei Jahren bei Schoeller und hatte keinen brennenderen Wunsch, als selbst eine Buchhandlung aufzumachen. »Die beste Zeit für Firmengründungen«, sagte sie und meinte das Ende der graugrünen Jahre. Aber sie wusste nicht, woher sie das Geld nehmen sollte, bis Zelda sagte: »Das habe ich.«

Zelda hatte nicht nur das Geld, sie hatte auch den Überblick und wusste von ihrem Ex-Mann, wo Räume zu finden waren, die so gut wie nichts kosteten. Der Geheimdienstbunker war fast unversehrt geblieben und musste nur innen ausgebaut werden. Abends sah man Zelda manchmal in ihrem alten Aston Martin nach draußen fahren, wogegen Anna zu anderen Zeiten das Gelände mit dem Fahrrad verließ.

Wer noch? Torsten Tedel, der Geigenbauer, etwa fünfzig, dessen Werkstatt direkt neben meiner Wohnung lag. Fuhr nur einmal in der Woche weg, immer am Mittwochnachmittag, und kam drei bis vier Stunden später wieder. Lange Zeit kannte niemand den Grund für diese Regelmäßigkeit, und keiner traute sich zu fragen. Überhaupt fragte man selten, wenn einer das Gelände verließ, als ginge jeder seinem *geheimen Laster* nach, das man ihm auch lassen solle. Schließlich erzählte Tedel mir von selbst eines Nachmittags, als er sich wieder auf den Weg machte, dass er zu dieser festen Zeit seinen Sohn in der Psychiatrie in Zehlendorf besuchte. Erst später wurde mir klar, dass er sich gefreut hätte, wenn ich nachgefragt hätte, doch ich blieb stumm wie Parzival. Erst gegen Ende meiner Zeit, an jenem denkwürdigen Abend im *plaisir du texte*, von dem noch zu erzählen sein wird, lernte ich ihn näher kennen.

Wer noch? Regina Reinhardt, Anfang dreißig, die Knopfmacherin. Lange Zeit war niemandem von uns klar, dass sie ein Luxusgewerbe ausübte und ihre kleine Firma zu den lukrativsten auf dem Gelände gehörte. Regina hatte ihre Ausbildung in diesem Handwerk, das damals als aussterbend galt, kurz vor dem Putsch abgeschlossen. In den Juntajahren arbeitete sie zuerst in ihrer Heimatstadt Ingolstadt, dann in der Hauptstadt als Verkäuferin in verschiedenen Modegeschäften, zum Schluss bei einer alten Hutmacherin in der Schönhauser Allee, deren Laden sie erbte und verkaufte. Sie gehörte zu den ersten, die sich hier ansiedelten. Nach den graugrünen Jahren eroberte die Mode ihren Stellenwert zurück, auch im Luxussegment, und Regina musste – und konnte – schon nach einem Jahr Hilfskräfte einstellen: Inzwischen waren es vier Mädchen und ein junger Mann, die aber alle nicht hier wohnten, sondern *in der Hauptstadt*. Regina arbeitete von morgens acht bis abends zehn und hatte gar keine Zeit, das Gelände zu verlassen. Man sah sie manchmal spätabends im *plaisir* eine Vorspeise essen und ein Glas Wein trinken. Es war ein überraschend milder Abend Ende November, gewissermaßen ein Ausreißer in der Kette der kalten und nebligen Tage, die längst begonnen hatten, als Frodo sie in Ritzens kleinem Englischen Garten auf einer Bank sitzen sah, die Arme um den Hals eines Mannes geschlungen, den Kopf zurückgelehnt und seinen Kuss trinkend. So erfuhren wir in der Bibliothek als Erste, dass der Geigenbauer und die Knopfmacherin zu einem Paar geworden waren.

13

Eine Woche später bezog das Redaktionsteam von *Terrain Vague* sein Quartier. Die Redaktion lag ebenerdig, und die vier Männer und drei Frauen des Teams bewohnten über den Redaktionsräumen ein riesiges Stockwerk. Sobald die Redaktion unten fertig eingerichtet war, gab es einen kleinen Empfang für alle Bewohner des Geländes. Die oberen Räume, die gewissermaßen private Etage, sahen wir selbstverständlich nicht.

Über die Beziehungen der Redaktionsmitglieder untereinander, auch darüber, wie sie sich kennengelernt hatten, wussten wir wenig. Sie machten eine Zeitung, und obwohl sie ihr diesen Namen gegeben hatten und hierher gezogen waren, handelte es sich keineswegs um eine Hauspostille unseres Geländes, sondern um ein Blatt, das innerhalb weniger Wochen und Monate landesweit großen Erfolg hatte. Dazu trugen vor allem die sehr dezidierten, oft zugleich witzigen wie schlecht gelaunten Artikel ihres Chefredakteurs bei, Carsten Nettelbeck, dreißig Jahre, pechschwarzes Haar und ein schmales, beinahe androgynes Gesicht, immer im weiten schwarzen Anzug, dessen Hose durch Hosenträger gehalten wurde, und im ebenso weiten weißen Hemd. Beim Empfang hielt er eine kurze Begrüßungsrede und erklärte an deren Ende, warum die Zeitung gerade hierher gezogen war und warum sie sich diesen Namen gegeben hatte. »Kein Terrain«, hatte er gesagt, »bietet so viele Möglichkeiten und ist so vielversprechend wie der Übergangsraum.« Bei diesem Nettelbeck handelte es sich außerdem offenkundig um einen Gourmet und Weinkenner. Das Buffet, das es zum Empfang gab, hatte er bis ins Kleinste mit Tobias Dinkgräfe abgesprochen, und die Rotweine, die angeboten wurden, waren Jahrgang 2015. Woher das Geld kam – weniger für das feine Buffet, als für die aufwändig gemachte Zeitung –, wusste niemand genau. Es liefen aber schnell die abenteuerlichsten Gerüchte darüber um. Das langweiligste war die These von dem Vermögen, das ihm durch einen der größten geschäftlichen Nutznießer der Juntazeit vermacht worden sei, den Multimilliardär Mönkemeier. Andere sagten, Nettelbeck sei so verschuldet, dass keiner seiner Gläubiger je einen Cent zurückbekommen würde, und die Zeitung werde so lange existieren, bis alle Kohle verbraucht worden sei. Das gängigste Gerücht lautete, Nettelbeck sei der eigentliche Drahtzieher des Einbruchs bei der Deutschen Zentralbank kurz nach der Niederlage von Reichenfels gewesen, bei dem in einer Nacht Reserven in sechsstelliger Millionenhöhe ausgeräumt worden waren. (Andere glaubten allerdings, es seien die führenden Mitglieder der Junta selbst gewesen, die sich hier schon einmal für die Zukunft abgesichert hätten.) Von den drei Versionen galt den meisten diese als die sympathischste, und beachtlich war, dass jeder einem damals vierundzwanzigjährigen Nettelbeck einen solchen Coup ohne Weiteres zutraute.

Auf diesem Empfang lernte ich auch erstmals die zwei Jungs und zwei Mädchen näher kennen (von jungen Männern und jungen Frauen mochte man hier noch kaum sprechen), die kurz davor in den Räumen des ehemaligen Offizierkasinos das Kino *Metropolis* eröffnet hatten. Das Kino hatte lange Zeit als eine aussterbende Branche gegolten. Schon vor dem Putsch waren im ganzen Land Tausende von Kinos geschlossen worden, weil sie nicht mehr lebensfähig waren, und in der Juntazeit waren Kinos endgültig zu etwas Exotischem geworden und führten in wenigen großen Städten eine ebenso exklusive wie kümmerliche Existenz. Außerdem wurden sie von Staats wegen überwacht, weil man in ihnen, nicht ganz zu Unrecht, geheime Treffpunkte des Widerstands vermutete. Nach dem Ende der Junta lebte in eben diesen großen Städten der Ritus, sich gemeinsam in einem dunklen Saal Filme anzuschauen, nach und nach wieder auf. »Die Zeiten nach sogenannten Zusammenbrüchen«, sagte Ritz in einem Vortrag, auf den ich noch zu sprechen kommen werde, »bieten ja oft einen neuen Boden für Pflanzen, die bis dahin nur im Verborgenen geblüht haben oder als ausgestorben galten. Das gilt zwar nur für bestimmte Milieus – wie unseres – und nur für eine bestimmte Zeit, bis alles sich wieder *normalisiert* hat, aber diese Zeit und diesen Boden muss man nutzen.«

Das taten unsere vier Cineasten, und zur Eröffnung des Kinos hatten alle Bewohner des Geländes freien Eintritt, während die Besucher von *draußen* bezahlen mussten. Einer der beiden Jungs (es handelte sich um Brüder) hielt eine kurze Begrüßungsansprache, in der er in einem missionarischen und irgendwie auch drohenden Gestus erklärte, man werde uns nach und nach mit der wirklich avantgardistischen Filmkunst aus der Mitte des letzten Jahrhunderts bekannt machen, habe sich zur Eröffnung aber für einen Film entschieden, bei dem die hohe Qualität dennoch unsere *Sehgewohnheiten* nicht zu sehr strapazieren werde. *Die letzte Metro* hieß der Film, spielte im von den Deutschen besetzten Paris vor fast neunzig Jahren und gefiel mir ausnehmend gut

Unsere vier Cineasten – Lea, Patricia, Gernot und Pit, wie wir bald lernten – schwärmten andauernd aus, um in der Stadt alte Kopien aufzutreiben; jeder ging auch mal auf mehrtägige Reisen mit dem unvorstellbar alten Auto, das gewissermaßen der Firmenwagen war, ein Kombi aus den siebziger Jahren des letzten Jahrhunderts, der, wie mir Ritz erklärte, in Schweden gebaut worden war, dessen Markenname mir nichts sagte und den ich deswegen auch wieder vergessen habe. Man hatte den Eindruck, dass die vier fast rund um die Uhr arbeiteten, höchstens vier Stunden Schlaf brauchten und im Übrigen völlig autark lebten. Auf der *Terrain*-Party hielten sie sich eng beieinander, steckten zuweilen die Köpfe zusammen, kicherten plötzlich und raunten sich Namen von Regisseuren oder Schauspielern zu. Dass einer von ihnen irgendwann einmal nachts *draußen* einem *geheimen Laster* nachging, konnte man sich nicht vorstellen. Sie hatten ihr Laster längst gefunden.

14

Eine der ersten Siedlerinnen auf dem Gelände war Ute Wellkamp gewesen, inzwischen vierzig Jahre alt und Historikerin an der Freien Universität. Sie hatte den Ehrgeiz, das erste umfassende Werk über Aufstieg, Herrschaft und Fall der Junta zu schreiben, mit Schwerpunkt auf dem Letzteren. Deshalb war ihr Projekt auch unter dem Stichwort *Der Untergang* abgespeichert, und deshalb hatte sie sehr früh eine Wohnung auf dem alten Gelände bezogen, um ihrem Forschungsgegenstand so nah wie möglich zu sein. Sie fuhr zwar täglich in ihrem 2014er Mini Cooper zur Uni, kehrte aber nach Erledigung ihrer Verpflichtungen dort direkt zurück und verkroch sich in ihrer Wohnung oder lief mit Plänen des ehemaligen Regierungsviertels quer übers Gelände, blieb hier und dort stehen, machte Notizen oder markierte etwas auf den Plänen. Manchmal aß sie im *plaisir*, sonst sah man sie abends nie, sondern nur das goldgelbe Licht ihrer Schreibtischlampe hinter der Jalousie im ersten Stock des ehemaligen Fitness- und Wellnesscenters, in dem früher die Generäle, Kommissare und Beamten sich vom Regieren erholt hatten und in dem es nach unbestätigten Gerüchten einmal einen Attentatsversuch auf den General gegeben haben sollte, während dieser in der Sauna saß. Im Erdgeschoss des Gebäudes hatte sich inzwischen eine Fechtschule angesiedelt. Frau Wellkamp stand nicht nur in der akademischen Welt, sondern auch bei vielen jetzt maßgeblichen Politikern in hohem Ansehen. Ihr Renommee und ihre Anwesenheit auf dem Gelände stellte für uns alle einen gewissen Schutz dar. Schließlich waren wir alle noch immer nur geduldet, wobei die Duldung durch eine Art Gewohnheitsrecht von Jahr zu Jahr gefestigter wurde. Solange Frau Wellkamp hier wohnte, konnte man sich kaum vorstellen, dass das Gelände mit Zwangsmitteln geräumt würde.

Dann natürlich die Anarchisten. Genau genommen handelte es sich um eine Gruppe mit dem umständlichen Namen *Verein zur Förderung der Lebensfreude, gegenseitigen Hilfe und herrschaftsfreien Kooperation.* Dieser Name war noch relativ neu; entstanden war die Gruppe im letzten Jahr der Juntaherrschaft aus einem losen Zusammenschluss von Menschen, die sich auf irgendeine Art in einer Notlage befanden. Nicht wenige hatten ihre Arbeit verloren, nicht aus wirtschaftlichen Gründen – die Junta propagierte während der gesamten neun Jahre, da sie an der Macht war, die *Vollbeschäftigung,* auch wenn das von Jahr zu Jahr absurder anmutete –, sondern weil sie als Oppositionelle galten, als unsichere Elemente, von denen einige bei ihrer Arbeit relativ harmlose Sabotageakte begangen hatten, andere beschuldigt wurden, interne Unterlagen weitergegeben zu haben, und wieder andere, zwei Lehrer etwa, der oppositionellen Agitation im Klassenzimmer beschuldigt wurden. Da die Gefängnisse ohnehin überfüllt waren, sperrte man solche relativ harmlosen Opponenten nicht ein, sondern entfernte sie gewissermaßen aus der Gesellschaft, wobei sie aufgrund des Systems der Armenspeisung und der stark ausgebauten Obdachlosenasyle nicht verhungerten und nicht auf der Straße saßen. Die Mitglieder der Gruppe hatten sich überwiegend im Asyl kennengelernt und ließen sich bald nach dem Sturz der Junta auf dem zerstörten Regierungsgelände nieder, in den gut erhaltenen Räumen des ehemaligen Einkaufszentrums, das exklusiv für Regierungsmitarbeiter gebaut worden war. Am Umbau des Geländes waren sie von Anfang an wesentlich beteiligt gewesen, und noch heute arbeiteten einige von ihnen für die daran beteiligten Firmen. Zwei andere waren bei Ritz beschäftigt, und eine kleine Gruppe hatte eine Art mobilen Service gegründet und machte Besorgungen, so wie die beiden, die an meinem ersten Tag hier die Bücher für Sander angeliefert hatten. Der Name *Anarchistisches Quartier* stammte übrigens nicht von ihnen, und die Anarchisten nannten sich selbst auch gar nicht so, sondern wurden von den anderen unter diesem Etikett zusammengefasst, weil sie eines Tages begonnen hatten, gemeinsam Kropotkins *Gegenseitige Hilfe in der Tier- und Menschenwelt* zu lesen, in der 1908 bei Thomas in Leipzig erschienenen Ausgabe, die einer von ihnen eines Tages aus der Stadt mitgebracht hatte. (Wir selbst hatten in der Bibliothek eine Taschenbuchausgabe von 1976, die nicht nur wegen der angegilbten Seiten, sondern vor allem wegen ihrer kleinen Schrift nur schwer lesbar war.) Die Gruppe bestand im Kern aus fünfzehn Personen, darunter etwas mehr Männer als Frauen, und der auffälligste von ihnen, ein ehemaliger Winzer, der auch das Buch aufgetrieben hatte, hieß Josef und unterstrich seinen biblischen Namen durch wallendes Haar und einen ebenso wallenden Vollbart, beides schon überwiegend grau getönt. Wenn man ihn mit den anderen zusammen sah, hielt man ihn unwillkürlich für den Chef, den Anführer der Gruppe, die aber schon den Gedanken, sie könne einen Chef haben, entrüstet ablehnte: *ni dieu ni maître*. So schien es in der Tat zu sein, auch die gemeinsame Lektüre Kropotkins lief zunächst ohne irgendwelche Vorgaben oder Anleitung ab, bis man sich schließlich gleichsam einen externen Experten dazuholte, den authentischsten Anarchisten, den es auf dem Gelände gab: Frodos Vater.

Schließlich die Handwerker. Diejenigen, die tagsüber auf den verschiedenen Baustellen arbeiteten, saßen abends, wenn sie überhaupt auf dem Gelände wohnten (die meisten waren Pendler), bei ihren Familien. Familien nach dem alten Modell, das heißt mit Vater, Mutter und Kindern, gab es bei uns nicht allzu viele. Meist waren es Einzelne, Versprengte, auch Gebeutelte, die anfangs die Chance des noch nicht Festgelegten, noch ganz Offenen ergriffen hatten und hierher gekommen waren. Als das Terrain jedoch immer weiter besiedelt wurde und einen stabileren Status bekam, zogen auch Familien hierher, denen zuvor das Ganze noch als zu unsicher erschienen war. Deshalb waren diejenigen, die das Gelände am regelmäßigsten verließen, die Kinder und Jugendlichen, die zur Schule gingen. Denn eine Schule hatten wir noch nicht, auch wenn wir uns darum bemühten.

Nur der Bauelektriker Helme – ich habe nie herausgefunden, ob es sich um seinen Vornamen oder seinen Familiennamen handelte, denn alle sagten nur Helme zu ihm –, nur Helme also war jeden Abend in der *Wirtin* zu finden. Er war eins siebzig klein, mit breiten Schultern und einem enorm großen Kopf. Sein Alter lag irgendwo zwischen siebzig und achtzig, auch wenn er jünger wirkte. Viele wunderten sich, wie er noch immer seine Arbeit schaffte, nicht nur wegen seines Alters, sondern auch wegen der beträchtlichen Mengen, die er allabendlich trank. Wenn er genug getrunken hatte, fing er unweigerlich an zu krakeelen. Es wäre zu viel gesagt, dass alle nur darauf warteten, aber es war auch niemand unangenehm berührt, wenn es losging. Beim vierten oder fünften Mal hatte ich begriffen, warum das so war. Helme las uns die Leviten. Obwohl er selbst hier wohnte, ließ er an uns allen kein gutes Haar. Flüchtlinge waren wir, aber nicht solche, die man vertrieben hatte, sondern die sich freiwillig und feige auf die Insel der Seligen zurückgezogen hatten, statt draußen zu kämpfen. Er hatte gekämpft, damals, er hatte sich nichts vorzuwerfen. Er war 1972 aus der Ausbildung entlassen worden, weil er Mitglied einer kommunistischen Gruppe gewesen war. Er hatte sogar kurz in einem spanischen Gefängnis gesessen, weil man ihm vorwarf, Kurierdienste für eine der illegalen spanischen Gewerkschaften geleistet zu haben. Er hatte lange gebraucht, um seine Ausbildung abschließen zu können, und sein Leben lang gearbeitet und arbeite noch immer.

»Das tun wir auch alle«, sagte dann irgendeiner an dieser Stelle.

Er war aus der Gewerkschaft geflogen, fuhr Helme fort, weil er den Versöhnungskurs seiner Führer nicht mitmachen wollte und sogar »wilde Streiks« organisiert hatte. Natürlich hatte er auch in Juntazeiten im Widerstand gearbeitet und sein Leben riskiert.

»Das haben hier manche, Helme«, sagte dann irgendeiner, und es fielen die Namen von Tobias Dinkgräfe und anderen. Helme winkte dann ab. Er wolle das nicht bestreiten, aber was sei nun? Alle hätten ihren Frieden gemacht und glaubten, sie hätten genug getan, glaubten, sie dürften nun auf ihrer Insel glücklich werden und in ihrer schönen neuen Welt leben, mit ihren schicken kleinen Firmen und in ihren schicken kleinen Wohnungen. Dabei habe sich draußen, in der *richtigen* Welt, nichts geändert. Wir sollten ab und zu mal rausfahren und nachgucken.

»Und selbst, Helme?«, fragte dann einer. »Wenn ich recht informiert bin, wohnst du auch auf der Insel der Seligen. Und da du jeden Abend hier bei der *Wirtin* bist, hast du dich wohl auch längere Zeit nicht in der *richtigen* Welt umgesehen.«

Dann bestellte sich Helme noch ein Bier, sah sich in der Runde um und erklärte uns, dass er hier wohne, weil er hier arbeite und am Aufbau der schönen neuen Welt ganz praktisch beteiligt sei. Abends sei er einfach zu müde, um rauszugehen, denn seine Arbeit sei viel anstrengender als die der meisten von uns.

»Aber wenn wir fertig sind damit«, sagte er jedes Mal am Ende in ruhigem Ton, »dann kann ich immer noch gehen, wohin ich will. Ich muss auf der Insel der Seligen nicht wohnen bleiben. Fährverbindungen zum Festland gibt es genug.«

Wenn man ihn tagsüber bei der Arbeit sah und grüßte, war Helme die Freundlichkeit selbst und winkte. Im Übrigen wusste jeder, dass keiner so hilfsbereit war wie er, ein Fachmann für viele Fälle, der auch über seinen Bereich hinaus mal eben vorbeikam, wenn in einem Haus irgendetwas nicht stimmte. Und trotz des Perfektionismus von *Plan B* stimmte in dieser Ruinenlandschaft vieles noch nicht. In dem Gebäude etwa, in dem ich wohnte, hatte man es bei der Instandsetzung gleichwohl bei den alten Leitungen belassen. Die schadhafte Stelle betraf dann ausgerechnet mein Bad, in dem schon bald nach meiner Ankunft eines frühen Abends die Lichter ausgingen, am selben Tag, als meine Sachen angekommen waren, die ich mir aus Aachen hatte nachschicken lassen. Ich erwischte Helme noch zu Hause. Er sah sich das Malheur an und arbeitete den halben Abend daran. Als wir dann auf dem Weg zur *Wirtin* waren, wo ich ihn selbstverständlich für den Rest des Abends freihielt, fragte er mich, wie es mir nach meinen ersten drei Wochen hier gefalle. Ich erzählte ihm von jenem ersten Abend, als mich die aufflammenden Lichter verführt und mit dem Glück erfüllt hatten, angekommen zu sein, einem Glück, das mir seitdem noch gewachsen schien. Helme blieb stehen, fasste mich am Arm, lächelte und sagte: »Wenn alles fertig ist, wirst du dasselbe tun wie ich. Du wirst gehen. Glaub's mir.«

15

Und Ritz, der erste Bewohner des Geländes, den ich kennengelernt hatte, nachdem Sander mich an der ersten Ruine abgeholt hatte? Eines Abends, kurz nach Neujahr, erklärte Ritz uns allen, was wir eigentlich hier machten. Eine Schule hatten wir zwar nicht, dafür aber so etwas wie eine Privatuniversität, deren gewissermaßen einziger Lehrstuhlinhaber Ritz war.

Als ich ihn vor wenigen Monaten das erste Mal gesehen hatte, hatte ich ihn auf Anfang achtzig geschätzt. Inzwischen wusste ich, dass Ritz 1943 geboren war (eine Jahreszahl, die für mich schon beinahe frühgeschichtlich klang) und demnach sechsundachtzig war. Dabei war die durchschnittliche Lebenserwartung, entgegen allen vorherigen Prognosen, in den letzten zwanzig Jahren wieder etwas gesunken, bei Männern noch stärker als bei Frauen.

Wenn man ihn aber unterwegs in den Gärten sah, mochte man Ritz eher für sechzig halten. Vielleicht lag das auch daran, dass er von Natur aus ziemlich klein und in den letzten beiden Jahrzehnten noch kleiner geworden war. Seine Bewegungen, wenn er sich bückte und dann wieder aufrichtete, wenn er harkte, grub oder die Pflanzen wässerte, hatten darum etwas überraschend Drahtiges. In seinem ewigen blauen Kittel und der Ballonmütze sah er wie das Inbild nicht so sehr eines Gärtners, sondern eher eines Hausmeisters aus.

»Dabei«, sagte er einmal, als Eleanor und ich mittags an einem seiner Arbeitsplätze vorbeikamen, »ist es ein Märchen, dass Gartenarbeit gesund ist. Was ich jetzt mache, wird mich über kurz oder lang umbringen. Aber darauf kommt es nicht mehr an. Ich bin alt genug geworden.«

Ritz hatte 1969 sein Studium abgeschlossen, ein Studium in einem Umfang, den wir uns später nicht mehr hätten vorstellen können. Er hatte Philosophie, Vergleichende Literaturwissenschaft, Religionswissenschaften, Soziologie und Romanistik studiert, und das in Berlin, Heidelberg, Tübingen und Paris. Er war danach drei Jahre durch die Welt gereist und hatte dabei alle möglichen Berufe ausgeübt: Erntehelfer, Chauffeur, Privatsekretär, Vertikutierer, Auslieferungsfahrer, Weinbauer und andere. Im Sommer 1972 kehrte er nach Deutschland zurück und arbeitete drei Jahre in der Öffentlichkeitsabteilung eines Arbeitgeberverbandes. Schnell fiel ihm auf, wie sehr seine Chefs unter Komplexen litten, wie die Angst wuchs, wenn sie ihr angestammtes Gebiet verlassen mussten: Dr. Kress, der eine Rede zu einem Kulturpreis halten musste, den der Verband vergab. Natürlich wurde ihm seine Rede geschrieben, aber er wollte ihre großen Linien vorgeben und wusste nicht wie. Er wollte wissen, wovon er sprach. Konnte man alte Philosophen zitieren, oder war das abgeschmackt? (Er dachte an etwas wie Plato oder Seneca, hatte zwar kein Graecum, immerhin aber das Große Latinum. Der auszuzeichnende Künstler war aber gerade erst fünfundzwanzig geworden. Passte das?) War Adorno zu riskant? Nahm man den Führern der Wirtschaft ab, dass sie ihre Tätigkeit philosophisch und ethisch verankert sahen, im Jahre 1974, mitten in der Ölkrise? Wie stark durfte das Mäzenatentum der Industrie betont werden, ohne dass es peinlich wurde? Wie stellt man sich glaubhaft als geistiger Mensch dar? Wie viel Bildung braucht man, um den Schlingen der Halbbildung zu entkommen? Was muss man wissen, um Sicherheit zu gewinnen? Wie bekommt man möglichst schnell Boden unter die Füße, wenn man das vertraute Gelände verlassen muss?

Nach drei Jahren hatte Ritz genug Erkenntnisse gesammelt. Er verließ den Verband und gründete sein eigenes Institut, das die entsprechenden Beratungsdienste anbot. Die implizite Fragestellung lautete: Wie wird der Kapitalist von der *Charaktermaske* zum kulturell vollgültigen und ethisch wertvollen Menschen? Die Nachfrage war in den späten Siebzigern bis in die frühen Achtziger hinreichend, ab Mitte der Achtziger explodierte sie. Das Institut hatte am Ende acht Mitarbeiter. Die Seminare fanden entweder im Institut selbst in der Düsseldorfer Graf-Adolf-Straße statt, in Tagungshotels oder auf Wunsch auch in den entsprechenden Firmen. Drei Mal gab Ritz eine Art Privatissime im Hause des jeweiligen Unternehmers. In diesen Fällen wurde über die Honorare strengstes Stillschweigen vereinbart. Ab Beginn der Neunziger kamen vier Mal jährlich philosophische Blockseminare am Bodensee hinzu, die stark angenommen wurden.

2010 setzte Ritz sich zur Ruhe, behielt sein kleines Zweizimmerapartment in der Düsseldorfer Karlstadt und ging noch einmal für mehrere Jahre auf Reisen. Eine späte Liebe hielt ihn ab 2013 drei Jahre an der Loire fest: Er war nach Aufenthalten in Asien und Ozeanien eigentlich auf dem Rückweg nach Hause gewesen. Dort kam er nach der Trennung endlich an, drei Tage vor dem Putsch, der ihn völlig überraschte. Vorerst blieb er in Düsseldorf, zu erschöpft, noch einmal aufzubrechen. Er lebte bis zum Sturz der Junta im Verborgenen und schrieb zwei Bücher, die beide in dem kleinen Verlag erschienen, in dem Sander damals arbeitete. Es handelte sich um zwei Bände mit dem – wie ich anfangs fand – etwas prätentiösen Titel *Handbuch der Geländekunde (I und II)*: kürzere oder längere Notizen und Beobachtungen, die als lockere und freundliche Feuilletons durchgingen. Sie waren schon in die Bibliothek eingeordnet, als ich damals ankam, und ich entdeckte sie erst zwei Monate später. Manchmal, wenn ich in meinen Pausen oder abends allein sein wollte, nahm ich mir einen dieser schmalen Bände mit nach Hause oder ging in einen der Gärten und las darin. Die meisten von Ritz' Notizen waren völlig pointenlos, verharrten in der Beschreibung wie ein japanisches Haiku und überließen die Auslegung dem, der unbedingt nach einer Bedeutung suchte. Nur manchmal fanden sich sanfte Andeutungen, wie etwas verstanden werden könnte. So entdeckte ich an einer Stelle im zweiten Band ziemlich wörtlich die Gedanken wieder, die Ritz bei unserer ersten Begegnung über geschlossene Systeme und die fehlende Lücke geäußert hatte. Las man das jetzt, konnte man es so interpretieren, als habe Ritz den Zusammenbruch der Juntaherrschaft damals schon vorausgesagt. Jedenfalls brachten es die beiden Bücher – Büchlein eher, jedes davon hatte nicht mehr als siebzig Seiten – nach der Flucht oder dem Tod der Generäle zu einer gewissen Berühmtheit und machten Ritz interessant. Ein halbes Jahr lang, ganz in den Anfängen, arbeitete er sogar für die *Internationale Kommission*, aber die institutionell und politisch bedingten Behinderungen der Arbeit ermüdeten ihn bald, und er zog, nicht lange, nachdem dort die ersten mit der Landnahme begonnen hatten, aufs Gelände. In der ersten Phase war er noch an organisatorischen Fragen beteiligt, wie zum Beispiel am Konzept für den gemeinsamen Häuserfonds. Seine Erfahrung zählte ganz selbstverständlich, niemand kam auf die Idee, ihn einen alten Sack zu nennen. Auch deshalb wohl nicht, weil er sich nicht vordrängte, sondern sich fast nur äußerte, wenn man ihn fragte. Ritz hätte vermutlich so etwas wie unser Guru werden können, stattdessen wurde er der Gärtner.

Aber dann, am Freitagabend, dem 4. Januar, hielt er im *Anarchistischen Quartier* einen Vortrag unter dem Titel *Wie zusammen leben*. Die Einladung dazu hatte er Anfang Dezember verschickt oder auch mündlich weitergegeben, und er musste keine weitere Werbung dafür machen. Er war Paul Ritz, und es kam so, wie er es vermutlich im Stillen von Anfang an nicht einmal gehofft, sondern gewusst hatte: Alle kamen, wirklich alle, selbst die Kinder, die Hunde und die Katzen.

Dokument 9

Wie zusammen leben. Auszüge aus dem Vortrag von Paul Ritz, gehalten am 4. Januar 2030.

Die Auszüge sind die Transkription eines Mitschnitts. Der Mitschnitt, vorgenommen mit der damals noch unausgereiften Agaard-Technik, ist nicht erhalten. Es kann daher nicht festgestellt werden, ob das Fragmentarische des Textes aus der Transkription stammt, oder ob der Mitschnitt selbst beschädigt war. Von wem der Mitschnitt gemacht wurde und von wem die Transkription und die altertümlich »protokollarischen« Anmerkungen stammen (»zustimmendes Gemurmel« etc.), ist ebenfalls nicht mehr festzustellen.

»Wir alle hier haben, hoffentlich nicht in einem elitären Sinn, das Gefühl, etwas Besonderes zu sein, oder besser: unter besonderen Umständen zu leben. Diese besonderen Umstände sind vor allem dadurch gekennzeichnet, dass wir auf diesem Gelände – diesem historisch vielfach mit Bedeutung aufgeladenen Gelände, was uns aber hier zunächst nicht interessieren soll, ich werde darauf noch zu sprechen kommen –, dass wir also in einer Gemeinschaft leben, in der zugleich der persönliche Rhythmus eines jedes Einzelnen zwanglos seinen

Platz findet. Für dieses Verhältnis habe ich in einer alten Quelle den Begriff *Idio-Rhythmie* gefunden, den ich gern übernehme, von *idios*, eigen, und *rhythmos*, Maß. Unter diesem Begriff kann man vielleicht alle Ansätze zusammenfassen, die kollektives und individuelles Leben, die das Subjekt mit einer Gruppe zu verbinden oder zu versöhnen versuchen. Wie stark dieser Ansatz hier bei uns wirksam ist, lässt sich schon allein daran ablesen, dass, soweit ich das übersehe, an diesem Abend jeder meiner Einladung gefolgt ist. Auch die Tiere seien herzlich willkommen.«

Verhaltenes Gelächter.

»Die Zeiten nach sogenannten Zusammenbrüchen bieten ja oft einen neuen Boden für Pflanzen, die bis dahin nur im Verborgenen geblüht haben oder als ausgestorben galten. Das gilt zwar nur für bestimmte Milieus – wie unseres – und nur für eine bestimmte Zeit, bis alles sich wieder *normalisiert* hat, aber diese Zeit und diesen Boden muss man nutzen.«

Leichte Unruhe.

»Jeder von uns hat bestimmt schon einmal bei einem seiner Besucher, sei dieser nun aus geschäftlichen oder aus privaten Gründen hier gewesen, diesen leisen Anflug von Neid gespürt, oder aber, wenn es sich nicht um Neid handelte, von Argwohn. Wir sind zweifellos nicht ganz geheuer. Manche von euch wissen vermutlich, dass der Begriff *geheuer* die Bedeutung von *vertraut, heimelig* hat, zum Hauswesen, zur Hausgemeinschaft gehörig. Untereinander sind wir uns, das hoffe ich, alle durchaus geheuer. Wir müssen uns das nicht gegenseitig täglich bestätigen. Wir müssen nicht zum Morgenappell antreten und nicht zur Morgenandacht; wir haben solche Formen der Gemeinschaft, wie sie das Militär oder die Partei darstellen, das Kloster oder das Internat, lange hinter uns gelassen, und einige von uns haben sie vielleicht und hoffentlich nie erfahren. Trotzdem haben wir, glaube ich, alle das Gefühl, dass wir auf eine bestimmte, schwer zu fassende Art *zusammen leben,* und dass dieses Zusammenleben mehr bedeutet als die zufällige räumliche Nähe zueinander.«

Zustimmendes Gemurmel.

»Schwer zu fassen aus folgendem Grund: Im Begriff der Idio-

Rhythmie, des jeweils eigenen Maßes der Vielen, liegt schon das Unbeständige, das Schwankende des Zusammenlebens begriffen, die Vielfalt der Formen, die es annehmen kann. Schwanken kann die Zahl der Personen und wie eng sie beieinander leben; wir haben hier bekanntlich weiterhin Zuzug, weil unser Gelände zum Glück noch immer nicht fertig ist. Unsere Lebensumstände sind außerdem unterschiedlich und vielfältig; ich zum Beispiel entschuldige mich für meinen Reichtum, den ich durch meine Arbeit als Gärtner abzubüßen versuche.«

Großes Gelächter.

»Es versteht sich von selbst, dass aus diesen unterschiedlichen Lebensumständen leicht auch unterschiedliche Machtansprüche erwachsen können. Wenn wir den Zustand der schönen Schwebe, der unser Leben derzeit kennzeichnet, so lange wie möglich erhalten wollen, müssen wir darauf achten, dass solche Machtansprüche sich nicht durchsetzen. Ich habe keine Ahnung, wie wir das bewerkstelligen können.«

Leichte Unruhe.

»... weder das Paar noch das Kollektiv, weder die Vergesellschaftung noch die Vereinzelung. Wir sind nur eine Folge von Aggregatzuständen. Eine Versammlung wie diese, in der wir uns ausnahmslos alle treffen, selbst diejenigen, die es sonst vorziehen, eher am Rand zu leben, war nicht vorhersehbar und wird vielleicht einmalig bleiben. Fast ist es mir schon peinlich, mit meiner Einladung so viele angelockt zu haben.«

Verhaltene, beschwichtigende Proteste.

»... unterschiedliche Voraussetzungen. Einige von uns, beileibe nicht alle, teilen die Erfahrung des Widerstands. Ich zähle mich nicht dazu, ich habe die Jahre der Junta ... vielleicht sollte ich sagen: verschlafen.«

Gemurmel, nicht definierbar.

»Andere sind einfach zu uns gekommen, weil sie hier Arbeit gefunden haben oder Platz für ihre Unternehmungen; weil sie neugierig waren oder sich anderswo gelangweilt haben; weil sie günstigen Wohnraum gefunden haben oder weil jemand sie gerufen hat. Uns verbindet nicht etwas, was man ein gemeinsames Ethos nennen könnte. Einige arbeiten bekanntlich

sehr viel, vielleicht zu viel, was der Gesundheit auf Dauer nicht förderlich ist, andere sind vielleicht verkappte Faulpelze.«
Gelächter. Zwischenruf: »Das ist auf jeden Fall gesünder.«
»Auch unser Verhältnis nach draußen sieht unterschiedlich aus. Aus beruflichen wie privaten Gründen verlassen manche von uns das Gelände regelmäßig, andere höchst selten; ich selbst bin seit vier Jahren nicht mehr draußen gewesen.«
Lautstarkes Erstaunen.
»Gleichwohl versteht hier jeder das Wort *draußen*; es ist ein so unausgesprochener wie unangefochtener Konsens, dass es zum einen dieses Terrain hier gibt und zum anderen ein Draußen. Die Grenzlinien sind nirgends äußerlich sichtbar und markiert, dennoch könnten wir alle zeigen, wo unser Gelände beginnt beziehungsweise endet.«
Zustimmung.
»Das hat natürlich mit der historischen Aufladung des Geländes zu tun. Die Grenzen des früheren Regierungsviertels, der verbotenen Stadt, waren schließlich sehr deutlich markiert. Zwar sind die Markierungen nach den Kämpfen im Frühjahr 2025 verschwunden und die Mauern, die Zäune, die elektronischen Schranken gefallen. Zwar hat das Gelände selbst seine architektonische Gestalt gegenüber früher so schnell und so gründlich verändert, dass Frau Wellkamp auf Spurensuche mit alten Plänen durch unsere Straßen und über unsere Plätze streichen muss *(Gelächter)*, aber jeder trägt die alten Grenzen in sich, jeder von uns und jeder von denen, die draußen wohnen. Deshalb gibt es ein Drinnen und Draußen, deshalb können wir unser Terrain klar definieren.«
Zustimmung.
»Wir wissen jedoch nicht, wie lange es noch unser Terrain sein wird. *(Unruhe.)* Ich beziehe mich damit nicht auf die rechtlichen Fragen, die noch offen sind. Es ist jedoch absehbar, dass dieser Raum, den wir uns erobert haben – wenn ich diese militärische Formel gebrauchen darf –, nicht dauerhaft eine Enklave bleiben kann. Wir müssen uns darüber klar sein, dass wir wider Willen immer noch vom Nimbus der verbotenen Stadt profitieren; dieser wird nicht aufrechtzuerhalten sein und ist schon jetzt durchlöchert. Die Ökonomie, der Austausch durch-

löchern ihn, das touristische Interesse, das Schnüffeln der Journalisten, der Kulturwissenschaftler und der Zeithistoriker. Ich nehme Frau Wellkamp da selbstverständlich aus, da sie nicht von draußen kommt und sich als eine der Ersten hier niedergelassen hat. Das alles wird aber zunehmen und unseren bisherigen Aggregatzuständen einen neuen hinzufügen. Ich wünsche mir, dass wir einerseits unser Terrain verteidigen, aber ich wünsche mir andererseits nicht, dass wir einen Buckel machen und unsere Stacheln ausfahren, wenn es soweit ist. Ich hoffe, dass niemand hier eine *gated community* haben möchte.«

Sehr große Unruhe.

»... mir leid, dass ich an den unaufhebbaren Umstand der Vergänglichkeit erinnert habe, der jedoch auch etwas Tröstliches hat. Unsere Existenzformen, auch diese hier, sind allesamt transitorisch; ich darf an die Plattitüde erinnern, dass man zur endgültigen Ruhe erst im Tod kommt.«

Einzelner, deutlich vernehmbarer Zuruf: »Im Nirwana!« Gelächter, Zischen.

»Meinetwegen auch im Nirwana. Ich bin jedenfalls mit meinen Ausführungen ans Ende gelangt; es gibt nebenan Wein und etwas zu essen, und um einem erneuten Kommentar zuvorzukommen, möchte ich gleich sagen: Es handelt sich nicht um das Abendmahl. Es ist einfach nur Essen und Trinken.«

Großes Gelächter, erleichterter Lärm.

16

Mancher wird sich noch erinnern, wie warm die erste Januarhälfte 2030 war, eine feuchte, graue, dunstige Wärme. Tagsüber erreichten die Temperaturen bis zu sechzehn Grad, und auch abends und nachts blieben sie konstant über null. An einem dieser Abende lief im *Metropolis* ein amerikanischer Film aus dem Jahr 1971 an. Gernot war besonders stolz darauf, davon noch eine Kopie aufgetrieben zu haben, in den vergessenen Lagerräumen einer längst nicht mehr existierenden Verleihfirma in München. Vor der ersten Vorstellung hielt er einen kurzen einführenden Vortrag, in dem er darauf hinwies, dass unter anderem auch das Kino und das Kinosterben selbst Gegenstand des Films seien. Das hätten wir zweifellos alle auch selbst sehr schnell gemerkt, als wir dann die stark verregnete Schwarzweißkopie ansahen. Der Film hieß *Die letzte Vorstellung (The Last Picture Show)* und zeigte das gelangweilte Leben und die Pubertätsnöte einer Reihe von Jugendlichen in einem elenden texanischen Provinznest um 1951. Ein Mädchen möchte seine Unschuld verlieren, ein paar Jungs rangeln um sie, und der Kinobesitzer, genannt Sam der Löwe, stirbt. Wer abhauen will, wird wieder zurückgeholt: Aus diesem Kaff kommt keiner raus, höchstens nach Korea, wo Krieg geführt wird. Noch weiter weg war der Film von unserer Situation, und trotzdem oder gerade deshalb waren viele von uns von ihm fasziniert, hingerissen, und bei manchen sah man sogar, als es wieder hell wurde im Saal, verklärte oder verstörte Gesichter.

Auf jeden Fall war es der traurigste Film, den ich bis dahin gesehen hatte. Als wir alle hinausgingen, wollte ich nicht gleich nach Hause, aber auch mit niemandem sprechen müssen, und schlich mich auf einem Seitenpfad schnell Richtung erste Ruine davon, bevor mich jemand ansprechen konnte. Ich näherte mich jetzt der unsichtbaren Grenze zur Stadt, einer jener unsichtbaren Grenzen, von denen Ritz in seinem Vortrag gesprochen hatte. Seitdem ich angekommen war, waren immer mehr Ruinen wieder instandgesetzt, umgebaut oder abgerissen und neu gebaut worden. Ich war gleichsam in einen regelrechten Bauboom hineingeraten, und die äußere Gestalt des Geländes hatte sich in diesen knapp vier Monaten stark verändert. Das Offene, auch reichlich Regellose war immer stärker erkennbaren Strukturen gewichen. Doch an diesen Seitenwegen und Nebenpfaden zur Stadt hin lag noch viel Brachland, und es gab bisher keine ausgereiften Pläne dafür. Ein paar alte Wellblechschuppen standen noch hier und da, von denen außer Frau Wellkamp vermutlich keiner mehr wusste, wozu sie in den Zeiten der Junta gedient haben mochten. Jetzt nutzten ein paar unserer Firmen einzelne davon als Lagerraum.

Aus einem dieser Schuppen kamen plötzlich zwei Kinder, ein Junge und ein Mädchen. Obwohl es dunkel war und der Weg nur durch zwei trübe Laternen ausgeleuchtet, erkannte ich sie schnell. Sie waren Geschwister, hatten bei Ritz' Vortrag direkt neben meinem Stuhl auf dem Boden gesessen und hießen Giuseppe und Maria, obwohl die Eltern keine Italiener waren. Der Vater, Franz Wagner, arbeitete als Koch in der *Tomate*, die Mutter irgendwo draußen als Anwältin in einer Sozietät. Giuseppe mochte elf sein, seine Schwester ein Jahr jünger. Der Junge trug so weite und überlange Jeans, dass ich mich wunderte, wie er überhaupt gehen konnte, und hatte die Arme bis zu den Ellbogen in den Hosentaschen vergraben. Maria ging einen halben Schritt hinter ihm. Sie trug eine knallrote Samthose, einen ebenso roten Pullover und darüber einen schwarzen Blouson. Sie nickten mir zu und wollten weitergehen, aber ich fragte sie: »Was macht ihr hier so spät?«

Im nächsten Moment hätte ich mich für meine Frage ohrfeigen können. Es war zwar wirklich spät, nach halb elf, und ich fragte mich in der Tat, ob die Eltern ihre Kinder um diese Zeit nicht vermissten. Aber es ging mich überhaupt nichts an.

»Wir waren ein bisschen draußen«, sagte Giuseppe, »und jetzt gehen wir nach Hause.«

»Draußen?«

»Draußen in der Stadt. Bei Freunden. Hier ist ja nichts los.«

»Euch gefällt es nicht hier?«

»Es ist manchmal ein bisschen langweilig«, sagte das Mädchen. »Wir haben zu wenig Freunde hier.«

»Wir haben überhaupt keine«, stellte Giuseppe entschieden fest.

»Und eure Eltern haben nichts dagegen, dass ihr abends allein nach draußen fahrt?«

Ich hasste mich für meine Frage und noch mehr für den Zwang, der mich sie stellen ließ. Es geht mich überhaupt nichts an, sagte eine Stimme. Aber es ist doch recht merkwürdig, sagte eine andere Stimme.

»Unsere Eltern haben viel zu tun. Mein Vater ist jetzt noch am Kochen.«

»Er ist auch *mein* Vater«, sagte Maria.

»Also unser Vater. Machen Sie sich keine Sorgen«, sagte der Junge, »wir passen schon auf uns auf.«

Ich weiß nicht, ob ich noch weitere Fragen gestellt hätte, ob ich mich vielleicht nicht sogar ihnen angeschlossen hätte, um sie nach Hause zu bringen. Aber nach den letzten Worten von Giuseppe gingen die beiden einfach weiter, mit einer Entschlossenheit, die es mir eindringlich verbot, mich weiter aufzudrängen. Ich sah ihnen eine Weile nach, bis sie ganz im Dunkel verschwunden waren; dann stand ich etwas verloren am Rand unseres Terrains herum. Plötzlich kam es mir komisch vor, dass der Schuppen, aus dem die beiden gekommen waren, offensichtlich nicht abgeschlossen gewesen war. Ich wollte hineingehen, aber jetzt ließ sich die Tür nicht mehr öffnen. Die beiden mussten das Gebäude verschlossen haben, vermutlich mit einem E-Key, und das kam mir noch merkwürdiger vor, aber ich ermahnte mich und sagte mir, das alles ginge mich nichts an und es werde sicher eine Erklärung dafür geben.

17

Nur ein paar Tage nach Ritz' Vortrag tauchten die ersten Uniformierten auf dem Gelände auf. Selbstverständlich meine ich nicht irgendwelche Polizisten oder Feuerwehrleute, sondern Soldaten verschiedener Dienstgrade aus der alten Armee. Nicht junge Leute, die solche Uniformstücke aus den graugrünen Jahren als Zitat und modische Accessoires trugen, wie ich es in der *Arena* gesehen hatte, mit fehlenden Schulterklappen oder verzierten Kragenspiegeln, sondern Männer zwischen fünfundzwanzig und vierzig in kompletten Uniformen, von denen viele zwar schon etwas verschlissen und ausgebleicht waren, die aber keine Löcher oder aufgegangenen Nähte hatten und an denen nirgends ein Knopf fehlte. Die ersten beiden, die auftauchten, waren zwei Gefreite und ein Obergefreiter[3], die eines Abends in der *Superdicken Wirtin* ein paar Biere tranken. Sie setzten sich an einen Tisch in der hintersten Ecke, versuchten nicht, mit den anderen Gästen ins Gespräch zu kommen, provozierten auch in keiner Weise und verschwanden nach einer Stunde wieder, als Helme begann, auf sie einzureden. Ein paar Tage danach schlenderten zwei Unteroffiziere über das Terrain, und am selben Abend standen zwei Leutnants an der Kinokasse des *Metropolis*, um *Die letzte Metro* zu sehen: Die Cineasten hatten beschlossen, den Film als Dauerprogramm jeden Abend in der Spätvorstellung zu zeigen; er lief dort acht Jahre lang und war bekanntlich später eine Attraktion, die zum festen Programm kultureller Hauptstadttouristen gehörte. Wieder einige Tage später wollten drei höhere Offiziere im *plaisir du texte* essen. Ein aufmerksamer Kellner hatte sie früh kommen sehen und dem Chef Bescheid gesagt, sodass dieser alle unbesetzten Tische noch schnell mit einem Schild *Reserviert* dekorieren ließ. Die Offiziere zogen wieder ab, machten dabei aber, wie Tobias Dinkgräfe es ausdrückte, ein *Wir-sehen-uns-wieder-Gesicht*.

Die *Internationale Kommission* hatte nach dem Sturz der Junta keine Order erlassen, die es untersagte, die Uniformen der alten Armee zu tragen (eine neue gab es noch nicht). Überhaupt wollten die internationalen Mächte diesmal nicht so sehr bestrafen, als vielmehr das Land so schnell wie möglich wieder in die sogenannte internationale Gemeinschaft eingliedern. Man hatte aus einer ganzen Perlenkette gescheiterter Friedenseinsätze gelernt, und Zwangsmaßnahmen waren deshalb in allen Bereichen die

3 Die Junta hatte zwar die Organisationsstruktur der Armee verändert, die Bezeichnungen der Dienstgrade aber unangetastet gelassen.

absolute Ausnahme, was freilich zur Folge hatte, dass die Machtverhältnisse und Kompetenzverteilungen lange Zeit so undeutlich blieben, wie ich es weiter oben schon geschildert habe. Dennoch verschwanden die Uniformen schnell aus dem Straßenbild, vor allem die der höheren Ränge, von denen die meisten ins Zivil wechselten, weil sie ihre frühere Funktion oder ihre Angehörigkeit zu besonders berüchtigten Einheiten wie etwa dem Kommando IV lieber nicht öffentlich machen wollten. Deshalb war das plötzliche massierte Auftreten von Uniformträgern auf dem Gelände – ich habe eben nur ein paar Beispiele genannt, es gab noch mehr solcher Erscheinungen – nicht als Zufall zu bewerten, sondern als gezielte Geste, als Drohgebärde. Natürlich konnten wir Bewohner des Geländes niemanden der Uniformierten vom Terrain verweisen: Unser eigener rechtlicher Status hier war nach wie vor nicht geklärt, und das Gelände *gehörte* uns nicht. Es war zwar ein besonderer, beinahe ein exterritorialer Raum, ein Biotop, meinetwegen auch so etwas wie eine Enklave, aber zugleich handelte es sich auch um öffentlichen Raum, zu dem jedermann Zugang hatte. Auch diese Einbettung war in Ritz' Vortrag angesprochen worden. Bei aller Besonderheit waren wir doch nicht aus der Welt. Das war es, was Eleanor meinte, als wir danach aus dem *Anarchistischen Quartier* wieder ins Freie traten, in die watteweiche, warme, feuchte Dunkelheit: »Man muss das alles natürlich notfalls auch verteidigen können«, sagte sie. »Man muss verteidigen, was man liebt.«

Mit dem Tag des ungeheuren Kälteeinbruchs am 24. Januar hörten die Erscheinungen, die Drohgebärden, hörte der Spuk schlagartig auf. Die Anspannung, die in den zurückliegenden zwei Wochen bei uns allen spürbar gewesen war, ließ nach und verschwand schließlich ganz. Jetzt waren wir mehr damit beschäftigt, mit zwanzig Grad minus zurechtzukommen, und die Bilder der letzten Wochen verblassten. Vielleicht, sagte ich eines Abends zu Eleanor, als ich ihr in meiner Wohnung weiter aus dem *Sonja-Komplott* vorlas, vielleicht sei das ja nur Kino gewesen. Vielleicht habe man auf unserem Gelände nur ein paar Szenen zum ersten Film über die Juntazeit gedreht, und wir hätten es gar nicht gemerkt.

»Das glaubst du selbst nicht.«

»Nein«, sagte ich, »das glaube ich selbst nicht.«

Ich las weiter vor. Dieser Korff – vielmehr sein Erzähler, Norbert Sethe, aber ich roch den autobiografischen Braten – war ins Fadenkreuz gleich dreier Geheimdienste geraten, nachdem sich herausgestellt hatte, dass seine frühere Geliebte Mitarbeiterin der Stasi gewesen war: Mossad, MI6 und CIA. So richtig motiviert war das eigentlich nicht, weil nicht einzusehen war, warum sich diese Organisationen um eine innerdeutsche Provinzposse von mäßiger Bedeutung kümmern sollten. Ich ging davon aus, dass der Roman bis zu einem gewissen Punkt noch stark autobiografisch getönt war – etwa, bis Sethe seine Position im Kanzleramt aufgeben muss, vielleicht noch bis zum Umzug nach Paris (Korff hat ab 1998 tatsächlich in Paris gelebt und ist dort zwanzig Jahre später gestorben) – und dass der Autor danach angefangen hatte, frei und auch lustvoll zu spinnen. Das entsprach zwar manchmal nicht mehr den minimalsten Anforderungen der Glaubwürdigkeit, ergab aber schräge Bilder und schrille Szenen. Zu den harmloseren und eher konventionellen gehörte noch, wie ein ehemaliger Minister in einem Zürcher Bordell gefesselt und geknebelt und nur mit einem Spitzenhöschen bekleidet aufgefunden wird. Witziger fanden Eleanor und ich, wie sich ein Mossad- und ein CIA-Mann bei der gemeinsamen Jagd auf Sethe in der Rue Georges Perec versehentlich gegenseitig erschießen, während Sethe in die Metro Pelleport flüchten kann. Je länger ich vorlas, desto mehr war ich davon überzeugt, dass Korff für den Roman entweder einen Ghostwriter beschäftigt oder dass ihn das Lektorat im Verlag gedrängt hatte, das Ganze vom Plot her aufzupeppen, nachdem er sein Manuskript abgegeben hatte, das vermutlich wesentlich gemäßigter gewesen war. Über den Verfasser selbst hatte ich mich nämlich inzwischen etwas sachkundig gemacht: eher ein leiser Mann im Hintergrund, der Politische Theorie studiert hatte und in die Praxis mehr durch einen biografischen Zufall als durch seinen Ehrgeiz geraten war, dann nah am damaligen Zentrum der Macht den Hauch der großen Zeit gespürt hatte und eben dieser großen Zeit schließlich zum Opfer gefallen war. Trotz des riesigen Erfolgs seines Buches hat er am Ende seines Lebens ziemlich verarmt in einer winzigen Wohnung hinter der Gare de l'Est gehaust.

An diesem Abend las ich die Passage vor, wo Sethe nach dem missglückten Anschlag auf ihn für einige Wochen durch Vermittlung eines Bekannten in einem kleinen Örtchen namens Meung-sur-Loire untertaucht. Auf zwanzig, dreißig Seiten wird da ein Bild des Friedens entworfen, ein ländlich-provinzielles Idyll, dem vermutlich schon Ende des letzten Jahrhunderts, als Korffs Roman entstanden war, auch in *la France profonde* keinerlei Realität mehr entsprach. Das war übrigens im Gegensatz zu manchen anderen Teilen des Buches sehr gut geschrieben, aber es ärgerte mich dennoch, und es erstaunte mich um so mehr, als Eleanor mich sanft zurechtwies und mir antwortete, dass es sich hier schließlich um Literatur handele – über die Qualität wolle sie nichts sagen – und Literatur sehr wohl solche Bilder entwerfen dürfe, auch wenn sie wisse, dass ihnen womöglich keine Realität entsprach. Und dann sagte sie den Satz *Wenn es Wirklichkeitssinn gibt, muss es auch Möglichkeitssinn geben.* Ich starrte sie entgeistert an, und je länger ich sie anstarrte, desto mehr lächelte sie – amüsiert, liebevoll, aber auch mitleidig – und sagte schließlich: »Das hättest du nicht gedacht, dass du eine so schlaue Geliebte hast, die nicht nur *Dath 20.0* kennt, sondern auch Musil. Aber wie soll man denn neue Programme schreiben, wenn man keinen Möglichkeitssinn hat, mein Lieber?«

Die klirrenden Februartage 2030! Ich glaube, nie zuvor und nie danach habe ich einen solchen Winter, eine solche Kälte erlebt. Aus den minus zwanzig Grad der letzten Januarwoche waren inzwischen minus dreißig geworden. Selbst für kurze Wege schlichen alle dick vermummt über das

Gelände. Man genoss den Wärmeschwall, sobald man wieder einen geschlossenen Raum betrat. Zuweilen strahlte eine sehr, sehr weit entfernte Februarsonne am Himmel, eine Sonne, die uns zu sagen schien, dass sie mit unserer Welt eigentlich nichts zu tun hatte. Dann zog es sich wieder zu, graue Milch, wurde etwas wärmer, und immer wieder schneite es. Man musste mehr als zehn Jahre zurückdenken, um sich an ähnlich viel Schnee zu erinnern. Morgens hörte man überall das Kratzen und Klappern großer Schaufeln, und an unseren Straßen und Verbindungswegen türmten sich rechts und links die langsam verharschenden Schneehaufen. Gleich nach dem Erwachen horchte ich als Erstes, wie deutlich oder gedämpft die Geräusche draußen zu hören waren, und wusste sofort, ob über Nacht Neuschnee gefallen war. Abends war die *Superdicke Wirtin* so voll wie noch nie, wir alle drängten uns dort auf der Suche nach ein bisschen Wärme enger zusammen als sonst, vielleicht auch auf der Suche nach ein wenig Lärm und Treiben. Das hätte man vielleicht draußen finden können, in der Hauptstadt, aber kaum jemand verließ in diesen Wochen das Gelände. Zeldas Aston Martin stand unbewegt unter einer Plastikplane, Thommie fuhr am Freitagabend nicht zum Jazz in die Friedrichstraße, Eleanor zeigte mir nicht *Last Exit British Sector*, wie sie es schon längst vorgehabt hatte, und selbst Torsten Tedel ließ wenigstens an einem Mittwoch den Besuch in der Psychiatrie ausfallen. Wer nicht nach draußen musste, blieb hier.

Manche mussten aber natürlich, an dem einen oder anderen Tag. Schließlich ruhte die Arbeit nicht. Thommie machte Kundenbesuche, und auch wir mussten Frodo noch einmal in die Stadt schicken.

Danach traute er sich zuerst nicht, es zu erzählen. Wir drei steckten ja ganz tief in unserer Arbeit. Die Bibliothekseröffnung rückte immer näher, und egal ob wir auch die letzten Arbeiten noch schafften oder nicht, vom 14. März konnten wir nicht mehr abrücken. Die Einladungen waren schon verschickt. Ende Januar war noch einmal eine private Bibliotheksauflösung auf uns gekommen, nicht in dem Umfang wie bei Kolberg, aber doch deutlich mehr als die zwölf Kartons, die die Anarchisten damals aus dem Nachlass Goergen hatten ersteigern können. Wir hatten den Ehrgeiz, sie noch vor der Eröffnung einzuarbeiten, und saßen deshalb in diesen Wochen von morgens acht bis in die späteren Abendstunden in der Bibliothek, arbeiteten gewissermaßen von der Stundenzahl her mit der Knopfmacherin um die Wette. Trotzdem mussten wir Frodo einmal in dieser Zeit mit einem Auftrag in die Stadt schicken, und als er zurückkam, zögerte er lange, es uns zu erzählen.

Er hatte erneut den General gesehen. Diesmal stand der General aber nicht an einem Imbiss und aß eine Currywurst, sondern trug Uniform und war in Begleitung zweier ebenfalls uniformierter höherer Dienstgrade. Frodo konnte ihren Rang nicht genau identifizieren, weil er sich nicht gut genug auskannte. Die drei verschwanden zwar erneut in einem U-Bahn-Schacht wie der General damals, aber Frodo hatte enorm viele Uniformierte auf den Straßen gesehen, nicht nur Mitglieder der *Internationalen Befriedungstruppe*, sondern ebenso Männer in den graugrünen Uniformen der Juntazeit, wie sie vor Wochen auch hier auf dem Gelände aufgetaucht waren. Und außerdem hatte er hier und da Menschenansammlungen gesehen, Zusammenrottungen, wie man in der Sprache der Ordnung sagen würde, kleine Demonstrationen auch, Sprechchöre, die vor allem nach Arbeit gerufen hatten. Die Junta hatte die Tatsache, dass es schon lange nicht mehr genug Arbeit gab, durch Schaffung einer ständig wachsenden Zahl unproduktiver und völlig überflüssiger Arbeitsplätze kaschiert, ebenso wie sie die Armenspeisung ausgebaut hatte. Nicht wenige dieser unproduktiven Arbeitsplätze waren im Umfeld der Armee geschaffen worden, sodass am Ende die Zahl der Zivilangestellten dort die Zahl der Soldaten leicht überstiegen hatte. Nach dem Sturz der Junta fand nur ein Bruchteil dieser Menschen wieder irgendeine Beschäftigung, manche von ihnen übrigens bei Hilfsarbeiten für die *Internationale Kom-*

mission, aber Arbeit gab es, wie schon vor dem Putsch, einfach nicht genug.

Unter den Bänden aus der Bibliotheksauflösung, die wir gerade einarbeiteten, war auch ein schmaler Band aus dem Jahr 2009 mit dem Titel *Die Zukunft der Arbeit* von einer gewissen Paula Baumeister, Soziologin an der Universität Kiel. Schon damals war es also offenbar eine wissenschaftliche Binsenweisheit, dass Arbeit, wie sie einmal organisiert war, keine Zukunft mehr hatte, eine Wahrheit, die aber offenbar nicht an die entscheidenden Stellen vorgedrungen war, sonst hätte es den Putsch vielleicht nicht gegeben. Nach dem Sturz der Junta war das Problem von Jahr zu Jahr wieder deutlicher geworden, nur wir hier auf unserem Gelände, in unserem zwar nicht eingezäunten, aber doch geschützten Gehege, hatten wenig davon mitbekommen. Wir waren alle mit unseren Arbeiten beschäftigt, die uns nicht nur ein mehr oder minder großes Einkommen einbrachten, sondern die wir jeweils für sinnvoll hielten.

»Ich war froh, als ich wieder raus war aus der Stadt«, sagte Frodo. »Ich dachte, jetzt fängt jeden Moment die Schießerei an. Oder die Internationalen und die Graugrünen gehen aufeinander los. Oder beide zusammen gehen auf die Demonstranten los oder schießen in die Menschenansammlungen hier und da.«

»Waren die Graugrünen denn bewaffnet?«, fragte Sander.

»Nein. Jedenfalls habe ich keine Waffen gesehen. Aber das heißt ja nicht, dass sie keine haben. Wer weiß, was da unter dem Pflaster liegt, in den U-Bahn-Schächten. Und übrigens: Diesmal diskutiere ich nicht darüber. Es war der General und Punkt.«

Doch Sander wollte das gar nicht mehr in Zweifel ziehen. Auch Thommie kam von seinen Kundenbesuchen mit ähnlichen Berichten zurück. Überall im Zentrum, aber auch in einigen äußeren Bezirken der Stadt, vor allem im Norden und Osten, sah man die alten Uniformen und dazu die *der Besatzer* – immer öfter hörte man diesen Begriff für die Angehörigen der *Internationalen Befriedungstruppe* –, überall herrschte eine sehr gespannte Atmosphäre. In den letzten

Wochen waren die Schaufenster mehrerer Luxusgeschäfte eingeschlagen oder regelrecht gerammt worden, nicht spontan am Rande irgendwelcher Kundgebungen, sondern immer nachts und so professionell, dass auch Panzerglas nicht widerstanden hatte, und die Geschäfte wurden gezielt geplündert. Dann wurde die Bewachung besonders gefährdeter Straßenzüge durch die wieder neu entstehenden privaten Sicherheitsdienste übernommen, bei denen viele ehemalige Armeeangehörige anheuerten, sodass sich wenigstens auf diesem Sektor die Arbeitsmarktlage etwas entspannte.

Terrain Vague und andere Zeitungen berichteten außerdem von mindestens achtzig Kältetoten allein in der Hauptstadt in den letzten Wochen und von Unruhe in den Asylen. Einer der Redakteure, mit dem wir mittags beim Essen in der *Tomate* zusammensaßen, schätzte die Lage etwa so ein, dass die Internationalen die Lage zwar im Großen und Ganzen im Griff hatten, dass man aber nicht genau wusste, wie groß das Potenzial der Graugrünen war. Er berichtete – streng vertraulich, versteht sich – von Planspielen, in einer gezielten Aktion die stillgelegten U-Bahnhöfe zu stürmen, Planspiele, die bisher aber keine Mehrheit gefunden hätten, weil eine solche Aktion auch auf der Seite der Internationalen auf keinen Fall ohne Todesopfer abgehen könne.

Eine gezielte Aktion erfolgte dann aber kurz danach anderswo und von einer ganz anderen Seite. Der Transport, der Marietta Kolberg aus ihrer Haft in Jesenice nach Deutschland überführen sollte, wurde in Österreich gestürmt und Kolbergs Witwe befreit. Die Übergangsregierung (in vier Monaten sollten Wahlen abgehalten und ein Parlament für fünf Jahre gewählt werden) hatte den Auslieferungsantrag gestellt, dem dann auch schnell entsprochen worden war. Der Transport der Gefangenen war aber offenbar ganz unzureichend gesichert. Die Befreiungsaktion erfolgte schon in Kärnten. Als Hilfe kam, waren die Befreier mit Marietta längst über alle Berge; man wusste jedoch nicht, über welche.

»So schnell wird man die nicht finden«, sagte Eleanor, »da kann sie in aller Ruhe untertauchen und hat Helfer genug. Und dann kann sie die Fäden ziehen. Würde mich nicht wundern, wenn wir bald das Marietta-Komplott hätten. Da kommt der Korff mit seinem Sonja-Komplott nicht mit.«

18

Korff mit seinem Sonja-Komplott trat in den nächsten Wochen ohnehin stark in den Hintergrund. Zum Vorlesen am Abend blieb keine Zeit mehr. Sander, Frodo und ich saßen vom frühen Morgen bis zum späten Abend in der Bibliothek, die täglich näherrückende Eröffnung fest im Visier. Und Eleanor saß zuweilen nicht nur lange Tage, sondern auch noch halbe Nächte in der Firma und arbeitete fieberhaft an einem Projekt, von dem sie nichts erzählen wollte. Ich konnte mir aber schon denken, dass es sich um jenes mysteriöse *White Peace* handelte, das ich vor einem guten Vierteljahr auf ihrem Nachttisch entdeckt hatte. Wir sahen uns in diesen Wochen höchstens mittags, auch das nicht regelmäßig, oder in einer nachmittäglichen Kaffeepause.

Zwar setzte Ende Februar das Tauwetter ein, und man schlich nicht mehr dick vermummt und mit hochgezogenen Schultern über das Gelände, sondern patschte in Gummistiefeln durch den Schneematsch. Dafür überfiel uns jetzt offenbar alle eine grenzenlose Müdigkeit, eine Müdigkeit, wie ich sie an mir selbst noch nie erlebt hatte, und das nicht nur zwei Wochen vor der Eröffnung der Bibliothek, sondern auch zu einer Zeit, in welcher *der Feind* offensichtlich hellwach war.

Denn wer nach draußen kam, berichtete von weiteren Unruhen in der Stadt und sogar Zusammenstößen zwischen den Internationalen und den Graugrünen in zwei Fällen. Die Konsequenz war, dass die *Internationale Kommission* das Tragen der alten Uniformen mit sofortiger Wirkung untersagte, bei der Umsetzung dieses Erlasses auch vor einer Razzia in der *Arena* nicht zurückschreckte und all die harmlosen jungen Leute in ihren schicken Uniformversatzstücken einkesselte und einkassierte.

Zugleich hatte der Wahlkampf für die Wahl des ersten frei gewählten Parlaments begonnen, und eine neu gegründete Partei *Alte Werte* war offenkundig als Nachfolgeorganisation der Parteiorganisation der Junta gedacht, die damals unter dem Namen *Partei Nationale Moderne* allerdings eine eher untergeordnete Rolle gespielt hatte, was schon allein daran erkennbar war, dass sie erst nach dem Putsch gegründet wurde. Die Offiziere setzten auf den Staat und selbstverständlich auf das Militär, nicht auf Partei und eine breite Mobilisierung. *Alte Werte* dagegen erhielt jetzt schnellen Zulauf, nicht nur aus den sogenannten ewig gestrigen Kreisen (eine gern benutzte, aber überaus schwammige Formel der Übergangsregierung und ihres Chefs Metzler, von dem man als Historiker eigentlich eine genauere Begrifflichkeit hätte verlangen können), sondern auch von Arbeitslosen, Abenteurern, depravierten oder abstiegsängstlichen Klein- wie Großbürgern und, nach der Razzia in der *Arena*, von jungen Leuten.

Wir aber in unserer Enklave vertieften uns in unsere Arbeiten und pflegten unsere Müdigkeit. Die einzige Reaktion unserer Bibliothek auf die Nachrichten aus der feindlichen Außenwelt bestand darin, dass Sander schließlich eine Sicherheitsfirma kommen ließ, die das Haus gegen unbefugtes Eindringen schützen sollte. Nur wer den Code kannte und über die entsprechende Plastikkarte verfügte, konnte sich jetzt selbst Zutritt verschaffen. Keine sehr revolutionäre Neuerung: Die Mehrzahl der Häuser auf dem Gelände war schon seit Langem so oder so ähnlich geschützt, nur Sander hatte sich bisher geweigert, seine Bibliothek derart vor ihren potenziellen Benutzern abzuschirmen.

»Das hättet ihr alles auch von uns haben können«, sagte mir Eleanor hinterher, »und zwar zum Freundschaftspreis, effektiver und ohne Plastikkarte. Karten kann man schließlich verlieren. Karten können kopiert werden. *Alice in Wonderland* hat schon vor zwei Jahren ein Codesystem entwickelt, das zuverlässiger ist als die herkömmlichen. Wir machen einen beachtlichen Teil unseres Umsatzes damit. Gut zwanzig Prozent von Thommies Kundenbesuchen in der Stadt haben mit der Einweisung in dieses Codesystem zu tun.«

Durch den Code und unsere exklusive Verfügung über die Karten geschützt, arbeiteten wir die letzten etwa dreihundert Bände in die Bibliothek ein. Dabei machte zwischendurch jeder von uns den Fehler, vor dem Sander ganz am Anfang gewarnt hatte: Wir begannen, hier und da zu blättern und schließlich zu lesen. Reihum musste jeder mal den anderen zur Ordnung rufen, der gerade tief in Texte versunken war. Am meisten gefährdet war ausgerechnet Sander, denn er stieß öfter auf Bücher, die er in seiner Jugend gelesen hatte, und am vorletzten Tag vor der Eröffnung fiel ihm sogar jene Ausgabe von *Mrs. Dalloway* in die Hände, von der er als Vierjähriger ein Exemplar in dem winzigen Büro der Kindergärtnerin gefunden hatte.

Frodo und ich kämpften gegen die Versuchung zum wirklichen Lesen schließlich mit einem Spiel. Frodo durfte von jedem Buch, das er aufschlug, nur den ersten Satz lesen, und ich von meinen Büchern nur den letzten. »Um die Schublade zu öffnen«, las Frodo, »muss man die Klinke wie einen Hebel betätigen und zugleich gegen die Lade drücken.« »Es war ein schöner freundlicher Sommerabend«, las ich, »als man ihn mit Verwunderung und Teilnahme begrub, und es ist auf seinem Grabe ein recht frisches und grünes Gras gewachsen.« »Lange Zeit bin ich früh schlafen gegangen«, las Frodo. Ich las: »Und ich werde lange Zeit denken, sie lebe noch – so wie ich an all jene denke, die ich gekannt habe –, bis zu dem Tag, wo ich erfahren werde, dass es sie seit Jahren nicht mehr gibt.« »Die Jefferson Street ist eine stille Straße in Providence«, las Frodo. Ich las: »Während er stürzte, sah Leamas zwischen großen Lastwagen ein kleines zerquetschtes Auto, aus dem ihm Kinder fröhlich durch die Scheibe zuwinkten.« Frodo las: »Vor etwa zweihundert Jahren fasste in der Vorstellungswelt Europas der Gedanke Fuß, dass die Wahrheit gemacht, nicht gefunden wird.« »Die Vorstellung war entsetzlich«, las ich. »Das erste Haus, in dem ich in Deutschland wohnte«, las Frodo, »war das schönste.« Ich las: »Einige Minuten standen wir noch, und in immer dichteren Flocken fiel der Schnee auf die Lebenden und die Toten.«

Er kehrte tatsächlich noch einmal zurück, der Schnee, zwei Tage vor der Eröffnung der Bibliothek. Er begann in der Nacht zum Dienstag und lag schon fast einen Meter hoch, als ich morgens um halb acht zum ersten Mal aus dem Fenster sah. Den ganzen Tag, die ganze Nacht und den ganzen folgenden Tag schneite es große Flocken, die langsam und still zur Erde sanken und sich dort unten auf den ständig wachsenden weißen Hügeln niederließen, Hügeln, die bis auf Höhe der Fenster in den Erdgeschossen anwuchsen. Die Flachbauten hinter der ersten Ruine versanken bald bis zu zwei Dritteln im Schnee, obwohl die Anarchisten pausenlos mit Schiebern, Schaufeln und Fräsen im Einsatz waren. In den breiten Straßen, die unmittelbar ans Gelände angrenzten, waren mehrmals täglich die Räumfahrzeuge zu sehen, jene riesigen spinnenähnlichen Gebilde, die in den letzten Jahren der Junta eher zu militärischen Zwecken entwickelt worden waren und mit den Schneeräumern aus der Anfangszeit unseres Jahrhunderts nichts mehr gemein hatten. Sie bewegten sich tatsächlich wie Spinnen auf acht Beinen vorwärts, seitwärts oder rückwärts, wobei jedes dieser Beine drei Meter hoch und in seinen Bewegungsabläufen vollkommen unabhängig von den anderen war. Der eigentliche Rumpf lag darunter halb verborgen. Er war wabenförmig und unbemannt. Das ganze Gebilde, das für den Winterkrieg entwickelt worden war, wurde wie eine Drohne durch ein eingebautes Programm gesteuert (nur die Prototypen waren noch per Funk dirigiert worden). Zwar bestritt man offiziell zu Juntazeiten heftig, dass die *Snow Spiders* bewaffnet waren oder zumindest bewaffnet werden konnten wie Drohnen, aber jeder wusste das. Allerdings kamen sie als Waffe nie zum Einsatz, auch nicht in den Endkämpfen des Regimes, weil sie als Schneeräumer zwar auch in der Stadt gut funktionierten, ihre Zielfunktion aber nur auf relativ freiem Gelände ausüben konnten. Hätte die Junta noch ein Jahr mehr Zeit gehabt, erklärte mir Eleanor, wären ihre Technologen so weit gewesen, ein auch für die Stadt einsatzfähiges Waffenprogramm zu entwickeln. Doch bevor das geschehen konnte, erklärte sie weiter nicht ohne Stolz, waren Major Rigby und die anderen gekommen, um dieses und anderes Unheil zu verhindern.

Nun räumten die *Snow Spiders* die Straßen der Hauptstadt frei. Nur wir in unserer Enklave behalfen uns mit herkömmlicheren Mitteln. Immerhin reichte es aus, um nach draußen kommen zu können. Ute Wellkamp verpasste keine ihrer universitären Verpflichtungen, die Redakteure vom *Terrain* konnten wie gewohnt ausschwärmen, das *Metropolis* wurde mit Kopien versorgt und wir mussten nicht fürchten, dass die geladenen Besucher zur Eröffnung der Bibliothek absagen würden, weil man uns nicht erreichen konnte.

Dokument 10

Der Thinktank *»Minerva«. Dazu ein Gespräch mit Professor Dr. Albert Schaeffler, heute Lehrstuhl für Angewandte Informatik an der Technischen Universität Darmstadt*

Minerva entstand aus zwei zeitlich parallel verlaufenden Aktionssträngen des Regimes.
Erstens: Bildungskommissar Grosz' Versuch einer Großreform von Forschung und Lehre ab Anfang 2018. Es wurde eine Kommission gebildet, in die dreizehn Wissenschaftler berufen wurden (der Versuch, Kolberg dafür zu gewinnen, hatte keinen Erfolg, auch nicht, als man ihm die Leitung anbot). Aus der Kommission, die nur anderthalb Jahre arbeitete, wanderten neun Wissenschaftler (Philosophen, Physiker, Informations-

technologen, Kommunikationswissenschaftler, Psychologen, Astrophysiker, Ökonomen, Juristen etc.) in den wesentlich größeren Thinktank ab. Der Thinktank war gewissermaßen eine Notgeburt, eine Kreuzung aus dem Versuch, die ineffektiv arbeitende Kommission als Torso zu retten (es ging um die Reputation von Major Grosz, selbstverständlich aber auch um die entsprechenden Planstellen der Wissenschaftler).

Zweitens: dem Bemühen, die Entwicklung neuer technologischer Systeme, vor allem natürlich auf dem Gebiet der Waffentechnik und angrenzender Gebiete (Abhörsysteme, Störung der Systeme des Gegners, neue Satellitensysteme etc.), zu koordinieren und effektiver zu gestalten. Das System verstand sich selbst als friedliebend und vor allem am Handel interessiert; da jedoch die Mehrheit der »internationalen Gemeinschaft« dies von Beginn an anders sah, sah sich die Junta gezwungen, die Verteidigungsbereitschaft des Landes zu erhöhen.

Der 2019 offiziell gebildete Thinktank (inoffizielle Ansätze gab es schon seit über einem Jahr) sollte zunächst einen technokratisch-militärischen Namen wie etwa »Wehrtechnische Gesellschaft« oder ähnlich erhalten. Es war Major Grosz, der sich mit dem Hinweis dagegen wehrte, dass eine solche Bezeichnung viel zu kurz greife, weil es nicht nur um Abwehrbereitschaft gehe, sondern um eine Arbeit, die dem Wohl und der Bildung des Landes in umfassendster Weise zugute kommen solle. Es war auch Grosz, der den Namen Minerva vorschlug, einen Namen, mit dem man einen wesentlich größeren Pool von Wissenschaftlern für die Arbeit würde gewinnen können. Zudem sei Minerva nicht nur die Göttin der Weisheit, sondern auch die Beschützerin des Handwerks und des Gewerbes gewesen. Für die Außendarstellung des Thinktanks gegenüber der Bevölkerung sei das hilfreich. Die beiden anderen Mitglieder der Troika, Plessinger und von Marchow, sowie General Rotkirch selbst griffen den Vorschlag gern auf, nachdem Grosz sie überzeugt hatte, dass die Existenz des Thinktanks nicht wirklich geheim zu halten und deshalb offensive Transparenz die richtige Taktik sei. Man verließ sich in solchen Fragen auf

die Instinkte des Majors, dafür war er da. Während Plessinger, Marchow und selbstverständlich General Rotkirch ihre Ränge militärisch erworben hatten, war Grosz der Majorsrang pro forma zugesprochen worden, ohne militärische Laufbahn. Er war gewissermaßen ein Major wie früher Ferenc Puskás.[4] Natürlich konnte Grosz mit Schusswaffen umgehen (auch wenn für den gemeinsamen Selbstmord dann Gift gewählt wurde), beruflich aber kam er aus dem Erziehungswesen.
Minerva hatte also wesentlich zwei Hauptaufgaben, die Entwicklung neuer Waffensysteme im weitesten Sinne und die Außendarstellung des Regimes auf dem Gebiet von Wissenschaft und Kultur (daher auch die Vertreter der Kommunikationswissenschaften oder so »ideologischer« Wissenschaften wie Philosophie und Kulturwissenschaften im Thinktank). Albert Schaeffler war Minerva-Mitarbeiter von Anfang an und arbeitete unter anderem an der Entwicklung des *Snow Spider* mit.

? Wie würden Sie die Atmosphäre und die Zusammenarbeit bei Minerva charakterisieren?

Schaeffler Das war ausgesprochen angenehm, anregend, lebendig. Kein Vergleich mit der manchmal doch arg isolierten und oft auch vom Zufall bestimmten Arbeit an der Universität. Natürlich standen uns fast unbegrenzte Mittel zur Verfügung.

? Keine Konkurrenz unter den Kollegen?

Schaeffler Bestimmt ging es auch um die Ausstattung von Lehrstühlen und Forschungsinstituten. Aber wir kamen uns da nicht in die Quere. Im Grunde wurden alle bedient.

? Das klingt ein bisschen nach Selbstbedienung.

Schaeffler Nein, nein. Schließlich haben wir ja auch viel Arbeit investiert und Leistungen erbracht.

4 Ferenc Puskás (1927–2006), ungarischer Fußballspieler, Kapitän der sog. ungarischen »Wunderelf« (1949–1956). Spieler bei Honved Budapest, dem ungarischen Armeeklub, daher der militärische Dienstrang. Emigrierte 1956 ins Franco-Spanien, spielte für Real Madrid und wurde spanischer Staatsbürger.

? Zum Beispiel *Snow Spider*?

Schaeffler *Snow Spider* war ja nur ein Ergebnis unter vielen. Es ging allgemein darum, wie man Systeme noch differenzierter steuern kann. Das Brainstorming von Minerva hat durchaus Grundlagenforschung nach sich gezogen. *Snow Spider* kam natürlich aus praktischen Anforderungen.

? Wie würden Sie die beschreiben?

Schaeffler Tja … Also entgegen früherer Annahmen gab und gibt es nach wie vor Winter, strenge Winter sogar, das sehen Sie ja gerade.

? Aber der Thinktank war wohl kaum dazu da, effektivere Schneeräumungsgeräte zu entwickeln.

Schaeffler Nein, aber das ist unter anderem dabei herausgekommen und kommt der Allgemeinheit zugute. Sicher sollte *Snow Spider* als Waffe weiterentwickelt werden, als Drohne, die vor allem im Winterkrieg wirksam werden sollte.

? Und gegen wen sollte der Winterkrieg geführt werden?

Schaeffler *Snow Spider* ist nicht für einen Angriffskrieg entwickelt worden, so wenig wie andere Systeme, die in Minerva konzipiert wurden. Aber schließlich waren die europäischen Nachbarn und die großen Mächte uns nicht sehr freundlich gesinnt, wie Sie wissen, mit Ausnahme von Flandern, Österreich und der Slowakei. Nicht gerade gewaltige Verbündete, würde ich sagen.

? Wie oft versammelte sich Minerva?

Schaeffler Viel öfter, als bekannt ist. Und viel länger. Manchmal tagten wir eine ganze Woche. Das waren selbstverständlich vorrangige Aufgaben, und wir waren in diesen Zeiten offiziell von universitären Verpflichtungen befreit, soweit wir an der Universität arbeiteten.

? Der Treffpunkt war Schloss Neuhardenberg?

Schaeffler Für längere Treffen, ja. Wir waren dann da bestens untergebracht und diskutierten und arbeiteten manchmal zehn Stunden am Tag. Für eintägige Zusammenkünfte reichten die Räumlichkeiten im Bildungskommissariat, Spreebogen.

? Für manche bedeutete das eine lange oder kostspielige Anreise. Sie saßen damals in Karlsruhe, wenn wir richtig informiert sind?

Schaeffler Ja. Nach Berlin oder Neuhardenberg, das waren selbstverständlich Dienstreisen.

? War Major Grosz bei diesen Treffen auch manchmal dabei?

Schaeffler Der Bildungskommissar war dabei, wann immer es ihm zeitlich möglich war. Schließlich hatte er die Sitzungen ja einberufen und hat sie oft selbst geleitet. Er war sehr wach, sehr an allem interessiert. Ich kann persönlich überhaupt nichts gegen ihn sagen.

? Wie kamen Sie denn mit den Vertretern der sogenannten weichen Wissenschaften zurecht, Philosophen, Kulturwissenschaftlern et cetera?

Schaeffler Das war sehr anregend, wie ich schon sagte. Es war doch wichtig, die eigene Tätigkeit in größeren Zusammenhängen zu denken.

? Die politischen Zusammenhänge meinen Sie aber nicht?

Schaeffler Ich verstehe nicht.

? Lassen wir das. – Das akkumulierte Wissen von damals ist doch sicher dokumentiert worden. Wem steht das denn jetzt zur Verfügung?

Schaeffler Sie wissen ja, dass die Junta in den letzten Tagen alles Material vernichtet hat, soweit möglich. Das Wissen sollte nicht in feindliche Hände fallen. Das war sicher etwas kurz gedacht. Mir wäre es auch lieber, das Material wäre erhalten geblieben.

? Aber schließlich sind doch die meisten Wissenschaftler, die bei Minerva mitgearbeitet haben, noch da. Sie zum Beispiel. Soviel wir wissen, ist nur einer gestorben, und einer sitzt im Gefängnis, nicht wegen seiner Arbeit, sondern wegen privater Verfehlungen. Alle anderen arbeiten weiter.

Schaeffler Sicher. Das Wissen ist jetzt wieder zersplittert, gewissermaßen privatisiert, aber völlig verschwunden ist es natürlich nicht. Man könnte sagen, es ist an verschiedenen Orten eingefroren, kann aber bei Bedarf auch wieder aufgetaut und miteinander verschmolzen werden.

? Ist organisatorisch von Minerva nichts geblieben? Sehen Sie die Kollegen von damals nicht mehr?

Schaeffler Einzelne schon. Aber das ist ganz informell und hat keinen organisatorischen Zusammenhang. Derzeit sind ja auch kaum Mittel da.

19

Der letzte Schlusssatz, den ich vor der Eröffnung las, hieß: »Bald war es heller Tag.« Zwar dämmerte es schon an diesem Spätnachmittag des 13. März, aber wenigstens hatte es endlich aufgehört zu schneien. Um sechs Uhr schickte Sander Frodo und mich nach Hause. Er wolle die Bibliothek in den letzten Stunden vor der Eröffnung für sich allein haben, das müssten wir ihm zubilligen. Auch am nächsten Tag sollten wir erst um sechzehn Uhr kommen, für die letzten Vorbereitungen. Die offizielle Eröffnung begann um neunzehn Uhr. Es würde etliche Grußworte geben, angefangen mit einigen Worten des Noch-Regierungschefs Metzler und eines Vertreters der Internationalen Kommission, Pierre Lachenay. Ein Abgesandter des Deutschen Bibliotheksverbands würde sprechen und ein Schriftsteller, und schließlich wollte Sander einen Eröffnungsvortrag halten.

Bis dahin gab es für uns nicht mehr viel zu tun, und als Frodo und ich um kurz nach sechs in den langsam im Dunkel versinkenden Schnee hinaustraten, hatte ich plötzlich zum ersten Mal seit Langem wieder Lust, das Gelände zu verlassen. Wir schlenderten gemeinsam zu *Alice in Wonderland* hinüber. Dort schrie John Tennant wieder einmal ins Telefon. Thommie war nicht da, Andreas und Fred spielten ein bisschen mit ihren Watsons und tranken dabei Kaffee, und Eleanor saß auf der Fensterbank und träumte vor sich hin. Es war exakt dasselbe Bild wie bei meinem ersten Besuch in der Firma vor ein paar Monaten, als hätte sich seitdem nichts bewegt, als wären wir beim ewigen Fünfuhrtee aus Carrolls Buch. Eleanor erwachte ganz langsam aus ihrer Träumerei, richtete ihren Blick auf Frodo und mich und fragte: »Was führt euch hierher?«

»Wir haben Feierabend«, sagte ich, »und wir wollen mal raus. In die Stadt. Morgen hocken wir lange genug in der Bibliothek.«

Eleanor nickte. »Und ihr wolltet fragen, ob ich mitkomme.«

»Noch mehr«, sagte Frodo zu meiner Überraschung, »wir wollten fragen, ob du uns endlich mal diesen Club zeigst. *Last Exit British Sector.*«

Daran hatte ich überhaupt nicht gedacht, aber nun sagte ich: »Und vielleicht kommen wir ohne dich ja gar nicht rein.«

Statt einer Antwort rutschte Eleanor sacht von der Fensterbank, nickte den drei anderen zu und sagte: »Ich bin dann mal weg. Bis morgen.«

»Man merkt, dass ihr lange nicht draußen wart«, sagte Frodo eine Dreiviertelstunde später zu uns, als der Bus sich auf den Olivaer Platz zu bewegte und Eleanor und ich unsere Nasen an die Fensterscheibe pressten, um in der Dunkelheit etwas zu erkennen. Auf dem Weg hatten wir beobachtet, wovon Thommie und andere in den letzten Wochen erzählt hatten: Graugrüne auf der einen Straßenseite und Mitglieder der *Internationalen Befriedungstruppe* auf der anderen, wobei die Letzteren sichtbar bewaffnet waren. Wir hatten auch hier und da eingeschlagene Schaufensterscheiben gesehen. Auf manchen Trottoirs und an manchen Straßenrändern schienen unter dem meterhohen Schnee merkwürdige Skulpturen verborgen zu sein. Frodo klärte uns schließlich darüber auf, dass die Müllabfuhr seit Wochen Punktstreiks durchführe. Zwar war die *Internationale Kommission* mit einem eigenen Dienst eingesprungen, kam aber nicht nach.

Die Konstanzer Straße selbst war müllfrei und wirkte insgesamt sehr aufgeräumt. Vom Olivaer Platz aus mussten wir noch drei Querstraßen weitergehen, dann leuchtete uns in trübem Gelb das Schild des Clubs entgegen. Es ging eine halbe Treppe hoch, und ich war überrascht, als hier, wo ich nun wirklich Uniform erwartet hatte, ein hagerer Zivilist um die vierzig am Eingang saß. Er nickte Eleanor wiedererkennend zu und winkte uns alle drei durch.

Dafür wurde ich drinnen mit Uniformen reichlich entschädigt. Der Club teilte sich in drei Räume, von denen der erste das getreue Abbild eines englischen Pubs war, das man sich entweder in der *Countryside* irgendwo im Süden vorstellen konnte, in Kent, Sussex oder Dorset, oder aber in einer der feineren Lagen Londons. Hier drängten sich dicht an dicht Männer und Frauen an der Theke oder um die Tische, überwiegend entweder zivile Mitglieder der *Kommission*, an ihrer guten Kleidung erkennbar, oder aber Angehörige der *Befriedungstruppe* in ihren typischen olivgrünen Uniformen mit den roten Schulterklappen oder Ärmelstreifen. Der Rest der Anwesenden, so nahm ich an, bestand aus Journalisten.

Von dieser Nachbildung eines Pubs zweigte ein sehr eigenartig gestalteter Raum ab. Es war ein schlauchartiges, trüb ausgeleuchtetes Gewölbe, und ich brauchte einen Augenblick, bis ich begriff, woran es mich erinnerte. Man hatte eine Station der Londoner *Tube* imitiert, sogar der Gleiskörper war in der Mitte aufgemalt. An den Wänden kauerten hier und da Menschengruppen, zum Teil auf Decken, und wieder brauchte ich einen Moment, bis ich erkannte, dass es sich bei diesen Gruppen nicht um lebende Menschen, sondern um bemalte Bronzeplastiken handelte, hyperrealistische Skulpturen, etwa in der Art von Duane Hanson, von dem ich einmal eine Ausstellung in Brüssel gesehen hatte. Die Frauen trugen schicke kleine Hüte, knielange Röcke, Jacken mit Schulterpolstern und schulterlanges Haar, das in einer Nackenrolle endete oder lose fiel. Aus einem Lautsprecher hörte man immer wieder dasselbe Lied, gesungen von einer jungen Frau und von einem leisen Rauschen begleitet, das offenbar eine Zeit ins Gedächtnis rufen sollte, in der die Musikwiedergabe noch nicht so perfekt war wie heute. *We'll meet again,* sang die junge Frau, *don't know where, don't know when.* In regelmäßigen Abständen heulte entfernt – oberirdisch, sollte das wohl suggerieren – eine Sirene.

Eleanor wollte zu Erklärungen ansetzen, aber ich winkte ab.

»1940«, sagte ich, »ich verstehe schon.« Ich hatte vor einiger Zeit darüber gelesen, und die Engländer drehten immer noch Filme darüber oder gruben alte aus, von denen ich einen auch im *Metropolis* gesehen hatte. *Atonement* hieß er.

»Ja, 1940«, sagte Eleanor, »wir können uns einfach nicht davon lösen. Mein *Dad* hat mir davon vorgeschwärmt, obwohl er erst dreieinhalb Jahrzehnte später geboren wurde; in der Schule sind wir damit getriezt worden, und du siehst, wenn meine Landsleute ins Ausland müssen, nehmen sie die Heimat auf diese Art mit. Ohne Sirenen und Luftschutz fühlen sie sich anscheinend nicht wohl. The home front, if you know what I mean. Daher habe ich auch meinen Satz.«

»Welchen Satz?«

»Wir müssen verteidigen können, was wir lieben.«

»Die Sängerin«, sagte ich, »mir fällt der Name der Sängerin nicht mehr ein.«

»Vera Lynn«, sagte Eleanor. »Die ist steinalt geworden. Die hat noch gelebt, als ich geboren wurde.«

Frodo sah während dieser Unterhaltung etwas irritiert zwischen uns hin und her, bis Eleanor schließlich sagte: »Ich erklär's dir nachher. Das war schon lange vor *unserer* Zeit, aber für dich ist es beinahe prähistorisch.«

Der Raum war offenbar als reiner Durchgang gedacht. Man konnte hier weder etwas zu trinken holen, noch tanzen, noch sich irgendwo hinsetzen. Eleanor klärte uns darüber auf, dass es sich um eine fast originalgetreue Kopie des britischen Beitrags zur Venedig-Biennale 2021 handelte. Am Ende des Schlauchs führte ein mit dem Foto von Winston Churchill geschmückter Torbogen in den nächsten Raum, der deutlich breiter und größer war und in dem ein DJ mittleren Alters (also älter als ich) auf einem Pult am Turntable saß und ebenso routiniert wie brav mixte. Zu seinen Füßen tanzte die jüngere Fraktion der Clubbesucher, auch sie weitgehend in Uniform. Eine Weile standen wir am Rand, sahen zu und lauschten dem Mix aus den Nullerjahren, meiner Jugend also, bis er durch einen Mix aus den Sixties des letzten Jahrhunderts abgelöst wurde. Ich sah, wie Eleanors Gesicht sich aufhellte. »Meine *Granny*!«, schrie sie mir ins Ohr und zog mich mit sich, und nachdem wir eine Weile getanzt hatten, schloss Frodo sich uns an.

Eine halbe Stunde später trotteten wir durch World War II zurück in das Pub. Wir zwängten uns zwischen denen, die im Stehen tranken, bis an einen Tisch in der Nähe des Eingangs durch. Ich holte uns etwas zu trinken, und als ich zurückkam, hatte Eleanor schon damit angefangen, Frodo zu erklären, was er vorhin gesehen hatte, und sprach über *Britain's finest hour*. Dann winkte sie plötzlich heftig einem älteren Herrn in einem feinen Tweedanzug zu, der aus dem Pulk der Thekentrinker herausgetreten war, ein Glas Newcastle Brown Ale in der Hand. Der ältere Herr winkte zurück und kam an unseren Tisch, und intuitiv standen Frodo und ich auf. Er beugte sich aber zunächst zu Eleanor hinunter, die sitzen geblieben war und ihm die Hand gab, und dann stellte sie uns George Tennant vor, Johns Vater, Chef des Außenbüros Deutschland der *Internationalen Kommission* und damit vermutlich Chef der Mehrzahl der Männer und Frauen, die hier tranken oder tanzten. Eleanor erklärte auch, wer Frodo und wer ich war, und Mr. Tennant, der sich zu uns setzte, sagte: »Dann sehen wir uns ja morgen bei der Eröffnung.«

Mr. Tennant, der seit drei Jahren Sir George war, wie ich jetzt erfuhr, sprach ähnlich wie Eleanor ein Englischdeutsch und Deutschenglisch im fließenden Übergang, wobei seine Hände ständig in Bewegung waren, mit einer allerdings sehr disziplinierten Gestik, die beinahe choreografisch gesteuert schien. Britisch eben und nicht italienisch. Ich hatte ihn von uns allen am besten im Blick, weil er mir direkt gegenübersaß. Selbst in einem dieser weichen Sessel, in denen wir anderen versanken, wirkte er noch sehr groß. Sein Haar war hellgrau bis weiß und beinahe kinnlang. In seinem knochigen Gesicht liefen zwar auf beiden Seiten von den Nasenflügeln bis zu den Mundwinkeln zwei tiefe Furchen, aber die Stirn war für einen beinahe Siebzigjährigen überraschend faltenfrei.

Sir George hatte es bisher aus zwei Gründen vermieden, das Gelände aufzusuchen. Zum einen wollte er mit einem Besuch nicht der juristischen Klärung der Besitzverhältnisse und des rechtlichen Status der Bewohner vorgreifen, die seit drei Jahren in einer quälend langsamen Abfolge von Prozessen versucht wurde. Zum anderen wollte er auch den leisesten Verdacht zerstreuen, mit seinem Besuch die Firma seines Sohnes protegieren zu wollen. Nun aber hatte er zur Eröffnung der Bibliothek eine offizielle Einladung erhalten, und aus diesem Anlass erschien ihm ein Besuch vollkommen unverfänglich.

»Ich bin sehr neugierig, wie es da aussieht«, sagte er jetzt, »ich kenne alles nur so ungefähr aus Berichten.«

Wir dagegen seien lange nicht mehr *draußen* gewesen, sagte Eleanor, weil jeder von uns in den letzten Wochen genug zu tun gehabt hatte, und wir würden deshalb auch alles nur so ungefähr und vom Hörensagen kennen. Die vielen alten Uniformen hätten uns etwas schockiert, erzählte sie weiter, die teilweise eingeschlagenen Schaufenster und der nicht abgefahrene Müll.

»Das Müllproblem bekommen wir schon in den Griff«, sagte Sir George, »und die Plünderungen sind fast vorbei.« Was die alten Uniformen angehe, so seien sie bekanntlich inzwischen verboten, aber es sei nicht so einfach, das Verbot durchzusetzen.

»Aber es geht doch nicht um die Uniformen«, sagte Eleanor, »es geht darum, ob diese Leute bewaffnet sind und noch einmal einen Putsch versuchen wollen.«

»Diese Leute sind bewaffnet, aber nicht ausreichend für einen erfolgreichen Putsch. Es wird hier und da zu Kämpfen kommen und hat auch schon Kämpfe gegeben, aber wir haben die Lage unter Kontrolle.«

»Und der General?«, fragte Frodo. »Der General lebt noch,

oder? Ich habe ihn zwei Mal selbst gesehen. Jeder Irrtum ausgeschlossen!«

Sir George beugte sich vor und machte eine verschwörerische Geste, sodass auch wir drei uns vorbeugten, bis er flüsterte: »Selbstverständlich lebt der General noch. Wir wissen sogar, wo er lebt. Wir hätten früher zugreifen müssen. Jetzt wird er gut bewacht, und wir müssen abwarten, bis sich eine günstige Gelegenheit ergibt. Wir wollen keinen Schusswechsel, kein Blut, keinen Märtyrer. So wichtig ist er ja nicht, und wir können uns Zeit lassen.« Er lehnte sich wieder zurück und sagte in neutralem Ton: »Natürlich ist das alles *top secret,* was ich eben gesagt habe. Auch wenn mindestens hundertfünfzig Leute bestens informiert sind und viel mehr zumindest gerüchtweise davon wissen.«

»Mit *top secret* kennt Eleanor sich aus«, sagte ich und biss auf die Zähne, als sie mir gegen das Schienbein trat. »Vor ein paar Wochen waren übrigens auffällig viele Graugrüne auf unserem Gelände, erst die einfachen Mannschaftsdienstgrade, und danach ging es die Ränge hoch. Sie waren sogar im Kino.«

Sir George nickte. Er hatte davon gehört. Das alte Gelände sei natürlich für die Kräfte von gestern (auch er bediente sich also dieser schiefen Metapher) ganz besonders symbolisch besetzt. Bei diesen Aktionen habe es sich um eine Art Störfeuer gehandelt, und es könne durchaus sein, dass sich das wiederhole, vielleicht schon morgen während der Bibliothekseröffnung. Wir sollten wachsam sein, aber Angst müssten wir nicht haben. Die Graugrünen seien einfach nicht stark genug, um einen Umsturz zu schaffen oder auch nur jemandem ernsthaft schaden zu können. Damit stand er auf, schnappte sich sein Glas, nickte uns noch einmal freundlich zu und verschwand mit einem gemurmelten: »Bis morgen.«

Frodo holte uns noch etwas zu trinken, und wir dösten eine Weile vor uns hin. Bei mir war es nicht nur die Müdigkeit der letzten Tage und Wochen, die zurückkehrte. Je länger ich hier saß, desto mehr begann ich mich unwohl zu fühlen. Um uns herum waren lauter nette Menschen, kein Zweifel, die sich reichlich Mühe gaben, dem Land wieder auf die Beine zu helfen. Einige von ihnen taten so etwas nicht zum ersten Mal, sondern es war gleichsam ihr Beruf. Sie hatten Italien wieder auf die Beine geholfen und Griechenland, sie hatten in Algerien und dem Kongo, in Afghanistan und dem Irak ihr Bestes getan, immer nur ihr Bestes. Die Arbeit würde ihnen so schnell nicht ausgehen, weil immer mehr Staaten plötzlich kippten oder in falsche Hände gerieten. Diese Experten wussten, wie man damit umgeht, und schrieben sogar in Blättern wie *Foreign Affairs, Atlantic Monthly, Transatlantic Observer* und *Les Affaires Européennes* kluge Artikel darüber oder hielten hörenswerte Vorträge vor politischen Stiftungen. Sie waren fraglos bessere Menschen als der General und seine finsteren Spießgesellen. Sie waren demokratische Handelsreisende, diplomatisch, aufgeschlossen, kompetent und zivilisiert. Die zivile Abteilung war freundlich, die militärische durchsetzungsfreudig. Und wenn sie ihre Arbeit getan hatten, trafen sie sich in Clubs wie diesem, winkten sich zu, trafen sich wieder, weißt du noch damals in Bagdad, in Neapel, in Saloniki, in Algier oder in Khartum. Sie waren nicht draußen auf den Straßen, in den normalen Kneipen, in den Kinos, beim Fußball oder beim Boxen. Abends suchten sie ihre Stallwärme und drängten sich eng aneinander. Irgendwann verließen sie das Land wieder, höchstens ein paar Kommissare oder Sonderbeauftragte – oder wie immer sie gerade genannt wurden – blieben noch eine Weile da, um nachzusehen, ob nun auch alles seine Ordnung habe, während der Haupttross sich woanders erneut häuslich einrichtete.

Und wir, dachte ich, wir auf unserem exklusiven Gelände, was taten wir? Zunächst einmal gingen wir unserer Arbeit nach, und meistens geschah das im Austausch mit draußen, mit der Welt. Wir hatten auch keinen Türsteher oder Kontrolleur, der über den Zutritt zum Gelände entschied. Jeder konnte zu uns kommen, und in den letzten Wochen waren ja auch einige gekommen, die wir lieber nicht gesehen hätten. Fred Bock hatte sogar mal vorgeschlagen, an irgendeinem Wochenende ein großes Fest auf dem Gelände zu veranstalten, bei denen die einzelnen Firmen sich vorstellten. Er war damit nicht durchgedrungen, weil Tobias Dinkgräfe und andere darauf hingewiesen hatten, dass auch das Militär zu Juntazeiten Tage der offenen Tür veranstaltet und der General einmal jährlich einen Empfang für achthundert Bürger im Garten des Regierungssitzes gegeben hatte.

»Wir sind sowieso offen«, sagte er, »uns schützt kein Kasernentor, das erst geöffnet werden muss. Obwohl«, setzte er leiser hinzu, »obwohl ich mir das manchmal wünschen würde.«

Daran erinnerte ich mich an diesem Abend, als Frodo noch einmal losging, um uns einen allerletzten Drink zu holen, *a night cap*, wie Eleanor sagte. Wir waren zwar offen, aber soweit es sich nicht um vertraute Geschäftspartner handelte, waren wir höchst misstrauisch gegenüber allen, die zu uns kamen. Während meiner Aachener Zeit hatte ich einmal in Amsterdam den dortigen Beginenhof besichtigt. Der Zugang für Besucher war auf bestimmte Stunden beschränkt. Abends wollten die Bewohner ihre Ruhe haben. So ähnlich, dachte ich jetzt, ist es auch bei uns: Am Abend sollen möglichst alle, die nicht unseren Stallgeruch haben, wieder weg sein.

Frodo kam mit den *night caps* zurück, und ich erzählte ihm und Eleanor von meinen Gedanken. Frodo hörte sich das sehr aufmerksam an, sagte aber nichts, und Eleanor winkte nur ab und sagte: »Man kann nicht die ganze Welt umarmen.«

Eine halbe Stunde später saßen wir im Bus zurück. Als wir kurz nach Mitternacht zu Hause angekommen waren, sah ich, dass in der Bibliothek noch Licht brannte. Hinter den erleuchteten Fenstern entdeckten wir Sander im Gespräch mit Ludger Hachmeister von *FireSafe & WaterImp*. Ich meinte, in der Tiefe des Raumes noch weitere Männer zu entdecken, die mit Spritzpistolen hantierten, und war einen Augenblick drauf und dran, mit Frodo dazuzustoßen. Schließlich war das unsere Bibliothek und nicht Sanders Privatfirma. Dann erinnerte ich mich, dass Sander die Bibliothek in den letzten Stunden vor der Eröffnung *für sich allein* haben wollte, und auch wenn davon im Augenblick nun gar nicht die Rede sein konnte, beschloss ich, die Sache auf sich beruhen zu lassen.

Stattdessen fragte ich Eleanor, ob sie mit zu mir kommen wolle. Sie schüttelte den Kopf und sagte: »Wir müssen morgen alle ausgeruht sein. Und ihr von der Bibliothek ganz besonders.«

Dokument 11

Programm eines Festakts

Donnerstag, 14. März 2030, 19 Uhr: Eröffnung der Bibliothek *Alte Bestände*

ab 19 Uhr Sektempfang und Buffet. Begrüßung durch den Leiter der Bibliothek, Kai Sander

ab 20 Uhr
Grußwort Prof. Dr. Ingmar Metzler, Kanzler der kommissarischen Regierung
Grußwort Pierre Lachenay, Stellvertretender Leiter der Internationalen Kommission
Grußwort Angelika Roth, Regierende Bürgermeisterin
Grußwort Dr. Hanna Meinecke, Deutscher Bibliotheksverband
Grußwort Dr. Ursula Jordan, Börsenverein des Deutschen Buchhandels
Grußwort Helga Müller, *Plan B*, zur architektonischen Gestaltung der Bibliothek
Grußwort Tobias Dinkgräfe, *le plaisir du texte*, im Namen aller Sponsoren
Reza Abasi, Schriftsteller (Verband Freier Deutschsprachiger Autoren, VFDA): *Warum und für wen schreiben wir Bücher?*
Kai Sander, Leiter der Bibliothek: *Wie und zu welchem Ende entstand die Bibliothek »Alte Bestände«?*

Anschließend Führung durch die Bibliothek

20

Die Gäste kamen ab halb sieben. Metzler und George Tennant gehörten zu den ersten, die vorfuhren: Sir George allein in einem flaschengrünen Rover 225 Superior, der Übergangskanzler in einer gepanzerten schwarzen Dienstlimousine mit Chauffeur. Sir George nutzte die verbleibende Zeit bis zum offiziellen Empfang, um sich zum ersten Mal die Firma seines Sohnes anzusehen, für die er damals bei einer Bank gebürgt hatte. Der Kanzler zog sich noch einen Augenblick in Sanders Privatwohnung zurück. Er machte einen leicht ängstlichen und ziemlich erschöpften Eindruck, als könne er das Ende der Übergangsregierung kaum noch abwarten. Vielleicht war es auch das Bewusstsein, dass er eigentlich nichts zu sagen hatte und als Regierungschef nur eine Art Stuntman war. Vielleicht sehnte er sich ins Dasein als Gelehrter zurück. Die Art, wie sich später seine Miene aufhellte, als er durch die Bibliotheksräume ging, ließ das vermuten.

Um Viertel vor acht war der Eingangsbereich der Bibliothek, in dem das Buffet aufgebaut war, gerammelt voll, und Sander sprach ein paar Begrüßungsworte. Danach wurden die Gäste in den Lesesaal geführt, wo wir hundert Stühle aufgestellt hatten. Die ersten drei Reihen waren reserviert, dahinter konnten sich die Gäste ihren Platz selbst aussuchen. Ganz zum Schluss, als Metzler schon zum Podium ging, etwas gebeugt und den Kopf gesenkt, kam der Rektor der Humboldt-Universität, ein wenig außer Atem, für den natürlich auch in der ersten Reihe reserviert war. Frodo führte ihn durch den schmalen Mittelgang an seinen Platz, und der Rektor hatte seinen gewohnt effektvollen Auftritt.

Die Grußworte enthielten nichts Überraschendes, und die Vortragenden erledigten ihre Aufgabe überwiegend mit

Routine. Sie freuten sich und/oder gaben ihrer Hoffnung Ausdruck. Der Kanzler freute sich, dass die Bibliothek geistiger Ausdruck der wiedererstarkten Demokratie im Lande sei. Monsieur Lachenay gab im Namen der *Internationalen Kommission* der Hoffnung Ausdruck, dass die Bibliothek ein wichtiger Schritt auf dem Weg des Landes sei, wieder ein vollwertiges und wichtiges Mitglied der internationalen Gemeinschaft zu werden. Die Regierende Bürgermeisterin wies darauf hin, dass die Hauptstadt seit je ein Sitz bedeutender Bibliotheken gewesen sei und grüßte die Bibliothek als neues Mitglied in dieser »Gemeinschaft des Geistes«. Frau Dr. Meinecke vom Bibliotheksverband sah die Eröffnung der Bibliothek als weiteres Zeichen dafür, dass das Buch nach wie vor lebe, und ebenso sah es auch Frau Dr. Jordan vom Börsenverein: Die beiden hätten sich absprechen und synchron auftreten können. Helga Müller stellte dar, wie der Grundgedanke der Bibliothek, nämlich aufbewahrtes Geistesleben zu sein, sich in der Architektur niederschlage, und gab ihrer Hoffnung Ausdruck, dass der Ungeist, der vorher in diesem Haus gewohnt habe, durch den Umbau vertrieben worden sei. Tobias Dinkgräfe fasste sich am kürzesten und sagte, alle Sponsoren hätten ihr Geld gern gegeben und freuten sich darauf, in Zukunft die Bibliothek nutzen zu können.

Danach hielt der eingeladene Schriftsteller, Reza Abasi, eine Art Poetikvorlesung. Später erfuhr ich, dass er tatsächlich vor Kurzem sechs Poetikvorlesungen an der Universität Frankfurt am Main gehalten und aus dieser Reihe diejenige herausgesucht hatte, die ihm am passendsten erschien, um sie hier etwas gekürzt und verändert noch einmal zu halten. Er hatte kaum damit gerechnet, dass mehrere der Anwesenden das sehr wohl bemerkten und leicht unruhig wurden. Aber niemand wollte es zu einem Eklat kommen lassen, und Abasi konnte sein Manuskript ungehindert ablesen. Bücher schrieb er, weil er nicht anders konnte, sagte er, und er schrieb sie natürlich für Leser. Er brauchte etwa eine halbe Stunde, um uns das darzulegen.

Schließlich sprach Sander. Als er die paar Stufen zum Podium hochstieg und dann die Unterarme aufs Pult stützte, erschien er mir plötzlich stark gealtert. Ich erinnerte mich daran, wie jung ich ihn gefunden hatte, als ich hier ankam, damals, vor einem guten halben Jahr. Sander sprach frei und blinzelte durch seine randlosen runden Brillengläser ins Halbdunkel des Publikums. Fast sah er so aus, als wolle er sich dafür entschuldigen, dass er etwas so Unzeitgemäßes wie eine Bibliothek aufgebaut hatte, die ausschließlich Druckmedien enthielt. Das tat er dann zwar nicht; anstatt jedoch einen temperierten Vortrag über die Rolle und die Bedeutung von Bibliotheken zu halten, begann er tatsächlich, aus seinem Leben zu erzählen. Noch einmal hörte ich die Geschichte vom Gummiball und Mrs. Dalloway und die Geschichte von der genauen Stelle in der Taschenbuchausgabe von *Sansibar*, wo Gregor die Plastik des lesenden Klosterschülers betrachtet. Sander erzählte von seiner früheren Arbeit an der Universitätsbibliothek in Dahlem und von seiner Arbeit in dem kleinen Verlag *Libero*, in dem er in den Jahren der Juntaherrschaft untergetaucht war. (Der Verlag existierte immer noch, und der Verlagsleiter zählte an diesem Abend selbstverständlich zu den Ehrengästen.) Schließlich berichtete er davon, wie die heute eröffnete Bibliothek zustande gekommen war, dankte den Sponsoren und seinen beiden Mitarbeitern, also Frodo und mir, und versicherte allen, die ihm jetzt zuhörten, dass sie sich in diesem Augenblick im Paradies befänden, denn bekanntlich habe sich ein berühmter Autor des vergangenen Jahrhunderts das Paradies als eine Bibliothek vorgestellt.

War das das Stichwort? Hatten Sie darauf gewartet? Während der Beifall noch unsicher begann und dann nach Maßgabe einiger Taktgeber wirklich aufbrandete, wie das hier einzig angebrachte Wort heißt, während die Ersten aufstanden und mit über den Kopf erhobenen Armen weiterklatschten, während ich in den Augen des Verlegers von *Libero* Tränen der Ergriffenheit sah, tauchten die ersten Graugrünen wie aus dem Nichts auf. Sie kamen jeweils paarweise aus allen Richtungen, durch den Haupteingang des Lesesaals, durch die Seiteneingänge und selbst aus dem Bereich hinter dem Podium, auf dem Sander stand und mit hängenden Schultern den Applaus über sich zusammenstürzen ließ. Ich sah sie als einer der Ersten, da ich in der Nähe eines der Seiteneingänge saß, und duckte mich unwillkürlich zusammen, da ich im nächsten Moment damit rechnete, dass sie das Feuer eröffnen würden. Das taten sie in gewisser Weise auch, jedoch nicht aus Handfeuerwaffen oder auch schwereren Geschützen, sondern aus Brandpistolen des Typs Schneider 22, und die richteten sie auf die Bücher, die die vier Wände des Lesesaals bis zur Decke hochkletterten. Einige von ihnen drangen auch in die angrenzenden Räume vor, um ihren Anschlag dort auszuführen.

Heute ist für mich schwer zu sagen, wer als Erster reagierte. Ich selbst sprang zwar auf, blieb dann aber wie angewurzelt stehen. Frodo, der neben mir saß, stürzte dagegen auf einen der Angreifer zu und versuchte, ihm in den Arm zu fallen. Auch andere Graugrüne (nachträglich stellten wir fest, dass es insgesamt nur achtzehn waren) wurden eingekreist, wobei Sir George allen anderen voranging. Mit leichter Verspätung griff auch der Sicherheitsdienst ein, der für diese Veranstaltung engagiert worden war und später nicht erklären konnte, wie die Graugrünen überhaupt un-bemerkt in die Bibliothek hatten gelangen können. Es dauerte nur ein paar Minuten, bis die Eindringlinge überwältigt waren, was vor allem daran lag, dass sie sich in neun Zweiergruppen aufgeteilt hatten, von denen jede einzelne durch unsere pure numerische Überlegenheit unwirksam gemacht werden konnte. Sander blieb während des Gerangels ganz ruhig am Pult stehen, versuchte, die Situation aus seiner leicht erhöhten Position zu überblicken, und lächelte dabei wahrhaftig die ganze Zeit. Wir alle erfuhren bald, warum.

Die Attentäter, wenn ich sie so nennen darf, hatten es zwar geschafft, die Brandpistolen auf die geschlossene Phalanx der Bücher zu richten und das Feuer zu eröffnen. Das war jedoch völlig wirkungslos geblieben. Bekanntlich brennen Bücher ohnehin schlecht, anders als es in manchen romanhaften Darstellungen über Bibliotheksbrände der Fall ist. Da die Schneider 22 jedoch damals das Beste waren, was der Markt an Brandfeuerwaffen anbot, hätte man erwarten dürfen, dass wenigstens einige der Exemplare, die wir in den vergangenen Wochen und Monaten unermüdlich katalogisiert und eingestellt hatten, leicht zu kokeln begannen. Nichts dergleichen. Die Bücher und ebenso die Regale, in denen sie standen, schienen wie imprägniert gegen solche Angriffe – und das waren sie auch.

Sander war nicht der Einzige, der das Getümmel und den kurzen Kampf lächelnd und gelassen verfolgt hatte. In einer Ecke des Saals hatte ähnlich entspannt auch Ludger Hachmeister gestanden, und mir enthüllte sich jetzt, noch bevor Sander später davon erzählte, der Sinn der Szene vom Abend zuvor, als ich nach der Rückkehr in die hell erleuchtete Bibliothek hatte blicken können und einen Augenblick überlegt hatte, ob Frodo und ich nicht dazukommen sollten. Ich begriff jetzt auch, warum Sander uns so früh nach Hause geschickt und für den heutigen Tag erst um vier Uhr bestellt hatte. Die Firma *FireSafe & WaterImp.* hatte gestern in Nachtarbeit die Regale und die Bücher mit einem speziellen Feuerschutz versehen, von ihr selbst entwickelt und erst seit ein paar Wochen auf dem Markt. Heute früh, während ich lange im Bett geblieben war und auf eigene Faust in Korffs Thriller weitergelesen hatte (Eleanor hatte immer weniger Zeit), war dann die Wirksamkeit der Imprägnierung getestet worden, streng geheim, versteht sich. Fast hätte man meinen können, Sander und Hachmeister hätten die Graugrünen selbst engagiert, um den Ernstfall zu proben.

So war es allerdings nicht. Bei den Attentätern, zwölf Männer und sechs Frauen, handelte es sich durchgängig um einfache ehemalige Mannschaftsdienstgrade, von denen niemand älter als fünfundzwanzig war. Sir George hatte, noch während der kleine Kampf im Gang war, sowohl die *Internationale Befriedungstruppe* als auch die Polizei angerufen, die beide fast gleichzeitig hier eintrafen. Es war nicht nur peinlich, sondern auch belustigend anzuhören, wie es zunächst um die Zuständigkeit ging. Die Attentäter waren hier einerseits in militärischen Uniformen aufgetaucht, was das Ganze zu einem Fall für die Befrieder machte, die ja ihrerseits militärische Funktionen ausübten. Auf der anderen Seite gab es die Armee gar nicht mehr, deren Uniformen die jungen Leute trugen, und insofern handelte es sich hier um ganz gewöhnliche Kriminelle: also ein Fall für die Polizei. Kompetenzrangeleien dieser Art waren damals nicht selten. Sander als Hausherr sowie Metzler und Sir George als die beiden höchsten politischen Autoritäten, die gerade anwesend waren, erstickten den aufkommenden Streit aber schnell und beauftragten ganz offiziell beide Truppen, die Delinquenten in Verwahrung zu nehmen.

Ein paar Tage später wusste man, dass dieser Anschlag auf die Bibliothek nicht von anderer Stelle gesteuert worden war. Eine Gefahr für die Stabilität der gegenwärtigen Regierung bestand zu keinem Zeitpunkt, betonte diese Regierung selbst, auch nicht für das Leben des Kanzlers Metzler. Der Anschlag war kein Signal. Er kam nicht aus den Katakomben der Stadt, in denen sich angeblich der General aufhielt. Er wurde auch nicht aus Kärnten von der noch immer untergetauchten Marietta Kolberg geführt, sondern war ein autonomer Akt junger Menschen, die in den letzten Wochen des Regimes als persönliche Schutztruppe des Generals fungiert hatten. Voll glühender Begeisterung, aber schlecht ausgebildet, waren sie schon gleich zu Anfang der Kämpfe auf dem Gelände gefangen genommen worden und deshalb am Leben geblieben. Man hatte sie wegen ihrer Jugend zu relativ milden Haftstrafen verurteilt, und sie waren noch vor deren Ablauf begnadigt worden. Man sah sie eher als Verführte denn als Täter. Einige von ihnen hatten früher die Eliteschulen des Majors Grosz absolviert; alle waren natürlich vorher bei den *Game Boys* gewesen oder bei den *Twilight Girls*, und danach in der *Grauen Garde*. Es war nicht schwer gewesen, sie zu überwältigen und ihnen die Brandpistolen wegzunehmen, ein paar beherzte Zivilisten (zu denen ich nicht gehört hatte) hatten das geschafft. Als die Befrieder und die Polizei kamen, um sie mitzunehmen, fassten einige von ihnen sich bei der Hand wie Kinder und gingen stumm und stolz mit, trotz des Misslingens durchglüht von ihrer Aktion. Schön hätten sie ausgesehen, sagte Eleanor am nächsten Tag, schön und jung und dumm.

Ihre Aktion kam nicht aus einem Hass auf Bücher, wie sich bei den Vernehmungen schnell herausstellte. Sie liebten Bücher auch nicht, Bücher waren ihnen völlig gleichgültig. Ihnen ging es nicht um die Bibliothek selbst, ihnen ging es um den Ort. In diesem Haus hatte der General gewohnt, und dem General waren sie beinahe in einer Art Lehensverhältnis verbunden gewesen. Ihr Angriff auf die Bibliothek galt der Tatsache, dass man das Haus des Generals einem anderen Zweck gewidmet, dass man es entweiht hatte. Auch während des Prozesses, der sehr bald gegen diese treuen Vasallen des Generals Rotkirch geführt wurde und hohe mediale Aufmerksamkeit genoss, blieben sie bei dieser Haltung und sagten mit leuchtenden Augen aus. Trotz fehlender tätiger Reue wurden sie nur wegen versuchter Brandstiftung zu einem halben Jahr Haft verurteilt. Es gab Weisungen von höchster Stelle, so kurz vor den Wahlen keinen neuen Unruheherd zu schaffen und die Produktion von Märtyrern zu vermeiden. Die jungen Leute nahmen das Urteil dennoch mit Märtyrermiene zur Kenntnis und stimmten das Lied der *Grauen Garde* an.[5] Der Vorsitzende Richter verzichtete auf ein Ordnungsgeld.

5 »Siehe, wir stehen / ehern zusammen / und entzünden des Vaterlands Flammen«

21

Neben der Erkenntnis, dass die Bibliothek kaum in Brand zu setzen war, brachte diese Komödie noch einen zweiten Gewinn: Sie erlöste uns alle aus unserer lähmenden Müdigkeit. Alle schienen sich am Tag nach dem Vorfall einmal kurz zu schütteln und danach ganz anders an die Arbeit zu gehen als in den vergangenen Wochen. In einem Interview, das *NERO* mit Ute Wellkamp führte, konnten wir nachlesen, dass es sich bei dem Anschlag auf die Bibliothek gemäß Hegel/Marx nicht um die große Tragödie, sondern um die lumpige Farce handelte.[6] Zum ersten Mal ließ die Übergangsregierung durchblicken, dass sie dazu neigte, die wilde Besiedelung des Geländes per Dekret nachträglich zu legalisieren. Das hieß allerdings nicht viel, weil sie nur noch bis Mai im Amt sein würde und Willensbekundungen dieser Art sie nichts kosteten.

Nach dem letzten kurzfristigen Kälteeinbruch folgten mehr als zwei Wochen Vorfrühling. Die Sonne streichelte unsere Haut, und es lag so etwas wie eine Feiertagsstimmung über dem Terrain. Eines Abends, als es in der *Wirtin* gerammelt voll war, begannen die Knopfmacherin und ihr Geigenbauer plötzlich zu tanzen, und Zelda und Anna schlossen sich an. Sechzig Jahre alt war das Lied, das wir hörten. *We starve,* sang eine atemberaubende Frauenstimme, *look at one another, short of breath, walking proudly in our winter coats, wearing smells from laboratories facing a dying nation, of moving paper fantasy* ... Eleanor sah mich kurz an, nahm dann meine Hand und zog mich mit sich zu den beiden tanzenden Paaren.

Zwei Stunden später lagen wir zum ersten Mal seit Langem wieder gemeinsam in Eleanors Bett. In den letzten Wo-

6 Siehe Dokument 12

chen war sie mir mit Berufung auf ihre Arbeit immer ausgewichen, und schließlich war ich davon ausgegangen, dass unsere kurze Liebesgeschichte lautlos zu Ende gegangen war, ohne dass einer von uns beiden hätte wirklich sagen können, warum. Nun schien es so, als sei sie nur in der Winterkälte vorübergehend eingefroren gewesen. Ich konnte das nicht wirklich einschätzen, und Eleanor schien auch nicht mehr zu wissen als ich. Sie kenne sich mit Gefühlen nur ungenau aus, hatte sie mir einmal gesagt. In dieser Nacht erzählte sie zum ersten Mal von ihrer Mutter, die gegangen war, als Eleanor ein Jahr alt war.

»Mein Vater hat mir ab und zu einzureden versucht, dass ich mich noch an dies oder das aus dem ersten Jahr erinnere«, sagte sie, »aber das ist natürlich Unsinn. Auch wenn ich ein Genie bin: Die frühkindliche Amnesie hat auch mich nicht verschont. Am Anfang habe ich ihm zuliebe so getan, als könnte ich mich an etwas erinnern, dann habe ich Klartext geredet. Ich habe nicht den Schatten einer Erinnerung an meine Mutter, und ich habe nicht das geringste Bedürfnis, sie gekannt zu haben.«

»Wo ist sie denn jetzt?«

»In Neuseeland«, sagte Eleanor, »und das ist gerade weit genug weg.«

»Immerhin weißt du wenigstens das. Von meinem Vater weiß ich gar nichts, außer dass er ein Durchreisender war, wie meine Mutter sagt.«

Ich erzählte ihr, was ich wusste.

»Meine Mutter war damals dreiundzwanzig und wohnte in einer kleinen Wohnung in Frankfurt-Bornheim, zwei Zimmer, ein winziges Bad und eine Frankfurter Küche. Sie hatte gerade angefangen, in einer Bank zu arbeiten. Sie lernte meinen Vater an einem Maiabend in einem Lokal an der Berger Straße kennen, und am nächsten Morgen um halb acht brachen sie gemeinsam auf, sie zur Arbeit und er zu der kleinen Pension in Bockenheim, wo er nach eigenen Worten einmal wöchentlich abstieg. Er war etwa doppelt so alt wie sie, schätzte sie. Angeblich unterrichtete er einmal wöchentlich an der Frankfurter Universität und wohnte eigentlich in Bonn, und ebenso angeblich hatte er dort früher in der Politik mitgemischt. Meine Mutter hielt diesen Gregor eher für eine Art Hochstapler, erzählte sie mir später, einen sehr liebenswerten allerdings. Sie hat nie an der Universität nachgefragt. Das wäre auch schwierig gewesen, weil sie keinen Familiennamen kannte. Fast zwei Monate hat es dann gedauert, bis sie gemerkt hat, dass sie schwanger war. Als das Kind da war – als ich da war –, wurde es in der Bank zusehends schwieriger für sie. Die alleinerziehende Mutter am Anfang ihrer Bankerkarriere – das war eigentlich nicht vorgesehen. Sie fand dann aber bald einen Job in einem Genusswarengroßhandel, und da hat sie fünfunddreißig Jahre gearbeitet, bis vor Kurzem. Sehr erfolgreich, in leitender Position. Von ihr habe ich das Kaufmännische, nehme ich an.«

Während ich erzählte, hatte Eleanor zuerst amüsiert, dann immer interessierter zugehört und mich am Ende beinahe mitleidig angesehen. Schließlich schüttelte sie den Kopf, und ich hörte auf zu erzählen.

»Wenn es nicht so verrückt wäre«, sagte sie, »würde ich sagen: ziemlich schlecht erfunden.«

»Bitte?«

»Man merkt, dass du keinen Möglichkeitssinn hast, Ulrich. Oder keine Phantasie. Oder dass du keine Details behalten kannst.«

Ich verstand immer noch nicht. Mein Parzivalwesen kam wieder zum Vorschein.

»Dieser Mann«, erklärte Eleanor, »hieß Gregor, hat früher in Bonn in der Politik mitgemischt und war dann eine Weile an der Universität in Frankfurt. Das erinnert dich an gar nichts? Ein guter Bibliothekar wirst du wahrscheinlich nie.«

Langsam dämmerte mir, worauf sie hinaus wollte, aber bevor ich etwas sagen konnte, machte sie weiter.

»Ich lese bei Büchern zwar nicht unbedingt die Klappentexte, aber immer die Autorenangaben. Und dieser Gregor Korff, der *Das Sonja-Komplott* geschrieben hat, mit dem wir nicht so recht weiterkommen …«

»Das liegt nicht an mir.«

»... mit dem wir nicht so recht weiterkommen, hat früher in Bonn in der Politik mitgemischt und war dann einige Jahre an der Frankfurter Universität, und zwar genau in den Jahren, von denen deine Mutter erzählt. Und er war damals etwa doppelt so alt wie deine Mutter.«

»Das hast du so schnell nachgerechnet?«

»Das habe ich so schnell nachgerechnet, ja. Und dann war er weg aus Deutschland, und deine Mutter war ja ohnehin nicht besonders scharf darauf, den Vater ihres Kindes ausfindig zu machen.«

Das stimmte. Meine Mutter, so hatte sie mir später erzählt, hatte eher Angst davor, dass dieser Mann plötzlich wieder auftauchte und alles durcheinanderbrachte. Einen Moment hielt ich Eleanors Hypothese doch für eher unwahrscheinlich. Korff hatte schließlich Anfang des Jahrtausends, einige Jahre nach meiner Geburt, einen Bestseller veröffentlicht. Es musste doch damals Interviews gegeben haben, es mussten hier und da Fotos von Korff aufgetaucht sein (in der Taschenbuchausgabe, die wir hatten, fehlte allerdings ein Autorenfoto), vielleicht war er sogar im Fernsehen gewesen. Andererseits verfolgte meine Mutter die entsprechenden Sendungen kaum. Das konnte also durchaus an ihr vorbeigegangen sein, oder aber sie hatte ihn erkannt und beschlossen, das zu ignorieren. Erzählt hatte sie mir nichts, und ich würde sie auch jetzt nicht danach fragen. Sie hatte gerade Frankfurt verlassen und sich ein kleines Haus am Bodensee gekauft. Da mochte ich sie nicht beunruhigen.

Der Rest der Nacht verging in einem fast fiebrigen Wechsel von leichtem Schlaf und neuem Erwachen, und jedes Mal liebten Eleanor und ich uns erneut, als hätten wir nicht mehr viel Zeit.

Bald war es heller Tag.

Dokument 12

Gespräch mit Ute Wellkamp, Historikerin, Freie Universität

NERO Frau Wellkamp, sind Sie eine Hausbesetzerin? Eine Anarchoprofessorin?

Wellkamp Wie kommen Sie darauf?

NERO Sie wohnen auf einem Gelände, das in den vergangenen Jahren wild besiedelt worden und dessen eigentumsrechtlicher Status keineswegs geklärt ist.

Wellkamp Ich wohne auf einem Gelände, dessen Baubestand schwer zerstört war und das seine jetzigen Bewohner nach und nach in eigener Regie und auf eigene Kosten neu aufgebaut haben. Damit erwirbt man sich gewisse Rechte. Über die wird derweil verhandelt, wenn auch schleppend. Damit habe ich kein Problem. Im Übrigen mag ich meine Wohnung sehr.

NERO Die liegt ja im ersten Stock. Im Parterre haben sich bis vor fünf Jahren ironischerweise die Führer des Regimes und ihre Helfer fit gehalten, über dessen Aufstieg und Fall Sie schreiben. Genius loci?

Wellkamp Ach, ich hätte auch eine andere Wohnung auf dem Gelände genommen. Jetzt ist im Parterre übrigens eine Fechtschule, das ist doch auch nicht schlecht. Das stärkt für kommende Auseinandersetzungen.

NERO Die es bald geben wird?

Wellkamp Das glaube ich nicht.

NERO Immerhin hat es vor knapp drei Wochen einen Anschlag auf die neue Bibliothek gegeben.

Wellkamp Von achtzehn versprengten Vasallen aus der ehemaligen Leibgarde des Generals, ja. Junge Menschen, die einem fast leid tun können. Es ist kein Schaden angerichtet worden, aber man hat gesehen, dass solche Aktionen nicht breiter verankert sind. Das war die Wiederholungsfarce, nicht mehr die große Tragödie. Das ist der Erkenntnisgewinn aus diesem Vorfall.

NERO Immerhin gibt es auch in der Hauptstadt hier und da

Auseinandersetzungen, und man sagt, dass General Rotkirch noch lebt.

Wellkamp Sicher lebt der noch.

NERO Und warum kriegt man ihn nicht?

Wellkamp Man muss den richtigen Zeitpunkt abwarten. Aber so lange wie damals bei Karadžić wird es schon nicht dauern.

NERO Also keine Gefahr?

Wellkamp Nein. Schon gar nicht jetzt, wo man endlich den Ring ausgehoben hat, der die Stummen Taxis betrieb. Da kam ja hauptsächlich das Geld für die Waffen her, wie wir jetzt wissen. Diese Geldquelle ist schon mal versiegt.

NERO Ihr Buch wird im kommenden Jahr erscheinen?

Wellkamp Das hoffe ich, ja.

NERO Bei einer guten Wissenschaftlerin – und dafür halten wir Sie und stehen damit nicht allein – gibt es neben einer fachlichen Motivation vielleicht auch eine ganz persönliche, eine Arbeit anzugehen. Bei Ihnen auch?

Wellkamp Sicher. Ich war noch nicht ganz sechsundzwanzig, als der Putsch kam, und ich saß an meiner Dissertation.

NERO Thema?

Wellkamp »Formen autoritärer Herrschaft unter den Bedingungen von Globalisierung und Modernisierungsschüben.«

NERO Soweit wir informiert sind, haben Sie die aber zu Ende gebracht und sind promoviert worden. *Summa cum laude*, wie wir im Archiv gefunden haben.

Wellkamp Stimmt. Aber meinem Doktorvater hat man kurz danach nicht nur den Lehrstuhl weggenommen, sondern ihn bald auch verhaftet. Er war zwei Jahre hier auf dem Gelände inhaftiert. Schließlich hat man ihn abgeschoben, weil der internationale Druck zu groß war. Sein Vermögen war natürlich längst beschlagnahmt. Darin war das Regime ja Weltmeister.

NERO Wenn wir uns in der Geschichte umschauen – und wenn wir in Ihrer Dissertation nachlesen –, ist das aber das Kennzeichen aller autoritären Regime. Autoritär regieren heißt immer auch sich bereichern.

Wellkamp Gewiss. Aber die Generäle – oder die Offiziere,

müsste man sagen, denn einer der Schlimmsten war ja gar kein General –, die Generäle waren darin besonders raffiniert. Nach außen waren Sie absolute Saubermänner, wenn Sie sich erinnern: Offenlegung der Besoldung zuzüglich sämtlicher eventueller Nebeneinnahmen. Nach vorsichtigen Schätzungen haben von Marchow und Plessinger aber jeweils ein Privatvermögen von etwa dreißig Millionen Euro zusammengerafft. Rotkirch hatte vielleicht zehn Millionen weniger, und Grosz war mit einer halben Million ein armer Schlucker, weil es ihm eher um die reine Ideologie ging. Auch die niederen Chargen im engeren Umkreis der Junta haben noch ganz schön abkassiert.

NERO Dann erklären Sie unseren Lesern doch mal, wie das funktioniert hat.

Wellkamp Dafür wurde extra die Bank für Öffentliche Wohlfahrt in Frankfurt gegründet, mit Auslandsniederlassungen in Schanghai und Singapur. Alles zusammengeraffte Geld ging erst einmal nach Frankfurt, und danach finanzierte die BÖW alle möglichen Initiativen und öffentlichen Arbeiten, die es nie gegeben hat. Ein so fein strukturiertes Netz von Scheinfirmen und -stiftungen hat vielleicht noch nie in der Geschichte existiert. Das war eine ganz originäre Leistung dieser Junta.

NERO Da wären die Generäle ja ungewöhnlich innovativ gewesen.

Wellkamp Die Generäle selbst wohl weniger, obwohl Plessinger sich auf dem finanziellen Sektor schon vor dem Putsch ganz gut auskannte. Auch nicht der Vorstandschef der BÖW …

NERO … Dr. Hankel …

Wellkamp … auch nicht Dr. Hankel. Der war eine gut bezahlte Marionette. In der BÖW gab es einen offiziell ganz subalternen Mitarbeiter, der angeblich in der Materialverwaltung tätig war, Dr. Feldmann. Der steuerte das ganze System. Offiziell hat er ein Gehalt von dreitausend Euro monatlich netto bezogen, gehörte also wirklich zu den Armen in der Firma. Aber er hat für jedes Geschäft, das die Bank tätigte – und die hatte ja gar keine andere Aufgabe, als konfisziertes Geld zu waschen –, Provisionen bezogen.

NERO Und warum hat die Öffentlichkeit nach 2025 von diesem Dr. Feldmann nichts gehört?

Wellkamp Weil er spurlos verschwunden ist, und das wohl schon ein Jahr vor dem Fall der Junta. Ich vermute ihn mal eher in Asien als im europäischen Ausland, und ich glaube nicht, dass es ihm schlecht geht. Gute Fachleute werden ja überall gebraucht.

NERO Sie haben aber noch nicht erklärt, wie nun am Ende die Generäle an ihr Geld gekommen sind. Vorerst ist es nur gewaschen.

Wellkamp Die Beträge sind innerhalb des Landes immer weiter überwiesen worden. Natürlich auch jedes Mal veränderte Summen, damit der ursprüngliche Betrag nicht wieder auftauchte und sich die Spuren verflüchtigten. Wenn sie sich fast aufgelöst hatten – die Spuren, meine ich, nicht die Gelder –, wanderten sie schließlich entweder nach Singapur oder nach Schanghai.

NERO Auf Nummernkonten?

Wellkamp Auf Nummernkonten, ja. Wie Sie wissen, ist Zürich dafür schon lange nicht mehr die erste Adresse.

NERO Kommen wir zurück zu Ihnen. Wie ging es für Sie nach 2016 weiter?

Wellkamp Ich war durch meinen Doktorvater und das Thema meiner Dissertation diskreditiert. Allerdings kam der gezielte Zugriff der Junta auf die Universitäten erst so zwei, drei Jahre später. Ich konnte eine Stelle in der Dokumentationsabteilung der Universität bekommen und mich dort ganz gut verstecken. Habe fachlich auch manches gelernt.

NERO Dann waren Sie ab 2019 in Cambridge. Das war doch ein Riesensprung nach vorn.

Wellkamp Ich hatte Glück, wie bisher eigentlich immer in meinem Leben. Nach Cambridge hat mich Professor Metzler geholt, der der Zweitgutachter meiner Dissertation gewesen war. Er hatte eine Gastprofessur dort und konnte nach dem Putsch da bleiben. Das ist ja allgemein bekannt, seitdem er Kanzler ist. Ein Riesensprung nach vorn? Also, es war eine sehr gute Atmosphäre, und ich habe die Stadt sehr ins Herz geschlossen, aber eigentlich habe ich nicht wirklich an der Universität gearbeitet.

NERO Sondern?

Wellkamp Ich habe in einem Institut gearbeitet, das *Center for Contemporary German Studies* hieß. Offiziell war das die Stiftung eines früheren Cambridge-Absolventen, tatsächlich aber eine Einrichtung der britischen Regierung. Da habe ich alle Unterlagen ausgewertet, die aus Deutschland zu haben waren, und das waren viele, denn die Junta hat keine Geheimniskrämerei betrieben, die über das normale Maß moderner Staaten hinausging. Natürlich war ich da nicht allein. Es gab zum Beispiel einen alten englischen Germanisten, der früher auch mal für den MI6 gearbeitet hatte. Es gab ein paar flotte junge Wirtschaftswissenschaftler, Politikwissenschaftler, Soziologen, Militärfachleute und so weiter. Sogar einen leicht weggetretenen deutschen Mathematiker, Murnau hieß der. Wir waren in einem Teil der Master's Lodge untergebracht und vom übrigen Betrieb weitgehend abgeschirmt.

NERO Also nachrichtendienstliche Tätigkeit.

Wellkamp Nachrichtendienstliche Auswertung, würde ich sagen. Wir bekamen auch ab und zu Besuch aus London. Ich fand es amüsant zu sehen, wie manche von den älteren britischen Mitarbeitern sich gefreut haben, dass die Deutschen endlich wieder ganz offiziell die Feinde sein durften. Das wirkte auf die irgendwie erfrischend.

NERO Haben Sie darunter zu leiden gehabt?

Wellkamp Nein, nie. Dass ich deutsch war, war für die einfach nur ein Geburtsfehler, für den ich nichts konnte. *Bad luck.*

NERO Und da ist dann der Plan für Ihr Buch gereift? Schließlich wurden Sie ständig mit Nachrichten aus Ihrem Heimatland gefüttert.

Wellkamp So weit war das noch lange nicht. Dass die Junta sich nicht halten würde, war mir bald klar – das war uns allen klar im *Center* –, aber ich habe damals auch erwogen, für immer in England zu bleiben.

NERO Und warum haben Sie es nicht getan?

Wellkamp Professor Metzler hat mir geraten, wieder mit nach Deutschland zu gehen. Wissenschaftlerinnen wie mich brauche man dort. Ich hätte auch in der Übergangsregierung arbeiten können, aber das habe ich abgelehnt.

NERO Ihre Aufarbeitung der Juntazeit ist nicht halb regierungsamtlich? Sie bekommen keine Gelder von dort?

Wellkamp Das ist Quatsch. Wie Sie wissen, habe ich mich nach meiner Rückkehr habilitiert und einen Lehrstuhl für Zeitgeschichte bekommen, ohne regierungsamtliche Protektion, das möchte ich betonen. Meine Arbeit an dem Buch ist Teil meiner Forschungsarbeit, und finanzielle Unterstützung dafür bekomme ich von der Stiftung Winkler sowie von dem Verlag, in dem das Buch erscheinen wird.

NERO Und dessen Grundthese wird lauten?

Wellkamp Eine Grundthese wird es nicht haben. Ich komme aus einer historischen Schule, die sich mit Bewertungen und Einordnungen sehr zurückhält und sich eher auf die Singularität des Ereignisses konzentriert. Natürlich gehe ich von einigen Ergebnissen aus, zu denen ich in meiner Dissertation gekommen war.

NERO Zum Beispiel?

Wellkamp Dass autoritäre Regime in modernen Ausprägungen ein Antwortversuch auf die Probleme der Globalisierung sein können.

NERO Dass Globalisierung zu autoritären Regime führt?

Wellkamp Eben gerade nicht! Sondern dass sie eine Möglichkeit sind. Die haben wir in ein paar Ländern in den letzten Jahrzehnten erlebt, aber wir haben doch gleichzeitig in anderen Ländern auch ganz andere Tendenzen gesehen.

NERO Und warum in Deutschland die Junta?

Wellkamp Na, immerhin, einen richtigen Militärputsch hatten wir noch nicht in unserer Geschichte. Junta ist ja eher eine Spezialität der spanisch sprechenden Welt, nicht wahr?

NERO Sie finden es eher lustig?

Wellkamp Nein, nein, wirklich nicht. Ich will auch nichts verharmlosen. Aber gemessen an dem, was wir schon hatten in diesem Land, ist die Junta wirklich die Farce gewesen, nicht die Tragödie.

NERO Und warum kam sie?

Wellkamp Wegen allgemeiner Erschöpfung, würde ich sagen. Ich bin 1990 geboren, also direkt im Jahr der Einheit. Ich bin also so alt wie das neue Deutschland und habe – rein lebensgeschichtlich – bis 2016 nichts anderes gekannt. Aber im Nachhinein habe ich den Eindruck, als sei das Land auf eine andere Art älter geworden als ich. Spätestens ab 2009, da war ich gerade mal neunzehn, hatte ich das Gefühl, ich werde erwachsen, aber mein Land weiß immer noch nicht, was es mit seinem Leben und der Welt anfangen soll. Ich kann das schlecht genauer beschreiben. Es war einfach eine Leerstelle da, und in die sind die Generäle gestoßen. Die haben gedacht: Das ist alles so ein Sauhaufen hier, das können wir uns als Militärs nicht bieten lassen. Sie mochten sich auch nicht weiter von inkompetenten Verteidigungsministern dirigieren lassen.

NERO Aber eigentlich hatten die doch mit ihren Soldaten im Auslandseinsatz genug zu tun.

Wellkamp Aber das war ja gerade der große Coup, dass sie sich aus den Auslandseinsätzen dann nach und nach zurückgezogen haben. Das hat ihnen unwahrscheinlich viele Pluspunkte eingebracht.

NERO Und die Arbeitsbeschaffungsprogramme.

Wellkamp Und die, natürlich. Obwohl die nicht so viel gebracht haben und die Wirkung nur kurzfristig war. Das kennt man aus der Geschichte. Aber es gab ja auch die Armenspeisungen. Die Generäle waren fürsorglich. Sie haben die Jungens nach Hause gebracht und für die Hungernden gesorgt. Und gleichzeitig haben Sie sich einen modernen Anstrich gegeben. Diese ganze Symbolik mit dem Doppelblitz, dann die *Game Boys* und die *Twilight Girls*, die Technologieförderung und so weiter. Auf der anderen Seite hat das Land auf dem Gebiet der Informationstechnologie nicht mehr mithalten können, weil die frei flottierende Information, der unkontrollierte Informationsfluss für die Generäle natürlich nicht akzeptabel war. Das war so wie mit der Ausreise. Im Prinzip konnte ja jeder ausreisen, und bei mir gab es gar keine Schwierigkeiten, ich war nicht wichtig für die. Aber andere konnten nur unter ganz bestimmten Bedingungen und zu ganz bestimmten Fristen ausreisen. Wenn ich überhaupt eine These habe, dann die, dass das Regime an diesen Widersprüchen gescheitert ist: liberal sein wollen, aber es nicht können; modern und innovativ sein wollen, aber unter strenger Kontrolle; weltoffen sein wollen, aber nicht mehr mithalten können; eine öffentliche Diskussion führen wollen, aber bei den ersten kritischen Worten jemanden einsperren. So etwas muss immer scheitern.

NERO Eigentlich keine besonders originelle These.

Wellkamp Ich habe nicht den Anspruch, originell zu sein. Ich will den Ereignissen auf der Spur bleiben. Die Ereignisse sind originell genug, wenn man sie nicht über einen Kamm schert.

NERO Frau Wellkamp, wir kommen noch einmal auf ihre aktuelle Wohnsituation zurück. Das Gelände und seine Siedler gelten als etwas Besonderes, vor allem, wenn man bedenkt, was vorher dort geschehen ist. Fühlen Sie sich als etwas Besonderes?

Wellkamp Ich bin zunächst einmal dorthin gezogen, weil ich damit besonders nah am Gegenstand meines Buches war. Und ich wohne gern dort, weil hier noch eine Reihe anderer interessanter Leute wohnt. Ich habe zwar zu den meisten nur einen oberflächlichen Kontakt, aber man kennt sich, und Ereignisse wie die Bibliothekseröffnung vor ein paar Wochen bringen enger zusammen. Es herrscht eine anregende Atmosphäre auf dem Gelände.

NERO Es gibt Stimmen, die sagen, dort sei die Lebensform der Zukunft zu finden.

Wellkamp Ach Gott, das weiß ich nicht. Ich weiß nicht, wie sich das entwickelt. Die Zukunft ist nicht mein Gebiet. Ich bin Historikerin.

NERO Frau Wellkamp, wir danken Ihnen für das Gespräch.

22

Am nächsten Vormittag um elf, als ich für eine Zigarette draußen vor der Bibliothek stand, entdeckte ich drüben vor der *Tomate* einen Streifenwagen der Polizei. Wollte die Besatzung dort etwa Mittag essen? Erstens wäre das eine etwas ungewohnte Klientel gewesen, und zweitens war es dazu noch etwas zu früh. Eine Polizistin und ein Polizist stiegen aus dem Wagen, beide etwa dreißig, beide in der nachtblauen Uniform mit dem kobaltblauen Hemd. Die Polizistin klopfte an die Scheiben des noch geschlossenen Restaurants. Als keine Reaktion kam, entdeckte sie schließlich die winzige Klingel rechts des Eingangs. Nach wiederholtem Läuten kam schließlich jemand und öffnete. Ich meinte, Peter Studer zu erkennen, den Chef persönlich. Es gab einen kurzen Wortwechsel; dann sah ich, wie der männliche Kollege auf der Fahrerseite die hintere Tür öffnete und nacheinander Maria und Giuseppe Wagner aus dem Wagen kletterten. Danach verschwanden alle fünf – Studer, die Kinder und die Polizei – im Inneren des Lokals.

Knapp zwei Stunden später wussten wir alle mehr, und mir fiel bei dieser Gelegenheit auf, dass unser Terrain bei der Nachrichtenvermittlung funktionierte wie ein Dorf. Die Polizei hatte die beiden Kinder des Kochs direkt aus der Schule mitgenommen. Sie waren, dafür gab es erdrückende Beweise, Mitglieder, wenn nicht gar Anführer einer Kinderbande, die sich auf Einbrüche in Geschäfte mit hochwertigen Waren, besonders aus der Elektronik, spezialisiert hatte. Mir fiel die abendliche Begegnung nach dem Kino wieder ein, als ich das hörte, und dass die beiden aus einem Schuppen gekommen waren. Der war inzwischen schon geöffnet worden und stellte sich als eines der Hauptlager für das Diebesgut heraus. Man fand jede Menge TM5-Player, mehrere hochwertige Wolfram Alpha,

Watsons in unterschiedlichsten Preislagen und Qualitäten, dazu HypePads, Bing-Bings und Software wie *Stats Monkey 5.1, Pudding, Anti-Ödipus* und *Zazie.*

Später erfuhren wir, dass eine spezielle Kommission schon seit Monaten ermittelt hatte. Man hatte abgewartet, weil man glaubte, an die erwachsenen Hintermänner der Bande heranzukommen, bis man zu dem Schluss gekommen war, dass es keine gab. Das Geschäftliche, der Weiterverkauf, wurde vom eigentlichen Kopf der Bande abgewickelt, einem Dreizehnjährigen. »Kopf der Bande« konnte man eigentlich nicht sagen, da diese Einbruchsorganisation nur ein kleiner Teil seiner weitverzweigten Unternehmungen war. Von seinem Büro in der Dorotheenstraße aus, das er vor einem Jahr telefonisch als *Williams Ltd.* gemietet hatte, verkaufte er die gestohlenen Objekte, kaufte und verkaufte aber auch Aktien und bot *Finanzdienstleistungen* an. Darüber kam man ihm schließlich auf die Spur. Dem Jungunternehmer, Gerd Wilhelm mit Namen, wuchs sein Imperium über den Kopf, und als er bei einer seiner abzockerischen Finanzdienstleistungen einen Schnitzer gemacht hatte, geriet er ins Visier des Betrugsdezernats. Von dort zu der Bande der kleinen Diebe – die intern in Wilhelms Imperium übrigens *Rote Zora* hieß – war es nur noch ein kurzer Ermittlungsweg.

Diese Einzelheiten erfuhren wir erst nach und nach in den nächsten Tagen. Für Giuseppe und Maria hatte das alles kaum Folgen, da sie noch nicht strafmündig waren. Zu Zeiten des Generals wären sie gewiss aus den *Game Boys* beziehungsweise den *Twilight Girls* ausgeschlossen, ihren Eltern weggenommen und in eines der Erziehungslager gesteckt worden, denen Kommissar Grosz in den späten Juntajahren verstärkt sein Interesse und seine innovative Kraft gewidmet hatte. Hier dachte dagegen niemand daran, den Eltern das Sorgerecht zu entziehen. Gegen eine Anwältin für Familienrecht, wie Frau Wagner-Adam eine war, hätte das sicher auch einen zähen Prozess bedeutet. Aber der Schuldige war ohnehin klar: jener dreizehnjährige Jungunternehmer aus der Dorotheenstraße, der am Ende die

Übersicht verloren hatte.[7] Während Vater Wagner in eine tiefe Depression verfiel und sich die *Tomate* vorübergehend um einen neuen Koch kümmern musste, sorgte seine Frau dafür, dass ihre Kinder in ein Internat am Bodensee kamen und so aus der Schusslinie gezogen wurden. Wieder war es ein späterer Vormittag, und wieder stand ich gerade vor der Bibliothek, als der metallicblaue Murakami 4V mit Frau Wagner am Steuer und den Kindern im Fond langsam an mir vorbeifuhr. Ich hob die Hand und winkte, aber die Kinder sahen mich nicht.

23

Wir waren überrascht, wie viele Leser zu uns fanden, nachdem die Bibliothek einmal offiziell eröffnet worden war. Ich hatte damit gerechnet, dass ihre Nutzung sehr zögerlich beginnen und sich vielleicht anfangs ganz und gar auf die Bewohner des Geländes beschränken würde. Stattdessen kamen aber vom ersten Tag an viele Leute von draußen, Schüler und Alte, Studenten, Wissenschaftler, Soldaten, Arbeitslose und Millionärinnen. Sie nutzten den Lesesaal oder liehen sich Bücher aus, und entgegen unserer Befürchtungen hatten wir alle Hände voll zu tun und mussten sogar überlegen, noch jemanden einzustellen. Wir warteten aber vorerst ab; die Popularität der Bibliothek mochte auch daran liegen, dass die Nachrichten von dem versuch-

7 Gerd Wilhelm hatte das Pech, in der falschen Zeit zu leben. Die Junta hatte 2017 das Strafmündigkeitsalter wieder auf das vollendete zwölfte Lebensjahr gesenkt, wie zu Zeiten des Kaiserreichs. Das Gesetz wurde erst zwei Jahre nach diesen Vorfällen wieder auf ein Strafmündigkeitsalter von vierzehn Jahren geändert. Dem Jungunternehmer durfte man übrigens durchaus zutrauen, dass er, wie es die Strafmündigkeit definiert, »die Folgen seiner Handlungen überblicken« konnte. Sie waren ja für ihn auch ein Jahr lang recht erfreulich gewesen.

ten Brandanschlag Neugierige angelockt hatten, die über kurz oder lang wegbleiben würden.

Das war jedenfalls Sanders Hoffnung, was ich nur im ersten Moment verwunderlich fand. Frodo und mir wurde nach und nach klar, dass Sander alles andere als erfreut darüber war, dass die Bibliothek jetzt genutzt werden konnte. Am liebsten, so glaube ich heute, hätte er sich zwischen den Bücherreihen versteckt oder sich in sein Büro verkrochen und sich leidenschaftlich dem verpönten Anfängerfehler aller Bibliothekare hingegeben: zu lesen.

Vom Reiz der neuen Bibliothek einmal abgesehen, schien auch das fortgesetzte schöne Frühjahrswetter viele Leute auf das Gelände zu locken, die hier nicht beruflich zu tun hatten. Fünf Jahre lang war das Terrain tatsächlich eine Enklave gewesen – vom Standpunkt der Menschen *draußen* natürlich eine Exklave –, nicht hermetisch abgeriegelt, jederzeit für jeden offen, aber offenbar nicht interessant. Die Besucher, die kamen, hatten hier Bestimmtes zu tun: Sie hatten etwas anzuliefern oder etwas abzuholen; sie hatten Gespräche bei *Alice in Wonderland* oder bei *FireSafe & WaterImp* zu führen; sie gaben bei Torsten Tedel den Bau oder die Reparatur einer Geige in Auftrag, oder sie kamen abends ins *Metropolis*, um *Die letzte Metro* oder einen anderen Film zu sehen. Dann zogen sie wieder hinaus, in die Welt gewissermaßen, und überließen das Gelände uns, diesen komischen Vögeln, die es im Laufe der Jahre wieder aufgebaut hatten.

In diesem Frühjahr aber schien sich das zu ändern, denn auch abends wimmelte es bei uns plötzlich von – von *Fremden*! Ich erschrak, als ich kurz hintereinander dieses Wort, das unsere Besucher bezeichnen sollte, sowohl von Sander wie von Tobias Dinkgräfe hörte. Dabei hätte Dinkgräfe sich eher freuen müssen, weil nicht wenige dieser *Fremden* in seinem Restaurant aßen. Natürlich reagierten nicht alle von uns so, aber es gab bei uns genug, die sich sträubten, gewissermaßen einen Buckel machten und fauchten, wenn vor allem abends und an den Wochenenden die Besucher kamen.

Draußen war Wahlkampf. Fünf Wochen noch, dann sollte über ein neues Parlament abgestimmt werden. Selbstverständlich fand das unter der Aufsicht der *Internationalen Kommission* statt, eine Tatsache, die von bestimmten Seiten heftig kritisiert wurde. *Souveränität aus zweiter Hand* war ein langer Leitartikel in der Zeitung *Junge Stimme* überschrieben, die erst vor einem halben Jahr gegründet worden war. Dort wurde auch ausführlich Kolberg zitiert, der zeit seines Lebens die Souveränität als seine ganz persönliche theoretische Domäne gepflegt hatte. Klar war aber schon jetzt, dass als Ergebnis der Wahlen wenigstens sieben Parteien im Parlament sitzen würden und die Regierung aus mindestens dreien davon gebildet werden müsste, vermutlich unter Führung der Ökoliberalen. Klar war ebenfalls, dass die *Internationale Kommission* nach den Wahlen ihr Büro hier zwar drastisch verkleinern würde, dass aber der zurückbleibende Stab nach wie vor eine Regierung hinter der Regierung darstellen würde. Auch darüber erregte sich der Artikel aus der *Jungen Stimme*. Mir war es recht. War es mir recht? Nein, mir war es gleichgültig, glaube ich.

Seitdem Eleanor mir einen Möglichkeitsraum eröffnet hatte, seitdem sie mir also einen potenziellen Vater vorgeschlagen hatte, kamen meine Gedanken immer wieder darauf zurück. Mitten im Tagesgeschäft, während ich vielleicht zurückgebrachte Bücher einstellte oder einem blassen Fünfzehnjährigen Margarete Mühlenbecks *Das Haus an der Elbe* auslieh, tauchte das Bild von Gregor Korff vor mir auf, von dem ich kein Bild hatte. Anfang Mai, zwei Wochen vor der Wahl, schrieb ich dann doch an meine Mutter und bat sie, mir einfach nur zu beschreiben, wie jener Durchreisende, jener Hochstapler ausgesehen hatte, mit dem sie im Juni 1993 in ihrer kleinen Bornheimer Wohnung eine Nacht verbracht hatte. Ich fragte auch, ob sie später einmal etwas von einem Gregor Korff gehört oder gelesen oder gesehen hatte und erklärte ihr, warum. Die Antwort kam fünf Tage später, zusammen mit einer Reihe von Fotos von ihrem Haus am Bodensee. Von Gregor Korff hatte sie nie etwas gehört; der Roman *Das Sonja-Komplott* war ihr völlig unbekannt. *Ich hatte damals nicht viel Zeit zum Lesen*, schrieb sie, *ich musste für Dich und für mich sorgen. Natürlich ist es möglich, dass er es war.*

Diese Antwort befriedigte mich mehr, als ich erwartet hatte, weil sie alles im Ungewissen ließ. Es hätte mich enttäuscht, wenn meine Mutter geschrieben hätte, ja, er war es, weil meine gerade erst begonnene Suche dann abrupt ein Ende gefunden hätte. Es hätte mich auch enttäuscht, wenn meine Mutter geschrieben hätte, nein, Gregor Korff war es auf keinen Fall, ich habe das Buch damals auch gelesen, ach wäre er es doch gewesen. So aber konnte ich weiter auf der Spur bleiben und diese Phantasie, die Eleanor mir eröffnet hatte, weiter ausleben, relativ gefahrlos, denn ich wusste definitiv, dass Gregor Korff im Oktober 2018 gestorben war und auf dem Cimetière de Montparnasse begraben lag. Das war eine der insgesamt neun Informationen, die man unter dem Stichwort *Gregor Korff Sonja Komplott Bonn Paris* noch aus dem Netz ziehen konnte. Es war allerdings nicht herauszufinden, wer ihm eine Grabstätte auf einem so prominenten Friedhof verschafft hatte, wenn man bedenkt, dass er am Ende eine relativ armselige Schattenexistenz geführt hatte. Jedenfalls musste ich ihm nicht mehr persönlich gegenübertreten, falls er mein Vater war. Immer hatte ich diese Romane gehasst, in denen jemand seinen Vater sucht und ihn dann auch wirklich findet und ihm im Alter von zwanzig oder dreißig Jahren zum ersten Mal gegenübertritt, und dann gibt es natürlich Fremdeln und Schwere und Schuld und Verfehlung und manchmal auch Vergebung und Versöhnung und auf jeden Fall viele Tränen. So etwas wollte ich nicht; meine Vatersuche, sagte ich mir, sollte ein Spiel bleiben.

Mein Vater sei eine eher zarte Erscheinung gewesen, teilte mir meine Mutter mit, nicht besonders groß, für sein damaliges Alter (Mitte vierzig, schätzte sie) sehr schlank, mit etwas schiefen Schultern, brünettem Haar, einem schmalen Gesicht, an die Augenfarbe könne sie sich nicht mehr erinnern. Mehr könne sie überhaupt nicht erzählen, denn schließlich habe sie mit ihm vom Kennenlernen bis zum Auseinandergehen knapp zwölf Stunden verbracht, und von denen habe sie wenigstens sechs verschlafen. Ach ja, einen hellen Leinenanzug habe er an jenem Juniabend getragen, sehr weit geschnitten, einen Anzug, in dem er beinahe versank. Das war damals die Mode.

Am Tag, an dem ich diesen Brief erhielt – ich hatte so lange keinen *Brief* mehr erhalten, und derjenige, den ich selbst fünf Tage vorher an meine Mutter geschrieben hatte, war auch der erste Brief, den ich seit drei Jahren geschrieben hatte –, an diesem Tag also wurde der General festgenommen, nachmittags um halb fünf, zusammen mit seinen engsten Getreuen, im zweiten Hinterhof eines Mietshauses an der Martin-Luther-Straße, nicht zu weit vom neuen Regierungssitz um das ehemalige Schöneberger Rathaus. Man hatte schon seit Monaten über dieses Quartier Bescheid gewusst. Der General lebte dort mit drei engen Mitarbeitern: »eine typische Männer-WG«, spottete Eleanor später. Die Geheimdienste – auch hier gab es übrigens manchmal Kompetenzstreitigkeiten zwischen den heimischen und den internationalen – hatten lange gebraucht, um festzustellen, dass die Wohnung nicht zugleich ein Waffenlager war. Die vier Männer hatten aber nur ihre persönlichen Waffen, Pistolen vom guten alten Typus Walther PPK. Die drei Getreuen des Generals waren fünfzehn bis zwanzig Jahre jünger als er. Von dieser Wohnung aus sollte der Versuch koordiniert werden, die Macht zurückzuerobern; es bestanden über das Vorgehen keine klaren Vorstellungen, und vor allem, nachdem der Ring der Stummen Taxis aufgelöst und damit eine der wichtigsten Geldquellen versiegt war, schien es nicht mehr voranzugehen. Man hatte den General und seine Mitarbeiter bei ihren Besuchen überwacht, die sie ihren »Truppen« abstatteten, die auf fünf Stützpunkte quer über die Stadt verteilt waren. Eine nennenswerte Basis außerhalb der Hauptstadt hatte es nie gegeben. »Das war keine Guerilla«, sagte später ein Experte, »das waren eher Desperados. Gewissermaßen Kämpfer, die sich im Dschungel verstecken und immer noch nicht wissen, dass der Krieg längst aus ist.«

Der Zugriff fand am frühen Nachmittag statt, in den Stunden der Erschlaffung. Der General hatte sich ein Weilchen schlafen gelegt. Seine drei Mitbewohner saßen zusammen im Berliner Zimmer und sahen einen Film. Solange man nicht endlich losschlagen konnte, um die Macht zurückzuerobern, war Langeweile die Grundstimmung in diesem Quartett. Das Einsatzkommando – zwölf Männer und vier Frauen von einer Spezialeinheit der einheimischen Polizei und von der *Befriedungstruppe* – rückte über den zweiten Hinterhof vor, wo man sich schon vor Wochen unauffällig im Souterrain eingemietet hatte. Die Türöffnung erfolgte per *Portas 1/6* und brauchte eine Sekunde. Die drei Männer im Berliner Zimmer hatten noch gar nicht begriffen, dass sie Besuch hatten, da waren sie schon überwältigt. Der General musste geweckt werden, damit man ihn festnehmen konnte, und er brauchte eine Weile, um die Situation zu erfassen. Er habe, sagte später einer der am Einsatz Beteiligten, wie ein sehr alter Mann gewirkt, weit älter als seine sechzig Jahre.

Zur gleichen Zeit waren die fünf Stützpunkte ausgehoben worden, mit einem Personaleinsatz von insgesamt dreitausend Mann. Trotz der zahlenmäßigen Überlegenheit und des gut funktionierenden Einsatzplans kam es zu kurzen Kämpfen, bei denen es einige Verletzte gab und fünf Graugrüne ums Leben kamen; zwei weitere erschossen sich selbst.

»Aus und vorbei der Spuk«, hieß in den folgenden Tagen überwiegend der Tenor der Medien, soweit sie nicht kaum verblümt dem alten Regime nachtrauerten wie die *Junge Stimme*. Allerdings wurde auch gefragt, ob der Zeitpunkt, zu dem die Aktion stattgefunden hatte, nicht etwas mit der bevorstehenden Wahl zu tun hatte, und ob das alles nicht schon ein halbes Jahr früher hätte geschehen können. Natürlich wurde das sowohl von der Übergangsregierung wie von der *Internationalen Kommission* heftig bestritten. Sir George Tennant persönlich gab eine öffentliche Erklärung ab, dass man die Einsätze sehr gründlich vorbereitet und den Zeitpunkt abgewartet habe, an dem es voraussichtlich am wenigsten Blutvergießen geben würde, und dass das gelungen sei. Wie ich ihn da so sah auf meinem Bildschirm, in seinem taubenblauen Anzug mit dem anthrazitfarbenen Hemd und der schlichten, ungemusterten Krawatte in der Anzugfarbe, beinahe etwas zerstreut, sein Blick immer knapp an den Kameras vorbeigerichtet, wirkte er wie jemand, der seine Koffer schon gepackt hatte und uns bald verlassen würde.

Dann geschah etwas, das mich völlig überraschte und im ersten Moment furchtbar beschämte. Noch während Tennant seine Stellungnahme abgab, begann ich plötzlich zu weinen. Nicht vorsichtig, nicht schluchzend oder schniefend, sondern einmal laut aufstöhnend, bevor der Sturzbach der Tränen losbrach, und danach minutenlang laut wimmernd. Wer eventuell gerade an meiner Wohnung vorbeiging, mochte mich sehr wohl hören, denn ich hatte an diesem schönen Maiabend um sieben die Fenster weit geöffnet. Ich muss geweint haben bis zur völligen Erschöpfung, denn als ich aufgehört hatte, überlegte ich einen Augenblick, die Verabredung zum Essen im *plaisir* abzusagen, die ich für halb acht mit Torsten Tedel hatte. Dann hielt ich es für besser, jetzt nicht zu lange allein zu sein, und ging doch hin.

24

Das *plaisir* war an diesem Freitagabend bis auf den letzten Platz besetzt; zum Glück hatte Tedel für uns reserviert. Wir bekamen einen Zweiertisch im hintersten Winkel nahe der Bar. Es war zwei Tage vor der Wahl, fast alle Gäste, die hier aßen, kamen von *draußen*. Die Stimmung war heiter, freudig erregt, und nur zum Teil war das auf den schönen

Maiabend zurückzuführen, dachte ich. Die Menschen, die hier saßen, glaubten tatsächlich, dass nach den Wahlen etwas Neues anfangen, dass es nach den fünf Jahren der Stagnation und der Ungewissheit ganz plötzlich irgendwie aufwärts gehen werde. Frodo hatte von ähnlichen Stimmungen in der Stadt berichtet, als er am Tag zuvor von einem Auftrag wiedergekommen war, ganz anders als noch vor zwei Monaten, als wir zu dritt abends *Last Exit British Sector* besucht hatten. Auch andere, die öfter außerhalb des Geländes zu tun hatten, gaben ähnliche Einschätzungen ab.

Ich aber saß hier mit dem Geigenbauer in der hintersten Ecke des Restaurants und fühlte mich traurig und bedroht, ohne zu wissen, warum. Vielleicht konnte er es mir erklären? Ich kannte ihn kaum, obwohl wir doch unmittelbare Nachbarn waren. Manchmal grüßte ich ihn mit einem Kopfnicken, wenn ich von der Bibliothek nach Hause kam, und ich konnte abends von meiner Wohnung aus direkt in sein Küchenfenster sehen. Wir wechselten auch ein paar Worte miteinander, wenn wir uns vor seinem oder meinem Haus trafen, und wir duzten uns, aber wir wussten nichts voneinander. Niemand war je in der Wohnung des anderen gewesen. Auch seine Werkstatt hatte ich nie von innen gesehen, nur mal im Vorbeigehen einen Blick durch die Scheiben geworfen. Tedel erschien nicht nur mir reichlich menschenscheu, auch andere hatten diesen Eindruck, und außer mit seiner Regina sah man ihn selten mit jemandem zusammen.

Vor ein paar Tagen, als wir uns abends wieder über den Weg liefen, hatte er überraschend dieses Essen vorgeschlagen, »damit man sich mal kennenlernt, wo wir jetzt doch schon seit einem Dreivierteljahr Nachbarn sind«, wie er es ausdrückte. Ebenso wie dieser Vorschlag überraschte mich nun seine Gesprächigkeit. Ich hatte mir den Anfang unseres Essens etwas zäh vorgestellt und mich schon darauf vorbereitet, die richtigen Fragen parat zu haben, um das Gespräch in Gang zu bringen. Das war nicht nötig, wie sich jetzt herausstellte, er sprudelte sofort los, als habe er seit

Jahren keine Gelegenheit mehr gehabt, mit jemandem zu sprechen.

Vor allem sprach er über seine Arbeit. Bis dahin hatte ich mir nie die Frage gestellt, wie man Geigenbauer wird, was einen dazu treibt, ausgerechnet diesen Beruf zu ergreifen. Tedel war vierzehn gewesen, als er mit seinem Vater, einem Musiklehrer in Kassel, die Werkstatt eines Geigenbauers aufgesucht hatte. Selbstverständlich hatte er seit dem Alter von neun Jahren Geige spielen gelernt, gern und ohne sich gezwungen zu fühlen, wie er jetzt betonte. Er war ein stiller Junge gewesen, der nur wenige Freunde hatte, unauffällig in der Schule, vielleicht etwas schwerfällig, wie einer seiner Lehrer meinte, aber nicht besorgniserregend.

Über all die Jahre spielte er auf einem alten Familienstück, brauchbar, aber nichts Besonderes. Sein Vater wollte ihm zu seinem fünfzehnten Geburtstag ein neues Instrument schenken, und er wollte es nicht in einer Musikalienhandlung erwerben, sondern bauen lassen. Also nahm er im Frühjahr 1995 – Tedel erinnerte sich sogar an das genaue Datum, den 10. Mai – seinen Sohn zu einem ortsansässigen Geigenbauer mit, der vor dreißig Jahren den Betrieb seines Vaters übernommen hatte.

»Er war Mitte fünfzig«, erzählte er, »und für mich schon fast so etwas wie ein alter Mann. Aber zugleich ein Riesenkerl, fast zwei Meter lang, dabei nicht spindeldürr, sondern kräftig, mit welligem grauen Haar und einer großen Hornbrille.«

Nach längeren Verhandlungen entschied man sich für ein Modell, das sich an Guarneri anlehnen sollte.

»Die Verhandlungen führten mein Vater und der Geigenbauer allein, und weil ich ein braver Junge war, mischte ich mich nicht ein. Stattdessen sah ich mich in der Werkstatt um und sog den Geruch der Hölzer in mich ein. Der Raum lag ebenerdig und war hell genug für die Arbeit, aber zugleich herrschte dort auch ein angenehmes Dämmerlicht, das ihn gegen außen, gegen die Straße, gegen die Stadt abschirmte, die direkt vor der Tür lag. Ich wanderte an den Regalen entlang – der Geigenbauer, er hieß übrigens

Hesse, hatte mich dazu ermuntert – und schaute mir die säuberlich geordneten Reihen von Raspeln, Feilen, Stecheisen an. Auf dem Werktisch lag eine Violine, die Decke daneben; ein Stück, an dem er offenbar gerade arbeitete. Daneben lagen der Handhobel und eine kleine Säge. Über dem Tisch hingen mehrere in Arbeit befindliche Stücke an einem Draht aufgereiht nebeneinander. Vor allem aber war es der Geruch des Holzes und das Licht, die mich bezauberten.«

Als in der Schule Ferienpraktika anstanden, setzte Torsten mit Hilfe seines Vaters alles daran, beim Geigenbauer anzukommen. Hesse wollte zuerst nicht; er hatte nie Mitarbeiter gehabt und wollte gern allein bleiben.

»Aber er war meinem Vater irgendwie verpflichtet und ließ mich zuerst eine Probearbeit abliefern, bevor ich ein Praktikum bei ihm machen durfte. Das heißt, ich musste einfach ein paar Laubsägearbeiten machen, als wären wir im Werkunterricht in der Schule. Das war kein Problem für mich, und Hesse hatte jetzt keinen Grund mehr, mich abzulehnen.«

Das Praktikum ging über drei Wochen; dann sagte Hesse dem jungen Torsten Tedel, er könne jederzeit wiederkommen, wann immer er Zeit habe, und ihm helfen. Und der kam wieder, so oft er konnte, kam ganz zu ihm, nachdem er mit etwas Mühe, aber unter nicht allzu großen Schmerzen die Reifeprüfung bestanden hatte. Torsten Tedel war Hesses erster und letzter Schüler. Torstens Vater war einen Augenblick enttäuscht, dass sein Sohn nicht studieren wollte, dann tröstete er sich damit, dass er gewissermaßen im Metier blieb.

»Während der drei Jahre bei Hesse war ich keinen Tag krank. Jeden Morgen bin ich mit Freuden zu ihm gefahren. Er hat mir eine Menge beigebracht und manche Sachen gesagt, die wahrscheinlich jeder Geigenbaumeister seinem Schüler erzählt und die ein wenig salbungsvoll klingen, zum Beispiel: *Man muss das Holz verstehen.* Das hatte ihm wahrscheinlich schon sein Vater gesagt, und der hatte es vielleicht von seinem Vater und so weiter – der Betrieb war in der fünften Generation –, aber es stimmt natürlich. Man muss das Holz wirklich verstehen, sonst klingt es nicht. Ich würde das heute auch einem Schüler erzählen, wenn ich einen hätte, aber ich bleibe lieber für mich.«

In Kassel aber konnte und wollte Tedel nach dem Ende seiner Ausbildung nicht bleiben, und so nahm er das erstbeste Stellenangebot an, das ihn nach Berlin führte, in einen Geigenbaubetrieb in Charlottenburg, in der Nähe des Schlosses. Er war zweiundzwanzig, als er dort ankam, bis dahin kaum gereist, kannte sich nicht aus in der großen Stadt, wusste nicht, wie man eine S-Bahn-Tür öffnet, hatte spärliche Erfahrungen mit Frauen, kam ungeschützt nach Berlin und ging doch nicht unter. Sieben Jahre arbeitete er in der Kaiser-Friedrich-Straße, dann machte er seinen eigenen Betrieb in Wilmersdorf auf.

An dieser Stelle war es, dass sein Bericht sich etwas verwischte, etwas undeutlich wurde, an Plastizität verlor, und ich verstand nur so viel, dass er im zweiten Jahr dort eine bekannte französische Virtuosin kennenlernte, die eines Tages in sein Atelier kam, Camille Kessler, vorübergehend in Berlin engagiert, und dass die beiden etwa ein Jahr lang eine bewegte Liaison hatten, bis Madame Kessler Berlin endgültig wieder verließ. Eine heftige Affäre, etwas völlig Neues im Leben des Torsten Tedel, mit dem er nicht gerechnet, das er so bisher nur im Kino gesehen und dabei gedacht hatte: *Da würde ich nicht reinpassen.* Ich verstand dann auch noch, dass aus dieser Verbindung der Sohn Christoph stammte, der sein Leben jetzt großenteils in der Zehlendorfer Psychiatrie verbrachte, chronisch depressiv, in einer Art dämmerndem Lähmungszustand, fast bewegungslos und dabei doch suizidgefährdet: Deshalb sperrte man ihn ein und hielt ihn unter Überwachung. Er erzählte mir nicht, wann das angefangen hatte, ob es überhaupt einen Anfang gegeben hatte und was der Anlass war, und ich wollte nicht nachfragen, wollte auch keine Vorschläge aus der Küchenpsychologie machen, wollte nicht mit der Mutter kommen, die vielleicht fehlte, mit dem Vater, der sich in seiner Werkstatt verkroch, nach der Trennung tiefer denn je, alles konnte ja ganz anders gewesen sein. Bald nach 2016, so viel verstand ich wieder deutlicher, war Tedels Werkstatt in der Nassauischen Straße so etwas wie ein toter Briefkasten, eine geheime Poststelle für eine bestimmte Strömung des Widerstands. Wer zu einem Geigenbauer geht, man vermutet nichts Böses von ihm, und wenn er ein Schriftstück dort lässt, einen Brief, kann es sich um einen Auftrag handeln, um spezifische Wünsche bezüglich des Baus einer Violine, eines Cellos, eines Kontrabasses. Wenn dann am nächsten Tag ein anderer kommt, um das Schriftstück an sich zu nehmen, wird das schon seine Richtigkeit haben. Der Geigenbauer selbst sitzt unbeirrt in seiner Werkstatt; er sägt aus, er hobelt und putzt Zargen, er biegt und leimt, er fugt und sticht den Boden aus und die Decke, er passt den Bassbalken ein, er begrüßt den berühmten Solisten von der Philharmonie, er hört sich seine Wünsche an, seine Probleme, er sorgt dafür, dass das Musikleben auch in den Zeiten der Diktatur nicht erstirbt, was jenseits davon geschieht, es interessiert ihn nicht. Dann kommt wieder ein Mann, um einen Brief, eine Nachricht abzuholen oder zu bringen, Sander etwa oder Tobias Dinkgräfe oder am Ende ein ganz junger Mann namens Carsten Nettelbeck, und ich verstand aus Tedels Erzählungen wieder einmal, dass viele hier auf dem Gelände sich von früher her kannten, aus ihrer heroischen Zeit gleichsam, einer Zeit, in der ich mich in Aachen zwischen Kaffee, Kakao, Tabak und Couverture bewegt und die geheimen Amouren meines Juniorchefs gedeckt hatte.

Das erklärte mir auch, warum Torsten Tedel nach der langsamen Inbesitznahme des alten Geländes seine Werkstatt in Wilmersdorf aufgegeben und sich hier angesiedelt hatte, davon abgesehen, dass ihm mehr Platz zur Verfügung stand. Er war in gewisser Weise einfach nur heimgekehrt, zu den wenigen Menschen, denen er vertraute.

Wir waren fast mit dem Essen fertig, als er zu Ende erzählt hatte. Nach wie vor war das Restaurant bis auf den letzten Platz besetzt, und ich hatte den Eindruck, als sei der Lärmpegel, als seien das Klappern und das Klirren, das Lachen und das Juchzen, das Summen und das Singen seit unserer Ankunft immer mehr angeschwollen. Fast eine Dreiviertelstunde hatte ich kaum etwas gesagt und musste mich räuspern, um meine Stimme zu befreien. Ohne zu wissen warum, hatte ich in dieser Zeit zu meinem Gegenüber ein fast rückhaltloses Vertrauen gefasst und dachte jetzt den merkwürdigen Satz: *Wenn ich mich überhaupt jemandem anvertrauen kann, dann einem Handwerker.* Ich beugte mich vor, damit er mich besser verstand, und erzählte ihm von meinem plötzlichen Weinkrampf heute am frühen Abend. *Eleanor würde ich das nicht erzählen,* dachte ich zugleich, *und Sander auch nicht. Ritz vielleicht.*

»Ja, das kann ich verstehen«, sagte Tedel, als er mich angehört hatte.

»Dann erklär's mir. *Ich weiß nicht, was soll es bedeuten, dass ich so traurig bin.* Es ist doch alles bestens. Die Bibliothek ist fertig, die Graugrünen sind unschädlich gemacht, und der Frühling strahlt wie seit Jahren nicht mehr.«

»Du bist traurig, weil die schöne Übergangszeit zu Ende geht. Jetzt geht das richtige Leben los. Du brauchst dich nur hier umzuschauen. Gefällt mir auch nicht so.«

Ich konnte nicht so tun, als verstünde ich nicht, was er meinte. Bisher hatten wir alle unter einer Art Glasglocke gelebt, in einem abgeschirmten Raum. Wir waren unserer Arbeit nachgegangen, unseren Arbeiten, um genauer zu sein, die uns beschützt hatten. In der Bibliothek waren wir damit zu einem vorläufigen Ende gekommen, und nun begann der normale Betrieb – »das richtige Leben« –, und Eleanor zum Beispiel hatte vor Kurzem ebenfalls erzählt, dass *White Peace* kurz vor dem Abschluss stand, auch wenn ich noch immer nicht wusste, was sich hinter diesem Namen verbarg. Überall auf dem Gelände war das, was man die Aufbauphase nennen könnte, abgeschlossen, und selbst die Anarchisten hatten ihren Kropotkin zu Ende gelesen. In Kürze, so war der Stand der Dinge, würde unsere Nutzung des Geländes legalisiert sein. Alle offenen Fragen und alle Ungewissheiten hatten ein Ende, alle Baustellen waren bald keine mehr, alles Unkraut zwischen den Wegen würde bald getilgt sein, alle Lücken wären bald verschwunden. Wir waren nicht mehr Enklave oder Exklave, nicht mehr Kloster oder Beginenhof, nicht mehr Zwischenraum oder Peripherie; wir waren mittendrin. Vielleicht waren wir sogar das, was keiner von uns sein wollte, die neue Mitte.

»Ich habe es gut. Bei mir selbst ändert sich nichts«, sagte Tedel, »ich werde auch in Zukunft Geigen bauen oder reparieren, wie ich es immer getan habe.«

»Stimmt«, sagte ich, »bei dir ist es immer dasselbe.«

»Nein, das ist es nicht. Es ist im Gegenteil immer etwas anderes; jeder Auftrag ist etwas Besonderes. Aber es ist auch keine Entwicklung, verstehst du, es folgt nicht eins aus dem anderen, es ist einfach nur eine Abfolge unterschiedlichster Aufgaben, jedes Stück ist anders. Das Können verläuft sich nie in Routine.«

Ich sah ihm dabei zu, wie er seinen Wein austrank, und stellte mir Torsten Tedel als einen glücklichen Menschen vor.

»Bei Regina kann es dagegen sein, dass ihr die Räume hier zu eng werden und sie langfristig woanders hin muss. Da kommt sie übrigens; verabredet waren wir aber nicht.«

Er hob den Kopf und lächelte an mir vorbei. Da ich mit dem Rücken zum Eingang saß, musste ich mich umdrehen, um die Geliebte des Geigenbauers zu sehen, wie sie, in einem weiten, leuchtend roten Rock und einer weißen Bluse, die ganzen beinahe vierzig Meter durch den immer noch lichtdurchfluteten Raum geradewegs auf uns zukam, als schlüge sie eine Schneise durch die Tische links und rechts von ihr, mit erhobenem Kopf und ohne zur Seite zu blicken, wogegen manche Gäste an den Tischen im Essen und Trinken und im Gespräch innehielten und ihr nachsahen, bis sie, Regina Reinhardt, unseren Tisch erreicht hatte, den rechten Arm hob und ihrem Geliebten, der ihr entgegenlächelte, einen Messerstich in die linke Schulter versetzte und danach ein zweites Mal ausholte, den zweiten Stich jedoch, der wohl wie schon der erste eigentlich dem Herz gelten sollte, nicht mehr ausführen konnte, weil ich ihr in den Arm fiel und zwei Männer vom Nebentisch herbeigeeilt waren und sie vollends überwältigten. Sie leistete keine Gegenwehr, bis die Polizei kam. Ein Arzt, der hier mit seiner Frau ganz allein den zwanzigsten Hochzeitstag feierte, kümmerte sich derweil um Torsten Tedel, bis die Ambulanz kam.

Wäre das an einem ganz normalen Ort in der Stadt geschehen, wäre es in den kommenden Tagen nicht mehr gewesen als eine erste kurze Notiz im Lokalteil und später vielleicht ein etwas ausführlicherer Bericht über die sogenannten Hintergründe. Da der Vorfall aber auf unserem Gelände passiert war, war er noch immer, aller scheinbaren Normalisierung zum Trotz, über die Tedel und ich unmittelbar vor dem Anschlag gesprochen hatten, etwas Besonderes. Gut zwei Monate nach der versuchten Brandstiftung in der Bibliothek nun ein Mordversuch, noch dazu seitens einer Frau, die ein so archaisches Werkzeug wie ein feststehendes Messer benutzt hatte. Offenbar ein Eifersuchtsdrama, das war Konsens, bevor die Knopfmacherin, die sich nach ihrer Festnahme mehrere Stunden in einem Schockzustand befand, noch irgendetwas gesagt hatte. Als sie dann sprach, stellte sich heraus, dass die Eifersuchtsvermutungen tatsächlich zutrafen. Am Abend zuvor, spät um halb elf, hatte Regina Reinhardt ihren Geliebten in dessen Wohnung in inniger Umarmung über eine Frau gebeugt gesehen. Was sie genau gesehen hatte, war allerdings nur ein Schattenriss hinter den hell erleuchteten beigen Baumwollvorhängen gewesen, und wäre sie nach oben gegangen oder hätte sie am nächsten Tag Torsten Tedel gefragt, hätte er ihr erklären können, dass es sich bei der Frau, mit der er dort in inniger Umarmung stand, um einen Kontrabass gehandelt hatte.

Ich selbst? Kein Schock, eher ein Zittern, eine nervöse Ängstlichkeit, die mich den ganzen Samstag gefangen hielt und es mir unmöglich machte, mit Eleanor in den Süden der Stadt an die Seen zu fahren, wie wir es vorgehabt hatten. Ich wollte niemanden sehen. Auch am Sonntag blieb ich zu Hause und allein, stimmte im letzten Moment noch von meinem Pad aus ab. Ich wählte eine kleine Gruppierung, die sich *Lumen Naturale* nannte und vor allem für die Abschaffung der Sommerzeit kämpfte, europaweit, ein Wahlziel, das ich aus vollem Herzen unterstützte. Endlich Schluss machen mit der Zeitökonomie, mit der Ausnutzung jeder kleinen natürlichen Ressource wie dem Tageslicht, mit der Litanei »bloß keine Verschwendung«, mit dem sorgsamen Umgang mit dem Planeten, der nebenbei auch noch richtig Kohle bringt. Ich weigerte mich einfach, an dieser planetarischen Miteigentümerversammlung teilzunehmen. Es verstand sich natürlich von selbst, dass die Ökoliberalen die Sommerzeit gern aufs ganze Jahr ausgedehnt hätten, ebenfalls europaweit. Aber bisher machten da die anderen Länder nicht mit.

Die neuen Auszählungstechniken brachten schon um kurz vor neun das amtliche Endergebnis. Meine Favoriten waren auf 0,9 % der abgegebenen Stimmen gekommen, das waren immerhin außer mir noch 336 764 andere Menschen im ganzen Land. Ich musste mich also nicht allein fühlen. Alles war mit rechten Dingen zugegangen, versicherten die Beobachter der *Internationalen Kommission*, und wie erwartet waren die Ökoliberalen die stärkste Partei geworden und würden die Kanzlerin stellen, so viel war schon klar.

Mir war das reichlich gleichgültig. Ich sehnte den Montag herbei, den hellen Morgen. Ich nahm zwei Somnivin, ging ins Bett, schmökerte noch zwei Seiten in Hegels Rechtsphilosophie und schlief endlich ein.

25

Regina Reinhardts Attentat auf ihren Geliebten war inzwischen in der Presse der Gegenstand einiger Kommentare geworden. *Terrain Vague* wunderte sich, wie man, und sei es als Schattenriss, einen Kontrabass mit einer Frau verwechseln könne. *PANORAMA* phantasierte für die Knopfmacherin eine Biografie der Leidenschaft zusammen, mit angeblich ähnlichen Vorfällen schon in ihrer Jugend in Ingolstadt. Man hatte dort ein paar Jugendfreundinnen ausgegraben, ihnen ein paar harmlose Geschichten entlockt und diese belletristisch weiter verarbeitet. Die *Junge Stimme* ließ nicht unerwähnt, dass Reinhardt bekanntlich ein traditionsreicher Zigeunername sei, daher die Wahl der Waffe. Und das *Allgemeine Hauptstädtische Journal*, eine erfolgreiche Neugründung aus dem Jahr 2027 und gleichsam das Blatt für die gebildeten Stände, wie schon der prätentiöse Name andeutete, sinnierte in einem langen Beitrag seines Chefredakteurs Alfons Korbmacher darüber, ob der Vorfall nicht als Symptom zu werten und auf unserem Gelände ganz allgemein zu stark die Phantasie an der Macht sei. Der Artikel schlug tatsächlich den Bogen zu jener Parole aus dem Jahr 1968, die schon ich selbst in meiner Studentenzeit nur noch als Reprise kennengelernt hatte. Das Gelände sei schließlich nicht erst seit heute und nicht erst seit Juntazeiten phantasiebesetzt gewesen, sondern seit mehr als hundert Jahren. Die Argumentationslinien dieses sich über zwei Seiten erstreckenden Artikels (anlässlich eines Messerstichs in die linke Schulter eines Geigenbauers!) waren teilweise aberwitzig, und eine Konkurrenzzeitung schrieb prompt am nächsten Tag, seit Langem sei nirgends mehr die Phantasie so uneingeschränkt an der Macht gewesen wie »bei der Abfassung dieses grandiosen feuilletonistischen Unikats«. Auch im Netz machte man sich entweder über Korbmachers Beitrag lustig oder schrieb Fanpost, und schon war die Diskussion über unser Territorium losgetreten, auch darüber, ob es wirklich opportun sei, uns dieses Gelände auch juristisch zu übereignen, wie es eigentlich vorgesehen war. Die Debatte erstreckte sich über zwei Wochen und ließ manchmal beinahe die Berichte über die Regierungsbildung in den Hintergrund treten. Für Regina Reinhardt, die man vorläufig zur Beobachtung in dasselbe psychiatrische Krankenhaus eingewiesen hatte wie Tedels Sohn, interessierte sich dagegen kaum noch jemand.

Vor allem brachte die Kontroverse uns noch mehr Besucher als schon in den letzten Monaten. Die Journalisten, die noch schnell einen Beitrag zur Debatte schreiben wollten, bevor diese ranzig wurde, erkannte man leicht; die Kamerateams ohnehin. Dann sah man zuweilen Einzelne durch unsere Straßen schleichen, mit einem bestimmten, suchenden Blick, der ihnen ihr Geheimnis entreißen wollte. Aber auch touristische Busladungen kamen zu uns, und nach einer weiteren Woche hatte der größte Veranstalter von Sightseeingfahrten in der Stadt das alte Gelände mit in seine Tour eingebaut. Viermal täglich rollte jetzt einer dieser bunten Doppeldecker durch die Straßen, neben dessen Fahrer ein alter Mann oder eine junge Frau vor einem Mikro saßen und über uns erzählten. Zum Glück waren wir noch kein Stopp zum Aussteigen, Ausschwärmen und Fotografieren geworden, aber auch das würde kommen.

An einem dieser Tage traf ich morgens Ritz, den ich lange nicht mehr gesehen hatte. Es war sehr früh; der Junimorgen versteckte sich noch hinter einem dünnen weißgelben Dunstschleier, bis er ihn zerreißen und sich in seiner ganzen Pracht zeigen würde.

Am Abend zuvor hatte ich mit Eleanor halb den See umrundet, von dem aus man die Rückfront von Kolbergs ehemaligem Haus sehen konnte. Eleanor war gerade von einem Kongress in Peenemünde zurückgekommen, bei dem sie, wie sie sich ausdrückte, »neue Entwicklungen auf dem Gebiet der IT« vorgestellt hatte, mehr wollte sie nicht sagen. Die Ankündigung eines Kongresses in Peenemünde hatte ich vorher nirgends gefunden, wo ich auch suchte. Ich verstand das so, dass sie *White Peace* einem ziemlich geheimen Gremium potenzieller Nutzer präsentiert hatte, seien diese nun Privatleute, Sicherheitsunternehmen oder das Militär. Denn ich war seit Längerem davon überzeugt, dass sich hinter diesem Namen eine wie auch immer geartete Waffe verbarg. Anders als bisher schien sie nicht mehr voller Energie, wenn sie von diesem Projekt sprach, sondern wirkte eher erschöpft und leicht gereizt. Schließlich sprach sie davon, vielleicht nach England zurückzugehen und dort bei einer Firma anzuheuern; bei uns auf dem Gelände war ihr alles zu aufgeregt und geschäftig geworden.

»Mit der letzten Schneeschmelze«, sagte sie, als wir uns auf den Weg zurück zur Bushaltestelle machten, »ist alles irgendwie anders geworden, Ulrich. Als ob eine Schutzschicht weg wäre. Dann diese Sache mit Regina, das ist furchtbar. Ich fühle mich da nicht mehr wohl.«

Darüber, wie und ob es mit uns weitergehen sollte, sprach sie nicht. Wir trennten uns vor ihrem Haus. Ich schlief flach und leicht und wachte sehr früh auf; ich trank einen Kaffee, schaute aus dem Fenster in den hellen Dunst und auf die stillen, menschenleeren Straßen. Dann ging ich nach draußen und sah Ritz.

Ritz saß auf halber Höhe des Hügels, mit dem er den alten Bunker überkront hatte. Er trug seinen Kittel, wie immer, aber diesmal keine Mütze. Er hatte die Knie angezogen, und die Hände ruhten auf den Kniescheiben. Er saß sehr gerade und schien den Blick in die Ferne gerichtet zu haben. Er meditiert, dachte ich, er sitzt morgens um sieben auf dem alten Bunker und meditiert; aber dann hob er die Hand und winkte mir zu. Also ging ich über die Straße, kletterte den Hügel halb hinauf und setzte mich neben ihn in das noch leicht taufeuchte Gras. Er fragte mich, warum ich so früh unterwegs sei, und ich sagte ihm, dass ich nicht mehr schlafen könne. Ich erzählte ihm von dem, was Eleanor mir am gestrigen Abend gesagt hatte, und dann erzählte ich ihm von dem Gespräch mit Torsten Tedel, kurz bevor Regina Reinhardt auf den Tisch zugekommen war und auf den Geigenbauer eingestochen hatte. Von meinen Ängsten, meinem Unbehagen erzählte ich ihm und beklagte mich schließlich über all die Leute, die plötzlich *zu uns* kamen, und über die blöden Doppeldeckerbusse.

»Ja«, sagte Ritz schließlich, »die schöne Zeit der Schwebe ist vorbei. Wir sind jetzt verortet und vermessen. Von außen und auch von innen natürlich. Denk nur mal an die Geschichte mit dem Supermarkt.«

Damit spielte er auf eine interne Posse an, die uns neben dem Attentat auf Torsten Tedel am meisten beschäftigte. Eine Supermarktkette, PROVITA, hatte auf unserem Terrain die Marktlücke entdeckt, reichlich spät, wie ich fand. Tatsächlich gab es auf dem ganzen Gelände keine Möglichkeit, sich mit Lebensmitteln einzudecken. Nach wie vor fuhr oder ging man entweder selber *in die Stadt* (der nächste Supermarkt lag nur knapp zehn Minuten Fußweg jenseits der alten Grenze des Geländes nach Westen) oder beauftragte die Anarchisten mit den Einkäufen. Diese waren es auch, die sich jetzt vehement gegen die Ansiedlung von PROVITA auf dem letzten Brachland wehrten, das auf unserem Gelände noch verblieben war. Da Neuansiedlungen nach unseren internen Regeln mehrheitlich gebilligt sein mussten, schlugen die Anarchisten jetzt Alarm. In einer Verlautbarung hieß es, da könne man ja auch gleich eine ganze Shopping Mall aufs Gelände bauen. Darum ging es aber nicht, und dafür war das verbliebene Brachland bei Weitem nicht groß genug. Vielen von uns schien es, dass die Anarchisten gar nicht so sehr gegen den Supermarkt als Symbol des verhassten Konsumfetischismus angingen, sondern dass sie vor allem um das Privileg ihrer schönen Einkaufsfahrten kämpften. Dennoch hatten sie von vielen Seiten auch Unterstützung. Beide Restaurants etwa waren gegen die Ansiedlung von PROVITA auf unserem Gelände, die Buchhändlerinnen waren dagegen, die superdicke Wirtin und Ute Wellkamp auch. Die Teams vom *Terrain* und vom *Metropolis* waren eher dafür, aber die Jagd auf Nachrichten und auf Filme nahm sie zu sehr in Anspruch, um sich wirklich dafür einzusetzen. Bisher hatte der Supermarkt bei uns noch keine Mehrheit gefunden. Mir selbst war diese Frage eigentlich völlig gleichgültig, und das sagte ich Ritz auch.

»Mir geht es zwar ähnlich«, antwortete er, »aber man muss bei dem Fall eines bedenken: Egal, wer sich dort ansiedelt, wenn dieses Brachland erst einmal bebaut ist, dann ist die letzte Lücke geschlossen. Dann ist hier alles fertig, Ulrich.«

Als er das gesagt hatte, passierte mir dasselbe wie vor ein paar Wochen, als ich vor dem Bildschirm die Erklärung von Sir George zur Festnahme des Generals verfolgt hatte. Ich fing an zu weinen: stiller und weniger durchgeschüttelt als damals, aber doch für Ritz deutlich sichtbar.

»Vielleicht solltest du einfach mal eine Woche wegfahren. Weit weg. Schließlich gibt es ja noch etwas anderes als unser Terrain hier und diese ganze hysterische Hauptstadt drum herum.«

Ich zuckte mit den Schultern, um anzudeuten, dass ich nicht wüsste wohin. So war es tatsächlich: Ich war vor etwa zehn Monaten hierher gekommen, und je länger ich hier geblieben war, desto mehr neigte ich dazu, das Gelände mit der ganzen Welt zu verwechseln. Oder aber, wenn ich das nicht tat, doch vor der ganzen Welt außerhalb des Geländes Angst zu haben.

»Soviel ich weiß, kommst du aus Aachen. Das ist doch schon ganz schön weit von hier. Weit genug.«

Ich wischte mir die Tränen ab und putzte mir die Nase, bevor ich antwortete.

»Ich komme nicht aus Aachen. Ich bin in Frankfurt geboren. In Aachen habe ich nur zuletzt gearbeitet. – Ich war Kaufmann«, fügte ich nach einer kurzen Pause mit einem völlig blödsinnigen Stolz hinzu.

Ritz lächelte.

»Du hast doch sicher noch ein paar Freunde da«, sagte er, »die du besuchen könntest. Du bist doch noch gar nicht so lange hier.«

»Stimmt.«

»Vielleicht fährst du einfach mal hin. Die Bibliothek kommt sicher auch zwei Wochen ohne dich aus, jetzt wo …«

Er sprach nicht weiter.

»Jetzt, wo alles fertig ist, wolltest du sagen.«

Er nickte. »Ja, jetzt wo alles fertig ist. Das ist eine Tatsache, mit der man sich abfinden muss.«

Ich erinnerte ihn an den Tag, als ich hier angekommen und ihm zusammen mit Sander auf meinem ersten Weg übers Gelände begegnet war. Ich erinnerte ihn an das, was er über geschlossene Systeme ohne Lücke gesagt hatte, die an ihrer Lückenlosigkeit zugrunde gehen.

»Wir sind kein geschlossenes System«, sagte er. »Es ist hier nur bald alles fertig, die transitorische Phase nähert sich dem Ende. Ich glaube, das ist es, was dich traurig macht.«

»Dich nicht?«

»Oh, ich. Mich berührt das nicht mehr so, weißt du. Ich werde bald sterben. Ein paar Monate noch.« Und als ich ihn erschrocken ansah, natürlich ratlos wie immer, wenn man, noch dazu in schöner Beiläufigkeit, eine solche Mitteilung erhält, sagte er: »Gut, das klingt etwas schroff. Wenn du Tagebuch schreiben solltest, schreib nicht: *Ritz wird bald sterben.* Schreib: *Sein Leben geht aufs Ende zu.*«

»Ich schreibe kein Tagebuch«, sagte ich. Dann riss der Dunstschleier auf, und sanft erglänzte der Junimorgen.

26

Der Anarchist, der mich zum Hauptbahnhof fuhr, hieß Magnus Mühlens und war mindestens zehn Jahre jünger als ich. Ein angenehmer junger Mann, dachte ich und schüttelte gleich darauf über mich selbst den Kopf, dass ich mit meinen sechsunddreißig Jahren den Ausdruck *junger Mann* gebrauchte. Wir saßen nicht mehr in der alten Kiste aus den achtziger Jahren, die zwar noch auf dem Gelände herumstand, aber kaum mehr genutzt wurde. Die Anarchisten hatten sich im Frühjahr gleich zwei Transporter gekauft, einen Vito aus dem Jahr 2013 und einen 2022er General, der nur in den letzten fünf Juntajahren gebaut worden war. Wir saßen in dem Vito, und Magnus hatte den Auftrag, auf dem Rückweg noch eine Reihe von Besorgungen zu machen.

»Du bist sicher auch gegen den Supermarkt«, sagte ich, nur um etwas zu sagen. »Musst du ja sein.«

»Muss ich gar nicht«, sagte Magnus, während er mit der rechten Hand am Sender herumspielte. »Bei uns gibt es keine Zwänge.«

»Ich meine, weil dann die Besorgungsfahrten wegfallen. Du fährst doch sicher ganz gern mal raus.«

Er suchte weiter nach passender Musik, warf mir aber einen kurzen ironischen Seitenblick zu. »Also, raus kann ich, wann immer ich will. Dazu brauche ich keine Einkaufsaufträge. Schließlich sitzen wir nicht im Knast, oder?«

Er schien jetzt die richtige Musik gefunden zu haben. Ich war etwas erstaunt, denn es handelte sich um das *Deutsche Requiem* von Brahms, während ich natürlich vermutet hatte, er suche nach Cool Slice oder Mangapop oder wenigstens nach irgendwelchen Hip-Hop-Oldies. Ich ertappte mich dabei, gewissermaßen schon wieder über den *jungen Mann* nachgedacht und mir ein Bild von ihm gemacht zu haben.

»Mit dem Supermarkt«, sagte er und lehnte sich entspannt zurück, »das ist mir völlig egal. Ich bin ja kein Dogmatiker.«

Natürlich nicht, dachte ich. Wer sagt schon von sich, dass er ein Dogmatiker ist, außer vielleicht einigen eigens dafür bezahlten Theologen der Alleinseligmachenden Kirche?

»Was bist du denn?«

»Das weiß ich doch nicht. Das kann ich doch noch gar nicht wissen. Mann, ich war neun, als diese Heinis kamen. Die Junta, meine ich.«

Ich rechnete schnell nach: Fünfundzwanzig war er jetzt.

»Ich war natürlich bei den *Game Boys* und auch ein Jahr in der *Grauen Garde*. Aber dann kam mein Vater in den Knast, und ich wurde aus der Garde rausgeschmissen, da war ich gerade sechzehn. Meine Mutter hatte einen Minijob bei *Galeria*, das reichte kaum für uns zwei. Okay, es gab ja die Armenspeisung. Das werden uns die graugrünen Restkadaver übrigens noch bis an ihr Lebensende erzählen, dass es unter dem General wenigstens die Armenspeisung gab.«

»Stimmt«, sagte ich, »das ist so wie mit den Autobahnen.«

»Mit den Autobahnen?«

»Ach, egal«, sagte ich. »Dafür bist du zu spät geboren.« *Ich übrigens auch,* dachte ich. »Und außer der Armenspeisung?«

»Ich habe hier und da gejobbt. Großmarkt, später Auslieferungsfahrer, Zweiradkurier und so weiter. Fahren liegt mir im Blut«, sagte er und machte im nächsten Moment eine Vollbremsung, weil der Wagen vor uns auch eine gemacht hatte. Kurz danach ging es weiter. »Zum Schluss habe ich übrigens selbst in der Armenspeisung gearbeitet, natürlich auch als Fahrer. Die Sachen mussten ja schließlich erst mal rangekarrt werden. Da habe ich auch Frodos Mutter kennengelernt. Und Frodo dann selbst auch, und seinen Vater.«

»Und *dein* Vater, was macht der jetzt?«

»Mein Vater ist verschwunden. Er kam erst in den Knast, und dann war er verschwunden. Der kommt nicht wieder.«

Mir war etwas unbehaglich, dieses Thema angesprochen zu haben, und ich versuchte unbeholfen, da herauszukommen, indem ich sagte: »Mein Vater auch. Das heißt, ich habe ihn nie kennengelernt.« Ich erzählte kurz die Geschichte und sprach über meine Vermutungen, was Gregor Korff betraf.

»Klingt ganz spannend«, sagte Magnus. »Willst du den jetzt besuchen? Das Grab, meine ich?«

»Daran habe ich noch gar nicht gedacht«, sagte ich. »Aber klar, ich fahre doch sowieso in die Richtung. Da könnte ich auch einen Abstecher nach Paris machen.«

Dann war die kurze Fahrt schon zu Ende. Der Hauptbahnhof, vor fünf Jahren nur ganz leicht beschädigt, war längst wieder instandgesetzt und sah noch immer wie eine nicht ganz zu Ende gebaute Shopping Mall aus. Ich wollte Magnus drinnen zu einem kleinen Frühstück einladen, aber er winkte ab und sagte, er sei noch den halben Tag unterwegs und müsse sich etwas beeilen. Er wusste nicht, ob er mir viel Glück oder einen schönen Urlaub oder sonst was wünschen sollte, und entschied sich schließlich für Gute Reise. Auf der unteren Ebene des Hauptbahnhofs gab es ein neues Café mit dem Namen *Klein & Wagner*, in dem ich ein Croissant mit ein bisschen Marmelade aß und einen Milchkaffee trank. Dann kaufte ich wahllos einen ganzen Packen Zeitungen, bestieg den *InterEurope 777* und machte mich auf den langen Weg nach Westen.

Eine Weile, während der Zug die Hauptstadt verließ und danach durch die Ödnis fuhr, hatte ich noch den Fernseher angestellt. Im Mittagsmagazin ging es zunächst um die gerade abgeschlossene Regierungsbildung. Man sah eine strahlende Kanzlerin in spe von den Ökoliberalen, die zusammen mit der *Konservativen Reform* und der *Partei Freie Bürger* die kommende Regierung bilden würde. Im nächsten Beitrag wurde ein Sicherheitsexperte der *Internationalen Kommission* zu Gerüchten interviewt, man habe Marietta Kolberg geortet. Angeblich solle sie sich nicht im Triestiner Karst aufhalten, wie bisher vermutet, sondern in Ostflandern. Das hatte ein französisches Magazin berichtet. Außerdem hieß es, sie habe einen schlagkräftigen Trupp von etwa fünfhundert bestens bewaffneten Kämpfern um sich geschart. Der Sicherheitsexperte bestätigte das weder, noch dementierte er es. Der Aufenthaltsort von Marietta Kolberg sei seit Längerem bekannt, und alles sei unter Kontrolle. Warum sie dann nicht festgenommen werde, fragte der Interviewer. Man müsse den richtigen Zeitpunkt abwarten, sagte der Experte und verwies darauf, dass man schließlich auch den General festgesetzt hatte. Im Übrigen habe Flandern bekanntlich seine eigenen Gesetze. Also stimme es, dass Frau Kolberg sich dort aufhalte? Kein Kommentar. Nur gesetzt den Fall, es stimme: Flandern habe eben seine eigenen Gesetze.

Ich fragte mich, wie man sich irgendwo mit fünfhundert Kämpfern niederlassen könne, ohne aufzufallen. Auf der anderen Seite ließ mich die Nachricht an sie beinahe als an eine Jeanne d'Arc denken, und dieser Jeanne d'Arc hatte ich einmal die Hand gegeben, damals im Haus am See! Und wenn das französische Magazin wirklich recht hatte, fuhr ich ihr jetzt entgegen.

Dann kam ein Bericht über die aktuelle Hitzewelle in Bulgarien und Rumänien, und ich schaltete aus. Vierzehn Tage Urlaub hatte ich mit Sander ausgehandelt. Natürlich hatte ich die Option, jederzeit zu verlängern. Mich band an die Bibliothek kein Vertrag. Ich erhielt zwar ein Honorar für meine Arbeit dort, aber im Grunde handelte es sich um einen Freundschaftsdienst, den ich jederzeit beenden konnte, um etwas anderes zu machen. Die Rücklagen aus meiner kaufmännischen Tätigkeit, wenn ich das so nennen darf, reichten für wenigstens anderthalb Jahre aus: Zeit genug, ein neues Gelände zu erkunden.

Am Vorabend meiner Reise hatte ich endlich *Das Sonja-Komplott* zu Ende gelesen, allein, denn Eleanor hatte an dem Roman irgendwann kein Interesse mehr gehabt. Am Schluss ist Norbert Sethe allen Anschlägen entkommen – klar, sonst hätte er seine Geschichte nicht erzählen können –, und ist selbst vom MI6 angeworben worden, um die neue deutsche Regierung auszukundschaften. (Die Erstausgabe des Romans war 1999 erschienen. Ich konnte mich nicht mehr erinnern, wer damals das Land regierte.) Wenn wir ihn schon nicht killen können, schien die Botschaft zu lauten, dann kaufen wir ihn uns wenigstens.

Ich stellte meinen Sessel ganz gerade und schaltete das Massageprogramm für den Rücken ein. Der Zug fuhr die nördliche Strecke über Hamburg und Bremen, und wir schossen jetzt spürbar auf Hamburg zu. Auf keinem Gebiet war das Land unter der Junta so sehr dem eigenen Modernisierungsanspruch gerecht geworden wie bei der Weiterentwicklung der Eisenbahntechnik. Die Gleisanlagen waren auf den allerneuesten Stand gebracht worden, und die *Fast Regios*, *InterMetropols* und *InterEuropes* galten überall als Wunderwerke. In wenigen Jahren hatte man den französischen Vorsprung überholt, und sogar die Japaner kamen, um die deutsche Technik zu studieren. Die Nostalgiker, die sich nach den graugrünen Jahren zurücksehnten, führten noch vor der Armenspeisung die Eisenbahn ins Feld. Dieser Zug hier, der aus Warschau kam, flog bis nach Nantes, und einen Augenblick fragte ich mich, ob ich nicht tatsächlich gleich bis Paris sitzen bleiben sollte. Aber für Paris war immer noch Zeit.

Je weiter wir nach Westen kamen, desto mehr tat der Anblick der Landschaft meinen Augen gut, trotz der Langeweile, die sie streckenweise verströmte. Ich sah Pferde, die auf Weiden herumstanden und ihrerseits gelangweilt zu sein schienen, kauende Kuhherden und kurz vor Münster eine Riesenherde Schafe. Dann folgte der Städtegürtel. Wir jagten an Einkaufszentren und Containerbahnhöfen vorbei, an den Freizeitparks und IT-Kombinaten des Ruhrgebiets. Wenn der Zug verlangsamte und in Bahnhöfe einfuhr, konnte ich nach unten auf die langen Autoschlangen sehen, die sich langsam und ergeben in die Städte hineinpressten. In Köln warteten wir wie immer auf der Hohenzollernbrücke auf Einfahrt, einen kleinen zögernden Moment lang, der Dom schon in Sichtweite. Zwanzig Minuten später hatte der Zug die Stadt schon wieder hinter sich gelassen und nahm Fahrt auf. Next Stop Aachen. Prochain arrêt Aix-la-Chapelle.

Dort stieg ich in einem kleinen Hotel nah am Markt ab, nicht weit von meiner alten Wohnung. Zweifellos hätte ich bei Anton Münzenberg wohnen können oder in irgendeiner der Wohnungen, über die die Familie verfügte. Aber niemand von den Münzenbergs wusste, dass ich hier war, und ich wollte selbst entscheiden, wann ich das ändern würde. In dem Hotel, es hieß *Drei Könige*, hatte die Firma manchmal Geschäftspartner untergebracht. Von meinem Zimmer aus, das im ersten Stock lag, sah ich über die Straße hinweg direkt auf den Markt, und bei leicht geöffnetem Fenster hörte ich den Singsang der Passanten. Ich zog die Vorhänge zu, legte mich einen Augenblick aufs Bett und fühlte mich beschützt. Vielleicht brauchte ich aber im Moment keinen Schutz, weil ich vor nichts Angst hatte.

Dann ging ich nach unten, auf die Straße. Hoher Mittag und Sommeranfang. Ein seltsames Gefühl, mich wieder in einer Stadt zu bewegen, in der ich mehr als zwölf Jahre gelebt hatte. Ich wusste nicht genau, ob ich ein Gast oder ein Rückkehrer war. Ich erwartete, dass alle mich anstarrten oder dass jeden Moment ein Bekannter auf mich zukam und mich fragte, ob ich wieder zurückkäme. Oder mich fragte, wie es denn da sei, da hinten auf diesem berühmten Gelände ganz am anderen Ende des Landes. Aber ich erregte offenkundig bei niemandem irgendein Aufsehen oder auch nur Interesse. An mir war nichts Auffälliges, nichts, was die Leute sich nach mir umsehen oder merkwürdig schauen ließ.

Schließlich ging ich zum Essen in den *Goldenen Schwan*, wo ich manchmal zusammen mit Anton oder anderen aus der Firma zu Mittag gegessen hatte. Der Hauptandrang war schon vorbei. Keine Spur von Anton oder irgendjemandem sonst aus der Firma, den ich kannte. Der Wirt erkannte mich und nickte mir zu, fragte aber nicht, wo ich denn so lange gewesen sei, wie ich es erhofft hatte. Auch der Kellner begrüßte mich wiedererkennend, als er mir die Karte brachte, und fragte mich, ob ich »wieder im Lande« sei. War ich das? Im Augenblick ja, aber mehr wusste ich noch nicht. Ich bestellte Schnitzel.

27

Als ich auf der anderen Seite des Marktplatzes stand und zu den weit geöffneten Fenstern hochsah, konnte ich die Umrisse einer Frau ausmachen, die in dem Raum hin und her ging, der meine Küche gewesen war. Sie hantierte im Halbschatten; dann kam sie plötzlich mit einer kleinen Gießkanne direkt ans Fenster, und ich konnte sehen, dass es eine noch junge Frau war. Erst jetzt entdeckte ich die beiden kleinen Pflanzkästen auf der Fensterbank; vermutlich waren Küchenkräuter darin. Sie goss sie mit ruhiger Hingabe und schaute dann nach draußen. Auffällig, wie ich auf dem Marktplatz stand und nach oben glotzte, fühlte ich mich ertappt, senkte schnell den Kopf und setzte mich in Bewegung, wobei ich darauf achtete, nicht in den Laufschritt zu verfallen.

Ich querte den Platz und stieg in der Junisonne in die Jakobstraße hinab, an Restaurants, Imbissen, einem italienischen Nudelgeschäft, einem Buchladen, einer Apotheke, einem Schmuckgeschäft und einigen Arztpraxen vorbei. Unten angekommen drückte ich die schwere Messingklinke zum Ladengeschäft der Firma *Del'Haye & Münzenberg* und horchte auf das dunkle, vollmundige Läuten der Ladenglocke. Damals, zu Beginn meiner Lehre hier, war dieser satte Ton das Erste gewesen, was mich tief beeindruckt hatte.

Dann die Gerüche, wenn man eingetreten war! Sie machten sich nicht gegenseitig den Platz streitig, sondern verbanden sich miteinander zu einem Ensemble, geführt von einem Dreiklang aus Kaffee, Kakao und Tabak. Der Geruch war fürs erste der dominante Sinn, wenn man den Laden betreten hatte, weil die Augen sich erst an das Dämmerlicht und die warmen, dunklen Farbtöne gewöhnen mussten, die ihn beherrschten. Jeder, der hier hereinkam, blinzelte für einen kurzen Moment, in dem ihn das Personal unter die Lupe nehmen konnte; so auch ich. Dann hatten sich meine Augen angepasst und nahmen als einzige Person im Laden eine Frau um die zwanzig wahr, die ich nicht kannte und die mich nach meinen Wünschen fragte. Gerade wollte ich mich vorstellen, als der schwere, dunkle, immer irgendwie etwas schmutzig wirkende Vorhang, der sich hinter dem Tresen befand, zurückgeschoben wurde, und Anton Münzenberg, einen Bogen Papier in der rechten Hand schwenkend, den Verkaufsraum betrat. Er entdeckte mich sofort, ließ das Schriftstück einfach fallen, stieß das hüfthohe Türchen mit dem Messingknauf auf, das links in den Tresen eingelassen war, und fiel mir unter den erstaunten Blicken der jungen Frau um den Hals.

»Ja«, sagte Anton vier Stunden später, »deine Wohnung haben wir vermietet. Ich hätte sie dir gern noch freigehalten, aber Clemens war dagegen. Er war der Ansicht, wir müssten da mal richtig was rausholen. Die Miete hat sich verdoppelt. Eine Ärztin an der Uniklinik, Radiologin.«

»Die aber offensichtlich Zeit hat, mitten in der Woche nachmittags ihre Küchenkräuter zu gießen.«

»Du musst auch so einer Person mal einen freien Tag gönnen. Die arbeitet bestimmt sehr hart. Trinken wir noch einen Kaffee zum Abschluss?«

Wir saßen in den *Folies Gourmandes* in Lüttich, die ich von manchen früheren Besuchen mit Anton kannte. Anton hatte alles stehen und liegen gelassen und war mit mir hierher gefahren. Das durfte er jetzt so einfach tun. Er war nicht mehr Juniorchef: Sein Bruder Clemens und er führten die Firma gemeinsam, ihr Vater war im letzten Winter gestorben. Nur zu Gisèle, seiner Geliebten, konnte Anton sich nach wie vor nicht bekennen, denn über dem Clan thronte noch immer die Mutter. Aus dem Geschäftlichen hatte sie sich immer herausgehalten, aber die Organisation der Familie war ihr Gebiet. Natürlich kannte ich sie von einigen Firmenfeiern. Sie war »eine kleine, schöne Frau mit einem steinernen Herzen«: eine Charakterisierung, die nicht von mir stammte, sondern unisono von ihren beiden Söhnen. Deshalb musste Anton weiter seine Ausflüge über die Grenze machen und sich die Stunden stehlen.

»Ein bisschen sauer bin ich schon, dass ihr mir keine Todesanzeige geschickt habt«, sagte ich jetzt.

Anton zog die Schultern hoch und bedauerte. Es gab keine Entschuldigung. Man hatte mich einfach vergessen, obwohl ich doch beinahe zur Familie gehört hatte, allerdings nicht ganz: Mir konnte die Clanchefin keine Vorschriften machen.

»Du warst so weit weg, verstehst du. Wie weit ist das? Fünfhundert Kilometer? Sechshundert? Und in die Himmelsrichtung gucken wir doch nie.«

»Keine Pläne für eine Niederlassung in der Hauptstadt?«, fragte ich.

»Mit Sicherheit nicht. Aber da wir schon dabei sind: Wir expandieren tatsächlich. In Hamburg sind wir schon, in Kürze eröffnen wir in Brüssel und in München, und als nächstes wollen wir nach Paris.«

Er rührte seinen Espresso um, wie früher ganz und gar in diese Tätigkeit versunken, mit gesenktem Kopf. Ich war fast gerührt, als ich diese Geste wiedererkannte. Dann sah er mich an, lächelte und sagte: »Da brauchen wir noch jemanden, der das mit aufbaut.«

Dem lauten Gelächter nach zu schließen, das kurz darauf folgte, muss ich ihn ziemlich dämlich angesehen haben. Dann fasste sich Anton und sagte: »Das ist ernst gemeint. Du solltest es dir überlegen. Schließlich bist du vom Fach. Oder hast du zwischen den Büchern alles verlernt? Wie geht es dir überhaupt? Wie ist es denn da hinten?«

Das war ganz Anton: Vier Stunden, nachdem wir uns wiedergesehen hatten, fragte er mich zum ersten Mal, wie es mir ging. Seine lebhafte Freude, seine spontane Umarmung vorhin im Laden wurde dadurch nicht entwertet. Im Gegensatz zu seiner Mutter hatte er kein Herz aus Stein. Er war die Warmherzigkeit und die Großzügigkeit selbst, aber wie bei allen Münzenbergs erschloss sich auch für ihn die Welt zunächst über die Firma und den Clan, so sehr auch gerade Anton sich durch den Clan gegängelt fühlen mochte. Die Münzenbergs lebten, im Großen und Ganzen hoch zufrieden, in ihrem eigenen kleinen Universum und betrachteten alles, was es sonst noch auf der Welt gab, lediglich als eine Art Annex dieses Universums. Diesem Annex brachten sie teilweise große Sympathie entgegen, wie schon allein Antons ungetrübte Lebensfreude zeigte. Aber ihre eigentliche Welt war die, in die sie hineingeboren waren und die gegen eine andere auszutauschen sie nie auf die Idee kommen würden. Das galt übrigens auch für die Mehrzahl der Mitarbeiter der Firma. Darin waren sie im Grunde genommen sehr modern. Schließlich war in den letzten Jahrzehnten der sogenannte Arbeitgeber, das Unternehmen, der Konzern für viele Menschen ihre eigentliche Heimat geworden, weil er mächtiger und irgendwie auch verlässlicher schien als etwa der Staat oder die Familie. Wer noch nicht *freigesetzt* war und noch einem solchen Zusammenhang angehörte, der spürte hier gewissermaßen die Wärme des Mutterbauchs und den Schutz durch eine größere Macht, den die eigene Familie oder der Staat schon lange nicht mehr geben konnten. Dass jemand einfach von *Del'Haye & Münzenberg* wegging, um etwas anderes zu machen, wie ich, das war eine absolute Seltenheit.

Von diesem anderen erzählte ich ihm jetzt. Ich erzählte vom Aufbau der Bibliothek und von Sander und Frodo. Sanders Geschichte aus dem Kindergarten amüsierte ihn. Von dem versuchten Anschlag auf die Bibliothek bei der Eröffnung hatte er gehört und dabei auch kurz an mich gedacht, wie er sagte. Aber schließlich sei ja niemandem etwas passiert. Ich berichtete von den anderen Bewohnern des Geländes, von Anna und Zelda und von Carsten Nettelbeck, der *Terrain Vague* gegründet hatte mit viel Geld, von dem niemand wusste, woher es kam. Er hatte von dieser Zeitung gehört und sie wohl auch ein oder zwei Mal in der Hand gehabt, aber für ihn reichten die *Aachener Nachrichten* im Großen und Ganzen aus, neben den Fachblättern der Branche natürlich. Ich berichtete von den jungen Leuten, die das *Metropolis* gegründet hatten und auf der Jagd nach alten Filmen waren. Das gefiel ihm sehr, was mich überraschte, weil Anton kein Kinogänger war. Vermutlich war es das etwas Entlegene, Abseitige, das ihn anzog: alte Filme! Das Luxuriöse daran; schließlich waren auch Genussmittel Luxus und eigentlich überflüssig. Ich nutzte seine Sympathie für das Projekt und erwähnte den Förderverein für das *Metropolis*, der vor einem halben Jahr gegründet worden war. Er sagte sofort seine Mitgliedschaft mit einem beachtlichen Jahresbeitrag zu.

Ich erzählte ihm auch von den Anarchisten und ihrem Kampf gegen den Supermarkt. Auch das amüsierte ihn. Ich empfahl ihm, sollte er jemals in die Hauptstadt kommen, das Restaurant *le plaisir du texte* und erzählte die Geschichte seines Besitzers. Dann die tragische Geschichte des Geigenbauers und der Knopfmacherin. Auch darüber hatte er etwas gelesen und war nun ganz erstaunt, dass ich unmittelbarer Zeuge dieses Attentats gewesen war.

Schließlich erzählte ich von *Alice in Wonderland* und von Eleanor. Er hörte sehr aufmerksam zu und schien enttäuscht, als ich zum Ende sagte, ich wisse nicht, wie das weitergehen solle. Vielleicht hatte er uns eben im Geiste schon vermählt. Anton hing an solchen Geschichten, vermutlich, weil er selbst seine Gisèle nicht nur nicht heiraten, sondern nicht einmal zeigen konnte, solange seine Mutter lebte.

»Also«, sagte er, »du weißt gar nicht, ob du da bleibst.«

»So ist das.«

Er winkte zum Zahlen und sagte dann: »Wie gesagt, wir wollen irgendwann auch in Paris eröffnen. Überleg es dir.« Dann beugte er sich etwas vor und sagte: »Übrigens waren mal zwei Ermittler von der Gruppe *Wirtschaftskriminalität in der Übergangszeit* bei mir, ziemlich bald, nachdem du hier weg warst.«

»Wusste gar nicht, dass es so eine Gruppe gibt«, sagte ich. »Was wollten die denn?«

»Die wollten wissen, ob du nach dem Juntasturz auf dem Schwarzmarkt mitgemischt hast.«

»Ach.«

»Hast du doch nicht, oder?«

»Wie sollte ich das denn wohl gemacht haben?«, fragte ich.

»Eben.«

Die Rechnung wurde gebracht, im geschlossenen Livret. Anton sah nur kurz auf die Endsumme, gab sie in seinen Paystick ein und ließ die Kellnerin bestätigen. Dann fischte er einen Schein fürs Trinkgeld aus der Innentasche seines Sakkos und bedankte sich in seiner üblichen Manier, die irgendwie zwischen wirklichem Charme und leichter Anzüglichkeit lag. Er schob mir den Autoschlüssel zu und sagte: »Du kannst den Wagen haben. Ich gehe gleich zu Gisèle. Wir sehen uns morgen?«

Ich nickte.

Ich ging quer durchs Carré zum Parkhaus, in dem Antons Wagen stand. Sämtliche Bewohner Lüttichs waren draußen auf den Straßen oder saßen vor den Cafés und Restaurants. Es war halb zehn, und der Juniabend summte. Dann stieg ich in die Tiefe und holte Antons Auto, einen Murakami 8 VC wie den, in dem Marietta Kolberg gestellt worden war. Ich fuhr nicht den direkten Weg zurück, sondern nach Eupen und danach übers Hohe Venn, in dem mich die Dunkelheit überfiel. Einen Augenblick bekam ich Panik und war am Ende erleichtert, die ersten Aachener Lichter vor mir auftauchen zu sehen. Ich stellte den Wagen auf dem Hof von Antons Privathaus ab und warf den Schlüssel in den Briefkasten, wie verabredet. Dann schlenderte ich durch die beginnende Sommernacht, die immer noch warm war, zu meinem Hotel. Morgen fahre ich nach Paris, dachte ich, und besuche Gregor Korff.

28

Ich erwischte den *InterEurope 554*, gewissermaßen einen Bruder oder eine Schwester des Zuges, mit dem ich gestern hier angekommen war. Durch die Trassenerneuerung, vor allem aber durch einen weiteren Fortschritt in der Zugtechnik dauerte die Fahrt nach Paris seit dem 1. Juni dieses Jahres von Aachen aus nur noch eine Stunde und sechsundfünfzig Minuten, mit Halt in Lüttich und auf den drei Brüsseler Bahnhöfen. Es war zwanzig nach zwölf, als ich auf der Gare du Nord ankam. Ich ging direkt zur Metro und fuhr die fünfzehn Stationen bis Raspail. Als ich auf dem Boulevard wieder ans Tageslicht kam, breitete ich nicht die Arme aus, um Paris zu begrüßen. Ich war nicht als Tourist hier und wollte mich auch nicht als Flaneur betätigen. Ich ging direkt zum Friedhof. Allerdings hatte ich nicht die geringste Vorstellung, wo ich suchen sollte. Darüber hatte ich mir keine Gedanken gemacht. Gregor Korffs Grab würde gewiss nicht auf dem Lageplan am Haupteingang verzeichnet sein. Mir gefiel der Gedanke, er könne neben Beckett liegen oder neben Brassaï. Ich vermutete ihn weniger in der Nähe von André Citroën. Natürlich auch nicht vorn bei Sartre und Beauvoir; das wäre irgendwie zu fett gewesen. Jedenfalls ging ich einfach los, verharrte hier und da vor einem Grab, zog dann weiter und sah schließlich nach einer halben Stunde die Aussichtslosigkeit meines Unternehmens ein. Es war halb zwei; die Junisonne brannte jetzt. Ich machte kehrt und ging nach vorn zur Information oder zur Friedhofsverwaltung, wie immer man das nennen mochte. Dort fragte ich einen etwa sechzigjährigen Mann mit leicht wässrigen Augen und einem rotblonden Schnurrbart nach *le tombe de Monsieur Korff*. Er blinzelte mich an und schien erstaunt, dass ich nicht nach einem der üblichen großen Namen fragte, dann schaltete er das Cyberbook ein und suchte. Das erste, was er sagte, verstand ich nicht, nicht so sehr, weil mein Französisch etwas eingerostet war, sondern weil er nuschelte. Ich machte Monsieur also klar, dass ich Ausländer sei, Deutscher sogar, und er sich etwas Mühe geben müsse. Schließlich erfuhr ich, dass Gregor Korffs Grab seit zwei Monaten nicht mehr existierte, weil schon längere Zeit keine Zahlungen mehr eingegangen waren. Gezahlt hatte ein Pierre Romain, ehemals *professeur* an der ENS in der Rue d'Ulm, wie mir Monsieur auf meine Nachfrage mitteilte. Ich wagte nicht zu fragen, warum denn ein ehemaliger Lehrender in der Rue d'Ulm das Grab meines eventuellen Vaters bezahlt hatte, aber er hätte es vermutlich ohnehin nicht gewusst. Sein Metier war die Ruhe der Toten, nicht die Motive der Lebenden.

Ich verließ den Friedhof, ohne mich weiter um die berühmteren Toten zu kümmern, und suchte nach einem Bistro, in dem ich noch schnell den letzten Rest des Mittagsmenüs essen konnte. Auf dem Boulevard Edgar Quinet fand ich eines. Es hieß *Le Petit Comptoir* und war eine lange, schmale Schlucht. Ich war für diesen Mittag der letzte Gast. Es gab *Poulet bonne femme* und dazu einen ziemlich herben Weißwein des Hauses. Ich schwankte leicht, als ich wieder draußen war, und entschloss mich, den Weg zur Rue d'Ulm zu Fuß zu machen. Ich war völlig verschwitzt, als ich dort ankam. Als ich über den Hof der ENS ging, fühlte ich mich ertappt wie ein Eindringling. Vielleicht war es auch manchem so ergangen, der das alte Gelände aufgesucht hatte, früher, als wir noch keine Touristenattraktion waren. Schließlich fragte ich den Pförtner, wo ich eventuell Monsieur Romain finden könne, ich wisse natürlich, dass er hier nicht mehr lehre. Monsieur Romain, bekam ich zur Antwort, sei vor ein paar Monaten gestorben, achtzig Jahre alt. Wenn ich ihn besuchen wolle, müsse ich zum Cimetière de Montparnasse: Dort liege er begraben.

Ich fuhr zur Gare du Nord und nahm den nächsten Zug nach Aachen.

Zwei Tage später saß ich vormittags gegen zehn mit Anton im Aachener Bahnhofsbuffet, das noch den Charme der letzten Jahrhundertwende hatte. Anton hatte es sich nicht nehmen lassen, mich persönlich zum Bahnhof zu bringen.

»Überleg es dir wirklich mit Paris«, sagte er. »Wir wollen das bald angehen. Wir haben eine Ladenfläche am Boulevard Saint-Germain in Aussicht. Da hat gerade ein Buchladen aufgegeben. Ein Eckladen, besonders attraktiv.«

Ich war etwas überrascht, weil ich gedacht hatte, die Firma würde sich selbstverständlich auf dem rechten Seineufer niederlassen. Anton klärte mich auf, dass das linke Ufer wieder sehr im Kommen sei.

»Wenn du für uns dorthin gehst, kannst du auch versuchen herauszukriegen, was dieser tote Professor mit deinem Vater zu tun hatte.«

»Mit dem, der eventuell mein Vater war«, korrigierte ich.

»Mit deinem Vielleichtvater, okay. Erklär ihn einfach ein für alle Male zu deinem Vater. Ich fand das immer schlimm, dass du nicht weißt, wer das war. Das könnte ich nicht aushalten.«

In der Welt der Münzenbergs war das allerdings nicht vorstellbar.

»Ich überlege es mir«, sagte ich. »Ich glaube, ich muss jetzt hoch auf den Bahnsteig. Zehn Minuten noch.«

Wir umarmten uns, und ich deckte mich mit zwei Zeitungen ein. Eine davon war *Terrain Vague*. Im Zug fand ich eine kurze Notiz auf der ersten Seite und dann den Verweis auf den ausführlichen Bericht auf Seite 3. Geschrieben war er von Carsten Nettelbeck persönlich.

Dokument 13

Terrain Vague vom 20. Juni 2030, S. 3

OPERATION MARIETTA:
EINE NEUE WAFFE UND EINE NEUE MÄRTYRERIN?

Der Einsatz war erstklassig vorbereitet. Besser hätte es das alte Regime auch nicht machen können. Die Spezialeinheit der *Internationalen Befriedungstruppe* schlug gestern früh exakt um fünf Uhr morgens zu und reihte sich damit in die endlose Abfolge von Nacht-und-Nebel-Aktionen ein, an denen die Geschichte so reich ist. Die feindlichen Truppen, bis auf die Wache natürlich, wurden im Schlaf überrascht, einschließlich ihrer Oberbefehlshaberin, Marietta Kolberg.

Es ist allerdings etwas übertrieben, wirklich von Truppen zu sprechen. Die Tochter des Majors Grosz und Ex-Frau von Oliver Kolberg, Haupt- und Staatsjurist der Junta, hatte eher das um sich geschart, was man gern einen »verwegenen Haufen« nennt. Es handelte sich um eine entschlossene Guerillatruppe von fünfhundert Kämpfern; andere Quellen sprechen von siebenhundert. Militärisch wurde sie geführt von Heiner Zaskow, zu Juntazeiten ein nicht weiter hervorgetretener Oberleutnant aus einer in Prüm (Eifel) stationierten Einheit, und von Otto Beneke, seinerzeit Hauptmann im Kommando IV, dessen Funktion ja hinlänglich bekannt ist.[8] Es wird vermutet, dass Be-

8 Das Kommando IV war eine Sondereinheit, die Aktionen gegen Regimegegner und Widerstandsorganisationen durchführte. Obwohl offiziell dem Militär eingegliedert, war es de facto eine geheimpolizeiliche Exekutiveinheit.

neke auch die Befreiung von Frau Kolberg während der Überstellung nach Deutschland organisiert und geleitet hat. Zaskow galt nach dem Sturz der Junta als verschollen. Unter Umständen hat er sich im Umkreis des Generals in Berlin aufgehalten. Vielleicht war er auch an der Ermordung Oliver Kolbergs im letzten Herbst beteiligt, deren Anstiftung Marietta Kolberg zur Last gelegt wird. Irgendwann in der nächsten Zeit werden wir es wissen.

Die Guerillatruppe rekrutierte sich offenbar aus versprengten Anhängern des alten Regimes, die sich unter anderem im Grenzgebiet von Kärnten und dem Friaul gesammelt hatten. Frühere Meldungen hatten Frau Kolberg ja dort bereits vermutet. Vergangene Woche hatte das französische Magazin *Attention* jedoch plötzlich berichtet, sie halte sich mit einer bewaffneten Truppe in Ostflandern auf (*Terrain Vague* vom 17.6.2030). Die Tatsache, dass ausgerechnet ein französisches Magazin so gut informiert war, hängt wohl damit zusammen, dass Pierre Lachenay Nachfolger von Sir George Tennant als Leiter des Außenbüros der IK geworden ist. Sonst hätten wir es vielleicht zuerst im *Independent* gelesen. Die *Internationale Kommission* hatte anlässlich dieser Meldungen zu ihrer Lieblingsformel gegriffen: alles sei »unter Kontrolle«. Damit hat man offensichtlich sogar die Wahrheit gesagt, eine Freude, die einem Pressesprecher bekanntlich recht selten vergönnt ist. Mit der Einschränkung vielleicht, dass, nachdem die Meldung einmal veröffentlicht war, die *Operation Marietta* (das war in der Tat der interne Name) schneller durchgeführt werden musste als ursprünglich geplant, damit der Vogel nicht ausflog. Das können wir aber nur vermuten.

Der verwegene Haufen hatte sich vor etwa vier Wochen auf einem verlassenen Hof in der Nähe zwischen Voeren und Teuven verschanzt, in einer Exklave der flandrischen Provinz Limburg nahe der Wallonie. Natürlich kommt die Frage auf, ob sich fünfhundert oder siebenhundert Bewaffnete selbst in einer entlegenen Gegend völlig unbemerkt und ohne Unterstützung von anderer Seite aufhalten können. Die Truppe musste sich immerhin versorgen und konnte sich ja auch nicht unsichtbar machen. Sie führte in dieser kurzen Zeit gewissermaßen die

Existenz einer gigantischen Landkommune. Die Zentralregierung in Brüssel verweist auf die fast vollständige Autonomie der flandrischen Regierung in Antwerpen. Die früheren Sympathien Flanderns für die Politik des Generals, wie verhalten auch immer geäußert, sind seit Langem bekannt. Die *Operation Marietta* allerdings, versichert der Sprecher der *Internationalen Kommission*, sei selbstverständlich mit der flandrischen Regierung abgesprochen gewesen, die sich »kooperativ« gezeigt habe. Wir übersetzen das so, dass sie zähneknirschend zugestimmt hat, weil ihr nichts anderes übrig blieb. Schließlich konnten die Herren Broers und Dehaene nicht das Risiko eingehen, als offizielle Unterstützer einer Desperadotruppe zu gelten.
Ganz reibungslos lief die Überrumpelungsaktion allerdings nicht ab. Die Guerilla hat offenbar einen leichten Schlaf. Noch während die Wachen überwältigt wurden, waren die ersten Kämpfer schon an der Waffe. Der eigentliche Meilenstein bei dieser Aktion war der Einsatz einer neuen Waffe seitens der *Internationalen Befriedungstruppe*. Deren Soldaten waren bei dem Einsatz mit einem Gerät ausgerüstet, das in Größe und Form einem Camcorder gleicht, wie er vor dreißig oder vierzig Jahren benutzt wurde. In dieses Gerät ist ein kleiner Bildschirm eingebaut, mit dem das Zielobjekt im Bruchteil einer Sekunde genau fixiert werden kann. Wird das Gerät gestartet und auf Stufe 1 gestellt, wird der anvisierte Gegner bewegungsunfähig gemacht, praktisch gelähmt. Diese Lähmung dauert etwa zwanzig Minuten an. Wir verstehen das als einen weiteren Schritt auf dem Weg zum sauberen Krieg. Auf Stufe 2 allerdings soll die Waffe tödlich sein, auch wenn dies noch von keiner Seite bestätigt wurde. Offiziell trägt das Gerät den hübschen Namen *White Peace*. Wir überlegen noch, was das Besondere eines *weißen* Friedens ausmacht, und glauben nicht, dass damit die weiße Fahne der Kapitulation gemeint ist. Entwickelt wurde die neue Wunderwaffe in unmittelbarer Nähe unserer Redaktion von der IT-Firma *Alice in Wonderland*, und zwar offenbar im geheimen Auftrag der *Internationalen Kommission*. Die Firma, geführt von John Tennant, dem Sohn von Sir George, wollte sich dazu bisher nicht äußern. Auch über

den radiologischen Mechanismus, der die vorübergehende Lähmung auslöst, und dessen eventuelle Folgeschäden ist bisher nichts bekannt.
Bekannt ist auch noch nicht, wo und wann die Truppe losschlagen wollte: ob sie nach Deutschland einsickern und hier Sabotageakte verüben oder ob sie sogar direkt in Berlin-Schöneberg angreifen wollte. Das werden mit Sicherheit die Vernehmungen an den Tag bringen; bei mehr als fünfhundert Beteiligten ist nicht davon auszugehen, dass alle schweigen.
Da Marietta Kolberg der Mord an ihrem Mann – oder die Anstiftung dazu – zur Last gelegt wird, steht zu erwarten, dass die frisch gebackene deutsche Regierung ihre Überstellung nach Deutschland beantragen und dass diesem Antrag sehr schnell stattgegeben wird. Dasselbe trifft eventuell auf Heiner Zaskow zu. Otto Beneke könnte der Prozess in Den Haag gemacht werden. Aber was tut man mit fünfhundert oder siebenhundert gefangenen Partisanen mitten in Zeiten des Friedens? Wird man sie zunächst in Gefängnisse stecken oder in ein derzeit nicht gebrauchtes Flüchtlingslager, das den entsprechenden Sicherheitsstandard aufweist? Und in welchem Land? Sind sie Gefangene der *Internationalen Kommission*, und wenn ja, fallen sie dann in die Zuständigkeit des deutschen Büros, oder sind sie ein Fall für die europäische Zentrale in Oslo?
Über diese Fragen muss man sich in Deutschland nicht zu sehr den Kopf zerbrechen. Schließlich haben die großen Apparate in den vergangenen Jahrzehnten sehr dazugelernt, wenn es um die Zähmung und das Verschieben größerer Menschenmassen geht. Viel spannender ist, was die Festnahme von Marietta Kolberg für uns bedeutet. Diese Zeitung wagt schon einmal eine Hypothese. Bis vor Kurzem, praktisch bis zum Tod ihres Mannes und ihrem eigenen Untertauchen, war die junge Frau eine beinahe völlig Unbekannte. Danach wurde sie ein Fall für den Boulevard und mutierte zu einer romantischen Figur, wozu ihre außerordentliche Schönheit natürlich beitrug. Wir hielten es nicht für erstaunlich, wenn sie in gewissen Kreisen zur Märtyrerin würde und ihr Bild zu einer Ikone. Im Anschluss an den Anschlag auf die Bibliothek *Alte*

Bestände im März (*Terrain Vague* vom 15.3.2030) hat man die Schaffung von Märtyrern noch erfolgreich verhindern können, was bei den festgenommenen und verurteilten Milchgesichtern nicht zu schwierig war. Bei der »geheimnisumwitterten Marietta« (wir zitieren hier pauschal die einschlägigen Blätter) dürfte das schwieriger werden. Wir sind sicher, uns steht großes Kino bevor: in der Form des Melodrams.

CARSTEN NETTELBECK

29

Ich sah Carsten Nettelbeck vor mir, wie er gestern Abend in seinem Büro diesen Artikel geschrieben hatte, das schwarze Sakko über die Stuhllehne gehängt (ich hatte ihn ein paar Mal von der Straße aus im Lampenlicht bei der Arbeit beobachtet); wie er am Schluss noch einmal gebannt die eigenen Zeilen gelesen und sich dann zurückgelehnt hatte, beide Daumen hinter die Hosenträger geklemmt, eine Geste, die bei ihm verriet, dass er in diesem Moment vielleicht nicht mit der Welt, wohl aber mit sich selbst zufrieden war. Dann dachte ich daran, dass die *Operation Marietta* gestern im Morgengrauen gewissermaßen vor meiner Nase stattgefunden hatte, etwa dreißig Kilometer von mir entfernt, während ich in meinem Hotelbett hinter zugezogenen blutroten Vorhängen tief geschlafen hatte. Und ich dachte erneut daran, dass ich der Namensgeberin der Operation vor einigen Monaten die Hand gegeben hatte. So nah an der Geschichte, und dann doch das Entscheidende verschlafen. Mir war es recht.

Auch die anderen Zeitungen, die ich gekauft hatte, brachten Berichte, stellten allerdings keine weiterführenden Vermutungen an, und über *White Peace* schrieben sie kein Wort. Entweder war man um Geheimhaltung gebeten worden, und Carsten Nettelbeck hatte sich als Einziger nicht daran gehalten (das Motto von *Terrain Vague* lautete *unabhängig – libertär – nicht staatstragend*), oder aber er war der Einzige, der über die entsprechenden Informationen verfügte: Dann hatte er sie von Eleanor.

Dieser Zug nahm die Südstrecke, und wir waren schon kurz hinter Hannover, als ich mit allem durch war. Das Land räkelte sich in der Junisonne. Ich liebte die Menschen, auf die ich für eine Sekunde von oben herabsehen konnte, bevor sie wieder aus dem Blickfeld verschwanden. Ich gönnte allen den Frieden, selbst den Produktionsanlagen von Wolfsburg.

Auch mir gönnte ich den Frieden, nur wusste ich noch nicht, ob ich ihn zu Hause noch finden würde. Zu Hause? Als ich am Hauptbahnhof in den Bus zum Gelände einstieg, der im Windschatten eines Sightseeingbombers mit demselben Ziel fuhr, begriff ich, dass ich hier nicht mehr würde ankommen können. Nur vier Tage statt der geplanten zwei Wochen war ich weg gewesen, aber als ich mit meiner leichten Tasche durch den ersten Torbogen ging, wie ein Soldat, der nach dem Wochenendurlaub in die Kaserne zurückkehrt, war mir alles fremd geworden. Ich hatte es nicht eilig, meine Rückkehr irgendjemandem anzuzeigen, und hoffte, dass mich niemand sah. Dann stellte ich fest, dass die Sightseeingbusse ihre Fracht inzwischen sogar auf der Höhe des Bunkerhügels aussteigen ließen, damit sie übers Gelände schwärmen konnte. So entsetzlich ich das fand, an diesem Tag kam es mir gelegen. Ich verschwand in der Menge und schaffte es ungesehen bis zu meiner Wohnung. Allerdings folgte mir eine gelbweiß getigerte Katze, die sich auch vor meiner Wohnungstür nicht abwimmeln ließ. Ich ließ sie ein, und sie sprang ohne weitere Umstände auf mein Bett und rollte sich dort zusammen.

Ich legte mich neben sie, die Beine etwas angezogen, damit sie Platz hatte, und hörte ihrem Schnurren zu. Wir lagen im Halbdämmer, denn meine Reispapiervorhänge waren fast geschlossen, nur eine Winzigkeit von Sonnenlicht drang durch einen Spalt. So lagen wir fast eine Stunde, dann machte ich mir einen Kaffee. Ich verfluchte die

Tatsache, dass wir keinen Supermarkt auf dem Gelände hatten, wo ich schnell Katzenfutter kaufen konnte.

Leise verließ ich meine Wohnung und nahm einen Weg, der in größerem Abstand auf der Rückseite der Gebäude nach draußen führte, ähnlich dem Seitenpfad, auf dem ich damals Giuseppe und Maria begegnet war. Wohl konnte ich hier und da hinter den Fenstern Menschen an ihrem Schreibtisch sitzen oder miteinander sprechen und dabei gestikulieren sehen, aber aus meiner Entfernung wirkten sie fast so klein wie die, die ich vor Stunden vom Zug aus gesehen hatte. Oben beim *Terrain Vague* herrschte telefonierende Betriebsamkeit; Carsten Nettelbeck hatte sein Sakko ausgezogen und leuchtete weiß.

Dann war ich draußen und zehn Minuten später im Supermarkt, wo ich Dosen und Trockenfutter kaufte, auch etwas Milch, dazu ein Katzenklo und Streu und ein paar Sachen für mich selbst. Ich war unsicher, wie lange ich noch hier bleiben würde, aber so lange sollte die Katze es gut haben. Zurück nahm ich einen anderen Weg, umrundete einmal das Gelände und kam nun durch das Brachland, um das PROVITA sich so bemühte. So konnte ich *Alice in Wonderland* weiträumig umgehen und auch die Bibliothek links liegen lassen.

Die Katze blieb bei mir, bis es dunkel wurde. Am nächsten Morgen weckte sie mich, indem sie mich zart in den rechten Fuß biss. Ich stand auf und fütterte sie. Dann ging ich zu den Vorhängen und schob sie auseinander. Richtig, dachte ich, heute ist ja Sommeranfang.

Dokument 14

Fortissimo 12/2030: Das 5-Minuten-Interview.
***In dieser Woche: Eleanor Rigby, Softwarearchitektin und Erfinderin von* White Peace**

Fortissimo Miss Rigby, Sie haben eine neue Wunderwaffe geschaffen.

Rigby Stimmt nicht. Ich habe eine Software entwickelt, die in Verbindung mit der entsprechenden Hardware als Waffe eingesetzt werden kann. Ich bin nicht in der Waffenindustrie tätig.

Fortissimo Gut. Aber die Software haben Sie ja nicht einfach so entwickelt, aus Spaß am Spiel. Wir nehmen an, Sie hatten einen Auftrag.

Rigby Die Firma, in der ich arbeite, hatte einen Auftrag, ja.

Fortissimo Von der *Internationalen Kommission*?

Rigby Sie gehörte mit zu den Aufraggebern.

Fortissimo Die Waffe lähmt den Gegner, tötet ihn aber nicht.

Rigby Sie lähmt ihn auch nicht. Das klingt ja furchtbar, so endgültig. Sie macht ihn für eine Weile bewegungsunfähig. Kampfunfähig.

Fortissimo Immerhin ein Angriff auf die körperliche Unversehrtheit.

Rigby Bei kriegerischen Auseinandersetzungen sind Angriffe auf die körperliche Unversehrtheit des Gegners gang und gäbe. Im Übrigen ist das falsch, was Sie sagen. Der Gegner ist eine Weile außer Gefecht gesetzt, damit man ihn gefangen nehmen kann. Er trägt aber keine bleibenden Schäden davon.

Fortissimo Wirklich nicht? Wie funktioniert die Waffe denn?

Rigby Die Frage meinen Sie nicht ernst.

Fortissimo Doch, sehr ernst.

Rigby Haben Sie schon mal was von top secret und von Geheimhaltungsstufen gehört?

Fortissimo Sicher. Für uns als Journalisten ist das aber eher ein rotes Tuch. Wir fragen anders: Wenn keine bleibenden Schäden hinterlassen werden, dann spielen Strahlung oder Nervengifte keine Rolle?

Rigby Nach wie vor kein Kommentar. Vielleicht können Sie Ihre eigenen Schlüsse ziehen, wenn ich Ihnen sage, dass man mit dieser Technik nicht nur Menschen außer Gefecht setzen kann, sondern zum Beispiel auch elektronische Steuerungssysteme. So etwas ist ja nicht ganz neu.

Fortissimo Für Sie ist es grundsätzlich kein Problem, eine

Waffe entwickelt zu haben? Die Firma, bei der Sie arbeiten, heißt *Alice in Wonderland*, und das ist eigentlich nicht sehr martialisch.

Rigby Wie Sie vielleicht wissen, komme ich aus einer Soldatenfamilie. Und John Rigby aus Dublin war einer der ersten großen Produzenten von Feuerwaffen überhaupt. Ich glaube allerdings nicht, dass wir in direkter Linie von ihm abstammen. Und was *Alice in Wonderland* betrifft, das sollten Sie vielleicht mal wieder lesen. Da geht's ziemlich martialisch zu. Der Lieblingssatz der Herzkönigin heißt: »Off with their heads!«

Fortissimo Aber das ist wohl kaum Ihrer.

Rigby Nein. Ich bin nur der Ansicht, dass man das verteidigen können muss, was man liebt. Deshalb habe ich – haben wir, also die Firma – den Auftrag angenommen. Das Attentat auf die Bibliothek im März hat uns nur bestärkt. Es ist letztendlich eine sanfte Waffe. Deshalb heißt sie auch *White Peace.*

Fortissimo Wer hat den Namen erfunden?

Rigby Das war ich. *White Peace* ist ein Begriff aus einem alten Computerspiel, auf das ich gestoßen bin, in dem es um internationale Politik, Verhandlungen, Kriege geht, die typischen virtuellen Reiche eben. *White Peace* steht da für einen Frieden, der an keinerlei formelle Bedingungen geknüpft ist und wo keine Seite die andere besiegt hat. Natürlich gibt es dann auch keine Besatzung, keine Reparationen und so weiter. Für mich steht *White* außerdem für Reinheit, Unschuld. Nennen Sie es meinetwegen das Gute. *Peace* muss ich ja nicht erklären.

Fortissimo Und daran glauben Sie tatsächlich?

Rigby Die nächste Frage, bitte.

Fortissimo Okay. *White Peace* ist eine leichte Waffe, die unkompliziert zu handhaben ist. Was wäre, wenn jeder sie hätte? Das gäbe doch auf unseren Straßen die tollsten Situationen.

Rigby Klar. Das muss man eben verhindern. Deshalb ist es ja top secret.

Fortissimo Wollen Sie uns auf den Arm nehmen? Die Waffe

existiert und weckt Begehrlichkeiten, vermutlich nicht zuletzt bei der organisierten Kriminalität.

Rigby Die Waffe existiert nur in einer sehr kleinen Auflage und wird streng unter Verschluss gehalten. Das Programm, mit dem Sie ausgestattet ist, ist bisher nirgends gespeichert. Es existiert nur in meinem Kopf.

Fortissimo Und um den haben Sie keine Angst?

Rigby Wie meinen Sie das?

Fortissimo Sind Sie wirklich so naiv? Noch nie etwas von entführten Wissenschaftlern gehört?

Rigby Machen Sie sich keine Sorgen. Für meinen Schutz ist gesorgt.

30

Als ich dieses Interview zu Ende gelesen hatte, zusammen mit der Katze auf dem Bett liegend, während das Licht der Abendsonne durch die leicht verschobenen Vorhänge ins Zimmer fiel, war ich schon sieben Tage wieder hier, ohne mich bei Sander, bei meinem Nachbarn Torsten Tedel, bei Ritz oder irgendjemandem sonst gemeldet zu haben, auch nicht bei Eleanor. Natürlich sah mich der eine oder andere, wenn ich vormittags das Gelände verließ, immer auf einem der drei Schleichwege, die ich kannte. Aber das waren Leute, zu denen ich nur oberflächlich Kontakt hatte, entfernte Bekannte gewissermaßen, die gewiss gar nicht wussten, dass ich einige Tage weg gewesen war.

Die Katze machte sich bei Einbruch der Dunkelheit auf den Weg und kam morgens zurück, um dann bei mir zu schlafen. Ich nannte sie Cheshire Cat oder einfach nur Cheshire, obwohl ich mich jedes Mal verhaspelte, wenn ich sie bei diesem Namen rief. Sobald sie es sich bei mir gemütlich gemacht hatte und gut versorgt war, zog ich los. Mit dem Bus oder der U-Bahn fuhr ich kreuz und quer durch die Stadt, stieg irgendwo aus und streifte durch die Straßen. Dabei wurde ich hier und da auffällig, weil ich das Tempo nicht mithielt, aber erkennbar auch kein Tourist war, der irgendetwas filmte oder auf seinem HypePad speicherte. Plötzlich rannten in dieser Stadt alle wieder wie früher, als sei mit der neuen Regierung auch eine neue Zeit angebrochen. Als hätte jeder Angst, den Anschluss zu verlieren. Ich fiel aber aus den Bewegungen der Einheimischen ebenso wie denen der Touristen heraus, und einmal wurde ich sogar von zwei Polizisten angehalten, die nach meinem Ausweis fragten. Da an dem nichts auszusetzen war, wollten sie wissen, was ich hier machte. *Hier* war in dem Fall die Französische Straße. Nichts, erklärte ich ihnen, eigentlich machte ich gerade nichts, weil ich nämlich Urlaub hätte. Sie nahmen das sehr skeptisch zur Kenntnis, gaben sich dann aber damit zufrieden.

Ich sah keine müßigen Grüppchen mehr an den Straßenecken wie im letzten Herbst, als ich zu Kolberg hinausgefahren war. Die Stadt war auch viel sauberer und aufgeräumter als an jenem Märzabend, als Eleanor, Frodo und ich mit dem Bus in den britischen Club gefahren waren. Die meisten Menschen, die unterwegs waren, trugen fleißige und gläubige Gesichter.

Allerdings gab es noch ein paar Enklaven der Langsamkeit. Zum Beispiel die Kneipe *Moritz-Eck* in Kreuzberg, Nähe Hochbahn Prinzenstraße. Ich war am ersten Tag meiner Streifzüge eher aus Zufall dorthin geraten, in der Mittagszeit. Links neben dem Eingang stand tatsächlich eine alte Jukebox, auf der anderen Seite ein Kicker. Obwohl die Kneipe insgesamt nicht groß war, hatte sie zwei Ebenen: unten drei Tische und an der linken Längswand die Theke, dann ging man zwei Stufen hoch und hatte noch einmal die Auswahl zwischen vier weiteren Tischen. Es war ein Ort sowohl für den geselligen wie für den stillen Trinker. Zu essen gab es nur kalte Koteletts, Bouletten und belegte Brötchen. Ich nahm ein halbes mit Salami und ein anderes mit Mett und bestellte einen Kaffee dazu.

Die Jukebox war kein Dekorationsstück. Als ich das erste

Mal dorthin kam, stand ein etwa siebzigjähriger Mann davor und drückte eine Reihe von Titeln. Plötzlich war Musik aus längst vergangenen Zeiten zu hören, schätzungsweise ein Vierteljahrhundert vor meiner Geburt. Einige Titel kannte ich trotzdem, sie hatten die sechs Jahrzehnte überdauert. Jedes Mal, wenn sich der Automat eine neue Platte holte und das Knistern und Rauschen am Anfang den ganzen Raum zu erfüllen schien, bevor die Musik einsetzte, hielt ich beinahe den Atem an. Der alte Mann hatte sich inzwischen wieder an den Tisch am Kicker gesetzt, und ich rutschte von meinem Barhocker und ging zur Jukebox.

»Alles alte Sachen«, sagte er. »Kennst du nicht.«

»Ein paar schon«, sagte ich. »Das hier zum Beispiel.« Aus dem Rauschen stiegen gerade die ersten Töne von *I should have known better* auf. »Aber Sie sind sicher damit aufgewachsen.«

»Nicht ganz. War vielleicht zehn Jahre zu spät.«

Auch er trank Kaffee. Man wurde hier nicht schief angeguckt, wenn man den Alkohol ausließ, zumindest noch nicht in der Mittagszeit. Dann stand er auf und stellte sich vor den Kicker.

»Spielst du?«

»Nicht gut«, sagte ich, »aber warum nicht?«

Schon hatte er Geld eingeworfen, und die Bälle kamen mit lautem Kollern heraus. Ich sah schnell, dass ich gegen den Alten keine Chance hatte. Er spielte sehr geschickt über die Bande, schoss seine Tore aber auch aus der Abwehr heraus, Kullerbälle, die lange unterwegs waren und bei denen doch keine Chance bestand, sie zu stoppen. Sie fanden gewissermaßen ganz entspannt ihren Weg ins Tor. Durch seine Deckung war kaum ein Durchkommen. Er wandte insgesamt wenig Kraft auf, seine Angriffe waren sanft, aber tödlich. Irgendwie japanisch, dachte ich plötzlich. Mit dem ersten Spiel waren wir in knapp drei Minuten durch. Später wurde ich etwas besser. Wir machten fünf oder sechs Spiele, dann sagte er: »Ich muss mich mal wieder hinsetzen.«

»Sie spielen sehr gut«, sagte ich und wiederholte meinen Satz von vorhin: »Sie sind sicher damit aufgewachsen.«

»Du kannst ruhig du sagen«, sagte der Alte.

»Also«, sagte ich, »du bist sicher damit aufgewachsen. Ich bin Ulrich.«

»Kuhlbrodt«, sagte der Alte. »Mit h nach dem u und hinten mit dt.«

»Und der Vorname?«

»Nur Kuhlbrodt. Alle nennen mich Kuhlbrodt.«

Als wollte sie das bestätigen, rief die Wirtin jetzt: »Kuhlbrodt, jetzt lass doch den jungen Mann mal in Ruhe seine Brötchen essen.«

Zu meiner Überraschung gehorchte der Alte aufs Wort, rührte in seinem Kaffee und zog dann ein kleines Büchlein aus der Jackentasche, in dem er zu lesen begann. Er schien nicht beleidigt, sondern war sofort tief in seine Lektüre versunken. Allerdings war ich mir nicht ganz sicher, ob er wirklich las oder das Büchlein nur als Hilfsmittel zu einer Art Meditationsübung nutzte. Ich aß meine Brötchen und zahlte, und als ich an der Tür stand, drehte ich mich zu ihm um und sagte: »Tschüß, Kuhlbrodt. Vielleicht sehen wir uns noch mal.«

»Bestimmt«, sagte er. »Ich bin schon seit Ewigkeiten hier.«

So lernte ich Kuhlbrodt kennen und kam in dieser Woche tatsächlich jeden frühen Abend ins *Moritz-Eck*, wo er zuverlässig an seinem Tisch saß. Wir spielten dann ein paar Runden am Kicker und monopolisierten die Jukebox, und am dritten Abend erzählte ich schließlich von mir: dass ich vor einem Dreivierteljahr in die Hauptstadt gekommen sei und auf dem alten Gelände wohne (das alte Gelände, er hatte davon gehört); dass ich in der Bibliothek arbeite und diese mit aufgebaut habe (die Bibliothek, er hatte von dem versuchten Anschlag gelesen); dass ich eigentlich gelernter Kaufmann sei (gut, wenn man einen ordentlichen Beruf gelernt habe, sagte er) und nicht wisse, ob ich hier bleiben oder in meinen alten Beruf zurückgehen solle, und ich erzählte ihm von Anton Münzenbergs Angebot.

»Dazu kann ich wenig sagen«, sagte Kuhlbrodt, »ich bin schon seit Ewigkeiten hier. Aber es klingt gut.«

Tagsüber war ich an den Seen im Süden und ging auch einmal an Kolbergs ehemaligem Haus vorbei. Es sah nicht so aus, als sei es schon neu bezogen worden. Vielleicht gab es juristische Unklarheiten wegen der Besitzverhältnisse. Aber ich hatte keine Zweifel, dass ein so schönes Anwesen bald neue Bewohner finden würde und hoffte nur, dass es Privatleute sein würden und nicht ein Architekturbüro, eine Consulting-Firma oder ein Unternehmen für »Finanzdienstleistungen«.

Wenn ich nicht an einem See saß (schwimmen ging ich nie), trieb ich mich in der Stadt herum und beobachtete die Menschen mit den hoffnungsfrohen Gesichtern bei all ihrem Fleiß. Einmal war ich auch im Deutschen Historischen Museum und sah mir die gerade eröffnete Ausstellung *Game Boys und Twilight Girls. Kindheit und Jugend in der Juntazeit* an, die erste Ausstellung überhaupt, die sich mit den bewussten neun Jahren beschäftigte. Der gewaltige Rundumschlag, der umfassende Überblick über die Jahre 2016 bis 2025 sollte im nächsten Jahr erfolgen und danach zu einer ständigen Ausstellung werden. Aber schon jetzt gab es heftige Auseinandersetzungen über die Finanzierung, und es war abzusehen, dass der geplante Eröffnungstermin nicht eingehalten werden würde.

Und immer wieder saß ich in Bussen, weniger in U-Bahnen, ließ mich mit einem Tagesticket durch die Stadt schaukeln, sah von oben auf sie herab und machte auch schon mal die Augen zu. Einmal musste mich ein Fahrer wachrütteln, weil wir die Endstation erreicht hatten, irgendwo in Frohnau. Gegen Abend erreichte ich auf den gewohnten Schleichwegen wieder meine Wohnung und unterhielt mich ein wenig mit der Cheshire Cat, bevor sie in die beginnende Dämmerung verschwand. Am siebten Tag hatte ich auf dem Rückweg das Heft von *Fortissimo* gesehen, und auf dem Titel gab es einen Schrägbalken mit dem Aufdruck:

White Peace: Ein Interview mit Eleanor Rigby. Das kaufte ich natürlich, und nachdem ich es gelesen hatte, kraulte ich die Cheshire Cat und sagte: »Ich glaube, ich muss mich hier langsam mal zurückmelden.«

Am nächsten Morgen nahm ich nach dem Frühstück, das mir aus irgendeinem Grund wie eine Henkersmahlzeit vorkam, nicht mehr den Weg hinter den Häusern, um danach ins Freie zu schlüpfen, sondern ging auf direktem Weg zu *Alice in Wonderland.* John Tennant telefonierte ausnahmsweise nicht, als ich eintrat; dafür waren Andreas Rinck und Fred Bock tief in eine gemeinsame Arbeit versunken und nahmen mich überhaupt nicht wahr. Thommie war vermutlich draußen, und Eleanor sah ich nicht. Ich nickte John zu und fragte, wie es lief. Es sei viel zu tun, und wie sei mein Urlaub gewesen? Schön sei der gewesen, sagte ich, ein paar Tage Paris, dann die alten Freunde in Aachen und so weiter.

»Wo ist denn Eleanor?«, fragte ich dann.

»Eleanor ist nicht mehr hier«, antwortete John. »Sie ist wahrscheinlich zurück in England. Sie ist in Sicherheit, hoffe ich.«

31

Fortissimo hatte recht gehabt. Die Wunderwaffe *White Peace* weckte Begehrlichkeiten, und wenn Eleanor Rigby der einzige Mensch auf der Welt war, der das Programm kannte, dann war es absehbar, wann man Jagd auf sie machen würde. In der Tat hatten sich nach der Festsetzung von Marietta Kolberg alle Journalisten verpflichtet, über *White Peace* Stillschweigen zu bewahren, und außer Carsten Nettelbeck hatten sich auch alle daran gehalten. Allerdings wäre es nur eine Frage der Zeit gewesen, bis irgendein anderer aus dieser Phalanx ausgebrochen wäre. Als deshalb die Innenministerin der neuen Regierung öffentlich Überlegungen darüber anstellte, *Terrain Vague* wegen »Geheimnisverrats« anzuklagen, wurde die Zeitung mit Solidaritätsadressen aus allen Richtungen förmlich überschwemmt.

Das änderte nichts daran, dass man Eleanor schon vor der Veröffentlichung des Interviews in *Fortissimo* zu entführen versucht hatte, am helllichten Tag, als sie draußen ein paar Lebensmittel einkaufte. Der Entführungsversuch schlug fehl, weil sie Personenschutz bekommen hatte und die Ausführung außerdem dilettantisch war. Zwar konnten die Möchtegernkidnapper entkommen, aber ohne Eleanor. Wer dahinterstand, wurde nicht angegeben, aber natürlich blühten die Spekulationen, und die allgemeine Einschätzung hieß: *irgendeine Mafia*. Die italienische, die russische, die albanische, die flämische, die serbische, die koreanische, die Tiroler oder die Zürcher Mafia: ganz egal. Was die eine nicht geschafft hatte, war für eine andere sicher kein Problem, und deshalb hatte man Eleanor schon vor drei Tagen in Sicherheit gebracht, nach den klassischen Regeln eines Zeugenschutzprogramms. Ihren Aufenthaltsort kannte keiner – ihre Kollegen schon gar nicht, die waren selbst viel zu gefährdet. Im Übrigen gab es gar keine Eleanor Rigby mehr, und wie ihr neuer Name lautete, wusste natürlich bei *Alice in Wonderland* niemand.

»Für uns ist das über kurz oder lang auch das Ende«, sagte John. »Eleanor war hier die wichtigste Mitarbeiterin, wusstest du das eigentlich?«

»Klar. Sie war doch ein Genie. Das hat sie mir gleich am Anfang erzählt, als wir uns kennengelernt haben.«

Einen Augenblick dachte ich an den Novembermorgen zurück, als wir in der blassen Sonne gemeinsam von der Firma zur Bibliothek gegangen waren und sie mir von sich und ihrer Familie erzählt und mir hinter dem Bunker mit der größten Selbstverständlichkeit mitgeteilt hatte, sie sei ein Genie. Sieben Monate war das erst her; mir kam es vor wie sieben Jahre. Für einen Moment war ich abwesend, während John weiter auf mich einredete, dann kam er wieder bei mir an.

»... alle Angst«, sagte er gerade. »Fred hat Angst, Andreas hat Angst, und Thommie traut sich eigentlich gar nicht mehr richtig zu seinen Kunden.«

»Aber die Gangster wissen doch, dass ihr nichts wisst«, sagte ich. »Dass ihr das Programm nicht kennt. Das habt ihr doch wohl bewusst so gemacht, und das hat Eleanor ja auch gesagt.«

»Klar. Aber es könnte jemand auf die Idee kommen, dass wir wenigstens wissen, wo Eleanor jetzt ist. Aber egal, ich bezweifle jedenfalls, dass wir hier mit Erfolg weiterarbeiten können. Ohne Eleanor haben wir wenig anzubieten, was andere nicht auch können. Oder was die Ladys von *NewLineSoftware* nicht sogar besser könnten.«

Das mochte stimmen.

»Tja, John«, sagte ich, »Frauen sind heute einfach tüchtiger als wir. Und wenn ihr dicht macht, was wird dann aus euch?«

»Um mich musst du dir keine Sorgen machen. Ich komme aus guter Familie, ich falle also auf die Füße. Wahrscheinlich gehe ich einfach zurück nach London. Thommie wird auch immer irgendwo unterkommen.« Dann wurde er leiser. »Bei Fred und Andy bin ich mir nicht so sicher, weißt du. Es gibt verdammt viele Informatiker auf der Welt.«

»Ziemlich traurig, das alles.«

»Ja. Und weißt du, was das Traurigste ist?«

Ich schüttelte den Kopf.

»Seit Eleanor weg ist, habe ich das Gefühl, wir dürften uns nicht mehr *Alice in Wonderland* nennen.«

Ich ging weiter zur Bibliothek. Als ich die Tür aufdrücken wollte, war sie verschlossen, und ich musste meine Karte benutzen. Das wunderte mich, denn es war elf Uhr vormittags an einem Freitag, und um diese Zeit hatten wir eigentlich geöffnet. Drinnen war es dämmrig und still, nur vor einem Fenster hörte man einen Vogel, der eine ziemlich lange Geschichte erzählte. Ich traute mich kaum, rief aber doch leise: »Hallo!« Entweder war tatsächlich niemand hier, oder aber ich hatte zu leise gerufen. Also rief ich wieder: »Hallo? Kai, Frodo? Ist jemand da?«

Schließlich stieg ich nach oben und gewahrte ganz am Ende des Raumes einen Tisch voller Bücher, hinter dem jemand saß, der mich reglos im Dämmerlicht zu erwarten schien. Ich ging langsam auf ihn zu und sagte: »Guten Tag, Kai. Ich bin zurück. Was ist hier los? Warum ist die Bibliothek verschlossen? Und wo ist Frodo?«

Sanders Augen waren hinter den stark verschmutzten runden Gläsern seiner uralten Nickelbrille kaum mehr zu sehen. Ich schien ihn zu stören, und seine Stimme klang leicht gereizt.

»Die Bibliothek wird nur noch auf Klingelzeichen geöffnet«, sagte er, »möglichst nach vorheriger telefonischer Vereinbarung. Wie soll ich sie denn permanent offen halten, wenn ich hier ganz allein bin?«

»Allein?«

»Allein«, sagte er. »Frodo hat mich vorgestern verlassen und sich auf eine lange Reise begeben.«

»Aha. Und wohin?«

»Das weiß er selbst nicht so genau. Er reist seiner Liebsten hinterher, von der jedoch schwer herauszufinden sein wird, wo sie ist, nach allem, was vorgefallen ist.«

»Seiner Liebsten? Nach dem, was vorgefallen ist?«

Sander lehnte sich in seinem Stuhl zurück und wurde jetzt etwas offener, milder.

»Man merkt, dass du eine Weile weg warst, Ulrich«, sagte er.

»Ich bin schon viel länger wieder hier, als du glaubst. Weg war ich gerade mal vier Tage.«

»Hat es dir nicht gefallen?«

»Doch, sehr, so sehr, dass ich überlege … Aber was soll das jetzt mit Frodo?«

Ich stand immer noch vor dem Tisch, hinter dem Sander saß, wie ein Bittsteller auf einer Behörde. Jetzt zog ich mir einen Stuhl heran, der unter einem Fenster stand, und setzte mich ihm gegenüber. Schließlich hatte ich hier durchaus Hausrecht. Ich hatte diese Bibliothek mit aufgebaut, und noch arbeitete ich hier.

»Da du weg warst, muss ich wohl etwas weiter ausholen«, sagte Sander. »Eleanor …«

»Ich weiß, was mit Eleanor ist«, sagte ich, »du kannst dir deine Erklärungen sparen.«

»Gut. Nun, und Frodo ist auf ihren Spuren. Ich glaube allerdings nicht, dass er große Chancen hat, sie zu finden.«

Er nahm die Brille ab, blinzelte mich an und wartete, ob ich begriff. Ich begriff.

»Ja«, sagte Sander, »Frodo war der Geliebte von Eleanor, übrigens schon lange, bevor du weggefahren bist. Es muss schon vor der Eröffnung der Bibliothek angefangen haben. Alle – jedenfalls alle, die das überhaupt interessierte – haben davon gewusst, Ulrich. Nur der Betroffene selbst hatte mal wieder keine Ahnung. Und keiner hat es ihm gesagt. Eine bekannte Konstellation, wie man weiß, und zwar in diesem Fall sowohl in der Literatur als auch im sogenannten richtigen Leben.«

Ich weiß nicht, wie ich aussah, als er mir das erzählte, ob der Schmerz überwog oder eine verhaltene Wut oder bloß Einfalt. Bei Sander jedenfalls konnte ich kaum eine Regung feststellen, als er mir das erzählte.

»Nein«, sagte ich, »keiner hat's erzählt. Du auch nicht.«

»Ich auch nicht, stimmt. Was sollte ich tun? Ihr habt beide hier gearbeitet, Frodo und du. Wie sollte das denn weitergehen, wenn du plötzlich davon gewusst hättest? Da hätte man doch hier gar nicht mehr arbeiten können. Was sollte denn aus der Bibliothek werden, unter diesen Umständen?«

»Was sollte denn aus der Bibliothek werden?«, äffte ich ihn nach und sprang auf. »Die Bibliothek! Die Bibliothek des Herrn Sander! Um Gottes willen, dass sie bloß keinen Schaden nimmt!«

Sander blieb ganz ruhig sitzen und sah zu mir auf. Er wusste, dass ich zwar sehr wütend war, ihn aber nicht anrühren würde. Mein Zorn war auch schnell verraucht, und ich stand einfach nur noch mit hängenden Armen vor ihm.

»Ich nehme an«, sagte er ganz ruhig, »du möchtest hier nicht mehr länger arbeiten.«

»Darüber hatte ich mir noch keine abschließenden Gedanken gemacht«, sagte ich, »aber jetzt nehme ich das auch an.«

Er nickte.

»Du wirst allein bleiben? Oder holst du dir einen neuen Frodo?«

»Ich werde allein bleiben. Für Frodo gibt es keinen Ersatz. Er war sehr gut, er hatte den richtigen Blick. Aus ihm hätte mein Nachfolger werden können.«

»Aber die böse Frau hat ihn verführt?«

Sander ging nicht darauf ein, sondern wiederholte: »Ich werde allein bleiben. Die Bibliothek steht natürlich jedem offen, der anfragt. Ich bin immer da. Aber eigentlich gehört sie dem Bibliothekar. Er ist ihr Hüter, ihr Hirte.«

Bei diesen letzten Worten sah ich ihn an und suchte nach Spuren leichten Irreseins in seinem Blick. Aber Sander schien meine Anwesenheit schon beinahe vergessen zu haben und sah praktisch durch mich hindurch. Dann rückte er mit seinem Stuhl wieder näher an seinen Tisch heran und senkte den Blick in das aufgeschlagene Buch, das vor ihm lag, einen leicht schimmlig wirkenden Folianten, dessen Seiten zweispaltig in Fraktur bedruckt waren. Ich schlich mich hinaus in die Sonne.

Draußen dachte ich, dass *White Peace* eigentlich ein Scheißname sei und dass Eleanors Erklärungen dazu reiner Bullshit waren. Der Name war purer Rassismus, so plump, wie man es sich nur vorstellen konnte. Dann fiel mir ein, dass der Aufstieg von Eleanors Heimatstadt mit dem Sklavenhandel begonnen hatte, und dass der Name, den sie dem Programm gegeben hatte, bestens dazu passte. Einmal tief durchatmen, dachte ich, und ab dafür.

Am Bunker sah ich wieder einen Doppeldecker ankommen und verließ die Hauptstraße so schnell wie möglich in westlicher Richtung, bis ich an den kleinen englischen Garten kam, den Ritz dort angelegt hatte. Vor einer Laube, in der die Gartengeräte aufbewahrt wurden, stand ein verwitterter Holztisch mit zwei ebenso verwitterten Stühlen, und auf einem dieser Stühle saß der Gärtner persönlich, halb beschattet von einem Pflaumenbaum. Als ich näher kam, sah ich, dass er die Augen geschlossen hatte, und er öffnete sie erst, als ich bereits nah bei ihm war und er meine leisen Schritte im Gras hörte. Schon tat es mir leid, ihn gestört zu haben, aber Ritz wies mit der rechten Hand auf den Stuhl ihm gegenüber, und ich setzte mich.

»Du bist wieder bei uns«, stellte er fest.

»Das weiß ich nicht so genau. Ob ich wirklich wieder bei euch bin, meine ich.«

»Ich wollte damit zunächst mal nur sagen, dass du wieder auf dem Gelände bist.«

»Ich bin schon viel länger wieder da, als ihr glaubt.«

»Ich weiß«, sagte Ritz. »Ich habe dich manchmal morgens weggehen und abends wiederkommen sehen.«

Das überraschte mich nicht. Wenn einer mich wirklich gesehen hatte in diesen Tagen, dann konnte es nur Ritz sein.

»Aber du bist dir nicht schlüssig, ob du hier bleiben willst.« Wieder eine Feststellung, keine Frage.

»Nein.«

»Und nun ist auch noch Eleanor weg.«

»Eleanor ist mir schon lange verloren gegangen«, sagte ich. »Ich habe es bloß nicht gewusst. Aber du hast es sicher gewusst.«

Er nickte. »Wie fast alle«, sagte er. »Das ist eine alte Geschichte; Ulrich, und ...«

»... und sie kommt sowohl in der Literatur wie auch im richtigen Leben vor«, ergänzte ich. »Das hat heute schon einer zu mir gesagt. Ihr müsst hinter meinem Rücken doch alle über mich gelacht haben.«

Ritz schüttelte den Kopf. »Niemand hat gelacht. Alle haben gehofft, dass du es selbst herausfindest. Du musst doch etwas gemerkt haben.«

»Sicher.«

»Vielleicht hättest du sie fragen sollen. Aber nein, Parzival fragt nicht.«

»Nein«, sagte ich, »ich bin nun einmal ein tumber Tor. Egal, sie ist ja ohnehin weg, und ich glaube nicht, dass Frodo sie finden wird.«

»Wenn Frodo sie findet«, sagte Ritz, »dann findet sie auch die koreanische Mafia. Oder die russische. Das wäre nicht so gut.«

Das fand ich auch, trotz der Wut, die ich auf Eleanor hatte.

»Früher habe ich mir das hier viel schöner vorgestellt«, sagte ich. »Aber du hast uns ja schon im Januar erklärt, dass alles nur vorübergehend ist. Hätte ich auch von selbst drauf kommen können. Was ist denn sonst noch passiert?«

»Die letzte Lücke wird bald geschlossen«, sagte Ritz. »Der Supermarkt soll kommen; in zwei Wochen wollen sie anfangen zu bauen. Torsten Tedel ist nach Zehlendorf gezogen, um so nah wie möglich bei seinem Sohn und bei seiner Geliebten zu sein. Frau Wellkamp glaubt, dass ihr Buch in einem halben Jahr fertig ist. Sie will in ein paar Wochen mal daraus vorlesen. Tobias Dinkgräfe will sein Restaurant schließen. Er sagt, ich zitiere, dass inzwischen zu viele Arschlöcher dahin kommen.«

»Das ist ja schon eine ganze Menge, wenn man bedenkt, dass ich kaum weg war.«

»Es ist noch nicht alles. Helme ist gegangen, wie er es immer angekündigt hat.«

»Wohin?«

»Das weiß keiner so genau. Er hat gesagt, er geht zurück zu seinen Wurzeln. Das wäre nicht ganz so weit weg, denn geboren ist er in Reinickendorf. Tja, und von den Anarchisten wollen einige das Brachland besetzen, auf dem der Supermarkt gebaut werden soll.«

»Aha. Und was werdet ihr dann tun? Polizei rufen? Räumen?«

»*Wir* werden gar nichts tun, Ulrich. Wer soll denn *wir* sein? Die Frage ist doch bloß, was PROVITA tun wird. Im Übrigen sind das nicht viele. Die meisten von den Anarchisten wollen weggehen.«

»Und wohin? Auch zu ihren Wurzeln?«

»Das wissen sie noch nicht genau. Irgendwo aufs Land, glaube ich. Zurück in die siebziger Jahre.«

»Bitte?«

»Ach, egal. Erzähl mir von deiner Reise.«

Ich erzählte von den Tagen in Aachen, davon, dass meine schöne Wohnung an eine Radiologin vermietet worden war, von dem Essen in Lüttich und von dem Angebot, für meine alte Firma nach Paris zu gehen. Ich erzählte auch von meinem Besuch auf dem Friedhof Montparnasse, vom verschwundenen Grab meines mutmaßlichen Vaters und vom anschließenden Gang in die Rue d'Ulm. Schließlich erzählte ich, wie sehr ich die Menschen aus dem Zugfenster heraus geliebt hatte. Was meinte er dazu?

Ritz meinte gar nichts dazu. Er saß reglos auf seinem Stuhl. Ich rief ihn leise, und als keine Antwort kam, ging ich zu ihm hinüber, um ihn sanft zu wecken. Ich fasste ihn am Arm, schüttelte ihn ganz leicht und flüsterte noch einmal seinen Namen: »Paul«, flüsterte ich, »hörst du mich?« Aber Ritz schlief fest und würde nie mehr aufwachen.

32

Die Beisetzung fand am 6. Juli um elf Uhr vormittags statt. Wir hatten extra den Samstag gewählt, und alle kamen, fast so wie bei seinem Vortrag ein halbes Jahr zuvor. Es war ein warmer Sommertag, blauer Himmel und leichter Wind. Die Sonne wärmte unsere Knochen, brannte aber nicht.

Als Erstes hatte ich bei *Alice in Wonderland* angerufen. Ich hatte keine Ahnung, was man tut, wenn plötzlich jemand vor den eigenen Augen stirbt. John Tennant war fünf Minuten später bei mir. Dann riefen wir Dr. Bayer an, dessen Praxis ganz in der Nähe lag und der gewissermaßen der Hausarzt des Geländes war. Das war nach dem Attentat von Regina Reinhardt nun schon das zweite Mal innerhalb kurzer Zeit, dass ich unmittelbarer Zeuge eines Unglücksfalls gewesen war. Allerdings hatte Ritz seinen Tod mir gegenüber schon angekündigt, bevor ich gefahren war, erinnerte ich mich.

Dr. Bayer stellte offiziell Herzversagen fest. Ein sogenannter natürlicher Tod. Später dachte ich daran, dass Ritz schon sehr müde schien und erst im letzten Moment die Augen geöffnet hatte, als ich auf die Laube zuging. Ich hielt es nicht für ausgeschlossen, dass er etwas eingenommen hatte, und erzählte John davon. Auch von dem Gespräch kurz vor meiner Reise nach Aachen erzählte ich ihm.

»Was würde das ändern?«, fragte John. »Das stand ihm doch wohl frei. Und ein Verbrechen war es mit Sicherheit nicht.«

Nein, ein Verbrechen war es nicht, und deshalb gab es auch keine weiteren Untersuchungen. Jetzt standen wir alle an einem schönen Sommertag um das Grab herum, in das die Urne schon herabgelassen war. Ritz hatte sich vor nicht allzu langer Zeit einen Grabplatz direkt in dem englischen Garten gesichert, in dem er gestorben war. Auch das gab Anlass zu Vermutungen, die aber immer nur beiseite geäußert wurden. Er hatte eigentlich körperlich keinen sehr hinfälligen Eindruck gemacht.

Auch ein Testament hatte Ritz vor vier Wochen gemacht. Darin hinterließ er sein erhebliches Vermögen zum größten Teil einer Stiftung, die eine Art private Universität ins Leben rufen sollte, eher eine Akademie. An ihr sollte kein Studienabschluss erworben werden können, sondern lediglich Wissen um seiner selbst willen vermittelt werden. In jedem Jahr wurde zwei Semester lang nur eine Fachrichtung gelehrt. Diese Beschränkung ergab sich daraus, dass Ritz als künftigen Ort der Lehre sein Haus bestimmt hatte, eine schlicht gehaltene zweistöckige Villa, die ihm *Plan B* entworfen und gebaut hatte. An- und Umbauten waren ausdrücklich untersagt. Der aktuelle Lehrstuhlinhaber bestimmte gegen Ende des Jahres, welches Fach im nächsten Jahr gelehrt werden sollte und benannte seinen Nachfolger. Eine Professur war nicht an bestimmte formale Qualifikationen gebunden, wie es in der Stiftungsurkunde ausdrücklich hieß. Der erste Lehrstuhl war von Ritz an Tobias Dinkgräfe vergeben worden, der, wie sich herausstellte, zusammen mit Ute Wellkamp und einem Notar zu den einzigen drei Personen gehörte, die von dieser Stiftung gewusst hatten. Die Bibliothek sollte zur Akademiebibliothek umgewandelt werden, und so kehrte Sander gewissermaßen dorthin heim, wo er angefangen hatte.

Ein kleinerer Teil von Ritz' Vermögen war für die Erhaltung und Pflege der von ihm geschaffenen Gärten bestimmt. Sein Grab lag unmittelbar unter einer dreißig Meter hohen Esche. Tobias Dinkgräfe hielt eine kurze Ansprache, in der er sich bemühte, nicht sentimental zu werden. Trotzdem weinten einige, die jungen Menschen vom *Metropolis* zum Beispiel, was mich sehr überraschte. *Eleanor hätte auch geweint, wenn sie hier gewesen wäre,* dachte ich wütend, *aber dadurch wäre sie auch kein besserer Mensch geworden.* Jeder warf dann die Schaufel Erde ins Grab, danach wurde es von den zwei Anarchisten zugeschaufelt, die Ritz bis zuletzt bei der Gartenarbeit unterstützt hatten. Wir blieben stehen, bis sie mit ihrer Arbeit fertig waren. Daneben lag schon die Grabplatte bereit, ein flacher heller Stein mit der Inschrift *Paul Ritz 1943–2030.* In den Bäumen lärmten die Vögel.

Dann setzte sich die Trauergemeinde in Bewegung. Ein Leichenschmaus war nicht geplant. Jetzt schien es so, als bedauerten die meisten das und könnten sich nicht voneinander trennen. Ich sah John Tennant im Gespräch mit den Frauen von *NewLineSoftware.* Sander und Dinkgräfe hatten sich untergehakt und gingen ganz außen, auch langsamer als die anderen. Carsten Nettelbeck kam zu mir und wollte mich etwas fragen, aber ich war schneller und fragte nach Neuigkeiten über Marietta. Noch sei nicht viel Neues von den Vernehmungen durchgesickert, sagte er. So viel aber sei inzwischen klar, dass das Ziel Mariettas und ihrer Truppe nicht etwa das neue Regierungsviertel in Schöneberg gewesen sei, sondern unser altes Gelände hier.

»Das sollte so etwas wie eine *sentimental journey* werden«, sagte er und grinste. »Dich wollte ich aber auch noch etwas fragen. Du hast doch mit Ritz direkt vor seinem Tod gesprochen. Du müsstest doch seine letzten Worte kennen. Ich meine, es wäre einfach hübsch, wenn *Terrain Vague* als einzige Zeitung seine letzten Worte bringen würde.«

Ich antwortete nicht gleich, und er sagte: »Das soll jetzt wirklich nicht pietätlos sein. Ich habe ihn sehr gemocht, und er mich auch. Er war es nämlich, der unsere Zeitung hierher geholt hat.«

»Darum geht es nicht«, sagte ich, »ich muss einfach nur nachdenken, verstehst du? Ich habe seine letzten Worte nicht mehr so präsent. Schließlich war ich ein bisschen schockiert, als da plötzlich ein Toter vor mir saß. Aber jetzt habe ich es wieder, glaube ich. Seine letzten Worte waren: *Erzähl mir von deiner Reise.* Dann habe ich angefangen zu erzählen, und danach hat er nichts mehr gesagt.«

»Erzähl mir von deiner Reise«, wiederholte Nettelbeck. »Das passt. Vor allem, wenn man bedenkt, dass er selbst seit Jahren das Gelände nicht mehr verlassen hatte. Das hat er uns doch in seinem Vortrag erzählt, damals im Januar.«

Ich wollte noch etwas sagen, aber jetzt versuchte sich Ebba bei uns allen Gehör zu verschaffen, und als wir endlich alle soweit waren, sagte sie, dass sie zwar keinen Leichenschmaus anbieten könne, dass sie aber die *Wirtin* ausnahmsweise schon jetzt aufmachen werde, damit wir uns dort noch einmal versammeln könnten. Darauf schienen alle nur gewartet zu haben, und die Trauergemeinde nahm unwillkürlich Tempo auf. Nettelbeck fragte mich, ob ich auch mitkäme. Ich sagte etwas von einer Katze, die ich zu versorgen hätte und machte mich zügig aus dem Staub.

Ich fand Cheshire zu Hause schlafend vor, wie ich es gehofft hatte. Sie kratzte mich, als ich sie in den Katzenkorb steckte, den ich vor ein paar Tagen gekauft hatte, beruhigte sich dann aber. Meine Tasche hatte ich schon gestern Abend gepackt. An Kleidung nahm ich nur Wäsche mit, alles andere würde sich ergeben. Für die Reise nach Aachen reichte ein einziges Buch. Dort konnte ich mir neue kaufen, bevor es weiter nach Paris ging. Einen Augenblick überlegte ich, ob ich meinen kleinen Watson einstecken sollte, entschied dann aber, dass ich ihn nicht brauchte. Mir kam es natürlich entgegen, dass jetzt alle in der *Superdicken Wirtin* hockten und sich vielleicht betranken. Schnell war ich auf meinem Schleichweg und nach zehn Minuten draußen. Im Bus fragte mich jemand, ob ich mit der Katze zum Tierarzt fahren würde oder sie ins Tierheim geben wollte, und ich antwortete Tierarzt, um keine Scherereien zu bekommen. Dann stieg ich um. Vom Hochbahnhof Prinzenstraße lief ich die paar Minuten bis zum *Moritz-Eck*, die Reisetasche in der rechten und den Katzenkorb in der linken Hand. Die Mittagssonne knallte mir auf den Kopf, und ich war froh, als ich den kühlen Raum betrat, in dem drei Anstreicher ihr kaltes Kotelett aßen und Kuhlbrodt an seinem Tisch saß, einen Kaffee vor sich.

»Ach«, sagte er, »lange nicht gesehen.« Ich war eine gute Woche nicht mehr hier gewesen. »Will man verreisen?«

»Ja«, sagte ich, »für länger. Genau genommen für immer. Darf ich mich setzen?«

»Sicher, sicher«, und er zeigte mit der Hand auf den Stuhl ihm gegenüber. »Und wer ist das?«

»Das ist meine Katze«, sagte ich, »und ich kann sie nicht mitnehmen.« Wir kamen erfreulich schnell zum Thema, denn ich hatte nicht vor, mich allzu lange hier aufzuhalten.

»Tja«, sagte er, »wenn man verreisen will, schafft man sich aber keine Katze an.«

»Sie ist mir zugelaufen, Kuhlbrodt. Sie hat sich bei mir einquartiert, aber jetzt, wo ich hier kein Quartier mehr habe ...«

Cheshire wurde jetzt unruhig in ihrem Korb. Sie schien zu merken, dass es um ihre Zukunft ging.

»Aber sie ist ein sehr kluges Tier, sie kann sich bestimmt auf neue Umstände einstellen«, sagte ich.

Kuhlbrodt sagte nichts, sondern sah zur Theke, hinter der die Wirtin uns zuhörte. Ich spielte meinen stärksten

Trumpf aus: »Sonst müsste ich sie in ein Tierheim geben.«

»Du nimmst sie, Kuhlbrodt«, sagte die Wirtin. »Sie kann den Tag über hier sein.«

»Wenn du das sagst«, sagte Kuhlbrodt. »Wie heißt sie denn?«

»Sie heißt Cheshire«, sagte ich, zum ersten Mal ohne Schwierigkeiten. »Cheshire Cat.«

»Zu literarisch«, sagte Kuhlbrodt, »ich werde sie anders nennen. Emma vielleicht.«

»Nenn sie, wie du willst«, sagte ich und fand insgeheim, Emma sei verdammt literarisch. »Hier sind noch drei Dosen und hier ist etwas Trockenfutter. Ich muss langsam los. Ich nehme erst einmal das Angebot aus Aachen an, von dem ich dir erzählt habe. Dann werden wir weitersehen.«

»Viel Glück«, sagte Kuhlbrodt. »Danke für die Katze. Vielleicht hast du ja eine viel längere Reise vor dir, als du glaubst.« Er formte die Hände zu einer imaginären Kugel, sah hinein und sagte: »Ich sehe ferne Länder und Kontinente, prächtige Paläste und schöne Frauen. Aber wenn du mich brauchst, ich bin hier. Ich bin schon seit Ewigkeiten hier.«

Dann ging ich nach draußen, fuhr nach Spandau, stieg in den *InterEurope 778* und machte mich auf den Weg nach Westen. Wie vor gut zwei Wochen sah ich wieder voller Liebe auf die Landschaften, durch die wir jagten, und auf die Menschen, an denen wir vorbeiwischten und mit denen ich nichts zu tun hatte. Die große Reise, die Kuhlbrodt mir prophezeit hatte, hatte begonnen; doch darüber kein Wort, weder jetzt noch später.

74540 Cusy, Haute-Savoie, im Juni 2044

Inhaltsverzeichnis

Lernen Sie wirklich aus Ihren Fehlern?

Sie kennen wahrscheinlich dieses Bild. Ein Kind fasst auf die heiße Herdplatte und verbrennt sich die Finger. Und dann wird es, so die Theorie, nie wieder auf die heiße Herdplatte fassen. Irgendwie einfach, oder? Diesem Bild entsprechend benötigen wir nur genug *heißer Herdplatten* und eine Menge schmerzlicher Erfahrungen, und schon wissen wir, wie es (zu)geht im Leben. Rein statistisch gesehen verhält es sich 50:50 zwischen Gewinn und Verlust, zwischen Wohlempfinden und Schmerz, zwischen Glück und Unglück. Vorausgesetzt wir entwickeln uns fortwährend weiter. Dass dies nicht selbstverständlich ist, kann uns die Psychologie bestätigen. Da gibt es Menschen, die vor lauter Angst, einen Fehler zu machen, nichts mehr machen – das Leben verweigern. Und eigentlich kann man diese Menschen doch gut verstehen, oder?
Um noch einmal auf das Risikoverhältnis zurückzukommen: Bei einem Anteil von möglichen 50 Prozent Fehlerquote sollten wir erkennen, dass dies auch eine enorme Zeitverschwendung mit sich bringt. Die Hälfte unserer Zeit benötigen wir, um herauszufinden, was falsch, wirkungslos und enttäuschend ist.

Statt nun zu lernen, was alles nicht funktioniert oder schmerzhaft ist, können wir auch gegenseitig voneinander lernen, was erfolgsversprechender für die eigene Entfaltung ist.

Sie haben Recht, wenn Sie einwenden, dass es keine Patentrezepte geben kann. Dies stimmt unbedingt! So verschieden jeder Einzelne ist, so verschieden sind die Lösungsansätze, die sich ein jeder erarbeiten muss. Dennoch gibt es Erfahrungswerte und Expertenwissen, welches wir nutzen können, um schneller und einfacher an unsere Ziele zu gelangen.

Nicht nur für die Jugendlichen und deren Eltern ist dieses Buch eine sehr gut zugängliche Orientierungshilfe, sondern auch für die, die schon längst in der Berufstätigkeit stehen, wird es ein sehr nützlicher Ratgeber sein, um wieder mehr Freude bei der „Arbeit" zu erlangen.

Beruf – eine Last oder eine Lust?

Es gibt kaum eine nachhaltigere und lebensbeeinflussendere Entscheidung als die Wahl der eigenen Berufstätigkeit. Jede noch so innige Partnerschaft kann man mehr oder weniger unbeschadet eingehen oder auflösen – bei der Berufstätigkeit geht das nahezu nicht! Bitte verstehen Sie das nicht als Aufforderung zu einer Einwegpartnerschaft – eingehen, nutzen, wegwerfen –, dies ist so weder sinnvoll noch erwünscht. Nur, in dem einen oder anderen Fall ist man selbst als Außenstehender dankbar, dass es die Möglichkeit einer Trennung gibt. Vor wenigen Jahrzehnten war dies nicht so *selbstverständlich* möglich. Die Berufswahl ist eher eine Entscheidung, die nur in den wenigsten Fällen korrigiert werden kann.

Häufig genug werden Schicksale berichtet, dass ein altersbedingtes Ausscheiden aus dem Beruf oder ein plötzliches Ende der Arbeitstätigkeit die jeweils Betroffenen in eine tiefe existenzielle Krise stürzt. Jetzt fragt sich so mancher Leser, wieso denn das? Die sollten doch froh sein, nicht mehr arbeiten zu müssen. „Rente erst ab 67 Jahren!" – wer will da noch auf dem Dachfirst als Dachdecker stehen? Erinnern Sie sich, das war die Diskussion im vorletzten Jahr. Das Deutsche Handwerk hat auch wegen solcher Diskussionen enorm an Auszubildenden verloren! Aber vielleicht schafft Arbeit nicht nur Mühen, vielleicht stiftet sie auch Sinn?!

Die Berufstätigkeit macht uns im Wesentlichen aus. Sie schafft uns Möglichkeiten, unser Leben zu leben, es zu unterhalten, es zu entfalten. Mit Hilfe unserer Erwerbstätigkeit können wir ganz wesentlich unser Leben organisieren.

Demnach ist die Wahl des eigenen Berufes oder auch die Entscheidung zur Weiterbildung, zur Umschulung oder zur Selbstständigkeit wichtiger zu nehmen als die Entscheidung zu einem Partner.

Wenn Sie einverstanden sind, dann werden wir uns in diesem Buch als Erstes mit Ihren beruflichen Zielen auseinanderzusetzen haben. Dies betrifft sicher vornehmlich die jüngeren Leser und Leserinnen. Aber warum eigentlich nicht auch Sie, den bereits Berufstätigen? Vielleicht erkennen Sie noch Notwendigkeiten und Möglichkeiten einer Erweiterung Ihrer beruflichen Laufbahn?

Im nächsten Schritt erfahren Sie, *wie* Sie an Ihren richtigen Arbeitsplatz kommen. Wie und mit welcher Vorbereitung bringen Sie sich in die Gespräche ein, die über Ihre Entwicklung zu entscheiden haben?

Im dritten Block erhalten Sie viele Anregungen für die Freude in Ihrem beruflichen Alltag. Was können und was sollten Sie tun, damit die Arbeit nicht zu einem Joch wird? ... Und vielleicht schlummert in Ihnen ein selbstständiger Unternehmergeist? ... Wir werden sehen!

Wie immer auch die Fragen an uns ausgehen werden, eines ist sicher: Das berufliche Leben, das berufliche Erleben hat Auswirkungen auf alles, was uns ausmacht. Auf unser soziales Umfeld, auf unseren privatesten Bereich bis hin zu unserem Innersten, der Seele!

Hat unser Beruf noch etwas mit Berufung zu tun? Das Wort *Berufung* klingt schon ziemlich idealistisch! Aber seit alters her hat ein jeder eine Berufung, etwas für sich und die Allgemeinheit zu tun, zu schaffen. Carl Gustav Jung (1875–1961), einer der Gründerväter der Psychoanalyse, glaubte, dass es für jeden Menschen ein Ziel sein müsse, zu entdecken, was seine Aufgabe (seine Berufung, Anm. d. Verf.) in diesem Leben ist.
Jeder Mensch wird, je komplexer die Gesellschaftsstrukturen sich gestalten, umso mehr seinen Beitrag zum Gemeinwohl erkennen müssen. Demnach kann es keine Aufgabe in der Gemeinschaft geben, die weniger oder mehr wert ist als die jeweils andere, oder? Was nutzt dem Herzchirurgen sein Skalpell, wenn er morgens nicht zur Arbeit fahren kann, weil sein Auto streikt? Wie erfolgreich ist das nobelste und teuerste Hotel am Platz, wenn es im Müll ertrinken muss? ... Und der beste Koch könnte nicht erfolgreich kochen, wenn es nicht den Fernfahrer, den Gas- und Wasserinstallateur, die Putzfrau gäbe und sogar den Augenarzt, der ihm am Ende die Klarsicht ermöglichen hilft? ... Selbst die Finanzbeamten und die Politiker tragen zum Gemeinwohl bei (auch wenn das nicht immer auf den ersten Blick erkennbar sein muss ☺). Sie sorgen dafür, dass die Gemeinschaft stark bleibt und nicht im Chaos versinkt.

Dies hat mit den Fähigkeiten und Begabungen des Einzelnen in Bezug auf die gesamte Gemeinschaft zu tun. Es geht um nichts weniger als um die eigenen Talente und um die Verantwortung für das Gemeinwohl – sich einzubringen in eine Gesellschaft. Wir sind abhängig voneinander, und wir können gar nicht ohne das Miteinander sein. In unseren Breiten kann ein einzelner Mensch nicht wirklich überleben. Wir sind aufeinander angewiesen.

Wer Leistung fordert, muss Sinn bieten

Vielleicht ist die Sinnhaftigkeit gleichzusetzen mit der Suche nach unserem Glück? Kann es sein, dass wir uns umso glücklicher bei der Ausübung unserer täglichen Arbeit empfinden, je mehr Sinn wir in der Arbeit erkennen können? Ganz sicher spielt neben dem *Sinn* auch die *Anerkennung* im Beruf eine entscheidende Rolle! Wahrscheinlich werden die meisten sofort hinzufügen: Die Anerkennung ist für mich die volle Lohntüte! Stimmt sicher – aber nicht ganz. Die Anerkennung, die ich hier meine, ist jene, die von ganz tief innen aus unserer Seele kommt. … Die Gesellschaft, die Leistung fordert, sollte uns Arbeitenden Sinn bieten. Aber wer wartet hier auf wen? Ich bin *ich*, und ich bin ein Teil der Gesellschaft! Wenn beides zutrifft, dann kann ich *nur* als Selbst, als Individuum, aktiv werden. Das Warten (als Teil der Gesellschaft) auf sich selbst wirkt paradox, oder?

Macht es Sinn, auf einen Menschen zu warten, der mir als Individuum durch sein Lob Anerkennung verleiht? Macht mich das Lob eines anderen glücklich? Noch besser: Kann ich nur durch das Lob des anderen (der Gesellschaft) froh und glücklich empfinden? Was wäre für mich als Mensch gewonnen, wenn ich begreifen würde, dass ausschließlich nur ich mich als Mensch vollends anerkennen und glücklich werden lassen kann? Ist das nicht wahrer Sinn allen Handelns?

Meine persönliche Zielvereinbarung

Die meisten Menschen glauben, sie würden alle ihre Ziele kennen: „Ich will gesund leben. Ich will gut aussehen. Ich will viel Geld verdienen. Ich will eine glückliche Partnerschaft ..."
In diesem Kapitel werden Sie erfahren, warum solche Zielvorstellungen nicht ausreichend sind und daher eher bedeutungslos bleiben und sehr wahrscheinlich auch scheitern werden.

Sich Ziele zu setzen ist die Grundvoraussetzung, um zielgerichtet denken und handeln zu können.

Da gilt die alte Weisheit, dass ein schlechtes Ziel immer noch besser ist, als gar kein Ziel zu haben.

Hiermit ist der Umstand beschrieben, dass es Menschen gibt, die überhaupt nicht wissen, was sie einmal erreichen möchten oder *wohin die Reise gehen* soll. Diese Menschen lassen sich buchstäblich treiben: mal hierhin, mal dorthin. Sie wirken wie eine Fahne im Wind. Sie schlagen jeden Tag eine andere Richtung ein.

Im Ergebnis können Sie diese Menschen erleben als Menschen mit tausend Ideen, mit himmelstürmenden Gedanken – es wird nur keine Idee verwirklicht und kein Gedanke zu Ende gedacht. Diese Menschen sind immer *rastlos auf Reisen*, kommen aber niemals irgendwo an!
Am mangelnden Fleiß wird es bei diesen Menschen nicht fehlen. Wo diese Menschen wirken, da *staubt* es! Im Prinzip gibt es nur zwei Möglichkeiten, was solch Getriebene erreichen werden: entweder den körperlichen Kollaps oder den seelischen Zusammenbruch.

In dieser tragischen Situation, so empfiehlt es die alte Weisheit, ist es immer noch besser, erst einmal *ein* Ziel zu besitzen. Selbst wenn es nicht das beste Ziel wäre, so ist es immer noch besser, irgendwo anzukommen als nie etwas zu Stande zu bringen.
Und wenn Sie dann für sich beobachten, dass das bisherige Ziel wirklich nichts Gutes für Sie bringen wird, dann können Sie immer noch Zielkorrekturen durchführen!

Was ist ein Ziel?

Ein Ziel ist erst dann ein Ziel, wenn es unsere Wünsche, Aufgaben, Interessen und Bedürfnisse in klaren, präzisen Absichtserklärungen zum Ausdruck bringt. Ein Ziel ist immer eine Vorausschau in die Zukunft sowie eine Ausrichtung und eine Konzentration unserer Energien und Aktivitäten auf das, was erreicht werden soll. Wie bereits im oberen Kapitel ausgeführt, ist es bei Zielen nicht wichtig, *warum* Sie etwas erreichen wollen, sondern vielmehr *wozu*!

Erst wenn Sie wissen, *wozu* Sie Kraft und Schweiß opfern wollen, dann können Sie Ihre Kräfte bündeln. Und das Fantastische ist, dass Ihre bewussten Ziele, Ihre unbewussten Energien auf Ihr Handeln ausrichten! Ihr Unterbewusstsein wird wie von Geisterhand die wichtigen Entscheidungen und Weichenstellungen herbeiführen, damit Sie ankommen!

Ab wann existiert ein Ziel?

Viele glauben von sich, dass sie ihre Ziele ständig im Kopf, sozusagen bei sich tragen. Dies sei auch besonders praktisch, zumal so eine permanente Arbeit an den Zielen möglich sei.

Ziele existieren erst, wenn sie schriftlich erfasst werden!

Sie wissen auch, dass Gedanken flüchtig sind. Sie kommen und gehen, wie sie wollen. Und wenn es hart auf hart kommt, wie sollten Sie sich dann noch auf ein Ziel konzentrieren können, welches *nur flüchtig* existiert?

Sie werden feststellen, wie viel Arbeit es bedeuten kann, Ziele klar und präzise auf Papier festzuhalten. Aber dann werden Sie die wichtige Erfahrung machen, wie diese festgeschriebenen Zielvorstellungen eine eigene Dynamik gewinnen.

Übrigens: Auch ein Abgleich der Zielvorstellung mit einem (Teil-) Ergebnis ist erst bei schriftlicher Gegenüberstellung möglich.

Wie werden Ziele definiert?

Sie haben oben bereits einen ersten Hinweis erhalten. Es geht um präzise Absichtserklärungen. Wenn Sie z. B. das Ziel verfolgten, *gesünder zu leben*, wie präzise wäre dieses Ziel? Was kann *gesünder leben* alles bedeuten? Vielleicht möchten Sie mit dem Rauchen aufhören, vielleicht kein Fastfood mehr essen, vielleicht weniger Süßigkeiten naschen, vielleicht mehr Sport treiben ..., und was Ihnen noch so alles einfällt. Schon mit dieser kleinen Auflistung erkennen Sie, dass gesünder leben *alles* und *nichts* bedeuten kann, weil es nicht präzise genug definiert ist.

Schon die Absicht, mehr Sport zu treiben, ist ebenfalls völlig unpräzise. Möchten Sie mehr Tennis oder Fußball spielen, möchten Sie Rad fahren oder häufiger schwimmen gehen?

Präzisieren Sie bitte. Was möchten Sie genau? Beachten Sie, dass unpräzise Ziele immer daran scheitern, dass sozusagen die genaue Anweisung zum Handeln fehlt!

Also nicht: Ich will mehr Sport treiben. Sondern:
Ich will 15 Minuten pro Tag Rad fahren.

Ihre persönlichen Ziele

Probieren Sie es einmal aus. Nutzen Sie die nachfolgenden sechs Fragen, die Ihnen bei der Ausformulierung Ihrer Zielvorstellungen helfen sollen. Beziehen Sie Ihr bereits erarbeitetes Anlagenprofil bei Ihren Überlegungen mit ein.

Am besten ist es, wenn Sie mit Bleistift arbeiten. Dies hat den Vorteil, dass Sie erst einmal alles aufschreiben können, was Ihnen so in den Sinn kommt. Anschließend können Sie immer noch das eine oder andere streichen.

Es wird in vielen Büchern über Ziele und Erfolg eine Harvard-University-Studie aus dem Jahr 1979 zitiert, die über den Werdegang von Studienabgängern über einen Zeitraum von 10 Jahren folgende Resultate beschreibt:

- 83 % der Studienabgänger hatten keine klaren Zielvorstellung für ihre Karriere nach dem Studium
- 14 % der Absolventen hatten zwar klare Vorstellungen für ihre Karriere, diese aber nicht schriftlich fixiert. Interessant ist hier, dass diese Gruppe der Abgänger im Schnitt tatsächlich 3 mal mehr verdienten, als die Gruppe ohne konkrete Zielvorstellungen
- 3 % hatten ihre Karriere geplant und schriftlich ihre Vorstellungen fixiert. Diese Gruppe verdiente das 10fache von der ersten Gruppe

Nur sehr wenige Menschen planen sorgfältig und legen Sie (schriftlich) fest. Und genau die sind es später, die 10mal mehr als die Masse verdienen. Das gibt Ihnen und mir sicher zu denken, oder?

Was will ich erreichen?

Formulieren Sie so präzise wie möglich!

Die Entwicklung Ihrer Zielvorstellungen ist keine spontane Aktion, sondern vielmehr ein spätestens jetzt beginnender Prozess. Durch das Aufschreiben Ihrer Vorstellungen schaffen Sie in Ihrem Kopf Platz für neue und/oder ergänzende Gedanken. Vielleicht träumen Sie plötzlich in den nächsten Tagen irgendwelche neuen Vorstellungen. Geben Sie ihnen Platz in Ihren Aufzeichnungen. Denken Sie ruhig Ihre Ideen analog aller sechs Fragestellungen durch. Aussortieren können Sie immer noch.

Wozu will ich es erreichen?

Was springt für Sie dabei heraus, wenn Sie Ihr Ziel erreichen? Wird das Erreichen des Ziels Sie verändern? Möchten Sie das?

Wie realistisch ist mein Ziel?

Bringen Sie alle Voraussetzungen mit, Ihr Ziel erreichen zu können? Wo stehen Sie heute, und wo möchten Sie hin?

Was benötige ich, um mein Ziel zu erreichen?

Was an Wissen, wie viel Power, wie viel Zeit benötigen Sie? Welche Unterstützung oder welche Begleitung ist vonnöten?

Wie will ich mein Ziel erreichen?

Alleine, mit anderen zusammen? In welchen Etappen denken Sie? Ist es z. B. besser, erst nach einer Berufsausbildung ein Studium zu beginnen? Benötigen Sie zum erfolgreichen Start Ihrer angestrebten Selbstständigkeit bestimmte Rahmenbedingungen, Geld, Kinderversorgung oder Ähnliches?

Bis wann soll mein Ziel erreicht sein?

Die entscheidende Frage bei einem Ziel ist die Zeitfrage. Die besten Ziele scheitern, wenn nicht klar definiert ist, bis wann ein mögliches Ziel erreicht werden soll.

Ein Ziel ist perfekt, wenn es machbar, nachprüfbar und motivierend wirkt

Wenn Sie beispielsweise im Außenhandel eine Karriere anstreben, sollten Sie auch Fremdsprachen können und mögen. Oder Sie möchten Techniker werden, dann sollten Sie Mathematik lieben. Sind Sie handwerklich talentiert und geschickt, dann bringen Sie beste Voraussetzungen für das Handwerk mit. Wer keine Hochschulreife bzw. Fachhochschulreife erworben hat, kann nicht studieren.

Als zweites Qualitätskriterium sollten Sie zu jeder zeit überprüfen können, wie weit Sie bei der Erreichung Ihres Zieles sind. Gibt es Zwischenschritte, die im wahrsten Sinne des Wortes abzuhaken sind? ... Und abhaken können Sie nur etwas, was Sie vorher auch aufgeschrieben haben. Dies ist besonders wichtig: Schreiben Sie immer Ihre Zielvorstellungen und voraussichtliche Schritte dorthin auf!

Alles, was einen tieferen Sinn für uns erzeugt, motiviert uns ungemein. Mit anderen Worten: Sinnlosigkeit oder sinnlose Aktionen demotivieren immer!

Unterscheiden Sie Wichtiges vom Unwichtigen

In der Wissenschaft hat sich seit mehr als 100 Jahren das Pareto-Prinzip zum Verständnis von vielen Zusammenhängen gut bewährt. Pareto (1848–1923) entdeckte als Ökonom, dass es so etwas wie eine Naturkonstante gibt, die sich immer wieder bestätigt. Beispiel: Ein Fußboden muss erneuert werden, weil 20 % seiner Fläche abgenutzt sind. Noch deutlicher: In einer Zeitung stehen auf 20 % der bedruckten Zeitungsseiten 80 % aller wesentlichen Informationen!

Unwichtige Themen (20 %) beanspruchen 80 % unserer Zeitressourcen.

Investieren Sie pro Tag nur 10 Minuten, und Sie werden staunen, wie viel Zeit Sie sparen können. Schreiben Sie sich einen Plan, was zu tun ist. Und dabei unterscheiden Sie in wichtige Aktionen, die sofort und ohne Aufschub zu erledigen sind.

Dann listen Sie sich die zweite Gruppe auf in Dinge, die wichtig, aber nicht sofort zu erledigen sind, und anschließend noch die sofort zu erledigenden Themen, die nicht ganz so wichtig erscheinen. Was am Ende übrig bleibt, nämlich die weder wichtigen noch dringlichen Themen, die vergessen Sie einfach. Dieses Prinzip geht angeblich auf den US-Präsident Dwight D. Eisenhower zurück und ist nach ihm benannt.

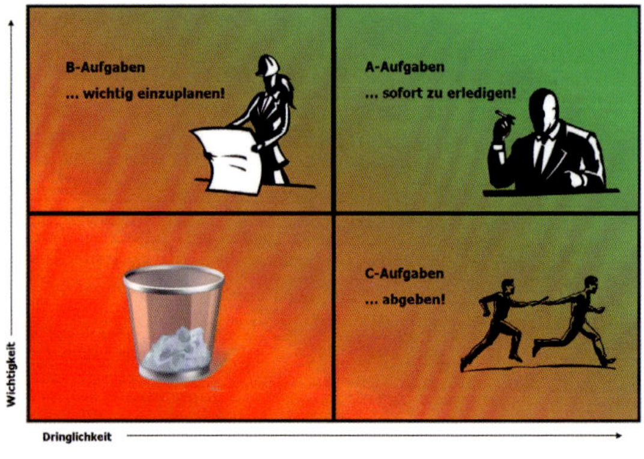

Alle Aufgaben werden anhand der Einteilung *wichtig/unwichtig* und *dringlich/nicht dringend* in die vier Felder (Quadranten) eingeteilt.

Und nun ordern Sie Ihre Aufgaben, die weder wichtig noch dringend sind unten links in den

Papierkorb ein. Dem gegenüber stehen die Aufgaben oben rechts in der Matrix. Sie sind dringend und von hoher Wichtigkeit (A-Aufgaben). Hier ist handeln angesagt! Wichtige Dinge, die aber nicht dringend sind (B-Aufgaben), können demnach gut geplant werden, müssen aber nicht sofort erledigt werden. Und die Aufgaben, die zwar dringend, aber nicht wichtig genug sind (C-Aufgaben), die können getrost an andere übergeben werden.

Welche Berufe interessieren mich?

Schreiben Sie einmal auf, was Sie am liebsten im Beruf machen würden? Welche Berufe interessieren am allermeisten?

Was ist sofort zu tun – A-Aufgaben?

Wo bekommen Sie welche Informationen? Wo und wie recherchieren Sie am besten? Wer weiß was? ...

Was ist wichtig und hat noch Zeit – B-Aufgaben?

Was lenkt augenblicklich nur ab – C-Aufgaben?

Die meisten Zeitfresser sind unwichtige Aufgaben. Was muss nicht jetzt sein?

STEIG MIT EIN!
ERFOLG
CHANCEN
ZIELE
BERUF
ZUKUNFT
BILDUNG

Erfolg hat nur, wer sich präsentieren kann

Was wird aus einer guten Idee, der besten Absicht, der größten Motivation, wenn sie nicht optimal präsentiert wird?

Es gibt großartige Erfinder, fantastische Denker, großartige Praktiker, die aber nur deshalb bekannt sind, weil sie sich präsentieren können. Stellen Sie sich vor, Sie haben einen wichtigen Verbesserungsvorschlag in der Teambesprechung Ihrer Abteilung zu präsentieren. Was würde aus dem Vorschlag werden, wenn Sie nicht in der Lage wären, Ihre Idee und Ihre eigene Person im rechten Licht zu präsentieren? Können Sie sich vorstellen, dass weniger wichtige Vorschläge deswegen mehr Beachtung finden, weil diese Ideen mit mehr Selbstbewusstsein und Leidenschaft vorgetragen werden? Stellen Sie sich vor, Sie sind bestens ausgebildet und können Ihre Leistungen und Ihr Engagement mit überdurchschnittlichen Zeugnissen und Beurteilungen belegen, dennoch wird es auf Ihre Fähigkeit ankommen, dies *ansprechend* zu präsentieren.

Und wenn sich nun die guten und sehr guten Schüler, Studenten und die sehr gut bewährten Mitarbeiter um ihr Auftreten und ihre Rhetorik bemühen, um wie viel mehr sollten sich die Übrigen bemühen, die keine so tollen Schulnoten oder perfekten Leistungen vorzeigen können?
Wenn ungünstige schulische Leistungen vorliegen, dann kann in einem Bewerbungsgespräch nur noch die eigene Persönlichkeit als solche den Ausschlag zum Erfolg geben. Aber was macht die eigene Persönlichkeit aus, und wie wird präsentiert?

Um es in anderen Worten zu sagen: Es ist für jeden Menschen wichtig, sich um seine Person und seine Entwicklung immer und immer wieder Gedanken zu machen, sich zu kultivieren, zu präsentieren und die richtigen Entscheidungen zu treffen.

Der Beginn der menschlichen Reife beginnt mit der Fähigkeit, über sich nachzudenken!

Welche Gedanken sollten Sie sich machen und um welche Entscheidungen wird es gehen? Bestimmen Sie mit Hilfe der nachfolgenden Seiten selbst. Erst wenn Sie sich selbst Antworten für Ihre Zukunft erarbeiten, können Sie für Ihre weitere Zukunft Entscheidungen treffen. Wer nichts entscheidet, trifft keine Fehlentscheidungen. Wer nichts macht, macht keine Fehler. So könnte man aus Vorsicht vor dem Leben erst einmal nichts unternehmen und abwarten, was sich wohl entwickelt.

Dies aber, eben nichts zu tun und nichts zu entscheiden, würde die *schlimmste Fehlentscheidung* und der *folgenschwerste Fehler* sein, den Sie begehen können.

Was bedeutet persönlicher Erfolg?

Erfolgreich können wir nur sein, wenn wir lernen, Verantwortung für uns selbst zu übernehmen. Erfolg bedeutet, mehr und mehr seine Ideen unabhängig zu verwirklichen! Möchten Sie auch eine starke Persönlichkeit sein, möchten Sie über eine positive Lebenseinstellung verfügen und möchten Sie, dass Sie gewinnend wirken?

Was bedeutet Ihnen Ihr Erfolg?

Woran würden Sie erkennen, dass Sie erfolgreich sind?

Werden Sie aktiv!

Handeln Sie sofort. Was soll passieren, wenn Sie untätig bleiben? Nichts! Nichts von dem, was Sie erreichen wollen. Trägheit und Unentschlossenheit sind die größten Erfolgskiller. Jedes noch so geniale Ziel beginnt mit dem ersten Schritt. Werden Sie aktiv. Geben Sie Ihren Ideen Energie. Auch wenn Sie anfangs noch nicht direkt ernten können, bleiben Sie hartnäckig. „Gut Ding will Weile haben." Sie kennen diesen Spruch. Und er trifft die Sache auf den Punkt. *Tun* Sie es! Die Erfolglosen wollen auch alles erreichen – nur immer später. Bei den Erfolglosen bleibt das, was sie erreichen wollen, nur eine Fiktion, eine Idee im Kopf. Erfolgreiche Menschen beginnen mit allem, was sie erreichen wollen, ***sofort***. Sie werden Ihre Anerkennung ernten.

Geben Sie Ihr Bestes!

Ihr entschiedenes Wollen und Ihr Ehrgeiz lassen keine halben Sachen zu. Bestleistungen sind möglich, wenn Sie *Ihr Bestes* geben. Machen Sie aus Situationen und Aufgabenstellungen stets das Beste für sich und andere. Machen Sie das, was Sie tun, ein wenig besser als der Durchschnitt. Und Sie werden das Beste leisten und der Beste sein.

Ihre Probleme sind Ihre Chancen

Auch wenn Sie dies unter Umständen gar nicht so gerne hören bzw. lesen möchten:

Ihre Probleme gehören zu Ihnen! …
Es sind nicht zufällig Ihre Probleme!

Sicher, niemand möchte Probleme haben. Auch schon deswegen nicht, weil sie unangenehm sind und unser Leben mehr beeinflussen, als uns lieb ist. Und ein Zweites ist auch sicher:

Wir werden immer die gleiche Menge an Problemen haben!

Kaum lösen wir das eine, da kommt schon ein neues auf uns zu. Stellen Sie sich einmal vor, dass unsere Probleme uns gezielt herausfordern würden. Vielleicht *haben* wir dann unsere individuellen Herausforderungen nur dazu, um an ihnen zu wachsen. *Und im Ergebnis wäre Erfolg nur die Fähigkeit, Probleme lösen zu können.*

Die Welt, die Gesellschaft braucht Menschen, die keine Angst vor Herausforderungen (Problemen) haben, die Aufgabenstellungen lösen wollen. Probleme lösen können, das ist Erfolg! Probleme lösen können, heißt Reifung! Wenn es keine Probleme gäbe, dann hätten wir keine Chance, erfolgreich zu sein, oder? ***Erfolge sind gelöste Probleme***. Solange wir leben, so lange werden wir Probleme haben. Alle Probleme bleiben gleich. Es ändern sich nur die Strategien und Techniken der Bewältigung. Überall und immer werden Menschen händeringend gesucht, die Probleme lösen können! Werden Sie ein Spezialist für Problemlösungen.

Sie wollen einzigartig sein

Verschaffen Sie sich Klarheit darüber, was Sie einzigartig macht. Was können Sie besser als andere? Was bieten Sie an, was andere nicht zu bieten haben? Was sind Ihre Begabungen und Fähigkeiten? Wo sind Sie besonders talentiert? Oder anders gefragt: Woran könnten Sie ab sofort hart arbeiten, um Ihre Einzigartigkeit auszubauen?

Leuchten Sie nachts im Dunkeln?

Was macht Sie aus? Diese Frage aus dem kleinen letzten Unterkapitel wirkt sehr simpel und ist aber bei näherer Betrachtung die Frage, um die es im Leben des Menschen als Individuum zentral geht.

Aus diesem Grund möchte ich dieser beinahe unscheinbaren Frage noch einmal nachgehen. Was macht mich besonders? Welche innerseelischen Eigenschaften oder Eigenarten machen mich einmalig?

Vor einigen Jahren erhielt ich während eines zweitägigen Seminars in einem mittelständischen Unternehmen die schönste Antwort auf diese Frage: „Was macht Sie aus?"

In diesem Seminar ging es unter anderem um Kommunikation und Kundenorientierung. In mehreren Arbeitsgruppen wurden verschiedene Grundsatzfragen zu Produkten, dem Unternehmen und den Mitarbeitern erarbeitet.
Und so war eine Gruppe mit der Frage beschäftigt, welche Besonderheiten dem Kunden in der Zusammenarbeit mit den Mitarbeitern geboten werden kann.

Interessant ist, dass im Marketing der Begriff des *Alleinstellungsmerkmals* nur für Produkte, wenig für Unternehmen und überhaupt nicht für Menschen herangezogen wird. So ist beispielsweise ein Patent ein klassisches Alleinstellungsmerkmal für ein Produkt. Stellen Sie sich vor, es gäbe eine Kaffeetasse mit drei Henkeln. Und würde dieses Produkt nur von einem Hersteller produziert, dann wäre diese Produkt *Tasse* ein Alleinstellungsmerkmal für diesen Hersteller. Würde dieses Unternehmen diese Tasse auch noch in einem bisher nie dagewesenen Verfahren herstellen, so wäre dieses Verfahren ebenfalls ein Alleinstellungsmerkmal für das Unternehmen. Oder die Art und Weise der Mitarbeiterführung oder Mitbestimmung könnte in diesem Unternehmen einmalig und damit ein Alleinstellungsmerkmal sein.

In diesem oben erwähnten Seminar ging es nun konkret um die Entwicklung *unserer persönlichen Alleinstellungsmerkmale*. Vielleicht wirkt diese Wortschöpfung auf Sie zu technokratisch? Ziel dieser Entwicklung der persönlichen Alleinstellungsmerkmale war die mindestens gleichwertige Gegenüberstellung der Ergebnisse mit denen aus produkt- und firmenbezogenen Alleinstellungsmerkmalen. Denn in jedem Unternehmen wird an der Positionierung des Unternehmens und der Produkte am Markt fortwährend gearbeitet. Oft wird dabei der einzelne Mitarbeiter in seinem Verhältnis zum Kunden schlichtweg übersehen.

Nachdem die ersten beiden Gruppen ihre Ergebnisse vorgetragen hatten, kam die dritte Gruppe an die Reihe. Ein Kollege aus diesem Team nahm einige Kärtchen und stellte einzeln die gefundenen Attribute vor: Da wurden Nennungen wie *Fleiß, Sorgfalt, Ausdauer* und *Ehrlichkeit* vorgestellt. Und wenn ich ehrlich sein darf, ich hörte nichts Unerwartetes, alles Bisherige entsprach dem Üblichen.

Aber dann: Mitten in seiner Präsentation stockte dieser Kollege und hielt inne. Er legte seine Kärtchen beiseite und stand noch einen Augenblick lang wortlos da. Dann sagte dieser Mann: „Ich bin ein Leuchtturm!" Erst noch recht zögerlich, dann wiederholte er den Satz deutlich lauter: „Ich weiß es, ich bin ein Leuchtturm!"

Einige der anderen Teilnehmer reagierten irgendwie amüsiert. Er sprach weiter: „Ich stehe fest in der Brandung. Und wenn man vor lauter Gischt die eigenen Hände nicht mehr vor Augen sehen kann, dann gebe ich den Menschen, die mir nahe sind, Orientierung. Bei Wind und Wetter stehe ich gerade und weiche keinen Millimeter. Meiner Familie, meinen Freunden und meinen Kunden bin ich fester Halt!"

Stellen Sie sich bitte einmal vor, wen Sie plötzlich vor sich sähen, wenn Sie einen Menschen treffen würden, der von sich sagt, dass er ein Leuchtturm sei?

Und wenn ich damals einen Hut im Seminar dabei gehabt hätte, ich hätte ihn sofort vor diesem Mann gezogen. Schöner, dichter, vielleicht sogar poetischer hätte die Antwort nicht sein können.

Das sind Momente, in denen keiner mehr lacht, niemand mehr grinst. Mir lief damals die Gänsehaut rauf und runter. Und das tut es auch heute noch, wenn ich in Seminaren über dieses *wunderbare* Erlebnis berichten darf.

Na, wollen Sie wirklich einzigartig sein? – Was wäre, wenn Sie auch eines Tages zu dieser Fraktion der Leuchttürme gehören würden? Was in Ihnen hätte sich wie verändern müssen, damit Ihr Kopf Leuchtkraft gewinnt?

Was macht Sie einzigartig

Was können Sie besser als andere? „Ich kann ..."

Was sind Ihre Begabungen und Fähigkeiten?

Was machen Sie, um Ihre Einzigartigkeit auszubauen

Warum sollten Sie ein Leuchtturm sein – oder warum nicht?

Ergänzen Sie Ihr Wissen

Mit Ihrem (Fach-)Wissen erhöhen Sie Ihr Selbstvertrauen. Ihre wachsenden Fähigkeiten entwickeln Sie. Erfolgreiche Menschen wissen, dass ständige (und immer schneller sich ergebende) Veränderungen ein reges Mitdenken und eine Offenheit für Neues erfordern. Bleiben Sie sozusagen fit im Kopf! Und stellen Sie sich in Ihrem Leben auf ständigen Wandel ein. Heute ist kein Auszubildender und kein Student nach Abschluss der Lehre fertig. Selbst die schon längst im Berufsleben Stehenden werden sich fortwährend weiter entwickeln *müssen*!
Denken Sie nur einmal zum Beispiel an die EDV und die stetig sich weiterentwickelnde Software. Ihre Kenntnisse, auch wenn Sie heute aktuell auf dem besten Stand wären, sind in zwei bis drei Jahren nur noch etwas wert, wenn Sie sie fortentwickeln.

Tun Sie das gerne, was Sie tun

Alles, was Sie mit Freude angehen, fällt Ihnen leichter. Vielleicht wenden Sie ein, dass es auch unangenehme Dinge gibt, die Sie einfach tun müssen. Aber was heißt hier *müssen*? Warum können wir nicht auch *unangenehme* Aufgaben einfach akzeptieren und als Erstes erledigen wollen?

Denken Sie doch einmal schon vor Beginn einer *ungeliebten* Aktion an das *furiose* Ende. Und vielleicht lächeln Sie bei Ihrem Tun? Und stellen Sie sich vor, Sie lösen diese Aufgaben (durch Freude) deutlich besser als sonst. Das ist erfolgreiches Handeln!
Wie soll etwas gelingen, das Sie nicht gerne machen? Bewerten Sie Ihre Aufgaben nicht negativ, sondern positiv, und es geht Ihnen leichter von der Hand.

Wer sich verkaufen kann, der wird zum Macher

In diesem Kapitel über die *Notwendigkeit der Selbstpräsentation* und *die Bedeutung des eigenen Erfolges* erhalten Sie ein Hauptmotiv und eine kurze Verfahrensanweisung zur weiteren Arbeit mit diesem Arbeitsbuch. Sie werden feststellen, dass die sechs Anweisungen zum Erfolgreichwerden Grundvoraussetzungen sind, damit Sie in eigener Sache aktiv werden können. Erst nach Erfüllung dieser Voraussetzungen kommen Sie dann irgendwann in die Situation, dass Sie Ihr Erarbeitetes und sich als Person anderen Menschen zu *verkaufen* haben.

Sich verkaufen müssen? – Haben Sie Zweifel, ob Sie das richtige Buch in den Händen halten? Wenn wir über *Verkaufen, Verkäufer* und *Verkäuferinnen* sprechen, dann werden sofort klischeehaft Bilder von Gebrauchtwagenhändlern und Kassiererinnen beim Supermarkt assoziiert.

Sie können es beobachten, dass kaum jemand, der im Verkauf oder im Vertrieb arbeitet, *nur* Verkäufer oder Verkäuferin sein möchte. Selbst dann nicht, wenn er oder sie wirklich hochwertige Ware oder Dienstleistung anzubieten hat.

Häufig, wenn von *sich verkaufen* gesprochen wird, kommen Befürchtungen auf, es werde abverlangt, die *eigene Seele* für ein Ziel *verkaufen* zu müssen. Sie werden feststellen, dass das Sich-verkaufen-Können etwas völlig anderes beschreibt.
Hier geht es um die Fähigkeit, das eigene Wissen um seine Fähigkeiten, Eigenheiten und Stärken optimal in die Waagschale zu legen, wenn es um Entscheidungen geht, die Sie beeinflussen möchten.

Was ist *sich* verkaufen?

Verkaufen ist zielgerichtete Kommunikation!

Sie sprechen mit einem Freund oder einer Freundin und möchten sich für den Abend verabreden. Sie *verkaufen* Ihre Idee eines gelungenen Abends. Vielleicht sitzen Sie in den nächsten Tagen mit Ihrem Partner zusammen und planen Ihr Urlaubsziel. Ihr Partner möchte in die Alpen fahren, Sie ans Meer. *Sie sind in einem Verkaufsgespräch*. Wenn es Ihnen in diesen Beispielen nicht so sehr auf das Ergebnis ankommt, dann überlassen Sie es dem Zufall, was als Gesprächsergebnis herauskommen wird. ... Und der Urlaub ist sowieso nur schön, wenn Ihr Partner dabei ist. Auch hier würden Sie zur Not mit in die Berge zum Wandern fahren. Aber stellen Sie sich vor, Sie wollten eine Sache *unbedingt* erreichen. Was wollen Sie dann mit dem Zufall anfangen? Für Sie wäre es wichtig, durch professionelle Gesprächsführung an Ihr Ziel zu kommen. Und darum geht es in einem Verkaufsgespräch.

Oft wird im Zusammenhang mit Verkaufen von Manipulation gesprochen. Ist dies so richtig? Jeder Mensch manipuliert jeden, ob bewusst oder nicht. Ein anderes Wort für Manipulation könnte auch *Beeinflussung* sein. Sie kommen in einen Raum, der mit Menschen gefüllt ist: Sie beeinflussen die Menschen, und die Menschen beeinflussen Sie. Vielleicht gibt es einige, die geschickter als andere beeinflussen.

Ein *Verkäufer* (wenn er gut ist) kann Menschen beeinflussen, etwas zu tun oder zu lassen, weil er dem Kunden, also seinem Gegenüber, Nutzen stiftet und sich präsentieren kann.

Interessant ist bei allen Klischees, dass die Wirtschaft zu allen Zeiten, auch jetzt in der angespannten Arbeitsmarktsituation, genau solche Menschen sucht, die sehr gut *verkaufen* können.
Es gibt viel zu wenige gute Verkäufer! Zwar reden die meisten gerne und viel – aber sie verkaufen nichts. Sie hören nicht genügend zu, sie kennen ihre Kunden und deren Bedürfnisse nicht, sie kosten viel Geld und fahren teure Autos, und die Schlechten unter ihnen sind viel zu laut.

Wenn Verkaufen zielgerichtete Kommunikation ist, dann ist jeder Mensch ein Verkäufer bzw. eine Verkäuferin. Eine interessante Fragestellung ist dann: Gibt es überhaupt eine Kommunikation, die nicht zielgerichtet ist? Und wenn ja, wozu?
Ihr Einstellungsgespräch wird bei Ihrem zukünftigen Arbeitgeber ein zielgerichtetes Gespräch sein. Sie möchten einen Ausbildungsplatz oder einen

Studienplatz an einer Universität, dann sollten Sie gut vorbereitet und in der Lage sein, dieses Gespräch entsprechend zielgerichtet zu führen, um erfolgreich zu sein.

Während diese Zeilen hier entstehen, wurde entschieden, dass über die Zentralstelle für die Vergabe von Studienplätzen (ZVS) nur noch 30 Prozent aller Vergaben stattfinden werden. Denn zukünftig treffen die Universitäten zu 70 Prozent ihre Aufnahmeentscheidungen selbst. Ein weiterer Grund, um sich mit dem Nachfolgenden auseinanderzusetzen, damit Sie das erreichen, was Sie erreichen möchten.

Für den ersten Eindruck gibt es keine zweite Chance

Diese Feststellung ist uralt, und es gibt Quellenhinweise, die auf das 18. Jahrhundert verweisen. So wird bereits Samuel Johnson (1709 – 1784), sogar Arthur Schopenhauer (1788 – 1860) als auch Will Rogers (1879 – 1935) als Urheber dieser Grundregel beschrieben. Es wird sogar eine leichte Abwandlung dieses Satzes: „Es gibt keine zweite Chance für den ersten Eindruck", der von der Firma Head & Shoulders im Sinne des Urheberrechtes geschützt wird. (Quelle: http://juttas-zitateblog.blogspot.de/ /2011/05/es-gibt-keine-zweite-chance-fur-den.html)

Nahezu unendlich viele Literaturhinweise gibt es zu dem Phänomen, das bereits nach wenigen Sekunden ein Gesprächspartner für sich klar hat, ob er uns zulässt, oder eben nicht. Während die Psychologen von etwa 30 Sekunden Entscheidungsdauer ausgehen, ist man in der sogenannten Verkaufspsychologie mit der Zeit nicht ganz so großzügig. Hier stehen maximal nur 7 Sekunden für den ersten Eindruck zur Verfügung.

Es wird also in unserer Vorbereitung darum gehen, dass wir in diesem Sinne die ersten 7 bis 30 Sekunden sehr gut überstehen! Mit anderen Worten: Ihre Schul- oder Arbeitszeugnisse mögen klasse sein, die Problemstellung ist nur die, dass Sie erst einmal dahin kommen müssen, dass es nur noch um Ihre Zeugnisse gehen wird.

Über viele Jahre nunmehr arbeiten wir mit sehr viele Personalleitern und Ausbildungsleitern zusammen, die allesamt das gleiche bestätigen. Die besten Zeugnisse sagen über den Menschen, der dann in ein Bewerbungsgespräch kommt, nahezu nichts aus! Natürlich kann man erahnen, dass ein sehr gutes Zeugnis etwas mit Fleiß zu tun gehabt haben muss. Aber wie zuverlässig oder wie integer ein Mensch ist, sagt ein Zeugnis nicht aus. Wenn aber, um ein Beispiel zu nennen, eine junge Dame mit abgetragenen Schuhen oder ruiniertem Fingernagellack zum Bewerbungsgespräch erscheint, dann wissen wir, dass da etwas wesentliches nicht stimmt! Oder da lesen Sie in einer Bewerbungsmappe, dass da ein Bewerber sich sozial ungeheuer in Hilfsprojekten eingebracht hat. Eigentlich müsste man solche Bewerber auf der Stelle schon aus Dankbarkeit am Gemeinwohl einstellen. Dann aber im Gespräch stellen Sie fest, dass er oder sie verbissen, verhärtet, laut und ein wenig aggressiv wirkt. ... So gut können keine Bescheinigungen oder Zeugnisse sein, Sie werden hier als Arbeitgeber die Bewerbung ablehnen.

Ungepflegte Fingernägel bei Männern ist beinahe ein Klassiker. Körper- oder Mundgeruch bei Rauchern. Kapuzen-T-Shirts oder das Piercing in der Zunge, alles dies verdirbt den ersten Eindruck erheblich und macht es dem Bewerber extrem schwer.

In einem Einzelcoaching hatte ich einen Herren in den Vierzigern zu beraten. Er hatte regelmäßig Schwierigkeiten, sich erfolgreich in Bewerbungsgesprächen durchzusetzen. ... Ich kürze ab, was war es? Es war das Uhrenplagiat einer Breitling-Armbanduhr aus der Türkei vom vorletzten Urlaub. Kaum zu glauben? Aber sehr wahr. Wie wollen Sie Glaubwürdigkeit vermitteln, wenn Sie sozusagen den Betrug am Handgelenk tragen? Wie soll das gehen?

Grundlagen der Kommunikation

Die Kommunikation ist bekanntermaßen die Verständigung zwischen Sender und Empfänger. Einfachstes Beispiel ist hier die Verständigung zwischen zwei Gesprächspartnern. Der eine sagt etwas, eine Nachricht, der andere hört zu. Dies ist die *verbale* Kommunikation.

Interessanterweise aber würden beide Partner auch etwas *sagen*, selbst wenn sie sich anschweigen würden. Denn nicht nur Worte, sondern Tonfall, Sprachtempo, Pausen, Lachen und Seufzen sowie Körpersprache, kurz: das ganze Verhalten, *sagen* etwas. Diese Art von Verständigung wird nonverbale (nichtsprachliche) Kommunikation genannt.

Die Beteiligten könnten sich beispielsweise über eindeutige Zeichen verständigen. Ihr Gesprächspartner tippt mit dem Zeigefinger mehrfach an seine Schläfe und sagt dabei: „Ich gebe dir gerne mein Auto!" Sie würden sofort die nonverbale Botschaft verstehen: „Mein Auto? – Auf keinen Fall!"

Die Kommunikation ist immer ein Gemisch aus verbalen und nonverbalen Zeichen bzw. Botschaften. Da alles an Verhalten zwischen Sender und Empfänger *Mitteilungscharakter* hat und Verhalten nicht abgeschaltet werden kann, kommunizieren wir also immer! Handeln oder Nichthandeln, Worte oder Schweigen, alles transportiert eine Nachricht, die andere unweigerlich beeinflusst.

Die anderen können ihrerseits nicht *nicht auf diese Nachricht reagieren* und kommunizieren *zwangsläufig* mit.

Sie kommen auf einen Bahnsteig und erblicken einen Mann, der auf einer Bank sitzt und auf den Boden starrt. Damit *teilt* er Ihnen mit, dass er nicht angesprochen werden will. Und normalerweise werden Sie ihn auch in Ruhe lassen. *Sie haben kommuniziert.*

„Man kann nicht nicht kommunizieren!"
(Paul Watzlawick)

Dies bedeutet für uns, dass wir, sobald wir mit anderen Menschen in Kontakt treten, kommunizieren. Und dies geschieht unabhängig von Worten, Zeichen und einer möglichen Zu- oder Abwendung zum jeweiligen Gegenüber.

Es gibt viele Modelle, Kommunikation zu erklären. Und immer finden Sie Modelle, die eine bewusste und direkte Kommunikation beschreiben.

Kommunikation zwischen Menschen, zwischen Sender und Empfänger, läuft eben nicht direkt und bewusst ab. Vielmehr entdecken Sie bei genauerer Betrachtung, dass die Kommunikation auf Ebenen stattfinden *muss*, die sich dem direkten Denken und der Logik entziehen.

Im Folgenden beschreiben wir wichtige Prinzipien, was in der (erfolgreichen) Kommunikation mit unserem Gegenüber wirklich von Bedeutung und zu beachten ist.

Die Ebenen der Kommunikation

Jede Kommunikation verläuft nach Watzlawick auf zwei Ebenen, der Inhalts- und der Beziehungsebene. Diese Information hört sich zugegebenermaßen nicht besonders spektakulär an. Bedenkt man aber, dass der Erfolg eines Gespräches zu etwa 90 % alleine von der Beziehung bzw. der Beziehungsqualität abhängig ist, dann ahnen Sie schon, wie wichtig dieser Umstand strategisch wird.

Sachfragen lassen sich leicht ansprechen. Mit ein wenig Übung können Sie nahezu jedes technische oder organisatorische Problem beschreiben. Und Sie erreichen meist auf dieser Ebene schnell Klarheit.

Die Beziehungsebene hingegen läuft weniger klar, sozusagen *subtil* nebenher mit ab. Leicht sind wir in Gesprächen zu irritieren. Oft sind wir mit der Frage beschäftigt, ob denn ein Gesprächspartner es mit uns ernst meint oder nicht. Und wenn wir dann einen gefühlsmäßigen Eindruck gewinnen, so können wir ihn sehr schwer sachlich begründen oder beschreiben. Wir *fühlen* uns in einem Gespräch vom anderen gut oder weniger gut behandelt und verstanden.

In unseren Gesprächen können wir die Inhaltsebene wunderbar von allen Seiten her thematisieren, aber die Beziehungsebene können wir nahezu gar nicht ansprechen.

Stellen Sie sich vor, Sie würden fragen: „Mögen Sie mich?", was würde wohl Ihr Gegenüber von Ihnen dann denken? Und dies kennen wir alle selbst aus privaten Beziehungen. Spricht der eine von beiden betont die Sachebene und der andere spricht betont die Beziehungsebene an, so wird es kein *Zueinanderkommen* geben können. Und im Streitfall wirkt dies noch deutlicher. Nämlich derjenige, der rational logisch argumentiert, bleibt demjenigen, der die Beziehungsfrage thematisiert, immerzu überlegen.

Wie wichtig ist die Beziehungsebene wirklich? Diese Frage zu beantworten, fällt den professionellen Kommunikatoren nicht schwer. Auf den ersten Blick beantwortet ist für die meisten Menschen die Sachlage klar: Es geht um die Sache! Und der Rest ist irgendwie „Gefühlsduselei".

Denken wir uns einen Controller in einem Handelsunternehmen, der sich mit der Frage zu beschäftigen hat, was Inhalts- und Beziehungsebene mit dem Erfolg seines Unternehmens zu tun haben wird. Er hat gelernt, sich fast ausschließlich um Zahlen und um Kennziffern zu kümmern. Und nun wird er mit der Aufgabe betraut, er solle den Erfolg eines Internetverkaufsportals kalkulieren.
Für ihn wird wichtig sein, die Kosten für die Erstellung und Pflege des Internetauftrittes mit den Kosten für Verkäuferinnen und Verkäufer im Innen- und Außendienst zu vergleichen. Dann wird er sicher argumentieren, dass die technische Lösung 24 Stunden am Tag einsetzbar und „gesundheitlich" weniger anfällig sei.

Stellen Sie sich vor, Sie würden mit diesem Mann über die Beziehungsebene in der Kommunikation sprechen wollen. Was käme dabei heraus? Sehr wahrscheinlich käme nichts dabei heraus. Denn *Inhalte* lassen sich kalkulieren, *Beziehungen* nicht.

Ein *Verkaufsprofi* würde an dieser Stelle seine Erfahrungen mit der Beziehungsebene in die Waagschale legen. Denn bis heute verkaufen die allermeisten Verkaufsportale im Internet nicht ausreichend, weil die Beziehungsebene fehlt!

Paradoxe Situationen

Das zweite wichtige Prinzip aus der Kommunikation ist das der paradoxen Situation. Damit ist gemeint: Stellen Sie sich vor, Sie laden Freunde zu einer Party zu sich nach Hause ein. Und irgendwann klingelt es an der Türe. Sie öffnen, und da steht Ihr Freund im Türrahmen und sagt mit betrübtem Gesichtsausdruck: „Ich freue mich auf deine Party."

Rein von der Inhaltsebene her betrachtet, wäre die Lage eindeutig. Er sagt, dass er sich freut! „Na toll", denken Sie. Sie werden sich sofort fragen, was denn wohl passiert sein mag, obwohl die Sachlage doch so eindeutig formuliert wurde. Sie werden ihn womöglich fragen, ob er sich nicht wohlfühle. Und denken Sie sich, er würde antworten: „Wie kommst du darauf? Ich habe doch gesagt, dass ich mich freue!"

Oder ein anderes Beispiel: Stellen Sie sich vor, Sie hätten sich für Ihren Partner oder Ihre Partnerin beim Friseur für viel Geld wirklich schick machen lassen. Sie kommen nach Hause und fragen voller Stolz Ihren Partner: „Na, wie sehe ich aus? Gefällt es dir?" Und Ihr Gegenüber würde mit trübem Blick sagen: „Du siehst klasse aus." Was würden Sie denken?

Ein umgekehrtes Beispiel könnte der Arbeitskollege sein, den Sie ebenfalls eingeladen haben, der Ihnen mit strahlender Mine mitteilt: „Schade, leider kann ich nicht!" Sie stellen fest, dass die Aussage mit dem Bild des Aussagenden nicht übereinstimmt. Wie wichtig ist in diesen Beispielen der reine Inhalt der Aussagen?

Entscheidend ist, was auf der anderen Seite ankommt

Das dritte Prinzip ist leichter formuliert, als es zu beachten ist. Wir glauben viel zu oft, dass es allein schon ausreiche, etwas zu sagen. Wir gehen stillschweigend davon aus, dass der jeweils andere schon *höre*, was wir meinen. Es kann sein, dass unser Gegenüber uns „verstanden" hat, es kann sein, dass er mit dem Gesagten „einverstanden" ist, er es „anwenden" und „beibehalten" wird, aber es kann eben nur sein! Wir, die Sender einer Botschaft, wissen es nicht.

Oft gehen wir aus Bequemlichkeit viel zu schnell von einer gegenseitigen Übereinstimmung aus.

Gute Kommunikation wäre hier, nachzufragen, was denn angekommen sei. Was wurde vom Empfänger der Nachricht wie verstanden? Nur wenn wir diesen Abgleich der Informationen durchführen, haben wir als Sender einer Nachricht die Chance, dass aus einer Botschaft mehr werden kann als nur eine bloße Absicht. Damit ist gemeint, dass immer wieder Menschen nach einem Missverständnis erklären, dass sie es doch eindeutig formuliert hätten. Ganz sicher haben sie sich Mühe gegeben. Aber was kommt nun dabei heraus? Die Absicht, es genau auf den Punkt zu erklären, lag vor. Aus irgendeinem Grund wurde der Sachverhalt z. B. durch Unaufmerksamkeiten auf beiden Seiten weder richtig vermittelt noch richtig verstanden. Vielleicht nuschelte der Sender, vielleicht war der Empfänger nicht bei der Sache? Im Ergebnis bleibt das Bemühen des Senders aber erfolglos.

Kennen Sie die schlimmste und häufigste Form des Terrorismus? – Es ist der familiäre Terrorismus: *„Ich habe es doch nur gut gemeint!"* ... Wenn wir uns ergebnisorientiert fragen wollen, was aus unserem Bemühen einer guten Verständigung wird, so werden wir nicht umhinkönnen, *nachzufragen*.

Zugegeben, Sie werden dies nicht bei jeder Nachricht, die Sie weitergeben, durchführen können. Aber vielleicht werden Sie sich angewöhnen, bei für Sie wichtigen Informationen für Ihr Gegenüber doch noch einmal nachzufragen, ob Sie sich *einig* sind? Denn der gute Wille allein zählt hier nicht. Fragen Sie nach: „Ich bin mir nicht sicher, ob ich diesen so wichtigen Punkt wirklich deutlich rübergebracht habe. Ist dieser Punkt für Sie so klargeworden?"

Gut machen – gut kommunizieren – erfolgreich kommunizieren, das zählt.

Die vier Arten der Wahrnehmung

Als wichtiges viertes Prinzip möchten wir die vier Arten der Wahrnehmung vorstellen. In diesem Modell geht es darum, dass jede Nachricht empfängerseitig in vier Aspekte „zerlegt" und analysiert wird.
Auch in diesem Modell begegnet uns wieder die Inhaltsebene, nämlich mit dem **ersten Aspekt** (dem Sach-Ohr): „Worum geht es hier?" oder „Was ist Sache?"
In der folgenden Grafik haben wir die Aspekte mit jeweils einem Ohr gekennzeichnet:

Der **zweite Aspekt** (das Appell-Ohr) befasst sich mit der Frage: „Was soll ich tun?" oder „Was erwartet der andere von mir?"

Der **dritte Aspekt** (das Selbstoffenbarungs-Ohr) will klären, was denn der Sender der Nachricht über sich selbst aussagen will. „Was soll ich hören, was soll ich an seiner Lage verstehen?"

Der **vierte Aspekt**, und hier bemerken Sie ebenfalls eine Wiederholung der zweiten Kommunikationsebene, ist die Frage nach der Beziehung: „Wie geht er/sie mit mir um? Ist er oder sie fordernd und womöglich distanzlos oder behutsam und freundlich? Geht der andere mit mir respektvoll um?

Ein kleines Beispiel verdeutlicht das theoretische Modell. Stellen Sie sich folgende Situation vor: Frau und Mann fahren Auto. Sie kommen an einer Ampel zum Stehen. Die Ampel schaltet auf Grün, und der Mann auf dem Beifahrersitz „bemerkt":

Betrachten wir dieses kleine Beispiel mit den vier Arten der Wahrnehmung, dann ergibt sich folgende Analyse:

Die Sachebene ist schnell klar, aber das ist auch schon das Einzige, was klar und eindeutig ist: „Die Ampel ist grün." Der Appell könnte lauten: „Gib Gas!" Über sich sagt der Sender in der Selbstoffenbarung womöglich aus: „Ich habe es eilig!" oder „Du fährst mir zu langsam!" Bis hin zur Beziehungsfrage könnte die Empfängerin verstanden haben: „Du brauchst meine Hilfe, schon weil du eine Frau bist und ich der Mann!"

Jetzt werden Sie einwenden, dass die letzten drei Aspekte „unser Mann" hier mit keinem Wort erwähnt hat. Und Sie haben Recht!

Auch der Mann hätte Recht, wenn er dies der Frau gegenüber einwenden würde. Aber was würde ihm sein Rechthaben nützen? Wenn dieser Mann schlecht beraten wäre, dann würde er darauf bestehen, dass er nur gesagt habe, die Ampel sei grün – mehr nicht!

Sollte er sich mit erfolgreicher Kommunikation einmal auseinandergesetzt haben und würde er sich auf die Tatsache besinnen, dass es nicht darauf ankomme, was man (er) sagt, sondern was der andere (sie) hört: Dann hat er den richtigen Schlüssel zur erfolgreichen Kommunikation in seinen Händen.
Fragen Sie nach! Sie bemerken dann in einem Gespräch plötzlich, dass der Gesprächspartner in seiner *Subjektivität* Sie anders verstanden haben wird, als Sie es beabsichtigten. Beachten Sie dann bitte, dass nicht der andere Sie falsch verstanden haben muss, sondern dass Ihr Gesagtes nicht richtig rübergekommen sein wird.

Wenn Sie erfolgreich kommunizieren möchten, dann ist und bleibt es unerheblich, wer wen nicht richtig verstanden hat, sondern es liegt ausschließlich beim Sender, sofern er das möchte, zu überprüfen, was an Inhalten und Verstandenem beim Gegenüber wie empfangen wurde.

Hieraus leitet sich ein ganz wichtiger Kernsatz ab:

Jeder Mensch hat ein Recht auf seine eigene Subjektivität!

Übungen:
Ordnen Sie einmal folgende Nachrichten den oben genannten Ohren zu: Ein Paar sitzt abends beim Fernsehen. Sagt der Mann: „Du, das Bier ist alle!" …
Ein Lehrer geht vom Lehrerzimmer durch den Flur zu seiner Klasse. Da kommt ihm ein aufgeregtes Kind entgegen und sagt: „Herr Müller, die Susi hat einfach ihren Atlas in die Ecke gefeuert!"

Die Sache mit dem Eisberg

Als Grundlage aller neuzeitlichen Modelle, die beschreiben, wie der Mensch bzw. wie das Innerseelische funktioniert, wird häufig der sogenannte „Eisberg" zitiert. Auch wir werden diesen *Eisberg* bemühen, und Sie werden feststellen: Es funktioniert!

Sigmund Freud entdeckte bei den Hysterikern als Ursache der Erkrankung eine angestaute „emotionale Energie", die er für den betroffenen Patienten mit längst *vergessenen* seelischen Verletzungen in ursächlichen Zusammenhang bringen konnte. Zur Behandlung wurden die Kranken in Hypnose versetzt und dazu gebracht, sich an die traumatische Erfahrung zu erinnern und sie erneut zu erleben, zu durchleben, um durch dieses Wiedererleben die aufgestauten, meist sehr heftigen Emotionen abzubauen, die für die Symptome verantwortlich sind. So weit, so gut. Eine der wichtigsten Fragen war für Freud zu klären, warum die Patienten genau diejenigen Erlebnisse nicht spontan erinnern konnten, die sie am stärksten beeinflusst hatten. Es musste, so schloss er, eine innerseelische Begrenzung geben, zwischen direkt bewussten (denkbaren) und nicht bewussten (nicht erinnerbaren) Erfahrungen. Denn obwohl ein noch so erschütterndes Trauma (z. B. aus Kindertagen oder Kriegszeiten) selbst unter größtmöglicher gedanklicher Konzentrationsanstrengung des Patienten nicht erinnert werden kann, übt aber gerade dieses spezielle (nicht erinnerbare) Trauma seine verheerende Wirkung auf die Seele und den Körper des Patienten aus. Diese Beobachtung ließ den Schluss zu, dass alle persönlichen Erfahrungen entweder mit dem Attribut *erinnerbar* oder eben *nicht erinnerbar* in der Seele eines Menschen *abgespeichert* werden. Dies bedeutet, dass alle Eindrücke in der Menschenseele für immer vorhanden bleiben, mal für das Bewusstsein erinnerbar oder nicht erinnerbar. Diesen Effekt, des *gezielten Vergessens*, nannte Freud später *Verdrängungsprozess*.

Die Seele, so schloss er, entscheide unbewusst darüber, was ihr an Erinnerung nutzt und was weiteren Schaden verursachen kann oder wird. Das, was Schaden anrichten kann, wird ausgeblendet, wird *verdrängt*.

Bewusstes und Unbewusstes

Freud beschrieb seine Beobachtungen mit dem Modell eines Eisberges und führte den Begriff des *Unterbewussten* ein.

Für Freud war der Eisberg ein treffendes Bild, weil das, was von einem Eisberg zu sehen ist, nur der kleinste Anteil ist. In diesem Modell gesprochen, symbolisiert der Eisberg die menschliche Psyche, von der nur ein Fünftel bewusst, sozusagen an der Oberfläche sichtbar, *erfahrbar* wird. Der größte Teil der menschlichen Psyche, nämlich vier Fünftel (oder 80 Prozent) seien dem Individuum nicht bewusst und entziehen sich dem (logischen) Denken.

Neuerdings liegt die gängige Größenvorstellung bei zehn Prozent bewussten und 90 Prozent unbewussten Anteilen der Psyche. Wir werden die zehn Prozent als gegeben annehmen, denn aus unserer Sicht ist es nicht entscheidend, ob wir mit ein paar mehr oder weniger Prozentpunkten arbeiten. Wichtiger ist vielmehr das Erkennen, dass es überhaupt eine solche relevante Größenverteilung gibt.

Freud zerlegte die Psyche in ein Über-Ich, das für den erhobenen Zeigefinger und Kontrollfunktionen zuständig ist, und ein Es, das ständig aktiv und sexuell erregt bleibt und unsere ganzen unbewussten Wünsche und Gefühle durchsetzen will. Zwischen beiden agiert ein verzweifelndes Ich, das sich redlich bemüht, uns halbwegs erfolgreich durch den Alltag zu navigieren, und ständig von beiden Seiten unter Druck gesetzt wird. Es und Über-Ich liegen natürlich irgendwo zwischen Trieb und elterlichen Ansprüchen in ständigem Clinch, das Ich als einsame Spitze des Eisberges (zehn Prozent) muss es ausbaden. Na dann: Herzlichen Glückwunsch!

Im Allgemeinen wird das Es dem Unbewussten gleichgesetzt und stellt sich dar, wie ein nicht fassbares Etwas, das im Traum komplett die Kontrolle übernimmt und sie im Wachzustand subversiv auch behält. Für Freud war das Unbewusste ein unfreundlicher Ort, an dem sich die Haken und Ösen unseres Lebens stapelten: all die ungelösten Probleme, Verletzungen, Neurosen und all unsere unbekannten Triebe. Häufig bringt das Es uns dazu, Dinge zu tun, zu denken, zu sagen, die wir uns und unserer Umgebung besser erspart hätten. Es verleitet uns, Beziehungen einzugehen oder zu kippen, Abhängigkeiten zu entwickeln und unsere Selbstsicherheit bei jeder unpassenden Gelegenheit aufzugeben. Es scheint ein rachsüchtiges Wesen zu sein, denn wenn wir seinen Wünschen nicht umgehend nachkommen, diese sozusagen „verdrängen", sorgt es dafür, dass wir nach einem unbestimmten Zeitraum die Auswirkungen umso deutlicher zu spüren bekommen, in welcher Form auch immer. Es ist der Teil des Freud'schen Psychologie-Eisbergs, der unterhalb des Wasserspiegels liegt.

Ein Weg, dem Unbewussten auf die Spur zu kommen, besteht in der Deutung von Träumen. Relativ genau definierte Muster und Bilder weisen nach Freud auf bestimmte Arten unterbewusster Phänomene hin. So gewinnen Patient und Therapeut den gewünschten Einblick in die Psyche und können einige Probleme erkennen, lokalisieren und womöglich abbauen. Neben der Traumdeutung nutzte Freud die freie Assoziation. Der Patient entscheidet in der Assoziation selbst über die Symbolbedeutung seiner geträumten Bilder und Geschichten.

Während für Freud wesentlich die Triebkraft der Sexualität in der Traumdeutung dominierte oder, anders gesprochen, die Freud'sche Symbolik in der Traumarbeit eine Sexualsymbolik war, entdeckte sein Schüler Carl Gustav Jung eine deutlich umfassendere Symbolik.

Das *Ich* kann nur aus dem *Es* erwachsen, es ist der handelnde und organisierende Teil des *Es*, allerdings mit der schweren Aufgabe, zwischen diesem und der Umwelt zu vermitteln. Es versucht sich in realistischem Denken und kontrollierten Handlungen, die in der Außenwelt ankommen, verstanden und akzeptiert werden. Damit wird das *Ich* zum Vollzugsorgan der Persönlichkeit. Das *Über-Ich* glaubt an Ideale. Es ist das personifizierte Gewissen, das je nach Umfeld und Erziehung die Wertmaßstäbe an die Handlungen des *Ich* anlegt. Sie können es sich als Ihre eigene Mutter, als eigener Vater vorstellen, aber zu Ihren vorwurfsvollen Zeiten. Das *Über-Ich* sucht nach Belohnungen, nach Stolz und moralischer Anerkennung.

Bilder der Seele

Neben Freuds berühmtem Schüler Alfred Adler (1870–1937), der in seiner Analyse der individuellen Entwicklung den Schwerpunkt auf das Minderwertigkeitsgefühl als motivierende Kraft im menschlichen Leben legte, ist noch ein weiterer Schüler, Carl Gustav Jung (1875–1961), zu nennen. Jung erweiterte die Arbeit von Freud auf dem Gebiet der Psychoanalyse, mit der Hinzunahme von archetypischen Bildern und einer wesentlichen Individualisierung der Bilder und deren Bedeutung auf den jeweiligen Patienten. Jung interpretierte emotionale Störungen als Versuch der Seele, persönliche und psychische Ganzheit zu erlangen. Das Unterbewusste als schwarzes Loch war ihm ebenfalls zu statisch, er wählte den Begriff des Unbewussten. Dieses Jung´sche Unbewusste ist nicht nur ein Ort der Leiden, sondern auch der Leistungen. Hier kann Wissen versteckt sein oder Intuition, Potenziale für größere Aufgaben oder Ideen, die es bisher nicht an die Oberfläche des Bewusstseins geschafft haben.

Eine der wichtigsten (für den Verfasser) Entdeckungen von Jung ist die der archetypischen Bilder in der Menschenseele. Damit beschrieb Jung Bilder und Farben, die bei allen Menschen rund um den Globus und quer durch alle Zeiten gleich „interpretiert“ werden. Hierbei stützte er sich auf sein breites Wissen der Mythologie und der Geschichte, auf Erlebnisse während seiner Reisen zu verschiedenen Kulturen in Mittel- und Südamerika, Indien und Afrika und vor allem auf die Träume und Phantasien seiner einsam erlebten Kindheit. Archetypische Bilder sind Bilder, wie z. B. Feuer, Wasser, Erde, Steine und Luft. Ein wunderschönes archetypisches Symbol sind beispielsweise *Bäume* in den

Träumen und Mythen der Menschen. Der Baum steht für die (Ur-)Mutter, für die Mutter Natur, für das Mütterliche.

Es gibt einige mythologische Erzählungen von Baumgeburten, von Menschen, die dem Schoße eines Baumes entstammen. Und das Besondere ist, dass wir Menschen diese Symbolik nicht bewusst (also durch bloßes Nachdenken) dechiffrieren können. Solche Symbolik entfaltet sich unbewusst in Träumen, in Intuitionen und Gefühlen.

Für unsere Vorfahren bedeuteten Bäume entwicklungsgeschichtlich Schutz vor Beutegreifern, also einen Ort, der Sicherheit bot. Probieren Sie es einmal aus: Setzen Sie sich beispielsweise einmal unter einen Baum. Vielleicht lehnen Sie sich gegen den Stamm und schließen die Augen. Wenn Sie möchten, dann achten Sie nun darauf, welche Gefühle oder spontane Gedanken Ihnen in den Sinn kommen. Vielleicht empfinden Sie auch nur eine tiefe Ruhe und Geborgenheit? Sie werden begeistert sein. Zur Gegenprobe versuchen Sie den gleichen Versuchsaufbau einmal auf einer großen Wiese. Sie werden sicher Unterschiede feststellen. Die spätere Entdeckung der Archetypen ist für unseren Eisberg insofern interessant, als dass Freud bei seiner Modellbeschreibung noch nicht wissen konnte, dass gerade das archetypische Symbol des Wassers bzw. der Wasseroberfläche in allen Träumen der Menschen genau die Grenze beschreibt, die das Bewusste vom Unbewussten trennt. Träumen Sie in der kommenden Nacht z. B. von einer Fahrt übers Meer und Sie fühlen sich wohl und sicher im Traum, so könnte dies ein wunderbares Zeichen einer gefahrlosen Berührung mit Ihrem Unterbewussten sein.

Oder stellen Sie sich vor, Sie schwimmen im Traum im Wasser und drohen zu ertrinken. Sie haben panische Angst vor dem Ende oder Angst vor Haien oder Seeungeheuern, dann ist dies vielleicht ein Hinweis auf Ihre momentane Situation, dass womöglich ein Eintauchen in das Unbewusste Sie augenblicklich nicht fördern, sondern vielmehr bedrohen würde.

Das kollektive Unbewusste

Und wer oder was entscheidet, was Sie träumen? Vielleicht ist es dieses kollektive Unbewusste, was Ihnen im Traum etwas zu „sagen" hätte?

Unter dieser Wortschöpfung, des kollektiven Unbewussten, versteht Jung eine Art Menschheitsbibliothek, zu der wir alle in irgendeiner Art Zugang haben. Es ist nicht nur geprägt von der eigenen Lebensgeschichte, sondern auch von den Erfahrungen sämtlicher Vorfahren!

Wir können das kollektive Unbewusste als einen Raum beschreiben, der sämtliches Wissen der Menschen umschließt und der uns allen offensteht; allerdings nur selten außerhalb eines Traums. In dem kollektiven Unbewussten sind nach Jung überlieferte Gefühle, Gedanken und Erinnerungen, die der ganzen Menschheit gemeinsam sind, abgespeichert.

Prinzipiell wirkt die Diskussion über das Unbewusste irgendwie absurd. Denn die meisten diskutieren etwas, was eigentlich im Wesen nicht diskutabel ist. Häufig treffen Menschen Mutmaßungen über ihr eigenes Unbewusstes, welches sie nicht kennen können. Oder häufig wissen wir über andere und deren unbewusste Motivationen so viel, ohne aber unsere eigenen Antriebe und unbewussten Anteile kennen gelernt zu haben. Es wird gerne für all das, was spontan keine Erklärung bietet, einfach das Unbewusste angeführt. Was hier wichtig zu erkennen und zu beachten ist, ist der Umstand, dass innerseelische und unbewusste Strukturen oder Anteile nur über einen großen Zeitaufwand und mit sehr vertrauten, qualifizierten und dennoch distanzierten Menschen erkannt werden können. Jung ging in seinem Bild von der Psyche der Menschen davon aus, dass im Unbewussten sozusagen eine reiche Schatzkammer des Wissens aus allen Zeiten (kollektives Unbewusste) und aller persönlichen Erfahrungen (selbst vorgeburtliche) einem jeden zur Verfügung steht.

So beschreibt Jung weiter, dass die Seele des Menschen grundsätzlich nur das eigene Heil vermitteln und erreichen will. Alle Träume, selbst wenn sie noch so grausig wären, möchten nur das eine: Bewältigung, Verarbeitung, Orientierung und Heil vermitteln.

Am Anfang war der Traum

Wir sprechen von Bewusstsein, Unbewusstem und kollektivem Unbewussten. Und die wenigsten können sich wirklich etwas darunter vorstellen. Dennoch – oder eben gerade angesichts dieses Umstandes – ist es so wichtig, aufzuzeigen, was denn ein 90-prozentiger Anteil des Unbewussten in der Psyche des Menschens für jeden Einzelnen selbst und für eine Gruppe von Menschen zu bedeuten haben wird.

Oder: Welche Auswirkungen hat denn ein kollektives Unbewusstes? Was ist für jeden Einzelnen im Alltäglichen so wichtig an diesen Jung'schen Erkenntnissen? Denn bloße Theorie hilft uns im Alltag nicht weiter; wichtiger ist es, dass uns dieses Erkennen jetzt und hier wirklich praktischen Nutzen bietet.
Wir wollen uns jetzt beim Eisberg auf den „Kopf" als Ort des Bewussten und den „Bauch" als Ort des Unbewussten verständigen. Sie kennen das sicher: Wenn ein wirklich evidentes Gefühl, wie z. B. das Verlieben, Sie „erwischt", dann spüren Sie es wo zuerst? Nicht im Kopf – sondern im Bauch!

Wenn Sie morgen etwas schocken sollte, dann „schlägt" es Ihnen in die Magengrube. Übrigens: Interessanterweise ist erst vor einigen Jahren entdeckt worden, dass wir mehr Nervenzellen im Bauch haben als im Kopf. Interessant, nicht wahr?

Schauen wir noch einmal auf unseren Eisberg in der nachfolgenden Skizze. Hier wird in der Andeutung der Masse unterhalb der Wasseroberfläche auf einen Blick erkennbar, welche ungeheuren nicht bewussten Fähigkeiten und Kräfte in der Menschenseele schlummern müssen.

Wie es scheint, haben wir Menschen uns mit den (nur) „zehn Prozent Kopf" recht gut eingerichtet. Unser Kopf arbeitet gut. Wir sind in der Lage, mit dem Einsatz unserer erdachten Technik alles anzustellen, was wir noch vor 30 Jahren kaum zu glauben wagten. Mars-Sonden und Roboterfahrzeuge, die wir hier von der Erde aus steuern, die DNS (Desoxyribonukleinsäure) des Menschens ist bereits entschlüsselt, Tiere sind klonfähig geworden und ungeheure Datenmengen durchströmen den Erdball per Internet, per Funk, per Satellit und durch unendliche Kabelstränge tausendfach pro Tag.

Wir sind bei diesen Aufzählungen geneigt, Freud und seinen Schülern in Sachen Eisbergtheorie nachträglich zu Gunsten des Kopfes zu widersprechen. Dieses Zehn-Prozent-Kopf- oder bewusstes Denkvermögen müsste angesichts der menschlichen Leistungen mindestens dem Unbewussten gleichzustellen sein. Viele Menschen lehnen den Eisberg ab, weil er offensichtlich den menschlichen Geist, die Logik, wesentlich unterbewertet. Aus ihrer Sicht wird das Denkvermögen des Menschen mit einem nicht nachvollziehbaren unbewussten Prinzip verglichen und in Konkurrenz gebracht.

Vielleicht hilft uns hier ein anderer Denkansatz? Stellen wir uns vor, dass unser Denkvermögen nicht in Konkurrenz zum Unbewussten stünde, sondern erst durch die übergroßen Ressourcen des Unbewussten sich hat so ausbilden können. Wenn schon zehn Prozent unseres (bewussten) Geistes in der Lage sind, in nahezu 150 Jahren der Industrialisierungsgeschichte die ganze Welt komplett auf den Kopf zu stellen, was schlummern dann in den restlichen 90 Prozent des Unbewussten für Ressourcen, Energien und Kräfte? Ist uns wirklich klar, worum es hier geht? Oder anders noch: Wie nutzen wir diese Energien und Intuitionen?

Jung fand heraus, dass das Unbewusste die Menschen sozusagen im kollektiven Unbewussten *vernetzt*.

Es gibt heute (noch) ein Naturvolk, das der Aborigines, das älteste Volk der Erde. Von ihren Ahnen *wissen* sie, dass sie schon seit 400.000 Jahren auf dieser Erde leben. Die Aborigines haben bis heute eine Art der Verständigung *kultiviert*, die wir uns mit unserem Weltbild weder vorstellen noch erklären können. Sie verständigen sich über große Entfernungen hinweg mit einer Art Telepathie. Mit ihren Gedanken tauschen sie Informationen aus. Ein Initiationsritual besteht darin, die neuen Erwachsenen an einem Ort für zwei Wochen zurückzulassen.

Die Gruppe zieht hingegen weiter. Die jungen Erwachsenen müssen nach zwei Wochen kraft ihrer erworbenen mentalen Fähigkeiten die Gruppe bzw. den Stamm wiederfinden. Und es funktioniert ohne großes Aufheben. Diese Art der Kommunikation ist so selbstverständlich wie in unseren Breiten das Telefonieren mit einem Handy.

Und genauso selbstverständlich *funktioniert* auch die Verständigung der Aborigines. Aber wie genau läuft deren Verständigung ab? Wir wissen es nicht. Womöglich weil es unserem Weltbild nicht entspricht. Aber dürften wir dann behaupten, dass es diese Verständigung über 1000 Meilen hinweg nicht gibt? Unabhängig unseres Verständnisses dieser Phänomene existiert die Verständigung über Gedanken dennoch.

Jung entdeckte mehr und mehr solcher Phänomene, wie z. B. die Telepathie. Telepathische Phänomene kommen häufiger vor, als wir uns bewusst sind. Irgendwo auf einer uns nicht bekannten Bewusstseinsebene, die uns mit allen anderen Menschen verbindet, läuft Verständigung ab. Vielleicht ist auch das kollektive Unbewusste diese uns nicht bekannte Bewusstseinsebene?

Wie oft denken Sie an jemanden, der dann keine fünf Minuten später anruft? Häufig werden Fälle berichtet, in denen wir von getrennt lebenden Zwillingspaaren hören, die genauestens erfühlen und spüren können, wie es dem anderen gerade ergeht. Oder tausendfach gibt es Meldungen, wonach Menschen spürten, dass ihren engsten Angehörigen gerade etwas zugestoßen sein musste. Später stellten sich schlimme Unglücksfälle und Ähnliches heraus. Wenn man den Blick für diese Phänomene einmal geschärft hat, findet man jede Menge davon.

Noch einmal kurz zurück zu der Verständigung der Aborigines: Stellen Sie sich nur einmal vor, unsere Partner, Nachbarn, Lehrer, Schüler, Vorgesetzen und wer sonst noch könnte ohne Schwierigkeiten in unsere Gedanken reinhören. Der Himmel soll uns hiervor bewahren!

Können wir angesichts der Technik der Aborigines und der Erkenntnis der Vorgänge auf einer uns nicht bekannten Bewusstseinsebene wirklich noch sagen: „Was ich nicht seh, das es nicht gibt!"?

Wenn Jung Recht behält und es ein kollektives Unbewusstes gibt, das uns alle miteinander verbindet, und wenn wir unser Unbewusstes nicht einfach fragen können, was wir wahrnehmen (weil es eben nicht bewusst abläuft und wir diese Fähigkeit womöglich verloren haben), wäre es dann nicht klüger, mehr auf das eigene seelische Gemüt und auf gesunde seelische „Nahrung" Acht zu geben? Gute Musik, tolle Gespräche, ein schönes Buch, ein Spaziergang in der Natur – alles das ist Nahrung für die Seele. Wäre es nicht klüger, darauf Acht zu geben, was wir gerade in welcher Situation über jemand anderes denken?
Sie kennen das doch: Da lernen Sie einen Menschen kennen und haben sehr schnell ein gutes oder ungutes Gefühl. Manchmal übergehen Sie z. B. dieses ungute Gefühl, weil Sie es nicht logisch begründen können. Und hinterher stellt sich mit großer Enttäuschung heraus, dass Sie doch besser Ihrem Gefühl vertraut hätten.

Noch einmal der Eisberg

In der Zusammenfassung betrachtet stellt sich also folgendes Bild dar: Nach einer Schulzeit z. B. von neun bis 13 Jahren haben wir gelernt, unseren Kopf gut zu gebrauchen. Wir wissen universell mehr als die besten Wissenschaftler noch vor 50 Jahren. Wir fügen noch eine Berufsausbildung und andere Lehrgänge über die Jahre hinzu. Vielleicht studieren Sie in den nächsten Jahren; und doch, Sie füttern nur den Kopf oder anders formuliert: Ihre Psyche und Ihr ganzes Selbst profitieren nur zu zehn Prozent von Ihren Anstrengungen.

Bitte seien Sie nicht ungehalten. Es geht nicht um eine Abwertung oder generelle Infragestellung Ihrer Wissenskarriere; es geht vielmehr um die Bewusstmachung eines Umstandes, den wir vielleicht in den nächsten Jahrzehnten in unserem eigenen Interesse besser zu beachten haben. Wir stehen unzweifelhaft im Wandel eines sich verändernden Bewusstseins. In der oben gezeigten Grafik sehen Sie im Kopfbereich die harten Faktoren, nämlich die, die man messen und rasch bewerten kann. Im unteren Teil, dem Bauchbereich, sind Inhalte vorgeschlagen, die als weiche Faktoren unserer Psyche durch uns zu kultivieren sind. In einem Gespräch z. B. reden Sie mit einem anderen Menschen über die Sache und tauschen Gedanken oder Strategien aus. Zwischen den Zeilen des Gesagten hören Sie die nonverbalen, also die nicht gesprochenen Hinweise auf das Miteinander heraus. Es tut Ihnen gut, an Menschen zu geraten, die eine gewisse Wärme ausstrahlen. Es ist wunderbar angenehm für Sie, wenn Sie auf Menschen treffen, die einfühlsam sind. Sie müssen nicht erst *durchdenken*, wie Sie sich dann fühlen. Sie fühlen sich angenommen, und dies ist für jeden Menschen von unbedingter Wichtigkeit.

Stellen Sie sich vor, dass entsprechend dieser Grafik z. B. die Entscheidung, ob Sie Ihr späterer Arbeitgeber als Mitarbeiter einstellen möchte, vom Bauch dominiert wird. Oder denken Sie einmal darüber nach, ob Sie sich vielleicht schon mal über den Kopf verliebt haben. Sicher, es gibt Menschen, die denken sich ihre Liebe und richten sich gut ein, aber glücklich werden sie nicht wirklich.

Beachten Sie bitte, dass:

> ***„Je größer die Bedeutung*** *(einer anstehenden Entscheidung, Anm. d. Verf.)* ***eines zu erwartenden Problems und der zu erwartenden Konsequenzen ist, desto wahrscheinlicher wird das emotionale System*** *(unser Bauch, 90 Prozent, Anm. d. Verf.)* ***obsiegen!“***
> *(Forschungsergebnisse: Gerhard Roth, Professor für Verhaltensphysiologie an der Universität Bremen, 1991)*

Oder fragen Sie sich, ob Sie Werbebotschaften aus Funk und Fernsehen wirklich logisch reflektiert haben, bevor Sie zum Einkauf schreiten. Es ist keine Kunst vorherzusehen, dass im Falle eines umgekehrten Verhältnisses von 90 Prozent Kopf und zehn Prozent Bauch keine (teuren) Werbezeiten im Fernsehen, im Kino und keine Werbung an den Plakatwänden und Lifaßsäulen auf diesem Planeten mehr nötig wären.

Wie logisch sind Werbebotschaften? Im besten Falle überhaupt nicht! Es dominiert eindeutig der Bauch!

Alles, was mit dem Bauch entschieden wird, wird mit dem Kopf begründet! Dass uns manchmal der Kopf raucht, wundert da nicht mehr. Wir kaufen Kleidung, die nicht wirklich besser als die anderen Angebote ist, schon deswegen, weil dort ein Logo einen gewissen Geschmack und Lifestyle unseren Freunden und Nichtfreunden (denen erst recht) präsentiert.

Wir tragen Schuhe, die weder bequem noch gesundheitsförderlich sind, weil es *so wichtig* ist, sie zu besitzen. Wir kaufen Autos für die Familie am besten neu vom Händler. Dass es irgendwie unsinnig ist, im ersten Jahr des Autobesitzes zwischen 25 und 40 Prozent des Neuwertes zu verlieren, ist *logisch*, aber es interessiert nicht, weil der Bauch psychologisch entscheidet. Sich gut zu fühlen, sich wichtig zu fühlen, das lässt man/frau sich gerne etwas kosten.

Betrachten Sie einmal nur die üblichen Autowerbungen. Es ist wirklich geniale Werbung! Immerzu fahren dort Autos über Serpentinen und durch Innenstädte, und nie ist Gegenverkehr oder ein anderes Auto zu sehen, was den Genuss stören würde. Welchen Wagen Sie auch fahren werden, Sie werden es immer wieder mit nervigen Autofahrern auf Ihren Straßen zu tun haben. Was uns gezeigt wird, ist Eleganz, immerzu jede Menge Platz, selbst im kleinsten Auto, Fahrspaß, hocherotische Frauen und wirklich markante Männer.

Die Autovermietung E-Sixt brachte es vor einigen Monaten treffend auf den Werbe-Punkt: „Demütigen Sie Ihren Nachbarn!" Vielleicht kennen Sie den Spot: Da schneidet ein Mann seine Hecke und erblickt das Auto seines Nachbarn.

Der Nachbar in diesem Spot lässt die Schultern fallen. Diese Formulierung verrät, worum es geht:

Die Wirtschaft lebt von Menschen, die Geld ausgeben, welches sie nicht haben, um denen zu gefallen, die sie nicht leiden können!

Das ist nicht Kopf, das ist Bauch vom Feinsten. In einem anderen Spot *streichelt* ein glücklicher Besitzer im Vorgarten seines Häuschens seinem Auto mit einem weichen Schwamm zärtlich über die Motorhaube, während sein Nachbar grimmig dem *Treiben* zuschauen *muss*.
Wie gut werden Sie in das Unternehmen Ihres späteren Arbeitgebers passen? Richtig, Ihr späterer Chef oder Personalleiter wird natürlich in Ihre Zeugnisse schauen. Aber was kommt dann?
Er oder sie wird Sie nur zulassen, wenn Sie das *Gefühl* vermitteln, dass man Ihnen vertrauen und zutrauen kann, dass Sie das, was Sie z.B. zum Thema Teamgeist und Ausdauer, zum Thema Kreativität und Selbstständigkeit zu sagen haben, ernst meinen und dass man es Ihnen glauben kann.
Wer möchte schon gerne mit einem *überheblichen* Abiturienten oder einem *unnahbaren* Akademiker arbeiten? Abiturienten und Akademiker werden gebraucht und sind in aller Regel nette Menschen. Aber lieber wollte man auf die Qualifikation als auf das Menschliche verzichten. Nette Menschen werden immer gesucht!

Was nutzt es, einen *klugen* Kopf einzustellen, wenn sein Benehmen *unvorteilhaft* ist und möglicherweise nur Ärger mit Kollegen und Vorgesetzten zu erwarten ist?

Es gibt viele Personalverantwortliche, die nicht mehr die *Allerbesten* haben möchten, sondern viel lieber die Menschen einstellen wollen, die weniger Stress im Unternehmen verheißen und ein vorteilhaftes Persönlichkeits-Profil zu bieten haben.

Nur, machen wir uns nichts vor. Kein Personalverantwortlicher wird Sie einladen und Ihnen erklären, dass Leistungen zweitrangig wären und nur Ihre Persönlichkeit zählt. Es kann sein, dass er Persönlichkeit statt Leistung vorzieht – nur sagen wird er es Ihnen nicht. Sie sind gefordert, Persönlichkeit anzubieten. Und wenn Sie einen tollen Eindruck hinterlassen, werden Sie erleben, dass Ihr Zeugnis plötzlich nicht mehr ganz so entscheidend ist!

Ihr Zukunftsorgan

In den vergangenen Kapiteln haben wir sehr viel über das Unbewusste erfahren. Das Unbewusste ist eine unerschöpfliche Kraftquelle, es ist Ihr Zukunftsorgan! Die erste Frage ist für uns, ob und wie wir aus diesen Erkenntnissen Nutzen für uns persönlich ziehen können?

Und zweitens, wie positiv ist eigentlich diese *Einrichtung* eines unbewussten psychischen Anteils unseres Selbst?

Die zweite Frage, welchen Nutzen wir aus dem Vorhandensein des Unbewussten ziehen können, lässt sich schnell beantworten. Kennen Sie so eine Situation, Sie haben plötzlich einen Gedanken und dürfen ihn nicht vergessen? Sie haben aber keinen Notizblock griffbereit. Jetzt kommt noch ein zweiter Gedanke, ein dritter Gedanke hinzu. Und schon wird es mühsam, diese drei Gedanken zusammenzuhalten, und anstrengend, sie nicht vergessen zu dürfen. Und wenn Sie dann noch Angst entwickeln, Sie könnten die Gedanken nicht festhalten, sind diese schon entschwunden! Das Bewusstsein ist sehr stressanfällig und in der Merkfähigkeit dadurch reduziert. Anders verhält es sich mit dem Unbewussten. Das Unbewusste vergisst nichts. Rein gar nichts! Alle Erlebnisse, alle Gefühle, alle Bilder, Gerüche und Geräusche; alles, was unser Leben begleitet hat, findet sich unlöschbar abgespeichert. Wie genial könnte es sein, wenn es uns gelänge, diese *Speicherfunktionen* für uns nutzbar zu machen?

Andererseits ist unser Unbewusstes ein enormer Filter, der die allermeisten Eindrücke von uns abschirmt, damit wir unsere Sinne bewahren können. Gehen Sie davon aus, dass ca. eine Million Reize (Bits) pro Sekunde von unserem Unbewussten aufgenommen und verarbeitet werden. Hingegen schafft unser Gehirn gerade einmal die 20.000ste Menge von bescheidenen 50 Bits (Ja-Nein-Informationen, Begriff der EDV) pro Sekunde. Während unser Hirn eher Zeit und Muße benötigt, also nicht so spontan funktioniert, kann unser Zukunftsorgan – unser Unbewusstes – sehr viel mehr und schneller verarbeiten!

Wie fühlt sich augenblicklich der Strumpf an Ihrem Knöchel an oder wie viele Töne hören Sie gerade gleichzeitig? Welche Farben umgeben Sie und welche Gedanken bewegen Sie in diesem Augenblick? Unsere Psyche ist in der Lage, sozusagen als Massenspeicher alle Gedanken, Gefühle, Eindrücke und Einstellungen zu speichern. Und das macht sie mit dem Ziel, uns zu entlasten, den Kopf im wahrsten Sinne freizuhalten. Stellen Sie sich bitte einmal vor, was es Ihnen bringen würde, wenn es Ihnen gelänge, die für Sie wichtigen Dinge, wie Ziele, Hoffnungen und Wünsche, Ihrem Unbewussten zu übergeben, dann brauchten Sie nicht mehr täglich an Ihre Ziele und Wünsche zu denken; das würde dann ab sofort Ihr Unbewusstes übernehmen. Bitte stellen Sie sich weiter vor, dass Ihr Unbewusstes für Sie dann arbeiten und Ihren weiteren Weg zielgerichtet ausrichten würde.

Diese Vorstellung wirkt zugegeben leicht fantastisch. Auch schon weil die Kontrolle über die unbewussten Abläufe nicht herstellbar ist. Und das, was dies alles so unkontrollierbar macht, ist die Tatsache, dass es sich eben unserem Denken entzieht.

Der Mensch denkt, also existiert er! („Ich denke, also bin ich!", Grundsatz der Erkenntnistheorie von DESCARTES [1596–1650], französischer Philosoph, wonach die Erfahrung des Denkens und Zweifelns einziger hinreichender Beweis für die eigene Existenz und damit der grundlegende Ausgangspunkt für alle rationale Erkenntnis ist.)

Die Geschichte mit dem Tausendfüßler

Es war einmal ein Tausendfüßler, der mit seinen tausend Beinen ganz phantastisch tanzen konnte. Wenn er tanzte, versammelten sich die Tiere des Waldes, um ihm zuzusehen, und alle waren von seiner Tanzkunst zutiefst beeindruckt. Nur ein Tier mochte den Tanz des Tausendfüßlers nicht leiden, eine Kröte. „Wie schaffe ich es nur, dass der Tausendfüßler zu tanzen aufhört", überlegte sie. Sie konnte ja nicht einfach sagen, dass ihr der Tanz nicht gefiel. Und sie konnte auch nicht behaupten, sie könne selber besser tanzen, denn das würde ihr niemand abnehmen. Schließlich heckte sie einen teuflischen Plan aus. Sie setzte sich hin und schrieb dem Tausendfüßler einen Brief.

„Oh unvergleichlicher Tausendfüßler!", schrieb sie. „Ich bin eine ergebene Bewunderin deiner erlesenen Tanzkunst. Und ich wüsste gern, wie du beim Tanzen vorgehst. Hebst du erst das linke Bein Nummer 228 und dann das rechte Bein Nummer 59? Oder beginnst du den Tanz, indem du das rechte Bein Nummer 26 und dann erst das linke Bein Nummer 499 hebst? Ich warte gespannt auf deine Antwort. Freundliche Grüße, die Kröte. Als der Tausendfüßler diesen Brief bekam, überlegte er sich zum ersten Mal in seinem Leben, was er beim Tanzen eigentlich machte. Welches Bein bewegte er als Erstes? Und welches Bein kam dann? …

Der Tausendfüßler hat fortan nie mehr getanzt! …

Und die Moral von der Geschichte: Genau das kann geschehen, wenn das Denken die Phantasie und die Intuition erstickt!

Kennen Sie diese Situationen aus eigener Erfahrung? Die Fähigkeit zu denken, ist so wunderbar. Aber wie in dieser kleinen Geschichte beschrieben, diese Fähigkeit bedeutet nicht alles, um in einer Sache besonders gut oder glücklich zu sein oder zu werden. Die hohe Kunst in einer Sache, wie z. B. ein Instrument zu spielen, vielleicht das Schöpferische in der Kunst auszuleben, eine Kampfsportart zu beherrschen oder eine Sprache zu erlernen, können Sie nur unter Ausschluss

des Denkens perfektionieren. Dies bedeutet nicht, dass sich dumme Menschen besser professionalisieren können, sondern vielmehr dies, dass gerade die, die denken können, sich steigern können, wenn sie lernen, das Denken zu überwinden und sich der Intuition hinzugeben.
Zurück zu unserem Gedanken, das Unbewusste zu nutzen. Das Unbewusste kann durch Sie selbst oder durch andere Menschen beeinflusst werden. Und dies ist für Ihre Zukunft entscheidend.

Nämlich alles, was wir verinnerlichen, indem wir es glauben und ständig wiederholen, das gewinnt in unserem *Zukunftsorgan* an Realität. Erzählen Sie sich nur immer und immer wieder, dass Sie sowieso nicht sprachbegabt sind, dann werden Sie nie eine Fremdsprache erlernen können. Glauben Sie fest an Ihre Fähigkeiten, und Sie haben Fähigkeiten. Glauben Sie, dass Sie viel zu kompliziert für eine Beziehung sind und wiederholen Sie diesen Gedanken nur oft genug, dann sind Sie ein komplizierter Zeitgenosse, der anstrengend wirkt. Sie werden Recht behalten. Das ist die Kraft und die Macht der Autosuggestion.

Egal woran ein Mensch glaubt, er behält immer Recht!

Glauben Sie an Ihre Zukunft und malen Sie sich Ihren Zielzustand so gut es eben geht gedanklich aus. Dieses Bildermalen nennen wir *visualisieren*. Visualisieren Sie Ihr Examen oder Ihren Meisterbrief. Stellen Sie sich vor, Sie halten Ihr Diplom in Ihren Händen. Wie fühlt sich dieses Papier dann an? Werden Sie im Sommer Ihre Prüfung bestanden haben? Wie wird Sie dann die Sonne im Straßencafé wärmen? Fühlen Sie das? Sind Sie schon jetzt in der Lage, sich vorzustellen, wie Ihr liebster Mensch an Ihrer Seite Sie umarmen und herzen wird, weil Sie einen unglaublich tollen Abschluss erarbeitet haben? Je genauer Sie dies heute schon *vordenken* und *vorfühlen* können, umso selbstverständlicher wird Ihr Unbewusstes, Ihr Zukunftsorgan, Sie an Ihr Ziel führen!

Damit wir uns nicht missverstehen: Die Arbeit werden Sie schon investieren müssen. Aber es schafft sich leichter. Sie werden über sehr viel mehr Energien verfügen als alle die, die ihre Zukunft als Last empfinden. Das Unbewusste schläft nie, es wacht über Sie und Ihren Weg. Egal wohin Sie wollen, es wird Sie nach vorne in Richtung *Ihrer vorgedachten* Zukunft bringen. In der Psychologie gibt es einen feststehenden Begriff für dieses Phänomen: die *selbsterfüllende Prophezeiung*. Das Unbewusste sorgt dafür, dass das eintritt, was Sie sich

wünschen, selbst wenn es nicht gut für Sie wäre. So könnte beispielsweise Ihr *Wunsch* lauten, dass Sie sowieso nie erfolgreich werden.

Ihr Wunsch ist sein Befehl!

Beachten Sie also unbedingt, was Ihnen sogenannte Berater mit gut oder weniger gut gemeinten Ratschlägen auf Ihren Weg mitgeben. Achten Sie auf das, was Sie zulassen wollen und was nicht. Wählen Sie doch einfach mal ein positives Festtagsmenü für Ihre Seele aus. Sie sind nicht verpflichtet, jeden Unrat in Ihre Seele zu lassen. Schalten Sie doch einfach mal den Empfang ab, wenn es Ihnen zu viel an Negativem wird. Bei einem schlechten Film im Fernsehen tun Sie das doch auch, oder? Haben Sie den Mut, schlechte Nachrichten nicht zuzulassen. Hören Sie stattdessen vielleicht gute Musik, lesen Sie ein tolles Buch oder sprechen Sie mit einem liebevollen (positiven) Menschen. Und wenn Sie feststellen sollten, dass Ihr Leben nicht so verläuft, wie Sie es gerne hätten, dann kann es daran liegen, dass Sie nach den Vorstellungen anderer leben. Vielleicht vermissen Sie Ihre eigenen Ziele? Fragen Sie sich, welche Ziele Sie von anderen „einfach" übernommen haben. Was möchten Sie selbst? Unter Beachtung unseres Eisberges müssen wir zusammenfassen, dass 90 Prozent unseres Erfolges von dem Unbewussten abhängig bleibt. Fangen Sie nicht morgen, sondern lieber heute an, Ihre Seele mit schönen Gedanken und Erlebnissen zu füttern. Sie werden es brauchen, ganz sicher.

Die Erfolgsformel

Alles bisher Geschriebene können wir in einer kleinen mathematischen Formel sehr vereinfacht zusammenfassen.

$$\text{Erfolg} = \frac{\text{Wissen}}{2} \times \text{Verhalten}^2$$

Ihr Erfolg (E) wäre das Ergebnis aus Wissen (W) durch zwei geteilt mal dem Verhalten (V) zum Quadrat. Genial einfach – einfach genial.
Wissen Sie vielleicht alles über Ihre Gesprächspartner oder wissen Sie alles über Ihr Produkt, oder Sie sind ein allwissender Arzt – was nutzt es Ihnen im Umgang mit anderen Menschen, wenn Ihr Verhalten schwächelt? Jetzt werden Sie vielleicht einwenden, dass man bei einem Arzt das schon noch ertragen könne, zumal man hier Kummer gewöhnt sei und dieser Heilung verspreche. Ganz deutlich gesagt, es nutzt nichts. Denn nicht nur der Körper verlangt nach Heilung, sondern auch die Seele. Zugegeben, ein anderes Thema, aber es darf uns vielleicht ein wenig nachdenklich machen. Zu 90 Prozent begegnen wir uns sozusagen auf der Ebene unserer *Bäuche*. Bevor Ihr Gegenüber Sie überhaupt in seine *geistige* Nähe lässt, müssen Sie an seinem innerseelischen Aufpasser, dem Unbewussten, vorbeigelassen, besser noch *eingelassen* werden. In der Verkaufspsychologie gibt es ein sehr bekanntes Bild: Fachidiot schlägt Kunde tot! Hier ist nicht die Rede von: Nichtswissen macht nichts, sondern es geht um die Gewichtung. Wissen ist Macht! – und so wird es auch bleiben. Aber *Macht* allein reicht nicht aus, um Menschen zu gewinnen!

Um es mit der Formel zu *sagen*: Es ist nur die Hälfte wert, wenn es darum geht, erfolgreich mit Menschen umzugehen. Dann aber ist es mit der Quadrierung des Verhaltens umso wichtiger, sein Verhalten zu optimieren.

Es ist manchmal wirklich widersinnig: Vor wichtigen Messeauftritten investieren viele Unternehmen viel Zeit und Geld, die Mitarbeiter auf die Produkte und Strategien hin zu schulen. Dann stehen (oder sitzen) da nachher auf dem Messestand so alles überstrahlende Giganten des Fachwissens, dass der normalsterbliche Kunde sich kaum noch traut, ihm eine vielleicht weniger kluge Frage zu stellen. Hier ist Verhalten die Königsdisziplin! Klar, der Kunde möchte Sach- und Fachkompetenz, aber dann bitte in einen Menschen gepackt. Denn sonst wären z. B. Messeauftritte sinnlos, weil Computerterminals diese Wissensvermittlung deutlich besser übernehmen könnten. Und dann würde man keine Ausstellungsflächen mehr benötigen, sondern nur noch einen Internetanschluss. So einfach kann E-Business sein!?

Platz für Ihre Notizen

Das Dinosaurier-Gehirn

Es gibt Bücher, die man so schnell nicht vergisst. Vor mehr als zehn Jahren erschien ein witziges und pfiffig geschriebenes Buch: „Das Dinosaurier-Syndrom" von Albert J. Bernstein. Der Autor versucht auf sehr amüsante Weise der Frage nachzugehen, welches alltägliche Verhalten bei uns heutigen Menschen noch den Nachweis auf längst vergangene Welten, die der Dinosaurier, zulässt.
Er skizziert Verhaltensweisen, die im normalen Leben vorkommen, und vergleicht diese mit den Verhaltensweisen dieser großen Riesen. Diese Idee nehmen wir gerne auf und schauen uns an, was z. B. Stress mit uns Menschen macht.
In unserem Gehirn gibt es ein Areal, das entwicklungsgeschichtlich den ältesten Bestandteil bildet. Auf der untersten Ebene im Stammhirn entdecken wir die Fußstapfen unserer riesengroßen Vorfahren. Dort sind lernunabhängige affektive Zustände, wie Wut, Furcht, sexuelle Anziehung und Paarung, reaktive Aggression bzw. Verteidigung, soziale Hierarchie, Revierverhalten, Flucht und Loyalität, abgespeichert. Diese Verhaltensweisen müssen nicht geübt bzw. konditioniert werden. Sie sind einfach da und stehen dem Individuum zum sofortigen Gebrauch zur Verfügung.

Nach neuesten Erkenntnissen von Joseph LeDoux, Neurowissenschaftler an der Universität New York, ist der Mandelkern (Amygdala) der Spezialist in Sachen emotionaler Angelegenheiten. Zudem speichert er auch emotionale Erinnerungen. Ein Leben ohne Mandelkern ist ein Leben ohne persönlichen Sinngehalt und ohne jegliche Leidenschaft. Von seiner Funktion hängt die Fähigkeit zur Zuneigung, Furcht und Wut ab.

Was macht Stress mit uns?

Die Frage müsste noch ein wenig anders lauten: nicht nur was Stress mit uns macht, sondern vielmehr was Stress aus uns macht? Unser ganzes Denken und bewusstes Handeln (zehn Prozent) läuft auf der Hirnrinde ab. Sobald nun Stress (negativer wie positiver Stress) subjektiv erlebt wird, reißen plötzlich, im Bild gesprochen, alle Verbindungen zur Hirnrinde ab, und es wird ein zur Situation passendes Verhaltensmuster unserer einstigen Vorfahren sofort zum Angriff oder zur Verteidigung aus dem Stammhirn *gezückt*.
Erst einmal in eine solche Verfassung gekommen, vermag es der Betroffene nicht mehr, sich kraft seiner Gedanken und seiner sonst ihm möglichen

Differenzierung normal zu verhalten. Das Adrenalin und das Noradrenalin, zwei der wichtigsten Stresshormone, die den Körper zum Fliehen oder zum Kämpfen mobilisieren, sorgen zum einen dafür, dass jeder augenblickliche Rückzug auf den Verstand, auf die Hirnrinde, nicht mehr möglich ist. Andererseits sorgen beide Hormone für die sogenannte emotionale *Erinnerung* durch den oben beschriebenen Mandelkern. Der Mandelkern versorgt uns mit primitivsten Emotionen, wir werden buchstäblich zum Tier, schlimmer noch, wir verlieren mehr oder minder die Kontrolle über uns. In solchen Zuständen ist nahezu jeder in der Lage, fast alles an Unsinn und Unmöglichkeiten zu begehen. Schon an der Heftigkeit der Reaktionen können Sie die Urgewalten messen, die sich dann freisetzen.

Das schönste Beispiel kennen Sie alle: Sie sind frisch verliebt. Na, wo fühlen Sie diesen Zustand zuallererst? Im Kopf? Nein, der weiß gar nicht, was da überhaupt vor sich geht. Sie spüren es sehr deutlich, buchstäblich körperlich, im Bauch – wo sonst? Können Sie dann noch denken? Ihre Freunde ermahnen Sie, das eine zu beachten, das andere zu lassen. Können Sie denen noch gedanklich folgen? Oder wirklich gute Freunde und Ihre liebevollen Eltern wollen von Ihnen wissen, was Sie denn an dem anderen so toll finden. Fällt Ihnen da wirklich kraft Ihrer Gedanken etwas dazu ein?

Schönen Gruß von Ihrem Mandelkern! Ein schlimmes Beispiel ist zu beobachten, wenn es z. B. in einem Haus brennt. Einer jungen Mutter, die ihr Kind in dem brennenden Haus wähnt, können Sie nicht mit Diskussionen kommen. Ihr zu erklären, dass es viel zu gefährlich wäre, ist komplett sinnlos. Was dann abläuft, ist ein Überlebensprogramm der letzten 500.000 Jahre. Sie wird durchs Feuer rennen, um ihr Kind zu retten. Erst draußen vor dem Haus, dann wieder angekommen und beruhigt, wird sie die Wucht Ihrer Verletzungen spüren, die sie sich zugezogen haben wird. Vorher nicht.

Eine andere Situation können Sie beobachten, wenn sich jemand heftig erschreckt. Sie gehen beispielsweise spazieren, und dicht hinter Ihnen ertönt plötzlich eine laute Hupe oder ein lauter Knall. Sie denken nicht, sondern reagieren sofort. Wenn Sie allein sind, dann springen Sie sofort auf die Seite (Fluchtreflex), und wenn Sie ein kleineres Kind bei sich haben, werden Sie dieses automatisch mit auf die Seite reißen.

Noch eine Situation können Sie sich vorstellen: Sie stehen mit Ihrem Auto an einer roten Ampel. Plötzlich reißt ein wütender Mann Ihre Fahrertür auf und brüllt Sie lauthals an. Hier nutzt Ihnen der Fluchtreflex nun nichts mehr, und was

machen Sie? Sie sitzen im Auto, sind völlig fassungslos und können nicht ein Wort sagen. Ihr Hirn ist einfach leer!
Vielleicht schreien Sie ihn ebenfalls an. Das, was Sie ihm an den Kopf werfen, würden Sie im Ruhezustand niemals so formulieren, ganz sicher. Kaum geht der Mann weg und die Situation beruhigt sich, da fallen Ihnen Argumente ein, die Sie hätten erwidern können. Auch kommt Ihnen erst jetzt der Gedanke, dass Sie diesen Mann vielleicht an der letzten Kreuzung übersehen und ihm die Vorfahrt genommen haben könnten.

Der ultimative Selbstversuch

Ein nettes Experiment dürfen Sie auch einmal im Selbstversuch ausprobieren. Stellen Sie sich vor, Sie würden Ihrem Partner ankündigen, dass Sie am nächsten Wochenende sturmfreie Bude hätten und endlich einmal wieder einen ungestörten Abend verbringen wollen.
Wenn Sie bereits Eltern sind, so verlagern Sie eigens für diesen Tag den Aufenthaltsort Ihrer Kinder zu den Großeltern. Wie dem auch sei, an dem betreffenden Tag ist alles gut organisiert. Sie gehen sogar mit Ihrem Partner auf den Wochenmarkt, kaufen dort frisches Gemüse, beim besten Metzger im Ort zwei herrliche Steaks und beim Weinhändler eine tolle Flasche Wein. Nachmittags kochen und braten Sie gemeinsam. Und irgendwann ist der Tisch zum Candle-Light-Dinner gedeckt, der Rotwein nicht einfach geöffnet, sondern *dekantiert*, das Gemüse und die Kartoffeln sind im guten Porzellan dargeboten. Sie prosten sich zu, kosten vorsichtig vom Wein. Vielleicht hören Sie im Hintergrund noch die Tafelmusik von Georg Philipp Telemann. Jetzt kommt es bei diesem Versuch auf das Timing an. Sie nehmen gemeinsam das Besteck zum Essen auf. Beide schneiden Sie das Fleisch und führen synchron die Gabel zum Mund. Und bevor *Ihr Schatz* den Bissen von der Gabel nehmen kann, springen Sie plötzlich und unvermittelt auf, hechten über den Tisch, greifen die Gabel Ihres Gegenübers, reißen sie an sich und schnappen mit Ihrem Mund nach dem Fleischstück. Dabei halten Sie die Gabel demonstrativ fest, kauen genüsslich und schauen, was nun passiert. Jetzt erleben Sie Dinosaurier pur. Erst recht Ihr Gegenüber, wenn er männlich ist, wird er zwischen zehn und 20 Sekunden brauchen, um seine Fassung wiederzuerlangen. In dieser Zeit ist es sicher ratsam, nichts zu sagen. Erklären Sie nichts. Und um Himmels willen sagen Sie bitte auch nach 20 Sekunden nicht, dass es sich dabei nur um ein Experiment gehandelt habe; schlimmer noch, verweisen Sie bitte nicht auf dieses Buch. Jeder Fehler, den Sie

in den ersten Sekunden begehen, könnte Ihre Gesundheit ernsthaft bedrohen. Weingläser und andere Gegenstände könnten auf Sie niederprasseln. Nach eben diesen 20 Sekunden wird er oder sie Sie vielleicht nur noch fragen, ob Sie nicht ganz dicht seien. Halten Sie diese Infragestellung im Dienste der Wissenschaft einfach aus. Vielleicht lächeln Sie vorsichtig Ihr Gegenüber an und erklären, dass Sie nur sicherstellen wollten, dass das Fleisch auch wirklich optimal gebraten sei. Wird sicher auch nicht der Brüller sein, aber mit ein wenig Charme bekommen Sie die Situation wieder in den Griff. Auf der untersten Ebene des limbischen Systems, im Mandelkern, wird sich für Ihr Gegenüber eine Situation abgespielt haben, die damals, vor mehr als 60 Millionen Jahren, überlebenswichtig war. Nämlich: sich niemals das Futter aus dem Mund abluchsen zu lassen. Wenn Sie Hundebesitzer sind, können Sie sicher ein Lied davon erzählen, wie bedrohlich die Situation werden kann, wenn Sie einem hungrigen Hund, der sonst so liebevoll ist, das Futter aus dem Maul ziehen. Ähnlich liegt es bei uns Menschen, die wir immer noch verblüffende Raubtierähnlichkeiten zeigen.
Es gibt Testverfahren, z. B. im Assessment-Center, die einzig zum Ziel haben, zu ermitteln, wie Sie unter Stress reagieren. Sie können tatsächlich ein gewisses Maß an Gelassenheit trainieren. Auch schon weil Sie ab sofort wissen, dass es Menschen gibt, die Ihnen Stress bereiten wollen, um Sie in eine verhandlungsschwache Position zu bringen.

Je größer die Emotion (Wut, Trauer, Not, Stress),
desto weniger Kopf steht Ihnen zur Verfügung!
Achten Sie auf sich!

Mit der inneren Einstellung fängt alles an

Was sehen Sie, wenn Sie die nachfolgende Grafik einmal in Ruhe auf sich wirken lassen?

Was für ein Mensch begegnet Ihnen?

Den meisten Betrachtern fällt dazu ein:

- ein lustiger Mensch
- ein kindlicher Mensch
- ein Matrose
- vielleicht ein netter Bischof
- Fröhlichkeit
- Freundlichkeit, ein lächelnder Mensch
- ein naiv Dreinschauender
- ein Karnevals-Jeck mit Kappe ...

Was sehen Sie nun, wenn Sie die zweite Grafik auf sich wirken lassen?

Was für ein Mensch begegnet Ihnen jetzt?

Den meisten Betrachtern fällt dazu ein:

- ein grantiger Mensch
- ein Nörgler
- schaut aus wie mein Lehrer
- jemand mit schlechter Laune
- vielleicht der gleiche Bischof nach der zehnten Beerdigung
- ein Miesepeter ...

Lassen Sie ruhig beide Grafiken noch eine Weile auf sich wirken.

Was, glauben Sie, macht den Unterschied zwischen beiden Zeichnungen aus? Die Lösung ist nur auf den ersten Blick simpel.

Auf den ersten Blick unterscheiden sich die Bilder nicht! Den einzigen Unterschied erkennen Sie im Betrachtungswinkel. Drehen Sie die Grafik um 180 Grad, und schon haben Sie spontan die Lösung.

Aber dass die beiden Bilder nur zu drehen sind, ist eben nur das, was nahezu jeder auf den ersten Blick erkennen würde.

Was können Sie hier für sich erkennen? Vielleicht dies?

Es liegt nicht an irgendwelchen Umständen, dass Sie dieses Bild mal so oder mal so sehen. Sie entscheiden, was Sie sehen wollen ...

Es kommt auf Ihren Standpunkt an!

Zugegeben, das *Wendemännlein* ist eine recht einfache Metapher, aber sie soll deutlich machen, worum es auch in Ihrem Leben gehen wird, wenn Sie erfolgreich Menschen für sich gewinnen möchten.

Wenn wir freundliche Menschen treffen, dann sind wir auch freundlich. Wir sind offen und aufmerksam. Es macht uns Freude, mit solchen Menschen Kontakt zu haben. Wir unterstellen, dass ein Gespräch mit ihnen gut verlaufen wird, schon weil unser Gegenüber so freundlich ist. Wir fühlen uns angenommen und haben einen solchen Umgang wahrhaft verdient.

Treffen wir nun aber auf den eher finster dreinschauenden Menschen, so läuft das eben Beschriebene umgekehrt ab. Wir nehmen sehr schnell diese Stimmung auf und wirken auch schneller unfreundlich. Wir unterstellen, dass ein Gespräch sowieso nichts werden kann, und wir fühlen uns missachtet und unverdient unverstanden.
Und dieser Vorgang von Einschätzung und (Gegen-)Reaktion läuft innerhalb von Bruchteilen einer einzigen Sekunde ab. Dabei kommt es, dieser Metapher zufolge, eigentlich nur auf Ihren Standpunkt an. Jetzt werden Sie womöglich einwenden, dass dieses Bild nicht die Realität widerspiegelt. Denn es gibt und es wird immer Menschen geben, die Sie mit noch so viel Freundlichkeit oder Versuchen des Standortwechsels nicht *gedreht* bekommen. Was Sie auch tun, die poltern auf Sie ein.

Um wen es hier aber gehen soll, und dies ist die Grundrichtung des ganzen Buches, sind Sie, Sie allein. Was macht denn ein unfreundlicher Mensch mit Ihnen, wenn er seine Stimmung (ungefragt) auf Sie überträgt? Erinnern Sie sich noch? Im letzten Kapitel sagten wir, dass Ihr Unbewusstes auch von der Außenwelt, in diesem Fall von dem unfreundlich Dreinschauenden, beeinflusst und genährt wird. Und Sie stellen plötzlich fest, dass seine Stimmung bei Ihnen Realität in der Seele wird. Wollen Sie das?

Auch bleibt die Frage offen, ob denn Ihr Gegenüber überhaupt Ihnen seine Stimmung übertragen will oder wollte? Sind oder waren Sie wirklich gemeint?

Stellen Sie sich bitte einmal vor, obwohl man Sie *anmacht*, Sie wären nur eine Person, die möglicherweise stellvertretend für andere die Botschaft in Empfang zu nehmen hätte, mehr nicht. Ein anderer Gedanke: Schauen Sie, es ist keine Kunst, mit freundlichen Menschen freundlich umzugehen. Dies kann so ziemlich jeder.

Da kommt ein freundlicher Kunde in die Service-Annahme eines Autohauses. Nach der letzten großen Inspektion an seinem Wagen, und diese ist erst einen Tag her, flog dem Kunden auf der Autobahn ein großes Stück seiner unteren Verkleidung des Motorraums bei Tempo 160 km/h davon. Abgesehen davon, dass dieses Missgeschick auch nicht nach einem Monat hätte passieren dürfen, ist unser Kunde ein lieber Kerl. Er ist so lieb, dass er sich beinahe entschuldigt, für die Umstände, die er dem Kfz-Meister mit seiner Reklamation bereitet. Er ist wirklich ein unglaublicher Menschenfreund. Ist es für den Mechaniker jetzt eine unlösbare Aufgabe, freundlich zu bleiben? Müsste dieser Servicemann nun dringend seinen Kunden mitten im Gespräch verlassen, so könnten Sie als Firmenchef getrost diesen netten Kunden von einer ungelernten Aushilfskraft weiter betreuen lassen.

Ab wann beginnt wirkliche Professionalität in der Kommunikation, bei freundlichen oder bei unfreundlichen Gesprächspartnern? Und dies ist der Schlüssel zur erfolgreichen Menschenführung: Sie sind in der Lage, freundlich zu bleiben, selbst wenn der andere unfreundlich ist oder wird. Bleiben Sie höflich, auch wenn Sie als Mechaniker am Vortag gar nicht in der oben beschriebenen Werkstatt am besagten Fahrzeug arbeiteten. Ihr Gesprächspartner darf sich Ihres Verständnisses sicher sein, selbst wenn er Ihre (oder nur die Kompetenz Ihrer ganzen Werkstattmannschaft) infrage stellt.

Was, glauben Sie, könnte passieren, wenn Sie es mehr und mehr trainierten, einmal gerade den unfreundlichen Zeitgenossen mit Freundlichkeit zu begegnen? Bitte stellen Sie sich einmal vor, was es auf Dauer mit Ihnen machen und wie es Sie verändern würde?

Keine Frage, der Erfolg stellt sich nicht spontan beim ersten Versuch ein, aber: Wer würden Sie bereits nach einem halben Jahr sein? Machen Sie doch einmal nicht das, was sowieso jeder tun würde. Jeder, fast jeder, und Sie beobachten es doch auch, würde dem *Miesemann* in unserer kleinen Grafik seine Ablehnung zeigen. Aber wozu *müssen* Sie das auch tun? Meinen Sie, Sie hätten je eine echte Chance, den anderen von seinem *Fehlverhalten* zu überzeugen, ihn zu *erziehen*, gerade dann wenn er sich im Stress befindet?

Hand aufs Herz, das glauben Sie doch auch nicht! Also, was gibt es in dieser Situation für Sie zu gewinnen?

Eigentlich ganz einfach. Sie gewinnen Souveränität, haben Freude und bleiben von den unguten Stimmungen nahezu unbeeinflusst. Mit jedem kleinen Erfolg bei diesem *grimmigeren Menschenschlag* wachsen Sie ein Stückchen weiter. Entdecken Sie in einer solchen Situation Ihre unvertauschbare Würde, die Ihnen niemand streitig machen kann.

Und *uneigentlich*? Es liegt ein beschwerlicherer Weg vor Ihnen. Sie tun etwas, was sonst kaum jemand tut. Ihr ungewohntes Tun wird Sie verunsichern, und vielleicht isolieren Sie sich ein wenig. Was dann aber allmählich passieren wird, ist dies, dass tatsächlich der ein oder andere seine Stimmung der Ihren anpasst. Und das verschafft Anerkennung und Freunde.

Folgende Situation denken Sie sich bitte noch einmal: Sie sind zu einem Vorstellungsgespräch eingeladen. Nachmittags um 15:00 Uhr stellen Sie sich beim Personalleiter vor. Sie werden in das Besprechungszimmer geführt. Ein unfreundlicher Kerl sitzt mit verschränkten Armen am Schreibtisch und blickt Sie über seinen Brillenrand hinweg an. Sie werden mittels einer wortlosen Handbewegung an den Besprechungstisch in einer Ecke des Raumes gebeten. Er bleibt noch eine Weile in irgendwelchen Unterlagen vertieft sitzen, bis er sich mit einem unüberhörbaren Seufzer erhebt und mit genervtem Blick auf Sie zukommt.
Sobald Sie diese Situation auf sich beziehen würden, säßen Sie in der Falle. Und wenn Sie nur denken würden, wie unmöglich sein Benehmen sei, Sie hätten längst verloren. Stellen Sie sich doch bitte vor, dass er Sie unmöglich meinen kann! Er kennt Sie nicht, und selbst wenn er vorgäbe, Sie zu kennen, was schon würde er über Sie in Ihrer ganzen Fülle wissen können? Vielleicht ist er von den vielen Gesprächen des Tages längst überfordert? Beachten Sie bitte, dass selbst so hochbezahlte Führungskräfte auch irgendwann am Ende sind. Vielleicht hat er noch vor Ihrem Besuch einen unangenehmen Anruf erhalten. Vielleicht zweifelt er Ihre guten Arbeitszeugnisse an? Vielleicht empfindet er eine Abneigung gegenüber Abiturienten, weil er mit hochnäsigen Menschen schlechte Erfahrungen gemacht hat? Und vielleicht mag er keine Brillenträger? Und womöglich sind Ihre Haare zu kurz oder zu lang?

Weiß der Himmel, an wen Sie ihn in diesem Augenblick erinnern. Eines aber ist sicher: Er wird Sie gleich kennen lernen! Und wenn Sie auf sich aufpassen, dann sogar von der richtigen Seite.

Zeigen Sie, dass Sie im Gegensatz zu Ihrem Vorgänger oder Ihrer Vorgängerin mit dieser Situation gekonnt umgehen können. Sehen Sie einfach in Ihrem Gegenüber nur einen Mann, der wohl noch nicht ganz im Gespräch ist und den Sie überzeugen müssen.
Vielleicht gefällt ihm auch nicht, dass Sie eben kein Abitur, sondern nur mittlere Reife vorlegen können? Na und? Er hat Sie eingeladen! Ihnen gewährt er eine Chance, sonst säßen Sie nicht hier.
Vielleicht werden Sie in der Firmengeschichte die Erste oder der Einzige sein, der ohne Abitur jemals eingestellt wurde? Kann sein. Denn Sie sind möglicherweise kraft Ihrer Einstellung und Ihres Auftretens deutlich besser als alle die, die in diesem Mann nichts anderes sehen, als das, was auch alle anderen sehen können.

Sie *sehen* vielleicht einen Mann vor sich, der schon was draufhaben muss, sonst säße er nicht an dieser Stelle. Und Sie sind sicher *gespannt*, wann er Ihnen zu erkennen gibt, was für ein toller Kerl er ist.
Sie sitzen diesem Mann gegenüber und sind freundlich, aufmerksam und in sich ruhend. Ihrem Gesicht ist ein ganz leichtes Lächeln zu entnehmen – wie wunderbar. Und dann wird Ihnen dieser Mann buchstäblich um den Hals fallen, garantiert. Weil Sie anders sind als alle anderen. Weil man Ihnen nicht am Gesicht die übliche Betroffenheit und negative Bewertung dieser Situation entnehmen kann.
Denn Ihr Gegenüber hat ein Recht, so zu sein, wie er ist! Er *darf* genervt sein, er *darf* angespannt sein, und er *darf* Sie vielleicht ein wenig provozieren.

Die Geschichte mit dem Spiegelsaal

Es gibt eine kleine Geschichte, die mehr als 2500 Jahre alt ist. Sie ist weise und schön. Bitte überzeugen Sie sich selbst:

Der Saal der tausend Spiegel

Irgendwo in einem Tempel gab es einen Saal der tausend Spiegel. Es begab sich, dass sich eines Tages ein Hund in diesem Tempel verirrte und in diesen Saal gelangte. Plötzlich, konfrontiert mit tausend Spiegelbildern, knurrte und bellte er seine vermeintlichen Gegner an. Diese zeigten ihm ebenso tausendfach die Zähne und bellten zurück. Worauf er noch tollwütiger reagierte. Das führte schließlich zu einer solchen Überanstrengung, dass er in seiner Aufregung daran starb. Einige Zeit verging, und irgendwann kam ein anderer Hund in den gleichen Saal der tausend Spiegel.

Auch dieser Hund sah sich tausendfach umgeben von seinesgleichen. Da wedelte er freudig mit seinem Schwanz, und tausend Hunde wedelten ihm entgegen und freuten sich mit ihm. Freudig und ermutigt verließ er den Tempel.

Flüchtig betrachtet bietet diese kleine Geschichte nichts Außergewöhnliches. Vielleicht eine Kindergeschichte zur Nacht? Betrachten wir diese aber im Zusammenhang des bisher Erarbeiteten, dann bemerken wir sehr schnell: Die Geschichte hat etwas zu sagen, was wir schon einmal gehört haben, aber nicht so richtig glauben können. Wir Menschen können unsere Welt selbst gestalten, weil wir die Fähigkeit haben, unsere Situationen zu *denken* und damit selbst Gestalter unserer Welt sind. Ungeheuerlich, oder? Nicht die anderen sind am Drücker. Etwas spezieller formuliert können wir sagen: Wir beeinflussen unser Erleben mit unserer Art zu denken.

Stimmt das wirklich? Es gibt Menschen, die mögen uns nicht. Die denken wir uns weder freundlich noch schön. Wir machen alle die Erfahrung, dass wir eher

Höchstleistungen vollbringen können, wenn wir von freundlichen Menschen umgeben sind, die uns mögen. Alles Logische gibt uns Recht. Auch psychologisch ist es sehr gut nachzuvollziehen, dass uns die Unfreundlichen herunterziehen, und dass uns die Netten zu immer mehr Leistung motivieren können. Und doch ist das nur die halbe Wahrheit.

Es gibt Menschen, die selbst durch noch so nette Mitmenschen nicht aufgebaut, betreut und motiviert werden können. Es nutzt irgendwie alles nichts. Diese Zeitgenossen scheinen nicht erreichbar zu sein. Sie hören und sehen nicht, was an Zuwendung auf sie einströmt. Das, was sich eigentlich jeder am meisten wünscht, können sie irgendwie nicht mehr *wollen*. Die schönsten Worte *hören* sie nicht, wortwörtlich.

Wichtig: Aus der Geschichte mit dem Spiegelsaal ist die Lebenserfahrung zu entnehmen, dass die Außenwelt der Innenwelt (dem Seelenleben) sozusagen folgt. Als lebensfroher Mensch werden Sie über kurz oder lang die Lebensfrohen um sich versammeln. Die anderen halten Ihren Frohsinn nicht aus. Und wenn ich als *Menschenfeind* durch die Welt laufe, dann verjage ich die Menschen, die mich vielleicht noch vom Gegenteil hätten überzeugen können. Und alles bleibt so, wie es ist.

Möchte jemand sein Leben und seine Umgebung ändern, so die Geschichte, dann muss er bei sich beginnen. Bei sich zu beginnen, ist ein uraltes Prinzip, die Welt zu verändern. Nicht auf die anderen zu warten, dass diese dann die Umstände meinen Wünschen anpassen, sondern vielmehr selber aktiv zu sein. Nicht warten, handeln!

Denn worauf warten Sie? Verbreiten Sie Freude, und Sie werden Freunde gewinnen. Nicht immer, aber immer öfter. Die anderen, die nicht mitgehen wollen, isolieren sich von ganz allein.
Und wenn Sie nun erkennen, dass Sie von deutlich mehr unfreundlichen Menschen umgeben sind als andere? Dann ist es sicher kein leichter Weg, Veränderungen in Ihr Leben zu bringen. Aber es wäre ein wichtiger Weg, den Sie unbedingt gehen müssen.

Vielleicht schaffen Sie es mit den Menschen an Ihrer Seite, denen, denen Sie vertrauen können? Vielleicht gelingt es Ihnen dann, zu erkennen, wo und wann

Sie in welcher Situation, ähnlich dem knurrenden Hund in der Geschichte, immer wieder abschreckend statt anziehend wirken. Wenn Sie es schaffen, Ihr Spiegelbild zu verändern, verändern Sie alles um sich herum – so die Geschichte vom Spiegelsaal.

Wir hörten von Freud, Jung und Adler, den Begründern der psycho-analytischen Arbeit mit Menschen. Die Ansätze im Verstehen der Patienten sind sicher verschieden. Aber die Methode in der Arbeit mit den Patienten ist nahezu gleich. Es werden nämlich in der psychoanalytischen Arbeit genau die Dinge, Umstände und Erlebnisse betrachtet, die sich ständig zu wiederholen scheinen. Es gibt Menschen, die verlieben sich immer in die gleichen Typen und scheitern womöglich immer an den gleichen Beziehungsfragen. Es gibt Menschen, die immer, wenn es darauf ankommt, etwas auf den Punkt zu bringen, wie beispielsweise in Prüfungssituationen, kläglich versagen, obwohl sie eigentlich alles wissen, was wichtig und richtig gewesen wäre. Oder die, die immer wieder an die falschen Freunde geraten. Die Wiederholungen sind in der analytischen Arbeit genau die Wegweiser, die man benötigt, um an das Unbewusste (an die unbewusste Struktur) und an die erlebten Eindrücke in der Seele zu gelangen, die das Verhalten wesentlich (nicht bewusst!) beeinflussen.

Vielleicht, so will uns diese kleine Geschichte empfehlen, ist das, was wir in der äußeren Welt erleben, nichts weiter als ein Blick in die verborgenen inneren *Kraterlandschaften* unserer eigenen Seele?
Ist dies nun ein Fluch oder ein Segen? Es gibt einen interessanten Ansatz, der beschreibt genau dieses erwachende Erkennen des Selbst als Möglichkeit der Veränderung. Da, wo es am meisten zwickt und klemmt – da geht's lang. Nur so nebenbei schildert die Geschichte mit dem Spiegelsaal einen weiteren wichtigen Aspekt. Vielleicht hätte der Hund in der ersten Hälfte der Geschichte überlebt, wenn er nicht *gewertet* hätte?

Werten Sie nicht …

Die Frage des richtigen Standpunktes, ob Sie nun einen Menschen eher unfreundlich oder freundlich empfinden können oder sollen, lässt sich noch von einer anderen Seite beleuchten: Was ist das eigentlich, was in uns selbst vor sich geht, wenn wir Bewertungen bzw. Abwertungen aussprechen oder denken?

Keine leicht zu beantwortende Frage. Auch schon deswegen nicht, weil uns Menschen diese Frage existenziell betrifft. Wir sind ständig mit genau dieser Aufgabe beschäftigt, einzuteilen in *richtig* oder *falsch*, in *gut* oder *schlecht*, in *fair* oder *unfair* oder in was auch immer.

Näher betrachtet können wir uns wahrscheinlich noch nicht einmal vorstellen, einen ganzen Tag lang mal keine Bewertung für das eine oder andere abzugeben. Da ist die Freundin, die *nervt*. Da ist der Hund, der *lieb* ist. Da ist das Fahrrad, welches *klapprig* ist. Und da sind die *alten* Lehrer und die *verständnislosen* Vorgesetzten. So geht das den ganzen Tag rauf und runter mit dem *Daumen des Kaisers Nero.*

Vielleicht entgeht uns, dass die Freundin am Rand *ihrer Möglichkeiten* ist? Vielleicht ist der Hund nur *hungrig*? Das Fahrrad *ermöglicht* mir, meine Termine einzuhalten. Und was heißt hier *alt*? Vielleicht ist der Vorgesetzte wirklich verständnislos, vielleicht habe ich aber etwas übersehen und verstehe ihn nicht? Vielleicht?
Eine Wertung grundsätzlich, vor allem wenn sie viel zu früh ausgesprochen wird, verhindert ein Entdecken weiterer Möglichkeiten. Jetzt können Sie einwenden, dass doch positive Wertungen im Gegensatz zu negativen nicht schlimm sind und niemandem Schaden zufügen können. Stimmt und stimmt auch wieder nicht. Denn vielleicht, überprüfen Sie es bitte selbst einmal, können Sie etwas nur als gut bewerten, wenn Sie *besser* als denken. Und dann werten Sie doch automatisch wieder ab, oder?

Einleuchtender wird die Sache, wenn wir uns vor Augen führen, welche Möglichkeiten wir unter Umständen versäumen, welche Zusammenhänge uns möglicherweise verloren gehen, wenn wir schon viel zu früh zu wissen glauben, was wir wissen.
Wir schauen uns ein Beispiel aus dem Buch der Bücher an. Es geht jetzt nicht um eine religiös korrekte Bibelauslegung. Da darf (hoffentlich) jeder glauben, was er möchte. Es geht vielmehr darum, in diesem Text nachzuschauen, was diese folgende Kurzgeschichte zu unserem Thema der Wertungen zu sagen wüsste.

Sie kennen alle die ersten Seiten der biblischen Geschichte, der sogenannten Genesis. Da wird von einem Menschenpaar, Adam und Eva, erzählt, welches völlig unbekümmert nackt durch das Paradies läuft. Alles, was ist, ist gut und

schön, so der Erzähler. Und wir können anhand des logischen Aufbaus der Geschichte mutmaßen, dass die beiden dies so noch nicht wissen konnten (weil ihnen jegliche Erkenntnis fehlte).

Und vielleicht ist dies schon ein erster wichtiger Hinweis darauf, zu verstehen, was in den nächsten Zeilen im wörtlichen Sinne *menschlich* ablaufen *muss* (und in unserem Zusammenhang der Wertungen wichtig ist). Wir alle kennen diesen leeren Zustand nur zu genau. Wir wollen immer und immer wieder wissen, *wie* fleißig wir sind, *wie* schön wir anzusehen sind, *wie* wertvoll und wichtig wir einem anderen sein dürfen.

Und genau dieses Problem scheint auch dieses (noch) zeitlos junge Paar zu plagen. Sie wissen es nicht. Stellen Sie sich das einmal vor: Es ginge Ihnen gut und Sie wüssten es nicht – wie grausam! Sie würden unsicher. In dieser Geschichte ist Abhilfe in Sicht.
Es gibt einen Baum neben vielen anderen Bäumen. Auch wird nicht berichtet, dass die Früchte dieses Baumes deutlich schöner gewesen wären als die anderen. Dies wäre auch für das Paar nicht erkennbar gewesen, noch nicht. Denn ihnen fehlte ja die *Erkenntnis*, das Erkennen bzw. eine mögliche Unterscheidung zwischen schönen und unschönen Früchten!

Jetzt wissen die beiden, dass von dem Baume zu essen unter Strafe verboten ist. Ist das gut oder schlecht? Wäre jetzt eine Kostprobe gesund oder ungesund? Niemand da, um diese Frage zu beantworten. Wollte der *Eigentümer* dieses Gartens das unbeschwerte Paar, das nichts hätte *richtig* oder *falsch* machen können, wirklich testen? Wenn ja, wozu das Ganze? Denn im Leben dieses Paares gab es zu diesem Zeitpunkt weder *richtig* noch *falsch*. Dass jetzt noch eine sprechende Schlange ins Spiel kommt, die listigerweise nicht den Unterschied und die Folgen zwischen *richtig* und *falsch* erklärt, sondern Mut macht, es zu tun, macht nachträglich die Tragik und die Hilflosigkeit dieser ganzen Situation so überdeutlich.

So essen sie vom *Baum der Erkenntnis* und fallen buchstäblich in des *Teufels Küche*. Nun gehen den beiden die Augen auf. Sie fühlen sich plötzlich nackt, ausgesetzt und schändlich.

Begreifen Sie bitte diese dramatische Situation: *Vor* dem Verzehr des Apfels war es im Raum von Vertrauen und Geborgenheit einfach wunderbar. Nun aber im Erkennen von Gut und Böse, von Richtig und Falsch, von Angemessen und nicht Angemessen entstehen Zweifel der eigenen Berechtigung. Plötzlich erkennen zu müssen, dass uns die Welt nicht meint oder besonders schützt, lässt uns nur noch *nackt* im Sinne von *schutzlos* sein.

Dieses Erkennen bedeutet Leiden. Vielleicht wollte der *Plantagenbesitzer* keine *Prüfung* seiner Menschen, sondern nichts weiter, als die Menschen zu *bewahren* vor der Erkenntnis von Gut und *Böse*. Böse wäre etwas, was uns Unglück bereitet, das unheilvoll wäre. Vielleicht ist es nicht gut, dass Menschen die Erkenntnis besitzen, dass es Unglück *gibt*, dass es Leid *gibt*!

Bitte verstehen Sie die Aufforderung *Werten Sie nicht*! als eine Art Verfahrensanweisung in den Situationen, die wichtig für Sie sind. Lassen Sie das mit dem Werten. Bleiben Sie offen, schauen Sie, was geht.

Stellen Sie sich vor, Sie sind zu einem Gesprächstermin geladen. Sie kommen an den Empfang, und es spricht Sie eine unangenehme Person sehr unhöflich an. Dann ist das sicher von dieser Person ein unangemessenes Benehmen. Aber wozu wollen Sie darüber nachdenken? Nicht jetzt und nicht hier. Wenn Sie wirklich wollen, und so können Sie diese Sache mit sich vereinbaren, dann denken Sie doch beim nächsten Spaziergang mit Ihrem Hund darüber nach. Nur nicht jetzt! Sie sind am Zug. Nur Sie entscheiden, was Sie wirklich betroffen macht. Diese Dame wird sicher ihr Bestes gegeben haben. Danken Sie ihr dafür und gehen Sie Ihren *Geschäften* nach, was sonst?

Oder denken Sie sich, dass Sie einen Chef bzw. einen Vorgesetzten haben, dem es unmöglich erscheint, Ihre Leistungen anzuerkennen. Keine Frage, jeder benötigt Anerkennung! Sie stellen erst einmal neutral fest, dass Ihr Vorgesetzter sich mit der Anerkennung schwertut. Und wenn Sie genau hinsehen, dann kränkt Sie diese Tatsache erst einmal nicht wirklich. Verletzend wird es erst durch Ihre Bedürftigkeit nach Anerkennung! … Vielleicht würde es Ihnen in dieser Situation helfen, als Erstes die Unfähigkeit des Vorgesetzten nicht zu bewerten und gleichsam das eigene Fehlen von Anerkennung nicht zu reklamieren. … Denken Sie sich einmal, was gewonnen wäre, wenn Sie unabhängig von äußerer Anerkennung wären und wenn es Ihnen gelänge, sich unabhängig von selbst erbrachter Leistung einfach zu mögen. Nicht etwa, weil Sie besonders gut oder schlecht wären – sondern einfach nur, weil Sie sind!

„Mein Mann und ich – wir lieben mich!"

Wussten Sie, dass heute ein sechsjähriges Kind tatsächlich im statistischen Mittel mehr als 500 Fernsehleichen hat sehen müssen? – Kein Bild verlässt je die Seele, jedes Bild beeinflusst uns auf der seelischen Ebene fortwährend! … Was ist mit Ihnen? Was haben Sie schon alles gesehen, erlebt und erfahren?

Morgens um 06:30 Uhr in Deutschland. Denken Sie sich einmal, dass die allermeisten sofort nach dem Aufstehen ins Bad wanken, das Licht einschalten, in den Spiegel schauen und denken: „Ach du liebe Güte! Wie siehst du denn schon wieder aus? Furchtbar!"

Was macht das mit Ihnen?

Denken Sie noch eine Stufe weiter: Sie stehen morgens um 06:30 Uhr auf und Ihr Partner schaut Sie an und schimpft: „Siehst du aber schlimm aus! So kannst du nicht unter die Leute gehen. Das Alter macht dich wirklich hässlich. Schließe lieber das Badezimmer ab, damit die Kinder keinen Schrecken bekommen!"

Wie würden Sie sich fühlen bei einer solchen Begrüßung am Morgen?

Egal wie wichtig dieser Partner für Sie wäre, Sie würden spätestens nach vier Wochen die Beziehung beenden, um Ihr Seelenheil einigermaßen zu retten. Solche Partner können Sie zur Not austauschen. Aber können Sie das auch mit sich selber?

Die meisten Menschen in unserem Kulturraum treten morgens vor den Spiegel und schimpfen mit sich selber. Im Zweifel noch schlimmer als der eben erwähnte Partner.

Noch einmal: Was macht das mit Ihnen? Kennen Sie das? Steter Tropfen höhlt den Stein!

Laut www.Brigitte.de sind 92 Prozent aller Frauen in Deutschland mit ihrem Äußeren unzufrieden! (Bei den Männern wurde anscheinend noch nicht nachgefragt!?) Wie kann ich als Mensch begeistern, wenn es selber in meiner Seele nie ausreichend ist? „Ich hätte so ein tolles Leben führen können, doch jetzt bin ich nur Mutter und Hausfrau." Wer so denkt, wird nie glücklich und kann andere Menschen für sich gewinnen. „Eigentlich wollte ich leidenschaftlich Mechaniker werden, doch jetzt verkaufe ich nur noch Autos." Oder: „Ich habe Bäcker gelernt, doch dann bekam ich eine Mehlstauballergie. Jetzt arbeite ich im Baumarkt und sortiere die Schrauben ins Regal ein."

Diese Gedanken stetig wiederholt, üben eine verheerende Wirkung auf Ihren Bauch, Ihr Unbewusstes und Ihren Lebenserfolg aus.

Wenn wir alle Eisberge sind, dann müssen Sie unbedingt auch auf Ihre innerseelischen Befindlichkeiten achten. Das ist Ihr wichtigstes Kapital – um gewinnend zu sein!

Probieren Sie es einmal aus: In den nächsten vier Wochen stehen Sie morgens um 6.30 Uhr auf, gehen ins Bad und strahlen sich einmal an! Nicht nur dies. Sie gehen an keinem Spiegel oder Schaufenster vorbei, ohne sich mindestens in Gedanken freundlich zuzuzwinkern. Wenn Sie Auto fahren, dann schauen Sie doch auch ab und an in den Rückspiegel, um sich kurz zu sehen. Dann schauen Sie in den nächsten vier Wochen strahlend sich selber an. Mehr nicht. Das ist alles.

Nach vier Wochen kennen Sie und Ihre Freunde Sie nicht wieder! Sie haben sich verändert. Sie werden überrascht sein. Wirklich.

Achten Sie darauf, dass Sie auch tatsächlich mit sich sprechen!

Nette Gedanken sind toll. Aber die Wirkung dieser Übung entfaltet sich umso schneller, als dass Sie laut mit sich sprechen. So vielleicht: „Guten Morgen, heute ist ein neuer Tag. Schauen wir mal, was *wir* heute Schönes erleben können. Ich mag dich! Ich finde dich klasse!" ... „Mein Mann und ich – wir lieben mich!"

Meine Erfahrung in der Seminararbeit ist die, dass die meisten Teilnehmer an dieser Stelle schmunzeln und leicht ungläubig ihren Trainer anschauen. Den einen geht durch den Kopf: „Redet der wirklich so mit sich selbst?", und andere fragen sich, was wohl die anderen denken würden, wenn sie erfahren würden, dass man sich selbst anlächeln und ansprechen würde. „Das kann der Trainer doch nicht ernsthaft meinen!"

Doch er kann. Halten Sie diese Übung nur einmal vier Wochen durch. Tun Sie es, fragen Sie nicht. Und fragen Sie um Himmels willen andere nicht um Erlaubnis oder so. Probieren Sie es aus. Sie werden begeistert sein. Es wird Sie förmlich umhauen!

Und tun Sie sich selbst den Gefallen, sprechen Sie tatsächlich mit niemandem über Ihre Aktion. Selbst Ihrem Partner sagen Sie vor Ablauf der vier Wochen nichts.

Hinterher werden Sie es wahrscheinlich auch nicht mehr erzählen wollen, weil das Ergebnis wichtiger ist, als der Weg dorthin. Es kann sogar sein, dass Ihre besten Freunde nach der Sorte der Droge fragen, die Sie so verändert hat.

Was Sie aber ernsthaft tatsächlich erreichen werden, ist eine allmähliche Veränderung Ihrer Selbstwahrnehmung und Ihres Selbstbewusstseins. Sie werden beobachten, dass Sie sich in schwierigen Situationen viel sicherer fühlen und Menschen, die anders sind als Sie, viel schneller werden drehen können.

Sie wirken ab sofort sympathischer, ruhiger, anziehender, souveräner und begeistern Ihre Kunden dauerhaft!

In den vier Wochen Ihres Selbstversuches sollten Sie in jeden Spiegel lächeln, der Ihnen über den Weg *läuft*. Kniepen Sie sich doch mal zu. Vielleicht im Schaufenster, vielleicht im Rückspiegel Ihres Autos?

Und wenn Sie alleine im Auto sind, dann denken Sie daran: Sprechen Sie laut. Ob Sie es glauben oder nicht: Ich mache das immer noch so.

Denken Sie sich, Sie könnten zu sich selbst sagen: „Ich bin mein bester Freund. Ich halte zu mir. Ich glaube an mich!"

Seit vielen Jahren benutze ich Diktiergeräte, um meine Gedanken festzuhalten und meinen Kopf für neue Gedanken z. B. beim Autofahren zu entlasten. Und bis zum heutigen Tag ist es eine überflüssige, vielleicht schrullige und sicher auch eine liebenswerte Angewohnheit, mir selbst auf das Band Anweisungen und Hinweise mit *Bitte* und *Danke* zu sprechen.

Beim Sprechen empfinde ich es als selbstverständlich, beim Abhören schmunzele ich immer wieder. Irgendwie *freue* ich mich, dass ich so nett mit mir selbst umgehen kann.

Und denken Sie bitte daran: Wenn Sie schon nicht nett zu sich selber sein können, wie sollen es dann die anderen leisten? Es liest sich beinahe banal, aber wenn Sie nur dies aus diesem Buch mitnehmen wollten, dann hätte sich jeder nur denkbare Aufwand bis hierhin gelohnt!

Platz für Ihre Notizen

Was haben andere davon, mit Ihnen zusammen zu arbeiten?

Angenommen, Sie würden tatsächlich auf der berühmten *einsamen Insel* wohnen. Dann wäre es ziemlich egal, ob Sie mit anderen Menschen Freund oder Feind sind, wie Sie im Gespräch (auf der einsamen Insel nur mit sich selbst!) wirken oder ob Sie ständig mit dem Finger in der Nase bohren.

Sobald wir aber mit anderen zusammenleben, ist es wichtig, wie wir mit anderen Menschen zurechtkommen, um beliebt zu sein, erfolgreich und möglicherweise sogar berühmt werden zu können? Vielleicht sind oder werden Sie ein genialer Erfinder oder eine Intelligenzbestie oder ein begnadeter Rhetoriker?

Aber was nutzt es Ihnen, wenn es keinem nutzt?

Was nutzt Ihnen jede *Kunst*, wenn Sie keinen Nutzen stiften? Sie erfinden Dinge, die keinem weiterhelfen, oder Sie können alles ergründen, aber niemandem irgendetwas erklären, oder Sie können alles vermitteln, aber immer nur das, was Menschen verletzt oder ausgrenzt: Was wird dann aus Ihnen?

Worum es auch in Ihrem Leben gehen wird, ist die Sache mit dem Nutzenstiften! Viele junge Menschen glauben, dass es vollkommen richtig sei, dass Erfolg bedeute, bereits mit 25 Jahren, nach erfolgreicher Berufsausbildung oder einem Studium die Ernte für seine Ausbildung einzubringen. Aber was wurde eigentlich bisher für die Gemeinschaft oder ein Unternehmen geleistet? Da ist einer ausgebildet worden, da konnte jemand sich an einer Hochschule weiterentwickeln, schön und gut. Aber hat er denn dann schon einen Nutzen gestiftet, der ihn berechtigen würde, einen außergewöhnlichen Lohn zu fordern?

Wäre es nicht wichtiger, darüber nachzudenken, was ich als Einzelner bisher an Nutzen gestiftet habe? Es gibt Stimmen, gerade aus der mittelständischen Industrie, die seit langem schon eine neue Bescheidenheit einfordern. Ein Beispiel soll es verdeutlichen: Noch vor wenigen Jahren wurden bundesweit händeringend EDV-Experten gesucht. Es gab Arbeit in Hülle und Fülle. Und den Gesetzen des Marktes folgend, erdachte man sich: Eine Verknappung auf dem Markt der Programmierer bei gleichzeitig hoher Nachfrage rechtfertigt logischerweise die deutliche Erhöhung von Gehaltswünschen. Einstiegsgehälter

von mehr als 140.000 € im Jahr waren keine Seltenheit. Wer etwas auf sich hielt, der reizte gnadenlos seine Marktmacht aus.
Die Unternehmen mussten notgedrungen einwilligen und gleichermaßen diese Kosten an die bestellenden und kaufenden Kunden weitergeben. Stundensätze von 250 € wurden üblich.
Mittlerweile ist der Katzenjammer riesengroß: EDV-Projekte werden zurückgestellt, weil sie zu teuer sind, und reihenweise schließen Software-Schmieden, weil die Aufträge ausbleiben. Ein Programmierer ohne Erfahrung draußen beim Kunden nutzt dem Unternehmer nur bedingt. Er programmiert vielleicht etwas, was der Kunde so nicht anwenden kann. Es ist nutzlos. Ein Programmierer, der aber gelernt hat, die Kundenwünsche zu realisieren, und das noch in einem vertretbaren Preis-Leistungs-Nutzen, der weniger Zeit benötigt, weil er besser organisiert ist, der darf und soll sein Geld verdienen.

Ein Arzt im Praktikum ist gut und wichtig, aber Kranke haben erst einen Nutzen, wenn dieser Arzt eingearbeitet ist und über ein großes Maß an Erfahrung verfügt. Bestellen Sie das Feld. Säen Sie ein. Pflegen Sie die jungen Triebe. Sorgen Sie für Wachstum. Schauen Sie, dass das, was Sie säen, anderen von Nutzen sein kann. Und dann kommt unaufhaltsam die Zeit der satten Ernte. Je mehr Sie an Nutzen stiften, desto bedeutender werden Sie in Ihrem Leben und in Ihrem Unternehmen, weil die anderen Sie anerkennen und gerne entlohnen werden.

Es gibt tatsächlich viele Mitarbeiter, die trotz hoher Qualifikation zu wenig Lohn erhalten. Es gibt Arbeitgeber, die nutzen Mitarbeiter aus. Dies ist ein wichtiges, aber dies ist ein anderes Thema. Hier wird dem Nutzen nicht entsprechend entlohnt.

Ein Ernten ohne vorherige konsequente Arbeit am Nutzen des anderen wird nicht möglich sein. Wirklich nicht.
Schon wieder werden Sie einen Einwand haben: Sie kennen jemanden, bei dem war es wirklich anders. Der hatte einfach nur Glück. Und Sie reklamieren zu Recht. Auch Sie haben Anspruch auf Glück. Ihr Einwand ist verständlich!

Die Sache mit dem Glück

„Glück?" Nach einem sensationellen Schlag sagte der Golfspieler: „Stimmt, das war ein Glücksschlag. Allerdings: Je öfter ich übe, umso mehr Glück habe ich!"

Was nutzt es Ihnen, morgen vielleicht ein Unternehmen zu erben, wenn es Ihnen nicht gelingen wollte, das Unternehmen durch den immer schnelleren Wandel der Zeit weiterführen zu können?

Es gibt Menschen, die ein sehr reiches Erbe antreten, welches sie kaum zerstören können. Diese leben in Saus und Braus, schön und gut. Aber wirklich erfolgreich? Nach außen hin sieht es mindestens so aus. Vielleicht werden solche Beschenkten aber niemals erleben können, wie es sich anfühlt, zu gewinnen. Gewinnen zu können, dort, wo kaum noch einer eine Chance gesehen hat, das ist Erfolg, oder? Es ist schwer erarbeitetes Glück.

Glücklichsein entsteht aus erlebten Erfolgen!

Wo können Sie Nutzen bieten?

Nachfolgend möchten wir einige Denkanstöße zum Nutzen für andere und für uns selbst anbieten.

Menschlichkeit

Seien Sie für andere da, wenn man Sie braucht. Es geht nicht um Selbstvergessenheit und Aufopferung. Es geht vielmehr um eine Grundeinstellung, dass Sie anderen vielleicht ein klein bisschen von dem zurückgeben könnten, was Sie an Liebe, Lob und Anerkennung selbst erhalten haben. Wohl wissend, dass manche Ihrer Zeitgenossen eine solche Lebenseinstellung gerne auch übermäßig beanspruchen würden, wenn Sie sie nur lassen würden. Sie dürfen und müssen im Einzelfall entscheiden, ob solche Überforderung für Sie noch erträglich ist. Dieses Recht haben Sie jederzeit. Denn Sie müssen nichts, niemals. Sie dürfen zu sich selbst stehen. Und Ihr Maß an Glück, Zufriedenheit und Ausgeglichenheit ist das Maß der Dinge in Ihrem Leben. Das ist die oberste Pflicht in *Ihrem* Leben.

Eines noch: Vielleicht erleben Sie, dass Sie ein Mensch nötigt, das eine zu tun, das andere zu lassen. Grundsätzlich ist die Nötigung kein Mittel einer respektvollen Kommunikation bzw. eines achtenden Miteinanders. Allerdings achten Sie einmal darauf:
Das Maß der Nötigung ist in aller Regel das Maß der Not, welches der Fordernde subjektiv empfindet. Wenn Sie die Not des anderen entdecken können, vielleicht gehen Sie dann „statt einer Meile zwei mit ihm"?

Anerkennung und Lob

Eine Erfahrung werden Sie auch immer und immer wieder machen: Je mehr Sie an ehrlicher Anerkennung und Lob verteilen, desto mehr erhalten Sie zurück. Zeigen Sie Ihrem Gegenüber, wie wichtig er Ihnen ist. Selbst dann noch, wenn Sie bemerken, dass er oder sie Ihnen keinen direkten Nutzen bieten kann. Verschwenden Sie Lob und Anerkennung, und Sie werden reich *beschenkt*.

Umwelt und Gesundheit

Achten Sie das, was Sie umgibt. Seien es Menschen, Tiere oder die Natur. Worum geht es? Es geht ausschließlich um Sie! Die Freude, die Sie verbreiten, wird Sie selbst beeinflussen und irgendwann auch zu Ihnen zurückfließen. In dem Maße, wie Sie Achtung vor anderen Kreaturen gewinnen, in dem Maße gewinnen Sie Achtung auch vor sich selbst.

Ähnlich der kleinen Geschichte mit dem Spiegelsaal werden Sie die Welt ein wenig gütiger, kostbarer und liebevoller gestalten, ... und Sie erkennen sich in allem wieder?!

Materieller Nutzen

Sie möchten als Ergebnis Ihrer Arbeit materiell gut situiert sein? Das ist richtig. Achten Sie bitte darauf, wie in unserem Beispiel mit den Programmierern, dass auch Sie Ihrem Arbeitgeber einen Mehrwert stiften. Vielleicht werden Sie selbst einmal ein Arbeitgeber. Dann sichern Sie Ihren Mitarbeitern, Lieferanten und Kunden einen wichtigen Nutzen.

Aber damit keine Missverständnisse aufkommen, achten Sie auch auf sich. Sie haben ein Recht auf eine angemessene Gegenleistung. Ein Beispiel ist hier im Beruflichen der Lohn. Ist er angemessen, werden Sie zufrieden und bestätigt sein. Ist der Lohn unzureichend, so werden Sie Ihre Leistungen, Ihr Nutzenstiften, über kurz oder lang einstellen.

Auch Anerkennung kann ein Lohn für Ihre Arbeit sein. Wichtig ist für Sie hier nur, dass Sie das Gefühl haben und behalten, dass die Anerkennung, selbst wenn sie nicht materiell ausfällt, *Ihnen entspricht.*

Gut wäre ein Gleichgewicht aus Leistung und Lob, aus Nutzenstiften und Anerkennung durch den Leistungsempfänger.

Dieses Gleichgewicht aus Nutzenbieten und Anerkennung ist ein wichtiges Prinzip, welches Sie vor Ausnutzung schützen hilft und Sie nicht selbstvergessen werden lässt. Dies meint vor allem, dass Sie nicht Ihre eigenen Interessen und Ihr eigenes Wohl hinter dem der anderen zu Lasten Ihrer Zukunft zurückstellen.

Vielleicht ziehen Sie hier einmal Ihre erste Nutzenbilanz. Bitte nehmen Sie sich nun Papier und Bleistift und beantworten Sie die nachfolgenden Fragen mit Zeit und Geduld. Und selbst, wenn Sie spontan eher einen Hänger empfinden. Macht nichts. Ist eher normal. Hier sind Ausdauer und Beharrlichkeit der Schlüssel zum Erfolg.

Und wenn Sie möchten, dann schauen Sie immer wieder einmal auf diese Blätter und ergänzen Sie nach Herzenslust. ... Was da auf dem Papier dann wachsen wird, sind Sie!

Wer hat mich gefördert, und welchen Nutzen konnte ich zurückgeben?

Wer fördert mich in welchem Maße?

Wer konnte/kann durch mich gefördert werden?

Welche Anerkennung erhielt ich, und war es angemessen?

Achtung, Sie kommen immer an Ihre Grenzen!

Lernen bzw. ein Dazulernen fällt nicht wirklich leicht. Es ist in beinahe allen Fällen immer auch eine Überwindung. Warum? Weil wir uns aufmachen müssen. Sehen Sie selbst.

Die erste Antwort führt uns in das sogenannte Lernzonenmodell der Pädagogik. Es beschreibt und untersucht den Prozess des Lernens.

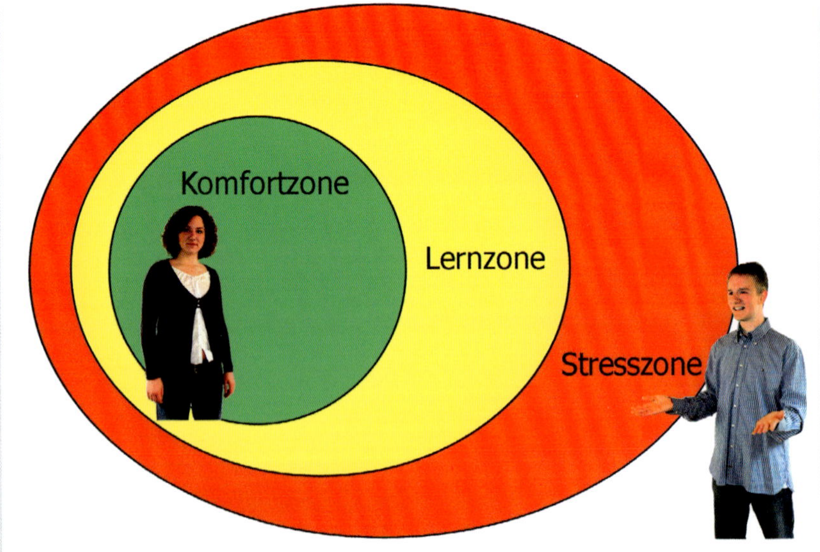

Die Komfortzone

In dieser Zone fühlen wir uns wohl und haben uns subjektiv eingerichtet. Wir wissen etwas und glauben, dass wir dem Alltäglichen gut mit unserem Wissen gewachsen sind. Mit Giovanni Trapattonis Worten: „Ich habe fertig!" Diese Komfortzone wiegt uns in Sicherheit und hindert uns sogar am Lernprozess. Denn Lernen bedeutet auch immer ein Wagnis. Es ist der Weg in ein unbekanntes Land. Immer.

Die Lernzone

Nach Michl (2009) wird die Lernzone auch als *Wachstumzone* bezeichnet. Sie fordert uns heraus, das Bestehende aus der Komfortzone zu hinterfragen und womöglich zu korrigieren. Der Prozess Lernen findet in einem Raum statt, der Unterstützung und Motivation anbieten kann. Nach Michl ist diese Lernzone durch Abenteuer und Unsicherheit, Problemen und Herausforderungen, und aus meiner Sicht einer sehr großen Portion Risikobereitschaft gekennzeichnet.

Die Stresszone

Für Michl ist diese Stresszone auch eine Panikzone. Hier droht Gefahr, Unfall oder Verletzung. Wenn erst einmal Panik („Ich schaffe das nicht rechtzeitig" ... „Ich werde versagen!") eingesetzt hat, können wir nicht mehr lernen! Der Prozess Lernen funktioniert ausschließlich in der entsprechenden Lernzone!

Die Geschichte der zwei Samenkörner

Es steckten einmal zwei Samenkörner nebeneinander im Boden. Das erste Samenkorn sprach: „Ich will wachsen! Ich will meine Wurzeln ganz tief in die Erde senden und ich will als kleines, starkes Pflänzchen die Erdkruste durchbrechen, um dann kräftig zu wachsen. Ich will meine Blätter in ihrer ganzen Pracht entfalten und mit ihnen die Ankunft des Frühlings feiern. Ich will die Sonne spüren, mich vom Wind hin und her wehen lassen und den frischen Morgentau auf mir spüren. Ich will wachsen! – Ich will wachsen!"
Und so erreichte das Samenkorn nach einiger Zeit sein Ziel und wurde eine kräftige, prächtige Pflanze.
Das zweite Samenkorn aber sprach: „Ich fürchte mich. Wenn ich meine Wurzeln in den Boden sende, weiß ich nicht, was mich dort in der Tiefe erwartet. Ich befürchte, dass es mir wehtut oder dass mein Stamm Schaden nehmen könnte, wenn ich versuche, die Erdkruste zu durchbrechen. Ich weiß auch nicht, was dann dort oben über der Erde auf mich lauert. Es kann ja so viel geschehen, während ich wachse. Nein, nein – ich bleibe lieber hier in Sicherheit und warte, bis es noch sicherer ist." Und so verblieb das zweite Samenkorn in der Erde und wartete. Eines Morgens kam eine Henne des Weges. Sie scharrte mit ihren scharfen Krallen nach etwas Essbarem im Boden. Nach einer Weile fand sie den wartenden Samen im Boden und fraß ihn auf. (Jack Canfield, aus: „Hühnersuppe für die Seele")

Es liegt nahe zu vermuten, dass das Lernen bzw. der Lernprozess im Leben tatsächlich nie aufzuhören scheint. Es fällt kaum jemanden leicht, seine Komfortzone zu verlassen, um sich in unbekannte Bereiche hinein aufzumachen. Was Sie sehr schön aber erkennen dürfen, ist, dass Druck und Lernen nicht wirklich hilfreich zusammen funktionieren. Sie müssen nichts, Sie dürfen fast alles.

Na, kommen Sie gut voran?

Die fünf Säulen des Erfolges

Im zweiten Kapitel dieses Buches haben Sie bereits einiges zum Thema Erfolg und was Erfolg auch für Sie bedeuten kann, kennen gelernt. Sie konnten anhand von sechs Verfahrensanweisungen auf einen Blick Ihre Voraussetzungen für eine Erfolgsorientierung Ihrer Zukunftsgestaltung überprüfen:

1. Aktiv werden, sofort handeln
2. Das Beste geben
3. Probleme machen uns erfolgreich
4. Einzigartigkeit ermitteln und ausbauen
5. Wissen anhäufen
6. Tun Sie alles gerne!

Diese Grundregeln sind dazu da, Ihnen die Arbeit an Ihrem Erfolg wesentlich zu erleichtern. Aufbauend hierauf können Sie nun zur Tat schreiten.

1. Säule: Was bedeutet Erfolg?

Wenn Sie um sich schauen, dann sehen Sie erfolgreiche und weniger erfolgreiche Menschen in Ihrer näheren Umgebung und in der allgemeinen äußeren Realität. Sie stellen fest, dass Erfolg allgemein mit Reichtum und Berühmtheit übersetzt wird. Häufig hören Sie die Erfolglosen schimpfen und nörgeln, dass Erfolgreichsein nur bedeuten würde, egoistisch, ausbeuterisch und rücksichtslos sein zu müssen.

Vielleicht geht es Ihnen auch so, dass Ihnen zum einen die sogenannten Erfolgreichen (aus Presse, Funk und Fernsehen) eher seelenlos, unwesentlich und künstlich vorkommen und Ihnen zum anderen die Berufsnörgler auf die Nerven gehen? Da werden uns Menschen vorgeführt, die ihre Dummheit zu Markte tragen und damit bereits Millionen verdient haben. Oder aber wir lesen Berichte und Kommentare von Menschen, die Stimmungen verbreiten, so dass sich keiner mehr traut, etwas zu wagen oder einzusetzen. Diese Menschen betrachten es als Erfolg, Macht über andere zu haben.

Wie ist das mit Ihnen?

Definieren Sie Ihren Erfolg auf der nachfolgenden Seite. Welche Bedeutung hat Erfolg für Sie persönlich? Erarbeiten Sie sich Ihre Vorstellung vom Erfolg.

Was möchten Sie erreichen, welche Verantwortung möchten Sie übernehmen, welche Probleme lösen, welchen Fortschritt erreichen, welche Entwicklung vorantreiben und was auch immer mehr?

Was bedeutet für mich Erfolg?

Haben Sie Mut und Ausdauer – schreiben Sie es auf!

2. Säule: Will ich überhaupt erfolgreich sein?

Nachdem Sie vorhin für sich geklärt haben, was Erfolg für Sie bedeutet und zukünftig bedeuten wird, steht nunmehr für Sie die wichtigste Frage an: Will ich überhaupt erfolgreich sein? Diese Frage klingt sicher merkwürdig, oder?

Denn jeder Mensch möchte doch erfolgreich sein. Oder gibt es Menschen, die keinen Erfolg wollen? Es gibt sicher viele, die aufgegeben haben, weil sie Fehler gemacht und keine Kraft mehr haben, das Richtige zu tun.

Aber was meint die Frage dann, oder was will die Frage von Ihnen wissen?

Fragen Sie einmal in Ihrem Bekanntenkreis die Erfolgreichen, was es an Schweiß *gekostet* hat, nach oben zu kommen. Lassen Sie sich berichten, wie viel an Arbeit und Mühen für das Erreichen des Zieles (oder der Ziele) notwendig war. Die allermeisten werden Ihnen vielleicht etwas von Zeiten der Einsamkeit und des Selbstzweifelns erzählen. Sie werden hören, dass es eigentlich nie einen kurzfristigen Erfolg gibt. Meistens benötigen Sie Jahre des Durchhaltens!

Sicher, Glück haben ist toll, aber niemals verlässlich für die Zukunftsplanung! Sie kennen dies aus Ihrer Schulzeit. Da gibt es Schüler und Schülerinnen, die, offensichtlich ohne viel arbeiten zu müssen, gute Leistungen bringen. Diese *erzählen* dann auch noch, dass *Pauken* uncool sei. Sie bräuchten nicht viel zu machen, es ginge auch so.

Sie wurden unsicher, weil Sie ein erhebliches Mehr an Zeit brauchten, um den Stoff zu verinnerlichen. Sie verstanden das nicht, dass z. B. Ihre Mitschülerin ständig auf Achse und in Aktion ist und Sie selber kaum Zeit für Unternehmungen aufbringen konnten. Was machten Sie falsch, was die andere richtig machte?

Noch ein Beispiel: Stellen Sie sich vor, Sie möchten sich selbstständig machen. Sie tragen sich mit dem Gedanken schon seit einigen Monaten. Alles ist gut vorbereitet. Sie legen los und stellen sehr schnell fest, dass Sie nicht unter 60 Arbeitsstunden pro Woche hinkommen. Meist arbeiten Sie noch am Wochenende nach, wozu Sie in der Woche nicht gekommen sind. An einem Samstagabend sind Sie zu einer Party eingeladen. Sie freuen sich sehr darauf und nehmen sich die Zeit dafür. Small Talk an jeder Ecke, Small Talk überall. Sie treffen alte Freunde und kommen schnell auf Ihre neue Selbstständigkeit. 80 Prozent der Leute, mit denen Sie sprechen, werden Ihren Tatendrang in etwa so kommentieren: „Ach was, wirklich? Das könnte ich aber nicht. Das wäre es mir nicht wert. Und außerdem lebe ich nicht, um zu arbeiten – sondern ich arbeite, um zu leben. Eine geregelte Freizeit ist mir wichtig. Und einmal im Jahr muss ich in Urlaub fahren können!"

Nach drei oder vier Jahren treffen Sie diese Leute wieder. Nun aber tragen Sie vielleicht eine tolle Uhr? Und vielleicht, weil Sie sich das leisten wollten, haben Sie ein Handy mit eingebauter Navigation? Vielleicht einen teuren Anzug, vielleicht ein zauberhaftes Kleid? Und auf dem Parkplatz wartet ein tolles Auto auf Sie? Jetzt sind Sie also wieder unter den Leuten. „Na wie geht es denn so? Habe von dir nicht so viel gesehen und gehört." Sie sagen nur, was nur kurz zu sagen ist. Auch schon deswegen, weil Sie diese Art von Gesprächen nicht mehr mögen. „Gut, wirklich gut. Bin zufrieden!" „Das ist aber schöööön!", kommt zurück, „... und sonst? Petra erzählte, du wärst im Urlaub gewesen." Sie erzählen, dass Sie im Kurzurlaub waren und dass Sie nach vier Jahren endlich mal wieder in die Sonne wollten. Es wird nicht lange dauern, und genau die 80 Prozent der Leute, die noch vor einiger Zeit Ihnen erklärten, dass eine solche Schufterei nichts für

sie wäre, werden jetzt eher neidvoll resümieren: „Na ja, bei dem Geld. Wenn man es sich leisten kann. Wenn Geld keine Rolle mehr spielen würde, dann würde ich ja auch …"
Nur wenig Menschen kommen auf Sie zu, wie sie das schon vor Jahren taten, und gratulieren zu Ihrem Erfolg, wie sie es vorher zu Ihrem Entschluss ebenfalls schon taten.

Es kann sein, dass Sie dieses Beispiel für eine überzogene Karikatur halten. Vielleicht ist das so? Was Sie aber in jedem Fall erleben werden, wenn Sie sich auf die *Socken* machen, um Ihren Erfolgsweg zu gehen: Sie werden immer mehr Menschen erleben, die Sie bremsen wollen, als die, die Sie unterstützen! Und vielleicht ist dies ein Zug der Zeit, der augenblicklichen Stimmung, dass eben viel mehr Menschen Unmöglichkeiten sehen als Möglichkeiten? Dann wundert es nicht, dass diese Schwarzseher alles an Ideen und Tatendrang kurz und klein reden müssen, nur um selbst nicht die Verantwortung für den eigenen Misserfolg tragen zu müssen.

Erfolg hat nur der Tüchtige?

Ein Priester kam eines Tages an einem wunderschönen Bauernhof vorbei. Er hielt an und bestaunte dieses herrliche Anwesen. Da sah er den Bauern und sprach ihn an: „Da hat es der Herr aber gut mit Ihnen gemeint, als er Sie mit diesem wunderbaren Hof segnete. Sie sollten sehr dankbar dafür sein!" „Bin ich auch", antwortete der Bauer. „Ja, der Herr hat mich mit dem schönen Bauernhof gesegnet. Aber Sie hätten das hier mal sehen sollen, als noch alles dem Herrn gehörte."

Lassen Sie sich nicht von denen entmutigen, die keinen Erfolg wollen oder erfolglos geblieben sind.

Entscheiden Sie sich jetzt, möchten Sie Ihre Vorstellungen von erfolgreichem Leben umsetzen? Dabei ist es nicht wirklich wichtig, ob Sie nun eine Karriere als Angestellte(r) oder Unternehmer(in) planen.
Es kann sein, dass Ihnen sozusagen vor der Arbeit dort hin – zu Ihrem Ziel – eher graut. Aber lassen Sie es sich versichern, es gibt keinen anderen Weg.
Und es gibt keinen beglückenderen Weg! … Ich persönlich glaube, dass der eigene erlebte Erfolg, nämlich der, der nicht vorhersehbare, der, der sich nur

über den schwierigen Weg ergebende, wirklich glücklich macht.
Also kopieren Sie diese Vertragsvorlage aus diesem Buch, unterzeichnen Sie sie feierlich und lassen Sie es endlich beginnen!

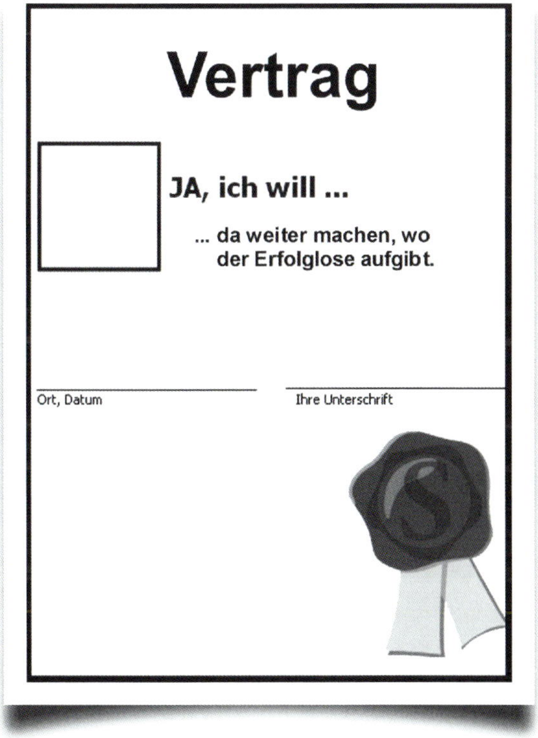

Vertrag

JA, ich will ...

... da weiter machen, wo der Erfolglose aufgibt.

Ort, Datum

Ihre Unterschrift

Herzlichen Glückwunsch, Ihre erste und wichtigste Entscheidung haben Sie getroffen!

3. Säule: Auf welchem Gebiet möchte ich erfolgreich werden?

Wissen Sie schon, was Sie werden möchten, oder wissen Sie, wie Sie sich weiterentwickeln möchten? Wissen Sie, worin Sie Ihren Erfolg ernten möchten? Sehen Sie sich als begnadeten Handwerker, der weit über die Stadtgrenze hinaus empfohlen wird und erfolgreich ist? Oder wissen Sie um Ihre Begabung, mit Kindern und Jugendlichen sehr gut arbeiten zu können? Können Sie gut Inhalte vermitteln? Wussten Sie schon sehr früh von Ihren sprachlichen Talenten, und können Sie sich gut vorstellen, mit Sprachen zu arbeiten? Sind Sie technisch begabt, oder können Sie gut mit Zahlen umgehen? Sind Sie sozial besonders engagiert?

Es heißt, dass 80 Prozent der Studenten der Betriebswirtschaft in Köln nicht wissen, *wozu* sie studieren!

So viele Menschen machen etwas, ohne genau zu wissen, was sie eigentlich wollen – was das Ziel der Maßnahme ist. „Dann gehe ich nach dem Abi erst einmal zur Uni, und dann schauen wir weiter!" Nicht alle erreichen den Abschluss. Wozu auch? Sie wussten sowieso nicht, wofür sie es taten.

Beobachten Sie einmal genau die Menschen in Ihrem Umfeld. Fragen Sie stichprobenartig einmal, wozu der eine dies und der andere das macht. Sie werden erstaunt sein! Da sind sicher viele, die Ihnen erklären können, warum sie etwas tun. Aber sie werden nur wenige finden, die spontan erklären können, wozu es dient.

Der kleine Unterschied

Interessanterweise sind die meisten auf die Frage nach dem *Warum* vorbereitet. Dieses Warum hat in aller Regel immer etwas mit Rechtfertigung zu tun. Da werden Gründe, Umstände und Situationen beschrieben, die immer aus der *Historie* kommen. „Weil das so eingetreten ist, habe ich das so entschieden." Oder: „Meine Eltern haben erwartet, dass ich Lehrer werde, deswegen studiere ich auf Lehramt." Dieses *Warum* ist also immer ein Blick in die *Vergangenheit*. Es beschreibt nicht, was zukünftig erreicht werden soll. Es trifft keine Zukunftsaussage. Das *Wozu* fragt nicht nach Umständen, Geschichten oder Begründungen einer Entscheidung. Es klärt einzig die Frage nach dem *Sinn*, der sich *zukünftig* aus einer Entscheidung bzw. einer Handlung heraus ergeben wird.

Sie möchten eine Weiterbildung beginnen? Vielleicht möchten Sie einen Meisterbrief erwerben? *Warum* machen Sie dies? – Da kommen Antworten, dass Sie es vielleicht schon immer *wollten*. Vielleicht ist dieser Meisterbrief eine (*alte*) Tradition in Ihrer Familie. Möglicherweise glauben Sie schon seit Ihrer Jugend, dass

Sie nur mit Meisterbrief ein wirklich guter Versorger der Familie seien können?

Das *Wozu* klärt vielmehr die zukünftigen Erwartungen. Sie möchten den Meisterbrief, weil Sie sich selbstständig machen möchten. Sie rechnen sich für die Zukunft bessere Chancen in Sachen Handwerk aus?

Probieren Sie es einmal an sich aus. Fragen Sie sich erst, warum Sie welche Entscheidungen in Ihrem Leben getroffen haben. Im zweiten Schritt überprüfen Sie die gleichen Entscheidungen einmal mit dem Wozu.

Da es immer um wichtige Entscheidungen ging und geht, sollten Sie diese Übung schriftlich machen:
Mit diesem kleinen Test werden Sie eine wichtige Erfahrung machen. Sie lernen zu unterscheiden, ob etwas jetzt deswegen angesagt sein wird, weil mögliche Umstände sich so gefügt haben, oder ob Sie ein Ziel wirklich in die Zukunft hinein sinnvoll ausrichten können.

Vielleicht geht auch beides? So können Sie beispielsweise ein Steuerberater werden wollen, weil Ihr Vater eine erfolgreiche Beratungsgesellschaft betreibt und Sie die Nachfolge antreten möchten.

Also noch einmal:

Auf welchem Gebiet möchte ich erfolgreich sein?

Wenn Sie Ihre Antwort noch nicht kennen, so erstellen Sie einmal eine Analyse Ihrer Begabungen.

Erarbeiten Sie Ihr Anlagenprofil!

Seien Sie in dieser Eigenanalyse möglichst offen. Auch ist es sinnvoll, wenn Sie andere Menschen zu den folgenden Punkten befragen können. Das wird Ihnen einen umfassenderen Blick ermöglichen. Denken Sie aber daran: Es sollten wohlwollende Menschen sein.

Welche Besonderheiten bringe ich mit?

Sind Sie Leistungssportler oder haben Sie sich etwas erdacht? Denken Sie beispielsweise viel über Politik nach? Sie sind ein Tüftler? Unterhalten Sie seit langer Zeit eine Brieffreundschaft, vielleicht korrespondieren Sie dabei in einer anderen Sprache? Sind Sie zweisprachig aufgewachsen? Alles das und vieles mehr sammeln Sie bitte und schreiben es auf!

Welche Neigungen oder Begabungen habe ich?

Sind Sie naturwissenschaftlich begabt? Sind Sie ein Sprachengenie? Können Sie sich gut in die Technik hineindenken? Ich kenne persönlich einen wirklich unglaublich technisch begabten Mann, der jedes Problem zu lösen weiß – diese Begabung hat er! Allerdings kann er weder lesen noch schreiben. Er arbeitet seit vielen Jahren in einem großen Unternehmen sehr erfolgreich. Von der reinen Papierform her hätte ihn keiner eingestellt.

Welche Abneigungen habe ich?

Sie mögen keine lärmenden Kinder – deswegen wird es also nichts mit Pädagogik? An welcher Stelle merken Sie, dass es zu viel für Sie wird?

Welche Aufgaben habe ich im privaten Bereich gelöst?

Haben Sie als Gruppenleiter einer Jugendgruppe gewirkt? Sind Sie Trainer bzw. Trainerin einer Fußballmannschaft? Vielleicht sind Sie in einem Verein engagiert? Für was setzen Sie sich ein, was ist Ihnen (auch in Ihrer Freizeit) wichtig?

Welche Aufgaben habe ich im beruflichen Bereich gelöst?

Welche Ferienjobs oder Praktika haben Sie übernommen? Welchen Job haben Sie trotz größter privater Belastung gemeistert? (Ach übrigens: Kennen Sie den Werbespot von Vorwerk? „Die Familienmanagerin" – einfach klasse, oder?) Bleiben Sie nicht zu bescheiden!

Welche positiven und negativen Erfahrungen habe ich gemacht?

Erfahrungen in Stresssituationen bei der Übernahme von Verantwortung?

Wie komme ich bei anderen Menschen an?

Gehen Sie auf Menschen zu? Fühlen Sie sich in einer Gruppe wohl?

Was trauen mir andere zu?

Wo sehen andere Ihre Stärken und Schwächen?

Wie ist mein Charakter?

Sind Sie ehrlich, verlässlich, optimistisch, introvertiert, spontan …?

Wie sind meine Fachkenntnisse?

Abschlüsse, Auslandsaufenthalt, EDV-Kenntnisse?

Wie kreativ bin ich?

Können Sie spontan eine Rede halten? Schreiben oder malen Sie?

Wie gehe ich Probleme an?

Denken Sie logisch oder analytisch? Sind Sie eher der intuitive Typ? Bleiben Sie am Ball, oder laufen Sie weg? Stehen Sie Ihre Frau oder Ihren Mann? Ist auf Sie Verlass?

Was ist mein größter Traum?

Möchten Sie einmal Unternehmer werden? Oder möchten Sie die Abteilungsleitung übertragen bekommen? ... Vielleicht möchten Sie mit 60 eine Segeltour mit Ihrer Liebsten oder mit dem besten Freund unternehmen?

Auf welchem Gebiet/welchen Gebieten möchte ich erfolgreich sein?

Lassen Sie sich Zeit. Mehrfachnennungen sind erwünscht, denn streichen können Sie immer noch. Was reizt Sie? Nur Mut:

4. Säule: Ich kann alles lernen!

Es gibt Menschen, die verlassen die Schule, die Lehre, das Studium und glauben, sie hätten nun alles gelernt. Der Rest an Wissen käme dann buchstäblich durch Versuch und Irrtum.

„Viele Menschen wollen nur aus ihren Fehlern lernen. Das funktioniert nicht. Denn wenn Sie wissen, was falsch ist, wissen Sie noch lange nicht, was richtig ist." (Nikolaus B. Enkelmann, Motivations- und Erfolgstrainer)

Erinnern Sie sich noch an die einführenden Worte zu diesem Buch?

Lernen Sie doch lieber gleich das Richtige. Sie können von denen lernen, wie Sie erfolgreich werden, die heute schon erfolgreich sind. Wer ist in Ihrem Umkreis ein Vorbild für Sie? Sprechen Sie ihn/sie an. Erfragen Sie sein/ihr Erfolgsrezept. Oder lesen Sie Biographien von erfolgreichen Menschen. Lassen Sie sich inspirieren von erfolgreichen Persönlichkeiten. Wer kann, wer darf Ihr Vorbild sein? In dem Maß, wie Sie Vorbilder akzeptieren, werden Sie Ihr Unbewusstes bzw. Ihr *Zukunftsorgan* beauftragen, dem Vorbild nachzueifern. Jahrzehntelang war es in der Leichtathletik unvorstellbar, dass je ein Mensch die 100 Meter unter zehn Sekunden laufen kann. Als vor einigen Jahren zum ersten Mal ein Läufer die Zehnsekundenmarke unterbot, da schafften es plötzlich auch noch andere Läufer.

Wir lernen am allerbesten durch Vorbilder!

Vorbilder können Ihnen Erfahrungen vermitteln, die Sie benötigen, um zielstrebiger ohne Reibungsverluste an Ihr Ziel zu kommen. Dazu gehören Kontakte, die Sie bereits während Ihrer Schulpraktika knüpfen können.

Fragen Sie nach Empfehlungen. Was sollten Sie tun, um Ihr Ziel günstiger erreichen zu können? Oder Sie fragen, was man Ihnen konkret empfehlen kann, damit Sie nach Ihrem Schulabschluss einen Ausbildungsplatz in diesem Betrieb bekommen können.

Welche Voraussetzung würden Ihre Einstellungschancen erhöhen? Wenn Sie sich an einer Universität einschreiben wollen, dann knüpfen Sie Kontakte zu Ihrer Universität. Vielleicht holen Sie sich Informationen in den Sekretariaten? Die Schul- und Semesterferien finden nicht zeitgleich statt. Gehen Sie in die Uni und fragen Sie nach Kontakten. Da gibt es Studentenvertretungen, die können Sie ansprechen und fragen, was Sie als möglicher Studienanfänger zu beachten haben. Fragen Sie die Studenten, die Sie treffen, was sie empfehlen oder nicht empfehlen können. Auch hier können Sie sozusagen von Vorbildern profitieren. Zugegeben, dieses Verfahren ist etwas aufwändig, aber warum nicht?

Wer hat vor Ihnen schon diese Weiterbildungsmaßnahme durchlaufen? Gibt es Kollegen, die in gleicher Situation sind, wie Sie? Vielleicht bemühen Sie einmal das Internet? Wer weiß, wen Sie dort als Gleichgesinnte treffen können?!

5. Säule: Die Fähigkeit, erfolgreich zu sprechen

Wir besprachen bereits auf den ersten Seiten dieses Buches die Notwendigkeit, gut sprechen zu können. Denn wer sprechen kann, wird zum Befürworter (s) einer Sache und erfolgreich werden müssen.

„Die Menschen zeigen ihren Mut beim Bungeejumping, aber eine Rede zu halten getrauen sie sich nicht!" (Roland Herzog, 1994–1999 Bundespräsident)

Die Rhetorik (die Redekunst) hilft Ihnen, an Ihre großen Ziele zu kommen. Haben Sie wirkliche Ziele, dann ist die Rhetorik für Sie ungeheuer spannend. Hat ein Mensch keine Ziele, dann ist die Redekunst einfach nur langweilig und nichtssagend.

Ein Mensch, der gebeugt und gedrungen erzählt, dass er einmal eines Tages erfolgreich sein wird, von dem *wissen* Sie sofort, dass er es nie erleben wird.

Hingegen ein Mensch mit einer guten Aussprache, der aus dem Brustton seiner Überzeugung sagen kann, dass er große Ziele hat und sie erreichen wird, der begeistert andere und motiviert sich selbst!

Viele Menschen glauben, sie haben eine positive Ausstrahlung auf andere, nur weil sie positiv denken. Das allein reicht noch nicht aus. Denn oft mangelt es in ihrer Aussprache, am Aufbau ihrer Satzkonstruktionen, der negativ dominiert ist. Statt einer halbvollen *sehen* diese Menschen nur halbleere Flaschen. Diese Menschen beklagen alles und suchen nicht nach eigenen Möglichkeiten.

In der folgenden kleinen Tabelle finden Sie einige Beispiele und mögliche Alternativen:

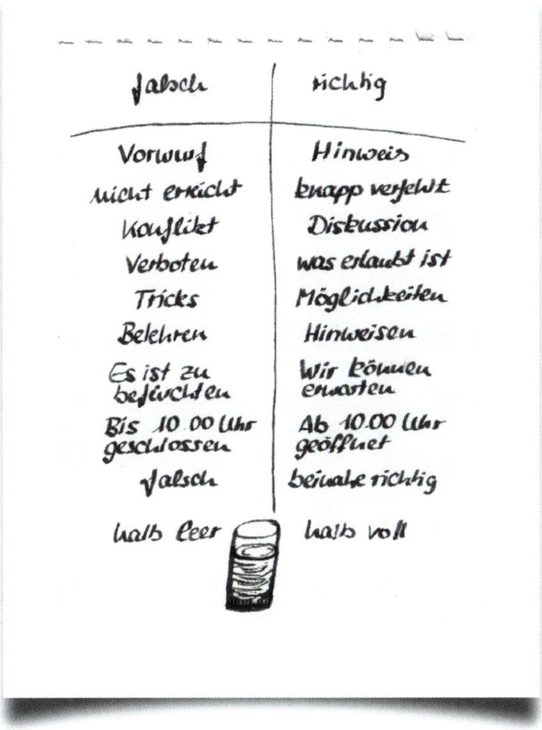

Achten Sie einmal auf die Sprechweisen in Ihrer Umgebung. Je mehr Ihnen auffällt, desto öfter werden Sie ganz automatisch in Ihrer Formulierung auf die ansprechendere Aussprache achten.

„Was ist der Unterschied zwischen positiv und negativ denkenden Menschen?", fragte der Radiomoderator vor einiger Zeit einen Gast. Der Gast stockte ein wenig und antwortete: „Beide sind einseitig Irrende! … Nur der positiv

Denkende hat mehr Freunde, mehr Freude, lebt gesünder und hat mehr Spaß im Leben!"

Was möchten Sie? Sie können schwarzsehen, Sie können auch glücklich fühlen. So oder so kann es sein, dass Sie objektiv gesehen irren? ... Aber bis dahin waren Sie als positiver Mensch wenigstens glücklich! Und wenn es nicht günstig für Sie gewesen wäre, so finden Sie auch hier eine gute Lösung für sich, weil Sie es sind, der Ihr Leben gestaltet, oder?

Sprachhemmung überwinden

Wenn ein Mensch Hemmungen hat, dann werden diese Hemmungen am deutlichsten bei der Sprache zu finden sein.

Der eine hat feuchte Hände, ein anderer einen trockenen Mund, wieder andere haben Bauchschmerzen, Schweiß auf der Stirn und höllisches Lampenfieber. Noch andere sprechen, wenn sie gehemmt sind, viel zu schnell oder haben plötzlich einen Blackout.

Hemmungen lassen sich am wirkungsvollsten an der Stelle bekämpfen, wo sie in Erscheinung treten. Wenn Sie merken, dass Sie beim Sprechen vor einer größeren Gruppe zu zittern anfangen, dann stellen Sie das Zittern ab, indem Sie mehr und mehr vor größeren Gruppen zu reden beginnen. Beginnen Sie ganz einfach, indem Sie sich zu Hause selber Zeitungsartikel oder ein Buch möglichst laut vorlesen. Nicht still und leise, sondern laut und deutlich.

Sagen Ihre Freunde, dass Ihre Stimme zu leise ist, dann probieren Sie einmal aus, wie es sich anfühlt, wenn Sie im Wald oder in einem Park (nur nicht nahe eines Wohngebietes oder nahe einer Menschenmenge), notfalls im geschlossenen Auto mal so richtig *aufdrehen*. Seien Sie so laut, wie Sie können. Stellen Sie sich in der Phantasie eine Horde tobender Kinder vor, die Sie zum Zuhören auffordern wollen.

Oder Sie treten einem guten Chor oder einer Laienschauspieltruppe bei und investieren so in eine klangvollere Stimme. Oder Sie gründen mit ein paar Freunden und/oder anderen Schülern eine Rhetorikgruppe. Vielleicht finden Sie in Ihrer Schule Unterstützung von Lehrern oder Praktikanten. Und wenn nicht, dann schalten Sie eine kleine Annonce in der regionalen Presse, das kostet nicht viel oder gar nichts, und Sie haben so die Gelegenheit, mit anderen Menschen zu üben.

Wenn diese Maßnahmen Ihnen immer noch nicht den gewünschten Erfolg bringen, dann nehmen Sie einige Stunden Sprechunterricht bei professionellen Sprachtrainern.

Mit der wachsenden Fähigkeit, deutlich und prägnant zu sprechen, wird immer auch das Selbstwertgefühl wachsen!

Und wenn Ihr Selbstwertgefühl auf festen (sprachlichen) Fundamenten steht, dann können Sie andere wesentlich besser ansprechen und für sich und Ihre Sache begeistern!

Sympathie ist kein Zufall!

Es gibt Menschen, die sind so schön, dass man glauben müsste, dass gerade sie nie und nimmer Schwierigkeiten haben würden, andere Menschen für sich zu gewinnen.
Und es gibt solche, die auf den ersten Blick eher nur normal und überhaupt nicht spektakulär wirken, aber eine ungeheure Anziehung ausüben. Was ist ihr Geheimnis? Oder was machen diese Menschen anders als die von der Natur bevorzugten? Und was hieße überhaupt bevorzugt? Die Frage ist doch, was uns Menschen, was Sie im Besonderen, wesentlich macht. Sind Schönheit und Jugend wirklich wesentlich? Ja, sie dürfen und sollen jung und schön sein; aber Jugend und Schönheit sollten nicht die einzige Antwort auf Leben und Sinnhaftigkeit bleiben.

Die Sekunden der Entscheidung

Mit das Wichtigste im Umgang mit Menschen sind die ersten Momente im Kontakt zu einem (bisher) unbekannten Gesprächspartner. Diese Zeit ist extrem sensibel und bedient ausschließlich nur den Bauch – das Unbewusste Ihres Gegenübers.

Hier entscheidet sich tatsächlich bereits zu Beginn eines Gespräches, ob Sie wirklich *punkten* werden. Das Absurde und nunmehr für uns Verständliche ist, dass es hier nicht um die Inhalte eines Gespräches geht. Völlig unabhängig von möglichen Inhalten müssen wir einsehen, dass in den ersten Sekunden entschieden wird, ob wir ankommen dürfen.

Erschwerend kommt noch hinzu, dass Ihr Gegenüber, wie Sie selbst, keine Chance des logischen oder reflektierten Denkens hat. Auch er wird im Zweifel nicht wissen, warum er Sie so ungeheuer sympathisch empfindet und andere womöglich bereits nach kurzer Besprechungszeit durchs Raster fallen lässt.

Zu Beginn einer jeden Beziehung, und dies ist selbst bei Einstellungsgesprächen oder Beförderungsgesprächen zu beachten, ist es von entscheidender Wichtigkeit, dass erst einmal Vertrauen wachsen, gedacht oder besser noch *empfunden* werden kann. Und dies geschieht nie durch Worte!

Sie könnten reden, so viel Sie möchten: Sie würden nichts erreichen. Gestalten Sie Atmosphäre. Lächeln Sie ein wenig. Denken Sie an Ihre augenblickliche großartige Möglichkeit, alles zu erreichen. Schauen Sie anerkennend; seien Sie aufmerksam hinsichtlich der schönen Bilder im Empfang oder im Besprechungszimmer, beachten Sie die geschmackvolle Einrichtung, die freundlichen Mitarbeiter, denen Sie eben noch begegnet sind. Und denen, die nicht so freundlich waren? ...

Es interessiert Sie nicht wirklich. Wozu auch? Sollten die etwa am Ende ungefragt noch den Ausschlag für Ihre Zukunftsgestaltung geben? Nicht, wenn Sie nicht wollen!

Vielleicht sind Sie Berufsanfänger, der eine Chance für den Start in sein Leben sucht? Möglicherweise möchten Sie etwas verändern, um zufriedener zu arbeiten bzw. die nächsten Jahre in Ihrem Job zu sein? Es kann sein, dass in den nächsten Wochen das Jahresgespräch in Ihrem Unternehmen ansteht, um weitere Schulungsmaßnahmen oder die gehaltliche Situation zu besprechen. Oder beides? Wie dem auch sei, es ist für Ihren Erfolg wichtig, das nächste Kapitel aufmerksam zu lesen und zu beherzigen.

Platz für Ihre Notizen

Aufbau eines zielgerichteten Gespräches

Jedes zielgerichtete Gespräch lässt sich strukturell in fünf Abschnitte oder Phasen einteilen. Vor jeder Aktion steht immer die *Vorbereitungsphase*. Hier geht es darum, die eigenen Ziele zu definieren, die eigene Motivation zu prüfen, Informationen zu sichten und alle anderen praktischen Sachen vorzubereiten.
In der *Eröffnungsphase* erzeugen Sie ein gutes Klima, um das Gespräch günstig zu beeinflussen. Hier geht es in erster Linie um vertrauensfördernde Maßnahmen.
In der dritten Phase, der *Bedarfsanalyse*, gilt es für Sie, zu verstehen, was sich Ihr Gegenüber unter einem geeigneten Mitarbeiter vorstellt. Welche konkreten Erwartungen werden an den neuen Mitarbeiter oder an die Auszubildende gestellt? Wie stellt sich Ihr neuer Arbeitgeber eine Zusammenarbeit vor? Was ist ihm besonders wichtig? Was möchte er in seinem Unternehmen unbedingt erreichen oder vermeiden? Wenn Sie eine Selbstständigkeit planen, dann ist es in dieser Phase wichtig, herauszubekommen, was Ihr Geldgeber (Bank) von Ihnen erwartet oder welche Vorstellungen Ihr zukünftiger Geschäftspartner hat.
In der vierten Phase, der *Angebotsphase*, geht es nun um Ihr Angebot einer Zusammenarbeit. Was haben Sie zu bieten? Was bringen Sie mit? Und besser noch, was können Sie von dem bieten, was Ihr Gegenüber bereits in der Phase zuvor an Erwartungen formuliert hat? Wenn Ihnen die Formulierung Ihrer Stärken und Fähigkeiten mit seinen Worten der Erwartung bzw. seines Bedarfes gelingt, dann gelingt Ihnen das Gespräch ziemlich sicher. Auch schon weil der andere merkt, dass Sie sich mit ihm und seinen Vorstellungen auseinandersetzen.
In der letzten Phase, der *Abschlussphase*, fassen Sie eigentlich nur noch das zusammen, was an Bedarf und Angebot durch sie beide erarbeitet worden ist. Fragen Sie ruhig nach dem Zeitpunkt einer möglichen Entscheidung. Dies wirkt nicht aufdringlich. Wenn die Phasen der Bedarfsanalyse und die der Angebotsphase gut verlaufen sind, dann wirkt diese Frage zielstrebig, ist berechtigt und zeigt, dass Sie aktiv sind.

Kommen wir nun im Einzelnen zu den jeweiligen Phasen und ihren Besonderheiten.

Die Vorbereitungsphase

Wenn Sie bis hierhin das Buch sorgfältig gelesen haben, dann werden Sie schon wissen, was Sie alles bereits an Vorbereitung getroffen und überdacht haben.

Beachten Sie bitte bereits am Vortag vor Ihrem Gespräch, dass Sie nur noch Speisen zu sich nehmen, die keine unangenehmen Gerüche verbreiten. Auch wenn es noch so banal klingt, aber ein Mundgeruch kann im wahrsten Sinne des Wortes Ihr Leben verändern.

Ihre To-do-Liste am Abend vor dem Vorstellungsgespräch

- Ihre Bewerbungsunterlagen, Anschreiben, Zeugnisse im Original
- Einladungsschreiben zum Vorstellungsgespräch mit einpacken
- Schreibblock und schreibfähigen Stift einpacken
- Listen Sie Ihre Fragen an den Gesprächspartner auf
- Wecker stellen, evtl. auch einen zweiten
- Prüfen, ob Ihre Uhren richtig gehen

Die Eröffnungsphase – Gesprächsklima erzeugen

Jedes Gespräch lebt im Wesentlichen von der Eröffnung. Je besser eine Stimmung in der initialen Phase eines Gespräches gestaltet werden kann, desto besser. Alles andere ergibt sich aus der positiven Stimmung. Glauben Sie es, Sie werden Menschen gewinnen!

Beachten Sie die Intimzonen

Vielleicht werden Sie von einer Sekretärin aufgefordert, in das Zimmer des Personalchefs einzutreten. Oder als zukünftiger Kreditnehmer kommen Sie in das Besprechungszimmer Ihres Geschäftskundenberaters Ihrer Bank. Was bedeutet hier Intimzone? Denken Sie sich einmal, dass das Büro Ihres Gesprächspartners so etwas wäre wie eine Art Hoheitsgebiet. Dort können Sie nicht so einfach navigieren, wie es Ihnen beliebt.

Warten Sie möglichst schon am Eingang des Zimmers auf die Weisungen Ihres Gesprächspartners. Bevor er oder sie Ihnen keine Anweisung gibt, bleiben Sie einfach freundlich lächelnd stehen.

Es kann sein, dass Sie tatsächlich einige Augenblicke stehen bleiben müssen. Würden Sie jetzt diese Spannung nicht aushalten und zu seinem Schreibtisch vorpreschen, so würden Sie ihm im wörtlichen Sinne auf die Pelle rücken.

Es könnte doch sein, dass er auf dem Schreibtisch noch diskrete Dinge ausgebreitet hat. Wie soll er sich fühlen, wenn er Sie unmittelbar und unaufgefordert vor dem Schreibtisch aufgepflanzt sieht?
Vielleicht lässt er Sie einen Augenblick warten, um Ihre Umgangsformen kennen zu lernen? Sie bleiben einfach freundlich lächelnd stehen!

Stellen Sie sich positiv auf Ihren Gesprächspartner ein

Unterstellen Sie Ihrem Gesprächspartner, solange Sie nur können, dass er es mit Ihnen nur gut meinen kann. Egal, was passiert. Er kann Sie nicht kennen und also niemals persönlich meinen, wenn er Sie beispielsweise in Frage stellt.

Halten Sie ihn für einen anständigen Menschen, den vielleicht etwas plagt. *Nur Sie sind es nicht, der ihn plagt!* Freuen Sie sich nach Möglichkeit auf das Gespräch und über Aufmerksamkeiten im Gespräch. Die obligatorische Frage nach der guten Anreise ist doch pures Interesse an Ihnen, was sonst. Vielleicht möchte er Ihnen auch helfen, das Eis zu brechen. Und vielleicht weiß Ihr Gegenüber schon längst, dass Sie nervös sind? Nervös zu sein ist ganz natürlich, es macht sogar sympathisch.

Machen Sie ein freundliches Gesicht – schauen Sie ihn an

Bitte schauen Sie nicht weg, schauen Sie Ihr Gegenüber an. Das tut jedem gut, auch Ihrem Gegenüber.

Erinnern Sie sich noch an die paradoxen Situationen? Wenn nicht, dann schauen Sie bitte einmal auf das nachfolgende Foto einer Leichenhand. Ein junger und dynamischer Mann freut sich förmlich ein Loch in den Kopf. Seinem zukünftigen Chef reicht er die Leichenhand.

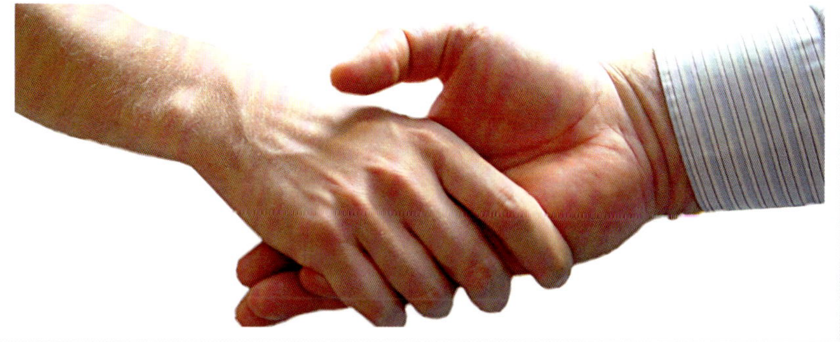

Glauben Sie, dass dieser Mann so etwas wie Leistungswillen und Engagement vermitteln kann? Und sehr wahrscheinlich schaut dieser Mann auch noch nach unten auf den Boden! Wird diese Haltung Vertrauen wecken, was meinen Sie?

Was auch immer dieser Mann vorhat, hier wird er kaum erste Wahl werden können.

Sie kennen sicher das Spiel aus allen Bussen und Bahnen dieser Welt: Sie sitzen einem Fremden gegenüber und schauen ihn so lange an, bis er entweder lächelt oder wegschaut. Kennen Sie das? Dabei muss der Gewinner in der Lage sein, möglichst ohne Gesichtsregung das Gegenüber zu fixieren. Nicht starren, nur standfest sein, ist hier die Regel. Und da gibt es tatsächlich einige wenige, die nicht in der Lage oder willens sind, den Blick eine Zeitlang zu erwidern. Übung macht wie immer den Meister.

Wie unangenehm ist Ihnen eine Situation, wenn Ihnen eine unbekannte Person vorgestellt wird und diese Sie noch nicht einmal anschauen kann oder will? Zugegeben, es gibt Menschen, die wirken so eingeschüchtert und verunsichert, dass sie mit einem solchen Blick nach unten Mitleid und Mütterlichkeit hervorrufen können.

Was meinen Sie, wird es eine eher günstige oder ungünstige Strategie sein, Menschen zu zeigen, dass man auf Sie zählen kann?

Schauen Sie bitte offen und ohne jede negative Wertung Ihr Gegenüber mit einem Lächeln an! Schauen Sie ihm in die Augen. Halten Sie seinem Blick stand. Das ist ungeheuer wichtig für Sie!

Sprechen Sie Ihren Gesprächspartner mit Namen an

Eine weitere Selbstverständlichkeit, die aber nahezu immer wieder vergessen wird: Wie heißt eigentlich Ihr Gegenüber?

In einer entspannten Situation würden Sie alles, was er Ihnen im Laufe des Gespräches mitteilen würde, gut im Gedächtnis behalten können, keine Frage. An dieser Stelle seien Sie nochmals von Ihrem *Mandelkern* herzlich und emotional gegrüßt! Wie Sie mittlerweile wissen, schafft es Ihr Mandelkern, Ihr Denken unter Stress so ziemlich gegen die Nulllinie abzusenken.

Bitte beachten Sie nochmals, dass Sie sich unter Stresseinwirkung nicht auf Ihre sonstigen gedanklichen Fähigkeiten verlassen können. Also bereiten Sie sich vor. Wie? Ganz einfach. Nehmen Sie einen Block und etwas zu schreiben mit ins Gespräch. Tun Sie sich den Gefallen.

Vielleicht haben Sie auch noch das Einladungsschreiben dabei? Wenn ja, klasse! Wozu dann noch den Block? Na weil es immerzu sehr gut ankommt, wenn Sie sich hier und da noch zusätzlich eine Notiz machen. Das wertet Ihren Gesprächspartner auf der *Ebene des Bauches* unmittelbar auf. Es zeigt ihm, dass Sie nicht nur aufmerksam und vorbereitet sind, sondern vielmehr, dass Sie das Gespräch und ihn wichtig nehmen!

Bitte nehmen Sie in jedes wichtige Gespräch Schreibunterlagen mit – und gebrauchen Sie sie!

Niemand erwartet in einem so wichtigen Gespräch, dass Sie sich alles merken können. Im Gegenteil. Die allermeisten sind aber irritiert, wenn der Bewerber sich selbst nach einer halben Stunde Gesprächsdauer nichts an Besonderheiten notiert hat. „Ist das Gespräch doch nicht so interessant, hört mir der Bewerber überhaupt zu?", wird Ihr Gesprächspartner sich fragen. „Hoffentlich weiß der Bewerber noch nach unserem Gespräch, was mir und was unserem Unternehmen bei einer Zusammenarbeit wirklich wichtig ist?" Ein weiterer Grund für den Block können unvorhergesehene Situationen sein. Denken Sie sich nur, dass ein weiterer Gesprächspartner mit hinzukommen würde. Ihren oder Ihre Gesprächspartner sprechen Sie bitte mit ihrem Namen an. Das ist Höflichkeit, die von Ihnen jederzeit zu erwarten ist. Wer schreibt, der bleibt!

Sie haben Recht, Sie sollten Ihr Gegenüber nicht in jedem Satz mit „Herr Müller hier", „Herr Müller da" ansprechen. Aber so bei jedem vierten Satz mit dem Namen ansprechen, klingt aufmerksam und wirkt! Schreiben Sie also bitte vor dem Termin die Ihnen bekannten Gesprächsteilnehmer bereits in die obere rechte Ecke des Blockes. Im Gespräch, und zwar direkt zu Beginn, tragen Sie noch weitere Namen nach, wenn notwendig. Auch die Funktionen Ihrer Gesprächspartner sind nicht unwichtig. Ein Wichtiges noch: Denken Sie sich einmal, Sie bekommen einen Namen genannt, den Sie nicht zu schreiben und schlimmer noch auszusprechen wissen. Dann fragen Sie ebenfalls zu Beginn des Gespräches genau nach: „Wie schreibe ich Ihren Namen richtig?" oder „Wie spreche ich Ihren Namen richtig aus?"

Es ist in deutschen Landen eine Unsitte zu fragen: „Wie war doch gleich der Name?" Fragen Sie um Himmels willen niemals so. Das ist eine *Friedhofsfrage*. Und was soll das heißen: „Wie war doch ..." Auch schon so zu tun, als habe der andere bereits etwas zu seinem Namen gesagt, wirkt ziemlich dümmlich. Wenn überhaupt, dann ist sein Name ... Diese *Kleinigkeiten* gehen nicht in den Kopf des anderen, sondern schnurstracks in den Bauch und machen ungute Gefühle. Denken Sie daran.

Was Sie dann hören, sollten Sie sich sowohl in der richtigen Schreibweise als auch in einer für Sie sofort lesbaren Lautschrift notieren. Ist Ihnen die Lautschrift entfallen, macht nichts. Dann schreiben Sie den Namen in Klammern so hinter die richtige Schreibweise, wie Sie ihn schreiben würden, wenn Sie ihn nur hörten. Hauptsache, Sie sprechen ihn *richtig* aus. Ihr Gegenüber mit dem unaussprechlichen Namen wird sich sehr über Ihre Mühe freuen. Und das möchten Sie doch, oder? Die meisten seiner üblichen Gesprächspartner werden ihn mit „Herr ... äh ... Sie, da haben Sie Recht, Sie ..." und anderem mehr ansprechen.

So wichtig wie die namentliche Begrüßung, so wichtig ist auch die namentliche Verabschiedung. Und dann ist es gut, wenn Sie den oder die Namen nochmals auf dem Block wiederfinden können. Man wird sich gerne an Sie erinnern.

Spielen Sie keine Rolle!

„Na, der hat gut lachen", werden Sie vielleicht jetzt denken. Da lesen Sie in diesem Kapitel, dass wir uns so und möglichst nicht anders zu verhalten haben. Und nun fordert der Autor uns auf, dass wir uns nicht verstellen sollen. Dies ist kein Widerspruch, Sie werden sehen.

Stellen Sie sich einmal vor, wie viel Ungereimtes die Damen und Herren im Personalbereich, in den Chefetagen und den Banken zu hören bekommen. Und es ist nur zu verständlich, dass im Zweifel ein Bewerber, ein Mitarbeiter oder ein Neugründer die Unwahrheit sagt, wenn er unbedingt diese eine Stelle, die Beförderung oder den Gründerkredit bekommen möchte. Da ist jeder *loyal*, da ist jeder *teamfähig* und gerne auch zu unbezahlten Überstunden *bereit* und natürlich immer *ehrlich*! Was aber mit Sie-selbst-Sein gemeint ist, können wir auch mit dem Begriff der Authentizität beschreiben.

Es geht darum, dass Sie nicht Ihr Verhalten im Kontrast zu Ihrem Denken verändern sollten oder könnten. Dies wird nicht glaubwürdig funktionieren. Ändern Sie vielmehr Ihr Denken, und Ihr Verhalten wird entsprechend sein. Das ist das, was wir weiter oben mit persönlicher Einstellung gemeint haben. Bereiten Sie Ihre Einstellung sorgsam vor zu Ihrer Situation, zur Person und Funktion, die Sie treffen werden, und die Einstellung zu dem Unternehmen, in welchem Sie nun vorstellig werden.

In der Körpersprache gibt es eine Regel, die lautet:

„Der Körper ist nur der Handschuh der Seele."

Glauben Sie es. Was immer Sie an Wertungen denken, ein geübter Profi wird es sehr schnell entdecken. Und die Ungeübten in Sachen Körpersprache? Die werden es *nicht wissen*, aber sie werden sich nicht so gut in Ihrer Nähe *fühlen*. Das *Wissen* ist zehn Prozent unseres Eisberges – das *Fühlen* macht 90 Prozent aus.

Stellen Sie sich bitte folgende Situation vor: Da sitzen Chef und Mitarbeiter einander gegenüber. Der Mitarbeiter gibt sich cool. Vielleicht weil er glaubt, dass der Chef ihn als gleichwertig erkennen wird, gerade wenn er sich so gibt. Und überhaupt, der Mitarbeiter hat mal gelesen, dass die Coolen selbstsicher und souverän wirken. Der Mitarbeiter wirkt irgendwie lässig und dennoch schaut er ständig auf seine Uhr. Vielleicht streift er sich ständig durch die Haare oder spielt an seiner Krawatte. Was für ein Bild würden Sie hier erkennen? Coolness, bis der Arzt kommt, oder sähen Sie hier einen Menschen, der etwas vorgibt, was so nicht sein kann? Sicher würde dieses Bild auch Sie irritieren. Würden Sie im Ergebnis diesen Mitarbeiter mit besonders heiklen Aufgaben betrauen? Oder würden Sie lieber noch etwas abwarten?
„Ich kann gut mit Menschen umgehen!", sagte der kundenorientierte Mitarbeiter und zerquetschte die Hand seines Kunden.

Lernen Sie im Gespräch mit Ihren Freunden und Eltern alle positiven Aspekte einer Einstellung bei dem hier zur Wahl stehenden Unternehmen kennen und verinnerlichen Sie diese. Überlegen Sie sich vor dem Gespräch mit Ihrem Vorgesetzten mit Ihrer Frau oder Ihrem Mann vor allem die vorteilhaften Gesichtspunkte, die sich aus der Beförderung für Ihren Arbeitgeber und natürlich für Sie ergeben würden. Was wird die Bank von Ihnen haben, was wird Sie gewinnen, wenn Sie mit Ihnen erfolgreich den Start in das Unternehmertum hinlegt?

Die negativen Aspekte haben Sie doch vorher abgewogen, sonst wären Sie nicht in dieser Gesprächssituation. Jetzt brauchen Sie die negativen Aspekte nicht hier und nicht jetzt! Und wenn Sie Ihren Arbeitsvertrag, Ihre Beförderungszusage oder den Kreditrahmen erhalten haben, dann können Sie immer noch mit aller Zeit der Welt abwägen, ob das, was da an möglichen Nachteilen gefordert wird, für Sie zumutbar ist.

Die Bedarfsanalyse – sammeln Sie Informationen

Viel zu häufig gehen wir in Gespräche hinein und gehen stillschweigend von der Annahme aus, dass wir schon genau wissen, was unser Gegenüber von uns erwartet. So gehen wir beispielsweise in ein Vorstellungsgespräch und denken uns, dass der zukünftige Arbeitgeber sowieso nur fleißige und ehrliche Mitarbeiter sucht. Wir wissen auch, dass Belastbarkeit und Loyalität ganz besonders wichtig sind usw.

Sicher, die eben aufgeführten Attribute sind auch für Ihren neuen Arbeitgeber wichtig. Aber was wissen Sie über Ihren Gesprächspartner wirklich? Wie wichtig sind ihm Ihre Pünktlichkeit, Ihr Erscheinungsbild und Ihr Auftreten? Was ist Ihrem Gegenüber besonders wichtig in einer Zusammenarbeit mit Ihnen? Bei 99 Prozent der Vorstellungsgespräche wird es immer so sein, dass Ihr Gegenüber das Gespräch führen wird. Er wird Ihnen beinahe in routinierter Form und Abfolge sein Unternehmen vorstellen.
In dieser Phase des Gespräches hören Sie bitte genauestens zu. Mit einem Notizblock sind Sie immer auf der besseren Seite, weil Sie sich die für Sie wichtigen Informationen herausschreiben können. Keine Angst, Ihr Gegenüber findet das nicht nervig. Verwirrender ist es, wenn Sie sich nichts notieren würden. Natürlich, auch hier gilt, wie im übrigen Leben, Übertreibungen sind

nicht gut. Also stenographieren Sie bitte nicht, sondern zeigen Sie mit einem registrierenden Blick, einem leichten Kopfnicken und einer kleinen Notiz, dass das Gesagte Ihr Interesse weckt! Stellen Sie sich als registrierenden Blick leicht hochgezogene Augenbrauen und ein lautloses „Ach ja" vor, das Ihrem Mund entfahren würde. Dann passt es.

Auch ist das Notieren der für Sie wichtigen Punkte aus einem anderen Grund wichtig: Sie unterbrechen Ihr Gegenüber während seiner Rede nicht! Anschließend können Sie nun, befähigt durch Ihre Notizen, nachfragen. Das zeigt, dass Sie keine halben Sachen machen, klasse!

Finden Sie heraus, was Ihrem Gesprächspartner besonders wichtig ist. Vielleicht hat er dies in seinen Erläuterungen bereits gesagt. Es kann sogar sein, dass Sie sich sicher sind, dass es dieser eine Punkt nun wäre. Fragen Sie nach! „Herr XY, Sie haben eben beschrieben, dass für Sie die Zusammenarbeit im Team das wichtigste Erfolgsprinzip Ihres Unternehmens ist. Wenn ich Sie richtig verstanden habe, dann erwarten Sie von einem neuen Mitarbeiter, dass er sich ins Team integrieren kann. Ist das so?" So oder ähnlich können Sie die sogenannten „Bestätigungsfragen" einsetzen, um Ihrem Gegenüber zu zeigen, dass Sie hellwach und aufmerksam sind.

„Herr Vorgesetzter, wenn ich Sie richtig verstanden habe, dann erwarten Sie von einer neuen Führungskraft für die Abteilung Versandhandel vor allem Übersicht, Teamfähigkeit und Durchsetzungsvermögen. Habe ich das so richtig verstanden?"

Sofern Sie nun den wichtigsten Aspekt getroffen haben, wird er Ihnen das bestätigen. Und wenn nicht, dann wird er den für ihn wichtigsten Aspekt genauer beschreiben. Weicht nun Ihre Einschätzung von seiner ab, was passieren kann und nicht problematisch ist, dann notieren Sie nun das, was Sie von Ihrem Gesprächspartner erläutert bekommen. Stellen Sie nach Möglichkeit keine Fragen, auf die Ihr Gegenüber nur mit JA oder NEIN antworten würde. Diese *geschlossene* Fragetechnik bringt Ihnen nicht wirklich gute Informationen. Formulieren Sie Fragen nach Möglichkeit *offen*, z. B.: „Worin unterscheidet sich Ihr Unternehmen von anderen Anbietern mit ähnlichen Produkten?" oder „Was erwarten Sie von mir in Ihrem Unternehmen?" Die offene Fragetechnik lässt sozusagen nur ganze Sätze als Antwort zu. Noch eine sehr gute Frage sollten

Sie ausprobieren: „Ich bin davon überzeugt, dass ich Ihre Erwartungen erfüllen kann. Was meinen Sie?"

Wiederholungen sind besonders wichtig!

Sie beobachten immer wieder Gesprächssituationen, in denen Ihr Gesprächspartner unvermittelt in seinem Redefluss den gleichen Satz oder Nebensatz wiederholt. Nicht immer fallen Ihnen solche Wiederholungen direkt auf. Wie es den Anschein hat, filtert unser *Kopf* diese Wiederholungen aus der direkten Wahrnehmung in den *Bauch*. Aber wenn Sie genauer hinhören, dann werden Sie mehr und mehr Wiederholungen in beinahe allen Gesprächen entdecken, an denen Sie beteiligt sind. Als Erstes ist die Frage zu beantworten, was denn Wiederholungen in der Rede sind? Wollten Sie in nächster Zeit ein Rhetorikseminar besuchen, so werden Sie dort sehr schnell lernen, dass Sie an entscheidender Stelle in Ihrer Rede, an der Stelle, die Ihnen besonders wichtig ist, das Gesagte einfach noch einmal wiederholen müssen.
Und wenn Sie dies erstmals bewusst üben, werden Sie sich sicher etwas merkwürdig vorkommen. Wahrscheinlich weil Ihr *Kopf* Ihnen sagen würde, dass dies völlig absurd ist, und Sie die Wiederholung dümmlich erscheinen lässt.

In Wirklichkeit aber ist die Wiederholung im Gespräch entweder, wie gerade ausgeführt, ein bewusst eingesetztes Mittel, um die Wichtigkeit des Gesagten zu unterstreichen, oder sie wird unbewusst eingesetzt, um sicherzustellen, dass das Gesagte auch wirklich ankommt.

Wie dem auch sei, Ihr Gegenüber möchte bewusst oder unbewusst, dass Sie jetzt wirklich aufpassen, weil es ihm *wichtig* ist. Erfahrungsgemäß ist es tatsächlich so, dass die wenigsten Menschen rhetorisch geschult wurden und so ca. 80 Prozent Ihrer Gesprächspartner diese Wiederholungen von Nebensätzen oder ganzen Sätzen nicht absichtlich einsetzen. Würden Sie diesen Menschen im Gespräch den Hinweis geben, dass sie sich gerade wiederholt hätten, die würden Ihnen nicht glauben. Im Gegenteil, man würde eher an Ihrer Aufmerksamkeit zweifeln.

Wie lassen sich nun die Wiederholungen für Sie nutzen?

Ganz einfach: Stellen Sie sich bitte folgende Situation vor. Ein Personalchef erklärt Ihnen: „Frau XY, mir sind bei meinen Mitarbeitern besonders Eigeninitiative und Engagement wichtig, ich brauche keine Langweiler. Eigeninitiative und

Engagement sind mir sehr wichtig." Und nun Sie: „Herr Müller, danke für Ihren Hinweis. Ich verstehe. Ihnen sind bei Ihren Mitarbeitern das Engagement und die Eigeninitiative wichtig. Das notiere ich mir direkt, das ist wirklich wichtig." Sie schreiben demonstrativ auf Ihren Block *Eigeninitiative* und *Engagement*. Wenn Sie dies noch verstärken wollen, so können Sie diese beiden Wörter direkt mit dem Stift unterstreichen.

Oder ein anderer Satz Ihres Gegenübers: „Herr YZ, wenn wir uns für Sie entscheiden, dann erwarte ich von Ihnen, dass Sie Ihre Defizite in der englischen Sprache ausgleichen. Englisch müssen Sie fließend sprechen können. Wir arbeiten viel im Export."

Wenn Sie sich an dieser Stelle *nur* das Stichwort *Export* aufschreiben würden, so müsste sich Ihr Gegenüber fragen, ob Sie ihn wirklich verstanden hätten.

Sie bestätigen ihn also: „Herr Müller, ich habe Ihre Forderung verstanden. Sie geben mir eine Chance, wenn ich in Englisch deutlich besser werde. Ich mache mir direkt eine Notiz und werde gleich heraussuchen, ab wann ich in einen Sprachenunterricht einsteigen kann." Ihr Herr Müller, auf der anderen Seite des Tisches, wird Genugtuung empfinden, weil Sie ihn verstanden haben.

Beachten Sie bitte, dass Wiederholungen sozusagen sprachliche Unterstreichungen in einem Text sind.

Und dann ist es sehr wohltuend, wenn ein Zuhörer diese *Unterstreichungen hören* kann. Und denken Sie daran, den meisten Sprechern sind ihre Wiederholungen nicht bewusst.

Warum jetzt noch der Schreibblock zum Einsatz kommt? Zum einen *sagen* Sie, dass Sie den wichtigen Hinweis verstanden haben, das ist gut. Als Verstärker wirkt es aber noch zum anderen, wenn Sie Ihre Aufmerksamkeit auch zeigen, indem Sie das für Ihr Gegenüber Wichtige notieren.

Ihr *Notieren* ist Ihre Unterstreichung in einem Text, den Sie hören! Und dies wiederum zeigt Ihrem Gesprächspartner, dass Sie beide sich verstehen.

Und was könnte wichtiger sein als das? Insofern sind Sie ab sofort aufgerufen, diese wunderbare Chance der Wiederholung Ihres Gesprächspartners für sich zu nutzen. Etwas Besseres kann Ihnen in einem Gespräch als Möglichkeit des Beweises Ihrer Aufmerksamkeit nicht passieren. Nutzen Sie Ihre Chance!

Die Angebotsphase – was haben Sie wie anzubieten?

Es ist leicht zu erkennen, was es bringen würde, wenn Sie direkt zu Beginn des Gespräches Ihre Mitarbeit anbieten wollten. Nichts! Denn bei Einhaltung dieser hier vorgeschlagenen Reihenfolge, der Eröffnung des Gespräches, der Bedarfsanalyse und nunmehr der Angebotsphase haben Sie neben einem guten Klima (aus der Eröffnungsphase) auch genügend Informationen (aus der Bedarfsanalyse), um in der jetzigen Phase zu wissen, was tatsächlich gebraucht, erwartet und vorausgesetzt wird. Ohne diese Informationen raten Sie nur, nichts weiter. Sie würden dann lediglich ein Glücksspiel betreiben mit ungewissem Ausgang.

Und schon wieder hilft Ihnen Ihr Notizblock mit Ihren Aufzeichnungen. Denn nun können Sie die Erwartungen Ihres Gegenübers, die Sie in der Bedarfsanalyse aufgeschrieben haben, mit dem vergleichen, was Sie zu leisten imstande und bereit sind. Schauen Sie genau hin, es ist alles auf Ihrem Block, was bisher wichtig war. Und Sie schaffen nun in der Aufzählung dessen, was Sie unter einer Zusammenarbeit verstehen, Gemeinsamkeiten. Aus dem Gegenüber und Ihnen wird ein WIR.

Noch einmal: Ohne seine Positionen zu kennen, ohne also die eigene Bedarfsanalyse sauber vollzogen zu haben, werden Sie vielleicht durch Zufall eine Gemeinsamkeit finden, aber im Ergebnis bleiben Sie einsam.

Viele Menschen beschreiben solch wichtige Gesprächssituationen, wie Einstellungsgespräche, indem sie schildern, wie verloren und klein sie sich gefühlt haben.

**Um es an dieser Stelle mit allem Nachdruck zu betonen:
Sie sind keine kleinen Bittsteller, Sie sind ein Verhandlungs- und hoffentlich bald ein Vertragspartner in diesem Unternehmen!**

Stellen Sie sich bitte auf diesen Gedanken ein. Sie dürfen sich klein fühlen, aber Sie werden in und mit dem Unternehmen wachsen. Nur zu klein dürfen Sie nicht werden, da man Sie sonst vielleicht übersehen könnte. Bevor es zu Missverständnissen kommt, *Herr* und *Frau Superstar* werden nicht gesucht. Gesucht werden Menschen mit einem stabilen Selbstwertgefühl. Seien Sie in Ihrem Gefühl stark und zeigen Sie, dass Sie an sich glauben.

Die Frage aller Fragen

Warum glauben Sie, dass Sie für diese Anstellung, die Beförderung oder die neue Selbstständigkeit genau die oder der Richtige sind? Was ist an Ihnen so besonderes, dass Ihr Personalchef oder Banker eigentlich nicht mehr an Ihnen vorbeikommt? Wofür stehen Sie? Was sagen Ihre besten Freunde über Sie? Worauf kann man sich bei Ihnen blind verlassen? Was macht Sie so einmalig?

Es gibt Einstellungsgespräche, in denen Ihr Gegenüber tatsächlich direkt nach solchen sehr persönlichen Einschätzungen fragt.

Eine häufige Beobachtung unter Jugendlichen und Erwachsenen ist die, dass die allermeisten bei solcher Fragestellung im wörtlichen Sinne sprachlos bleiben. Vielleicht ist es unsere Erziehung, die uns beigebracht hat, dass Eigenlob nicht angemessen ist? Vielleicht ist es der Gedanke, dass unser Gegenüber möglicherweise unsere *Einbildung* prüfen wolle? Sagen wir nun etwas Positives über uns, dann könnte er glauben, dass wir eitel und arrogant wären. Betrachten wir diese Situation einmal von einer anderen Seite: Wenn Sie viel Geld ausgeben, dann wollen Sie wissen, dass Sie etwas Besonderes erwerben, oder?
Sie kaufen sich vielleicht ein neues Auto, oder Sie kaufen sich für viel Geld Schmuck, dann soll es schon etwas Besonderes sein. Und so stellen Sie sich das bitte auch bei einem Einstellungsgespräch vor. Auch Ihr Entscheider auf der anderen Seite des Tisches möchte einen besonderen Mitarbeiter erwerben. Jeder Personalchef möchte am Ende einer Einstellungsperiode nur die Besten für sein Unternehmen bekommen.

Investieren Sie etwas Zeit

Bitte nehmen Sie sich einmal vor, in den nächsten Tagen, nachdem Sie dieses Kapitel gelesen haben, sich für ein oder zwei Stunden dem Trubel des Alltags zu entziehen. Setzen Sie sich an einen ruhigen Ort. Schalten Sie das Handy aus, stöpseln Sie das Telefon aus, kein Radio, kein Fernsehen, nichts soll Sie ablenken.

Nehmen Sie sich dann ein Blatt Papier und einen Stift und sammeln Sie alles, was Ihnen zu Ihrer Person einfällt. Notieren Sie Eigenschaften, von denen Sie spüren, dass man Sie an diesen Eigenschaften erkennen würde.

Achten Sie bitte unbedingt darauf, dass Sie nicht zu bescheiden sind!

Trauen Sie sich, schreiben Sie alles auf, was Ihnen in den Sinn kommt. Ganz wichtig ist auch, dass Sie dieses Papier nur für sich erstellen. Zeigen Sie es niemanden. Schlimmstenfalls verstricken Sie sich in Diskussionen, die Ihnen nicht weiterhelfen werden. Vielleicht ist das Blatt nach einer halben Stunden immer noch leer, na und? Macht nichts, das ist völlig *normal*. Bleiben Sie hartnäckig am Ball. Möglicherweise schreiben Sie etwas auf, dass Sie schon drei Tage später wieder verwerfen werden. Kann alles sein. Ergänzen Sie nach Herzenslust, wann immer Sie möchten. Sie werden erleben, dass sich Ihr Leben im Sinne von Bereichern verändern wird.

Und was tun, wenn es überhaupt nicht funktioniert?

Lassen Sie die Flügel nicht hängen. Weihen Sie Ihre beste Freundin, Ihren besten Freund ein. Fragen Sie nach: „Was schätzt du an mir besonders?" Oder fragen Sie Ihren Partner oder ihre Eltern. Achten Sie bei der Auswahl der Menschen, die Sie fragen möchten, darauf, dass sie Ihnen wohlgesonnen sind. Denn diese Übung soll Sie aufbauen und ein wenig zum *Leuchten* bringen. Dann werden Sie noch lange kein Leuchtturm sein – vielleicht aber ein Glühwürmchen?!
Es gibt sicher keine bessere Investition in Ihr Selbst als die Suche und das Finden Ihrer Einmaligkeit. Viel Erfolg.

Von Einwänden und Vorwänden

In der Theorie sind alle Gespräche, selbst die entscheidenden, übersichtlich strukturiert und einfach zu führen. Wir haben in dem oben genannten Einstellungsgespräch im ersten Schritt eine gute und konstruktive Atmosphäre herstellen können.
Im zweiten Schritt konnten wir in Erfahrung bringen, was denn unser Gegenüber sich unter Mitarbeit vorstellt und was er von uns erwartet. Wir überlassen nichts dem Zufall. Aus diesem Grunde haben wir alles Wichtige aus der bedarfsanalytischen Phase mitgeschrieben.
Im dritten Schritt sind wir nun dabei, unsere Mitarbeit anzubieten. Wir präsentieren den Nutzen, den wir bezogen auf seine Erwartungen stiften können oder leisten werden.

Das Gespräch läuft aus unserer Sicht wirklich gut. Sogar etwas von dem, was uns einmalig macht, konnten wir in das Gespräch miteinbauen. Das könnte z. B. der Hinweis auf unsere erfolgreiche Jugendarbeit als Gruppenleiter im letzten Sommerlager oder der Hinweis, dass wir autodidaktisch ein Instrument erlernt hätten, sein. Vielleicht ist es der Hinweis auf eine erfolgreiche Tätigkeit in der Gemeindearbeit?

Jetzt passiert etwas, mit dem wir nicht gerechnet haben. Der Gesprächspartner hat etwas *einzuwenden*: „Herr XY, alles was Sie beschrieben haben, hört sich wirklich gut an. Aber wir suchen Mitarbeiter, die mindestens ein Abitur mit einem Notenschnitt von 2,5 vorlegen können!" – Sie haben aber nur ein Abitur mit 3,7 geschafft. Oder Sie haben nur die mittlere Reife.
Was nun? Was können Sie tun? Dieser *Killereinwand* verschlägt Ihnen die Sprache, auch schon deswegen, weil alles zuvor in diesem Gespräch so gut verlaufen ist. Spontan schlägt Ihnen Ihr *Mandelkern* die Flucht vor.

Bevor wir uns nun mögliche Antworten auf diesen Einwand überlegen, haben wir noch eine wesentliche Unterscheidung zu besprechen. Neben dem Einwand, wie wir ihn beispielhaft gerade gesehen haben, gibt es noch den sogenannten Vorwand. Während der *Einwand* so etwas darstellt wie: „Ich habe da noch eine Sache, die besprochen werden muss", ist ein Vorwand etwas, was vorgeschoben wird. Das bedeutet, dass der *Vorwand* nicht wirklich ein

Problem oder eine Fragestellung anspricht, die es zu klären gilt, sondern dass ein Vorwand möglicherweise dazu benutzt wird, beispielsweise ein Gespräch höflich und bestimmt zu beenden. Der Gesprächspartner sagt mit einem Vorwand eben gerade nicht, worum es ihm tatsächlich geht. Mit dem Vorwand möchte er bewusst jede Diskussion um einen oder mehrere tatsächliche Gründe umgehen, die er nicht thematisieren möchte. Entweder weil er sich schützen will oder weil er keinen Sinn in einer Fortsetzung des Gespräches sieht.

Ein Beispiel: Eine junge Frau wird zu einem Bewerbungsgespräch in eine Bank eingeladen. Sie möchte eine Lehre als Bankkauffrau machen. Ihre Unterlagen waren vollständig, ein nettes Passbild vom Fotografen lag mit bei. Das Zeugnis ist mit einem Schnitt von 2,1 ebenfalls okay. Alles perfekt. Die junge Frau sitzt ihrem Gesprächspartner gegenüber und erzählt ihm, dass sie in Kürze heiraten und ganz viele Kinder will. Aus ihrer Sicht gäbe es nichts Schöneres als Familie und Kinder.

Dies ist sicher ein krasses Beispiel. Der Personalleiter gewinnt den Eindruck, dass besagte junge Dame womöglich schon schwanger sein könnte. Er möchte diese Dame nicht einstellen, denn aus seiner Sicht ist hier eine vernünftige Berufsausbildung kaum möglich. Zu diesem Beispiel ist anzumerken, dass Arbeitgeber in Deutschland eine Anstellung aus Gründen einer Schwangerschaft nicht verweigern dürfen. Selbst schon die Frage, ob eine Frau zum Zeitpunkt des Einstellungsgespräches schwanger ist oder nicht, ist nicht statthaft. Jede Frau in solch einer Situation darf in Deutschland die Unwahrheit sagen! Somit kann er unmöglich dieser jungen Frau sagen, was er meint. Würde er den wahren Grund benennen, so könnte diese junge Frau auf Einstellung klagen.
Hier hilft ihm jetzt ein Vorwand. Er könnte darauf hinweisen, dass das vorgelegte Zeugnis Schwächen zeigt. Die Fächer Deutsch und Mathematik seien mit der Note 3 deutlich unter dem Anforderungsprofil einer Bankkauffrau. Würde sich nun die junge Frau ins Zeug legen, um die beiden Noten zu relativieren, oder ihre gewissenhafte und fleißige Mitarbeit im Betrieb und in der Berufsschule versichern; sie hätte keine Chance. Selbst wenn Sie in der Lage ist, plausible Gründe dieser Noten aufzuzeigen, ändert das nichts an seiner Entscheidung.

Das ist die Machtlosigkeit bei Vorwänden.

Gleiches Beispiel noch einmal von vorne. Nun aber hat der Personalchef nicht den Eindruck, dass die Dame sofort die Familienplanung umsetzen möchte, vielmehr will er die Bewerberin prüfen, ob sie tatsächlich so selbstbewusst und zielstrebig ist, wie sie sich im ersten Teil des Gespräches gezeigt hatte.

Auch in diesem zweiten Beispiel verweist er auf die mittelmäßigen Noten in Deutsch und Mathematik. Die Frau reagiert wie im oberen Beispiel und sagt ihre gewissenhafte und fleißige Mitarbeit im Falle einer Einstellung zu. Sie berichtet von einem Unfall im Wintersport und den Ausfall von zwei Wochen Schulzeit. Aus diesem Grund habe sie wichtige Inhalte in Mathe nicht mitbekommen und eine Arbeit verhauen. Und Deutsch sei noch nie ihr Lieblingsfach gewesen. Die Interpretationen von Goethe, Schiller und Brecht seien für sie blanker Horror gewesen. Irgendwie habe sie nie den Nerv ihres Lehrers getroffen. Sie versichert, in deutscher Grammatik, Rechtschreibung und Zeichensetzung sehr gut zu sein. In diesem Beispiel können Sie einen klassischen Einwand erkennen. Ähnlich wie im ersten Fall fragt (sagt) der Personalchef nicht das, was er meint. Denn im zweiten Fall fragt er sich wirklich nur, ob die Bewerberin so selbstbewusst und zielstrebig bleibt, wenn es etwas enger im Gespräch für sie wird. Nur der wesentliche Unterschied zum Vorwand ist der, dass er die Noten in Deutsch und Mathe nicht als Begründung einer bereits getroffenen Entscheidung vorschiebt.

Der Einwand, unabhängig wie merkwürdig er Ihnen erscheinen mag, *signalisiert* immer ein *großes Interesse* an Ihnen. Dieses Einwenden deutet immer auch auf zusätzlichen Informationsbedarf hin. Vielleicht ist etwas von dem, was Sie sagten, nicht vollständig beim Empfänger angekommen? Sie erinnern sich sicher an das dritte Prinzip aus den Grundlagen der Kommunikation: Entscheidend ist nicht, was Sie sagen, sondern vielmehr, was auf der anderen Seite ankommt.

Wie unterscheiden Sie den Einwand vom Vorwand?

Zugegeben, diese Aufgabe wird nicht immer lösbar sein. Es gibt Menschen, die ein Gespräch abrupt mit einem Argument beenden, ohne Ihnen eine Möglichkeit der Nachfrage einzuräumen.
Solche Gesprächsverläufe deuten auf einen Vorwand hin. Denn lässt Ihnen Ihr Gegenüber keine Gelegenheit, zu reagieren, dann gibt es kein weiteres Gesprächsinteresse mehr. Vergleichen Sie dies mit der Definition eines Einwands, der immer Interesse signalisiert, dann wird klar, hier stimmt etwas nicht.

Spricht der Personalchef direkt und eindeutig seine Abneigung gegen das Piercing eines Bewerbers aus, dann benötigt er für diese klare Aussage keinen

Vorwand. In einer Bank werden Sie in den nächsten 30 Jahren garantiert keine gepiercten Mitarbeiter am Schalter zu sehen bekommen.

Um einen Einwand vom Vorwand unterscheiden zu können, ist es wichtig, *hellwach* und *ausgeschlafen* zu sein. Stellen Sie eine kluge Frage und beobachten Sie Ihr Gegenüber gut.

Die junge Frau in unserem Beispiel oben könnte, nach dem Hinweis auf die Noten, die Frage stellen: „Herr XY, welche unangenehmen Erfahrungen haben Sie bisher mit Dreierkandidaten gemacht?" (Beachten Sie bitte bei dieser Frage die offene Fragetechnik!) Vielleicht beginnt Ihr Gegenüber verlegen seine Antwort zu konstruieren. Schon ein Hinweis auf einen Vorwand.

Er fügt hinzu, dass die allermeisten Auszubildenden mit diesen Noten erhebliche Schwierigkeiten hatten, die Anforderungen zu erfüllen.

Wenn Sie die Anstellung wirklich wollen, dann können Sie weiter fragen: „Sie berichten, dass die allermeisten Schwierigkeiten hatten. Das ist für Sie sicher keine gute Situation. Wenn ich Sie richtig verstanden habe, dann haben aber einige wenige dennoch gute Leistungen gezeigt. Worauf führen Sie die Erfolge dieser wenigen zurück?" (Wieder eine offene Frage!)
Spätestens bei dieser zweiten Frage wird Ihnen jeder, der einen Vorwand benutzt, die Antwort schuldig bleiben. Er wird abwiegeln und sehr wahrscheinlich das Gespräch rasch beenden. Was soll's? Da hier nun ein offensichtlicher Vorwand im Spiel war, konnten Sie in diesem Gespräch nichts mehr retten. Der Versuch war es wert.
Antwortet Ihr Gegenüber aber und er beschreibt die näheren Umstände dieser Leistungssteigerungen, dann hören Sie jetzt ganz aufmerksam zu. Er beschreibt vielleicht, dass ein Auszubildender nebenbei Kurse oder Nachhilfe genommen habe. Oder er schwärmt von dem Ehrgeiz und der vorbildlichen Ausdauer eines Azubis, der ebenfalls mit guten Ergebnissen abgeschlossen hat.

Bitte machen Sie sich hier demonstrativ Notizen!

Alles, was Ihr Gegenüber Ihnen hier aufzählt, sind direkte Verfahrensanweisungen an Sie! Besser noch: Wenn Sie nicht nur die Anweisungen verstehen, sondern sich auch demonstrativ notieren möchten, sieht Ihr Gegenüber, dass Sie es verstanden haben und Sie es und Ihr Gegenüber respektieren. Schreiben Sie die wichtigen Stellen mit!

Was er Ihnen mitteilt, sind sozusagen die Voraussetzungen, die Sie benötigen, um eingestellt werden zu können. Durch Ihre Notizen zeigen Sie, dass Sie sich sehr interessieren und dass Sie den Gesprächspartner ernst und wichtig nehmen. Nachdem beispielsweise Ihr Personalchef alle Voraussetzungen aufgezählt hat und Sie alles Wesentliche mitgeschrieben haben, können Sie mit der folgenden Suggestivfrage die Türen wieder weit aufstoßen: „Herr XY, ich bin sicher, wenn Sie mir von dem Biss und der Ausdauer Ihrer Auszubildenden erzählen, dass ich ebenfalls eine dieser Kämpfertypen bin. Und wenn ich Sie richtig verstehe: Sie werden mir eine Chance geben, wenn ich es schaffe, Sie von meinem Willen zum Erfolg und von meinem Durchhaltevermögen zu überzeugen?"

Eine geschlossene Frage. Antwortet er mit JA, dann schildern Sie vergleichbare Arbeiten an sich oder berichten Sie von Situationen, in denen es um Durchhalten und Ihren eisernen Willen ging.

Und wenn er mit NEIN antwortet, dann schieben Sie eine offene Frage hinterher: „Welche Möglichkeiten räumen Sie mir ein, um Ihnen zu beweisen, dass ich das kann?" Oder noch konkreter: „Was sollte ich tun, um eine Chance in Ihrem Hause zu bekommen?"

Die Analyse von Ein- und Vorwand und eine erfolgreiche Einwandbehandlung gehören ganz sicher zu den schwierigsten Aufgaben in der erfolgreichen Kommunikation. Üben Sie möglichst oft mit Freunden solche Gespräche. Gehen Sie solche Gespräche mehrfach im Geiste durch, bevor Sie vorstellig werden. Nahezu jedes Zeugnis lässt Einwände zu. Seien Sie vorbereitet.

Platz für Ihre Notizen

Die Abschlussphase –
bringen Sie Ihr Gespräch zu einem Ergebnis

Eigentlich haben Sie in dieser Phase des Gespräches nichts mehr zu tun. Wesentlich ist in dieser Phase, dass Sie von allen anderen drei Phasen: der guten Gesprächseröffnung, dem aufmerksamen Ermitteln des Bedarfes Ihres Gegenübers und der Phase, in der Sie Ihre Mitarbeit angeboten haben, wenn Sie gut gearbeitet haben, die Ernte einholen können.
Aber ACHTUNG: Dies bedeutet nicht, dass Sie nun Entlohnung und/oder Urlaub verhandeln können. Das ist nicht wichtig!

Sie werden noch in den nachfolgenden Kapiteln, wenn es konkret um Wichtiges aus den Bewerbungsgesprächen gehen wird, etwas über die schlimmsten Fehler, die „Todsünden", erfahren.

Was nun ansteht, ist die selbstverständlichste Frage, die Sie sich denken können. Nämlich die: „Was glauben Sie, Herr XY, bis wann werden Sie sich entschieden haben?" Oder: „Herr XY, mir ist klar, dass Sie noch viele Gespräche führen werden, um abschließend zu entscheiden, wen Sie einstellen und wen nicht. Wie schätzen Sie das zeitlich ein, wann kann ich mit Ihrer Entscheidung rechnen?" Fragen Sie ruhig. Sie dürfen zeigen, dass Sie aktiv nach der Entscheidung suchen. Sie lassen nichts über sich passiv ergehen, sondern Sie sind jetzt nach der guten Vorarbeit berechtigt, nach der Entscheidung zu fragen.

Wichtigstes aus Bewerbungsgesprächen

Wenn Sie das Buch bisher aufmerksam gelesen haben, dann wird sich die Frage von selbst beantworten, wie man sich bzw. wie Sie sich in der Bewerbungssituation am günstigsten zu verhalten und wie Sie sich optimal vorzubereiten haben.

Sie erwarten aber auch in einem solchen Buch ganz praktische Informationen und Beispiele. Was kommt gut und was kommt weniger gut an?

Welche Erfahrungen macht eigentlich ein Ausbildungsleiter oder eine Personalleiterin, wenn Menschen ihr Bestes präsentieren wollen.

Die Frage ist also: Was macht ein Einstellungsgespräch oder ein Gespräch zu einer anstehenden Beförderung wesentlich? Besser noch: Was, glauben Sie, möchte ein Personalverantwortlicher bei einem Bewerbungsgespräch und früher noch in einer Bewerbung (bzw. Bewerbungsmappe) herausfinden?

Wenn Sie an dieser Stelle immer noch glauben, dass Ihre Zeugnisnoten allein für sich sprechen und dass es nur auf erbrachte Leistungen ankommt, dann sollten Sie dringend dieses Buch noch einmal von vorne lesen!

Fiktiv angenommen, es gäbe den Personaler, der nach Zeugnisnote einstellt, dann käme es in vielen Fällen nicht mehr zu einem Einstellungsgespräch. Dann würden vielmehr die Unterlagen mit freundlichen Grüßen und dem Hinweis auf fehlende Qualifikationen zurückgesandt. Oder umgekehrt würden alle Überdurchschnittlichen sofort einen Ausbildungs- oder Einstellungsvertrag übersandt bekommen.

Tatsächlich aber werden trotz mittelmäßiger oder bester Leistungen die Bewerber zu Gesprächen eingeladen, eben weil da noch mehr zu besprechen sein wird als nur die Klärung, ob jemand gut oder schlecht in der Schule war.

Ein Personalverantwortlicher sucht nicht die schlechten oder die besten Leistungsträger, sondern er sucht Menschen, die sich lohnen!

Ausbildungsangebote müssen sich lohnen. Investitionen in den Ausbildungsplatz sollen Früchte für das Unternehmen tragen. Auszubildende können optimalerweise die Mitarbeiter von morgen werden. Und so fragt sich der Ausbildungsleiter, ob Sie denn die oder der Richtige sind und diesen Aufwand von z. B. drei Jahren rechtfertigen werden?

Ihr Chef möchte lediglich wissen, ob die Übertragung der neuen Verantwortung auf Ihre Person wirklich erfolgsversprechend ist.

Ist es klug und richtig, in Ihre Person und Ihr Potenzial zu investieren, oder ist es dumm und aussichtslos? Halten Sie durch oder geben Sie auf? Werden Sie sich durch die Abteilungen durcharbeiten oder lassen Sie sich bis auf den Leistungsnullpunkt einschüchtern? Können Sie Anordnungen und möglicherweise Kritik ver- und ertragen oder bringen Sie nur Streit und Uneinsichtigkeiten mit? Ist Ihr Anspruchsdenken unangemessen und überzogen oder denken Sie klug über Möglichkeiten nach, durch sehr gute Leistungen Ihre gedachte Entwicklung zu rechtfertigen.
Auf den Punkt gebracht: Sind Sie für das Unternehmen passend?
Wenn Sie überlegen, dann werden Sie entdecken, dass Sie überhaupt nur zum Unternehmen passen können, wenn Sie wissen oder wüssten, was passend ist bzw. wäre, oder? Dies setzt die erste Bedingung einer erfolgreichen Bewerbung voraus:

Noch einmal die Vorbereitung

Heute ist nahezu jedes Unternehmen im Internet vertreten. Suchen Sie sich bitte alle Informationen heraus, die Sie finden können. Vielleicht finden Sie noch mehr Hinweise über Suchmaschinen wie Yahoo oder Google? Welche Produkte fertigt oder vertreibt das gewünschte Unternehmen? Gibt es Hinweise auf Tochterunternehmungen im In- und Ausland? Bereiten Sie sich darauf vor, damit Sie sehr genau wissen, *warum* Sie in diesem Unternehmen arbeiten möchten. *Diese Frage kommt immer.* Und sie hilft klären, ob sich ein Bewerber wirklich Mühe bei der Auswahl des Unternehmens gegeben hat.

Wenn Sie dem Personalverantwortlichen erklären wollten, dass Sie über 50 Bewerbungen geschrieben haben und er nun der 49. sei, dann wirkt das psychologisch so, als ob Sie ihm sagten: „Ich probiere diese Bewerbung bei Ihnen, weil Sie an der Reihe waren und ich sonst ja auch nicht weiß, was ich noch machen soll!" Die Bewerbungssituationen können tatsächlich so bei Ihnen ablaufen. Sie werden viel Aufwand für eine einzige Lehrstelle betreiben müssen, aber: Sie sollten das weder thematisieren, noch Ihrem Gegenüber das Gefühl der Beliebigkeit geben.
Wenn Sie mehrere Bewerbungsgespräche zu führen haben, dann müssen Sie jedes einzelne Gespräch für sich separat vorbereiten! Denn sonst werden Sie nur noch Absagen über Absagen hören. Achten Sie darauf: 90 Prozent Ihres Gegenübers ist Bauch! Und der möchte hören und wissen, dass er und sein Unternehmen etwas Besonderes sind!

Bereiten Sie sich doch einmal auf folgende Fragen vor, die garantiert kommen werden. Das ist sicher eine Arbeit, die sich lohnt.

- Warum interessieren Sie sich für diesen Ausbildungsberuf?
- Was interessiert Sie an diesem Ausbildungsberuf besonders?
- Warum haben Sie sich gerade in unserem Unternehmen beworben?
- Warum sind Sie für diesen Ausbildungsplatz geeignet?
- Welche Fähigkeiten bringen Sie mit, die dem Unternehmen nutzen?
- Welche Vorstellung haben Sie von Ihrer zukünftigen Tätigkeiten?
- Wie würden Sie sich selbst beschreiben?
- Wo liegen Ihre Stärken, was können Sie besonders gut?
- Wo liegen Ihre Schwächen?
- Welche Aufgaben machen Ihnen Schwierigkeiten?
- Welche Einstellung haben Sie zu den Themen Ordnung, Pünktlichkeit, Ehrlichkeit, Fleiß?
- Wie kritikfähig sind Sie?
- Welche Erfahrungen haben Sie mit Teamarbeit?
- Was hat Ihnen in der Schule gut gefallen und welche Fächer hatten Sie am liebsten?
- Welche Hobbys haben Sie?

Sie sehen wie gut es ist, vorbereitet zu sein!

Telefonische Kontaktaufnahme

Noch bevor Sie Ihre Bewerbung platzieren möchten, ist es sehr empfehlenswert, wenn Sie vor dem Absenden oder besser noch vor dem Schreiben Ihrer Bewerbung bei Ihrem persönlichen Ansprechpartner anrufen. Wer das ist? Na, finden Sie es heraus! Rufen Sie in diesem Unternehmen an und fragen Sie sich an der Telefonzentrale durch.

Sie werden sehr wahrscheinlich Ihren Ansprechpartner nicht sofort oder vielleicht sogar in einer ungünstigen Situation erreichen. Aber das macht nichts. Fragen Sie doch einfach, wenn Ihr Gesprächspartner Zeitmangel reklamiert, wann es für ihn passender wäre.

In den ersten beiden Sätzen nach der Begrüßung am Telefon erklären Sie, dass es Ihnen um wichtige Informationen für Ihre Bewerbungsunterlagen geht. Sie sind sehr interessiert und möchten alles richtig machen. Daher benötigen Sie noch einige Informationen. Zum Beispiel: „Herr Müller-Lüdenscheid, ich habe im Internet Ihre Homepage gesehen, und ich bin sehr an einer Mitarbeit in Ihrem Unternehmen interessiert. Welche Informationen sind für Sie besonders wichtig, welche Unterlagen brauchen Sie jetzt?" Oder: „Möchten Sie, dass ich auch Zeugnisse meiner letzten Aushilfstätigkeiten beifüge?" Hier sagt niemand einfach Nein. Wenn doch, dann ist es auch gut. Mindestens 95 Prozent Ihrer Ansprechpartner werden Sie auffordern, möglichst alle zur Verfügung stehenden Zeugnisse beizulegen. Vielleicht treffen Sie bei Ihren Bemühungen auch auf angenervte Personalchefs. Bitte verstehen Sie diese Reaktionen! Tun Sie sich den Gefallen. Es liegt nicht an Ihnen. Sie machen Ihre Sache gut. Dass er oder sie genervt ist, liegt vielleicht am Umstand, dass heute schon zehn Mitbewerber angerufen haben. Das können Sie nicht ändern. Im Gegenteil. Das Unternehmen ist so interessant, dass eben so viele Menschen sich dort bewerben wollen.

Was Sie aber erreichen, wenn Sie höflich, aufmerksam und klug fragend am Telefon überzeugen konnten, ist, dass man sich auf Ihre Bewerbung freuen wird. Ihr Name ist bekannt, Ihre Unterlagen werden erwartet und aufmerksamer gelesen.

„Herr Müller-Lüdenscheid, darf ich mich bei der Bewerbung auf unser Telefonat berufen? ... Auch möchte ich fragen, ob ich Ihren Namen richtig schreibe: Lüdenscheid mit „D" oder „T"; wird der Doppelname mit oder ohne Bindestrich geschrieben? ... Danke, das hilft mir sehr. Darf ich, damit die Anschrift komplett ist, auch nach Ihrem Vornamen fragen? Wie ist die genaue Bezeichnung Ihrer Abteilung, damit der Brief exakt ankommt?"

Beachten Sie unbedingt, dass Sie niemals den Namen des Gegenübers falsch schreiben dürfen! Fragen Sie vorsichtshalber nach!

Ohne namentliche Ansprache (sehr geehrte Damen und Herren) ist Ihre Bewerbung eher gewöhnlich; und mit einer falschen namentlichen Ansprache ist die Bewerbung tödlich!

Zum Abschluss dieses Telefonates hinterlassen Sie Ihren Namen. Dies schafft ungeheure Aufmerksamkeit! „Herr Müller-Lüdenscheid, danke für Ihre Auskunft. Mein Name ist ... Ich werde meine Bewerbungsunterlagen noch heute an Sie herausschicken."

Die Bewerbungsmappe

Es fängt bereits bei der Auswahl des Briefumschlages bzw. der Gestaltung des Umschlages an. Wird die Anschrift an den Empfänger mit einem PC oder mit der Hand geschrieben? Welche Briefmarke wird verwendet? Soll eine gewöhnliche Standardmarke oder eine Sondermarke auf dem Kuvert kleben? Hat der Bewerber sich bei der Wahl der Marke Mühe gegeben, so traut man ihm zu, dass er sich auch sonst Mühe gibt! Ist er oder sie einfach zur Post gegangen und hat x-beliebig frankieren lassen, oder hat er oder sie die Besonderheit dieser Bewerbung unterstrichen? Eine Sondermarke oder die ansprechende Adressierung mit einer schönen Handschrift zeigt, dass er oder sie sich mit der Bewerbung wirklich beschäftigt hat und dass diese Bewerbung etwas Besonderes ist!

Es gibt Bewerbungsunterlagen, die kommen an und sind appetitlich wie ein Abendessen. Verzierungen sind nicht nötig und auch nicht erwünscht. Auch ist nicht entscheidend, ob Sie einen braunen, weißen oder wie auch immer gefärbten Briefumschlag benutzen. Wichtig ist: Es muss akkurat aussehen.

Da gibt es Briefe, die sichtbare Fettabdrücke zeigen. Diese Umschläge werden nur mit größten Befürchtungen geöffnet, weil der Leser schon Schlimmes erwarten muss, was ihm da gleich in die Hände fallen wird.

Die Bewerbungsmappe selbst sollte eine schöne Mappe, z. B. aus Pappkarton, sein. Im Handel gibt es tolle Exemplare mit der Aufschrift Bewerbungsmappe, die gegliedert und aufklappbar sind. Da wird das Anschreiben separat eingelegt. Klappt man weiter auf, findet sich der Lebenslauf und in den Anlagen sind die Leistungsnachweise.

Die Gestaltung der Bewerbung wird umso interessanter, wenn ein Bewerber die Frage vorwegnimmt und beantwortet, warum er sich bei diesem (angeschriebenen) Unternehmen bewirbt, was er für das Unternehmen zu bieten hat.
Für den Leser wirken Bewerbungen sehr übersichtlich, wenn Sie einer übersichtlichen Gliederung folgen. Ganz wichtig ist das persönliche Anschreiben an Ihren Gesprächspartner. Dies setzt natürlich eine gewisse Sorgfalt bereits schon in der Vorbereitung voraus. Sie werden nicht umhinkommen, sich telefonisch in diesem für Sie interessanten Unternehmen vorab zu informieren. WER ist Ihr Ansprechpartner? Oder wer ist für die Einstellung der Auszubildenden zuständig?

Das Bewerbungsschreiben

Das Bewerbungsschreiben ist die erste große Hürde, die Sie zu meistern haben. Auch hier gilt wieder, dass Ihr Gegenüber Ihre Sorgfalt und Ihr Bemühen sehen möchte. Gestalten Sie den Brief auch für das Auge mit!

Sind die Anschrift und der Name richtig geschrieben? Gibt es eine Betreffzeile und ein Datum? Die Gestaltung sollte übersichtlich und nachvollziehbar sein. Das Anschreiben sollte Ihre eigene individuelle Handschrift tragen. Die Standardformulierungen aus den einschlägigen Ratgebern sind hinlänglich bekannt und erschöpft. Irgendwo im Text sollten Ihre eigenen Gedanken vorkommen.

Unbedingt sollten Sie Ihr Anschreiben gegenlesen lassen. Die allermeisten Bewerbungsschreiben *scheitern an Fehlern!*

Gehen Sie auf das angeschriebene Unternehmen ein. Vermeiden Sie die ausschließliche Ich-Formulierung, wie: „Ich würde mich gerne bei Ihnen bewerben", „Ich mache dann Abitur", „Ich freue mich über eine Einladung", sondern denken Sie auch an das Unternehmen. Nicht immer: „Ich kann" und „Ich will", sondern was hat das Unternehmen von der Einstellung Ihrer Person?

Vielleicht so: „Sie stellen eine Mitarbeiterin ein, die …". Welchen Nutzen können Sie dem Unternehmen stiften? Formulieren Sie ihn und schreiben Sie den Nutzen in die Bewerbung. Das wirkt Wunder. „Aus diesem Grund … interessiere ich mich für Ihr Unternehmen. Mit (hier kommen nun Ihre wichtigsten *persönlichen* Alleinstellungsmerkmale) meiner kreativen Art und meinem Fleiß kann ich mir vorstellen, zu Gewinn und Wachstum Ihres Unternehmens beizutragen."

Ganz ohne Floskeln wird es wohl kaum gehen. So werden auch Sie sich wahrscheinlich gegen Ende des Briefes auf ein „persönliches Gespräch freuen". Ist schon in Ordnung. Wichtig ist, dass alles, was Sie schreiben, auch von Ihnen im Gespräch bestätigt werden muss.
Beispielsweise schreiben Sie, dass Sie sehr *teamfähig* und *fleißig* sind. Auch sind Sie *flexibel* und *wissbegierig*. Stellen Sie sich nur bei solchen Attributen auch auf Gegenfragen ein. So könnte Ihr Gesprächspartner in einem folgenden Gespräch von Ihnen wissen wollen, an welcher Stelle oder in welcher Situation Sie Teamfähigkeit, Fleiß, Flexibilität und Wissensdurst bewiesen und erlebt haben. Oder: „Woran machen Sie diese Eigenschaften fest?" Stellen Sie sich vor, bei einer solchen Frage käme ein Bewerber ins Schwimmen. Was hätte er da noch für eine Chance?

Vergessen Sie Ihre Nebentätigkeiten nicht! Diese Tätigkeiten, vielleicht scheinen sie banal, sind für Ihren Personalverantwortlichen sehr wichtig. In welchen Jobs haben Sie gearbeitet? Bekleiden Sie ein Ehrenamt? Sind oder waren Sie in einer Jugendgruppe als Leiter oder Leiterin tätig. Haben Sie Ferienlager mitgestaltet, oder spielen Sie in einer Band? Oder bescheinigen Sie Ihren absolvierten Auslandsaufenthalt oder Ihren Lehrgang bei der Volkshochschule. Zeigen Sie, dass Sie aktiv sind. Selbst die Aushilfsstelle bei McDonalds ist interessant, weil man sieht, dass Sie arbeiten können und wollen.

Was machen Sie mehr/anders als andere? Darum geht es. Denn auch die Freizeitgestaltung und/oder die Übernahme von Verantwortung sagt viel über

Sie und Ihr Potenzial aus.

Die Killer in einem Bewerbungsschreiben

- Niemals die Bewerbungsunterlagen auf DIN A5 falten.
- Niemals die Bewerbungsunterlagen lose in einen Umschlag versenden.
- Niemals das Bewerbungsbild lose mit beilegen oder per Heftklammer befestigen.
- Wenn Sie Ihr Bild einkleben, so achten Sie darauf, dass das Bild ohne Beschädigung der Bewerbungsunterlagen abgelöst werden kann. Auch Fotoecken sind immer noch besser als eine Büroklammer.
- Bitte niemals einen fleckigen Briefumschlag oder unsauberes Briefpapier benutzen.
- Bitte schreiben Sie keine komplett handgeschriebene Bewerbung.

Das Bewerbungsgespräch

Das Beste ist, Sie bleiben so, wie Sie sind. Verstecken Sie sich nicht. Spielen Sie keine Spielchen. Ihr Gegenüber kennt alle Varianten und entlarvt Sie womöglich sehr schnell.

Wenn Sie wissen, wer Sie sind (das ist das Hauptziel dieses Buches), dann brauchen Sie sich nicht mehr zu verstellen.
Sie sind vorbereitet auf die Fragen, was Sie bereits wie und wo geleistet haben. Und selbst als Schüler oder Schülerin werden Sie im Nebenjob oder als Babysitter irgendetwas geleistet haben. Notfalls fragen Sie doch einfach einmal Ihre Eltern und/oder Freunde. Häufig vergessen wir aus falscher Bescheidenheit, wo wir wirklich gut sind und was wir können.

Einige Menschen werten aus falschem Selbstwertgefühl immer das ab, was sie selbst tun oder leisten können. Gibt es Schulfächer, die Ihnen besonders liegen? Oder haben Sie sich selbst etwas erarbeitet? Sei es noch so bescheiden, erwähnen Sie es. Vielleicht haben Sie sich eine eigene Internetseite gebaut? Vielleicht haben Sie in Sachen EDV etwas für sich erlernt? Kennen Sie sich womöglich mit Fotobearbeitung oder Datenbankentwicklung aus? Faszinieren Sie Ihren Zuhörer, indem Sie zeigen, dass Sie aus Eigenantrieb mehr können, als man gemeinhin in der Schule erlernen kann. Vielleicht können Sie am Klang von Vogelstimmen die Vogelarten auseinanderhalten? Also bitte keine falsche Bescheidenheit mehr, zeigen und sagen Sie, wer Sie sind und was Sie können und geleistet haben.

Waren Sie aktiv in Ihrer Schülervertretung oder einer besonderen Arbeitsgemeinschaft? Auch diese Information ist wichtig, um ein Bild von Ihnen zeichnen zu können.
Es gibt Bewerber, die bereits während der Bewerbung eine Form von Identifikation mit dem Unternehmen entwickeln, in das sie sich hineinbewerben wollen. Stellen Sie sich vor, da ist ein Bewerber, der im Gespräch WIR formuliert. „Wir werden eine gemeinsame Lösung finden." Oder: „Wenn die Ausbildung zu Ihrer Zufriedenheit verlaufen ist, dann können wir ja gemeinsam über ein von Ihrem Unternehmen angebotenes begleitendes Studium sprechen." Oder: „Wenn Sie, die Firma XY, und ich erfolgreich zusammenarbeiten können, dann bedeutet mir das sehr viel. Wenn ich morgens früh aus dem Haus gehen und

mich auf meine Arbeit freuen kann, dann fühle ich mich glücklich und wohl. Und ich habe den Eindruck, das kann ich bei XY finden."

Stellen Sie sich auf Fragen ein

Es gibt unzählige Bücher, welche die ultimativen Fragen aus Bewerbungsgesprächen vermitteln und trainieren wollen. Ein Auswendiglernen von Antworten hilft hier nicht wirklich. Besser ist es, sich richtig zu informieren und mit einer guten Einstellung in das Gespräch zu gehen.

Nur zu wissen, dass das Unternehmen eine GmbH oder AG ist, reicht nicht aus. „Warum haben Sie sich in unserem Unternehmen beworben?" Jemand, der bei einer solchen Frage sprachlos bleibt, kommt nicht weiter.

Was macht die Firma? Wie ist sie im Markt positioniert? Kennen Sie einige Eckdaten? Wann ist das Unternehmen gegründet worden? Welche Unternehmen gehören mit in die Unternehmensgruppe? Gibt es internationale Aktivitäten? Wenn ja, wo?

Vielleicht werden Sie zu Ihrem Privatleben gefragt. Es kann sein, dass Sie nach Vorlieben für Diskotheken gefragt werden. Es kann sein, dass ein Gesprächspartner nach den Berufen der Eltern fragt. Seien Sie selbstbewusst. Oder glauben Sie, dass man Sie nicht wollte, wenn man erführe, dass Ihre Eltern eben nicht Generalmanager bei Ford oder Esso Deutschland wären. Glauben Sie wirklich, dass der Beruf der Eltern entscheidet? Entscheidender ist doch, was Sie aus den Berufen der Eltern entwickelt haben. Ihr Vater war/ist Hilfsarbeiter; Ihre Mutter ist Hausfrau und putzt nebenbei, damit die Kasse stimmt. Wenn Sie für sich beispielsweise daraus ableiten wollten, dass Sie für sich erkannt hätten, wie wichtig gerade eine solide Ausbildung für Sie aufgrund Ihrer familiären Erfahrungen ist, einen sicheren Lebensstandard zu erreichen, wird man das bewundern.
Denn der umgekehrte Fall ist ebenso denkbar: Da kommt ein Sohn oder eine Tochter und erklärt, der Vater (die Mutter) sei ein sehr „hohes Tier" in einem internationalen Konzern und er (sie) spräche drei Fremdsprachen und sei welterfahren, Sie aber entwickelten nichts für sich, sondern sonnten sich nur im Glanz der Eltern – dann wird man keine Notwendigkeit sehen (außer Ihre Eltern arbeiten im besagten Unternehmen oder sind Eigentümer), mit Ihnen zu arbeiten.

Wie stehen Sie zu Ihren Gegebenheiten? Was ist Ihnen wichtig geworden, auch in Hinblick auf Ihre Eltern? Was konnten Sie mitnehmen, was konnten Sie lernen? Was möchten Sie vielleicht besser machen?

Grundsätzlich gilt: Es gibt keine Fragen, die Sie in Verlegenheit bringen sollen.

Vielleicht geraten Sie auch einmal an ganz merkwürdige Persönlichkeiten, die mit Ihnen und Ihrem Werdegang aus welchen Gründen auch immer nicht zurechtkommen. Die könnten Ihnen wirklich einmal merkwürdig kommen.

Aber der Großteil der Personalverantwortlichen sind vernünftige Menschen, die erfolgsorientiert für ihr Unternehmen handeln wollen. Die Fragen haben eigentlich nur einen Sinn: Sie aus der Reserve zu locken. Sind Sie ehrlich, sind Sie aufrichtig? Der Sinn der auch mal indiskret wirkenden Fragen liegt darin, Ihnen die Wahrheit zu entlocken, für den Fall, dass das Gesagte eben doch nicht stimmt.

Besser noch kann man sagen: ... dem eigentlichen Kern der Persönlichkeit auf die Spur zu kommen. Manche Bewerber sind durch die tollen Trainingsbücher optimal auf alle möglichen Fragen vorbereitet. Wenn sie dann aber aufgefordert werden, einfach einmal aus ihrem Leben zu erzählen, sind sie komplett überfordert.

Oder: „Was ist für Sie Karriere?" Manche sagen nichts oder brechen in sich zusammen, weil sie sich keine Gedanken über ihre Zukunft und Ziele gemacht haben.

Fällt Ihnen an dieser Stelle auf, wie wichtig die Inhalte in den vorherigen Kapiteln wie innere Einstellung und das eigene Selbstbild sind? Das beste vorbereitende Training wäre, dass Sie sich selbst einmal diese Fragen beantworten.

Warum und wozu wollen Sie diesen und keinen anderen Weg gehen?

Sie werden ganz gelassen in Ihr Vorstellungsgespräch gehen, seien Sie sicher! Und wenn dann doch einmal eine Frage Sie aus dem Konzept bringt, na und! Vielleicht können Sie in einem Gespräch darauf hinweisen, dass Sie sich diese Frage tatsächlich so noch nie gestellt haben. Und Sie finden es sehr interessant,

einmal über die gerade angesprochene Frage nachzudenken.
Sind Sie grundsätzlich vorbereitet, dann ist dies längst deutlich geworden. Und dann wirkt diese *anerkennende Antwort* einfach authentisch! Niemand weiß wirklich auf jede Frage eine Antwort. Das müssen Sie auch nicht. Im Gegenteil, ein bis zwei Mal der Hinweis in einem Gespräch auf das notwendige Nachdenken bei einer wichtigen Frage: Das wertet den Fragenden auf und lässt Sie differenziert erscheinen.

Saugen Sie sich nichts aus den Fingern, das wirkt ungünstig. Stehen Sie zu dem, was und wer Sie sind!

Nicht Techniken helfen weiter –
sondern die Arbeit an sich selbst!

Nimm den anderen wichtig

Sie haben in diesem Arbeitsbuch viel erfahren von *Bauch, Vertrauensschaffung* und *sympathiebildenden Maßnahmen*.

Vielleicht können wir uns das Wesentliche wie folgt verdeutlichen:

Jeder Mensch sucht Zeit seines Lebens nach Bedeutung und Bestätigung seiner Existenz und Person.

Es gibt keinen in der Seele gesunden Menschen, der nicht wissen wollte, dass er richtig und anerkannt ist.

Natürlich ist es nicht Ihre Aufgabe, sicherzustellen, dass jeder Mensch seine Bedeutung findet. Aber: Achten Sie darauf, dass Sie die Bedeutung von Menschen nicht durch Negatives schwächen. Das können Sie immer leisten.

Denken Sie sich für den Begriff „Liebe" einmal „Wichtignehmen", dann wird aus dem Gebot: „Du sollst deinen Nächsten lieben wie dich selbst" eine sehr einsichtige und praktikable Verfahrensanweisung: *„Nimm den anderen genauso wichtig, wie du dich selbst wichtig nimmst!"*

Nicht weniger – aber auch nicht mehr. Ein Programm, um mehr Menschen für sich zu gewinnen und selbst mehr Freude zu erfahren. Und ganz nebenbei macht es Sie sympathisch und erfolgreicher.

Alles Gute und viel Erfolg.

Der Autor

Paul Reinhold Linn

- Geboren 1962 in Köln
- Techniker und Vertriebsspezialist
- Trainer für Kommunikation, Verkauf und EDV-Anwendungen
- Seit fünfzehn Jahren mehr als 4.500 Veranstaltungen, Dozenten- und Trainertätigkeit
- Seit mehr als 13 Jahren regelmäßig stattfindende Veranstaltungen an Berufs- und Hauptschulen
- Bisher vier Buchveröffentlichungen zum Schwerpunkt Entwicklung von Jugendlichen
- Mehrere Buchveröffentlichungen zum Thema Verkaufs- und Verhandlungspsychologie

Literaturverzeichnis/Empfehlungen

- Birkenbihl, Vera F.: Kommunikation für Könner, Landsberg am Lech, mvg-Verlag, 2000
- Canfield, Jack; Hansen, Mark V.: Hühnersuppe für die Seele, München, Goldmann-Verlag, 2007
- Enkelmann, Nikolaus: Das Power-Buch für mehr Erfolg, Landsberg am Lech, mvg-Verlag, 2001
- Lawlor, Robert: Am Anfang war der Traum: München, Droemer-Knaur-Verlag, 1993
- Linn, Paul Reinhold: Positiv die eigene Zukunft gestalten, Odenthal, Linn Seminare Group, 2005
- Löhr, Jörg: So haben Sie Erfolg, München, Südwest-Verlag, 1999
- Schulz von Thun, Friedemann: Miteinander reden, Hamburg, Rowohlt- Verlag, 1981
- Watzlawick, Paul: Menschliche Kommunikation, Göttingen, Huber-Verlag, 1969

Fotonachweis:

Bildersammlung Cover: © - Shutterstock
Unser Coach: © style-photography.de - Fotolia.com
Doktorhüte: © michaeljung - Fotolia.com
Leuchtturm: © Linn Seminare
Junge unterm Baum: © Linn Seminare
Paintings: © Linn Seminare
Adam und Eva: © Katrina Brown - Fotolia.com
Das Universum und ich: © Kerstin Schlereth
Der Handschlag: © Linn Seminare
Zieleinlauf: © jameschipper – Fotolia.com

Impressum

Linn Seminare

Paul Reinhold Linn

Steig mit ein!

1. Auflage 2013

ISBN 978-3-00-042466-3

Internet: www.linn-seminare.de

Verlag: Linn Seminare, D-51467 Bergisch Gladbach
Grafiken: Monika Linn, D-51467 Bergisch Gladbach
Lektorat: Umbruch – Karin Bergmann M. A., D-50937 Köln
Satz und Layout: found-media.de, Katja Wiemer, D-53804 Much
Druck: flyeralarm GmbH, D-97080 Würzburg